古典文学研究

（第五辑）

主　　编　刘怀荣

副 主 编　韦春喜　熊　明

编　　辑　丁　涵　马　芳　柳卓霞
　　　　　黄湘金　彭敏哲　鞠　岩

中国海洋大学出版社

·青岛·

图书在版编目(CIP)数据

古典文学研究. 第五辑 / 刘怀荣主编. —青岛：
中国海洋大学出版社，2022.6
ISBN 978-7-5670-3166-1

Ⅰ.①古… Ⅱ.①刘… Ⅲ.①中国文学－古典文学研
究－文集 Ⅳ.①I206.2-53

中国版本图书馆 CIP 数据核字(2022)第 089059 号

GUDIAN WENXUE YANJIU DI-WU JI

古典文学研究（第五辑）

出版发行	中国海洋大学出版社	
社　　址	青岛市香港东路 23 号	**邮政编码**　266071
出 版 人	杨立敏	
网　　址	http://pub.ouc.edu.cn	
电子信箱	94260876@qq.com	
订购电话	0532－82032573(传真)	
责任编辑	孙玉苗	**电　　话**　0532－85901040
印　　制	青岛国彩印刷股份有限公司	
版　　次	2022 年 6 月第 1 版	
印　　次	2022 年 6 月第 1 次印刷	
成品尺寸	185 mm×260 mm	
印　　张	16.5	
字　　数	378 千	
印　　数	1—1000	
定　　价	78.00 元	

发现印装质量问题,请致电 0532－58700166,由印刷厂负责调换。

古典文学研究

目　录

专 题 研 究

综 合 研 究

学术史研究

名 家 学 述

专题研究

从早期散文看中国的道统与文统

杨树增　陈杰　黄永刚*

摘　要：中国文化是一种从未中断的文化，其重要标志就是作为中国文化重要组成部分的中国文学从未中断。中国文学之所以没有中断，重要原因就是始终以道统为指导思想，并形成了自己独特的文统，道统决定着文统的发展趋向，文统完善了道统阐述的方式及体系。本文试图从中国早期散文来说明中国文学的道统与文统的关系。

关键词：道统；文统；神话；理性散文

人类原生态的"母文化"或称远古文明有 7 种：埃及文明、苏美尔文明、米诺斯文明、玛雅文明、安第斯文明、哈拉巴文明和中华文明，后来逐渐演变为"四大文明"，即埃及文明、巴比伦文明、印度文明和中华文明。随着漫长的历史演变，其他古文明都因外族入侵或外族移入而中绝，而唯有中华文明没有中断，其重要标志就是中国文化的道统与文统从未中断过。难道中华大地上没有发生过外族入侵或外族移入的重大事件？非也。只是外族入侵或外族移入，改变不了中国文化的道统与文统。这种道统与文统，经久不衰，代代相承，形成了中国文化鲜明的民族特色。

一、何谓道统与文统

欲阐明道统，先讲清"道"的概念。道，最初由道家提出。虽然先秦各家各派都持有各自不同的道，但可以总括为：道是对万事万物存在及发展规律的系统性、整体性的高度抽象和概括，同时也是人们一切思维与行为所应遵循的基本原则。如老子说："道生一，一生二，二生三，三生万物。"①这里讲的道，指道家持有的宇宙及万物的生成观。孔子说："吾道一以贯之。"②他所理解的道与道家的道有区别。《周易·说卦》中说："立天之道，曰阴与阳；立地之道，曰柔与刚；立人之道，曰仁与义。"③如果说道家之道侧重于天道、地道，而儒家之道则侧重于人道。比起其他学派来，儒家更推崇仁义思想，讲求"爱人"。在中国历史上，各家的道互相对立统一，互补互融。不过，以仁义为核心的"立人之道"始终占据着中国封建社会意识形态的正宗与统治地位，它构成了中华文明的核心与主体。中国的仁义之道发源甚早，其代表人物为中国远古期的三皇五帝，所以儒家代表人物称此道

---

　　*　杨树增，文学博士，曲阜师范大学青岛恒星研究院特聘教授，博士生导师，从事先秦两汉文学、史学研究；陈杰，青岛恒星科技学院副校长，教授，从事传统文化研究；黄永刚，青岛恒星科技学院副教授，从事教育管理研究。本文为山东省社会科学规划研究项目"中国传统文化创造性转化关键之研究"(20CPYJ12)的阶段性成果。

　　①　(魏)王弼注，楼宇烈校释《老子道德经注校释》下篇 42 章，中华书局 2008 年版，第 117 页。

　　②　《论语·里仁》，杨伯峻《论语译注》，中华书局 1958 年版，第 38 页。

　　③　郭彧译注《周易》，中华书局 2006 年版，第 403 页。

为"先王之道"。又由于尊奉此道的儒家代表人物为孔子与孟子,所以后人又称此道为"孔孟之道""儒家之道"。

那么,"道统"就是指道的连续关系及延续传统,即"先王之道"或"孔孟之道""儒家之道"的授受、传承、发展的系统与传统。阐述道统传承的脉络,最早始于孟子,他说:"由尧舜至于汤,五百有余岁,若禹、皋陶,则见而知之;若汤,则闻而知之。由汤至于文王,五百有余岁,若伊尹、莱朱则见而知之;若文王,则闻而知之。由文王至于孔子,五百有余岁,若太公望、散宜生,则见而知之;若孔子,则闻而知之。"①孟子所讲的孔子之前各位圣贤所"见而知之"与"闻而知之"的"之",就是一脉相传的道统。至唐代韩愈,进一步发展了孟子的道统意识,明确提出:"斯吾所谓道也,非向所谓老与佛之道也。尧以是传之舜,舜以是传之禹,禹以是传之汤,汤以是传之文、武、周公,文、武、周公传之孔子,孔子传之孟轲,轲之死,不得其传焉。荀与扬也,择焉而不精,语焉而不详。"②韩愈所处的唐代,道、释二教的道统欲与儒家的道统分庭抗礼。韩愈叹息孟轲死后,儒家的道统继承人只有荀子和扬雄,但他们对儒家理论选取得不精,论述得并不全面。韩愈也如孟子一样,毅然欲担当起抵御异说与传承、发展儒家道统的使命。韩愈所谓的儒家之道"不得其传",只是强调儒家之道在传承的过程中遇到了干扰,遇到了其他非主流意识的冲击。然而,从中国历史发展的实际来看,儒家之道一直牢牢占据着社会主流意识的地位。孟子与韩愈将道统起源追溯于尧,这与《尚书》记载是一致的。朱熹却将伏羲、黄帝列为道统传授系统的首位:"恭惟道统,远自羲轩"③,与《史记》所记大致相仿。朱氏的认识是正确的。

从孟子、韩愈、朱熹对道统传承的表述看,好像中国道统的传承是由几个圣贤单线相传的。实际上,这些圣贤只是不同时代的代表人物,道统的传承应归之于时代,归于那个时代的社会群体。正如孔子所言:"殷因于夏礼,所损益,可知也;周因于殷礼,所损益,可知也。其或继周者,虽百世,可知也。"④这里所说的"礼",基本等同于儒家所说的道,孔子在此处是明确将道统的传承归之于时代的。

各家各派都有自己的道统,为什么我们讲中国道统从无中断,只指"先王之道""孔孟之道"从无中断?这是因为中国道统的核心是"仁爱"二字,而"儒家之道"的核心就是仁爱。我们有理由称"先王之道"为"前儒家思想","孔孟之道"为"传统儒家思想",而儒家道统则可表示中国几千年来发展为成体系的儒家思想。因此,以仁爱为核心的儒家思想不仅代表了中国道统,也构成了中国文化的核心与主体。儒家的道统不是从个人或小集团的利益出发的,而是从人类的普遍利益出发的,尊重、顺应、扩充人的内在的本然心性,展示了人们对是非的正确评价,表现了对美好理想的追求,体现了人类的真善美,因而比其他学派的主张更能对社会现实的存在及其发展规律做到系统性、整体性的高度抽象和概括,更能揭示事物发展的规律,促使大多数人对其形成认同意识,并以此为正宗与正统,自觉地对这种道统进行传承与弘扬。中国的知识分子具有强烈的"任重道远"的历史责任感,以"行道"与实现这种大道为己任,这种自觉的意识传承不息,形成了一种传统意

①　《孟子·尽心章句下》,杨伯峻《孟子译注》,中华书局 1960 年版,第 320 页。

②　(唐)韩愈撰,马其昶校注,马茂元整理《韩昌黎文集校注》卷 1《原道》,上海古籍出版社 1986 年版,第 18 页。

③　(宋)朱熹著,郭齐、尹波点校《朱熹集》卷 86《沧州精舍告先圣文》,四川教育出版社 1996 年版,第 4446 页。

④　《论语·为政》,杨伯峻《论语译注》,中华书局 1958 年版,第 21 页。

识，所以以儒家道统为核心的中国文化具有顽强而永久的生命力。

联系道统，就容易理解文统的概念了。"文统"一词见于《文心雕龙·通变》："是以规略文统，宜宏大体。"①这里的"文统"指文章总纲，即文章的系统和格局。方宗成《〈桐城文录〉序》："标名家以为的，所以正文统也。"②他讲的"文统"则是指文章系统和格局的传统。如果说道统是一种主体思想继承、发展的传统，那么文统就是道统表述方式沿袭、创新的传统。

"文统"由"道统"衍生而来，或说"道统"与"文统"本是合而为一体的。古人常说"文以载道""因文明道"，说明文与道是一种与生俱来的不可分离的关系。有人会说："文是一种表述形式和手段，即文章的体式、结构、语言、表现手法、风格、审美角度等系统和格局，西方及中国其他流派的文章也莫不讲究这些，为什么还要提什么儒家的文统？难道儒家的文统有独自的特点吗？"是的，各家所持的道有所不同，反映道的手段自然也是不一样的。如西方文化的道重在阐述人与物的关系；印度文化的道重在阐述人与神的关系；中国文化的道重在阐述人与人的关系，主要体现在儒家的文表述对象以人为中心，重在宣扬人伦道德与人物的真善美，突出的是人的善德，如仁爱思想、忧国忧民的忧患意识等，艺术表现手法侧重于现实主义而少虚幻浪漫，更多地采用了特有的中华民族喜闻乐见的艺术表现形式。

文统由道统衍生而来，文统也随道统的演变而演变。中华民族的祖先们虽以焕然生辉的文章，宣扬着仁爱思想，但各个时段，其道统的具体内容与文统的具体形式都有所发展变化。虽有变化，但道统的主体意识不会变，道与文的统一关系不会变。若道与文没有统一，就不符合儒家的文道统一观，偏离了儒家的道统与文统。为了阐明这一道理，后人从道与文的角度来解读孔子的这句话："质胜文则野，文胜质则史，文质彬彬，然后君子。"③质，指质朴的内涵，可理解为道。文，即展现质（道）的文采。质胜于文，即文采不足以表述道的内涵，则再好的道也显示出"野"的特点，文章就粗俗鄙陋，因而传之不远。文胜于质，即道的内涵驾驭不了文采的运用，再好的文采也显示出"史"的特点，文章就显得华而不实，因而以文害道。"彬彬"指文与质的配合很恰当，道能统摄文，文能表述道。道的内在美与文的外在美相统一、相依存。孔子的这句话表达了儒家的文质统一观，即道统与文统统一观。

二、中国早期散文的道统与文统

本文为什么要以中国早期散文来看中国的道统与文统的关系？原因有二：一，散文缺少诗歌、小说、戏剧那样的抒情娱性功能，更偏重于实用，强调"文以载道"，更宜于便捷地表述中华民族一贯特有的道统。二，中国文学中最早成熟的是散文，散文最早伴随着中国道统的形成而产生了特色鲜明的文统，其艺术形式及表现手段对后世各体文学都有较大的渗透力与影响力。中国早期散文最能显示道统与文统二者相辅相成的关系，最能凸显中国文学发展的民族特色。

①　《文心雕龙·通变》，周振甫《文心雕龙今译》，中华书局 1986 年版，第 273 页。

②　（清）方宗成《〈桐城文录〉序》，《中国近代文选论》（上册），人民文学出版社 1959 年版，第 97 页。

③　《论语·雍也》，杨伯峻《论语译注》，中华书局 1958 年版，第 60 页。

　　从文化传播的角度看,世界上各个民族古老的文化都起源于"传说时代",这个时代大约是石器时代与早期青铜时代,即从原始人时期经氏族公社公有制时期到私有制国家建立初期。这一漫长时代的后期,逐渐产生了文字,但还不能用文字来详细记录以往的历史与现实的生活,主要还是靠口耳相传的方式来传播信息。传说时代生产力低下,人们的生活比较单调,思维方式简单,对自己周围复杂变化的事物感到神秘莫测,只能从自己极其狭隘肤浅的生活体验出发,通过幼稚的想象来理解这些事物的现象,去认识、解释自然事物的变化,其语言表述形式就是神话和歌谣。这两种形式,就是原始文化的基本形态,它蕴含着远古人对自然、社会的一切认识,是解释远古社会一切现象的百科全书,也是人类文学艺术的源头。远古人丰富的想象天然地具有审美魅力,尽管不是有意地进行文学创作。

　　过去的学者,大多在解说原始文学时,认为文学的最初形态是大众创作的口耳相传的诗歌,虽然将它们用文字记录下来是后来的事,但它们是最早出现的文学作品。然而即使是最古老的诗歌,也是当时口述故事进一步修饰、提炼的结果。诗歌不仅讲究节奏、音韵的和谐,还要求创作人从繁杂、冗长的日常语言中提炼出精练、简洁、明快的语言。没有相应的思维能力和语言驾驭能力,难以进行这种比较复杂的创作活动。诗歌并非是伴随着语言的产生就自然而然地产生的。与诗歌相比,叙述神话却不需要注意节奏、韵律,纯以自然的口语即可。由于神话便于表述远古人对自然、社会的认识,所以远古文化载体主要由神话来承担。从语言的发展逻辑看,显然神话产生并不晚于诗歌,甚至还先于诗歌,文学的最初形态是诗歌的结论显然不符合语言发展的实际。传统的错误推断,错在将口传的诗歌认定为文字诗歌的前身,而口传的神话却没有认定为文字散文的前身。远古神话与远古诗歌一样,赋予书面形式是后来的事。神话属于自由表述的散语体。如果用"散文"这个范畴来概括,最早的散文就是远古口述的神话,并非是具有文字形式的殷商甲骨文,或儒家传承的六经。

　　远古先民往往从自身出发来联想难以理解的事物,这种思维的特点就是把一切事物与自己的生命存在联系起来,其基本的观念就是万物有灵论。他们对自然伟力与做出超凡事迹的首领、英雄无限崇拜,从而赋予了这些描述对象以种种的"神力"。尤其是赋予了人们崇敬的首领及英雄以种种超人的智慧与能力,实际是歌颂了整个民族不屈不挠的斗志与伟大的发明创造力,或在首领、英雄身上寄托了民族的美好理想。神话虽充满虚幻,但曲折地反映着历史。我们从中可以隐约看到中华民族在形成期的漫长的奋斗史。渺茫的远古姑且不论,仅从四五千年前的炎帝、黄帝、尧、舜、禹以来,这一时期的各种神话,都在向后人诉说着华夏儿女在中国这块广袤土地上所经历的可歌可泣的发展史。

　　有的学者认为中国自然经济、农业生产的社会特征,形成了重农、尚农的社会意识,重实际而少玄想,因而产生的神话极少。这种认识只看到其流而未溯其源,依据文化发展规律推断,中国远古时期必定与世界上其他古文明国家一样,有过异常丰富的神话,我们的古老民族也是一个善于想象、善于"编造"神话故事的民族。我们的初始文化也主要从神话起步,中国神话后来稀少是有种种特殊原因的。

　　中国的神话可能从一开始就与其他国家的神话有所不同,或者中国出现过与其他国家大同小异的神话,但经过"优胜劣汰",只有为中华民族喜闻乐见的那部分神话流传了下来。这说明:在远古时中华民族在生活环境、生活习惯与思维方式上就与其他民族有所不同。总之,现存的中国神话与其他国家的神话确实有明显的区别。

中国的神话有何民族特色呢? 要想说明这一问题,须将中国神话与现在最典型的希腊神话做比较才行。希腊神话主要包括神的故事和半神的英雄传说,从大地女神盖娅到第一代天神乌剌诺斯、第二代天神克洛诺斯,再到统治宇宙的天神宙斯,以及宙斯和他的神族主要成员所形成的"奥林匹斯众神",讲述了开天辟地、代代传承的希腊神、神的谱系以及众神的日常生活,构成了一套完整的神话系列。希腊神话故事曲折优美,故事中的神与人一样,也有七情六欲,形象众多且生动活泼。而在中国的神话中,令人崇拜的神绝少一般人的七情六欲,他们共同的本质就是为民、惠民。换言之,他们一个个就是仁爱之道的殉道者,中国道统的仁爱基因在传说时代就已形成。中国神话中的神有两大特征:自强与博爱。自强的主要表现是:在自然灾害与强大敌人面前,不是乞求怜悯与帮助,更不是畏惧困难而躲避或逃跑,而是以大无畏的精神斗争。如夸父追逐太阳,不怕累死渴死;面对浩渺的大海,小小的精卫鸟竟衔上树枝和小石块来填海;刑天与帝战斗,被砍了头,仍战斗不止。大自然的力量是无比巨大的,敌人有时是异常凶恶的,但先民从没有被这些所吓倒、所屈服。所征服的对象越强大,越能显出先民惊人的气概、必胜的信念与豪迈的胸怀,越能显示中华民族祖先所具有的敢于斗争的性格。"尤其值得注意的是,在世界各民族中,关于洪水的神话共有 100 多种,《鲧禹治水》是其中最好的一个。因为在《鲧禹治水》中,人并没有逃上'方舟',洪水也不是被上帝召回或自动撤退,而是被神化了的英雄采用人的方式,从事工具劳动,经过艰苦的长年的劳动而治平的,因此,《鲧禹治水》是全人类最优秀的神话之一。"[1]中国古代神话中代表善德与正义的神,都是勤劳、勇敢、百折不挠的劳动能手、发明家或维护民族利益、拯救无辜平民的英雄。这些神通广大的神,依靠自己的力量战胜自然、征服邪恶,并不是为了做霸主去统治四方,而是为民鞠躬尽瘁、死而后已,与古希腊的英雄、神有所不同。

中国神话中的博爱,体现为神处处为民着想,说明仁爱精神从古以来就是中华民族一以贯之的美德,它成为中华民族生存、发展的驱动力。民族乃至人类要想生存、发展,就应该人人怀有仁爱之心,施以仁爱之举,结成命运共同体,互惠互利,共同进步。自强与博爱这两大特征是相互联系的,勤劳、勇敢是为了达到仁爱的目的,而怀有仁爱之心必然有勤劳、勇敢之举。这种美德从中华民族形成初期就养成,之后逐渐形成一种道德传统,人们甚至把这种美德附会于天地大德,认为人间这种善行义举效法于天地。《易传·象》中说:"天行健,君子以自强不息。"[2]"地势坤,君子以厚德载物。"[3]天空中的日月星辰运行刚健有力,是任何力量都无法阻挡的;人们效法天,就是效法它自强不息与不懈进取的精神。大地广袤无垠,负载万物;人们效法地,就是效法它博大的怀抱,体现着"民胞

---

①　杨公骥《中国原始文学》,杨若木选编《杨公骥文集》,东北师范大学出版社 1998 年版,第 53 页。

②　郭彧译注《周易》,中华书局 2006 年版,第 3 页。

③　郭彧译注《周易》,中华书局 2006 年版,第 11 页。

物与"①,给人类万物带来福祉。将人道与天道、地道相配称,说明人的自强与博爱之德是天之高明、地之博厚所孕育,或是顺天应地而产生。这些理念在中国古代四大神话中生动地表现出来。如"女娲补天":

往古之时,四极废,九州裂;天不兼覆,地不周载;火爁炎而不灭,水浩洋而不息;猛兽食颛民,鸷鸟攫老弱。于是女娲炼五色石以补苍天,断鳌足以立四极,杀黑龙以济冀州,积芦灰以止淫水。苍天补,四极正;淫水涸,冀州平;狡虫死,颛民生。②

当天崩地裂、洪水滔天、猛兽肆虐之际,女娲以大无畏的精神,以无穷的威力和高超的智慧,改天换地,解民于倒悬。女娲是一个以拯救天下为己任的大英雄。再如"羿射九日":

逮至尧之时,十日并出。焦禾稼,杀草木,而民无所食。猰貐、凿齿、九婴、大风、封豨、修蛇皆为民害。尧乃使羿诛凿齿于畴华之野,杀九婴于凶水之上,缴大风于青邱之泽,上射十日,而下杀猰貐,断修蛇于洞庭,擒封豨于桑林。万民皆喜,置尧以为天子。③

10个太阳同时出现,庄稼烤焦,老百姓没有食物;猛禽怪兽,残害老百姓。在民不聊生时,一个神射手奉了尧帝之命,担负起为民除害的使命,依靠弓箭射下9个太阳,射死猛禽怪兽。他与尧帝一样成为万民的大救星。再如"黄帝杀蚩尤":

蚩尤作兵伐黄帝,黄帝乃令应龙攻之冀州之野。应龙畜水,蚩尤清风伯雨师,纵大风雨。黄帝乃下天女曰魃,雨止,遂杀蚩尤。④

据学者们考证,黄帝部落与蚩尤部落在"冀州之野"的战争,确有其事。关于黄帝与蚩尤的故事,其他典籍有不同的记载,如《太平御览》引《管子》曰:

黄帝得蚩尤而明乎天道;得太常而察乎地利;得苍龙而辨乎东方;得祝融而辨乎南方;得大卦而辨乎西方;得后土而辨乎北方;黄帝得六相天下治。⑤

黄帝并非好战。他征服各部落,一是惩罚那些祸害平民的首恶,拯救无辜,替天行道;二是防止其他部落的首领图谋不轨,危害天下。黄帝是为天下大众的利益着想。被征服的各部落的首领,除了罪大恶极者,凡改邪归正的,黄帝还要给予任用,发挥他们各自统领其部落的作用。由黄帝统一各部落,各部落实现大联合,加速进行各部落与各民族间的大融合,共同谋发展,华夏大一统观念自此萌生,这是大仁大爱的基本表现。

---

①　"民胞物与"出自宋代张载的《西铭》。张载著作《正蒙》第17篇《乾称篇》的开头有一段话:"乾称父,坤称母;予兹藐焉,乃混然中处。故天地之塞,吾其体;天地之帅,吾其性。民吾同胞,物吾与也。"张载曾将其录于学堂双牖的右侧,题为《订顽》。后程颐将《订顽》改称为《西铭》,才有此独立之篇名。程颐对其推崇备至,甚至将之与《论语》《孟子》等经典相提并论。程颐称赞说:"《西铭》明理一而分殊,扩前圣所未发,与孟子性善养气之论同功,自孟子后盖未之见。"《西铭》的核心思想在于:以乾坤、天地和父母(含男女,夫妇及家庭)为一体,以乾坤确立起感通之德能,阐明此德能如何从个体之身位向家庭或家政展开,并推达到天下。见上海辞书出版社2004年版,第934页。
②　(汉)刘安等著,高诱注《淮南子》卷6《览冥训》,上海古籍出版社1989年版,第65页。
③　(汉)刘安等著,高诱注《淮南子》卷8《本经训》,上海古籍出版社1989年版,第80页。
④　方韬译注《山海经》卷17《大荒北经》,中华书局2009年版,第266页。
⑤　(宋)李昉编纂,夏剑钦、王巽斋校点《太平御览》第1册卷79皇王部四《黄帝轩辕氏》,河北教育出版社1994年版,第678页。

在中国古代神话中，祖先神话与英雄传说往往是混合的，有的英雄同时也是部落或氏族的祖先。这些祖先与英雄处处表现出为民鞠躬尽瘁的精神，如女娲创制了笙簧乐器，伏羲仿照蜘蛛结网编制出渔网，燧人氏受啄木鸟啄木的启发而钻木取火，等等。尤其是炎帝、黄帝、尧帝、舜帝，不少神话故事写他们发明生产工具、教人掘井取水、亲尝百草制药、驯养家畜、培育五谷、号召男耕女织、改变旧的风俗习惯。特别是黄帝，不仅是华夏大一统的开创者、中华文明的伟大始祖，而且也是一名杰出的发明家。他创制了衣裳、车船、臼杵、弧矢、战鼓、宫室，他的妃子发明了养蚕造丝的技术。黄帝还组织臣子创造出了文字与乐器。黄帝一生为民，即将离开人世时，还带领群臣采矿炼铜铸鼎。

如果说黄帝开创了华夏大一统局面，其功业主要体现在武功上，而后继者尧与舜的功绩则主要体现在治国理政上，他们进一步把一统局面建设成太平盛世。后世常用尧天舜日来赞美这种太平盛世。如清代梁章钜说："仰见圣明覆载无私，洞鉴于万里之外，俾滨海臣庶均各安耕凿于尧天舜日之中，为之额手称庆。"[1]不论这是后人寄托的理想，还是确实存在过公正廉明、人人平等、和睦的社会，总之尧天舜日成为后世追慕的天堂。汉代赵壹《刺世嫉邪赋》中甚至说："宁饥寒于尧舜之荒岁兮，不饱暖于当今之丰年。"[2]尧、舜的仁爱大德集中体现在执政为民、不谋私利。他们把手中的权力视为为民做贡献的职责，而不是当作索取私利的特权。特别是他们具有识别忠奸善恶的敏锐眼光，把任人唯贤、知人善任当作执政的根本。神话中传说尧的堂前长着一种"指佞草"，口蜜腹剑、心术不正之人经过堂前，此草就会弯曲，这种人休想混入朝廷。为了将天下大任交于一心要为天下的人，尧长期地考察有德才治理天下的平民舜。当尧决定将治理天下的大权交于舜时，立即遭到那些觊觎权位的近臣甚至自己的儿子的反对。尧的大儿子丹朱对尧禅让于舜心怀不满，尧将他放逐到丹水。不料，丹朱与那里的三苗之君勾结起来继续反对禅让。尧不惜征三苗、杀长子。"《书》曰：'不偏不党，王道荡荡。'言至公也。古有行大公者，帝尧是也。贵为天子，富有天下，得舜而传之，不私于其子孙也。……非帝尧孰能行之？"[3]舜继位后，仍像尧那样以社稷为重，出以公心，虽有九子，却以禅让的形式将大权让给治水功臣禹。尧、舜都知道任用贤能，则天下得其利；授权给难以负起天下大任、甚至不肖的至亲，则天下受其害。他们选贤不徇私，公心昭然，禅让不惧强压，甚至做到了大义灭亲，堪作后世执政者的楷模。

神话虽大量掺入幻想，但归根到底仍以现实生活为基础。神话中有着历史的影子，神话反映了远古中华民族的生活、心理习俗及表达方式，有着自己民族的鲜明特点。这种民族特点肯定与我们的农耕文明相关，与华夏民族生活的环境及生产关系有关。中华文明主要发源于我们的"两河流域"，即黄河与长江流域。"两河流域"是典型的农耕文明，人们安分守己，重土难迁，分散、落后的小农经济像一盘散沙，需要仁爱之道来组合、统摄。它不像大北方的游牧部落，随草长势而迁，并常在天寒地旱自然灾害之时，对农耕地区进行凶残抢夺；也不像古希腊那样的海洋文明，重于殖民与贸易，宣扬的是公平交换原则，实际上行的是奸诈与欺骗，还伴随着对外武力征伐与残酷的内斗夺权。中国古老

---

①　（清）梁章钜撰，阳羡生校点《归田琐记》卷2《致刘次白抚部鸿翱书》，上海古籍出版社2012年版，第14页。

②　费振刚、胡双宝、宗明华辑校《全汉赋》，北京大学出版社1993年版，第555页。

③　（汉）刘向撰，向宗鲁校证《说苑校证》卷14《至公》，中华书局1987年版，第343页。

神话既不宣扬掠夺性的暴力,也不宣扬貌似公平交换的骗取,其所崇拜的英雄及祖先,无不是仁爱的化身,所颂扬的正是华夏民族独具的道统。从现存文献来看,中国古老神话所剩无几,比起希腊神话来,缺少系列,不成体系,没有成系统的神话专集。从表述的形式来看,中国古老神话篇幅短小,语言精粹而通俗,故事情节简单而含义深远,显示了中国散文处于发轫时期的特点,其道统与文统的基因已基本形成。

三、道统决定着文统的格局及发展趋向

"传说"时代,各民族最初的文化形态差不多都是口耳相传的远古神话与诗歌,这一惊人的"不谋而合",体现了文化形成与发展的一种必然规律。远古神话和诗歌虽是人类最原始的文化形态,但已具备了人类口述的最基本的形式——可以叙说的自由语体和可以吟唱的有韵语体,具有了人类文化最基本的功能——记事与抒情,对后世文化的发展具有奠基与导向的作用。远古神话和诗歌,传播的过程极其漫长,在流传过程中可能经过修饰,最后被文字记录写定那是很晚的事了,但这些被赋予文字形式的远古神话和诗歌仍然是人类最早的文本作品,因为它还反映着传说时代的生活及文化的基本特点。

按照一般逻辑,各民族都会以神话与诗歌这两种初始的文化形态为起点,发挥神话与诗歌的奠基与导向的作用,来发展自己民族的文学。但中国文学发展的事实与这种发展趋向大相径庭,走了一条独特的发展道路。世界古代文学主要分东、西两大体系,古希腊辉煌的文学成就至今仍被世界公认为西方古代文学的楷模。所以,与古希腊文学做比较,就更能看清中国古代文学独特的发展道路与其鲜明的民族特色。

古希腊有过克里特文明与迈锡尼文明,两种文明都产生了丰富的远古神话与古老歌谣。公元前 11 世纪至公元前 9 世纪,希腊原始氏族公社解体,奴隶制开始产生。从公元前 8 世纪起至公元前 6 世纪,铁器普遍使用,大大促进了社会生产力;同时,广泛的殖民、海外奴隶的大批输入,极大地推动了经济的发展。希腊各地逐渐形成许多以城市为中心、联结周边农村的奴隶制城邦式国家,奴隶制社会形态的发展在希腊比较充分而有典型意义。奴隶社会以宗教迷信为主流意识,神话又是构成这种主流意识的重要资源,所以,希腊奴隶社会有意识地保护、利用、发展神话。

古希腊的神话丰富多彩,在世界文学中始终是无与伦比的,而且希腊人民能利用神话发展其他文学样式。正如马克思所指出:"希腊神话不只是希腊艺术的武库,而且是它的土壤。"[1]他们是如何利用神话这一艺术的"武库"与"土壤"呢?首先,他们主要以神话为题材,将祖先颂歌、英雄歌谣和抒情牧歌组合、加工,形成了鸿篇巨制的史诗,其代表作就是传说为盲诗人荷马根据流传的许多神话、短歌而综合成的《荷马史诗》。

公元前 6 世纪末到公元前 4 世纪初,是希腊奴隶制发展的全盛时期,也是希腊戏剧高度发展的时期。希腊戏剧以神话为丰富题材,吸收史诗的艺术营养,在颂歌、合唱、民间滑稽戏的基础上,进一步演化形成悲、喜剧。当时希腊有三大悲剧作家:埃斯库罗斯、索福克勒斯、欧里庇得斯,喜剧作家以阿里斯托芬为杰出代表,他们的代表作是《被缚的

---

①　中共中央马克思、恩格斯、列宁、斯大林著作编译局编《马克思恩格斯选集》卷 2,马克思《〈政治经济学批判〉导言》,人民出版社 1972 年版,第 113 页。

普罗米修斯》《俄狄浦斯王》《美狄亚》《阿卡奈人》等。不仅希腊的史诗、戏剧大多取材于神话,就是其雕塑、绘画、小说等,也无不受到神话的重要影响。可以这样说,希腊文学艺术的发展是以神话为其基础的。

与希腊充分开发利用神话相反,在东方的中国,从西周开始,就对古老的华夏神话采取了冷落甚至摒弃的态度,部分存留的神话多数又被理性化改造。在此基础上,中国大力发展起理性的散文。这些理性散文有 3 种形态:实用公文、哲理文及记史文。从现存古籍看,中国大量的早期文本就是这 3 类散文。它们成了中国文学的主流与源头,魅力巨大,影响深远。可以说,中国文学的发展与古希腊迥然不同,中国早期的理性散文不只是中华文学艺术的武库,而且是它的土壤。为什么会发生这样的现象?其根源在于中国的道统决定了文统的格局及发展趋向。

我国的奴隶社会,学界公认是从公元前 2070 年夏王朝建立算起,这时应属青铜时代早期。而在古希腊,进入奴隶社会是从铁器时代才开始的。那时像雅典城邦那样典型的希腊奴隶制国家,要靠大量奴隶来形成劳动奴隶制,而大量奴隶劳动力要靠掠夺、贩卖去获取,大型奴隶市场要靠战争、殖民去开辟。劳动奴隶制形成了较细的社会分工,使希腊很早就有了诗人、剧作家、哲学家、美术家等专职的文人。他们可以充分开发利用古希腊的神话遗产,毕其一生的精力从事创作。而在中国,从夏至商王朝,始终没有形成大规模奴隶劳动与奴隶市场的条件,因此奴隶制没有得到充分发展,分工不发达,纯粹从事文学创作的专职人员几乎是不存在的。夏、商阶段也只有王官算得上是个专业"文化人",所从事的文化事业不过是履行着官方"秘书"的职责,以简单的"记言""记事"的方式记载着有关国家大事。即使人们从事些与神话有联系的祭祀占卜之类的活动,也不是专职去收集加工神话。另外,夏、商王朝并不是像希腊城邦那样比较彻底地摧毁了氏族公社的生产关系与生活方式,从而淡漠了氏族的血缘关系,而是对旧有的氏族血缘关系及宗法制度有所保留,国家就是家庭、家族的扩大,形成了"家国一体"的体制,除了对鬼神的崇拜外,更强调对家长、君王权威性的崇拜,这就是夏礼与商礼的核心观念。由于看重这些,所以现在一些学者甚至提出,在中国从来就没有过奴隶社会。

在古希腊还处于原始社会末期,至少雅典的奴隶制还处于初级阶段时,在古代东方的中国,它的奴隶制却已过早地结束。公元前 1046 年周武王推翻殷商统治建立西周,我国由奴隶社会进入了封建社会的初级阶段——封建领主制社会。西周是在生产力低下的情况下结束奴隶社会,步入封建领主社会的,这种"早熟"的特点使新的社会具有了许多"先天不足",不仅保留着奴隶社会的残余,甚至还保留着许多氏族社会的残余。因此,有人认为西周仍是奴隶社会。判断中国农耕文明社会的性质,主要看它的土地制度和由此而形成的社会生产关系。西周实行的是按血缘关系自上而下地层层分封土地的制度,把土地划分成"井"字形的一块块耕田,其中含有公田与私田。私田分配给每个生产者家庭,使之自食其力,前提条件是他们必须在公田上从事集体耕作,并将公田的收获上交。自下而上地,贡赋层层上交。这就是所谓的井田制。在井田制下劳动者付出的有偿劳动与无偿劳动非常分明,符合封建制的特点,不像有偿劳动被明显的无偿劳动所掩盖的奴隶社会,也不像隐蔽的无偿劳动(剩余价值)被表面的有偿劳动所掩盖的资本主义社会。井田制下,统治者榨取的是劳动者在公田中的劳役。春秋时期,井田制逐渐遭到废除,土地私有制开始出现,统治者榨取的方式由劳役地租变为实物地租,初级的封建地主制社会开始萌生。公元前221年秦统一中国,标志着封建地主中央集权制正式确立。我国周代处于封建社会。此时希腊奴隶社会正处于发展、成熟的阶段。当西方盛开着以神话、史诗、戏剧为特征的奴隶社会的文化花朵时,在东方的中国则盛开着以散文为特征的封建社会的文化花朵。

早熟的封建社会,决定着社会的主流意识形态。西周从建立初,统治者就吸取夏、商灭国的教训,把敬德保民视为至高的"道",奉行以德治国,以周礼践行德,把周礼作为道统来逐渐取代夏、商的天神主宰一切的宗教天命观念。于是神话就成了与道统意识相悖谬的"荒诞不经"的东西,不仅逐渐失去了产生与发展的社会条件,而且不断被清除。清除的最好方式就是禁止传播。一旦停止流传,意识形态的东西就会自动消亡。而可利用的部分神话,被理性化与历史化地改造。封建道统使中国的史诗、戏剧的产生失去了神话的"武库"与"土壤",中国文学的发展从此与西方分道扬镳了。

中国封建社会对神话进行重大的改造,首先是由王官尤其是王官中的史官来进行的。他们剔除其怪诞离奇的部分,保留其信史的因素,使之成为历史文献。春秋战国时期,周王朝名存实亡,王官沦落,士阶层兴起,以儒家为代表的文化人也加入了改造神话的队列。我们就以黄帝为例,看看关于他的神话是如何进行历史化改造的。在神话中,黄帝是个长着4张脸的至高大神,其形象就和我们现在看到的长着4张脸的雕塑佛像一样,由此可见,世界各民族在幻想至高无上宇宙天神的形象时,思维竟然是那么的一致!神有四面,便能关注四面八方,否则,怎么能称得上是宇宙的统治神?到后来,孔子对黄帝的"四面"作了"历史化"的解释:"子贡问孔子曰:'古者黄帝四面,信乎?'孔子曰:'黄帝取合己者四人,使治四方,此谓之四面也。'"①将"四面"解释成四方之邦,黄帝派4位臣子分治各方,黄帝于是由长着4张脸的神怪变成了像常人一样的人间统治者。

关于黄帝的神话传说还有很多,如黄帝在东海流波山擒得一奇兽叫夔,用它的皮来做鼓,500里之外都能听到鼓声;再如黄帝在荆山下铸鼎,有龙自天而降,黄帝于是乘龙升天;等等。在具有封建道统观的文人看来,这些都是"不实"的虚枉之说。司马迁在《史记·五帝本纪》中说:"学者多称五帝,尚矣。然《尚书》独载尧以来,而百家言黄帝,其文不雅训,荐绅先生难言之。……余并论次,择其言尤雅者,故著为本纪书首。"②"不雅训"就是不典雅纯正,不真实不正确。司马迁淘汰或改变了那些"不雅训"的内容,选择了那些近于历史实际的"雅训"之言,才把一个神怪式的黄帝,在《史记》中写成一个历史上实实在在存在过的民族领袖。

在道统的"过滤"下,大批古老神话被淘汰,中国过早地结束了保留并开发神话的时代。从"道统"的角度看,使"道"得到进一步的净化;从文学发展的角度看,它失去了丰富的神话艺术的滋养。如中国远古诗歌,从它产生的那天起,不仅具有抒情的功能,而且也有叙事的功能。叙事性的诗歌本可以发展为史诗,但由于淘汰了大量的神话故事,所以篇幅短小,如记载于《诗经》中的《玄鸟》《生民》《公刘》等。尽管这些诗具有史诗的基本性

---

① (宋)李昉等撰《太平御览》卷79引《尸子》,中华书局1985年版,第369页。

② (汉)司马迁撰,(宋)裴骃集解,(唐)司马贞索隐,(唐)张守节正义《史记》卷1《五帝本纪》,中华书局1999年版,第35页。

质与特征，但实在无法与体制宏大的《荷马史诗》相比肩。中国没有《荷马史诗》那样规模的叙事诗，诗歌重抒情、语言简短、节奏较少、惯用比兴手法已形成传统。中国早期没有长篇史诗，也没有古希腊那样成熟的悲喜剧，要使文学承担起反映丰富的社会生活、传承道统的使命，只能选择散文的形式。中国早期文本散文有 3 种形式：公用文书式的说明文、论说哲理式的议论文与叙述史实式的叙事文。中国文学之所以呈现出如此的民族特色，完全是由其道统决定的，这也是历史发展的必然。

四、文统完善了道统的阐述方式及体系

中国早期的文本资料，据说有《三坟》《五典》《八索》《九丘》，但早已亡佚。我们今天能见到的中国早期文本，分作两类：一类属第一手资料，即商、周甲骨文与铜器铭文，第二类是传世文献（包括出土的多数简策文与帛书）。甲骨文与铜器铭文是一种特殊的"书面语言"，是一种在形式上与内容上受到很大限制的特殊文体，它们不能代表当时文本散文的水平。能代表当时文本散文水平的，则主要是被儒家学派奉为经典的六经。六经之中，最早的典籍应是上古三代实用的官方文书——《尚书》，它是我国第一部散文总集。

《尚书》由《虞书》《夏书》《商书》和《周书》4 部分组成，是各代典、谟、诰、誓等官方文献的汇编。这 4 部分因各自产生的历史时代不同，所反映的思想意识也不尽相同，但有一个共同点，即不同程度地都具有仁德的精神。可以说，这是以文本的形式阐述中国道统的开始。最能代表这一漫长时期散文水平的则是《周书》，其充分体现了周人以道统为核心的"垂世立教"的编纂原则。

《周书》大量载录了周公等人的言论，宣扬了周人的德治思想，而这种思想，对前人的仁德思想有所继承、发展，对后人建立新的仁德思想更有重要的启迪。孔子曾说："周监于二代，郁郁乎文哉，吾从周。"[①]儒家的"仁学""仁政""礼治"理论，中国完整的道统观，就是在上古三代，特别是在周人"德"的观念基础上发展建立的。

为了推行以德治国，周公为周朝制礼作乐而形成"王道"。"宣王道"是《周书》的核心思想，实现王道的奉天敬德保民则成为《周书》的基本主题。《周书》的谋篇全以能否阐明、揭示这一基本主题来考虑，文章结构围绕着这一中心来构建，其笔法运用随着这一中心的阐述来展开。具体到《周书》每一篇，肯定有不同于其他篇的某一主题，能做到一文一意，但每一篇的主题基本上是"宣王道"的某一方面，弘道对文章起着统摄的作用。《周书》主题简明集中，且立片言而居要。有开有合，首有呼而尾有应，或简直明了或迂徐委曲，但总能做到主题如血脉一般，贯通全篇。《周书》的道统决定了文章的主题，主题又决定了文章的格式、语言及表述方法。

第一，"道"决定了"文"的书写体例。刘知几把《尚书》的文体分为 6 种："盖《书》之所主，本于号令，所以宣王道之正义，发话言于臣下，故其所载，皆典、谟、训、诰、誓、命之文。"[②]刘知几"辨体仅从《尚书》记言体出发，实际上《金縢》一篇基本为记事体，可用'记'来称其体。在记言体中，还可以分出'颂'体，主要指包含歌颂和赞美、祈福等内容的文

---

① 《论语·八佾》，杨伯峻《论语译注》，中华书局 1958 年版，第 28 页。

② （唐）刘知几著，姚松、朱恒夫译注《史通全译》内篇卷 1《六家第一》，贵州人民出版社 1990 年版，第 3 页。

章。《尚书》每种文体都有着独特体制模式和文化内涵。"①不同文体,便于阐述不同的内容。《尚书》文体虽粗略,但后世散文文体基本上都可以在《尚书》中找到其根源,把握《尚书》的文体,可以揭示后世散文文体发生流变的根源。

第二,《周书》篇章结构完整而有条理。每一篇都有大致能概括或提示本篇主题的标题。篇中内容也经过严密、合理的布局。如《顾命》篇记成王病重、驾崩、康王受命、入朝登基,把大丧与嗣位的礼节仪式介绍得井然有序,把场景描绘得历历在目;利用时间的推进、空间方位的转换,逐层展示事件过程,线索清晰,整个事件情节环环相扣,过程跌宕起伏,首尾圆贯。就是谈话记录,也有合乎逻辑发展的谋篇布局。如《君奭》篇,即使去掉各段开头的那些"周公若曰""予唯曰"等词,各条语录仍有一条清晰的线索贯穿着,所阐述的道理层次分明,逻辑严密,结构完整。《周书》不论记言、记事,都注意交代清楚所述事件的内容及参与的人物和事件发生的时间,有的篇章记载的时间、地点、人物、事件一应俱全,已经具备了编年体的基本要素。

第三,《周书》的语言也很有特点,严格遵从的是"言曰从"②的原则。何谓"从"?《汉书·五行志》中解释为:"顺也。"③"言曰从"指说话要遵从真理,符合逻辑,实事求是,只有如此,其语言才能使人信服,才能在表述上文从字顺,语义连贯,层次清楚,通顺流畅。《周书》要求一切言论要正当、准确,才能达到宣扬王道至理从而治理天下的目的。

《周书》的语言有时追求形象化的表述,用生动的传说故事、具体的事件、形象的比喻来说明抽象的事理。注意运用生活中人们熟知惯见的事物、现象来比喻抽象的道理与概念,先使人们引起感性印象,然后再上升到理性认识。如《泰誓下》写周武王颂扬其父:"惟我文考,若日月之照临,光于四方……"④文王功德如日月光辉照耀四方,比喻生动贴切,后世歌颂伟人常仿用。《周书》虽是官方文书,却具有溢于言表的感情,严肃的文告中竟多次出现感叹词句。周公等重臣口吻毕肖的个性化语言,显示了他们以国家基业为重的赤诚胸襟,表现了一个个无私无怨、忠心报国的辅弼形象。《周书》的文字描写平实,语言浅显,甚至夹杂着许多俗语。由于当时书写不便,所以行文讲究精练、简洁,各篇都表现出精约的特点。后世认为它的文字佶屈聱牙,那是因为不熟悉当时的语言,自然读起来艰涩拗口。刘勰在《文心雕龙·宗经》中说:"《书》实记言,而训诂茫昧,通乎尔雅,则文意晓然。故子夏叹《书》:'昭昭若日月之明,离离如星辰之行',言昭灼也。"⑤如果从语音、语法、词汇三方面来熟悉上古语言,就会发现它的文辞达意像日月一样明晰,语言结构像星宿一样排列有序。

第四,《周书》行文讲究修辞,运用最多的是引证。如《无逸》篇,周公以商中宗、高宗、祖甲及周太王、王季、文王勤勉从政为例,说明只有怀着谨慎、负责、勤劳、认真的态度对待政务,才能在位长久,否则执政便是短命的,告诫成王力戒逸乐、勤于政事,这是引证历

①　杨树增《中国早期的简策书写》,《光明日报》2018年10月22日版。

②　"言曰从"语出《尚书》,见《十三经注疏》,(汉)孔安国传,(唐)孔颖达疏《尚书正义·洪范》卷12,北京大学出版社1999年版,第303页。

③　(汉)班固撰,(唐)颜师古注《汉书》卷27《五行志第七中之上》,中华书局1999年版,第1124页。

④　(汉)孔安国传,(唐)孔颖达疏《尚书正义》卷11《泰誓下》,北京大学出版社1999年版,第281页。

⑤　《文心雕龙·宗经》,周振甫《文心雕龙今译》,中华书局1986年版,第28页。

史事实说明道理。至于引证先王圣哲箴言善语，更不胜枚举。《周书》虽多为记言，但人物论理往往多用历史上发生过的正反事例作为论据，对比、比照成为常用的说理方法。一正一反的事例，对比鲜明；孰善孰恶，极易分辨。通过摆事实来讲道理，展示了中国文统的传统特点。

第五，《周书》具有自己独特的艺术风格。《周书》多为君王、诸侯言论，必然受到他们独特的生活经历、艺术素养、情感倾向、审美观念的影响，艺术风格就是创作个性的自然流露和具体表现。君王、诸侯作为首领，其地位及阅历决定了他们的言论体现出君临天下的博大视野，居高临下驾驭全局的气势，其言论在行文上就显出典雅、庄重、严厉又朴实的特点。当然，风格也受体裁的制约，曹丕《典论·论文》说："奏议宜雅，书论宜理，铭诔尚实，诗赋欲丽。"①这说明不同体裁对于风格有不同的要求。具体到《周书》，其不同的文体表现出来的风格也不尽相同。如誓词，体现出严肃、劲健、雄壮等特点，凌厉时如寒风扫落叶；告诫之词，温柔、体贴、委婉，温和时如暖风拂面。至于那些训诫加劝慰的文章，刚柔并济，相辅相成。这体现了《周书》艺术风格具有同一性与多样化的特征，说明中国早期散文的书写艺术已经相当成熟。

西周以后的春秋战国时期，由于普遍使用铁质农具及牛耕，农业生产力大幅度提高，旧的井田制已不适应生产力的发展，土地从周天子所有逐渐变为诸侯、贵族甚至庶民私有。周天子失去控制诸侯的权力，造成了"礼坏乐崩""犯上逾越"的局面。在王室衰弱中，王官沦落，王官文化的统治地位也随之被士文化所代替，原来占据文坛主导地位的官方文书散文，被哲理散文与历史散文所代替。

士原本是西周最低级的贵族。随着西周宗法制的崩溃，士本身发生了极大的变化。许多士失去了原来的特权，但也摆脱了旧的宗法制的束缚，获得了人格的相对独立。尽管在乱世之中有所失，但那些具有文化知识的士，在诸侯争霸中找到了充分施展自己才华的舞台。春秋战国时出现了"处士横议""百家争鸣"的局面。据士阶层观点的不同，人们把他们划分成多种学派，这些学派统称诸子。当时极有影响的是儒家、道家与墨家，这三家的分歧主要在于对道的理解有所不同。儒家释道，以仁为核心，对人主张有等级地去爱，推崇入世的进取型的人生，强调个人修养，虽畏天命而积极有为。道家释道，主张自然，推崇出世的贵柔型人生，提倡绝圣去智，自然而然而安于无为。墨家释道，主张对人无差别地兼爱，重视寻求天下乱源，获得救世良方。三家虽有重大的分歧，然而都重视人的价值。儒家强调人与人之间的和谐，尊重每一个人的人权与尊严；道家虽轻视圣知仁义礼乐，但强调人的本性不应受到社会的侵害；墨家鼓吹兼爱、非攻、尚贤等，更把人的价值看得高于一切。各学派正因为对道的阐释有共同之处，所以在争鸣中还互相通融、取长补短。

在诸子中，儒家的主张顺应了当时生产力发展、地主阶级兴起、思想解放、社会转型的历史潮流，所以由子学发展为显学，至汉而成为正统的经学；墨学脱离社会现实，不能顺应封建地主社会发展趋势，由显学逐渐衰落为绝学；道家学说虽延绵不绝，但始终不能成为中国封建社会的主流意识。能体现中国封建社会文化的先进性，传承中国的道统与

---

① （南朝梁）萧统选，（唐）李善注《昭明文选》卷52《典论·论文》，京华出版社2000年版，第336页。

文统，成为中华传统文化的主体与核心，唯有儒家的学说。

　　为何儒家能担负起如此重大的历史使命？首先因为儒家比任何学派都更尊重古代文化，更完整地传承古代文化。以孔子为首的儒家学派，对古代文献进行了系统的整理，三代"礼乐自此可得而述，以备王道，成六艺"①。因有儒家，中国的道统与文统没有中断。

　　其次，儒家在继承古代道统与文统的基础上，对古代道统与文统进行了发展与创新，建立起比古代道统、文统对后世影响更为深远的儒家思想。如体现西周道统的是周礼，周礼的核心是德，仁只是周人德中的一种优秀品德，儒家却将仁提升为统摄所有优秀品德的至高的道，并细析出仁义、仁政等思想，大大地发展了西周德的思想。以仁为核心的儒家思想成为后来中国封建社会的主导思想，成为中国封建社会 2000 多年的精神支柱。

　　儒家的代表人物是孔子、孟子与荀子，其代表作是《论语》《孟子》与《荀子》。这 3 部著作都属说理性的哲理散文。虽说《尚书》中的誓诰已有说理成分，但还不能算作专门的说理文章。中国哲理文章的形成是从先秦诸子哲理散文开始的，其中儒家最早的哲理散文就是《论语》。《论语》虽不是孔子本人自编，却是孔子的言论集，集中反映了这位儒家创始人的思想。孔子理论的核心是仁，仁即爱人，或"泛爱众""博施于民而能济众"②。孔子爱人有两个标准：从积极的方面——"忠"着眼，便是"己欲立而立人，己欲达而达人"③；从消极的方面——"恕"着眼，便是"己所不欲，勿施于人"④。完全以换位的思考，来推己及人。孔子的"爱人"与墨家的兼爱有区别，他主张有等次的爱，这个等次不是将人分成不能一视同仁的三六九等，而是强调因施爱者地位的不同，对其施爱方式有不同的要求。体现这个等次的内容便是礼。礼是实现仁的各种行为规范。孔子对君臣父子及所有不同身份的人都提出爱人的具体要求。以此观念为核心的理论，为新兴封建地主阶级治国理政、从而达到整个社会的和谐，制定了根本大法，为大一统封建社会的建立提供了理论基础。

　　《论语》各段说理的语录，虽构不成完整的理论文章，但已成为哲理文的简单雏形了。语录体不拘形式，出口成章，采用的口语平易晓畅，言简意赅，易于便捷地表达作者的思想观点，其感人效果有时还胜于长篇专论。因此它作为一种散文体裁一直绵延，直到清代，还有人以语录体来著述。

　　《论语》中的语录多是一段段的精粹格言。孔子在教诲其弟子时，理论依据来自六经，用不着去论证它的正确性。同时，孔子弟子在记录与整理孔子言论时，往往收录其中十分深切的重要论点。即使有些论点孔子做了说明，往往也略而不记。再则，春秋末还没有明显的学派对立，互相论辩的风气还未形成，因为在论述道理时没有论敌的挑剔，所以用不着去论证，用不着寻求充分的论据。也就是说，《论语》中的说理一般只说了"其然"部分，而省掉了"其所以然"的部分。

　　在儒家学派中，地位仅次于孔子的是孟子。人们习惯把孔子与孟子合称为"孔孟"，

――――――――――

　　①　（汉）司马迁撰，（宋）裴骃集解，（唐）司马贞索隐，（唐）张守节正义《史记》卷 47《孔子世家》，中华书局 1999 年版，第 1559 页。

　　②　《论语·雍也》，杨伯峻《论语译注》，中华书局 1958 年版，第 63 页。

　　③　《论语·雍也》，杨伯峻《论语译注》，中华书局 1958 年版，第 63 页。

　　④　《论语·颜渊》，杨伯峻《论语译注》，中华书局 1958 年版，第 121 页。

称他们的思想为"孔孟之道"。"孔孟之道"阐述了儒家学说的基本理论,几乎成了儒学的另一种称呼。孟子不仅全面继承了孔子的思想遗产,而且对孔子思想有许多创新与超越。孟子在孔子仁的观念基础上,又吸收了墨家的民本思想,也受到当时宋尹学派"宽""恕""均平"思想的影响,形成了自己的仁政学说。孔子对仁的解释中已包含了一些仁政的内容,孟子则将仁政发展为重要的政治理论。孟子在对仁政的阐释中,特别强调统治者行义。孟子说:"仁,内也,非外也;义,外也,非内也。"①"仁,人心也;义,人路也。"②他将义与仁相提并论,将义提高到儒学思想体系中特别重要的位置上,形成以仁义为核心的标识,不仅强调泛泛的仁爱原则,更重视从政权层面上落实如何爱人的问题。孟子强调仁义,主要是针对统治者行仁政而言,孟子的仁政、仁义学说抓住了治国安邦的根本,也使儒学思想体系更加系统化与深入化。

孟子的仁政思想取决于他对人民历史作用的正确认识。他认为人民决定着国家的兴亡,大胆地提出"民为贵,社稷次之,君为轻"③。反暴敛、反暴政、反暴君,是孟子仁政学说中的精华部分,也是高于孔子思想之处。在民众基本丧失了人权与自由的社会,孟子敢为民众争取显赫的社会地位,其鲜明的重民思想在先秦诸子中是少有的,其民本思想达到了封建时代的最高峰。

孟子"仁政"学说的哲学基础是"性善论"。他认为凡是人都具有天赋的四端——仁、义、礼、智,人天生就具备行仁义的善性。如果说孔子提出仁,但尚未明确回答仁的根源以及人为何以仁待人和以仁律己的话,那么孟子解决了仁的来源和根据的理论问题,从而把孔子的仁学推进到心性论的深度和本体论的高度,极大地影响了后世以仁为核心的儒家思想的演变与发展。

《孟子》一书虽然基本上是语录体,但在体制上与《论语》有很大区别。《孟子》中某些段落有中心议题,能展开论证,形式上是语录体,实质上已接近专题论说文。《孟子》还创造了互相对话的形式。这种形式不仅可以用于答疑,而且还可以互相讨论、驳诘。参加对话的人,围绕中心论题,充分展开论辩。《孟子》驳论的方法与技巧对驳论文体制的建立与发展具有巨大的推动作用。

继孟子之后,先秦最有影响的儒家代表是荀子。如果说孔子主张以仁为核心,以礼为规范,行仁而用礼为其政治理想模式,那么,孟子侧重继承和发展了孔子仁的思想,注重个人知性养性的修身,强调统治者对民众的关心与体恤,以达到仁政。而荀子则主要继承和发展了孔子礼的思想,注重礼的制定与执行,强调民众对君王的尊重与服从,以推行王道。从这一角度出发,荀子以务实的态度和入世、经世的价值取向来批判地总结和吸收先秦诸子各派的学术思想,尤其是法家的法治思想,常以礼、法并称,认为:"礼义者,治之始也"④,"法者,治之端也"⑤,"隆礼尊贤而王,重法爱民而霸"⑥,形成了自己的礼法

① 《孟子·告子章句上》,杨伯峻《孟子译注》,中华书局 1960 年版,第 236 页。
② 《孟子·告子章句上》,杨伯峻《孟子译注》,中华书局 1960 年版,第 247 页。
③ 《孟子·尽心章句下》,杨伯峻《孟子译注》,中华书局 1960 年版,第 304 页。
④ （清）王先谦撰,沈啸寰、王星贤点校《荀子集解》卷 5《王制》篇,中华书局 1988 年版,第 163 页。
⑤ （清）王先谦撰,沈啸寰、王星贤点校《荀子集解》卷 8《君道》篇,中华书局 1988 年版,第 230 页。
⑥ （清）王先谦撰,沈啸寰、王星贤点校《荀子集解》卷 19《大略》篇,中华书局 1988 年版,第 485 页。

兼治、王霸并用的新儒学。

荀子反对孟子的"性善论"，在其《性恶》篇中针锋相对地提出了"性恶论"。但从本质上来说，"性恶论"依然是同孟子"性善论"一样的先验的人性论。孟子主张人性皆善，认为人应该加强自律，进行自我修养，唤起自身善性，去顺从圣人之道。荀子主张人性皆恶，应加强他律，以礼法规矩约束自我，除去恶性，去遵循圣人之道。两种学说相反而相成，其本质是一样的，目的是一致的。如果说有差异，"性善论"能更好地证实仁政说，从自身心性修养方面发展了儒学；"性恶论"能更好地证实礼法说，从礼教与法制方面发展了儒学。后世儒家每讲到道统代表时往往将荀子排除在外，原因是其儒学"不纯"，思想混杂诸子他家，岂不知这种融会贯通百家之说，正给儒学的发展注入了新的活力。

从《孟子》开始，哲理散文讲究论证分析，有了严密的逻辑性，表现出了语录体向专题论文过渡的特点。及至《荀子》时，文章大都具有专题论文的格式，结构严密，说理透辟，逻辑性强，有的篇章还直接以"论""说""议""解""辩"等论说文的不同体裁来命题，如《议道》《天论》《解蔽》等等。在此之前，《论语》《孟子》仅取篇章首句开头的数字为题，题目不能揭示全文的主旨。再看其他诸子，《老子》只标章数，仅能起一个顺序排列的作用；《墨子》《庄子》有一部分采用《论语》的格式，有一部分标题与主旨有关，但有的标题意义使人费解，如《墨子》的《大取》《小取》《耕柱》，《庄子》的《胠箧》《山木》等。而《荀子》各篇，除语录体基本仍依《论语》标题格式外，其余均是以极其简明又能揭示或提示主题的短语作标题。在哲理散文体制的发展过程中，荀子是一个有着特殊贡献的人。他吸收了前人论说文的创作经验，又在体制上、论说技巧上做了许多新的探索，使专题哲理散文正式成为一种独立的文体。

从《论语》《孟子》与《荀子》可看出：儒家的最高人生追求是济天下，主张担负起历史的使命和社会责任，积极投身于社会实践，立足于现实，以敏锐的观察与理性的分析，关注形形色色的现实人生。儒家用散文的形式来抒写胸怀社稷、济世救民的志向，讴歌立德立功立言的不朽事业，批评统治者的失政腐败，怜悯悲叹民生的苦难等等。儒家散文从一开始就形成了现实主义创作的特征。对中国散文艺术最有影响力的，莫过于先秦儒家与道家二派，如果说先秦道家学派奠定了我国散文乃至文学创作中的浪漫主义基础，先秦儒家学派则奠定了我国散文乃至文学创作中的现实主义基础。

《论语》《孟子》与《荀子》虽属哲理散文，却惯于以具象说明抽象，以事实阐明道理。在阐释社会人生哲理时，往往不尚空言，常采用的手法就是形象和议论相融合，以生动的形象描述，来触动人的感情，来启迪人的智慧，来引出"理"的结论。这里所说的形象，还包括比喻和寓言所形成的形象。以具体的、可感的形象去调动人们已有的知识去感受新的未知的事物，去理解无形的、抽象的概念，所以比喻、寓言等形式成了重要的达意手段。寓言可以说是复杂的比喻。如果说一般比喻的喻体还停留在一个或几个形象上，而寓言则扩大成为了饶有趣味的故事。寓言不仅需要形象，而且还需要情节。儒家哲理散文中的寓言至《孟子》，则达到了战国中叶儒家哲理散文寓言的最高水平，不仅数量增多，由单则寓言改变为联体寓言，而且有奇特的想象、众多的形象、丰富的意蕴、优美深邃的意境，显示着寓言势必发展成为独立的文学样式。儒家哲理散文中喜用比喻、寓言，就是想达到形象之中寓含道理，用感性的艺术形式来表达抽象观念的目的，这一特点对我国后世散文的文统产生了很大的影响。

儒家哲理散文以文学的笔法评判着世上的善恶现象，在议论中融进了作者鲜明的个性特征与深切的情感，是文学与哲学的高度结合；同时也伴有叙事，有着史学的成分，能熔诗人的激情、史家的渊博、哲人的睿智于一炉，有文、史、哲的完美统一又重于文、哲结合的显著特质。儒家哲理散文追求真善美统一的文统，显示了中国说理文的民族特色，它决定了整个中国散文乃至文学的基本特征，支配了中国散文乃至文学基本发展的趋向。

前面已经说过，中国文学的发展并没有走西方"神话—史诗—戏剧—小说"的路径，它是在带有文学色彩的实用公文基础上，以诸子哲理散文承担起说理的功能，以历史散文承担起叙事的功能。儒家散文只是诸子散文中比较显著的一家，而中国早期历史散文则是由儒家独家创建的。章学诚说："六经皆史"①，那是从六经具有历史文献价值方面而言的。如果从文体的角度讲，从现存文献看，儒家代表人物孔子的《春秋》，则是中国成体系的历史散文的开山之作。

中华文明历史悠久，史官设立最早，史籍产生也最早、最丰富。但夏、商、周王室史官所著史书与周代各诸侯国国史——"百国春秋"早已亡佚，孔子的《春秋》则成了中国最早的历史散文。孔子十分注重利用历史的经验教训，来探究当前及未来社会发展的动向及趋势，以寻找治理世道的规律与方法。他说："我欲载之空言，不如见之于行事之深切著明也。"②又说："属辞、比事，《春秋》教也"③，极精练地概括了《春秋》的体例特征与写作特点。"比事"，就是把事件按时间顺序严格加以编排，这一点可能与"百国春秋"的区别不大。根本区分在于《春秋》"比事"有自己的"义例"，这就是它比事的主旨是为了代周天子褒善贬恶，尤其对僭越周礼者进行舆论上的诛伐。"比事"的原则是"据鲁，亲周，故殷，运之三代"④，即以鲁国为本位来记事，又兼记天下大势的演变，内详外略，具有列国史的意义。时间记录统一于周正，即用"王某月"以示，表示扶周室、明王道之义。以夏、商灭国和西周衰微为借鉴，通过所记春秋之事，宣扬仁德治国永固一统的道统。

"属辞"，就是遣词造句。《春秋》属辞的特点是"微而显，志而晦，婉而成章，尽而不污"⑤，就是指其言辞少而意义显豁，记的虽是史事却含着深刻的道理，表述婉转、有章法，书尽其事，无所歪曲。《春秋》在简洁的语言中隐寓褒贬，有"微言大义"，这就是所谓的"春秋笔法"。孔子就是借"春秋笔法"，"上明三王之道，下辨人事之纪，别嫌疑，明是非，定犹豫，善善恶恶，贤贤贱不肖，存亡国，继绝世，补敝起废"。⑥《春秋》选词炼句一丝不

---

① （清）章学诚《文史通义》卷1内篇1《易教上》，商务印书馆1988年版，第1页。

② （汉）司马迁撰，（宋）裴骃集解，（唐）司马贞索隐，（唐）张守节正义《史记》卷130《太史公自序》，中华书局1999年版，第2491页。

③ （清）孙希旦撰，沈啸寰、王星贤点校《礼记集解》卷48《经解》，中华书局1989年版，第1254页。

④ （汉）司马迁撰，（宋）裴骃集解，（唐）司马贞索隐，（唐）张守节正义《史记》卷47《孔子世家》，中华书局1999年版，第1563页。

⑤ 《左传·成公十四年》，杨伯峻《春秋左传注》，中华书局1981年版，第870页。

⑥ （汉）司马迁撰，（宋）裴骃集解，（唐）司马贞索隐，（唐）张守节正义《史记》卷130《太史公自序》，中华书局1999年版，第2491～2492页。

苟,文笔浅显,用意深刻,以至于"一字之褒,宠逾华衮之赠;片言之贬,辱过市朝之挞"。①在古奥艰涩的《尚书》式的语言基础上,孔子创造出一种凝练、平实、浅显、含蓄、准确的书面语,从此确定了书面语言流畅清新的方向。

《春秋》是我国现存第一部编年史书,开了个人撰史的先例,打破了史官记史的垄断。但以不足 2 万个字来写春秋 242 年的事,实在是太粗略了。继它之后不久出现的《左传》(原称《左氏春秋》),才是儒家一部基本成熟的史实详备、富有文采的编年体春秋史著。《左传》著者左丘明已经不满足于《春秋》那种对历史事件只进行简单陈述的写法,他要以富赡而有趣的史事、各种人物生动而详细的历史活动,来充分而生动地展示那段激烈动荡的春秋史。如果说《春秋》仅是叙事,而《左传》则是叙事、记言的综合体了。

在叙事方法上,《左传》有重大的创新。首先表现在作者重视对事件的完整把握,对事件的发生、发展和结束有时能给予集中记叙。章学诚在《文史通义》中总结出《左传》有多种叙事方法,如顺叙、倒叙、类叙、次叙、断续叙、牵连叙等;而《春秋》只简单地使用了顺叙,其他叙事的方法是不具备的。这样,《左传》实际上突破了编年体的界限,使事件的记叙有了纪事本末体的因素,使人物的刻画有了纪传体的意味。作者善于把握社会矛盾的来龙去脉与历史事件的前因后果,把材料组织编排得条理分明、井然有序;并用那支生花妙笔,把看似平淡的事件描写出紧张曲折的情节来,用生动的故事代替简单枯燥的事件概述。为了把事件的经过写得绘声绘色、扣人心弦、富有戏剧性,作者还采用了历史传说、民谣故事、奇谈逸闻,甚至加进了自己的想象与虚构,把似乎平淡无奇的人物也写得富有传奇色彩。特别是《左传》善于叙述战事,战争的酝酿、起因,战前军事、外交的谋略,兵马物质的调遣,阵势的布置,战时激烈的搏杀,战局的变化,双方的进退,战后胜负的结局,各方面的反应,人事的处理等,都迂徐有致地表现出来,笔力纵横,章法变幻有方。

《左传》的记言,也达到了前所未有的水平。作者具有熟练驾驭语言的能力,善于以生动的具有个性化的人物语言,传神地表现出人物的鲜明性格;善于以准确精练的叙述人的语言,来表述纷繁复杂的事变,来表达作者自己深刻、细腻的认识与感情。《左传》中人物的"记言",最为精彩的是行人的辞令。所谓"行人"是指奔走于政界的说客,他们凭借十分讲究逻辑的言辞来折服对方,推行自己的主张。他们的外交辞令、政事议论、谏说之辞委婉有力,在彬彬有礼的形式下带有极强的"征服力"。他们善于揣摩对方心理而发论,巧于以语言进行"心战",语言充满了智慧。有的词锋犀利,有的陈词委婉,有的不亢不卑,有的似柔实刚,有的慷慨激昂,有的义正词严,有的哀衷动情。或真情坦率,或言不由衷,或逢场作戏,或坑蒙拐骗,但都无不流露着人物各自的个性风采。从《左传》开始,中国的历史专著有了作者的评论,这些发论加重了文章的感情色彩,为后代史传褒贬人物、抒发作者感情创立了新形式。儒家历史散文始于《春秋》,成熟于《左传》,把先秦散文的叙事记言和写人的艺术技巧提高到前所未有的高度。从这个角度讲,儒家历史散文可谓是后世文章之祖。

比《左传》更成熟、更卓著的历史著作是司马迁的《史记》。由于它是中国纪传体史书的首创,是中国正史中的首部,我们就把它当作中国早期历史著作来看待,尽管它的产生

---

① (东晋)范宁集解《春秋穀梁传附札记》,《春秋穀梁传序》,中华书局 1985 年版,第 3 页。

已在春秋战国结束后的西汉。

在传承中国道统的代表人物之中，司马迁如同荀子一样，不被人提起。这不仅因为司马迁史学的功勋掩盖了他其他方面的贡献，而且还因为后世一些儒家学者认为司马迁有"离经叛道"的意识。如班彪批评司马迁"论大道则先黄老而后六经"①，刘勰也说司马迁"爱奇反经之尤"②。他们站在陈腐的观念上来指责司马迁，看不到司马迁客观对待诸家又不偏袒儒家缺点，从而高于众学的卓荦见识。实际上，司马迁在接受各学派先进思想中受儒学影响最深，他是中国第一个客观、正确地推崇孔子为"至圣"的人。仅这一点，足以说明司马迁倾心于儒学的立场，足以证明他是中国道统传承中的一位关键人物。司马迁生活在"罢黜百家，独尊儒术"的汉初，但他不畏时势，不排斥也不盲从诸家学派，他吸收众家之长又高于众家之上，其思想达到了时代的高峰。如果说传承中国道统，他堪称最优秀的代表人物。

司马迁深受儒家仁学观点的影响，充分重视人的价值，紧紧抓住人是历史创造者这一根本，在自己的著作中着力叙述历史发展中人的作用，着力叙述社会中人与人之间的复杂关系，着力叙述人物之间的斗争过程，从而发现与揭示这个历史过程中所表现出来的特征及变化规律。有了这样的指导思想，才舍弃了排列事件的简单叙史方式，创建了将历史人物分类排比，将人物活动的现象分门别类地加以归纳，来表述纷繁复杂历史现象的新形式。这就是《史记》的五体形式。其中《本纪》《世家》《列传》3个不同序列，又是五体中的重要三体，组成展示社会历史发展的主要线索。总之，司马迁创立的纪传体要"究天人之际，通古今之变，成一家之言"③。在"究"中，他肯定了"天人之际"中人的主导地位，在"通"中他看到了"古今之变"中人的决定性作用，在"成"中，他找到了以人为中心的纪传体形式。人在《史记》中占据着鲜明的中心位置，人物体现了《史记》纪传体的本质，也体现了道统的本质。

有人说《史记》中的《本纪》是帝王传记，这种认识不全对。司马迁重视帝王，是因为帝王往往是国家、民族的代表，是参与重大历史事变的关键人物，其巨大的历史影响力是一般人不可相比的。司马迁选择《本纪》人物，也是依据以上原则而不是从名分出发的。如项羽无帝号而列《本纪》，而有的帝王却因起不到重大历史作用而被舍弃。依据这一原则，司马迁理清了中华民族发展的脉络，确定了五帝、夏、商、周、秦、楚（项羽）、汉的正统序列。他把中国整个社会的发展，视为同一种族系内的多民族的共同发展，记叙了中华民族大家庭中各民族大融合的历史，从而创立了中华民族大一统的思想，同时也理清了中国道统发展的脉络。

司马迁在《太史公自序》中说自己的著述所论载的是"明主贤君忠臣死义之士"④，明确指出入选《史记》的是社会各阶层那些具有巨大历史创造力、充分体现着中华民族优秀特征的人物，孔子属布衣而进《世家》，扁鹊一医师而入《列传》。司马迁在中国3000多年

---

① （汉）班固撰，（唐）颜师古注《汉书》卷62《司马迁传》，中华书局1999年版，第2070页。

② 《文心雕龙·史传》，周振甫《文心雕龙今译》，中华书局1986年版，第142页。

③ （汉）班固撰，（唐）颜师古注《汉书》卷62《司马迁传》，中华书局1999年版，第2068页。

④ （汉）司马迁撰，（宋）裴骃集解，（唐）司马贞索隐，（唐）张守节正义《史记》卷130《太史公自序》，中华书局1999年版，第2490页。

的历史长河中,披沙拣金精选出一批卓异特行、超群不凡的人物,从这些人物身上我们看到了古老的中国历史演变的过程与演变特征。

司马迁注意通过纪传人物的行事,对人物的本质特征进行深刻的揭示与概括,充分地体现出人物的社会关系、时代生活特征的普遍性和历史发展的趋向性。如《陈涉世家》,司马迁第一次对我国古代农民起义进行了生动记载。他敏锐地抓住了陈胜这个人物身上具有的普遍意义的东西,显示了中国农民起义推动历史前进的伟大功勋与农民起义的种种固有弱点。陈胜所体现的中国农民起义者的普遍特性为后来历代农民起义所证实。《史记》中每一个人物具有生动、鲜明的个性,是不可混同于别人的独特形象,是活灵活现的典型形象。他们真实、可信、感人,不论时隔多久,只要一翻开《史记》,那些纪传人物的音容笑貌就马上会在读者面前展现。

《史记》以人物为中心,创立了纪传的史学体例。同时,用文学的笔调来写历史,开创了中国传记文学。《史记》的史学观点、史学体例、记载内容、对历史事件的评论、对史料的选择、对人物的刻画、对史实的叙述等等,都有着开创的意义,标志着中国散文人物塑造艺术已经成熟。

从中国早期散文中,我们领悟到:道统好像是人的灵魂,文统好像人的肌体,高尚的灵魂蕴注于健全的肌体,健全的肌体使灵魂得以依存与提升。道统支配着文章的格局与演变,文统又不断地完善着道统的阐述方式及体系。中国早期散文蕴含着中国的道统与文统。每当后世文学步入脱离现实,片面追求唯美的歧途时,便有"复古"思潮的兴起,以恢复中国早期散文的道统与文统为号召,起衰振弊;每当受到外域文化冲击时,中国古代文学往往以其道统与文统特有的开放性、兼容性,来吸收外域文化的优秀新质,来丰富、充实自身,以适应新的文学发展。

模仿·赋得·才性:南朝诗人技巧与趣味的自证

付佳奥*

摘　要:模仿的文学行动反映出模仿者的文学思想。南朝诗人截断"思君如流水"和"三妇艳"入乐,对其句法、意象的结构形式亦步亦趋地效作,体现出时人练习修辞的自主意识和审美上的共同趣尚。在模仿经典的基础上,赋得体更进一步,运用个人的才学,模仿古人之语境,发挥想象、敷衍成篇、踵事增华。这3种成风气的模式在后世都有一定的追随,而究其生成的原因,应与才、性结合的人物品评直接相关。南朝诗人普遍追求的是技巧与趣味的自证,而非艺术上的创新,对诗风的凝成有较大的影响。

关键词:模仿;赋得;才性;技巧;趣味

文本间的模仿在文学史的演进中起到了重要的作用,模仿前代经典中的句式、名物、语言,常常是再作的基础。一般来说,模仿也意味着取舍,反映出模仿者的文学思想和审美趣味。早在汉魏时代,古诗便有前后相承的明显痕迹。余冠英曾在论述乐府诗时说,"古乐府重声不重辞,乐工取诗合乐,往往随意并合裁剪,不问文义"[1],并认为当时颇有些合乐的杂采、套语,供拼凑使用。这种沿袭而下的套语,实即模仿途径之一。张伯伟先生也以《西门行》为例,提到乐府对古诗的改易敷衍[2]。这种诗歌文本的生成方式反映出早期的创作观,模仿什么、如何模仿,随之亦成为一个重要的诗学问题。

南朝诗人对"思君如流水""三妇艳"等形式的模仿亦步亦趋,其影响远及后代甚至域外。他们通过句法结构、意象剪裁上的模仿,锻炼着文学技巧,一展文才,彰显出合群的趣味,反映出当时试图将才、性结合的人物品评风气在文学层面渗透,并由此催生出"赋得体"。在"赋得"这一文学行动中,诗人们得到了更广阔的展现空间,从经典文本出发,构建出基于贵族文人共同趣尚的文学世界。本文拟从相关典型诗例出发,探讨创作思维的时代性及其对诗风的影响。

一、"自君之出矣"模式与修辞结构

《玉台新咏》载徐干所作《室思》,第3章为:

> 浮云何洋洋,愿因通吾辞。飘飘不可寄,徒倚徒相思。
> 人离皆复会,君独无返期。自君之出矣,明镜暗不治。
> 思君如流水,何有穷已时。[3]

---

　*　付佳奥,文学博士,西南大学文学院讲师,主要从事唐代诗学研究。

①　余冠英《汉魏六朝诗论丛》,商务印书馆2010年版,第17页。
②　详参张伯伟《诗词曲志》,上海人民出版社1998年版,第74~75页。
③　(陈)徐陵编,(清)吴兆宜注,(清)程琰删补,穆克宏点校《玉台新咏笺注》,中华书局1985年版,第37页。

　　这首诗为思妇代言,开篇部分模仿《古诗十九首》。"浮云何洋洋"即"明月何皎皎"的变化,"徙倚徒相思"为"徙倚怀感伤"的变化,"人离"句用"荡子行不归"之意,前6句因此也很有汉代诗歌的朴拙之风。徐干所作《室思》其余5章也与此章前6句风格相似,是当时作五言诗的范式,显示出对前代经典的模拟取径。不过,"自君之出矣"以下4句则完全脱离了古诗的笼罩。徐干连用明镜、流水两个意象,托物喻志,使诗情更灵动,此诗也由此得到了升华。

　　相关人士对《室思》4句的模仿常常属于"同题共拟",在文学社交场合展开。宋孝武帝截断末4句率先拟作,并令群臣奉和。胡应麟论绝句起源时即提到徐干诗,认为"绝谓之截亦可"①。谢榛《四溟诗话》亦云:"杨仲宏谓五言绝句,乃古诗末四句,所以意味悠长,盖本于此。"②宋孝武帝截断匠心独运的后4句,而不是原诗更接近《古诗十九首》的前6句,显然体现出他个人的审美意识。其《自君之出矣》一诗如下:

　　自君之出矣,金翠暗无精。思君如日月,回还昼夜生。③

　　这是一次惟妙惟肖的模仿。他舍弃了徐干原作的铺垫部分,直接进入言志阶段,用"金翠"替换了"明镜",而"金翠暗无精"是徐干另一首诗的成句,拼合而无痕迹。"日月"替换了"流水",意象上亦无本质不同。江夏王刘义恭的《自君之出矣》应是这次同赋应酬之作,其诗云:

　　自君之出矣,筍锦废不开。思君如清风,晓夜常徘徊。④

　　刘义恭诗是当时同题共作的代表,他同样将两个关键意象替换掉,巧运神思,用第1个意象来表达类似于"自伯之东,首如飞蓬"的感慨,第2个意象则配合第4句,用比喻的修辞手法形容思念之深。又如颜师伯同题之作:

　　自君之出矣,芳帷低不举。思君如回雪,流乱无端绪。⑤

　　和刘义恭诗一样,颜师伯对徐干诗的结构进行了全方位的模仿。不可否认,在徐干这个精巧的模式下,孝武帝、刘义恭、颜师伯的诗几乎处于同一水平。这几个人不以善诗闻名,但他们的作品也有模有样,皆清新可读,与徐干诗相较只是略逊一些自然。修辞技巧带来了表达情感的力量,作者从徐干换成其他人并不影响这种力量。

　　作诗本身离不开模拟,徐干的这4句诗的句法结构特点鲜明,模仿者历代不乏其人。南齐时代,有王融、范云拟作,其中王融诗为奉和之作,可见当时模仿者还有不少。梁之虞羲、陈之后主,都有拟作传世,陈后主更是作了6首之多。南朝诗人对"自君之出矣"的模仿热情是显而易见的,而这种热情在唐代还有余温,张九龄、李康成、卢仝、李咸用均有拟作流传。至宋元时,这种模仿热情才衰退下去。明代在诗学复古的潮流影响下,这个

---

　　①　(明)胡应麟《诗薮》内编卷6,中华书局1962年版,第105页。
　　②　(明)谢榛《四溟诗话》卷1,人民文学出版社1961年版,第26页。
　　③　逯钦立辑《先秦汉魏晋南北朝诗》,中华书局1988年版,第1219页。关于该诗诗题,《玉台新咏》作"拟徐干",《艺文类聚》作"拟室思"。
　　④　逯钦立辑《先秦汉魏晋南北朝诗》,中华书局1988年版,第1247页。
　　⑤　逯钦立辑《先秦汉魏晋南北朝诗》,中华书局1988年版,第1245页。

已经沉默多年的模式再一次焕发了活力，模仿者络绎不绝，且模仿者范围很广①。考虑到诗人结集时的自我删汰，曾经做过这项模仿工作的人只会更多。

更加有趣的是这一行为还远播域外。朝鲜诗人崔淑精、金净、成伣、崔有渊、李瑞雨等都曾拟此乐府旧题，李瑞雨更作了8首之多。其中金净《自君之出矣》堪作代表：

> 自君之出矣，懒上玉帘钩。思君如蕉叶，芳心夜夜抽。②

"玉帘钩"和"蕉叶"两个关键意象用得十分自然，其诗的水平和中国诗人几乎没有区别。日本江户时代之后的诗人也多有效仿，伊藤东涯、菅茶山、尾池桐阳等人都有亦步亦趋的仿作。熟知汉文化的内藤湖南，也作有两首《自君之出矣》：

> 自君之出矣，不复画双眉。思君如夏蛾，情火自残堕。
> 自君之出矣，凉风满户庭。思君如秋蝶，红粉日来零。③

模仿者们都心照不宣地保持着徐干的精巧模式。那么，我们不得不考虑一个原始问题，为什么徐干"自君之出矣"能够有如此大的魔力，在乐府的音乐形式脱落之后尚能吸引如此多的跟随者，且绝大多数的跟随者都沿用了他的语言结构呢？

无论在言意之辨中"言不尽意"派如何申明"言"的局限性，"言"本身离不开"意"，"言"有达意的目的和功用。如何做到"辞达"，是擅长立言者的目标。张融在《海赋》中有一段自序性质的文字：

> 盖言之用也，情矣形乎？使天形寅内敷，情敷外寅者，言之业也……壮哉水之奇也，奇哉水之壮也。故古人以之颂其所见，吾问翰而赋之焉。当其济兴绝感，岂觉人在我外，木生之作，君自君矣。④

这段话第一句从体用的角度谈"言"表现为"情"和"形"，和此后所谈他睹海之壮、颂其所见相呼应。黄侃先生校正第2句为"使夫形演内敷、情敷外演者，言之业也"⑤，讲的是语言的功用在于以具体的形象表现内在的情感，内在的情感也要外现出来，二者须相结合，这种观点在张融的时代大约渐渐流行。沈约言"以情纬文""以文被质"⑥，至刘勰则三分"声文""形文""情文"⑦，一贯而下。

这种以形象写抽象来以言尽意的本事，正是时人所自负的，所以张融说"木生之作，君自君矣"。木生有《海赋》在前，而张融自放手眼，"文辞诡激，欲前无木华，虽体制未谐，藩篱已判"⑧。然而实际情况并没有张融序中说的那样超然。他虽欲前无古人，却仍不得不模仿木生赋的结构，所作之赋仍然和木生一样重在摹形体物。他拿这篇赋给顾恺之

---

① 据《明诗综》统计便有9人共10首，这还远不是明代拟作的总量。
② 《冲庵集》卷1，韩国文集丛刊第23册，景仁文化社1996年刊，第99页。
③ 〔日〕内藤湖南《湖南诗存》，《内藤湖南全集》卷14，筑摩书房昭和五十一年（1976）刊，第317页。
④ （梁）萧子显《南齐书》卷41，中华书局1972年版，第721～722页。
⑤ 黄侃此论被王仲荦采入所校点《南齐书》中，见中华书局1972年版《南齐书》第735页校勘记。
⑥ （梁）沈约《宋书》卷67《谢灵运传论》，中华书局1974年版，第1778页。
⑦ 《文心雕龙·情采》，范文澜《文心雕龙注》，人民文学出版社1958年版，第537页。
⑧ （明）张溥撰，殷孟伦注《汉魏六朝百三家集题辞注》，人民文学出版社1960年版，第200页。

看，顾恺之认为"卿此赋实超玄虚，但恨不道盐耳"①。张融便加了数句以摹状海盐，实际上这是无关痛痒的。在比较两篇赋作时，牛月明认为"木华赋早出且以'伟丽'取胜，张融赋则有贴切深入之优"②，他们所重视的仍是"物"与"形"。可见张融的文学理念虽然达到了较高的认识水平，有意识地超越前人，但这种认识水平在向实践转化的过程中，仍然受限于当时的普遍风气，也就是时代的共性。如此再看南朝诗人对徐干诗的模仿也就不难理解了。

首先，徐干的4句诗主题古典，结构稳定、浑然一体，表达自然而优美，易于效仿。它还适合同题共作，如果才思敏捷，可以连赋数篇，以娱以乐，完美地符合从帝王到才士的群体需求。更重要的是，徐干诗的结构虽然简单，却展现出了中国抒情文学的两大表达方式。诗人针对思妇的内心世界，巧运神思，用第一个意象来表达来自"自伯之东，首如飞蓬"的感慨，这是文人士大夫男性视角想象中的女子应有之形象，窥其原理，是以反常写正常；第二个意象则配合第4句，用比喻的修辞形容思念之深，其原理是以形象写抽象。这两种表达方式在后来都成了写作的熟套，在征人思妇诗和早期词作之中比比皆是。

其次，句法层面上，徐诗也变一句一意的传统表达模式为两句一意，前后相承，生成了情感张力③。"自君之出矣"发唱，"明镜暗不治"承转，此时情感是大块的，笼统的；"思君如流水"，将情感集中到一束，"无有穷已时"将这一束导引出去，20字内余味悠长。因此，后世的模仿者亦步亦趋，完全承袭了徐干的句法，因而也获得了相似的表现力。但不是所有的模仿都能达到同样效果，一旦意象的选择不尽完美，结构的整体性就会遭到破坏。如宋孝武帝诗"思君如日月，回还昼夜生"的效果就不如徐诗，因为"日月"和相思终隔了一层，不如流水、风烛、回雪、蔓草诸意象那样自然，所以这两句之间的跳跃就不是那么顺畅。

综上，对"自君之出矣"的模仿滥觞于南朝文人，后代诗人们也纷纷拟作，不厌其烦，域外汉诗作者亦通过拟作来练习、娱情，他们改换意象但并不改变句法。接下来要进入另一组模仿诗例，再次观察南朝诗人如何通过截断和模仿彰显其文学技巧和趣尚。

二、"惟余最小妇"模式与文化意象

汉乐府相和歌辞中有《长安有狭斜行》，其中有一段说三子在京城任职，有大妇、中妇、小妇在家，后人多以此发挥。吴大顺由此析出《相逢行》《相逢狭路间》《长安有狭斜行》《三妇艳》4个系列。他认为四者既有联系也互有区别，体现了清商三调在南朝因宫体音乐体制遭到破坏而具备的"普遍缩短的趋势"，吴歌西曲则逐渐兴盛并成为宫廷娱乐音乐的主流样式④。其中《三妇艳》和《自君之出矣》的形成过程一样，也是将有关部分截断，

---

① （梁）萧子显《南齐书》卷41，中华书局1972年版，第725页。
② 牛月明《汉魏六朝赋中的海境》，《海洋文化研究》，2000年，总第2卷，第130页。
③ 唐绝句多二句一意，甚至被扩充为四句一意，如"打起黄莺儿，莫教枝上啼。啼时惊妾梦，不得到辽西"，单独拆开任何一句都不具备完整的意义，故谢榛论曰："此一篇一意，摘一句不成诗矣"，见《四溟诗话》卷1，人民文学出版社1961年版，第8页。句意关系的变化实即句法的发展，渐渐受到唐人诗格著作的重视。
④ 参见吴大顺《从〈长安有狭斜行〉到〈三妇艳〉看清商三调在南朝的演变》，《中国诗歌研究》第6辑，2010年，第83页。

成为一种便于模拟的程式。

今所见最早的《三妇艳》为南朝宋刘铄所作，截出描写三妇的部分，另合新曲，流行一时。王融、沈约、萧统、王筠、吴均、刘孝绰等人皆有仿作，因其文本结构前后相承且十分稳定，所以徐师曾《文体明辨序说》将它们列为"三妇艳体"。完全模拟汉乐府的，如刘孝绰《三妇艳》：

> 大妇缝罗裙，中妇料绣文。惟余最小妇，窈窕舞昭君。丈人慎勿去，听我驻浮云。①

汉乐府《长安有狭斜行》中的原文为"大妇织绮纻，中妇织流黄。小妇无所为，挟琴上高堂。丈夫且徐徐，调弦讵未央"②，刘诗更改了描写行动的文辞，没有改变诗的结构与本意。沈约所作则有所不同：

> 大妇拂玉匣，中妇结罗帷。小妇独无事，对镜画蛾眉。良人且安卧，夜长方自私。③

结构上仍一致，但内容上正如颜之推所说，三妇由舅姑变成了群妻④，不再作"丈人"而是作"良人"，体现出内容上的娱乐化。南朝文人沿用沈约此法，还作了相当多首，最多者为陈后主，作 11 首，文辞大同小异，兹不备举。

隋唐以后，《三妇艳》模式仍有为数众多的继作者。仅统计 6 句形式"三妇艳体"的话，唐代董思恭、王绍宗各作有 1 首；宋、元无之；明、清有李濂、李培、尤侗等人继作，存 10 余首。以笔者所见，朝鲜诗人申钦、李宜显等人留有拟作，日本江户时代诗人市河宽斋也作有两首。总体来说，因其属于乐府旧题，所以和《自君之出矣》一样，对其的模仿在南朝诗人发起之后，也间有模仿者进行这种小小的笔墨游戏，远播整个汉文化圈。

《三妇艳》也有自己的特色。这 6 句诗结构简单，虽然写了 4 个人物，但目的是从富贵悠闲的生活中突出小妇正值青春的窈窕、活泼，这非常符合南朝贵族的生活趣味，所以被从《长安有狭斜行》中抽出来专门制作新乐。前两句述大妇、中妇的贤良淑德，中间两句述小妇的活泼可爱，末尾两句则明面上劝丈人（或丈夫）不要生小妇的气，从侧面衬托小妇的可爱，突出富贵人家生活的美满。这种人物描写上对比、衬托的手法，也为古人常用。这首旧题乐府的影响不仅仅在于提供了典型的对比映衬描写手法，它所叙述的"三妇"也成为贯穿汉文化圈富贵太平生活的代名词，诗人有时更用来反衬自身之境遇。例如李商隐诗《行次西郊一百韵》中的"大妇抱儿哭，小妇攀车辀。生小太平年，不识夜闭门"⑤，即反用此语典而绝无郑卫之音。18 世纪朝鲜儒者李令翊有一首《萨水捷》：

> 大婆声呜呜，中姨涕紧紧。小妇不成凄，无言解罗绮。侬家老丈人，有杖始能起。阿

---

① 逯钦立辑《先秦汉魏晋南北朝诗》，中华书局 1988 年版，第 1825 页。
② 逯钦立辑《先秦汉魏晋南北朝诗》，中华书局 1988 年版，第 266 页。《相逢行》中叙及三妇部分为"大妇织绮罗，中妇织流黄。小妇无所为，挟瑟上高堂。丈人且安坐，调丝方未央"，文辞略有区别。见《先秦汉魏晋南北朝诗》汉诗卷 9，第 265 页。
③ 逯钦立辑《先秦汉魏晋南北朝诗》，中华书局 1988 年版，第 1616 页。
④ 《颜氏家训·书证》："古乐府歌词，先述三子，次及三妇，妇是对舅姑之称。其末章云'丈人且安坐，调弦未遽央。'古者，子妇供事舅姑，旦夕在侧，与儿女无异，故有此言……近代文人颇作三妇诗，乃为匹嫡并耦己之群妻之意，又加郑卫之辞，大雅君子，何其谬乎。"见王利器《颜氏家训集解》卷 6，上海古籍出版社 1980 年版，第 432 页。
⑤ （唐）李商隐撰，刘学锴、余恕诚集解《李商隐诗歌集解》，中华书局 1988 年版，第 233 页。

儿年十二,尚恃母怀里……问谁为此者,高丽乙支氏。不怨乙支氏,但怨隋天子。①

此诗序云:"隋师百万五千,高丽乙支文德御之,败来护儿于平壤,败宇文述于萨水。隋兵还者二千。"②其意旨在于用三妇的悲戚讽刺隋炀帝穷兵黩武进攻高丽,打破太平富贵的局面,使人民深受其害。此外,朝鲜时代诗人申纬诗"庭花三妇艳,楼月两头织"③,以"三妇艳"为昔日夫妻生活美满之代语伤悼亡妻。朝鲜时代诗人李明五诗"不羡他家三妇艳,我怜当日一儿寒"④、日本江户时代诗人服部南郭诗"日出妆台三妇艳,府中何处不怜春"⑤,亦以之代指富贵生活。可见,"三妇"形象不仅为中国诗人所常用,也已成为汉文化圈内普遍使用、意义稳固的文化意象。

在"三妇"中,最深入人心的又当属小妇。萧纲《从军行》云:"小妇赵人能鼓瑟。"⑥萧绎《戏作艳诗》云:"入堂值小妇,出门逢故夫。含辞未反吐,绞袖且踟蹰。"⑦徐陵《骢马驱》云:"诸兄二千石,小妇字罗敷。"⑧入唐以后大作手也纷纷效仿。王维《同比部杨员外十五夜游有怀静者季》云:"聊看侍中千宝骑,强识小妇七香车。"⑨温庭筠《西州词》云:"小妇被流黄,登楼抚瑶瑟。"⑩如此种种,都撷取三妇中青春小妇形象立诗。"小妇"也与青春美丽等同,正如"流水"与思念有了千丝万缕的联系,它们都成了诗的原质⑪。

越来越多的文人加入同一类型的诗歌创作中,前后相效,使结构成为范式,使原质成为文化意象。"三妇艳体"虽然只是 1 例,但它和"思君如流水"一同反映出南朝文人共同的文学趣尚和对经典文本的继承、转述方式。换言之,从这些诗例可以看出他们并不着意扩大诗的表现范围,而将眼光聚焦在如何发掘"我辈"之趣味并获得经典作品的表现力上。

三、才性统摄下的人物和文学

文人剪裁经典并加以模仿的例子相当之多,但像南朝文人截断"自君之出矣""惟余最小妇"并对其结构亦步亦趋模仿的情况尚属少见。这说明他们有意识地提炼出与之趣味相合,而又充分具有修辞技巧的经典片段,来锻炼或展示自己的文才。

不同时代有不同的创作思维,现代文论强调"影响的焦虑",这种心态在中国古典诗

---

① 《信斋集》卷 1,《韩国文集丛刊》第 252 册,景仁文化社 2001 年刊,第 411 页。
② 《信斋集》卷 1,《韩国文集丛刊》第 252 册,景仁文化社 2001 年刊,第 411 页。
③ 《余初度日近,而今春又哭副室赵氏,回忆去年笋脯之设,犹是赵氏病中手自饤饾也,感用旷原韵为诗》,《警修堂全稿·北辕集》卷 1,《韩国文集丛刊》第 291 册,景仁文化社 2002 年刊,第 453 页。
④ 《有感》,《泊翁诗钞》卷 5《辛未海行录》,《韩国文集丛刊续编》第 102 册,景仁文化社 2010 年刊,第 86 页。
⑤ 《鸡鸣二首其一》,《南郭先生文集二编》卷 5,〔日〕富士川英郎、〔日〕松下忠、〔日〕佐野正巳编《诗集日本汉诗》第 4 册,汲古书院昭和六十五年(1986)刊,第 152 页。
⑥ 逯钦立辑《先秦汉魏晋南北朝诗》,中华书局 1988 年版,第 1903 页。
⑦ 逯钦立辑《先秦汉魏晋南北朝诗》,中华书局 1988 年版,第 2051 页。
⑧ 逯钦立辑《先秦汉魏晋南北朝诗》,中华书局 1988 年版,第 2523 页。
⑨ (唐)王维撰,陈铁民校注《王维集校注》卷 3,中华书局 1997 年版,第 260 页。
⑩ (唐)温庭筠撰,刘学锴校注《温庭筠全集校注》卷 3,中华书局 2007 年版,第 190 页。
⑪ "原质"是林庚先生提出来的概念,"我们如果注意诗坛的变迁,就必然会发现一件事情,那便是诗的原质时常在那里改变……新的诗风最直接的,莫过于新的事物新的感情。这便是诗的不断的追求","六朝人不断地在那里发现,到了唐代恰好达到了发现的高峰"。见其《诗的活力与诗的新原质》,《唐诗综论》,商务印书馆 2011 年版,第 260、263 页。

史中,约在盛唐成型。李白谓"自从建安来,绮丽不足珍"①,杜甫谓"为人性僻耽佳句,语不惊人死不休"②"窃攀屈宋宜方驾,恐与齐梁作后尘"③,皆有意超越前代。然而,此前的诗人们并不见得都强调独造、出奇,尽管文论家们已经开始注意到"若无新变,不能代雄"④,创作主流仍较保守,并不着意另辟蹊径、自成一家。借用王闿运的话来说,是"宋、齐、梁游宴藻绘山川,梁陈巧思寓言闺闼,皆言情之作,情不可放,言不可肆,婉而多思","非可快意骋词,自状其偏颇,以供世人之喜怒也"⑤。

　　这种创作风气的形成与魏晋以来对文人的评价标准密切相关。人才观从汉末以来就是士人讨论的热门论题,如何调和才、性二者也成了当务之急,也就是钟会在《四本论》中所提出的"才性合"。人物品评的风气至南朝犹未稍歇。《梁书》记载沈约"乘时藉势,颇累清谈"⑥,说他热衷仕进招致非议,便可为一证。在长期的争论和清谈下,才、性二元不再截然对立,渗透到文学层面,才即写作才能,在当时首先指向的是技巧、敏捷性;性即文学趣味,指向品格、审美。写作的能力和写作的内容同时影响对该士人的评价。《世说新语》重新标举"德行""言语""政事""文学","文学"篇意在以文见人,就是这种调和下产生的一例。其中有佳话如:

　　孙兴公作天台赋成,以示范荣期,云:"卿试掷地,要作金石声。"范曰:"恐子之金石,非宫商中声!"然每至佳句,辄云:"应是我辈语。"⑦

　　孙绰《游天台山赋》表达了得山水自然之乐的清趣。范启未读赋前,对其是否为宫商正声提出质疑;读了孙绰的赋后,评价"应是我辈语",即表明了一种身份认同。这和后世从文风出发的褒扬方式重心不同,强调的是趣味的一致。孙绰的先辈孙楚在《世说新语》中曾留下过"枕流漱石"的佳话,孙绰早年也曾作《遂初赋》致意山水。孙绰还曾批评山涛:"山涛吾所不解,吏非吏,隐非隐"⑧,即表明他与山涛的异趣、与逸兴高标之辈的同群。文章是否夐夐独造、具有创新意味并不是他们关心的首要问题。

　　不仅人物需要有文才,文才也常和人物品性结合起来加以讨论。宰相何敬容独勤政务,不以"文义自逸"⑨,便为人所嘲。姚察论曰:"望白署空,是称清贵"⑩。梁武帝曾问到洽与他的兄弟到沆、到溉相比如何,丘迟回答:"正清过于沆,文章不减溉;加以清言,殆将难及。"⑪可见,要在当时获得美名,写作"清言"以"自逸"是最好的途径。"文"体现着才能,"清"体现着品性,二者须相结合。很自然地,有相当一部分品评者重视文学技能以及通过技能反映出的趣味,意在借此窥其人格,而非实际的艺术品质。例如,江革在《梁书》

---

①　《古风五十九首其一》,(唐)李白撰,(清)王琦注《李太白全集》卷2,中华书局1977年版,第87页。
②　《江上值水如海势聊短述》,(唐)杜甫撰,(清)仇兆鳌注《杜诗详注》卷10,中华书局2015年版,第981页。
③　《戏为六绝句》,(唐)杜甫撰,(清)仇兆鳌注《杜诗详注》卷11,第1089页。
④　(梁)萧子显《南齐书》卷52《文学传论》,中华书局1972年版,第908页。
⑤　(清)王闿运撰,王简编《湘绮楼说诗》卷4,文海出版社1986年版,第68页。
⑥　(唐)姚思廉《梁书》卷13,中华书局1973年版,第242页。
⑦　《世说新语·文学》,余嘉锡《世说新语笺疏》,中华书局2011年版,第234页。
⑧　(唐)房玄龄等《晋书》卷56,中华书局1974年版,第1544页。
⑨　(唐)姚思廉《梁书》卷37,中华书局1973年版,第532页。
⑩　(唐)姚思廉《梁书》卷37,中华书局1973年版,第534页。
⑪　(唐)姚思廉《梁书》卷27,中华书局1973年版,第404页。

中被评为"文华清丽"①,这不仅意在表彰其文华,也兼指其人具有为文清丽的高品。具有这种品格和能力,比实现具体创作目标更能获得群体认同,创作者自然也就不会着意突破自己的舒适圈去冒险攀登艺术高峰。

这也使"清"成了当时诗美的核心概念。蒋寅先生曾经统计并指出:"在六朝时期,以清为核心派生出的审美概念已逾 30 个,它们共同汇聚成中古文学趣味的总体感觉印象,并对唐诗审美趣味的形成给予重大影响。"②"清"不仅是当时流行的生活趣味,也成为文学上的最高追求,与之歧异的其他风格和个性则被黜落。当文人们如怀抱重器一般拥有文学创作的捷才,却不必追求超越常伦的个性而力图保持趣味一致,他们长于模仿经典,不敢也不必大幅度求奇、创新就显得理所当然。若逾越出共性太多,如鲍照诗"如五丁凿山,开人世所未有"③,反而只能落得"取湮当代"④。吴均不善巧对,诗句夸张,偏离了"清"的界限,便为梁武帝所不喜。此即当时之时势。张融晚年方自我悔恨"何至因循寄人篱下……尺寸相资,弥缝旧物,吾之文章,体亦何异"⑤。他所遗憾的,在这种风气之中也是难以避免的。

南朝诗人对《自君之出矣》《三妇艳》的连篇模仿,用今天的评价标准来说并无多大的艺术成就,正是张融所说的"尺寸相资,弥缝旧物"。它们可以彰显技巧和学识,通过趣味的一致,获得创作者的群体认同,其用意不在于区分高下,而在于维护这一文学场域的稳定⑥。在中国及域外长久的回响,也证明这种清趣影响深远,并没有随着门阀贵族政治的没落而消散,会在拟古的场合再度发挥作用,而拟古行动本身,也具有觅得古趣的意味。

四、赋得体中的文学世界

在模仿经典的基础上,赋得体更进一步,运用个人的才学,模仿古人之语境,借古意发挥想象、敷衍成篇。趣味的趋同性在赋得体中可说有最明显的表达。

今天可见到最早以"赋得"命名的诗为萧雉的《赋得翠石应令诗》,但以古人成句为题的句题诗(即赋得体的前身之一)早已出现。据毛振华考,赋得体兴起一说始于南齐永明间,《四库全书总目》中的"须溪四景诗集提要"谓:"考晋宋以前,无以古人诗句为题者。沈约始有《江篱生幽渚》诗,以陆机《塘上行》句为题,是齐梁以后例也"⑦;一说始于晋刘琨,冯惟讷《诗纪统论》谓"刘琨有《胡姬年十五》"⑧。"赋得"的行动见于《梁书·王籍传》,云:"(籍)尝于沈约坐赋得《咏烛》"⑨,盖即指烛为题令赋诗,故云"赋得"。可见早期的赋得体诗作多属分题作诗,"赋得"的过程可以看成一种和模拟相关联的文学行动,并在此

① (唐)姚思廉《梁书》卷 36,中华书局 1973 年版,第 524 页。
② 蒋寅《古典诗学的现代诠释》,中华书局 2003 年版,第 44 页。
③ (清)沈德潜《古诗源》卷 11,中华书局 1963 年版,第 249 页。
④ 钟嵘《诗品》语,曹旭《诗品集注(增订本)》,上海古籍出版社 2011 年版,第 381 页。
⑤ 《问律自序》,(梁)萧子显《南齐书》卷 41,中华书局 1972 年版,第 729 页。
⑥ 这也衬托出钟嵘《诗品》的超拔之处。钟嵘以"显优劣"为目标,通过比较、指瑕等方式进行高下区分,它进一步影响了唐代争文章胜负的风气,促进了唐人诗歌鉴赏能力的提升,在文学史上有重要的意义。
⑦ (清)永瑢等《四库全书总目》,中华书局 1965 年版,第 1410 页。
⑧ (清)汪师韩《诗学纂闻》,见丁福保辑《清诗话》,上海古籍出版社 1978 年版,第 447 页。
⑨ (唐)姚思廉《梁书》卷 50,中华书局 1973 年版,第 713 页。

后"成了唐宋科举试贴体的源头,有着明确的功利性和规范性"①。毛振华据逯钦立《先秦汉魏晋南北朝诗》统计,梁代赋得体以咏物为主,共 17 人 50 首,体现了梁代的文贵形似之风;而陈代赋得诗有了新变,句题诗和咏史赋得诗增多。这一体裁几乎只在南方流行,北方除庾信外无赋得诗作者。蒋寅先生在分析张正见的诗歌创作时也认为赋得体的写作"促成了一种新的掌握诗体的方式,即处理虚拟题材时不是将表现的中心引向角色化的抒情即比兴的方向,而是引向体物的铺叙即赋的方向"②。张正见的赋得体构思往往相似,故蒋寅谓之"只有腹俭才薄的作者才视创新为畏途,不惜蹈袭从易"③。总的来说,赋得体的创作方式大体上是沿袭古意,加以发挥,因此创新少而蹈袭多。作者缺乏文才固然是极重要的因素,但赋得体的性质和才性统摄下的文坛风气都是造成赋得体写作普遍艺术成就不高的重要原因。

赋得体本身承载的内容可以分为句题、咏物、咏史三大块,都是诗的传统内容,正因其不出奇,不必放言个体的生命体验,故能通行文士之间,为众人所广泛接受。它是"命题作文",限定了诗的内容来考察文士才能,离不开上文所述的才性标准。同时,它带有铺陈、游戏的色彩,不以寄托、奇变为目的,和捷才、学识密切相关,和杰出的艺术审美反而关系疏远。以赋得体高手萧纲为例,他有《赋得入阶雨》:

> 细雨阶前入,洒砌复沾帷。渍花枝觉重,湿鸟羽飞迟。倘令斜日照,并欲似游丝。④

这首诗展现了他摹景体物细致入微的创作特点,这得力于对观察经验的快速运用。再看他的《赋得舞鹤诗》:

> 来自芝田远,飞渡武溪深。振迅依吴市,差池逐晋琴。
> 奇声传迥涧,动翅拂花林。欲知情物外,伊洛有清浔。⑤

这首诗的写作难度要稍高一些,通过"芝田""武溪""吴市""晋琴"4 个典故寄寓了逍遥物外之意。"芝田"是仙人植草处;曹植《洛神赋》谓"秣驷乎芝田"⑥,王嘉《拾遗记》谓昆仑山"下有芝田蕙圃"⑦,萧纲用此语指鹤从仙处来。"武溪"用马援典:马援南征,作《武溪深行》,讲的是武溪的险恶,鸟飞不度,这里反用以说明鹤来时高飞之迥。"吴市"用《吴越春秋》中典:吴王阖闾有女自杀,王令舞白鹤于市中。"晋琴"用《韩非子》中典:晋平公令师旷强为清征之音,结果有鹤从南方而来,延颈而鸣,舒翼而舞。五六句描写鹤的声音姿态。末尾两句用《列仙传》所载王子乔骑白鹤往来伊洛的典故,说鹤乃方外之物,提高了全诗的格调。这首诗的写作方式是典型的以学识串联为诗。

南朝赋得体中的咏物之作,绝大多数以上述观察入微、以学为诗两种创作手段为主,表达对该事物通行的认识。这种创作手段可以通过不断地模仿、积累来提高,适宜于临

---

①　毛振华《论赋得诗的渊源与流变》,《南京师范大学文学院学报》2015 年第 4 期。

②　蒋寅《张正见诗论》,《清华大学学报》2008 年第 3 期。

③　蒋寅《张正见诗论》,《清华大学学报》2008 年第 3 期。

④　逯钦立辑《先秦汉魏晋南北朝诗》,中华书局 1988 年版,第 1965 页。

⑤　逯钦立辑《先秦汉魏晋南北朝诗》,中华书局 1988 年版,第 1960 页。

⑥　(梁)萧统编,(唐)李善注《文选》卷 19,上海古籍出版社 1986 年版,第 896 页。

⑦　(晋)王嘉《拾遗记》卷 10,中华书局 1981 年版,第 221 页。

时制作①。在陆机提出"缘情"说之后,情文关系越来越受到重视,在齐梁文论里甚至形成了一个小高峰。然而,他们的诗歌却缺乏真情实感。这只是因为当时的文人们生活范围太狭窄吗? 或是因为他们不重情文关系吗? 恐不尽然。

　　一个关键的因素制约了齐梁诗的内容,即文人群体眼中的"情"到底为何物。正如前引萧纲《赋得舞鹤诗》中所表达的,"情"指向文人对世界的观察态度,彰显其审美趣味,而不是个人的生命体验。这一时期对个人情感的抒发反而是倾向于节制的。许多齐梁文人以创作为求名立身之捷径,意欲彰显技能和学识,不以作诗为理想事业,既不求道之所向,又不求志之所之,往往追求即席之美,所以他们的"情"也就停留在一个较浅的层次。

　　这种"情"从玄言诗时代转化而来。玄言诗表达文人对世界的认知,继起的山水诗仍是如此,追求文学与世界的神会。南朝赋得诗亦希望通过形似,抓住事物的特点进而得其"神",归根结底仍是趣味的表达而非情感的外放。如王筠曾作《草木十咏》书壁,不写题目。沈约见了,对别人说:"此诗指物呈形,无假题署"②,赞美了王筠的描绘技巧,而认为是否托物言志倒并不重要,描摹这些草木的文学行动本身即彰显了王筠的品格。萧恭谓:"劳神苦思,竟不成名,岂如临清风,对朗月,登山泛水,肆意酣歌也。"③陶弘景谓:"特爱松风,每闻其响,欣然为乐"④,这就是情趣所在。在这种风气中,受称道的文人所选取的都是一定范围内的自然美好之物并以此为乐。他们的"情",也就由"物"而寄寓在了"物外",成为一种作为基调的清趣。发展到梁代,不仅仅山水可以带来这种趣味,即宫闱之物亦无不可。所以在王闿运的眼里,宫体诗和玄言、山水诗并无本质区别,"凡聚会作诗,苦无寄托,老庄既嫌数见,山水又必身经,聊引闺房以敷辞藻,既无实指,焉有邪淫。世之訾者,未知词理耳"⑤。

　　这种清趣的表达方式向"苞括宇宙,总览人物"⑥的手法复归,反映在赋得体上,即从咏物而扩为句题诗、咏史诗。咏物单咏一物,体制较小;句题诗为咏古人成句,由一句而推至一篇,体现出"苞括"的特征,并在此基础上进行熔裁;咏史诗以咏人为主,实即总览人物之具体行动。在赋得体中,诗人们试图建筑趣味一致的文学世界。这里不妨以梁元帝萧绎、陈祖孙登、唐孔德绍 3 首《赋得涉江采芙蓉》为例:

　　江风当夏清,桂楫逐流萦。初疑京兆剑,复似汉冠名。

　　荷香风送远,莲影向根生。叶卷珠难溜,花舒红易倾。

　　日暮凫舟满,归来度锦城。(萧绎)⑦

---

　　①　在齐梁时代,质朴与快速是不冲突的,快速写出来的文本并非一定趋于浮华。《梁书·裴子野传》谓"子野为文典而速,不尚丽靡之词,其制作多法古,与今文体异",他自己则说"人皆成于手,我独成于心"。所谓成于心,便是在先有了法古之对象。见《梁书》卷 30,中华书局 1973 年版,第 443 页。

　　②　(唐)姚思廉《梁书》卷 33,中华书局 1973 年版,第 485 页。

　　③　(梁)萧子显《南齐书》卷 22,中华书局 1972 年版,第 349 页。

　　④　(唐)姚思廉《梁书》卷 51,中华书局 1973 年版,第 743 页。

　　⑤　(清)王闿运撰,王简编《湘绮楼说诗》卷 1,文海出版社 1986 年版,第 19 页。

　　⑥　(晋)葛洪《西京杂记》载司马相如语:"赋家之心,苞括宇宙,总览人物。"见周天游校注《西京杂记》卷 2,三秦出版社 2006 年版,第 93 页。

　　⑦　逯钦立辑《先秦汉魏晋南北朝诗》,中华书局 1988 年版,第 2046 页。

　　浮照满川涨，芙蓉承落光。人来间花影，衣渡得荷香。

　　桂舟轻不定，菱歌引更长。采采嗟离别，无暇缉为裳。（祖孙登）①

　　莲舟泛锦碛，极目眺江干。沿流渡楫易，逆浪取花难。

　　有雾疑川广，无风见水宽。朝来采摘倦，讵得久盘桓。（孔德绍）②

　　"涉江采芙蓉"原为古诗成句，以此命题为赋得诗，其作法便如上引 3 首诗一样，在成句的语境基础上进行有选择、有想象的扩充。诗人们或许有这方面的经验基础，但这绝非写实之作。萧绎诗用非常工稳的诗句描写采芙蓉的情景，用了大量笔墨来描写芙蓉，不无喧宾夺主之意，若非末尾两句回拂主题便写成了一首咏物诗。"初疑""复似"一联更显累赘，全属串联、矜露学识。所以他对"涉江采芙蓉"情景的文学构建是不成功的，但能见花，不能见人。祖孙登诗则把重心放在了采芙蓉的女子身上。起始两句十分精练地铺好了背景，随后女子介入其中，"间花影""得荷香"是写得较好的地方，使女子自然地和江景融合在一起，画面开始生动起来。孔德绍诗抛开芙蓉，全诗写的都是采芙蓉的行动，独辟蹊径。《古诗归》说他"不拘拘咏题，只说其意，可以为法"③，但其内容也被严格地限定在"涉江采芙蓉"五字之内，未能出奇。

　　三代人写出的 3 首诗，虽然描写"涉江采芙蓉"这一行动的能力有区别，但所描写的无外乎同一个古典世界。如果他们将《古诗十九首》每一句都作句题诗，我们也有理由相信他们写出的仍然将是同一个世界。这既受到句题诗性质的限制，也体现出他们趣味向古典的复归。严格地说，这 3 首诗的艺术成就都不高，但他们在有限范围内的构思落笔，体现出了自己的作文手眼，也体现出技巧上的进步。作者眼前并无实景，心里也没有实感，必须通过对原文本的理解加以自己的改造，塑造出自己眼中的文学世界。因此不能事无巨细地进行描摹，必须有所选择，将符合古意的意象和行动保留在诗中，将不合古意的排斥在外。最终，这个文学世界要达到浑成无瑕的地步，才能保证趣味的一致。这个努力的过程也就成为初步的构境。模仿和赋得也就没有永远地停留在古人的语境中，而出现了新变的萌芽。孔德绍诗所呈现出来的新视角也是变化的一种体现。

　　在诸如《自君之出矣》《三妇艳》等类型的诗歌创作中，南朝诗人们有选择地对经典作品进行句法、结构的模仿，锻炼了他们对文本的掌控能力，赋得体则给予他们具体运用的机会。他们习得了经典中种种修辞和意象，并以此进入一些普遍的主题，实现文才和趣味上的自证。赋得体在区别人才优劣时更具有实用性，它相对简单的同题模拟而言，篇幅更大，需要精练神思、锻炼结构。在唐代，赋得体被用作试贴诗，极受重视。以王维为例，他 19 岁应京兆府试，作《赋得清如玉壶冰》。此诗题眼正在于"清"字，王维所作也反复将"清"的外貌和人格联系起来，尚未脱南朝习气。而在他的另一首诗《赋得秋日悬清光》中，虽然"清"亦属于题中应有之义，意象的选择却已趋于高明。他以"寥廓凉天静，晶明白日秋"写景起笔，结句却说"宋玉登高怨，张衡望远愁。余晖如可托，云路岂悠悠"④，

　　① 逯钦立辑《先秦汉魏晋南北朝诗》，中华书局 1988 年版，第 2545 页。

　　② （清）彭定求等编《全唐诗》卷 733，中华书局 1960 年版，第 8381 页。

　　③ （明）钟惺，（明）谭元春《诗归·古诗归》卷 15，湖北人民出版社 1985 年版，第 302 页。

　　④ （唐）王维撰，陈铁民校注《王维集校注》卷 7，中华书局 1997 年版，第 635 页。

将秋日之景、古人之典、自身之寄托合而为一，不无文人失志的感慨。和前者相较，后者显然艺术上更为成熟。又如白居易《赋得古原草送别》，虽是作者 16 岁时的习作，却已能够在限定的题材范围内超出古人的见地了。可见，唐人在不断创作和自鉴中实现了新的突破。

五、结语

从句法、结构的模仿，到主题、命意的模仿，齐梁文学在继承中凝铸了自有的气质。重新反思这段文学史，也应认识到纠缠数百年的才性问题对南朝文人带来的影响。重视文才以及文才背后的身份认同，使他们将乐府、民歌中自然活泼的元素雅化，取其"清"，去其"险""俗"，通过文章加以表露，也就在贵族圈子中彰显了自己合群的趣味。

尽管如此，这些诗例仍反映出修辞技巧正在逐步成型，诗中意象逐渐具有普遍意义，诗人通过诗来一步一步认识世界、构建世界。这些是前人不曾展现出来的趋势，唐人教人写诗的许多诗格理论都从这个趋势中发展出来。如旧题王昌龄在"十七势"提出"直树"的说法，开篇树立几个代表性的景物，或一句，或两三句，通过取象构境的方式进入主题，这一手法为唐代诗人所惯用；又如《文镜秘府论》地卷有春意、夏意、秋意、冬意等"九意"，作者编排与"九意"有关的四言韵语，又在韵语下标明如"山行""野望"等主题，方便学诗者选择剪裁，这也是从文本到文本模仿下的产物。皎然提出"三偷"说，"偷句""偷意"都从模仿、赋得中得来。他在二者基础上又进一步提出了更高明的"偷势"，另创新境。唐诗虽然在诗学复古之后体现出与南朝诗截然不同的面貌，有了新的追求，但就创作论而言仍与南朝是紧密相连的，唐诗的兴盛也得力于这条潜在线索的前后连续。

竞技与游戏：论韩孟联句之文体革新意义

王治田*

摘　要：韩孟诗派好用奇字、僻典的特色，很大程度上来自诗派成员联句的竞技活动。韩孟联句在穷形极相、铺排逞辞和强烈的竞技性方面，继承了大历时期江南联句的传统，但也出现了追求险怪、刻意造语、注重章法和叙事性强的新特点。这些特点最早在《远游联句》中显露，并在元和元年的一系列联句中得到发扬。另外，通过《征蜀联句》和《元和圣德诗》的比较，发现二者对元和元年平蜀战役的描述有一些相似之处。可以说，《征蜀联句》的创作，为《元和圣德诗》的写作起到了试验场的作用，由此窥探韩孟联句对于其整体诗歌创作的试验性和先导性之一隅。韩孟联句不仅对诗派整体创作产生影响，而且在唐宋诗歌嬗变中具有过渡意义。

关键词：韩愈；孟郊；联句；竞技；游戏

清人沈德潜《说诗晬语》云："昌黎豪杰自命，欲以学问才力跨越李杜之上"①，道出了韩愈学者型诗人的特点。论者指出，韩愈诗多用奇字、僻典、险韵，呈现出"学问化"的风格。② 然而，韩愈诗歌的这种博学风格，其实最早是在与孟郊等人联句的竞技游戏中形成的。韩、孟等人的联句活动，作为韩孟诗派形成的重要因素，已经得到了学者的关注。③ 但韩孟联句之文体革新意义，则尚有值得进一步申论之处。

宋人有"联句起于韩孟"之说。宋佚名《雪浪斋日记》云："退之联句，古无此法，自退之斩新开辟。"④此说得到诸多注家的赞同。⑤ 宋人认为韩孟为联句之祖，揆诸史实，固有不合；然中唐乃至宋以后文人之联句，多从韩孟之体，则谓联句之体发扬于韩孟，亦无不

---

* 王治田，中山大学中国语言文学系（珠海）助理教授。本文为国家社科基金重大项目"中国古代类书叙录、整理与研究（19ZDA245）"的阶段性成果。

① （清）沈德潜《说诗晬语》，人民文学出版社 1979 年版，第 211 页。

② 魏中林《古典诗歌学问化研究》，中国社会科学出版社 2012 年版，第 165～171 页。

③ 较早对韩孟联句进行系统研究的，当为宇文所安在其博士论文 *The Poetry of Meng Chiao And Han Yü*（《韩愈与孟郊的诗歌》）第 7 章 *The Linked Verses*：806（联句：806 年）的讨论，其书 1975 年由耶鲁大学出版社（Yale University Press）出版，中译本见天津教育出版社 2004 年版。之后中国学者亦渐有对韩孟联句进行探讨者。例如：刘益国《论韩愈联句》，《四川师范大学学报（社会科学版）》1989 年第 2 期，第 31～38 页；何新所《韩孟联句诗探析》，《贵州社会科学》2003 年第 4 期，第 85～87 页、108 页；吴在庆、赵现平《试论韩孟联句诗》，《周口师范学院学报》2006 年第 3 期，第 1～5 页；范新阳《论韩孟联句的艺术特质及其诗学谋略》，《南京师大学报（社会科学版）》2007 年第 5 期，第 134～138 页。〔日〕斋藤茂《孟郊研究》（汲古书院 2008 年版）中，对韩孟之联句亦有较为详细的讨论，其中相关章节亦翻译为中文，见《文字觑天巧——中晚唐诗新论》，中华书局 2014 年版。

④ 见胡仔《苕溪渔隐丛话后集》卷 10 引，人民文学出版社 1962 年版，第 72 页。按，苕溪所引，末有"则非也"三字，文意不属。据魏庆之《诗人玉屑》引文，底本当有脱文，"则非也"为胡仔断语，非《雪浪斋日记》文字。

⑤ （宋）魏仲举云："或曰联句古无，此法自退之始。"见《五百家注韩昌黎集》卷 8，中华书局 2019 年版，第 466 页；亦见（宋）王伯大《朱文公校昌黎先生文集》，四部丛刊景元刊本。

可。清人方世举云："王伯大以为联句古无,此体自退之始,殊为孟浪。沈括谓'虞廷赓歌,汉武柏梁,是唱和联句之所起',可谓究其源流矣。自晋贾充与妻李氏始为联句,其后陶谢诸人,亦偶一为之。《何逊集》中最多,然文义断续,笔力悬殊,仍为各人之制,又皆寥寥短篇,不及数韵。唐时如颜真卿等,亦有联句,而无足采,故皆不甚传于世。要其体创之久矣。唯韩、孟天才杰出,旗鼓相当。联句之诗,固当独有千古。"①寻流而讨源,披枝而振叶,可为确论。概言之,虞舜赓歌、《诗经》诸什,初具其意,未具其形;《柏梁》唱和,七言联韵,则奠定了后世君臣唱和之体制;若夫文人联句,则草创于陶潜、谢朓诸人,然其体制未弘,规模未立。文人联句之真正确立和发扬光大,乃在于韩孟之手。质言之,韩、孟诸公将联句竞技性、游戏性的特点,发挥到了极致;诸公通过联句,进行知识、典故的较量,又反过来促成了韩愈诗歌"学问化"的特点。前人的论述,多强调了韩孟联句的开创性意义,不过笔者认为,韩、孟联句所呈现出的"学问化"特色,在大历年间的湖州唱和中已有显露。②韩、孟诸公将这些特色变本加厉、发扬光大,从而造就了一代诗风。这便涉及了中唐诗歌转型的一些重要问题。

一、"诗号状体":《远游联句》及其与浙西联句之渊源

关于《远游联句》之创作时间,钱仲联据夏敬观《孟郊年谱》,系于贞元十四年(798)春③;而《唐五代文学编年史》则考在贞元十五年(799)正月④,其说可从。贞元十二年(796)七月,韩愈受辟于宣武节度使董晋幕下;次年,孟郊、李翱等人亦赴汴州幕,诸公相与唱和,韩孟诗派逐渐形成。贞元十四年秋,孟郊有南行之议。至次年春,诸公聚为《远游联句》,不久孟郊乃成湖湘之行。⑤《远游联句》作为韩孟诗派最早的一组联句作品,也是诗派成员在汴徐聚会期间唯一的一组联句作品,值得深入考究。借由参与过浙西湖州唱和的皎然与孟郊的交游关系可知,韩孟之间联句活动的兴起,受到了大历年间颜真卿主导的浙西湖州唱和的影响。⑥

韩孟的汴徐唱和始于贞元十三年(797)。在此之前,韩愈仅存诗 19 首,并未形成鲜明的个人风格;而年长 17 岁的孟郊在早年江南的游历中一方面延续了清新婉丽的诗风,另一方面则发展出了矫激孤愤的复古风格。⑦孟郊诗风的形成,与其早年与皎然为首的

---

① （清）方世举《韩昌黎诗集编年笺注》卷 5,中华书局 2012 年版,第 252～253 页。

② 王治田《大历联句酬唱的"学问化"倾向及其诗歌史意义谫论》,见《中国诗学》第 26 辑,人民文学出版社 2018 年版,第 65～77 页。

③ 钱仲联《韩昌黎诗系年集释》,上海古籍出版社 2007 年版,第 46 页。

④ 傅璇琮主编,陶敏、李一飞、傅璇琮著《唐五代文学编年史》(中唐卷),辽海出版社 1998 年版,第 554 页。

⑤ 关于孟郊此次南游之目的地,学者多以为是吴越一带,然《远游联句》多写湖湘典故与风景,则孟郊此行,当赴湖湘也。

⑥ 参见〔日〕斋藤茂《孟郊研究》第 1 章第 3 节《皎然ら浙西詩壇との交流》,汲古书院 2008 年版。关于孟郊与大历诗风的关系,蒋寅说道:"我认为,在孟郊诗中,'清'可以视为对大历诗趣味的沿袭,主要表现于风景诗中;'奇'乃是受皎然诗学的影响,同时也是对大历浙西诗会与顾况诗风的发挥,主要表现于乐府诗中。"见蒋寅著《百代之中:中唐的诗歌史意义》,北京大学出版社 2013 年版,第 38 页。

⑦ 贾晋华《唐代集会总集与诗人群研究》,北京大学出版社 2015 年版,第 220～222 页。

浙西诗人的交游活动不无关系。① 据贾晋华考证，孟郊与皎然等人聚为诗会的时间，当在建中、贞元之际（780—786）②，已过了浙西诗会活动的高峰时期（773—777）。然而，与江南诗人的接触，还是给年轻的孟郊留下了深刻的印象。正如日本学者斋藤茂指出，在韩孟的交际中，"主动提出进行联句创作的，当是年轻时与皎然有过交往的孟郊一方"③。另外，韩、孟诗派的成员在汴州董晋幕期间，与时任汴州行军司马、节度副使的陆长源颇有交往。尤其是孟郊，与陆长源交往时间甚长、交谊甚切，集中有多首与陆长源的唱和之作。而陆长源尝于兴元元年（784）权领湖州刺史，并为颜真卿撰去思碑，期间与参加了浙西湖州唱和的皎然亦多有交游。④ 这也成为韩孟诗派与浙西湖州诗人的一个纽带。可以说，孟郊作为大历时期江南联句与韩孟联句的衔接人物，直接促成了韩孟联句之发生。由此也可以看出，中唐时期这两次联句活动之渊源。

今将大历浙西湖州唱和的《柏梁体状云门山物》与《远游联句》做一比较，以进一步考察浙西湖州唱和对韩孟联句的影响：

幡竿映水出蒲樯（秦瑀），榴花向阳临镜妆（鲍防）。子规一声猿断肠（李萼），残云入户起炉香（李清）。晴虹天矫架危梁（杜弈），轻萝缥缈挂霓裳（袁邕）。月临影殿玉毫光（吕渭），粉带新篁白简霜（崔泌）。玲珑珠缀鱼网张（陈允初），高枝反舌巧如簧（郑概）。风摇宝铎佩锵锵（秦瑀），古松拥肿悬如囊（杜倚）。雨垂珠箔映回廊（李萼），蔷薇绿刺半针长（鲍防）。五粒松英大麦芒（李清），古藤蜿蟺毒龙骧（杜弈）。深林怪石猛虎藏（袁邕），古碑勒字棋局方（吕渭）。山僧行道鸿雁行（崔泌），亭亭孤笋绿沈枪（郑概）。蜂窠倒挂枯莲房（陈允初），燃灯幽殿星煌煌（杜倚）。（《柏梁体状云门山物》）

别肠车轮转，一日一万周（郊）。离思春冰泮，烂漫不可收（愈）。驰光忽以迫，飞辔谁能留（郊）。前之诟灼灼，此去信悠悠（翱）。楚客宿江上，夜魂栖浪头。晓日生远岸，水芳缀孤舟。村饮泊好木，野蔬拾新柔。独含凄凄别，中结郁郁愁。人忆旧行乐，鸟吟新得俦。（郊）灵瑟时宵宵，露猿夜啾啾。愤涛气尚盛，恨竹泪空幽。长怀绝无已，多感良自尤。即路涉献岁，归期眇凉秋。两欢日牢落，孤悲坐绸缪。（愈）观怪忽荡漾，叩奇独冥搜。海鲸吞明月，浪岛没大沤。我有一寸钩，欲钓千丈流。良知忽然远，壮志郁无抽。（郊）魍魅暂出没，蛟螭互蟠螑。昌言拜舜禹，举帆凌斗牛。怀糈馈贤屈，乘槎追圣丘。飘然天外步，岂肯区中囚。（愈）楚些待谁吊，贾辞绒恨投。翳明弗可晓，秘魂安所求。气毒放逐域，蓼杂芳菲畴。当春忽凄凉，不枯亦飔飀。貉谣众猥欵，巴语相咿嚘。默誓去外俗，嘉愿还中州。江生行既乐，躬辇自相勤。饮醇趣明代，味腥谢荒陬。（郊）驰深鼓利

①　张传峰《试论皎然诗论对孟郊的影响》（《湖州师专学报》1994 年第 4 期）。查屏球亦指出了皎然诗论对于中唐诗风变革的意义："皎然诗论及江南诗风就是对已近于僵化的这一诗歌模式的解脱，内容上多奇景怪事；在语言风格上，以口语素词洗脱前期精丽典雅的'时俗'之调。"见其《由皎然与高仲武对江南诗人的评论看大历、贞元诗风之变》（《复旦学报》2003 年第 6 期）。

②　贾晋华《华忱之〈孟郊年谱〉订补》，见《唐代文学研究》第 4 辑，广西师范大学出版社 1993 年版，第 218～291 页。

③　〔日〕斋藤茂《孟郊研究》，汲古书院 2008 年版，第 133 页。详见斋藤茂在概述第 1 章第 3 节中"皎然との交流の持つ意義"部分，第 66～75 页。

④　罗宁《陆长源及其著述考论》，见《唐五代文化论稿》，巴蜀书社 2006 年版。

桴,趋险惊蜇辀。系石沈靳尚,开弓射鹍吺。路暗执屏翳,波惊戮阳侯。广泛信缥缈,高行恣浮游。外患萧萧去,中悒稍稍瘳。振衣造云阙,跪坐陈清猷。德风变谲巧,仁气销戈矛。名声照西海,淑问无时休。归哉孟夫子,归去无夷犹。(愈)(《远游联句》)

两相比照,可以发现二者之间有一脉相承之处。第一,对于自然风物大肆描绘。联句虽然早已产生,但并不以铺写风物为能。但在浙西湖州唱和中,出现了大量以摹写物象为能的联句作品,如《状江南十二月每月须一物形状》《柏梁体状云门山物联句》等等。在《远游联句》中,我们可以看到大量这样描摹风物的句子,如孟郊:"晓日生远岸,水芳缀孤舟。村饮泊好木,野蔬拾新柔",韩愈:"灵瑟时宵宵,露猿夜啾啾。愤涛气尚盛,恨竹泪空幽",等等。第二,铺排逞辞、穷形尽相。宋人晁说之云:"韩文公诗号状体,谓铺叙而无含蓄也。"(《晁氏客语》)所谓"状体",应当是指浙西湖州唱和诸公所作的一些以"状"为题的联句。这些联句要求"每句须一物形状",即每句要形容一个事物。[1] 秦瑀《柏梁体状云门山物联句序》称:"状,比也,比与释氏有药草谕品,诗家则六义之一焉。"他甚至提出了"无以小言默,无以细言弃"的主张,要求对物象进行穷形尽相的描绘。其联句从晴虹月殿,写到蜂窠松粒,巨细不遗,可谓导韩孟联句之先声。在《远游联句》中,从村饮野蔬、灵猿惊涛,写到海鲸大浪,极尽铺叙之能事。由此可见,晁说之已注意到韩愈诗风与浙西湖州唱和之间隐约的联系。第三,竞技性。南朝以来的文人联句,多是各言其志的互为赠答,但少竞技和争胜的色彩。中唐以后的联句,竞技的色彩明显增强。这在浙西湖州唱和中已可见端倪。从《柏梁体状云门山物联句》来看,诸公在物象的描摹上,有的参加者采用的是较为老套的比喻,如以桥喻虹,以星喻灯,以巧簧喻反舌,等等;但有的参加者的比喻则十分新奇,如以莲房喻蜂巢,以棋局喻古碑,以枪头喻竹笋等,颇具奇趣。不难看出,为了能够出奇制胜,诸公可谓是用尽了手段。这种竞争意识在《远游联句》中也得到了发扬。三人联句在叙事中,专用楚地典故(灵瑟湘妃、任公垂钓、拜舜吊屈,等等),既切合送友赴湘的主题,又蕴含着知识和典故上的较量。

与此同时,《远游联句》在继承浙西湖州唱和遗产的基础上,也具有自己的一些特色。第一,追求险怪意象。大历湖州唱和已呈现出这一色彩,如上举《柏梁体状云门山物联句》中,"古松拥肿悬如囊""深林怪石猛虎藏"等句。但这在《远游联句》中体现得更为明显。联句起始数句,尚显平实清丽,但自孟郊的"观怪忽荡漾,叩奇独冥搜"数句开始,"海鲸""巨钩"等险怪的意象大量出现。韩愈紧承其后,也发出了"魑魅暂出没,蛟螭互蟠蟉"等句。二人可谓互不相让,旗鼓相当。但可以看出这里孟郊对于韩愈诗风转换的引导作用。黄庭坚云:"退之安能润色东野,若东野润色退之,却有此理也。"[2]这指出了孟郊在这一联句中的主导作用。

第二,刻意造语的倾向。这在浙西湖州唱和中,体现尚不明显。但《远游联句》则比比皆是,如李翱"前之诇灼灼","前之"(一作"取之",于意未通),谓前时所适,造语硬峭。孟郊"野蔬拾新柔",语出《诗经·采薇》:"薇亦柔止。"毛传:"柔,始生也。"故"新柔"谓新

---

① 参考戴伟华《〈状江南〉的艺术创新及其诗史意义——兼论敦煌〈咏廿四节气诗〉的性质与写作时间》,《文学评论》2020年第3期;《〈状江南〉唱和诗核心人物及其咏物创新形式》,《文学遗产》2021年第1期。

② 钱仲联《韩昌黎诗系年集释》,上海古籍出版社2007年版,第55页。

生嫩芽,亦是孟郊采《诗经》而自造其语。又如方世举释"蜚辚"云:"《诗·驷驖》:'辚车鸾镳。'传:'辚,轻也。'按:辚本虚字,今以蜚辚对利檝,则作车用,本《说文》也。《说文》:'辚,轻车。'"①可见其谓韩愈自造语。另如"露猿""愤涛""恨竹"均为造语。施补华《砚佣说诗》云:"韩孟联句,字字生造,为古来所未有。学者不可不穷其变。"②正谓此也。

第三,更加注重联句章法的规划。《柏梁体状云门山物联句》基本是各种物象描摹的堆积和罗列,而并无任何章法可言。但《远游联句》先叙离情(起始至"此去信悠悠"),次叙别离之后的经历("楚客宿江上"至"高行恣浮游"),最后归结到送别劝勉之意("外患萧萧去"至结束)的结构。何焯:"此篇联句,另为一格,逐段起止。大概言江南景物典故,而以离别意收住。末尾两段则结到归思也。"本来,联句作为众人即兴创作、相互竞赛连缀而成的诗体,很难有什么统一的章法,这从《柏梁体状云门山物联句》中即可见一斑。《远游联句》虽然中间部分稍显臃肿,可以看出联句的痕迹,但整体呈现出了井然的章法。这有两种可能性,一是诸公在唱和之前就已经计划好了联句的章法结构,所谓"成竹在胸";二是联句创作完成后,或有删改和润色。刘邠《中山诗话》云:"东野与退之联句诗,宏壮博辩,若出一手。王深父云:退之容有润色也。"③可谓的论。

第四,叙事性增强。《柏梁体状云门山物联句》基本是各种风物描写的罗列,并无一定的次第。但《远游联句》的风物书写则呈现出明显的叙事性。孟郊"楚客宿江上……鸟吟新得俦",悬想其远游之所经历;韩愈"灵瑟时窅窅……孤悲坐绸缪",则写其别后之寂寥,中蕴离别之悲;孟郊"观怪忽荡漾……壮志郁无抽",则借湖湘壮阔之景,抒发自己壮志难酬之慨;韩愈"魑魅暂出没,蛟螭互蟠蟉"则写湖湘地境之险恶,表达了对孟郊此行的担忧,或出杜甫《梦李白》:"水深波浪阔,无使蛟龙得。"此中不乏叮嘱之意。但他马上就又说,孟郊此去虽然路途险恶,但摆脱了人世之樊笼,亦有高步天外之得(飘然天外步,岂肯区中囚);孟郊则承韩愈之意,言此去荒蛮之地,恐不能有所作为,将来定当归京,报效天子(默誓去外俗,嘉愿还中州。江生行既乐,躬耘自相勖)……由此可见二人此唱彼和,诗意层层递进,呈现出较强的叙事性。这也是之前的联句不大有的。

二、争胜斗奇,变本加厉:元和元年之韩、孟联句

元和元年(806)六月,韩愈结束了阳山之贬,经江陵返京,拜国子博士,与孟郊、张籍、张彻等相聚,展开了第 2 轮大规模的联句唱和活动。此次联句活动从元和元年夏秋之际,绵延到是年冬天,作品甚多,包括了《会合联句》《纳凉联句》《同宿联句》《雨中寄孟刑部几道联句》《秋雨联句》《城南联句》《斗鸡联句》《征蜀联句》《有所思联句》《遣兴联句》《赠剑客李园联句》。然多就《远游联句》已呈现出之特色变本加厉者。

首先,在写物铺排方面。如朱彝尊评《城南联句》:"草木虫鱼鸟兽,杂见错出,全无伦次,此与赋体稍异,却正用此见奇。"《纳凉联句》写夏日之酷暑,《秋雨联句》叙秋霖之萧瑟,《斗鸡联句》状斗鸡之神采等等,极尽写物之能,并更具铺张之色彩。其次,在逞奇争

---

①　(清)方世举《韩昌黎诗集编年笺注》卷 6,中华书局 2012 年版,第 347 页。

②　丁福保辑《清诗话》,上海古籍出版社 1978 年,第 983 页。

③　(清)何文焕辑《历代诗话》,中华书局 1985 年版,第 288 页。按:原作"若不出一手",联句本非出于一手,此何待言? 于理不符。今从钱仲联引文,删去"不"字。

胜方面。朱彝尊评《会合联句》曰："此仍是各一联或数联,下语多新,句句醒眼,道昔离今合,昔谪今还,意宏肆,词奇峭。虽略嫌生硬,然联句正以此角采,正是合作。"[1]《纳凉联句》亦多具怪、奇的意象和表达,如"目林恐焚烧,耳井忆瀺灂。"如果说,"目"字名词动用,还较为常见;那么"耳"作为动词使用,表达听到之意,则十分罕见。这里讲"耳井"作为词组,表达"听到井水声"之意,词法甚为奇崛。再如"青荧""淡潋""扫宽""汲冷"等,都可见诗人造语之能。最后,在叙事章法方面。如《会合联句》以韩愈的阳山之贬为线索,展开唱和,呈现出较强的叙事色彩。《同宿联句》亦从二人之分别、韩愈贬谪写到今日之欢会,次第宛然。韩醇评《纳凉联句》曰："此篇叙久谪新召还为学官,本末甚详。"[2]此首亦以韩愈之经历为线索展开。值得注意的是,这 3 首联句,均以韩愈的经历为主轴,与《远游联句》以孟郊经历为主干者不同,此亦韩愈在此时,已成为诗会之主导一旁证也。此外,《斗鸡联句》写斗鸡过程之一波三折、《征蜀联句》叙述平蜀战役的过程,均为其叙事色彩浓厚之体现。不过,与《远游联句》相比,元和元年的联句,竞技意识更强,在"奇"的方面更加突出。这里以《征蜀联句》为例,进行说明。

《征蜀联句》叙述发生于元和元年的平定刘辟叛乱的战役。据《旧唐书·宪宗纪》,永贞元年八月,剑南西川节度使韦皋卒,行军司马刘辟自称留后。元和元年正月,常成使高崇文为左神策行营节度使讨辟。九月,崇文克成都,擒辟以献。此《征蜀联句》之所由作。方成珪据此将其定为元和元年十月所作。[3] 按:《征蜀联句》中提到"庙献繁馘级",据《通鉴》卷 237,刘辟被送至长安灭族,乃在十月戊子。[4] 然则这组联句最早当作于元和元年十月底。值得注意的是,作为联句的参加者,韩孟二人并未亲临战场,二人只是在长安,听到了前线胜利的战况,便凭借想象展开创作。这在联句体制中可谓是一种创造。如前所述,南朝的文人联句以抒情为主,至大历联句,描摹物象的成分加重;在韩孟的《远游联句》中,又进一步加入了叙事的成分。《远游联句》虽然有对孟郊南行之后经历的想象,但其叙述基本是以"征实"为主,并没有太多的夸张色彩。[5] 然而,《征蜀联句》中对战场的想象,可谓恢诡谲怪,呈现出极强的表现力和创造力:

日王忿违傲,有命事诛拔。蜀险豅关防,秦师纵横猰。(愈)风旗匝地扬,雷鼓轰天杀。竹兵彼皴脆,铁刃我枪𩨙。(郊)刑神咤牦旄,阴焰飚犀札。翻霓纷偃蹇,塞野颎块圠。(愈)生狞竞掣跌,痴突争填轧。渴斗信恧衄,啖奸何噢咻。(郊)更呼相簸荡,交斫双缺齾。火发激铓铏,血漂腾足滑。(愈)飞猱无整阵,翻鹘有邪夏。江倒沸鲸鲲,山摇溃貙㺚。(郊)中离分二三,外变迷七八。逆颈尽微索,仇头恣髡鬝。怒须犹掣𨋬,断臂仍骹

① 钱仲联《韩昌黎诗系年集释》,上海古籍出版社 2007 年版,第 418 页。
② (宋)魏仲举《五百家注韩昌黎集》卷 8,中华书局 2019 年版,第 504 页。
③ 钱仲联《韩昌黎诗系年集释》,上海古籍出版社 2007 年版,第 603 页。
④ (宋)司马光编著,(元)胡三省音注《资治通鉴》卷 237,中华书局 1956 年版,第 7638 页。
⑤ "征实"作为一个诗学概念,最早用于赋学批评。左思《三都赋序》批评汉代的司马相如、扬雄、班固、张衡等的赋作"于辞则易为藻饰,于义虚而无征",自称其《三都赋》之宗旨,乃"其山川城邑则稽之地图,其鸟兽草木则验之方志。风谣歌舞,各附其俗;魁梧长者,莫非其旧"。刘勰《文心雕龙·神思》:"意翻空而易奇,言征实而难巧也。""征实"与"翻空"相对,既包括了较为写实性的描写,也包括也叙事摹景必有出典或文献依据之意。正如笔者上文所论,《远游联句》的描写,其写实性较强,且多化用自《楚辞》,与《征蜀联句》多夸张、虚构之笔不同。参考徐昌盛,《赋体"征实"论的源流及其学术动因》,《中国韵文学刊》2018 年第 2 期,第 107～111 页。

　　敡。（愈）石潜设奇伏，穴觑骋精察。中矢类妖婺，跳锋状惊豹。蹋翻聚林岭，斗起成埃圿。（郊）旆亡多空杠，轴折鲜联辖。剟肤浃疮痍，败面碎剖剒。浑奔肆狂勮，捷窜脱趫黠。岩钩踔狙猿，水漉杂鳣螖。投奇闹碅磳，填隍俹儑傝。（愈）强睛死不闭，犷眼困逾眇。䴘鼹焆歇焟，抉门呀拗閜。天刀封未坼，苬胆慑前攍。跧梁排郁缩，闯窦狭窋窡。迫胁闻杂驱，咿呦叫冤軏。（郊）

　　"风旗匝地扬"至"山摇溃貙獌"，乃是写官军的军威；之后从"中离分二三"至"咿呦叫冤軏"则是写蜀军兵败之惨状。这段文字对战争血腥场面的大肆描写，或来自耳闻传言。在中国诗歌史上，具有战争经验的诗人，代不乏人，从初唐的陈子昂到盛唐的高适、岑参等，均参与过边境的战事，但在他们的笔下却很少看到这样血腥场面的描写。韩孟联句这种对战争残酷场面的大肆描绘，在中国古代的战争文学中可谓独树一帜。韩愈甚至写到被官军砍下的蜀军人头及断臂："逆颈尽徽索，仇头恣髡髽。怒须犹挲挲，断臂仍駊敡。"言其头颅被系在绳索上，尚须发怒张，栩栩如生；又写到蜀军的断臂掉落地上后，依然在做攻击抓挠之状的画面，令人触目惊心①。"旆亡多空杠……填隍俹儑傝"一段，写蜀军在官军的进攻下辄乱旗靡、溃乱于岩谷水渎之状。可谓极尽铺叙之能事。

　　此外，《征蜀联句》在描述战争时，也呈现出极强的竞技与游戏文字的色彩。韩愈开始的几句，虽字法奇崛，但多取自上古典籍。如"且王忿违懘"，"且"表示"往日"，出自《左传》："且卫不睦，故取其地。"懘，同傲，出自《吕氏春秋·侈乐》："壮者懘幼。""违懘"则见《宋书》卷97："太祖忿其违懘，二十三年，使龙骧将军、交州刺史檀和之伐之。"②韩愈这句显然是自《宋书》学来。"诛拔"则为韩愈生造的词语，"拔"取自《吕氏春秋》高诱注："覆取之曰拔。""横猾"本出《周易》王弼注："豕牙横猾，刚暴难制之物。"唐人用来表示骄兵难制。如李白《虞城县令李公去思颂碑》："先时，邑中有聚党横猾者。"③梁肃《九日陪刘中丞贾常侍宴复合江亭序》："诛横猾，拔隽异。"权德舆《黔州观察使新厅记》："缓之，则横猾而犯禁。"④值得注意的是，诸人都将"横猾"用作贬义，而韩愈这里却用"横猾"来形容表示王师的"秦兵"，似乎表达了对于崇文用兵之不满。与韩愈的诗句相比，孟郊接续的几句，显得相对俚俗：既有"匝地扬""轰天杀"这样的口语，乃至像"皱脆""枪钄"这样"羌无故实"的双声联绵词——这些怪僻的词汇，很可能来自当时的俗语。⑤可以看出，韩孟二人语言风格之不同。

　　在接下来的联句中，二人大致延续了这样不同的语言风格。韩愈的句子往往古奥而典雅，如"刑神""犀札"出《国语》，"翻霓"出傅毅《东巡颂》，"偃蹇"出《七发》，"块圠"出左思《吴都赋》，"簸荡"出张衡《西京赋》，"血漂"出《尚书》，"徽索"出扬雄《解嘲》，"仇头"出

---

　　① "駊敡"二字，一作"瓝瓝"，其意难解。王元启云："鄙意二字皆当从支作'駊敡'。駊音颇，又音课，击也，见《博雅》。敡音劫，《玉篇》亦训击，于断臂亦为近。"据此，则此句是说，蜀军是断臂仍在做击打之状。钱仲联引胡文英《吴下方言考》卷11："案瓝瓝二字俱从爪，旧从瓜，误也。瓝，指大动也；瓝，爪微动也。"据此，则当解作蜀军之断臂仍作微微抓挠之状。见《韩昌黎诗系年集释》，上海古籍出版社2007年版，第606页。

　　② （梁）沈约《宋书》，中华书局1974年版，第2378页。

　　③ （唐）李白撰，瞿蜕园、朱金城校注《李白集校注》卷29，上海古籍出版社2018年版，第1982页。

　　④ 以上见《文苑英华》卷711、卷800，第3671、4231页。

　　⑤ （清）王元启《读韩记疑》卷3云："此诗孟郊警句甚多，独此二语近陋。"见《续修四库全书》影印嘉庆五年王尚珏刻本，上海古籍出版社2002年版，第1310册，第498页。

《史记》，"髉髇"出《说文》，"挲挈"出《玉篇》（据《一切经音义》，来自《说文》"荸薞"二字）。而孟郊的用字则多俚俗粗豪、快意放达，如"掣跌""痴突""渴斗""啖奸""噢嘈""整阵""邪夐"等。正如清人王元启所云："语极豪横，读之快足人意。""此首联句，孟氏多快意语。"① 似乎二人在有意以不同的风格进行语言的较量。《征蜀联句》中大量使用的双声、叠韵等连绵瑰丽词汇，极富有表现性和娱乐性。正如斋藤茂所指出的："虽然联句中所拥有的妙趣与语言表达的趣味性，在此之前的战斗场面中皆有充分表达，然而这首联句的主要创作意图却蕴含在此部分。"② 这道出了韩孟联句欲以文字争胜的游戏趣味。

三、作为语言试验场的韩孟联句：以《征蜀联句》与《元和圣德诗》之比较为中心

这里所要着重说明的是，韩孟之间的这种文字游戏，对其联句以外的诗歌创作，产生了影响。韩孟诗派向以"尚奇"著称，但学者较少关注的是，这一特色在很大程度上，正是在诸公联句唱和的活动中形成的。正因为在游戏中要争胜、斗技，所以自然形成了"以奇制胜"的需求。在这个意义上说，二人之间的联句活动，为其诗歌创作提供了语言的"试验场（experimental field）"，在其诗会活动中尤其具有重要的地位。《征蜀联句》和《元和圣德诗》由于创作时间相去不远，且都以元和元年征蜀战役作为描写对象，具有较强的可比性。本节就以这组作品为中心，进行讨论（表1）。

表 1   《征蜀联句》和《元和圣德诗》之比较

	《征蜀联句》	《元和圣德诗》
战前准备	日王忿违愗，有命事诛拔。	韦皋去镇……其又可许。（36句）
战斗过程	蜀险豁关防……抉门呀挐閵。（48句）	爰命崇文……无有龃龉。（28句）
擒拿刘辟	天刀封未坼……载实驼鸣圙。（12句）	八月壬午……啼哭拜叩。（18句）
对蜀地民众和官军之安抚	圣灵闵顽嚚……刀暗歇宵察。（10句）	
献馘告祭	【始去杏飞蜂，及归柳嘶蚖。】庙献繁馘级，……郊告俨匏秸。（4句）	来献阙下……争刌脍脯。（16句）
战后安置	念齿慰霉䰐……箱箧馈巾帨。（8句）【小臣昧戎经，维用赞勋劼】（愈）。	优赏将吏……莫不顺序。（14句）……

通过对照，可以发现，二诗在对平蜀之战的叙述，在章法布置上颇有一致之处。但也有不同。首先，从体式上来说，《征蜀联句》是五言的联句之体，而《元和圣德诗》则为四言诗，诗体更为典雅。其次，就文字风格来说，《征蜀联句》多奇僻乖戾之字，而《元和圣德诗》则用字更为平正典雅。正如朱彝尊所云："规模雅、颂，其实全仿李丞相，或落《文

---

① （清）王元启《读韩记疑》卷3，《续修四库全书》影印嘉庆五年王尚珏刻本，上海古籍出版社2002年版，第1310册，第498页。

② 〔日〕斋藤茂《孟郊研究》，汲古书院2008年版，第148页。

选》。"①这道出此诗乃糅合《诗经》、李斯碑文和《文选》风格之特点。最后，《征蜀联句》大篇幅是在铺陈战争场面，《元和圣德诗》则在对战争场面的叙写上节省了很多笔墨，而是重点叙述宪宗君臣对战争策略的商讨。

这些区别当与二诗之创作背景和目的有关，《征蜀联句》是韩孟之间私人的唱和，故不必太多顾忌；但《元和圣德诗》是韩愈上奏朝廷的颂功之作，故多作庙谟典诰之语，而不宜太多的血腥画面。但即便如此，《元和圣德诗》中还是可以看出《征蜀联句》的影子。如其对刘辟被族细节的描绘："解脱挛索，来以砧斧。婉婉弱子，赤立伛偻。牵头曳足，先断腰膂。次及其徒，体骸撑拄。末乃取辟，骇汗如写。挥刀纷纭，争刌脍脯。"可谓不堪入目、令人发指。宋人已经注意到这一段文字在整首诗中略显突兀的问题。苏辙曰："此李斯颂秦所不忍言，而退之自谓无愧于雅颂，何其陋也！"②李如箎《东园丛说》卷下亦云："如退之《元和圣德诗序》（案'序'字或衍），刘辟与其子临刑就戮之状，读之使人毛骨凛然，风雅中安有此体！"③但如果我们将其与《征蜀联句》进行比较，便不难发现，韩愈在《元和圣德诗》中的血腥笔墨已经收敛许多了。据《旧唐书》卷140，刘辟被押运到京师后，"上御兴安楼受俘馘，令中使于楼下诘辟反状"，刘辟伏罪后，"令献太庙、郊社，徇于市，即日戮于子城西南隅"④。韩愈所谓"来献阙下，以告庙社。周示城市，咸使观睹"，正此谓也。当时韩愈正在京师，权知国子博士，当也目睹围观了刘辟被族的惨状。和《征蜀联句》中战争场面的描绘相比，《元和圣德诗》对刘辟被族情形的叙述，显得笔触更为冷酷、细腻。其之所以如此，当既是基于其目睹的经历，又是其《征蜀联句》中形成的"暴力美学"的延伸。

由上，《征蜀联句》这种凭空想象以叙事逞辞的联句活动，极大地丰富了战争题材诗歌语言的表现力；同时，《征蜀联句》的一些写法，为后来的《元和圣德诗》所汲取，也可见其为诗人创作提供试验场的作用。从《远游联句》到以铺写物象为能的《城南联句》，再到虚构叙事的《征蜀联句》，可以看出韩孟诸公已不满足于写实性的联句创作，而是在诗歌的虚构性上进行了大胆的开拓。再到元和七年所作的《石鼎联句诗》，韩愈更凭空虚构了"轩辕弥明"这样一个形象⑤，在联句的虚构性上进行了更为大胆的尝试。从写实到虚拟，可谓是韩孟联句对于此体诗歌创作方式的又一开拓。

四、结语

本文就韩孟联句的一些问题，进行了新的探索。首先，联句诗之一体，虽然早已产生，但中唐以降，联句中的竞技和争胜色彩大为增强，参加者在联句中写物叙事、炫学逞才。此风起于大历联句唱和，而大盛于韩孟联句。可以说，后世的联句，基本遵循韩孟的规模和体制。晚唐皮日休把韩孟联句作为此体的典型，《松陵集》中的联句也饶富韩孟的

① 钱仲联《韩昌黎诗系年集释》，上海古籍出版社2007年版，第650页。
② （宋）苏辙《诗病五说》，见《苏辙集·栾城三集》卷8，中华书局1990年版，第1229页。
③ （宋）李如箎《东园丛说》卷下，《丛书集成新编》第8册，新文丰出版社2008年版，第51页。
④ （五代）刘昫等《旧唐书》卷140，中华书局1975年版，第3828页。
⑤ 关于轩辕弥明是否确有其人，学者一直颇有争论。卞孝萱先生指出，关于轩辕弥明的记载中，《本事诗》所引《轩辕弥明传》，"系中晚唐文人据《石鼎联句诗序》改写，托名韩愈所作。《仙传拾遗·轩辕弥明》是五代道士杜光庭承袭《石鼎联句诗序》而写的宗教宣传作品，无新材料，无史料价值。"虽未断言轩辕弥明其人之真伪，但大致可以判断，其人为韩愈所虚构。见卞孝萱《〈石鼎联句诗、序〉考》，《周口师范高等专科学校学报》第1期，第30～33页、60页。

奇崛之风,如《寒夜联句》《开元寺楼看雨联句》《北禅院避暑联句》等。皮日休云:"海上风雨来,掀轰杂飞电。登楼一凭槛,满眼蛟龙战。"陆龟蒙云:"须臾造化惨,倏忽堪舆变。万户响戈铤,千家披组练。"[1]语言怪峭,硬语盘空从中不难看出韩孟的影子。宋代的欧阳修、范仲淹、陆经等有联句 4 篇,也主要是模仿韩孟。[2] 欧阳修更有《栾城遇风效韩孟联句体》之作[3],标明是在模仿韩孟,可见韩孟联句在后世的典范意义。由此而言,说"联句起于韩孟"虽于史实不尽相符,但就其典范性与影响力而言,说后世的文人联句体奠定于韩孟,恐未为过吧?

其次,韩孟联句的这种竞技性、游戏性的特点,对于诗派好"奇"诗风的形成,起到了较大的刺激作用。为了在联句中脱颖而出,自然要追求因难见险、因奇见胜。正如俞瑒所云:"联句诗如国手对弈,着着相当。又如知音合曲,声声相应。故知非孟韩相遇,不能得此奇观也。韩、孟二人意气相合,于中仍有缓急均调之妙。盖东野之思沉郁,故时见危苦之音。昌黎之兴激昂,故时见雄豪之气。此同心之言,所以相济而相成者也。"[4]赵翼亦说:"今观诸联句诗,凡昌黎与东野联句,必字字争胜,不肯相让。与他人联句,则平易近人。可知昌黎之于东野,实有资其相长之功。"[5]再者,就韩孟诗派的个性而言。韩愈本人就崇尚以人工巧夺天工、追求逞辞尽意的诗学观。其《答孟郊》诗云:"规模背时利,文字觑天巧。"川合康三已经指出,韩愈的诗学中有一种"对抗"的思想。[6]川合氏更多强调了韩愈诗学中不偶流俗、与世俗对抗的成分。这种个性可谓是韩孟诗派成员普遍的特点,而使得其在诗歌创作中,自觉或不自觉地要以诡怪的诗风自高于流俗,促成了韩孟联句此种特色的形成。

最后,放在唐宋诗歌嬗变之视角下,韩孟联句亦有重要的文体革新意义。一方面,韩孟联句并非无端产生,大历浙西湖州唱和已经呈现出的游戏与竞技色彩,对韩孟联句的兴起具有重要的启发意义。另一方面,韩孟联句之兴起,刺激了中晚唐诗歌的"学问化"倾向。正如荷兰人类学家赫伊津哈(Johan Huizinga,1872—1945)所言,"游戏""竞技"本来就是相互伴生的一对概念,或者说,游戏中本身就包含了竞技的成分。诗歌本身便起于游戏,因此包含了典故(allusion)、机智(the sudden bright idea)、谐讔(the pun)和声音(the sound of word)等技巧的成分。[7] 韩孟联句作为一种文字游戏,自然也少不了典故与知识竞技的成分,这些都构成韩孟"学问化"写作的重要因素,对宋人"以学问为诗"的诗歌写作产生了重要的影响。

———————————

① (唐)皮日休、陆龟蒙等撰,王锡九校注《松陵集校注》卷 10,中华书局 2018 年版,第 2340 页。
② (宋)欧阳修著,洪本健校笺《欧阳修诗文集校笺·外集》卷 4,上海古籍出版社 2009 年版,第 1382～1391 页。
③ (宋)欧阳修著,洪本健校笺《欧阳修诗文集校笺·居士集》卷 11,上海古籍出版社 2009 年版,第 330 页。
④ 钱仲联《韩昌黎诗系年集释》,上海古籍出版社 2007 年版,第 55 页。
⑤ (清)赵翼《瓯北诗话》卷 3,《清诗话续编》第 2 册,上海古籍出版社 1983 年版,第 1165 页。
⑥ 〔日〕川合康三云:"韩愈与周围种种事物之间每每形成尖锐的对抗关系,由这对抗关系中产生的力成为他文学创作的骨骼。"又从其对自己作品的态度和"身与世的关系"两方面对此进行论述。见氏著,刘维治、张剑、蒋寅译《终南山的变容:中唐文学论集》,上海古籍出版社 2007 年版,第 196～213 页。
⑦ Johan Huizinga. *Homo Ludens*:*A Study of the Play-element in Culture*. London,Boston and Henley:ROUTLEDGE & KEGAN PAUL,1949. p122.

陶穀生平行实考

张骁飞[*]

　　摘　要：陶穀是北宋第一位翰林学士承旨，履职最久却未迁宰辅，生平颇富故事性。北宋至清的史籍、笔记与戏曲等，虽多载陶穀事迹，但初始已有误载，其后又多为抄转演绎，陶穀的形象遂成为宋代无才无行、失意怨望文人的典型。将宋元诸家所载与史传记录及陶穀传世著述进行比对，则可理清陶穀的生平行实：陶穀对相位的执念，与其出身名门、少年坎坷等关联密切；陶穀地方与中央任职经历丰富，治才虽略逊于文才，在五代宋初士人中亦属杰出；陶穀在五代形成的处世理念与参政风格，与宋太祖意欲打造的政治环境与统治秩序格格不入，是其无缘宰辅的根本原因；陶穀颇获宋太祖优容，卒后获赠右仆射，是太祖对其未得相位的补偿；陶穀暮年洞明时事，心态恬淡平和，并非怨望而终。陶穀的事迹被同院学士选择性传播，是其被污名化的主要原因。

　　关键词：北宋；陶穀；生平；行实

　　陶穀（903—970）是北宋第一位翰林学士承旨，任职 11 年，历时最久，对宋初政治制度、文化文学的发展颇有贡献。陶穀著作丰富，但今存者仅有近 30 篇诗文与笔记《清异录》2 卷。[①] 宋人《隆平集》等史籍、《南部新书》等笔记载有陶穀事迹，认为其具文翰之长，又有明显人格缺失；《宋史·陶穀传》偏重记录其"奔竞务进""多忌好名"的言行，元杂剧《陶学士醉写风光好》则演绎传播陶穀伪君子的形象；明清别史与笔记所载亦多为转录与渲染。对史料不做辨析的抄转，使学界对陶穀的认知不断偏转，乃至直斥其"一人之身众丑备焉"。[②]

　　历史书写将陶穀的形象固化为卑劣，使得少有学者对其关注。[③] 因从事北宋翰林学

　　*　张骁飞，文学博士，郑州师范学院副教授，主要从事唐宋文学与文献学研究。本文为 2017 年度国家社科基金重大项目"全宋词人年谱、行实考"（17ZDA255）、郑州师范学院人才引进项目"宋初三朝翰林学士生平事迹系年考辨与研究"（501034）的阶段性成果。

　　①　《清异录》作者曾有争讼。据南京大学 2014 年李晓林硕士学位论文《〈清异录〉文献研究》，陶穀著作有《宋乾德长安格》10 卷、《五代乱纪》若干卷、《开基万年录》及《开宝史谱》若干卷、《陶穀集》10 卷、《清异录》2 卷。李文考辨众说，亦指出是书有"或是抄录旧文，或是后人增改"之处。

　　②　（清）潘永因《宋稗类钞》："世以陶穀文雅清致之士，多称赏之，然诸书所载秽德颇众。略举一二，已见大节。穀乃唐彦谦后也，避石晋讳改曰陶。后纳唐氏为婿，已可怪矣。初因李崧得位，后乃排之。此负恩也。袖中禅诏，不忠孰甚。奉使两浙，献诗钱俶云：'此生头已白，无路扫王门。'辱命无耻可知。又出使淫妇而有好姻缘之词。卧病思金钟而有'乞与金钟病眼明'之句。至欺待诏，使书密旨以取良马。此何等人也！史称遇名望者巧言以诋之。鸣呼，一人之身众丑备焉。亦何贵于文雅哉！"刘卓英点校，书目文献出版社 1985 年版，第 145 页。

　　③　笔者所见，期刊论文中除邓瑞全、李开升《〈清异录〉版本源流考》（《古籍整理研究学刊》2008 年第 4 期）外，多非研究性文章，有者所论亦为戏剧中的陶穀形象；学位论文方面，南京大学李晓林 2014 年硕士论文《〈清异录〉文献研究》主要讨论陶穀著作《清异录》，兼论陶氏生平；辽宁大学辛毅 2015 年硕士论文《陶穀研究》探讨陶氏生平、诗文与《清异录》；温州大学熊润竹 2018 年硕士论文《〈清异录〉词汇研究》为语言方向，涉及陶氏生平。上述成果对陶穀生平行实，多依所用史料而叙，未辨其时序源流。

士研究的缘故，本人依时序、按主题比对相关文献，细考陶穀生平行实，认为陶穀在历史上曾发挥相当的积极正面作用，却被长久以来的误解与偏见遮掩。谨撰述拙文，敬请方家赐教。

一、出身名门世家　性格外向自负

陶穀的家世，史书著录以曾巩《隆平集·陶穀传》最早，云："陶穀字秀实，邠州人，北齐尚书令唐邕、唐内史侍郎唐俭皆其远祖，姓因避晋祖讳而更为陶，遂不复其旧。父涣，唐末仕至刺史，为邠州帅杨崇本所害，穀随母育崇本家。"①王称《东都事略·陶穀传》沿其说，详其籍贯为"邠州新平"、父职为"夷州刺史"。②

4 种宋人笔记言及陶穀家世。北宋钱易《南部新书》成书早于《隆平集》，其卷 10 云："陶穀小名铁牛，李涛尝有书与之曰：'每至河源，即思令德。'唐彦谦之孙也，以石晋讳改姓焉。"③稍晚于钱易的宋祁，其《宋景文笔记》云："陶穀本唐彦谦后，石晋时避帝讳改曰陶，后纳唐氏为婿，亦可怪。"④略早于曾巩的释文莹，于《玉壶清话》卷 2 云："穀本姓唐，避晋祖讳易之。"略晚于曾巩的王辟之，其《渑水燕谈录》卷 9 云："陶穀姓唐，唐宰相莒公俭之后。祖彦谦，有诗名，号鹿门先生。穀避晋祖名改陶，后历事累朝，不复还本姓，士大夫讥之。"⑤按，4 处记录重点集中在陶穀不复本姓一事，钱易与释文莹未评论穀之是非，宋祁主要讶异于穀"纳唐氏为婿"，王辟之所言则是对穀最早的批评。

就上述记载，《宋史·陶穀传》整合时未取"陶穀小字""纳唐氏为婿"之说，对其改姓只云"本姓唐，避晋祖讳改焉"，未做褒贬。⑥

按，唐邕，《北齐书》卷 40、《北史》卷 55 有传，言其父辈由并州晋昌（今山西定襄）徙至晋阳（今山西太原），遂世居于此，又言其次子唐鉴隋时任戎州刺史，与唐高祖李渊交好；唐俭，为唐鉴之子，《旧唐书》卷 58、《新唐书》卷 89 有传，曾任礼部尚书，名列凌烟阁二十四功臣。俭子，见诸正史者有唐善识，为太宗之女豫章公主驸马。又有唐观，时负文名，官至河西令。俭曾孙唐晙，太平公主之婿，因参与谋反而坐诛。又有曾孙唐次，传见《旧唐书》卷 190 下，宪宗朝曾任中书舍人。次有二子，长子唐扶曾任文宗朝中书舍人，次子唐持官终户部尚书。唐持之子唐彦谦，事迹附见《旧唐书》之《唐次传》、《新唐书》之《唐俭传》，元人辛文房《唐才子传》为作专传。⑦又，据《新唐书·宰相世系表》，唐氏先祖可推至战国末期魏国大夫唐雎。

杨崇本，《旧五代史》卷 13、《新五代史》卷 40 有传，唐昭宗光化年间（898—901）获任邠州节度使，乾化四年（914）冬为其子彦鲁所弑。未几，崇本养子李保衡杀杨彦鲁，并于

---

① （宋）曾巩撰、王瑞来点校《隆平集》，中华书局 2012 年版，第 365 页。
② （宋）王称撰，孙言诚、崔国光点校《东都事略》，齐鲁书社 1998 年版，第 240 页。按，王称此说所据不详。杜佑《通典》卷 183 云"贞观中，开南蛮地，置夷州"，则其地在今贵州遵义一带，而邠州"古豳国，昔公刘居豳，即其地也……开元十三年，改豳为邠"，其地在今陕西咸阳，杨崇本与唐涣似无交集。
③ 戴建国《全宋笔记》第 1 编第 4 册，大象出版社 2003 年版，第 131 页。
④ 戴建国《全宋笔记》第 1 编第 5 册，大象出版社 2003 年版，第 44 页。
⑤ 戴建国《全宋笔记》第 2 编第 4 册，大象出版社 2003 年版，第 92 页。
⑥ （元）脱脱等《宋史》，中华书局 1985 年版，第 9235 页。
⑦ 详见傅璇琮《唐才子传校笺》第 4 册，中华书局 1987 年版，第 42～55 页。

次年三月举邠州城投降后梁。① 由此推求，杨崇本杀穀父、夺穀母之时，陶穀尚为婴儿；而穀离开杨家时，也不过 12 岁左右。散乱流离、寄人篱下的童年经历，必然对陶穀有深刻影响，其强烈的仕进心、善于揣摩形势的做事风格当即因此。

总上可知，唐氏世居并州晋阳，《隆平集》等称陶穀"邠州人""邠州新平人"，乃就其成长地而言。晋阳唐氏，自远祖唐邕直至陶穀，历代为官者品级不低于郡守，确可称为名族。

对其亲族，陶穀《清异录》中有七处记载，除却关于"族子""外亲"等条，有 3 处事涉其父。一曰："余家世宝一砚，不知何在。形正圆，腹作两池，底分三鱼口以承之，紫润可爱。背阴有字云'璧友'，铭云：'华先生制。天受玉质，研磨百为。夫惟岁寒，非友而谁？'似是唐物。"二曰："先君蓄白乐天墨迹两幅，背之右角有方长小黄印，文曰：'剡溪小等月面松纹纸，臣彦古等上。'彦古得非守臣之名乎？"三曰："先君子蓄纸百幅，长如一匹绢，光紧厚白，谓之鄱阳白。问饶人，云本地无此物也。"② 文字间可以看出，陶穀对尊亲及家传文物颇为恭敬珍视，显然，其很有家族荣誉感。

陶穀之父唐涣事迹不显，无从了解其个性才华，而由文献记载来看，陶穀这两方面与其祖父唐彦谦酷似。唐彦谦，《旧唐书》卷 190《唐次传》云其"才高负气，无所屈降……博学多艺，文词壮丽，至于书画音乐博饮之技，无不出于流辈"③；《唐才子传·唐彦谦传》云其"才高负气，毫发逆意，大忤禁。博学足艺，尤长于诗，亦其道古心雄，发言不苟，极能用事，如自己出"。可知，唐彦谦才高、博学、多艺、直率、自负，不肯屈己待人，不愿附同流俗。而陶穀亦极"博学"，其著《清异录》上涉天文地理、下及居室器用，条目均系摘录群书或记录见闻而来，可为一证；《隆平集》与《东都事略》赞穀"博记美词翰""佛老之书、阴阳之学亦能详究"，《宋史·陶穀传》亦云其"强记嗜学，博通经史，诸子佛老，咸所总览；多蓄法书名画，善隶书。为人隽辨宏博"④。祖孙二人在"博学足艺"方面是相同的。

陶穀亦有诗才，其性格亦不容人"毫发逆意"。《清异录》"化化笺"条曰："记未冠时游龙门山寺，欲留诗，求纸，僧以皱纸进。余题大字曰'化化笺'。还之。僧惭惧，躬揖请其故，答曰：'纸之粗恶，则供溷材，一化也。丐徒取诸圊厕，积之家匠，买别抄麸面店肆，收苞果药，遂成此纸，二化也。故曰化化笺。备杂用可也，载字画不可也。举以与人，不可之甚。汝秃士不通世故，放过三十挂杖，亦知感幸否乎？'今年履风波，豪气挫灭，不能为是事矣。"⑤ 可见，陶穀少年时生活相当贫困，虽如此，但已是颇为自负。

陶穀对书画亦兴趣浓厚。米芾《宝章待访录》收陶穀在王羲之《黄庭经》上所作题跋

① 《旧五代史》卷 13《杨崇本传》言"乾化元年冬，为其子彦鲁所毒而死"，句中又有夹注曰："原本作'乾化四年'，今从欧《史》校正。"对此，中华书局点校本有校记曰："按《欧阳史》卷 40《杨崇本传》作'乾化四年'，《通鉴》卷 269 同。"今检《新五代史》卷 40《杨崇本传》，确云："乾化四年为其子彦鲁所弒。崇本养子李保衡，杀彦鲁以降梁。"又，《新五代史》卷 3《梁本纪三》云"（贞明元年三月）邠州李保衡叛于岐，来附"；《旧五代史》卷 8《梁末帝纪》云"（乾化四年三月）邠州留后李保衡以城归顺……（崇本）去岁为其子彦鲁所毒"。总此可知：《旧五代史》之《杨崇本传》所言其卒于"乾化元年冬"显系误改。

② （宋）陶穀撰，孔一点校《清异录》，《宋元笔记小说大观》本，上海古籍出版社 2007 年版，第 105、106、110 页。

③ （后晋）刘昫等《旧唐书》，中华书局 1975 年版，第 5063 页。

④ （元）脱脱等《宋史》卷 269，中华书局 1985 年版，第 9238 页。

⑤ （宋）陶穀撰，孔一点校《清异录》，上海古籍出版社 2007 年版，第 110 页。

两则,前者内有"此换鹅经也。甲戌九月十一日,百计取得此书详观"句,后者内有"王(笔者按,朱温养子朱友文)薨,予获于旧邸,时贞明庚辰秋也"句。推算可知,前者在后梁末帝乾化四年(914),陶穀时年 12 岁;后者在贞明六年(920),陶穀时年 17 岁。可见,陶穀少年时即属意书画,对经典法帖,他先是设法观摩、念之在心,后则设法收归己有。①

　　陶穀的不附同流俗,亦有例证。《清异录》"黑京"条曰:"临沂路村人,依大树卖瓜。有行者四五人邂近一处,因互问乡里,或云汴京、咸京、洛京、邺京,惟黥面武士未对。坐末儒生戾声曰:'君莫非黑京否?'众俱不晓。天下多口不饶人,薄德无顾藉,措大打头,优伶次之。"②按,黑、京合而为"黥"字,故儒生以此讥讽武士;措大,宋时常以之戏称读书人,宋太祖即曾笑骂陶穀为"措大"③。显然,同作为读书人,陶穀颇为鄙视"口不饶人、薄德无顾忌"的流俗之辈。

　　《隆平集》《东都事略》又言穀"滑稽好大言",惜无具体事例,《清异录》则载有一条,可为印证。其云:"小符拆字为赋,得父绪余。余过其家,正见庄宾来呈茧,小符曰:'此虫雅哉?'予曰:'子将拆茧为二,出雅字以张本。若作尔雅虫,无疑也。'适中其谋,轰笑而已。"④可见,陶穀性格是外向直率的。又有两条所记乃陶穀与友人的风趣言谈,其一为"水晶人"条,云:"二三友来访,买得虾蟹具馔,语及唐士人逆风至长须国娶虾女事,坐客谢谦冲曰:'虾女岂不好?白角衫裹个水晶人。'满筵无不大笑。"其二为"玉版刀"条,云:"小雪乍晴,开明窗深炉之会,时檐际串脯正干湿得宜,取以侑觞。众宾用小刀削食,独丘侑之左右咬嚼,捷如虎兒,一坐哗云:'丘主簿口中自有玉版刀也。'"⑤交友如此,则陶穀为人的清雅风趣可以想见。《宋史·陶穀传》云穀"性急率",曰:"尝于兖帅安审信集会,杯酒相失,为审信所奏。时方姑息武臣,穀坐责授太常少卿。"⑥所记集会中的"杯酒相失",或亦因滑稽直率所致,而非"急率"。《陶穀传》又云:"尝自曰:'吾头骨法相非常,当戴貂蝉冠尔。'盖有意大用也,人多笑之。"事关个人未来的敏感话语竟然当众说出,以致成为笑柄,亦可见陶穀滑稽直率的性格。

　　又,陶穀的个性和才华都显具家族特征,且其人有着强烈的家族荣誉感,因而,对陶穀"历事累朝,不复还本姓"一事,实不必苛责。按,胡三省注《资治通鉴》记陶穀改姓之句曰:"《姓谱》《姓苑》皆谓陶姓、唐姓并出陶唐氏之后;唐穀之改姓陶,据此也。"⑦韦昭注《史记·五帝本纪》"帝尧为陶唐"一语时说:"陶唐皆国名,犹汤称殷商也。"⑧陶穀自襁褓时期至 12 岁都养育于杨崇本家,彼时其究竟何姓,无从考证,但他对家族之姓的感情,显然复

　　① 见《全宋文》卷 11,分别名为《王右军书黄庭经跋》与《右军书黄庭经续题》。按,《新五代史》卷 13 有《朱友文传》,言其卒于乾化二年(912)。正文推论建立在陶穀两文所书干支无误的前提下,甲戌年,若在开宝七年(974),则陶穀已卒 4 年。

　　② (宋)陶穀撰,孔一点校《清异录》,上海古籍出版社 2007 年版,第 79 页。

　　③ 欧阳修《归田录》卷上:"陶尚书穀为学士,尝晚召对。太祖御便殿,陶至,望见上,将前而复却者数四,左右催宣甚急,穀终彷徨不进。太祖笑曰:'此措大索事分!'顾左右取袍带来。上已束带,穀遽趋入。"

　　④ (宋)陶穀撰,孔一点校《清异录》,上海古籍出版社 2007 年版,第 70 页。

　　⑤ (宋)陶穀撰,孔一点校《清异录》,上海古籍出版社 2007 年版,第 71、78 页。

　　⑥ (元)脱脱等《宋史》卷 269,中华书局 1985 年版,第 9236 页。

　　⑦ (宋)司马光编著、(元)胡三省音注《资治通鉴》,中华书局 1956 年版,第 9403 页。

　　⑧ (汉)司马迁《史记》,中华书局 2014 年修订本,第 54 页。

杂于寻常之人。陶穀成年之后,遇后晋立国,其选择与唐姓同宗的陶姓,正见其变通与用心。关于避讳,宋人周密讨论甚详,同样是避石敬瑭之讳,有云:"晋高祖讳敬瑭,析敬字为文氏、苟氏,至汉乃复旧。至本朝避翼祖讳,复析为文,为苟。"①苟姓至今仍存。再者,因避讳而不复姓名之事五代时亦有他例。例如,赵上交"本名远,字上交,避汉祖讳,遂以字称";张昭"本名昭远,避汉祖讳,止称昭";二人《宋史》均有传,历后周与宋而不复本名。②因而,陶穀不复归唐姓,情有可原。

总上,陶穀出身名门,天性自负,乐观直率,过人的才华和坎坷的童年使他对官场晋升有异乎常人的追求,而工于历数、相信骨相等,又使他对荣登宰辅心存执念。

二、后晋入朝为官　仕途春风得意

就陶穀入仕前事迹,《隆平集》《东都事略》和《宋史·陶穀传》均含糊其词,据之亦不可知陶穀何年入仕。前两部宋人史籍亦不载陶穀在后晋的仕历情况。宋人笔记,如《东轩笔录》亦认为陶穀"自汉初始得用"。③可见,即便是在北宋中期,纵是如曾巩这样的著名学者,亦已不甚熟悉陶穀的生平经历。

据陶穀《清异录》,则可略知其入仕前的生活。首先,陶穀曾在书院求学,接受过系统的教育。"五窟"条曰:"善谈者,莫儒生若也。老拙幼学时,同舍生刘垂尤有口材,曹号虚空锦,说他时得志事,余尝记一说,曰:'有钱当作五窟室:吴香窟,尽种梅株;秦香窟,周悬麝脐;越香窟,植岩桂;蜀香窟,栽椒;楚香窟,畦兰。四木草各占一时,余日入麝窟,便足了一年,死且为香鬼,况于生乎?'其人仕而贫,财不副心而卒。"④按,陶穀认为儒生最善夸夸而谈,这是他自幼至老的一个观点,其批评同舍生"仕而贫,财不副心而卒",可说明陶穀为人并不贪财,满足于俸禄所得。此条下之"假天"条,亦见陶穀这种态度。

其次,陶穀入仕之前或曾有过游学的经历。"净君"条曰:"商山馆中窗颏上有八句诗云:'净君扫浮尘,凉友招清风。炎炎火云节,萧然一堂中。谁知鹿冠叟,心地如虚空。虚空亦莫问,睡起照青铜。'不知何人作。净君、凉友,是帚与扇明矣。"⑤按,据陶穀仕历,其除任单州军事判官外均在京都就职;察文献记载,未见其有洛阳以西的行程。因此,此条所记当为陶穀早年事迹。彼时的陶穀,已留意"净君""凉友"等事物异名,其年少即以"能属文"知名,当与此有关。

而陶穀是否以科举晋身、何年释褐,史无明载。按,据《资治通鉴》卷288,后汉高祖元年四月杨邠独掌相权后,"既恨二苏排己,又以其除官太滥,为众所非,欲矫其弊,由是艰于除拜,士大夫往往有自汉兴至亡不沾一命者;凡门荫及百司入仕者悉罢之"。⑥在这种政治环境中,陶穀作为刚刚逃归后汉的臣子就获任给事中,且担任是职直至汉亡,或可说明其非经"门荫及百司入仕"。又,据赖瑞和先生研究,唐代士子释褐后,或留京任校书

---

①　(宋)周密撰,张茂鹏点校《齐东野语》,齐鲁书社1983年版,第57页
②　(元)脱脱等《宋史》卷262、263,中华书局1985年版,第9065、9085页。
③　(宋)魏泰撰,李裕民点校《东轩笔录》,中华书局1983年版,第5页。
④　(宋)陶穀撰,孔一点校《清异录》,上海古籍出版社2007年版,第84页。
⑤　(宋)陶穀撰,孔一点校《清异录》,上海古籍出版社2007年版,第101页。
⑥　(宋)司马光编著,(元)胡三省音注《资治通鉴》,中华书局1956年版,第9392页。

郎、正字,或出外任参军、县主簿、县尉。①《隆平集》不载陶穀释褐之官;《东都事略》云"起家校书郎",出处不详;《宋史·陶穀传》云"起家校书郎、单州军事判官",则二者不能并授,当非。

陶穀何年入仕亦不可考,然其入后晋始显达。《隆平集》与《东都事略》云穀经"汉相李崧"拔擢才任京官,将其后晋经历归入后汉,误。按,李崧,《旧五代史》卷108、《新五代史》卷57有传,言石敬瑭因为在后唐长兴年间得其照顾,故在登基后之次月即任李崧为"中书侍郎、同中书门下平章事,充枢密使",李崧在后汉所任乃太子太傅而非宰相,且不久被族诛。

《宋史·陶穀传》所记较详,其载陶穀之发迹云:"尝以书干宰相李崧,崧甚重其文。时和凝亦为相,同奏为著作佐郎、集贤校理。改监察御史,分司西京,迁虞部员外郎、知制诰。会晋祖废翰林学士,兼掌内外制。"②按,不言李崧为"汉相",用词审慎,但整体来看却有不合理处。和凝,《旧五代史》卷127、《新五代史》卷56有传,结合《旧五代史》卷79《晋高祖纪》,知其拜相在后晋天福五年(940)九月丁卯,又知同月"丙子,废翰林学士院"。如此,陶穀10天之内历任三官,当无可能。《宋史·陶穀传》记李崧"穀自单州判官,吾取为集贤校理,不数年擢掌诰命,吾何负于陶氏子哉"一语,此处"不数年"之说当是。又,据《旧五代史》之《晋高祖纪》知,李崧天福三年(938)十月始免枢密使之任,且同年八月晋高祖有诏"文武百官于缙绅之内、草泽之中,知灼然有才器者,列名以奏"。陶穀原任单州军事判官,属李崧所司,其为李崧举荐,或当在此时。而陶穀于天福五年(940)九月任知制诰,即较合理。如此,则陶穀年36岁始任京官,年38岁任知制诰,曾以监察御史之职在洛阳公干。

还可补充的是,韩愈名篇《送郑十校理序》云:"秘书,御府也。天子犹以为外且远,不得朝夕视,始更聚书集贤殿,别置校雠官,曰'学士'、曰'校理',常以宠丞相为大学士。其他学士皆达官也。校理则用天下之名能文学者;苟在选,不计其秩次,惟所用之。由是集贤之书盛积,尽秘书所有不能处其半;书日益多,官日益重。"③虽然这段介绍的是中晚唐的集贤院,但五代承袭唐制,李崧举荐陶穀的理由,或即陶穀乃当时之"天下之名能文学者"。

《宋史·陶穀传》记陶穀迁知制诰之后,云"词目繁委,穀言多委惬,为当时最。少帝初,赐绯袍、靴、笏、黑银带。天福九年,加仓部郎中"。按,前已云陶穀"兼掌内外制",即其实际也承担着翰林学士的草诏职任。陶穀既然完成得如此出色,则亦见其学识文采之出众。所云晋少帝对陶穀的赏赐与加官,与《旧五代史》卷83《晋少帝》"(开运元年七月)丁丑,虞部员外郎、知制诰陶穀改仓部郎中、知制诰"相合。④ 奇怪的是,《旧五代史》卷76至卷80之《晋高祖纪》,著录有赵莹、桑维翰等13人初任知制诰的情形,唯独不载陶穀。

《宋史·陶穀传》接云:"穀性急率,尝与充帅安审信集会,杯酒相失,为审信所奏。时方姑息武臣,穀坐责太常少卿。尝上言:'……'从之。俄拜中书舍人。"按,陶穀所上言,

---

① 赖瑞和《唐代基层文官》,中华书局2008年版,第14页。赖先生亦指出有荫补任校书郎者。
② (元)脱脱等《宋史》卷269,中华书局1985年版,第9235页。
③ (唐)韩愈著,马其昶校注《韩昌黎文集校注》,上海古籍出版社2014年版,第288页。
④ 晋少帝石崇贵天福七年六月即位,天福九年改元开运。

《全唐文》卷 863 名之为《请疏理狱讼瘗埋病亡奏》，内容较全，乃陶穀对任监察御史时所"目击常嫉弊讹者"的思考。① 陶穀擢任中书舍人，事见《旧五代史》卷 83《少帝纪》，时在开运二年六月。② 由此次任命所涉人员的职位变动来看，陶穀不仅职级比原任"仓部郎中、知制诰"高了一级，地位较留任翰林学士的刘温叟、范质亦略高。

就陶穀在少帝朝情形，《宋史·陶穀传》又云："尝请教习乐工、停二舞郎，及禁民伐桑枣为薪，并从其请。开运三年，赐金紫。"按，所云两次奏请，《全唐文》卷 863 名之为《请禁伐桑枣奏》《请停废教习舞郎奏》，且两文之间，又收陶穀所作《请郡牧不与卑冗官同班奏》，当为同时之作。读这些章奏发现，陶穀每临一官，均能于职掌之内发现问题并提出解决办法。考虑到陶穀任京官之前曾有长期沉沦下僚的经历，可以推测，陶穀有相当的吏干之材，并非夸夸其谈的文士。或许，正因陶穀既有文才又有治才，晋少帝才赐其紫金鱼袋，让他享受三品高官的章服。又，将《宋史·陶穀传》所载陶穀"加仓部郎中""坐责太常少卿""拜中书舍人"的官职起伏与《旧五代史》之《少帝纪》相核验，知其发生在开运元年七月至开运二年六月之间，这种短期之内先略贬再显擢的使用方式，深刻说明了陶穀极得晋少帝的器重和佑护。

《清异录》中也有两条明确记述陶穀后晋时的生活情状。③ 其一为"围头债"条，云："晋朝贱者，承人乏供，八砖之职，猥蒙天眷。一日大暑，方下直还私室，裸袒挥拂。未须臾，中使促召。左右急报裹头巾，余叹曰：'阿僧祇劫中欠此围头债，天使于禁林严紧地还之也。'"按，"晋朝贱者承人乏供"8 个字，《全宋笔记》所收《清异录》断句同④，皆误，当以"晋朝，贱者承人乏，供八砖之职"为是。"八砖"，乃翰林学士的别称。⑤ 此处所言，即前引《宋史·陶穀传》言其"兼掌内外制"事。这是一条关于翰林学士履职情形的生动记载，从中可知 3 点：一，陶穀当时承担的草诏任务极其繁重；二，陶穀对佛经颇为熟悉；三，陶穀为人乐观风趣。其二为"丑未觞"条，云："余开运中赐丑未觞，法用雍酥栈羊筒子髓置醇酒中，暖消而后饮。"按，开运，为晋少帝年号。此条记录，与《宋史·陶穀传》言其多得晋少帝赏赐正印证。

又，《杨文公谈苑》记陶穀一事，为他书未载，曰："陶穀，开运中为词臣，时北戎来侵晋，杨光远以青州叛，大将为节帅卒。少帝命草文以祭之，穀立具草以奏，曰：'漠北有不宾之寇，山东起伐叛之师。云阵未收，将星先落。'少帝甚激赏。"⑥ 由此条来看，晋少帝器重陶穀，最初还是因为他文笔好、才思敏捷。

总上，陶穀成年之后，在社会底层历练 20 余年，始获机会赴京任职。在后晋，陶穀以其出众才华，前期得益于宰相李崧等人，后期受宠于晋少帝，职位步步上升，确属春风得意。

---

① 曾枣庄、刘琳《全宋文》，上海辞书出版社、安徽教育出版社 2006 年版，第 2 册，第 9 页。

② 《旧五代史》卷 83《少帝纪四》："（六月乙丑朔）以翰林学士、金部郎中、知制诰徐台符为中书舍人；以翰林学士、礼部郎中、知制诰李瀚为中书舍人；翰林学士、都官郎中刘温叟加知制诰；翰林学士、主客员外郎范质改比部郎中、知制诰，并依旧充职。祠部员外郎、知制诰张沇本官充学士，以太常少卿陶穀为中书舍人。"

③ （宋）陶穀撰，孔一点校《清异录》，上海古籍出版社 2007 年版，第 89、115 页。

④ 戴建国《全宋笔记》第 1 编第 2 册，大象出版社 2003 年版，第 75 页。

⑤ 唐春生《翰林学士与宋代士人文化》，中国社会科学出版社 2011 年版，第 14～15 页。

⑥ 戴建国《全宋笔记》第 8 编第 9 册，大象出版社 2003 年版，第 43～44 页。

三、后汉仕历平平　缘于承受恶名

陶穀在后汉的事迹,唯《宋史·陶穀传》所载最为生动。依其所记次序,可概括为 4 件事:厚诬李崧致其罹祸,且事后明告崧族子李昉此事"穀出力焉";契丹灭晋,胁迫晋臣北返时,设法自途中逃出,投归后汉;担任给事中;上《乞停常参官转对奏》为后汉少帝听取。《宋史》对此 4 件事的书写,前二事详而后二事略,详者乃至 195 字,略者仅有 7 字。但是,如依事情的发生时序而言,其当为:投归后汉——担任给事中——厚诬李崧——上疏言事。

《宋史·陶穀传》在"厚诬李崧"一事着墨最多,但是,其时序与笔法皆有舛误。首先,事情发生于后汉乾祐元年(948)十一月甲寅①,《宋史》却以"初,崧从契丹以北……"的形式插叙于后晋天福九年(944)。其次,记述李崧与苏逢吉结怨原委时,先后次序颠倒,与《旧五代史》之《李崧传》《苏逢吉传》,以及《资治通鉴》卷 283 的记录显有区别。

综合诸书记载来看,李崧举家罹祸,原因是多重的。第一,李崧与后汉高祖"夙有憾",因而入汉后常常"自以形迹孤危";第二,作为惩戒方式,后汉高祖刻意将冯道、李崧二人府第分别赏赐给苏禹珪、苏逢吉;第三,李崧家子弟得罪苏逢吉,李崧虽设法弥补却适得其反;第四,李崧弟李㠖鞭挞家奴葛延遇,致其与苏家家奴李澄共谋,告发李㠖谋反;第五,苏逢吉趁机将李崧与其弟侄等收送侍卫狱;第六,侍卫狱长官史弘肇极其残忍且宠任孔目官解晖,"凡入军狱者,使之随意锻炼,无不自诬";第七,定案之时,苏逢吉将收斩李家"二十"人改为"五十"人,遂诛李崧全家;第八,陶穀附和苏逢吉,谮毁李崧。② 显然,李崧家教不严、苏逢吉"文深好杀",是这一悲剧产生的主要原因。

那么,李崧既然对陶穀有知遇之恩,陶穀为何对李崧恩将仇报,以致留下恶名呢? 对此,前人多归之于陶穀的人品"倾险巧诋",实则未必尽然。

按,李崧作为晋相,在晋汉之交的行为并无气节可言。首先,他对后晋亡国有失察误荐之责却未承担其责。③ 其次,契丹国主尚未入汴都,李崧对失位的晋出帝已视若路人。④ 最后,契丹国主卒后,李崧与冯道、和凝等仍随契丹之军,直至白再荣等兴兵驱逐,始投归后汉。⑤ 而同在此一时期,陶穀的行为取舍是颇有气节的。《宋史·陶穀传》记曰:"逃匿僧舍中,衣布褐,阳为行者状。军士意其诈,持刃陵胁者日数四。穀颇工历数,谓同辈曰:

---

① （宋）薛居正等撰《旧五代史》(点校本二十四史修订本),中华书局 2016 年版,第 1577 页。

② 《资治通鉴》卷 288:"初,高祖入梁,太师冯道、太子太傅李崧皆在真定,高祖以道第赐苏禹珪,以崧第赐苏逢吉。崧第中蕴藏之物及洛阳别业,逢吉尽有之。及崧归朝,自以形迹孤危,事汉权臣,常惕惕谦谨,多称疾杜门。而二弟㠖、㩊与逢吉子弟俱为朝士,时乘酒出怨言,云'夺我居第、家赀'。逢吉由是恶之。未几,崧以两京宅券献于逢吉,逢吉愈不悦;翰林学士陶穀,先为崧所引用,复从而谮之。"胡三省注"自以形迹孤危"一语云:"石晋之时,汉高祖夙有憾于李崧;即位后,崧始归朝,故内惧。"今按,所云陶穀时为翰林学士,误,实为给事中。

③ 据《资治通鉴》卷 285,李崧附和冯玉排挤桑维翰,又听信李守贞、杜威之言,遣其迎敌;及契丹入汴京,"或劝桑维翰逃去。维翰曰:'吾大臣,逃将安之!'坐而俟命。彦泽以帝命召维翰,维翰至天街,遇李崧,驻马语未毕,有军吏于马前揖维翰赴侍卫司。维翰知不免,顾谓崧曰:'侍中当国,今日国亡,反令维翰死之,何也?'崧有愧色。"

④ 《资治通鉴》卷 285《后晋纪六》:"帝使取内库帛数段,主者不与,曰:'此非帝物也。'又求酒于李崧,崧亦辞以他故不进。又欲见李彦韬,彦韬亦辞不往。帝惆怅久之。"胡三省注曰:"当是时,晋朝之臣,已视出帝为路人,虽惆怅亦何及矣。"

⑤ 详见《资治通鉴》卷 285、《旧五代史》卷 108《李崧传》。

'西南五星连珠,汉地当有王者出。契丹主必不得归国。'及耶律德光死,有孛光芒指北,彀曰:'自此契丹自相鱼肉,永不乱华矣。'遂归汉,为给事中。"①还有一点是被前人忽视的,即李崧、陶穀对晋出帝石崇贵的情感大为不同。

陶穀谮毁李崧,或是因为其善于揣摩形势而进行投机的性格,或是因其不满李崧晋汉之际的言行。就陶穀中伤李崧的事迹,《宋史·陶穀传》主要记为两段私密对话。

第1段对话双方为李崧李昉,云:"崧语昉曰:'迩来朝廷于我有何议?'昉曰:'无他闻,唯陶给事往往于稠人中厚诬叔父。'崧叹曰:'穀自单州判官,吾取为集贤校理,不数年擢掌诰命,吾何负于陶氏子哉?'"②按,《宋史》云李昉时任秘书郎,而检《宋史·李昉传》知其"汉乾祐举进士,为秘书郎"。再查徐松《登科记考》,卷26载昉乾祐元年(948)四月及第。显然,李昉获任秘书郎还应至少再晚数月③。如此,这段对话发生在李崧罹祸前不久。穀在"稠人中厚诬"者,当有李崧与契丹交往的种种情状。《清异录》即记有李崧当时一事,曰:"耶律德光入京师,春日闻杜鹃声,问李崧:'此是何物?'崧曰:'杜鹃。唐杜甫诗云'西川有杜鹃,东川无杜鹃。涪万无杜鹃,云安有杜鹃'。京洛亦有之。'德光曰:'许大世界,一个飞禽,任他拣选,要生处便生,不生处不也无,佛经中所谓观自在也。'"④就这条记载中陶穀直书李崧之名来看,他对李崧显然是不尊重的。对举荐他的另一位贵人和凝,陶穀《清异录》中共5处记载,其中4条均称和凝为"和鲁公"。

第2段对话的双方为陶穀、李昉,云:"及崧遇祸,昉尝因公事诣穀,穀问昉:'识李侍中否?'昉敛衽应曰:'远从叔尔。'穀曰:'李氏之祸,穀出力焉。'昉闻之汗出。"⑤按,此段对话《资治通鉴》亦载,《隆平集》与《东都事略》略记为"其进缘李崧,崧之及祸,穀自谓有力焉"。然而,李崧与李昉的关系,并非昉所谓"远从叔"。《宋史·李昉传》云:"晋侍中崧者,与昉同宗且同里,时人谓崧为东李家,昉为西李家。汉末,崧被诛。至是(按,宋太宗淳化五年),其子璨自苏州常熟县令赴调,昉为讼其父冤,且言:'周太祖已为昭雪赠官,还其田宅,录璨而官之。然璨年几五十,尚淹州县之职,臣昔与之同难,岂宜叨遇圣明。傥推一亲之仕,泽及衰微之祚,则已往之冤获伸于下,而继绝之恩永光简册矣。'诏授璨著作佐郎,后官至右赞善大夫。"⑥可知,李昉与李崧同宗同里,且当年尝与崧子李璨"同难"。所云"周太祖已为昭雪",据《旧五代史》卷108《李崧传》,乃经李崧同年、时任翰林学士的徐台符上书,周太祖为崧平反并处死葛延遇、李澄。由周太祖的处置方法可见,官方并不认为陶穀与李崧的被族诛有严重关联。只是,宦海历练多年的陶穀,何以对新任的、且小

---

① 按,释文莹《玉壶清话》卷2:"(穀)明博该敏,尤工历象。时伪晋房势方炽,谓所亲曰:'五星数夜连珠于西南,已累累大明,吾辈无左衽之忧,有真主已在汉地。观房帐腾蛇气缠之,辽主必归国。'未几,德光薨于汉。又孛东起,芒侵于北,穀曰:'胡雏非久,自相吞噬,安能乱华?'后皆尽然。《宋史·陶穀传》或本此。

② (元)脱脱等《宋史》卷269,中华书局1985年版,第9236页。

③ 按,河北师范大学2010年硕士论文刘晓惠《〈二李唱和集〉研究》云"元祐元年(947)李昉考中戊申科王浦榜进士第二人,元祐二年(948)授秘书郎",未详所据。其所云"元祐"当为"乾祐"之笔误。《萍乡高等专科学校学报》2013年4月刊发李冬艳《李昉行年考》云"后汉乾祐年间(公元948年),中进士第,后汉乾祐二年(公元949年),李昉以秘书郎直弘文馆。后改右拾遗、集贤殿修撰,六年不调",亦未详所据。如果李昉确于乾祐二年(948)才得官秘书郎,则《宋史·陶穀传》所记又多一疑点。

④ (宋)陶穀撰,孔一点校《清异录》,上海古籍出版社2007年版,第65页。

⑤ (元)脱脱等《宋史》卷269,中华书局1985年版,第9236页。

⑥ (元)脱脱等《宋史》卷265,中华书局1985年版,第9138页。

自己 22 岁的下级官员李昉如此说话,令人费解。

进一步而言,李昉是这两段对话的唯一共同当事人。如此私密的对话流为外人所知,乃至数百年后被《宋史》撰写者记述得如同身临其境,最为可能的是其由李昉传出。在宋太祖朝,陶毂与李昉还有数次交恶,见后文所述。李昉后来在太平兴国三年(978)奉诏以翰林学士的身份主修《太祖实录》①,而陶毂入宋后行实与成绩绝少为后人知悉,人所常道者多是预草禅书、排挤窦仪、教子无方等"污点",确较奇怪。

总上,陶毂在后汉的 4 年仅任给事中一职,期间行实,史籍所收载除其曾上疏言事外,只有与李崧的恩怨。给事中,唐末至宋初皆隶属门下省,正五品上,不参与封驳章奏之事。② 陶毂当时亦无实际职掌,只是保持了后晋时正五品上的官阶而已,这与陶毂在后晋的风光无法相比。不仅如此,因着陶毂并未深度参与的李崧之祸,他在后世还承担了诸多骂名。

四、后周应对合旨　复获世宗重用

对陶毂在后周事迹,《隆平集》仅记为"在周为翰林学士承旨";《东都事略》不载其曾任翰林承旨,但新补"世宗入命近臣各撰平边策、为臣不易论,皆以修德来远为意,惟毂与王朴、窦仪、杨昭俭以江淮即当用师取之,世宗嘉之"一句。按,检《旧五代史》卷 115《周世宗纪》与《资治通鉴》卷 292《后周纪》,"世宗嘉之"的表现为:比部郎中王朴迁左谏议大夫、知开封府事;翰林学士、给事中窦仪迁翰林学士、礼部侍郎;翰林学士、中书舍人杨昭俭迁御史中丞;户部侍郎、翰林学士陶毂迁兵部侍郎、翰林学士承旨。《东都事略》所作补记,初衷当是介绍陶毂迁任翰林学士承旨的原因。两书就此事的书写方式,再次说明北宋中期的学者们已经不能详知陶毂的行实。

《宋史·陶毂传》云:"仕周为右散骑常侍,世宗即位,迁户部侍郎。"按,右散骑常侍虽为"谏官之长",但与户部侍郎相较并非要职,此或仍是陶毂对李崧以怨报德之举带来的影响。③ 就陶毂在后周太祖朝的生活情状,可补两处记载。其一为《清异录》"览骥亭"条,云:"周初,枢密王峻会朝臣,予亦预。吏引坐览骥亭,深不喻其名,呼吏问之,曰:'太尉暇日,悉阅厩马于此为娱玩矣。'"④按,王峻,《旧五代史》卷 130 有传,在后周太祖广顺三年(953)二月罢任枢密使之前,权倾一时。此条可见,陶毂当时为常参官,且对新奇名物有强烈好奇心,思之不得即勤于请教,这是他自少年时代即有的习惯。其二,毂广顺三年因公至洛阳,力劝当地长官武行德重修白居易影堂,并为作《龙门重修白乐天影堂记》。⑤ 文中,陶毂历数白居易文才、忠直、治绩,赞其若能得位而久行其道,"以宪宗之神武,可继文皇也;元和之刑政,自同太宗也。必当华夏宅心,上东封之书,蛮夷屈膝,纳槁街之贡,岂

① (宋)李焘《续资治通鉴长编》卷 19,中华书局 2004 年版,第 421 页。
② 龚延明《宋代官制辞典》,中华书局 1997 年版,第 161 页。
③ 龚延明《宋代官制辞典》,第 174、207 页。按,陶毂乾德五年所作《篆书千字文序》有"毂三署六官,七朝掌诰"一句。"三署六官",指其在宋代历任礼、刑、户三部尚书;"七朝掌诰",则自后晋石敬瑭算起至宋太祖赵匡胤,恰为七帝。那么,其所云"掌诰",则意味着陶毂始终承担着外制或内制的撰写工作。
④ (宋)陶毂撰,孔一点校《清异录》,上海古籍出版社 2007 年版,第 82 页。
⑤ 曾枣庄、刘琳《全宋文》,上海辞书出版社、安徽教育出版社 2006 年版,第 2 册,第 19~20 页。

直擒吴定蜀，平一蔡州而已哉！”①。这使得武行德听罢"耸身长揖"，坚决表态重修。再结合文章开篇"后之学者，若群鸟之宗凤凰，百川之朝沧海也。秉笔之士，由斯道而取位卿相者十七人"之语，陶穀显然宗白已久，早有效法而"取位卿相"之志。

周世宗即位不久，陶穀把握机会，获迁翰林学士。此点，《隆平集》与《东都事略》皆归为陶穀"倾险巧诋"的例证，曰："周世宗召鱼崇谅为学士，未至，穀谮以为顾望，世宗遂令代其任。"《宋史》所记较详，云："世宗即位，迁户部侍郎。从征太原，时鱼崇谅迎母后至，穀乘间言曰：'崇谅宿留不来，有顾望意。'世宗颇疑之。崇谅又表陈母病，诏许归陕州就养，以穀为翰林学士。"亦有讥讽的味道。

按，《宋史》卷 269 有《鱼崇谅传》，言其后晋时由李崧等荐为屯田员外郎、知制诰，契丹灭后晋之际，由契丹相张砺推荐为翰林学士，后汉立国复"拜翰林学士，就加中书舍人"，周太祖"践祚，书诏繁委，皆崇谅写之"。从仕历来看，陶穀与鱼崇谅在后晋均为知制诰，职使相当，而鱼崇谅在契丹时期、后汉、周太祖朝，仕途均较陶穀为得意；从气节来看，其未必高于陶穀，但本文对此不做苛求。可是，众所周知，高平之战对周世宗意义非凡。当是时，周世宗即帝位不足两月，面对强敌，麾下将帅多怀二心。甫一接战，大将樊爱能等就临阵败逃，局势甚危。幸有时任低级军将的宋太祖骁勇奋战，稳住阵营，又有周世宗英武非常，直冲敌帅牙帐，军心大振，最终险胜。因此役，周世宗极为赏识宋太祖，终生对其不疑。陶穀以文职而随军出征，在军书撰写方面当亦有功。而鱼崇谅虽为人"奉亲笃至"，但"以母老思乡里，求解官归养"的理由，以及高平之战前后均不返职的举动，难免令世宗有疑心。② 陶穀的进言，在高平之战后、太原之战前，故周世宗于"（显德元年）五月乙亥，以尚书户部侍郎陶穀守本官充翰林学士"③。陶穀时年 52 岁。

陶穀于显德三年六月迁升承旨，原因前文已述。今就陶穀任翰林学士承旨前后的生活情形，补数处记载。

其一见《清异录》"漆宫沙府"条，云："苏司空禹珪薨，百官致祭，侍御史何登撰版文曰：'漆宫永闭，沙府告成。'祀毕，余问沙府之说，曰：'自隧道至窆棺之穴，皆铺沙以防阴雨泥滑，名沙府。唐人尝引用之。'"④按，苏禹珪薨于显德三年（956）正月，见《旧五代史》卷 116《周世宗本纪》、卷 127《苏禹珪传》所载。陶穀遇一事之不知即敏于请教并勤于记录，正是其好学之处，可见陶穀作为词臣的自我修养。

其二即陶穀与秦弱兰之事。按，此事真假无考，今见最早记录者为郑文宝《南唐近事》，其云时南唐后主执政，如此则在宋代。⑤ 元人戴善甫《陶学士醉写风光好》云陶穀时任宋翰林学士，或即据此。比较之下，稍后的《玉壶清话》记载的细节更多，云"朝廷遣陶穀使江南"，又云"李相（穀）密遗（韩）熙载曰'吾之名从五柳公，骄而喜奉，宜善待之'"等。查《宋史》卷 262《李穀传》与《旧五代史》之《周书》，知李穀周太祖广顺元年（951）六月至周世宗显德四年（957）秋为相。据此，陶穀与秦弱兰事当发生在后周。又，《宋史》卷 265《李

① 曾枣庄、刘琳《全宋文》，上海辞书出版社、安徽教育出版社 2006 年版，第 2 册，第 20 页。
② 按，鱼崇谅在高平之战前后的表现，以《续资治通鉴长编》所记最详，见 408 页。
③ （宋）薛居正等《旧五代史》（点校本二十四史修订本），中华书局 2016 年版，第 1763 页。
④ （宋）陶穀撰，孔一点校《清异录》，上海古籍出版社 2007 年版，第 137 页。
⑤ 戴建国《全宋笔记》第 1 编第 2 册，大象出版社 2003 年版，第 225 页。

昉传》载："是年(显德四年)冬,世宗南征,(昉)从至高邮,会陶穀出使,内署书诏填委,乃命为屯田郎中、翰林学士。"[1]则陶穀与秦弱兰事,或即在显德四年冬。《十国春秋》据明人毛先舒《南唐拾遗记》而言陶穀显德五年十二月出使南唐[2],似误。

其三见《新五代史》卷 31《扈载传》,云:"是时,天子英武,乐延天下奇才,而尤礼文士,载与张昭、窦俨、陶穀、徐台符等俱被进用。穀居数人中,文辞最劣,尤无行。昭、俨数与论议,其文粲然,而穀徒能先意所在,以进谀取合人主,事无大小,必称美颂赞,至于广京城、为木偶耕人、紫芝白兔之类,皆为颂以献,其辞大抵类俳优。而载以不幸早卒,论议虽不及昭、俨,而不为穀之谀也。"[3]按,核检诸书可知,所说多不实。据上下文,"是时"指周世宗显德三年。然而,扈载拜翰林学士与陶穀迁承旨同在显德三年六月[4];徐台符卒于显德二年十二月,且其与张昭后晋已拜翰林学士[5];窦俨显德五年秋方拜翰林学士[6];五人不能"俱被进用"。所言"木偶耕人"之赞辞作于显德三年、"紫芝白兔"之颂在显德四年癸卯[7],并且"乐章乃学士院故事"[8],撰写祥瑞乐章本就是陶穀的职责,其与"进谀迎合"无关。《宋史》卷 262《李穀传》载,李穀献策平定淮南后,周世宗"赏赐甚厚,出李穀疏,令翰林学士承旨陶穀为赞以赐之"[9]。《旧五代史》卷 119《周世宗纪》载,周世宗召华山隐士陈抟至京,赐官不就,遂赐书放还,其书"即陶穀之词也"[10]。此二事可见陶穀的文采为周世宗所重。

其四即周世宗是否欲拜陶穀为宰相。《国老谈苑》卷 1 云:"周世宗尝欲以窦仪、陶穀并命为宰相,以问范质。质曰:'穀有才无行,仪执而不通。'遂寝其事。"[11]检索今存记载陶穀事迹的宋代文献,至南宋刘克庄《后村诗话》始又见类似之说,云:"世宗欲相陶穀,范质不可而止,穀以为怨。及建隆相质,穀当制云:'十年居调燮之司,一旦得变通之术。'以报前怨。范读之泣下。"按,自显德四年八月李穀罢相,至显德六年六月魏仁浦拜相,仅范质、王溥二人为相,缺少一员。范、王、魏于建隆元年(960)二月拜相时,学士院中,李昉、王著兼中书舍人,窦俨主要负责礼乐,彼时制诏确当多由翰林承旨陶穀起草。三人拜相制,《宋宰辅编年录》卷 1 有收,《全宋文》名其曰《范质等进官制》。但是,述及范质部分并无"十年"之句,而有"明去就于几先,识变通之可久。岩廊益峻,衡石无欺。十载于兹,万邦咸乂",语意近似。依文官晋升途径,翰林学士承旨距离宰相,确实仅一步之遥;再考虑

---

① (元)脱脱等《宋史》,中华书局 1985 年版,第 9135 页。

② (清)吴任臣撰,徐敏霞、周莹点校《十国春秋》,中华书局 1983 年版,第 231 页。

③ (宋)欧阳修撰、(宋)徐无党注《新五代史》,中华书局 2016 年版,第 346 页。

④ 《旧五代史》卷 116《世宗本纪》:"丁卯,以翰林学士、户部侍郎陶穀为兵部侍郎,充翰林学士承旨;以水部员外郎知制诰扈载、度支员外郎王著,并本官充翰林学士。"

⑤ 《旧五代史》卷 115《世宗本纪》:"(十二月)辛未,安州奏,盗杀防御史张颖。是日,翰林学士承旨徐台符卒。"

⑥ 见拙作《北宋窦俨墓志疏证》所附《窦俨墓志》,《宁波大学学报》2015 年 7 月。

⑦ 前者全文见于王应麟《玉海》卷 77;后者其事见《玉海》卷 198,《全宋文》言其作于显德三年,当误。

⑧ (元)脱脱等《宋史》卷 411,中华书局 1985 年版,第 12358 页。

⑨ (元)脱脱等《宋史》,中华书局 1985 年版,第 9054 页。

⑩ (宋)薛居正等《旧五代史》(点校本二十四史修订本),中华书局 2016 年版,第 1840 页。

⑪ 戴建国《全宋笔记》第 2 编第 1 册,大象出版社 2003 年版,第 179 页。

到翰林学士草制时，常借机暗寓褒贬、宣泄私愤①，故而周世宗欲相陶穀而为范质所阻一事或为真实。

其五见于北宋张舜民《画墁录》。其云："太祖北征，群公祖道于芳林园，既授绥，承旨陶穀牵衣留恋，坚欲致拜。上再三避，穀曰：'且先受取两拜，回来难为揖酌也。'"②按，此事唯见《画墁录》，真伪无考。《资治通鉴》卷 294 与《宋史》卷 269《王著传》均载，周世宗临终前遗命王著为相。可见，王著乃托孤之臣，而陶穀虽任翰林承旨，但非世宗心腹之人。大约陶穀自忖非"藩邸故人"，难获重任，出于其投机之性格，乃有意依附时任归德军节度使、检校太傅的宋太祖。

总上，后周九年，陶穀于周世宗朝始担任翰林学士，重返其在后晋时所达到的政治高度。但是，由于其政治背景不深，年岁亦大，仕途势将止步于翰林学士承旨，"珥貂"的理想只差一步而不可实现。当因这种矛盾，他主动向未来的宋太祖示好。

五、宋初始觉失意　渐次平淡从容

入宋时，陶穀年 58 岁，后在赵宋任翰林学士承旨的第 11 个年头卒于任上。对此，《隆平集》仅用"宋兴，历礼、刑、户部三尚书，卒年六十八，赠右仆射。宋之南郊，法物制度皆其所定"两句概括。《东都事略》袭此，又补"迁承旨""乘舆大辇久亡其制，穀立意造之，至今用焉""太祖将受禅，未有禅文，穀在旁，出诸怀中而进之曰：'已成矣。'太祖甚薄之""国初，附宰相赵普以排窦仪""穀亦尝自言头骨当珥貂冠，盖有意大用也，人咸笑之"5 句。《宋史·陶穀传》新加陶穀为其子陶鄑徇私而被夺俸一事，余者是对《东都事略》所载的纠正与补充。三者所载，与各自全文相较，体量皆小。

《宋史·陶穀传》云"宋初，转礼部尚书，依前翰林承旨"，这是宋太祖登基后诏令文武百官均晋职一等的缘故。因为同时在院的翰林学士王著、李昉尚兼中书舍人，窦仪数月后即卒，是故宋太祖登基后的系列诏诰当多由陶穀起草。《全宋文》即将所收《周恭帝禅位诏》《太祖登极赦文》归陶穀名下。

《周恭帝禅位诏》，《东都事略》《续资治通鉴长编》与《宋史》均言其乃陶穀预先拟好，在宋太祖行禅代礼而独缺禅文时进呈，此即颇为后人诟詈的"袖中禅诏"。按，司马光《涑水记闻》最早记录此事，并云"太祖由是薄其为人"③。《东都事略》《宋史》随之。然而，与司马光同时代的曾巩《隆平集》不载此事，李焘《续资治通鉴长编》虽载但未将"袖中禅诏"与"薄其为人"相关联。翰林学士承旨，"凡大诰命、大除拜，如制、诰、赦书、国书，以及戒励百官、晓谕军民用敕榜，遣使劳问臣下之宣，宫禁所用文词，皆当撰述之任"。④ 陶穀本未参与宋太祖的机密，其"袖中禅诏"确属投机。大概其所考虑是：如果宋太祖已择人撰好禅书，则袖中所撰自然按下不提；如未有禅书，则恰可适时进呈，以表忠心。宋太祖"薄其为人"，也许是鄙视其人品不忠，也许是厌恶其泄露自己蓄谋夺权的天机。但客观而

① 如《续资治通鉴长编》卷 53 载："翰林学士宋白尝就向敏中假白金十铤，向敏中靳不与。于是白草向敏中制书，极力诋之，有云'对朕食言，为臣自昧'，向敏中读制泣下。"
② 戴建国《全宋笔记》第 2 编第 1 册，大象出版社 2003 年版，第 207 页。
③ 戴建国《全宋笔记》第 1 编第 7 册，大象出版社 2003 年版，第 8～9 页。
④ 赵小军《宋代翰林学士承旨述论》，《晋阳学刊》2003 年第 4 期，第 63～67 页。

言,若在禅代礼这样万众瞩目的场合而没有禅书,宋太祖"禅让受命"的执政合法性也就难以解释了。

在《清异录》"绰楔台盘"条,陶穀尝云:"五代五十年间,易姓告代如翻鏊上饼然。官爵益滥,小人乘君子之器,富贵出于非意,视国家安危如秦越不相谋,故将相大臣得以窃享燕安。当时贵势以筵具更相尚,陆珍水异,毕集于前,至于方丈之案不胜列,傍挺二案翼之。珠花玉果,蔬笋鲊醢,糖品香剂,参差数百,谓之绰楔台盘。御宴官家,例不能辨。"①由此观之,陶穀对五代时的乱局有清晰的认识,对无视国家安危而窃享燕安的文武朝臣亦较为反感。他的"袖中禅诏",是多方权衡之下的所为,主观上显有向宋太祖输诚纳款之意。宋太祖虽洞悉其心意,但基于政治愿景、政治现实等多重考虑,对陶穀的态度亦相当复杂,未必自此"薄其为人"。

《宋史·陶穀传》不载陶穀建隆年间情形,今有三事可补。

一是建隆二年二月奉旨荐举士人、指陈时政。宋太祖所下旨,即《全宋文》卷2所收《令翰林学士文班常参官曾任幕职者各举宾佐一人诏》与《令在朝文班朝臣翰林学士等指陈时政阙失诏》。② 由徐铉《大宋故陈留县主簿赠太子中允李府君墓志铭并序》可见陶穀举动,云:"时皇运肇启,多士徇名,君之次子巨源,已从乡荐,获知于尚书陶公。公时典选事,谓曰:'丈人才高运否,遭回下位,区区一宰,未足为光,孰若复佐近畿,以便吾子之举事,不亦可乎?'乃除陈留主簿。"③陶穀赏识李巨源,为助其功成,还运用职权之便将李父从地方调到京畿任职,可见《陶穀传》"见后学有文采者,必极言以誉之"之说非虚。

二是建隆三年三月建言宋太祖再定朝仪班序。《续资治通鉴长编》卷3记之曰:"乙亥,诏:'翰林学士班位宜在诸行侍郎之下。官至丞郎者,即在常侍之上。至尚书者,依本班。'故事,翰林学士侍从亲密,不在外朝,每五日起居,班于宰相之后,会宴即坐一品之前,合班在尚书之上。于是,陶穀以礼部尚书为学士承旨,而同列李昉等官止列曹郎中,穀乃因事建白,而降此诏,实自表异,轧昉等也。"④按,《全宋文》卷2《朝仪班序诏》,即所降诏书。五代宋初皆遵唐制,翰林学士作为皇帝的近身侍从,无论品阶高低,均在朝参班位上明显表现着地位之清高。此时,陶穀寄禄官为正三品的礼部尚书,王著、李昉仅为正五品上的中书舍人。依其建言所定新规,则唯陶穀一人班位居前。陶穀年长王、李20余岁,参拜议政之时,这种明显的班位上区别势必会对宋太祖产生陶穀资深当擢的暗示。这大概是陶穀用心所在,但此举难免令李昉等感到"倾轧"。

三为陶穀规谏宋太祖帝王之仪,时当在建隆元年某月。欧阳修《归田录》卷上载:"陶尚书穀为学士,尝晚召对。太祖御便殿,陶至,望见上,将前而复却者数四,左右催宣甚急,穀终彷徨不进。太祖笑曰:'此措大索事分!'顾左右取袍带来。上已束带,穀遽趋入。"⑤按,宋太祖初为帝王时,常不在意礼仪,陶穀所为,乃是对其无言的规谏。《国老谈苑》所载一事与此近似,但归之于窦仪。其卷1云:"太祖尝暑月纳凉于后苑,召翰林学士

① (宋)陶穀撰,孔一点校《清异录》,上海古籍出版社2007年版,第93页。
② 曾枣庄、刘琳《全宋文》,上海辞书出版社、安徽教育出版社2006年版,第2册,第24～25页。
③ (宋)徐铉著,李振中校注《徐铉集校注》,中华书局2016年版,第808页。
④ (宋)李焘《续资治通鉴长编》,中华书局2004年版,第64页。
⑤ 戴建国《全宋笔记》第1编第5册,大象出版社2003年版,第243页。

窦仪草诏,处分边事。仪至苑门,见太祖岸帻跣足而坐,仪即退立,合门使督趋,仪曰:'官家方取便,未敢进。'合门使怒而奏之。太祖自视微笑,遽索御衣,而后召入。未及宣诏意,仪奏曰:'陛下新即大位,四方瞻望,宜以礼示天下。臣即不才,不足动圣顾,臣恐贤杰之徒闻而解体。'太祖敛容谢之。自后对近臣未尝不冠带也。"①细考所言,窦仪云"陛下新即大位",然窦仪拜翰林学士时已建国三年,宋太祖此种不合仪礼之举,自当有其他翰林学士早早进谏,并非须待窦仪。李焘《续资治通鉴长编》卷 7 亦将此事归于窦仪,并云:"或以此事为陶穀,误也。穀必不办此。丁谓《谈录》亦称窦仪。"②检《丁晋公谈录》,其卷 1 "窦家佚事"相关处记云:"(窦仪)至太祖登基,犹在翰林。忽一日,宣召入禁闱中,顾问事。行至屏障间,觇见太祖衩衣,潜身却退。中官司谓曰:'官家坐多时,请出见。'仪曰:'圣上衩衣,必是未知仪来。'但奏云'宣到翰林学士窦仪'。太祖闻之,遂起,索衫带着后,方召见。"③引文之末,又注云"晋公即参政之东垣也",指丁谓是窦偁女婿。然而,如上所言,"(窦仪)至太祖登基,犹在翰林"当误,窦家在太祖登基之时任翰林学士者乃窦俨。大约,宋太祖执政时,虽重视礼乐文教,但本人不拘礼法,常有随意之举④,而陶穀、窦仪先后对其进行劝谏,只是陶穀后世被污名化,学者不愿承认其有如此嘉行而已。

对陶穀乾德年间事迹,《宋史·陶穀传》所记着重乾德二年,但时序多有讹乱。其正确顺序当为:乾德元年(963)五月奉诏撰《明德门记》,八月任南郊礼仪使、制定法物制度;乾德二年(964)三月判吏部铨兼知贡举,九月因铨迁徇私被夺俸两月。⑤ 北宋南郊之礼,始于乾德元年,⑥陶穀于此建树颇多。《宋史》卷 99、卷 145 载其两次进奏,《全宋文》分名之曰《飨庙郊天行誓诫奏》《仪仗奏》,可知《隆平集》"宋之南郊,法物制度皆其所定"的评价确属实情。而据《宋史·陶穀传》,南郊之时,宋太祖的"乘舆大辇"与仪卫队的"甲骑具装",朝中无人知其制度,皆"穀创意造之,后承用焉"。陶穀在仪注和名物两方面均有创建,与其"博闻广识"密切相关。

《宋史·陶穀传》陶穀、铨选徇私一事,实则反映出宋太祖对陶穀多有偏爱,而非多部文献所言之宋太祖"素薄""深厌"陶穀。按,《宋史·陶穀传》记云:"乾德中,命库部员外郎王贻孙、《周易》博士奚屿同考试品官子弟。穀属其子鄑于屿。鄑书不通,以合格闻,补殿中省进马。俄为人所发,下御史府案问,屿责授乾州司户,贻孙责授左赞善大夫,夺穀奉两月。"⑦此事《续资治通鉴长编》卷 5 亦载,因知在乾德二年。同案之中,王贻孙、奚屿均受严惩,而陶穀所受处罚显轻。这种处理方式在太祖朝是罕见的,因为宋太祖深恶臣下结党徇私,违者必然予以严惩。《宋史·李昉传》载:"昉之知贡举也,其乡人武济川预

---

① 戴建国《全宋笔记》第 2 编第 1 册,大象出版社 2003 年版,第 175 页。
② (宋)李焘《续资治通鉴长编》,中华书局 2004 年版,第 182 页。
③ (宋)潘汝士撰、杨倩描、徐立群点校《丁晋公谈录》,中华书局 2012 年版,第 19 页。
④ 《国老谈苑》卷 1:"太祖一日袒裼幸翰林院,时学士卢多逊独直,上行与语,引入寝殿,因指所御青缣帐紫绫褥谓多逊曰:'尔在外,意朕丰侈耶? 朕用此犹常愧之。'"按,"袒裼"即敞怀。卢多逊任学士是开宝年间事,宋太祖彼时仍常随意。
⑤ 详见拙文《〈宋史〉中太祖朝翰林学士纪事辨误》,《中国典籍与文化》2015 年第 4 期,第 24~28 页。
⑥ (元)脱脱等《宋史》卷 99,中华书局 1985 年版,第 2438 页。
⑦ (元)脱脱等《宋史》卷 269,中华书局 1985 年版,第 9238 页。

选，既而奏对失次，昉坐左迁太常少卿，俄判国子监。"①《宋史·扈蒙传》载："宋初，由中书舍人迁翰林学士，坐请托于同年仇华，黜为太子左赞善大夫，稍迁左补阙，掌大名市征。"②同为翰林学士，同样性质的问题，二人均受严惩，即为证明。③

个中原因，当因诸多翰林学士中唯有陶穀最令宋太祖满意。这从宋太祖的用人方式与学士院的人事变动可以看出。作为开国之君，宋太祖不喜臣下挑战自己的权威，极为关注臣下是否忠诚听用。④ 太祖朝翰林学士中，李昉和王著均因对周世宗有感恩之情，有意挑战太祖权威，一远贬数年⑤，一暴卒而终⑥；窦仪忠诚听用，但过于坚持个人原则，终与相位无缘⑦；欧阳炯听命多年，稍一违旨即除职不用⑧；均为证明。宋太祖重视官德私德，喜欢臣僚家法严整，厌恶结党、贪占、徇私之行。扈蒙被革职而永不叙用可为证。⑨ 选择窦仪再任翰林学士⑩、再次启用李昉⑪，不愿进一步重用陶穀，均与此有某种关联⑫。宋太祖用人还遵循择精用久的原则。《续资治通鉴长编》在记载刘温叟任御史中丞十二年而卒时，附录一评论曰："《宋史全文》吕中曰：'一中丞任之十二年，及其卒也，则曰必纯厚如温叟乃可，国初之不轻用人如此。盖其始也择之精，其终也任之久。择之精，则小人不得以滥其选；任之久，则君子举得以尽其职。赵中令之相凡十一年，郭进之守西山凡二十年，李汉超之守关南凡十七年。作坊至卑贱也，而魏丕典之至十余年，皆久任而成功

---

① （元）脱脱等《宋史》卷 265，中华书局 1985 年版，第 9136 页。

② （元）脱脱等《宋史》卷 269，中华书局 1985 年版，第 9239 页。

③ 李昉、扈蒙在宋太宗朝曾任翰林学士，交情深厚。而正史中所见对陶穀的"微词"，除《宋史·陶穀传》外，即为《新五代史·扈载传》。扈载为扈蒙堂兄，而前文已辨，《新五代史·扈载传》所言多误。

④ 邓小南论宋太祖用人之道时指出："在开国皇帝心目之中，重要的或许在于一个'用'字。在为他所用的前提之下，不同类型的文臣开始活跃于当时的政治历史舞台。"见所著《祖宗之法——北宋前期政治述略》三联书店 2014年版，第 167 页。

⑤ （宋）陈师道《后山谈丛》卷 5："李相昉在周朝知开封府，人望已归太祖，而昉独不附。王师入京，昉又独不朝，贬道州司马。昉步行日十数里，监者中人问其故，曰：'须后命尔。'上闻之，诏乘马，乃买驴而去。三岁，徙延州别驾。在延州为生业以老，三岁又徙，昉不愿内徙。后二年，宰相荐其可大用，召判兵部。昉五辞，行至长安，移疾六十日，中使促之行，至洛阳，又移疾三十日而后行。既至，上劳之，昉曰：'臣前日知事周而已，今以事周之心事陛下。'上大喜，曰：'宰相不谬荐人。'"按，此见《全宋笔记》第 2 编第 6 册，第 111～112 页，可知李昉对宋太祖臣服的漫长心路历程。《续资治通鉴长编》卷 1 亦载李昉对宋太祖阳奉阴违之事，曰："（建隆元年）重进请入朝，上意未欲与重进相见，谓翰林学士饶阳李昉曰：'善为我辞以拒之。'昉草诏云：'君为元首，臣作股肱，虽在远方，还同一体。保君臣之分，方契永图，修朝觐之仪，何须此日。'重进得诏，愈不自安，乃招集亡命，增陴浚隍，阴为叛背之计。"

⑥ 王著之事，见《续资治通鉴长编》卷 4、《宋史》卷 289《王著传》《国老谈苑》卷 1，文长不录。

⑦ （宋）罗从彦《豫章文集》卷 2《遵尧录一》："太祖尝患赵普专政，欲闻其过。一日召翰林学士窦仪，语以普所为不法，且誉仪早负才望之意。仪盛言普开国勋臣，公忠亮直，社稷之镇。帝不悦。仪归家，召其诸弟，张酒食，语曰：'我必不作宰相，然亦不诣珠崖，吾门可保矣。'"

⑧ 《续资治通鉴长编》卷 12："上欲遣翰林学士、左散骑常侍欧阳炯祭南海，炯闻之，称疾不出，上怒。六月辛未，罢职，以本官分司西京。"

⑨ 《续资治通鉴长编》卷 4："翰林学士、中书舍人扈蒙，以仆夫扈继远为从子，属之同年生淮南转运使仇华，使厘务。继远盗官盐，事发，戊申，蒙坐夺金紫，黜为左赞善大夫。"

⑩ 《宋史》卷 265《窦仪传》："太祖尝谓宰相曰：'近朝卿士，窦仪质重严整，有家法，闺门敦睦，人无间语，诸弟不能及。僎亦中人材尔，傥有操尚，可嘉也。'"按，在宋太祖看来，操尚才能固可称佳，但首要是齐家有法。

⑪ 《宋史》卷 263《李昉传》附记其后人李昭述事迹时说："李氏居京城北崇庆里，凡七世不异爨，至昭述稍自丰殖，然家法亦不堕。"

⑫ 《续资治通鉴长编》卷 11："妻孙氏淫恣，穀不能制，上素薄之。"

也.'"①陶毂任翰林承旨 11 年不迁不罢,正是"择精用久"原则的表现之一。

《宋史·陶毂传》就陶毂乾德二年以后事迹,只云:"累加刑、户部二尚书。开宝三年,卒,年六十八。赠右仆射。"似此后 7 年间陶毂的活动乏善可陈。实则,此期间陶毂的活动很多,心态变化亦颇为值得关注。

首先,乾德二年陶毂事迹,见于《续资治通鉴长编》卷 5 者即有 10 条,其中 6 条为《宋史·陶毂传》失载。第一,乾德二年正月,宋太祖"以选人食贫者众,诏吏部流内铨听四时参选,仍命翰林学士承旨陶毂与本司重详定循资格及四时参选条例"。② 陶毂总领此任,颇为尽责。同卷"(七月)庚寅,中书门下上重详定翰林学士陶毂所议《少尹幕职官参选条件》"条即是结果。陶毂所议《少尹幕职官参选条件》,《宋史》卷 158《选举志四》亦载。二者文字略异,但均言"自是铨选渐有伦矣",此即陶毂为北宋政治运转规范化所做贡献。第二,奉命于讲武殿考校张澹、卢多逊、张去华等人文字优劣。此事结果,是张澹黜知制诰而"责授左司员外郎",张去华"迁右补阙,赐袭衣、银带、鞍勒马"。《续资治通鉴长编》并云:"澹、锡素不相能,锡因教云华讦其短,又与毂共党去华而黜澹。"此事在当时颇轰动,影响深远。《宋史·张澹传》云:"淳化中,太宗论及文士,曰:'澹典书命而试以策,非其所长,此盖陶毂、高锡党张去华以阻澹尔。若使毂辈出其不意而遽试之,岂有不失律者邪?'"③真宗朝翰林学士杨亿亦有评论,云:"去华负时名,虽胜,遂为清议所鄙,而澹亦当引退,岂宜与新进士争锋? 其亦失也。"④按,杨亿之说甚有见地,若张澹主动引退而不参赛,当可避免这场用比武的方式来衡量文采的闹剧,此事本与陶毂是否结党无甚关联。第三,乾德二年正月,与窦仪在宋太祖面前争论何人可为赵普拜相制署敕。陶毂之见:"自古辅相未尝虚位,惟唐太和中,甘露事后数日无宰相,时左仆射令狐楚等奉行制书。今尚书亦南省长官,可以署敕。"⑤窦仪认为:"毂所陈非承平令典,不足援据。今皇弟开封尹、同平章事,即宰相之任也。"宋太祖听取了窦仪之言。按,陶毂时任翰林承旨、礼部尚书,其援引唐代甘露之变为据,认为尚书可为赵普拜相制署敕,暗含自己亦可署敕之意⑥;窦仪建议宋太宗署敕,虽无故实作依据,却更为得体。第四,乾德二年三月,陶毂"奏左谏议大夫崔颂以所亲属给事中李昉求东畿令,引(张)昭为证",致"昉坐责彰武行军司马"。按,《续资治通鉴长编》云其乃"诬奏",《宋史·张昭传》亦载此事,云:"毂尝诬奏事,引昭为证,昭免冠抗论。太祖不悦,遂三拜章告老,以本官致仕,改封陈国公。"⑦张昭后晋时即任翰林学士、后周初年已迁户部尚书,资历远深于陶毂,且二人当时一为吏部尚书、郑国公,一为礼部尚书、翰林承旨。宋太祖处置此事,亦是明显偏向陶毂。第五,乾德二年四月,"上欲为赵普置副而难其名称,召翰林学士承旨陶毂问曰:'下丞相一等者何官?'对曰:'唐有参知机务、参知政事。'"按,此事与前所言为赵普拜相制署敕事可共同说明,陶

① （宋）李焘《续资治通鉴长编》,中华书局 2004 年版,第 268 页。

② （宋）李焘《续资治通鉴长编》,中华书局 2004 年版,第 117 页。

③ （元）脱脱等《宋史》,中华书局 1985 年版,第 9249 页。

④ （宋）黄鉴、宋庠《杨文公谈苑》卷 1"比试制诰"条,《全宋笔记》第 8 编第 9 册,大象出版社 2003 年版,第 38 页。

⑤ （宋）李焘《续资治通鉴长编》,中华书局 2004 年版,第 119 页。

⑥ 《东轩笔录》卷 2:"钱僖公惟演自枢密使为使相,而恨不得为真宰,居常叹曰:'使我得于黄纸尽处押一个字,足矣。'亦竟不登此位。"相权的风光,署敕的魅力,于此可见。陶毂欲在赵普拜相上署名,大概亦有此意。

⑦ （元）脱脱等《宋史》,中华书局 1985 年版,第 9091 页。

毅对宰相人选的变动之事是较早知晓的。第六,乾德二年六月,宋太祖诏群臣集议百官上表当以何职为表首。按,此事《宋史》卷 120《礼二十三》亦载,陶毅认为当以太子三师为表首,窦仪主张以左右仆射为表首,宋太祖再次听取窦仪之见。

据《宋史》卷 118《礼》,陶毅进《百官相见仪奏》为宋太祖听取,此奏《宋会要辑稿·仪制五》亦载,记在乾德二年九月。[①]

总上,陶毅在乾德二年活动相当丰富,其重点可概括为三大方面。第一,为北宋政治运转规范化做出重大贡献;第二,作为翰林学士,行施"备顾问"之职责的表现,不如窦仪出色;第三,排挤李昉致其远贬边塞。

《宋史·陶毅传》云:"毅在翰林,与窦仪不协,仪有公望,虑其轧己,尝附宰相赵普与赵逢、高锡辈共排仪,仪终不致相位。"点出陶毅与窦仪"不协"、对其排挤一事。按,窦仪于乾德元年十一月再拜翰林学士,时在院学士仅陶毅一人。窦仪周太祖广顺二年已任翰林学士,周世宗显德四年八月迁端明殿学士,与陶毅曾在学士院共事 3 年又 3 个月。虽说陶毅迁翰林学士承旨以后地位比窦仪略高,但窦仪的资历深于陶毅。宋太祖选窦仪为翰林学士时说"禁中非此人不可"[②],显有制衡陶毅之意。这种人事安排,使陶、窦二人"较劲"势所难免。但是,《宋史·窦仪传》云"赵普忌仪刚直,乃引薛居正参知政事",即未把"仪终不致相位"归咎于陶毅。前引罗从彦《尊尧录》,则把窦仪"不致相位"归因于其不肯迎合宋太祖揭批赵普的暗示。若再考虑窦仪"前朝重臣"的身份和英年早逝的事实,则其"不致相位",确实与陶毅关联不大。在《清异录》中,有"龙陂山子茶"条主动记录窦仪赠陶毅新茶,又有"学士羹"条记窦仪之弟窦俨的逸闻。全书言及同院学士者唯此两处。此或可说明陶、窦相处并无"不协"。[③]　总之,陶毅与窦仪,或有公事的紧张,而无私人的恩怨,这与陶毅和李昉有私人的仇恨,而无公务的不协,是完全不同的。

乾德二年,是宋太祖执政史的转折之年,也是陶毅从政心态的变化之年。是年,宋太祖首次调整宰辅人员:罢免后周留任的范质、王溥、魏仁浦 3 位宰相,任命赵普为宰相,又选资历逊于陶毅的薛居正和吕余庆为参知政事。[④]　前文已分析,因职务之便,陶毅对这一重要人事变动是早早知悉,而他的晋升道路上又多了劲敌窦仪。显然,陶毅心中难以保持淡定。《续资治通鉴长编》在记录陶毅之卒时,附记一事曰:"上素薄之,选置宰辅,未尝及毅。毅不能平,一日,使其党因事风上,言毅在词禁,宣力实多,上笑曰:'我闻学士草制,皆检前人旧本稍改易之,此乃谚所谓依样画葫芦尔,何宣力之有乎!'毅因作诗题翰林壁,颇怨望。上益薄之,遂决意不用。"[⑤]按,此事《隆平集》《东都事略》《宋史》未载,而《续湘山野录》《东轩笔录》等所记更详,如《续湘山野录》即录陶毅《题翰林壁》诗:"官职有来须与做,才能用处不忧无。堪笑翰林陶学士,一生依样画葫芦。"[⑥]翰林学士的两大基本职

①　(清)徐松辑,刘琳等点校《宋会要辑稿》,上海古籍出版社 2014 年版,第 2381 页。

②　(宋)李焘《续资治通鉴长编》,中华书局 2004 年版,第 109 页。

③　(宋)陶毅撰,孔一点校《清异录》,上海古籍出版社 2007 年版,第 119、126 页。按,"龙陂山子茶"条云"开宝中窦仪以新茶饮余",仪卒于干德四年,毅卒于开宝三年,"开宝"二字当误。

④　(宋)徐自明撰,王瑞来校补《宋宰辅编年录校补》,中华书局 1986 年版,第 9、12、16 页。

⑤　(宋)李焘《续资治通鉴长编》,中华书局 2004 年版,第 253 页。

⑥　戴建国《全宋笔记》第 1 编第 6 册,大象出版社 2003 年版,第 69 页。

责,是"代王言"和"备顾问"。^① 窦仪优于"备顾问",陶榖长于"代王言",而陶榖"使其党因事风上,言榖在词禁,宣力实多",所强调的正是草制之功。此事发生的时间,当在赵普拜相后、薛居正等迁参知政事之前,这是陶榖晋升宰辅可能性最大的时期。

就"依样画葫芦"这一故事,学者或认为陶榖本无甚文采,或认为宋太祖不谙文事,实则皆未然。按,陶榖将自己草诏有功理应擢升的想法挑明,宋太祖自然无从回避。以战争为喻,这恰如两军对垒,当以挫敌锋锐为贵。宋太祖久经战阵,深谙此招妙处,亦常将之化用在政治生活之中。《续资治通鉴长编》载:"前护国节度使郭从义、前定国节度使白重赞、前保大节度使杨廷璋,竞自陈攻战阀阅及履历艰苦,上曰:'此异代事,何足论也!'"^②《宋史·郭从义传》:"从义善击球,尝侍太祖于便殿,命击之。从义易衣跨驴,驰骤殿庭,周旋击拂,曲尽其妙。既罢,上赐坐,谓之曰:'卿技固精矣,然非将相所为。'从义大惭。"^③上述两例中,宋太祖都是通过打击对方最为看重、最为自得之事,从而折其气势。宋太祖既然无意拜陶榖为相,又知其最为倚仗文名,自然是用"依样画葫芦"来针锋相对地贬低陶榖了。

事实上,宋太祖对陶榖的文采非常清楚,对其亦始终器重。前言陶榖奉诏为宋太祖整饬皇宫后的宫城正门作《明德门记》,为一例;上引陶榖主试张去华、张澹比试制诰事,亦为一例。按,此事除《续资治通鉴长编》,《宋史》陶榖、张澹、张去华本传,《杨文公谈苑》有载以外,北宋潘汝士《丁晋公谈录》亦记,曰:"昔张去华当太祖朝乞试,有数知己,皆馆阁名臣,保举之。太祖怒而问曰:'汝有多少文章? 得如陶榖?'曰:'不如。''敢与窦仪比试?'曰:'不敢。''汝与张澹比试?'遂迟迟不对。遂令张澹比试。试毕,考校所试,优于张澹。"^④武将出身的宋太祖,视文章如同武艺一般有显著高低之分,而他即认为陶榖的文章最为优秀。《续资治通鉴长编》卷7载:"(乾德四年五月)庚寅,上亲试制科举人姜涉于紫云楼下,从容谓翰林学士承旨陶榖曰:'则天,一女主耳,虽刑罚枉滥,而终不杀狄仁杰,所以能享国者,良由此也。'因论前代帝王得失,日晡乃罢。"按,陶榖所得此种荣遇,寻常翰林学士是难有机会享受的,宋太宗朝最为受宠的翰林学士苏易简曾享类似荣遇,其子苏耆记之于所著《次续翰林志》,并云"垂示方来,谅亦无愧"^⑤。另外,陶榖卒"赠右仆射"亦为明证。按,依唐制右仆射属宰相之阶,北宋自乾德二年六月起,百官奏表亦以左右仆射为表首。《宋史·李昉传》记一事,更可知宋代士人对仆射一职的认识,其云:"端拱初,布衣翟马周击登闻鼓,讼昉居宰相位,当北方有事之时,不为边备,徒知赋诗宴乐。属籍田礼方毕,乃诏学士贾黄中草制,罢昉为右仆射,且加切责。黄中言:'仆射,百僚师长,实宰相之任,今自工部尚书而迁是职,非黜责也。若曰文昌务简,以均劳逸为辞,斯为得体。'上然之。"^⑥显然,宋太祖在陶榖身后还是给了其毕生所追求的名分。如此,所谓"上素薄之""上益薄之",并非史实。

---

①　范学辉《宋太祖朝的翰林学士》,《文史》2005年第3期。
②　(宋)李焘《续资治通鉴长编》,中华书局2004年版,第233页。
③　(元)脱脱等《宋史》,中华书局1985年版,第8851页。
④　戴建国《全宋笔记》第1编第4册,大象出版社2003年版,第258页。
⑤　傅璇琮、施纯德《翰学三书》,辽海出版社2003年版,第72页。
⑥　(元)脱脱等《宋史》,中华书局1985年版,第9137页。

　　正因如此,强调宋太祖不择陶穀为相是因其人品不堪,有失片面。宋太祖鉴于五代政权更迭频繁的乱状,面临朝堂忠义荡然、国土割据分裂的内外形势,登基之后着意打造全新的政治生态与统治秩序,欲要经营统一稳定的长久盛世,因而"事为之防,曲为之制"①,强调"正名义,扶纲常"②。而陶穀,恰恰在这方面与宋太祖的蓝图格格不入。他已步入晚年,在五代乱世中形成的处世理念和参政方式已无法更改,而丰富的政治阅历又使其极善揣摩上意,因之宋太祖对陶穀颇为顾忌,"常谓陶穀一双鬼眼"③。应该说,宋太祖对陶穀做到了宽容和因材使用:以其优于文才而短于吏治,又是后周旧臣而非心腹,故尔可久宠其于清秩,而决不予以重用。因此,任凭陶穀在翰林承旨任上如何"宣力",宋太祖至多赐其几分包容,而绝无提拔之意。

　　乾德四年(966)十一月,窦仪卒于翰林学士任上。窦仪之死,应当坚定了陶穀自"依样画葫芦"事件后对自己前途的判断。彻底清楚自己晋升无望之后,他益发悠游履职,对公务应付了事。《续资治通鉴长编》卷10载李昉开宝二年再入学士院时所附记之事,即可见这种情形。其云:"先是,堂吏以事至翰林,皆拜于堂下,学士略离席劳揖,事已即退,未尝与坐,昉前在翰林犹然。及是,有白事者遂拜堂上,更展叙中外,无复曩日之礼。昉愕然,询于同列,则云如此承袭数年矣,莫诘其故也。"④按,陶穀对宋初礼仪制度建设贡献颇多,其《请郡牧不与卑冗官同班奏》《仪仗奏》《百官相见仪奏》等明证其对上下之分的严格要求,上引李昉"前在翰林犹然"亦为一证,而在陶穀心态与履职方式变化之后,本以清华严密著称的学士院仪礼弛废。因彼时陶穀仍在承旨任上,学士院中亦无人敢回答李昉的疑问。

　　同样是在开宝二年,陶穀作有《泾州回山重修王母宫记》,文末云:"穀也学非博古,才不逮时,论思谬冠于词臣,叙事敢踰于实录? 久直金銮之殿,视草无功;强窥朱雀之窗,偷桃知愧。"⑤言语流露了其彼时心境。60年后,三入禁林、亦为承旨的刘筠,在冀望成为宰执而不可得时,赋诗云"蟠桃三窃成何味,上尽鳌头迹转孤",他们的心情是相通的。⑥

　　在《〈全宋诗〉订补》卷1,收录陶穀《云峰斋》佚诗1首,云:"白头如雪在云峰,潇洒茅斋逸兴浓。高节凌空君子竹,繁阴垂地大夫松。自知有铎鸣千载,谁信无书上九重。明日乞身归故里,青鞋布袜定相从。"⑦按,由诗意来看,陶穀思退闲隐之志极为明显。只是此诗由张如安辑自《永乐大典》卷2539《余干志》,其云作于"宋开宝八年春三月"陶穀出使南唐之时,而穀卒于开宝三年,存疑。

　　在《清异录》中,时可窥见陶穀悠游度日的晚年生活情状。其"治书奴"条云:"裁刀治收参差之不齐者,在笔墨砚纸间盖似奴隶职也,却似有大功于书。且虽四子精绝,标界停直,字札楷稳,而边幅无状,不截而整之未可也。表饰面目者,缮写人助之者,四子成之

---

① (宋)李焘《续资治通鉴长编》,中华书局2004年版,第382页。

② (元)脱脱等《宋史》,中华书局1985年版,第13967页。

③ 见北宋张舜民《画墁录》"杜常"条。宋太祖本意当指陶穀机灵善揣摩,而后人笔记如《绀珠集》"安第三等眼"条却将其演绎为神灵欲为陶穀换眼,而陶穀因无钱只能得第三等眼,其色深碧,终生清贵而不至大位云云。

④ (宋)李焘《续资治通鉴长编》,中华书局2004年版,第235页。

⑤ 曾枣庄、刘琳《全宋文》,上海辞书出版社、安徽教育出版社2006年版,第2册,第21页。

⑥ (宋)赵令畤撰,孔凡礼点校《侯鲭录》,中华书局2002年版,第90页。

⑦ 陈新、张如安《〈全宋诗〉订补》,大象出版社2005年版,第3页。

者,刀如此品等然后为正。余为裁刀争功,儿戏之甚,都缘无事,日月长故耳。"①此条可见陶穀日常以书法为乐,这与《陶穀传》所云"多蓄法书名画,善隶书"一致,而在无事寂寥之际,陶穀词翰之技又痒,于是撰文"为裁刀争功",诚所谓"无事日月长"。此条之下,又有"尺二冤家"条,云:"少师杨凝式,书画独步一时。求字者纸轴堆叠若垣壁,少师见则浩叹曰:'无奈许多债主,真尺二冤家也。'少时怪阎立本戒子弟勿习丹青,年长以来,始觉以能为累。"则可见,当时向陶穀求字者甚众,令其应付不暇。

陶穀本"博通经史,诸子佛老,咸所总览",此时亦更加频繁地与佛门中人交往。《清异录》中即载他与僧人海光、寿禅师、清本等的交往,如"圆通居士"条云:"比丘海光住庐山石虎庵。夜梦人长清瘦而斑衣,言舍身为庵中供养具。俄窗外竹生一笋花紫箨,如梦者之衣,既成竹,六尺余,无节,黄绿莹净。江州太守闻之,意将夺取。竹一夕自倒,太守寻罪去。光乃用为拄杖,目曰直兄。光来都下,予因见之。光云梦者自称圆通居士,予遂小篆此四字于杖之首,令黑漆之。"②在《全宋诗》中,收陶穀《寄赠梦英大师》1首,云:"是个碑文念得全,聪明灵性自天然。离吴别楚三千里,入洛游梁二十年。负艺已闻喧世界,高眠长见卧云烟。相逢与我情何厚,问佛方知宿有缘。"③释梦英,宋初高僧,亦以书法名世,所作《篆书千字文》今存,而陶穀为之所作序亦存,其叙作文之由时说:"以穀三署交官,七朝掌诰,请陈事实,用纪碑阴。抚弦虽昧于希声,搦管聊书于小序。庶使陈仓猎碣,同瞻拂劫之衣;汲冢筠编,不化焚书之火。"④既见其资历之深,又见其文辞之美。

公务之余,陶穀或到阳翟庄舍中闲居,或与二三好友诗酒往来,探讨食谱、茶道、收藏等,这些情况亦见于《清异录》,前所引"尔雅虫""水晶人""玉版刀"条即是,由其可知他与友人的交往言谈是颇为清雅的。

由陶穀晚年的生活方式来看,其已是隐于官而闲于心,虽然时而会因终老学士院而感到失意寂寞,但更多的是纵情于书画之间,释怀于方外之士,怡悦于庄园之内,其暮年心态是淡泊自在的,并非后人所云之"怨望"。

总上,在赵宋的前期,陶穀为谋求宰辅之位而积极进取,所作所为积极推动了制度与文化的发展;在后期,陶穀因无法晋升而渐渐失意,当他日益明白宋太祖可以优容但无意拔擢自己的现实后,其心态又由失意怨望调整为淡泊从容,隐于官而终其一生。

六、结语

不计陶穀在后晋时于天福五年(940)起所实际承担的翰林学士的工作,以其后周世宗显德元年(954)正拜翰林学士、显德三年(956)迁承旨来计算,他共任翰林学士16年、承旨14年。资历如此之老,而未能迁拜宰辅,自唐玄宗开元二十六年(738)设置翰林学士与学士院以来至宋亡,仅此一例。这大概是正史、野史、笔记、戏文中以各种角度记述演绎陶穀故事的根本原因。

陶穀虽出身名门,志向远大,他在宋初能立足翰林学士本职,精于撰写制诰,善于提

①　(宋)陶穀撰,孔一点校《清异录》,上海古籍出版社2007年版,第109页。
②　(宋)陶穀撰,孔一点校《清异录》,上海古籍出版社2007年版,第34页。
③　傅璇琮等《全宋诗》,北京大学出版社1991年版,第16页。
④　曾枣庄、刘琳《全宋文》,上海辞书出版社、安徽教育出版社2006年版,第2册,第18页。

出建言,从多方面规谏引导宋太祖,又多次参与制定朝仪制度,主持人材选拔事宜,贡献颇著。陶穀不能拜相,根本原因在于入宋后政治生态的变化,与其人品关联不大。

陶穀个人常有诗文创作,惜文集 10 卷早佚,仅所著《清异录》相对完整。从今存诗文来看,其多用典故而能平滑顺实,显然深受白居易的影响,甚至可以说,陶穀在政治上积极谋求拜相,亦与其推崇白居易有关。鉴于陶穀引荐后进不遗余力,那么以他为代表的太祖朝翰林学士当对宋初的"白体"之风有较大推动之功,惜其文集多未流传,因而无从考定。① 陶穀晚年所撰《清异录》,在宋代已流传甚广,影响深远。据统计,是书条目约有1/3 被《辞源》引用,约 1/2 被《汉语大词典》引用。②

无须否认,在五代时期不正常的政治环境中,在漫长的宦海沉浮中,陶穀确有"奔竞务进""倾侧很媚"的作风。但这在五代宋初并非特例,且陶穀在晋、汉之际朝政更迭中还表现得颇有气节。陶穀与李崧结怨,入宋后又数次排挤李崧从子李昉,这一矛盾的加深,使得陶穀污名甚众,嘉言懿行不传。后人在历史书写中,只是抄转史料而未辨析,陶穀遂由才学情怀兼具的士人,变为宋代最为无学无行的文人之一。

致谢:本文的写作,得到了钟振振先生的斧正,谨致谢忱。

---

　　① 据《宋史》,太祖朝翰林学士们大多编有文集,如《窦仪传》言其"著《端揆集》四十五卷",《窦俨传》言其"有文集七十卷"(据《窦俨墓志》则为"七十八卷");《宋史·艺文志》言李昉有《李昉集》"五十卷",扈蒙有《鳌山集》"二十卷"。
　　② 张子才《陶穀的〈清异录〉》,《辞书研究》1998 年第 2 期。

体悟与超越：苏轼贬谪时期食事诗的精神呈现

宋京航 *

摘　要：苏轼在贬谪黄州、惠州、儋州期间所作的大量食事诗中，多蕴含着诗人遭贬黜后由矛盾复杂趋向平和自适的情感思想变化过程。这些食事诗中所流露出的对食物品格的赞誉、对粗劣饭食的接纳等饮食观念，本质上是诗人坚定的自我意识和高洁品性、积极入世精神与济世理想的表现，其中所寄寓的诗人的乐观心态和人生哲理，亦推动了饮食诗境界的提升，并给予后人以精神慰藉和思想指引。

关键词：苏轼；食事诗；贬谪际遇；精神体悟；旷达心境

苏轼除了在文学艺术领域成绩卓著、荫泽后人外，在美食方面亦有建树，吟咏日常琐务的诗歌中也常出现以食事入诗的情况。这些诗作不仅是北宋地方饮食的生动展现，更为我国饮食文化的精神化和诗意化做出了杰出贡献。

饮食活动作为日常生活中不可或缺的元素之一，在满足人们生理需求的同时，一定程度上也对人的精神和情感具有积极影响。自诩为"老饕"①的苏轼虽在"乌台诗案"一事之后仕途坎坷、屡次南迁，境遇日下的失意之情溢于言表，然而带有浓厚地域色彩的风味美食却能够成为其身心的慰藉。当生活条件良好时，苏轼尽情享受精致佳肴；而在远离都市繁华的贬谪之地，贫寒窘迫，食材有限，他依然能够泰然自适：或入乡随俗，丝毫不吝惜笔墨赞美当地特产；或主动下厨，积极改善当地伙食，为民间饮食文化留下逸闻典故。

苏诗中涉及的饮食元素不仅记述了北宋饮食状况，同时也是诗人仕途跌宕坎坷、生活际遇变动的反映，其间又多言志抒情，有所寄托，具有很高的文化研究价值。通过分析这种由矛盾复杂趋向平和自适的心灵旅程，我们可以逐步了解文人经打磨沉淀后呈现的成熟饮食观、人生观、政治观等；借诗人的饮食观体悟其人格魅力、理想抱负和思想境界，可以归纳提炼出其贬谪时期食事题材诗歌中所蕴含的文化思想价值。苏轼贬谪时期食事诗创作内容所展现的人格境界，反映了诗人在沉淀升华后萃结而成的精神魅力。

一、食事中的入世精神

林语堂如此评价苏轼："从佛教的否定人生、儒家的正视人生、道家的简化人生，这位诗人在心灵识见中产生了他的混合的人生观。"②深受宋代理学中儒、释、道三教合一思想的熏陶，苏轼融汇各家之长，处世多有微妙体悟，在物质生活和精神情感上达到了圆融平和的独特境界。因此自贬官黄州、惠州、儋州以来，虽生活境遇窘迫艰苦，但诗人极少会流露出怨天尤人、走投无路的悲观厌世情绪，反而流连山水、寄情美食，正如其《答李端叔书》一篇所言：

---

　*　宋京航，青岛大学文学与新闻传播学院中国古代文学硕士研究生。

　①　（宋）苏轼著，孔凡礼点校《苏轼文集》，中华书局1986年版，第16页。

　②　林语堂《苏东坡传》原序，湖南文艺出版社2016年版，第4页。

得罪以来,深自闭塞,扁舟草履,放浪山水间,与樵渔杂处,往往为醉人所推骂。辄自喜渐不为人识,平生亲友无一字见及,有书与之亦不答,自幸庶几免矣。①

这番言语颇有洒脱自在之意。而儒生之志又勉励他自觉于贬官之地体察民生,虽被削去实权,却依然尽自己所能提高百姓的生活质量,以实干精神深得人心。

苏轼晚年用《自题金山画像》一诗回顾平生功绩:

心似已灰之木,身如不系之舟。问汝平生功业,黄州惠州儋州。②

从这首诗可以看出,苏轼对其贬官外任黄州、惠州、儋州时期所作实绩最为自信。他半生流离漂泊,贬黜荒城海隅后,却不一味自怨自艾,反而仍然体恤民生,政绩卓越。

(一)亲创饭食改善生活

贬谪之地多偏远荒蛮,生产力低下,百姓生活水平落后,民生多艰。苏轼出身布衣,深知平民百姓生活艰辛之处。他赴任之后必先"考其政,察其俗"③,结合当地的实际情况身体力行改善民生,甚至亲下庖厨创制美食,体现出其作为儒家知识分子积极入世的精神品格。

苏轼被贬谪黄州后,生活条件窘迫艰苦,在经济和食材有限的情况下,他创造性地利用平凡易得的食物,烹制出味美而亲民的羹肴,并将这些烹调方法记录推广,使之成为当地的特色美食而流传开来。例如《猪肉颂》中:

净洗锅,少著水,柴头罨烟焰不起。待他自熟莫催他,火候足时他自美。④

苏轼将自创的猪肉制作之法书于纸面。诗人利用当地廉价的猪肉,以慢火煨炖的朴素方式,烹饪出香醇鲜美的滋味,使其口感肥而不腻。此法为百姓争相模仿,并以"东坡肉"为此菜肴命名。《二红饭》一文则是同样记述了苏轼在黄时期自制的一种饭食的过程:

今年东坡收大麦二十余石,卖之价甚贱,而粳米适尽,乃课奴婢舂以为饭,嚼之啧啧有声,小儿女相调,云是嚼虱子。日中饥,用浆水淘食之,自然甘酸浮滑,有西北村落气味。今日复令庖人,杂小豆作饭,尤有味。老妻大笑曰:"此新样二红饭也。"⑤

由于家中口粮短缺,粳米已经食尽,便将收获的大麦舂捣成饭,待中午时再将剩余的麦饭用水浆冲泡充饥,后来又在大麦中加入小豆蒸饭。由于大麦和小豆的颜色都呈红色,故诗人的老妻将此饭食戏称为"二红饭"。苏轼谪居黄州时,还作《东坡羹颂(并序)》,其中记载了用白菜、蔓菁、芦菔、荠菜和米熬制而成的东坡羹。这一食物在苏轼晚年至儋耳后亦有提及,如绍圣四年(1097)《菜羹赋》中写到儋州贫苦,食物匮乏,故而"煮蔓菁、芦菔、苦荠而食"⑥。在食材有限的境况下,苏轼于元符三年(1100)作有《狄韶州煮蔓菁芦菔羹》一诗:

---

① (宋)苏轼著,孔凡礼点校《苏轼文集》佚文汇编卷49,中华书局1986年版,第1432页。
② (宋)苏轼著,张志烈、马德富、周裕锴校注《苏轼诗集校注》卷48,河北人民出版社2010年版,第5573页。
③ (宋)苏轼著,孔凡礼点校《苏轼文集》卷7,中华书局1986年版,第211页。
④ (宋)苏轼著,孔凡礼点校《苏轼文集》卷20,中华书局1986年版,第597页。
⑤ (宋)苏轼著,孔凡礼点校《苏轼文集》卷73,中华书局1986年版,第2380页。
⑥ (宋)苏轼著,孔凡礼点校《苏轼文集》卷1,中华书局1986年版,第17页。

我昔在田间,寒庖有珍烹。常支折脚鼎,自煮花蔓菁。中年失此味,想像如隔生。

谁知南岳老,解作东坡羹。中有芦菔根,尚含晓露清。勿语贵公子,从渠醉膻腥。①

诗人以此菜羹为佳肴珍烹,经年过后再吃此羹竟觉恍若隔世,甚至戏言说不要告诉达官贵人世上有此清淡新鲜的美味,让他们尽管去吃鱼肉荤腥好了,颇有苦中作乐之趣。

(二)通过饮食体察疾苦

除却亲自创制菜肴改善自己与当地居民饮食外,苏轼在惠州的食事诗中亦由小见大,借助朴素平凡的食事意象体察民生疾苦。绍圣元年(1094),适逢大旱,千里赤地,民不聊生。苏轼五改谪命,于一路南迁贬赴惠州的过程中风餐露宿,面对旅社提供的粗劣粥饭,他作《过汤阴市得豌豆大麦粥示三儿子》一诗,以劝勉儿子努力加餐饭,无使有负于民:

朔野方赤地,河堰但黄尘。秋霖暗豆荚,夏旱瘭麦人。

逆旅唱晨粥,行庖得时珍。青斑照匕箸,脆响鸣牙龈。②

弃置边远,前途未卜,东坡万里奔波,风尘仆仆,贬官至此已然是身无长物、困窘不堪,但他依旧思深忧远,心怀社稷,期盼灾害尽快过去,能使百姓生活丰足安康。由一碗简陋的晨粥,苏轼想见生民之艰,字里行间虽然并没有描写百姓的饥馑与贫困,但所谓"时珍"只是豌豆大麦所熬的粥饭,已反映出旱灾时期的食物短缺的真实境况。诗人以食事角度反映现实、观照民生,先天下之忧而忧,甘与黎民共苦,表现出其强烈的社会责任感和民生精神。次年,苏轼于惠州品尝荔枝,在赞叹荔枝味美的同时,又联想到汉唐时期之况:皇家遣人马不远千里日夜兼程,为食新鲜荔枝而视无数生命如草芥。诗人遂作《荔支叹》,以此讽谏议论,同时牵涉近世只为博上位者欢心而劳民伤财的贡品武夷岩茶、洛阳姚黄等实例。东坡从一颗荔枝照见千古流弊,愤然指斥佞臣媚上欺下,发出了"我愿天公怜赤子,莫生尤物为疮痏"③的慨叹,警示统治者食色误国,希望君王能够以史为鉴,并祈盼风调雨顺、百姓富足,为生民康乐夙夜忧叹,终化作壮怀激烈之语。

晚年流落儋耳后,苏轼也并未以弃置海角天涯为牢自缚困守,反而重新打起精神:

天其以我为箕子,要使此意留要荒。他年谁作舆地志,海南万里真吾乡。④

诗人自比于箕子赴朝鲜教化土著,将海南看作未被开发但潜力无限的沃土,自信能够承担起开化民智、促进发展的责任,待后世作海南地方志时,定有自己的功德记载于上。在这种心态的指引下,苏轼不仅鼓励当地百姓读书学习,教化改易落后的迷信风俗,还推广务农耕种。海南的物资匮乏,居民不解耕种稻谷。苏轼在绍圣四年(1097)所作《和陶劝农六首》诗引中也对此情景作了记述,并赋以组诗感叹海南之地稷麦不生,经济凋敝,而贪官污吏仍然盘剥不已。苏轼一面怜惜黎民不得温饱,民智未开,一面又感叹当地非无良田沃土,只是百姓不懂耕种之法,反令土地置荒,于是身体力行教授当地百姓务农烹饪之法,同时借助古代上至圣贤君臣,下至先民百姓勤恳耕种的历史事实,来勉励人

---

① (宋)苏轼著,张志烈、马德富、周裕锴校注《苏轼诗集校注》卷44,河北人民出版社2010年版,第5228页。

② (宋)苏轼著,张志烈、马德富、周裕锴校注《苏轼诗集校注》卷37,河北人民出版社2010年版,第4324页。

③ (宋)苏轼著,张志烈、马德富、周裕锴校注《苏轼诗集校注》卷39,河北人民出版社2010年版,第4585页。

④ (宋)苏轼著,张志烈、马德富、周裕锴校注《苏轼诗集校注》卷61,河北人民出版社2010年版,第4835页。

们务农戒除懒惰。在短短 6 首诗中,尽显其兼济天下的仁爱之心。

二、食事中的哲理体悟

林语堂在论及国人饮食时说:"出于爱好,我们吃螃蟹;由于必要,我们又常吃草根。"①这指的是不同生活境遇下的两种饮食水平,前者是经济宽裕时为提高生活品质而享受饮食所带来的乐趣,而后者则为经济窘迫时为果腹充饥而不得不食用粗劣食物以延续生命。在苏轼贬谪前后所作食事诗中,亦可见对这两种生活境况的描写。

苏轼仕宦半生,身行南北,达时官至礼部尚书,穷时贬海南儋耳,既享受过京都珍馐之味,追求"食不厌精,脍不厌细"②的极致味蕾享受和审美搭配,也忍耐过无米下锅的饥饿之苦,作有如《菜羹赋》中"殷诗肠之转雷,聊御饿而食陈"③一般戏谑调侃的无奈之辞。然而面对贬谪前后食事水平的巨大落差,苏轼随遇而安、欣然接受,且乐于探索和享受乡村野食,近距离体会民生百态,品味带有民间烟火气息的食材本味,从炊金馔玉的珍馐百味到粗茶淡饭乃至吃糠咽菜中体悟出人生哲理,实现精神境界的升华。

(一)美味对于饥饱的相对性

苏轼黜置黄州时,当地仍有鱼稻鸡豚等物美价廉的食材可以果腹,但由于俸禄微薄、经济拮据,亦需要削减开支、开垦东坡。生活中厉行节俭,但也会出现供给不足、饥肠辘辘的情况。在贬谪惠州、儋州期间,食材更加匮乏,不仅十天半月难见荤腥,常常缺米少粮,甚至还需要种植园菜、采摘野蔬。苏轼于时所作的食事诗歌中多可见相关记载,具体内容见表1。

表1　苏轼贬谪黄州、惠州、儋州时期所作诗歌中的园菜、野菜表

种类	细目	品种	出处	写作地点	备注
蔬菜	园菜	元修菜	《苏轼诗集校注》(苏轼著,张志烈、马德富、周裕锴校注,河北人民出版社 2010 年版),下同。卷 22《元修菜》,第 2427 页	黄州	海南稻米匮乏,多以薯芋为主粮
		薯芋	"红薯与紫芽,远插墙四周。"(卷 40《和陶酬刘柴桑》,第 4787 页)	惠州	
			"以薯芋杂米作粥糜以取饱"(卷 41《和陶劝农六首》诗引,第 4866 页)	儋州	
			"土人顿顿食薯芋,荐以薰鼠烧蝙蝠。"(卷 41《闻子由瘦》,第 4874 页)		
			"芋魁倘可饱,无肉亦奚伤。"(卷 41《和陶拟古九首》其四,第 4888 页)		
			卷 42《过子忽出新意,以山芋作玉糁羹,色香味皆奇绝,天上酥陀则不可知,人间决无此味也》,第 5006 页		

---

① 林语堂《中国人的饮食》,范用编《文人饮食谈》,三联书店 2012 年版,第 15 页。
② 李学勤《十三经注疏(标点本):论语注疏》,北京大学出版社 1999 年版,第 134 页。
③ (宋)苏轼著,孔凡礼点校《苏轼文集》卷 1,中华书局 1986 年版,第 17 页。

(续表)

种类	细目	品种	出处	写作地点	备注
蔬菜	园菜	蕨菜	"我饱一饭足,薇蕨补食前。"(卷39《和陶归园田居六首》其一,第4510页)	惠州	由于经济窘迫,为解决生计,苏轼躬耕菜圃,种植蔬菜,供养家庭
		芥蓝	"芥蓝如菌蕈,脆美牙颊响。"(卷39《雨后行菜圃》,第4696页)		
		芦菔白菜韭菜	"秋来霜露满东园,芦菔生儿芥有孙。"(卷40《撷菜》,第4766页)		
			"白菘类羔豚,冒土出蹯掌。"(卷39《雨后行菜圃》,第4696页)		"白菘"即为"白菜"
			"早韭欲争春,晚菘先破寒。"(卷42《和陶西田获早稻》,第5001页)	儋州	
	野菜		"空庖煮寒菜,破灶烧湿苇。"(卷21《寒食雨二首》其二,第2343页)	黄州	
		紫芝青精	"黄公献紫芝,赤松馈青精。"(卷39《次韵程正辅游碧落洞》,第4580页)	惠州	
		藤菜	"丰湖有藤菜,似可敌莼羹。"(卷40《新年五首》其三,第4709页)		

在三饥两饱清锅冷灶的日子里,苏轼不由发出感慨。例如,元丰六年(1083)的《和黄鲁直食笋次韵》一诗中说:"饱食有残肉,饥食无余菜"①,指出饱餐过后,大鱼大肉的肥美佳肴也会被厌弃;而在饥饿时,即使是菜叶草根一类单调寡淡的食物也会被嚼食一空。虽然诗中仅是对食笋之类菜蔬与肉类的对比,但苏轼对于食材的品质、种类的包容,已经可见一斑,不至于因饭食之荤素而顿生喜怒。

苏轼对于《战国策·齐策》中所记载颜斶"晚食以当肉"②之言颇为赞同,认为"菜羹菽黍,差饥而食,其味与八珍等;而既饱之余,刍豢满前,惟恐其不持去也。美恶在我,何与于物"③,当人处于饥饿的时候,即使进食菜羹麦豆等粗劣之物,也有如享用山珍海味一般满足,因此食物的好坏不过是取决于主观意愿,只要调整好自己的心态,何愁不能从粗茶淡饭之中品味出乡村野趣。

(二)对饮食目的的清醒认识

谪居惠州后,苏轼生活更加拮据贫困,俸禄甚至不足以解决温饱,在绍圣二年(1095)时所作《和陶贫士七首(其五)》中即自嘲曰:"岂知江海上,落英亦可餐。典衣作重阳,徂岁惨将寒。"④岭南贫寒,诗人不得不拆东补西、典当度日。苏轼为解决食物短缺的问题也

---

① (宋)苏轼著,张志烈、马德富、周裕锴校注《苏轼诗集校注》卷22,河北人民出版社2010年版,第2454页。
② (汉)刘向编《战国策·齐策四》,上海古籍出版社1985年版,第431页。
③ (宋)苏轼著,孔凡礼点校《苏轼文集》卷56,中华书局1986年版,第1671页。
④ (宋)苏轼著,张志烈、马德富、周裕锴校注《苏轼诗集校注》卷39,河北人民出版社2010年版,第4605页。

常常躬耕劳作,以养护家小。绍圣三年(1096)所作《撷菜》一诗即记录了他借地种菜自给自足的状况,其中"我与何曾同一饱,不知何苦食鸡豚"①一句,将己之食芦菔芥蓝而满足,与"食日万钱,犹曰无下箸处"②的何曾对比,指出虽食材价格有天壤之别,但殊途同归,皆为一饱,又何须为贪口腹之欲而追求豪奢无度的道理。处于困顿之中无从拣择,故只能以菜羹豆粥为食;而即便腰缠万贯、富可敌国,也不必仅为一饱而奢靡浪费一掷千金。苏轼将食之本质与勤俭朴素的生活作风点明,以引人深省。

在躬耕田亩的过程中,苏轼亦有所体悟,总结出了"人间无正味,美好出艰难"③的哲理。无论是饮食,还是人生,都需要历经重重磨难和艰辛,才能够见证达时日日琼浆玉液亦感单调乏味,而身处穷途时躬耕自制的一碗豆粥也会感觉甘甜可口。在品尝过金齑玉鲙、海螯江柱后,面对野菜豆粥,苏轼也不曾表露嫌恶之态,反而欣然接受、努力果腹。苏轼曾在赶赴惠州的途中作《过汤阴市得豌豆大麦粥示三儿子》一诗劝勉儿子努力多食加餐。另外,陆游在其《老学庵笔记》中载有《东坡食汤饼》一则,记录了苏轼于绍圣四年(1097)贬谪海南途中的餐饮轶事:苏轼南迁赴知儋州,与同时被贬往雷州的弟弟苏辙相遇。二人购得道旁摊贩所制面条为食。面对苏辙难以下咽的粗劣餐饭,苏轼依然能够勉励自己借此饱食,甚至笑着调侃其弟,既然知味道不佳,为什么还要继续慢慢咀嚼品尝呢? 正是所谓"饮酒但饮湿"④,既然能够满足生存的需要,又何必在艰难窘迫的境地挑剔食物的味道呢?

(三)对食物"正味"的差异性认识

关于食物的正味,苏轼在绍圣四年(1097)时曾于海南作《闻子由瘦》一诗,其中"人言天下无正味,蝍蛆未遽贤麋鹿"⑤一句,化用了庄子《齐物论》之中的典故:百姓好以家畜之肉为食,麋鹿喜食美草与嫩叶,蜈蚣以虫蛇为美食佳肴,而猫头鹰则性嗜老鼠。不同的物种乃至不同的人,都有嗜好偏爱,因此所谓食物的正味也因人而异,有时甲之蜜糖会是乙之砒霜。蜜唧、薰鼠、蝙蝠、蛤蟆等都是苏轼在大陆未曾尝试之物。如今他身在儋耳,食材匮乏,无可拣择。这些往日厌弃不敢入口的食物,在土人眼里却是难得的珍品。苏轼入乡随俗,从艰难困苦中提炼出食之本质,对世间万物的体会更加深刻。诗人仕途顺遂时未知苦处,经历官场倾轧,看尽世间冷暖,在朴素的食事诗中,亦能生出万千哲思,得出此等设身处地的透彻体悟。

三、食事中的旷达心境

苏轼自诩"老饕"⑥。他并非只认可典雅精致的极致享受,而是无论山珍海味还是粗茶淡饭都能够欣然接纳。即便食材粗陋,他亦能从中品味出淡而有格的生活乐趣。这种

---

① (宋)苏轼著,张志烈、马德富、周裕锴校注《苏轼诗集校注》卷40,河北人民出版社2010年版,第4766页。

② (唐)房玄龄等撰《晋书》,中华书局1974年版,第998页。

③ (宋)苏轼著,张志烈、马德富、周裕锴校注《苏轼诗集校注》卷42,河北人民出版社2010年版,第5001页。

④ (宋)苏轼著,张志烈、马德富、周裕锴校注《苏轼诗集校注》卷23,河北人民出版社2010年版,第2533页。

⑤ (宋)苏轼著,张志烈、马德富、周裕锴校注《苏轼诗集校注》卷41,河北人民出版社2010年版,第4874~4875页。

⑥ (宋)苏轼著,孔凡礼点校《苏轼文集》卷1,中华书局1986年版,第16页。

对于饭食入乡随俗、甘之如饴的态度也是其旷达自适、随遇而安心态境界的体现。

经受乌台诗案和屡次贬谪的打击，苏轼所作的大量食事诗中却很少有包含对艰苦生活条件和坎坷仕途经历厌弃抱怨的相关内容，反而随着时间的推移逐渐表达出洒脱坦然的胸襟意度。面对无力改变的现实生活境况，他没有一味地自怨自艾，而是转向对自身的修养琢磨，表现出安贫乐道、随缘自适的人生态度，振作精神，直面挫折坎坷，真正实现了时局与自我的和解。在其食事诗中，苏轼虽身陷困塞，生活拮据，却依旧欣然自乐，将田间土物视为难得的美味佳肴而大快朵颐，同时又通过文人的诗情画意加以描绘，竟能令人食指大动。

（一）安身立命的至简之欲

元丰三年（1080）正月，苏轼被贬赴黄州安置，正当是风声鹤唳、身心疲惫之时。他在途作有一首《过淮》，将羁旅之中的所见所感记于笔端。朝辞新息县，轻舟一叶横渡淮水扰乱满江碧波。暮至淮南露宿野村，距离京师已过千山万水。流落至此荒郊，闻獐子与飞鼠在前代老旧的戍楼中啸叫。雾雨迷蒙，将破败的驿站笼罩得更加昏暗。诗人如风中飞蓬，身后回望不见来路，向前亦不知黄州地处何方，顿感天地如逆旅而人生如寄，身处何地生平何事都无法拣择。在萧索凄清、万般磋磨之下，苏轼依旧发出了"但有鱼与稻，生理已自毕"①的感慨，仿佛只要有口福可享便已能够抚去一半风尘沧桑。虽前途未卜，但依然不忘提及口腹之欲，其间流露出的老饕本性和乐观天性，读来不由令人忍俊不禁。

元丰六年（1083），同乡友人巢元修自蜀中来黄。大寒时节，苏轼家徒四壁，灶下无火，友人同样贫困。京师故人声色犬马、醉卧温柔乡，二人却被贬至此，只能在冷风中如寒蝉一般瑟缩呻吟。苏轼身在破锅冷灶、空床败絮之境，却道：

努力莫怨天，我尔皆天民。行看花柳动，共享无边春。②

寒气难久，春煦将至，诗人以花柳将动来自我安慰，对未来依旧充满积极的向往之情。生活拮据，食材匮乏，巢元修自蜀中带来家乡苦菜为苏轼下厨。苏轼在《元修菜》中记述此事，赞誉菜肴美味比之于鸡肉、猪肉有过之而无不及：

点酒下盐豉，缕橙芼姜葱。那知鸡与豚，但恐放箸空。③

苦菜本身固然味道鲜美，简单佐以调料豆豉也并不足以抵过鸡豚之味，但苏轼依然通过乐观的心态和夸张的手法塑造出元修菜色美味鲜的形象。薄酒小菜以供盘飧，自在荒城宛若归乡，大有随遇而安之态。

（二）追慕陶潜的田园之乐

及至贬谪惠州，当地瘴疠横生，食物更加匮乏，而苏轼亦能够安享其中乡村野趣，在食事诗中将当地盛产的水果描写得清新可爱。在众多种类的瓜果中，诗人更对荔枝情有独钟，甚至快然扬言道要"日啖荔支三百颗，不辞长作岭南人"④，甘愿为长享此味而在岭

①　（宋）苏轼著，张志烈、马德富、周裕锴校注《苏轼诗集校注》卷20，河北人民出版社2010年版，第2126页。
②　（宋）苏轼著，张志烈、马德富、周裕锴校注《苏轼诗集校注》卷22，河北人民出版社2010年版，第2424页。
③　（宋）苏轼著，张志烈、马德富、周裕锴校注《苏轼诗集校注》卷22，河北人民出版社2010年版，第2427页。
④　（宋）苏轼著，张志烈、马德富、周裕锴校注《苏轼诗集校注》卷40，河北人民出版社2010年版，第4744页。

南久住。在谪居惠州期间,苏轼更创作了许多咏及食事的和陶诗,其中不乏对陶渊明的高洁意趣以及其归隐山野躬耕田亩的生活心生向往的表现,如绍圣二年(1095)所作《和陶归园田居六首》(其一)中有:

> 我饱一饭足,薇蕨补食前。门生馈薪米,救我厨无烟。
>
> 斗酒与只鸡,酣歌饯华颠。禽鱼岂知道,我适物自闲。[①]

诗人俸禄微薄,家中常缺米少粮,难免依靠亲友接济帮助。在这种贫寒困窘的境地,苏轼依然能够凭借一餐饱食、两碟野菜而快慰满足,若有一斗酒、一只鸡,即使头发花白亦能够酣畅而歌。而组诗中"愿同荔支社,长作鸡黍局"[②]之辞,更体现出诗人不以黜置岭南的生活为艰苦折磨,反而自在其中,愿意常住岭南并与当地百姓同乐,尽情享用其间新鲜特产。此中愉悦之情真挚可感,寄情美食的闲情快意往往令人忘记其正在经历的贬谪之苦。

而在绍圣三年(1096)所作一首《和陶乞食》中,苏轼则将自己的境遇同庄周、颜真卿、陶渊明穷困潦倒时乞食而活相比较:

> 庄周昔贷粟,犹欲舂脱之。鲁公亦乞米,炊煮尚不辞。
>
> 渊明端乞食,亦不避嗟来。呜呼天下士,死生寄一杯。
>
> 斗水何所直,远汲苦姜诗。[③]

彼名士性情高洁、名传千古,尚且不避嗟来之食,杯水斗米能值几何? 天下士人又何苦为了虚无的脸面尊严而迂腐固执,辜负来日。而相较于他们的潦倒乞食,自己"幸有余薪米,养此老不才"[④]。既然粮食薪柴犹有剩余,能够自给自足,还有什么好怨恨忧伤的呢? 在比下有余的乐观精神支撑下,苏轼即便"无衣粟我肤,无酒嚬我颜"[⑤],也能够安于贫困,并从艰难困苦之中自得其乐地开出希望之花。同年所作《和陶酬刘柴桑》中,即便食粮不足,诗人亦可以凭借种植的山药、紫薯等粗粮果腹,实现"一饱忘故山,不思马少游"[⑥]。这已经不仅限于借助谪居之地的特产美味,乃至山村野店的粗茶淡饭的自然口感,慰藉自己贬迁漂泊之苦,更是从枯槁荆棘中咀嚼出甘霖琼汁之味,真正达到了圆融自适随遇而安的人生境界。其穷当益坚的顽强意志和旷达乐观的积极心态不得不令人叹服。

(三)万物齐一的达观心态

苏轼左迁远赴海南后,生活愈发艰辛困顿,在万难之际更需要亲自耕种以削减开支,其《撷菜》一诗的序文中即描述了诗人借地种菜、夜半醉饮与三子苏过采摘田间自家种植的萝卜、芥蓝烹煮以下酒的生活情境。苏轼一面享受着田园躬耕辛勤收获的喜悦,一面

① (宋)苏轼著,张志烈、马德富、周裕锴校注《苏轼诗集校注》卷39,河北人民出版社2010年版,第4510页。
② (宋)苏轼著,张志烈、马德富、周裕锴校注《苏轼诗集校注》卷39,河北人民出版社2010年版,第4518页。
③ (宋)苏轼著,张志烈、马德富、周裕锴校注《苏轼诗集校注》卷40,河北人民出版社2010年版,第4775页。
④ (宋)苏轼著,张志烈、马德富、周裕锴校注《苏轼诗集校注》卷40,河北人民出版社2010年版,第4775页。
⑤ (宋)苏轼著,张志烈、马德富、周裕锴校注《苏轼诗集校注》卷39,河北人民出版社2010年版,第4605页。
⑥ (宋)苏轼著,张志烈、马德富、周裕锴校注《苏轼诗集校注》卷40,河北人民出版社2010年版,第4787页

不以这些普通蔬菜难以入口，反而称赞它们"味含土膏，气饱风露，虽粱肉不能及也"①，有这等鲜嫩清新的时蔬得以饱腹，鸡豚之类的肉食就无须强求了。

苏轼这种以朴素寻常之食物与珍馐美味对比，并且以粗茶淡饭为乐的写作方式在其他诗中亦有表现。譬如绍圣四年（1097）所作《和陶拟古九首（其四）》中，苏轼先以极其广阔的胸怀和大开大合的笔法，将四海八荒凝聚笔端，体现了他安于儋耳的平常心；随后又言"芋魁傥可饱，无肉亦奚伤"②；在他的眼中，若只为求生理一饱，食用芋头或猪肉并无分别。海南黎民不通耕种，多以薯芋为粮，苏轼在教导鼓励百姓种植稻麦之余，亦入乡随俗，在米粮不足之时以山药、芋头等物饱腹抗饥。面对不同品质食物所具备的同等接纳心态，正是其旷达乐观精神的具体体现。

更为人所广泛称道的例子，还有晚年谪居儋耳时所记"东坡玉糁羹"③。在元符元年所作（1098）《过子忽出新意，以山芋作玉糁羹，色香味皆奇绝，天上酥陀则不可知，人间决无此味也》一诗中，记述了其子苏过以当地主要的粮食山芋和米煮粥，得一道玉糁羹。苏轼极力夸赞，以为此羹色香味之卓越出众绝非人间可得。苏轼虽在诗中以龙涎、牛乳衬托，指明用海南山芋所做的玉糁羹远胜于用南海鲈鱼制成的金齑鲙，但毕竟是清苦之味，可见苏轼之意并不在此，而在于对今昔生活差异的坦然接受，表现出其心境的转变，而这正是苏轼的乐观之处。苏轼这种身处在人生低谷之时依然超脱自适的达观心态，使其成为万世敬仰标榜的对象，令后人心生向往。

---

① （宋）苏轼著，张志烈、马德富、周裕锴校注《苏轼诗集校注》卷40，河北人民出版社2010年版，第4765页。
② （宋）苏轼著，张志烈、马德富、周裕锴校注《苏轼诗集校注》卷40，河北人民出版社2010年版，第4888页。
③ （宋）苏轼著，张志烈、马德富、周裕锴校注《苏轼诗集校注》卷42，河北人民出版社2010年版，第5006页。

典范建构与自我书写："奇女子"刘淑从晚明到民国的形象变迁

陈佳妮*

　　摘　要：刘淑是唯一一位将从戎靖难写入诗集的明末闺秀，她的传奇经历吸引了从晚明至民国的男性文人为其作传并校订出版其诗稿。刘淑传记在历史与道德叙事的框架中或聚焦其勇武的人生片段，或将各种女德"移植"其身，而刘淑的诗文则关注女性生命不同阶段的角色身份和重要关系。刘淑形象的变迁既是不同历史时期的男性文人以建构女性典范来应对时局挑战的具体体现，也构成观察晚明女性以极富主体意识的自我书写勾连家内事务与社会政治、创造另类诗史的独特视角。

　　关键词：刘淑；女性传记；《个山集》；形象变迁

　　刘淑（1620—约1657），江西吉安府安福县人，自号木屏，又号个山，明末工部主事刘铎之女。天启六年，刘铎因题扇诗暗讽魏忠贤被逮入狱，至死不屈。丧父后，母亲萧恭人以其亡父遗书教授刘淑。刘淑15岁嫁父执之子王蔼为妻，两人自幼相识，婚后和洽亲密。然夫早逝，时清兵入赣，刘淑毁钗起兵勤王，为南明奸将张先璧所阻。明亡后，刘淑隐居山林避祸，初步编定《个山集》。由于刘淑抗清志士的身份与《个山集》中多违碍之语，该集直至民国三年才由安福王氏后裔王仁照校订刊刻，20年后又由王伯秋重印出版。

　　早期刘淑研究多关注其生平考证与创作介绍。魏向炎最早对刘淑其人其诗进行研究，较全面地介绍了刘淑身世生平、诗集编纂刊行与诗歌的爱国主题及艺术成就。[1] 胡迎建以刘淑诗词为依据，对其生年、婚姻、起兵、幽居等主要事迹进行了详细准确的考证，并校正了一些错误的词牌名和误入他卷的词作。[2] 赵伯陶的《明末奇女子刘淑及其〈个山集〉》几乎网罗所有有关刘淑的记载文献，并依王泗原《刘铎刘淑父女诗文》一书，论证其姓名为刘淑而非一些资料中所称之刘淑英。[3] 随着性别视角引入明清女性文学研究，张雁关注刘淑所代表的晚明女性生活空间的扩展及其在文学创作中的呈现[4]，李惠仪（Wai-yee Li）分析刘淑书写战争经历的诗词中刀剑等意象对性别定位的超越。[5] 本文通过刘淑诗文和男性文人传记的对读，考察在性别视角的交叠与错位下，刘淑形象之变迁及其背后历史道德叙事与女性生命个体书写的张力，并由此揭示生存境遇已有改变的明清女性

　　＊　陈佳妮，伦敦大学亚非学院博士，中山大学中国语言文学系（珠海）助理教授。

　　① 魏向炎《三生呕尽杜鹃血，才种人间不谢花——爱国女诗人刘淑英》，《社会科学研究资料》1984年第3期，第26～27页。

　　② 胡迎建《刘淑英的生平及其词作》，《词学》2008年第2期，第143～154页。

　　③ 赵伯陶《明末奇女子刘淑及其〈个山集〉》，《文史知识》2006年第7期，第90～98页。

　　④ 张雁《〈个山遗集〉与晚明文学女性的生活空间》，《文学评论丛刊》2002年第2期，第62～75页。

　　⑤ 李惠仪《明清之际的女子诗词与性别界限》，方秀洁、魏爱莲编《跨越闺门：明清女性作家论》，北京大学出版社2014年版，第173～199页。

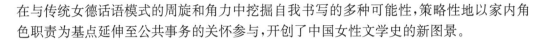

在与传统女德话语模式的周旋和角力中挖掘自我书写的多种可能性,策略性地以家内角色职责为基点延伸至公共事务的关怀参与,开创了中国女性文学史的新图景。

一、碎片与杂糅:女性典范在传记书写中的建构

刘淑传记主要集中于明末清初的史料文献中,入清后仍有零星记载,本于明清之际而有所改动。① 明清时期刘淑的传记书写基本沿两条主线发展:一是关注刘淑传奇人生经历中关键的冲突场景并进一步将其戏剧化;二是通过剪辑合并来源各异的女性传记资料,将刘淑塑造成集传统道德于一身的理想女性楷模。随着清朝统治的巩固,刘淑传记书写的第一条主线由于冲突场景集中于军事抗清而逐渐势微,第二条主线则因契合清政府为应对自身迅速扩张所采取的规范社会行为和性别关系的国家政策而成为主流。② 刘淑碎片化和杂糅式的传记形象显示传统儒家女德书写在明清时期的框范与新变,也体现了男性文人为女性作传的目的和策略。

陈维崧(1625—1682)《妇人集》中关于刘淑的记载是最具影响力的早期传记之一,也是刘淑传记书写第一条主线踵事增华的基础。在简短记叙刘淑父亲刘铎的坚贞不屈及刘淑幼年即已显露的敏捷文才之后,传记主体部分集中刻画刘淑传奇人生中极具冲突和戏剧性的关键时刻。

甲申鼎湖之变,夫人叹曰:"先忠烈与抚军两姓皆世禄。吾恨非男子,不能东见沧海君,借椎报韩。然愿兴一旅,从诸侯击楚之弑义帝者。"遂建义旗。适滇帅蛮兵精悍冠诸军,闻夫人名请谒。夫人开壁门见之。旦日报谒,滇帅具牛酒于军中。高宴极欢。然帅武人也,阴持两端,又醉后争长,语不逊。夫人怒,即于筵前按剑欲斩其首。帅环柱走,一军皆擐甲。夫人掷剑笑曰:"杀一女子何怯也。"索纸笔从容赋诗一首,辞旨壮激,帅悔且惧。夫人曰:"妾不幸为国难以至于此。然妾妇人也。愿将军好为之。"遂跨马驰去。③

甲申之变后,刘淑因受世禄,视其荣辱与国家为一体,故在家乡江西安福募兵,欲投湖南督帅何腾蛟。至永新,与一兵力强势之"滇帅"发生龃龉,最终退出复明大计。《妇人集》以刘淑与"滇帅"的冲突时刻为焦点,刻画刘淑的壮志豪行。兴兵之际,刘淑以张良"借椎报韩"的典故抒发自己的政治抱负:身为韩国贵族的张良虽未能在博浪沙成功击杀秦始皇为国复仇,但却是协助刘邦以汉代秦的重要谋士④。滇帅"不逊"之语激怒刘淑,其后的冲突场面与《史记·刺客列传》中荆轲刺秦高度相似⑤,预示其壮举终归于失败徒劳。虽然"帅悔且惧"给予刘淑道德精神象征性的胜利,但她最终意识到"妇人"身份与复明事业的难以协调,"遂跨马驰去"。

本于这段早期的文献资料,之后的传记书写通过提供更多的细节信息进一步丰富并

---

① 刘淑传记见于:宋之盛《江人事》,邹漪《启祯野乘》,陈维崧《妇人集》,杨陆荣《三藩纪事本末》,彭绍升《善女人传》,汪有典《史外》,王初桐《奁史》,抱阳生《甲申朝事小记》,李瑶《南疆绎史摭遗》,徐鼒《小腆纪传》,孙静庵《明遗民录》。另外,同治《安福县志》、光绪《吉安府志》及光绪《湘潭县志》均有关于刘淑的记载。

② 〔美〕卢苇菁著,秦立彦译《矢志不渝:明清时期的贞女现象》,江苏人民出版社 2004 年版,第 70 页。

③ (清)陈维崧《妇人集》,虫天子《香艳丛书》(一),人民文学出版 1990 年版,第 110~111 页

④ (汉)司马迁《史记》卷 55《留侯世家》,中华书局 2014 年版,第 2471~2489 页。

⑤ (汉)司马迁《史记》卷 86《刺客列传》,中华书局 2014 年版,第 3074~3075 页。

戏剧化这一冲突情节。道光年间李瑶《南疆绎史摭遗》透露这位"滇帅"即南明将领张先璧。据《明史》与《永历实录》记载,正是由于驻扎在永新的张先璧按兵不动,首鼠两端,使主帅何腾蛟的江西会战计划落空,终为清军大败。何腾蛟败亡之际,张先璧挟持主帅,率兵大掠其境。①《南疆绎史摭遗》言张先璧"不敢赴敌,且微露纳淑英意"。② 刘淑的愤怒既是出于报国无门的失望,亦是由于贞节受到冒犯。《南疆绎史摭遗》记录刘淑当场所作诗句的具体内容,并增加了其欲以死相抗的仪式性场景。

口占句云:"销磨铁胆甘吞剑,抉却双瞳欲挂门。"大书于壁,从容北向,载拜曰:"臣妾将从先国母周皇后在天左右也。"先璧悔且惧,率麾下叩头请死。③

刘淑口占之句诗风强劲雄豪,"抉目挂门"以伍子胥被迫自尽之典,抒发自己因宵小作梗而壮志难酬的愤懑。书写形式则从《妇人集》"索纸笔"变为"大书于壁",以一种更直接、决绝的姿态进行公众场域的自我表达。题壁诗完成后的充满仪式意味的"北向""载拜"将刘淑的公共表达推向高潮。刘淑自称"臣妾",且言明自己追随之典范为"在天左右"的"先国母周皇后"。崇祯帝的周皇后在李自成攻陷北京后投缳自尽,④这一特殊的性别指称揭示了刘淑自杀动机中"殉国"与"殉节"的交叠。

邹漪《启祯野乘》完成于1644年,康熙年间多次重印,是刘淑传记书写第二条主线的代表,即综合各种美德要素及其传奇表现方式,建构刘淑形象的典范意义。其中充斥着《列女传》和《世说》系统的情节模式,在传记书写传统与明清女性理想交融中丰富女性的生命故事。刘淑的诞生颇具神秘色彩,"生之夕,香气满室,竟夜不散。数月即能端坐,不肯啼笑。四五岁,恭人训以《孝经》《论语》,辄解大意"⑤。早慧天才初期多出现于宗教女性传记中,明代才女故事开始广泛采用,演变为联系年轻女性的天赋慧根与人生际遇的书写模式。⑥ 随着刘淑生命历程的展开,"孝女"故事传统逐渐取代了早慧才女的叙述模式。父亲刘铎因触怒权奸魏忠贤而被捕入狱,7岁的刘淑随母赴京申冤,"顿足呼曰:'我父何罪?我独不能为淳于紫乎?'……刺血写表,将击登闻鼓入奏"⑦。刘淑的言行明显模仿《列女传》缇萦救父⑧,但其面奏进谏的愿望却"抑之不得"。明末复杂黑暗的党争局面决定了刘淑对孝女典范的效仿以失败告终。刘淑的"孝女"行径不止于此,《启祯野乘》还

① (清)张廷玉《明史》卷280《何腾蛟瞿式耜列传》,影印《文渊阁四库全书》,第301册,台湾商务印书馆1986年版,第719~720页。(清)王夫之《永历实录》卷10《曹杨张列传》,《续修四库全书》,第444册,上海古籍出版社2002年版,第243~245页。《永历实录》中作"张先璧"。

② (清)李瑶《南疆绎史摭遗》卷15《女将军沈氏云英、刘氏淑英》,《台湾文献史料丛刊》第5辑,台湾大通书局1987年版,第658页。

③ (清)李瑶《南疆绎史摭遗》卷15《女将军沈氏云英、刘氏淑英》,《台湾文献史料丛刊》第5辑,台湾大通书局1987年版,第658页。

④ (清)张廷玉《明史》卷114《庄烈帝愍周皇后》,影印《文渊阁四库全书》,第299册,台湾商务印书馆1986年版,第25~26页。

⑤ (清)邹漪《启祯野乘》卷15《刘夫人传》,《四库禁毁书丛刊》,史部第41册,北京出版社1997年版,第23页。

⑥ 〔美〕曼素恩著,定宜庄、颜宜葳译《缀珍录——十八世纪及其前后的中国妇女》,江苏人民出版社2005年版,第120~121页。

⑦ (清)邹漪《启祯野乘》卷15《刘夫人传》,《四库禁毁书丛刊》,史部第41册,北京出版社1997年第23页。

⑧ (汉)刘向《古列女传》卷6《辩通传》,影印文渊阁《四库全书》,第448册,台湾商务印书馆1986年版,第63~64页。

记录了她"割股疗亲"的事迹，"母病，割股进，立愈"①。

邹漪致力于对刘淑家内角色的全面典范化，《启祯野乘》是现存最早提及刘淑丈夫葬礼的记录。刘淑15岁时嫁于其父好友、时任宁夏巡抚的邻村王振奇之子王蔼。婚后不久，王蔼告别刘淑北上，并最终殉难辽东。《启祯野乘》叙写刘淑在丈夫葬礼上"抚棺痛哭告于灵曰：'未亡人不难一死以殉。顾死易，立孤难，吾当为其难者，以报君于地下。'蓬首素服，治家肃然"②。自称"未亡人"的刘淑表达了"殉死"与"立孤"两难抉择，这也是易代之际女性的普遍困境，引发了当时文人对女性殉夫的贞节观与延续家族血脉的责任感之间冲突与妥协的反思。③邹漪在刘淑传记之后给予评论，从儒家传统道德标准的"忠、孝、节、烈"以及明代理想女性的"才"这5个角度将刘淑置于女德典范的历史长廊中。不过邹漪似乎对刘淑的文学创作毫不知情，他所褒扬的刘淑之才专指研读经典。在评论结尾处，邹漪并不满足于刘淑与历代女德楷模的比较，而是以"古之号为英雄丈夫者，何以过焉""降岳格天，亦岂有男女之殊乎"④两句强烈的反问，质疑传统的性别成见。其全面塑造刘淑在人生不同阶段的各种角色典范既借鉴亦反哺女性传记资料库。《启祯野乘》言及刘淑抗清失败后"长斋绣佛，翻阅内典以终身焉"⑤，为清代著名学者、居士彭绍升所借鉴。他编纂的《善女人传》致力于将女性信徒写入佛教史，其中有关刘淑的记载，据彭绍升自注辑自《启祯野乘》。⑥

值得一提的是，不同于聚焦刘淑英雄行径与女德典范的传记书写，宋之盛（1612—1668）的《江人事》最早言及其文学创作："好读书，以古诗文自娱，所著甚富。一时文士，无出其右"⑦。但之后的传记对此几无涉及。刘淑的文学创作之所以较少被提及，究其原因，大致有二：一方面，刘淑英勇参战与女性作为战乱受害者的传统形象形成鲜明对比，这种对比更能吸引文士的兴趣。加之明清之际文学创作对于官绅阶层的闺秀已不再是稀有罕见的文化品格，其光芒自会被女性更具传奇色彩的军旅经历所掩盖。⑧另一方面，

① （清）邹漪《启祯野乘》卷15《刘夫人传》，《四库禁毁书丛刊》，史部第41册，北京出版社1997年版，第24页。关于割股疗亲如何从一个不符合儒家"身体发肤，受之父母，不敢毁伤"规范的行为经由时间的发展而成为愈演愈烈的孝行，并进一步影响儒家的孝道观和国家政令，参见邱仲麟《不孝之孝——唐以来割股疗亲现象的社会史初探》，《新史学》1995年第1期，第49~94页。
② （清）邹漪《启祯野乘》卷15《刘夫人传》，《四库禁毁书丛刊》，史部第41册，北京出版社1997年版，第23页。
③ 祁彪佳之妻商景兰的《悼亡》一诗体现了女性在男子殉国之后需要面对的家族责任，"君臣原大节，儿女亦人情"，贞节与选择生存或殉死无关，"存亡虽异路，贞白本相成"。见钱仲联《清诗纪事》，江苏古籍出版社1989年版，第15515页。明末清初文人陈确也认同寡妇忍死立孤的行为，认为烈妇殉死是因为人们的"好异"和"好名"所致。见衣若兰《史学与性别：〈明史·列女传〉与明代女性史之建构》，山西教育出版社2011年版，第327页。这一两难困境在明清易代之际尤为突出，盖因此际为"存孤"而独活不仅对立于"殉夫"，更可能导致贞节有污，这一矛盾境遇与朝代兴替之际男性文人的政治选择相对应，在清初引发了复杂多元的讨论。参见 Wai-yee Li, *Women and National Trauma in Late Imperial Chinese Literature*, Cambridge: Harvard University Press, 2004: 451-476.
④ （清）邹漪《启祯野乘》卷15《刘夫人传》，《四库禁毁书丛刊》，史部第41册，北京出版社1997年版，第24页。
⑤ （清）邹漪《启祯野乘》卷15《刘夫人传》，《四库禁毁书丛刊》，史部第41册，北京出版社1997年版，第24页。
⑥ （清）彭绍升《善女人传》，影印《卍新纂大日本续藏经》，第88册，国书刊行会1912年版，第416页。
⑦ 转引自刘李英《刘淑〈个山集〉研究》，华东交通大学2009年硕士论文，第3页。
⑧ 据胡文楷搜集到的文献统计，在4000多位从汉代至民国的女性作家中，明清女作家约占90%。参见胡文楷《历代妇女著作考》，上海古籍出版社1985年版，第1~55页。明清时期女性文学的繁荣也引起了当代学者孙康宜的关注："没有任何国家比明清时代的中国出版更多的女诗人选集或专集"，孙康宜《明清女诗人选集及其采辑策略》，《中外文学》1994年第2期，第27页。

由于刘淑抗清遗民的身份与诗词中的违碍之语,《个山集》在审查严苛的清代并未梓行,她的抗清行径亦被模糊化处理为抗击地方暴动。该集尽管被记录在地方志中,但极有可能终清一代流传范围不出宗亲族人。《个山集》较少被提及也可能是因为传记作者未曾亲见甚或不知其存世的缘故吧。

二、闺门内外:《个山集》中女性角色空间的转换和书写

不同于女性传记中恒定的角色范型及其生存空间,明清女性家内角色赋予的职责功能相较于前代已具有更大的自由度、弹性范围以及辐射向家外空间的潜力。① 通过策略性地履行"妇职",明清女性直接参与家族事务的管理以及家族间关系网络的建构、加强与扩展。以此为基础,其影响力亦渗透至公共领域。刘淑在《个山集·自叙》中巧妙援引鲁漆室女这一《列女传》中的典范人物阐述自己的诗文创作与社会政治之关联。漆室女担忧鲁国政治现状对妇人生存境遇可能带来的影响,被赞为"远矣漆室女之思也"②,为后世女性关怀、讨论国家公共事务提供了合理合法性。刘淑的人生轨迹深深嵌入明末清初的历史进程:作为女儿的她因党争失去父亲,作为妻子的她因辽东战事失去丈夫,作为忠义后人的她举兵抗清,亲历南明不可挽回的败亡。正因如此,她对于个体角色空间转换的感知和书写形成了另一种历史的声音,与宏大叙事构成张力。

刘淑《个山集》共 7 卷,依"体"分卷,同体作品大略按创作时间顺序编排,共收诗 879 首,词 77 首,文 16 篇。卷首自署"个山人",既是对被迫放弃抗清隐居山林的感慨,也暗示以"耻食周粟,隐于首阳山"的伯夷叔齐为道德典范。根据刘淑人生的不同阶段,她的诗文大致关注 3 个重要的主题:首先,是对父亲刘铎的感念。父女纽带不再仅以复制"孝女"典范来维系,而是注入了情感互动与家学传承的因素。其次,是对昔日伉俪情深的追忆。刘淑的夫妻生活仅仅维持了数年,并为众多传记所忽略,但在刘淑的诗词中却与她"愤激国事的郁闷、慷慨报国的意气和忧时伤世的伤痛感喟"③相并置,体现其诗文风格的多样性和自我书写的多面性。最后,是对军旅生涯的再现。刘淑在展现女性于鼎革战乱之际的角色空间转换中思考己身与世变的关系。

父女关系是刘淑传记与《个山集》关注的交叉点之一,但不同于传记对"孝女"传统的模仿,《个山集》中父女纽带的建立并非本于"孝女"的道德责任,而是出于父亲对女儿的珍爱和赏识,这在以男性继承人为关注焦点的父系家族中显得难能可贵。刘淑《重九忆父训》诗序回忆父亲遇难前一个月仍在旅舍以慷慨激楚的古诗训女,这段与父亲共度的最后时光在刘淑的记忆中"廿余年宛如一日"④。诗中悲恸如今和亡父"隔绝仙凡云不散",但父亲亲授的家门诗训却可经由她得以传承,"聊拈新句课孤儿",家族绵延具有了超越血脉的文化意涵。刘铎遇难前手指刘淑,嘱咐妻子:"是异日当为媛中英,可授以书。"⑤于是,刘淑得以"尽读父之遗书",她与亡父共享的知识视野与文化价值强化了父女

---

① 〔美〕高彦颐著,李志生译《闺塾师:明末清初江南的才女文化》,江苏人民出版社 2005 年版,第 13～25 页。
② (汉)刘向《古列女传》卷 3《仁智传》,影印《文渊阁四库全书》,第 448 册,台湾商务印书馆 1986 年版,第 33 页。
③ 张雁《〈个山遗集〉与晚明文学女性的生活空间》,《文学评论丛刊》2002 年第 2 期,第 66 页。
④ 王泗原《刘铎刘淑父女诗文》,人民教育出版社 1999 年版,第 307 页。
⑤ 王泗原《刘铎刘淑父女诗文》,人民教育出版社 1999 年版,第 380 页。

的精神纽带。《个山集》中的刘铎不再局限于"忠臣"形象，同时是一位关注女儿教育并对其充满期许的父亲，刘淑传记中所颂扬的"孝行"也因此具有了摆脱道德规训的深层情感动机。《启葬父太仆公祭文》是刘淑对亡父的娓娓而谈，从日常生活的情感、经历出发诉尽20年来人生境遇之艰辛与国难世变之惨烈。

> 吾母艰苦万里奉梓南还，乃得停枢卧侧。昕夕哭临，不谓逗延岁月，屡失窀期，遂至二十余年之久。……十载之间，儿以寂寂赘闺，奉老母，抚幼孤，栖迟婿宅，百难丛攻。每当火燐清明，钱飞秋霜之际，独念吾父遗骸冷落庙舍，凄蔽荒藤，松楸奠望，木主未安。此心此臆寸寸欲断。①

父亲去世之后的10年间，刘淑相继失去了兄长和丈夫，在战乱中独力支撑家庭生计，可谓"百难丛攻"。日常生活的艰辛并未消磨其"葬父"的决心，己身孤难的处境反而时时触发对父亲身后凄凉的同情和感喟。父亲葬仪的逗延不仅是由于刘氏家族境遇变迁，还与时局变换紧密相连。随着满洲铁骑深入中原，"大江以南几无一片净地"。刘淑深知父亲对朱明王朝的忠心，"藉使舆梓负椵之徒皆编发胡服以从事于瑜域，父岂能不痛愤乎？"②直至顺治五年，桂王朱由榔移驻桂林，江西抗清形势好转，刘淑方将棺枢营葬入土。

刘淑自诩为父亲遗志的继承人，亦是家族文化传承的重要一环。她着手整理刊刻父亲遗稿，名《来复斋稿》，寄希望于父亲能"以文字生"，并作《订镌父太仆公〈来复斋稿〉小引》记述修订过程所经历的种种挫折辗转：在一次舟行途中，随身所带部分书稿"为冯夷所得"；后"别业告灾，劫焰所搜倍于沉汩"。遗稿的不断丢失让刘淑梓行父稿的愿望更加强烈与迫切，于是她"复括之败箧尘案，广求亲友所藏，千百什一仅乃得之"③。通过认真订阅父亲留下的文字，刘淑得以了解父亲的人生经历及其在生命不同阶段的思考与情感，为她打开了一扇眺望闺阁之外世界的窗户。刘淑的词作《西江月·感先君遗稿》作于《来复斋稿》杀青付梓之际："丹章璘璘珠吐，青节峋峋玉立。乾坤留此孤忠烈，来复萧条一笈。两泪几行点次，飞花天外评辑。谁为画箸筹边策，屈父戄然呜咽。"④词作表达自己点次父稿时的强烈情感，并以"丹章""青节"相对，构建了不灭的文字与不朽的忠魂之联系。刘淑坚信父亲也具有张良"画箸筹边"之才，却因党争枉死，无法实现安邦定国的理想。父亲可与屈原相比拟的"孤忠烈"形象在刘淑的自我书写中得以继承并发展为"孤生"这一标志性的自我意象。⑤ 刘淑诗词中多有次韵亡父同题唱和之作，其"幽邃雄豪间以典瞻"的诗风显然传承有自。⑥

刘淑诗风亦有温婉灵动、清新别致的一面，多见于其描绘少妇闺中嬉乐或思远的诗词中，体现了她对传统女性题材和风格的谙熟。明清女性开始在男性文人代言诗之外开辟夫妻亲密关系中女性的情感感知这一自我书写领域。刘淑的此类诗词不仅可补其传记之缺，亦可展现妻这一重要的女性家内角色与家外空间的联系及其对刘淑人生道路的

---

① 王泗原《刘铎刘淑父女诗文》，人民教育出版社 1999 年版，第 365 页。

② 王泗原《刘铎刘淑父女诗文》，人民教育出版社 1999 年版，第 366 页。

③ 王泗原《刘铎刘淑父女诗文》，人民教育出版社 1999 年版，第 364 页。

④ 王泗原《刘铎刘淑父女诗文》，人民教育出版社 1999 年版，第 356～357 页。

⑤ Wai-yee Li, *Women and National Trauma in Late Imperial Chinese Literature*, Cambridge: Harvard University Asia Center, 2014: 141-144.

⑥ 王泗原《刘铎刘淑父女诗文》，人民教育出版社 1999 年版，第 197 页。

影响。在易代战乱之前，刘淑身为官绅女眷，《子夜四时歌》中"昼长花意懒""水阁逼清虚"的精致居所，"闲翻十率词""因知宛转歌"的诗书日常都是她闲雅安宁生活的写照。该诗结句"依织苏娘锦，郎笼右军鹅"运用苏蕙和王羲之的典故，展现夫妻以共同的文艺追求为基础的亲密和谐。① 婚后不久，夫妻曾同游吉安螺川，登注生阁求嗣。刘淑《谒注生阁》诗序记录登阁途中与抱孙携子的村姑老妪相遇："忽曰：'何处郎君娘子，恰如一双玉树。'相率投果盈车，分花满袖。且曰：'兆君归家必产麟儿。'次年果生子。"②刘淑享受世人对自己与丈夫相匹敌的出尘才貌的赞叹。路人以"玉树"形容二人的绰约风姿，并以"投果""分花"表达对这对神仙伴侣的艳羡与祝福。《谒注生阁》8 首组诗记述了二人相伴赏花泛舟、观看歌舞的欢愉。"水天相印人如玉，归把萱花并压头"中"萱花"又称"宜男草"，该句所记当为求子民俗，但亦可见相得之美满，无怪乎刘淑此时心境超然，"自在水云闲欲定，忘机鸥鸟静于禅"。③

　　然好景不长，明末辽东战事告急，王蔼告别刘淑北上至其父任所。其间刘淑思念丈夫作《织锦行》："锦裳初织效回文，小院长愁妾忆君。绝塞寒生幽梦险，撷将心事组飞云。"④诗歌采用边塞闺怨诗的传统题材，但这位闺中思妇还是一位飞云织锦能与苏蕙回文相比的才女。苏蕙在明清时期被确立为结合女红刺绣与文艺创作的传统才女典范。⑤王蔼死难辽东，刘淑作《痛哭》："未说心先脆，闻风胆自寒，自知履霜急，不信跌冰寒。魂续劳臣节，血凝志士鞍，王门幸不屈，哭罢反成欢。"⑥乍闻噩耗，刘淑一时难以相信，沉浸于这一巨大打击带来的哀痛之中。待痛定作诗之际，她转而歌颂丈夫作为忠臣志士的不屈气节，诗风亦自思妇断肠一转而为慷慨雄迈。

　　王蔼与刘淑的婚姻不仅满足了明代"才子佳人"的婚恋理想，而且加强了当地士绅阶层中占主导地位的刘、王两族的联系。刘淑深知自己家内角色职能的潜力，通过家族日常事务的管理，斡旋于亲友间，以节庆宴请、礼物馈赠和诗词赠答等社交方式，维系族内成员之间以及与其他士绅家族的情感纽带和价值认同。⑦ 王蔼死难辽东后，刘淑身兼刘

---

① 王泗原《刘铎刘淑父女诗文》，人民教育出版社 1999 年版，第 204 页。
② 王泗原《刘铎刘淑父女诗文》，人民教育出版社 1999 年版，第 243 页。
③ 王泗原《刘铎刘淑父女诗文》，人民教育出版社 1999 年版，第 243～244 页。
④ 王泗原《刘铎刘淑父女诗文》，人民教育出版社 1999 年版，第 285 页。
⑤ Grace S. Fong. *Female Hands：Embroidery as a Knowledge Field in Women's Everyday Life in Late Imperial and Early Republican China*，Late Imperial China，Vol. 25，No. 1 (2004)：22-24.
⑥ 王泗原《刘铎刘淑父女诗文》，人民教育出版社 1999 年版，第 219 页。
⑦ 《个山集》中有不少刘淑和亲友酬唱赠和之诗。她曾将父亲遗墨赠送给长嫂，颂扬她为可堪继承家门风范的"余家孝妇"（《归家觅忠烈公画扇遗墨赠彭嫂》）；参加表侄女婚礼，赞美其美貌贤能，必得鱼水之谐（《送王表侄女于归》）；刘淑悲痛于表妹莲沼的早逝，哀叹佳人薄命，只能在梦中倾诉思念（《哭莲沼妹》）；她送弟赴试，希望他能一展才华，同时也以母忧为念，嘱其早归（《送某弟之省》）。宴饮是常见的士绅家族间诗词唱和、联络情感的场合。刘淑曾邀请家族好友康夫人闺中饮茶联诗（《桂花次康夫人韵》），并在母亲寿宴上作诗感谢舅氏多次前来相祝（《从母南归母方三十今母六旬舅氏三为母祝家慈命笔致谢》）。由于时局的影响，社会政治军事话题成为士绅亲友间诗词往来的重要内容，女性亦参与其中。刘淑诗中此类题材多采用愤激豪迈的男性诗风，或讨论国家政策，或关注战场局势，或鼓励亲友从戎。还有一些诗词以共同经历和志向为基础，构建家族成员间更深层的理解和认同。《踏莎行·薄命词为宠微表嫂作》序："兵窜荒窘，屡经流离，而养葬婚嫁之事皆嫂一身任之，不胜同病之感"，基于相似的经历，刘淑对战乱中寡嫂独力面对艰辛和挑战深表理解之同情。《姊丈从戎入楚其家被寇焚掠感赋七律二章由南庄寄姊慰问》中"我缘拂海归无国，君是擎天已失家"，亦是刘淑在遭遇了相同的从戎失败、理想破灭后心生的共鸣。王泗原《刘铎刘淑父女诗文》，人民教育出版社 1999 年版，第 278～279、295、240、220、247、303、354、296 页。

氏孝女和王氏节妇，其才能与道德风范亦是两族标榜"一门风雅忠烈"的共同楷模。基于此，刘淑走出闺阁兴兵抗清并未被视为逾矩。相反，宗族成员围绕她形成了有效的共情和支持网络：母亲得知女儿"举义旗"，将一直悬挂于自己床头的亡夫遗剑赠予刘淑，"先人昔所赠，珍重勿轻离"。刘淑从戎在外时，舅氏承担起教育刘淑失怙幼子之责，寡嫂则尽心侍奉刘淑的婆母与母亲。刘淑失败返乡后隐居山林避祸，她的族人亦常来探望并供给日常用度。① 刘淑的例子向我们展示了女性与其宗族的多元关系：不同于传统认定的父系宗族对女性的忽视和压迫，强大的地方宗族势力也可以成为族内女性的庇护和后盾，是女性取得闺阁之外成就的筹码。刘淑善于挖掘这一多元关系带来的各种可能性。她在顺治三年率兵投何腾蛟部下时途径平山，顺道拜访隐居平山的表兄一家。欢聚痛饮后，刘淑作组诗《桃叶八德歌》，首叙刘母对表兄的挂念，次及兄妹儿时回忆，最后倾诉自己不忘家门传统矢志报国，由言（亲）情转向言志，以重温和维系家族血缘亲情为基点延伸至共同文化价值的确认。《桃叶八德歌》其六《羞闻楚败》将闺房日常与闺外战事巧妙并置："调膳罢朝烟，理髻当户坐，不闻马嘶声，但传班师过。"②闺中女子并未主动关心外事，但在履行妇职（"调膳"）和整理妇容（"理髻"）时，屋外的马嘶和军令透过闺门牵扯她的思绪，隐喻战争动乱对女性日常生活的影响，委婉地论证了自己关注并参与国家政治军事的合法合理性。

随着明军的节节败退，刘淑的亲族担忧她的安危，劝说当时仍驻扎禾川的刘淑遣散部旅归家，刘淑作《军事未毕家人劝我以归》回应，全面真实地反映了自己的从戎经历、矛盾困境和思索反省。③ 一方面她继续以"屡世余家受主恩""九原聊欲慰忠魂"合理化自己的军事行动，抒发自己"一声画角兴方豪"的豪情与"宜将大厦力支持"的理想；另一方面，刘淑也认识到明王朝在清军的军事碾压下已无力回天，"挥戈难止天边日""潜龙不再跃深渊"，因此她对这场败局已定的战争心生厌倦，以"闻道桃花源尚在，武陵我欲问渔津"表达自己对隐居生活的向往。但与此同时，刘淑又为自己的厌战遁世而感到愧疚，"报国深惭倦枕戈""愧唱刀镮勒马时"。面对内心的矛盾困扰，她开始向宗教寻找安慰和解脱："忠孝不须由吐纳，蒲团懒对月华明"，儒家正统的忠孝观与佛教内心修行似乎达成了某种和解；"翻身咄破虚无相，汤镬莲池两不更"则是刘淑勘破虚空后的执着。有别于男性文人塑造的沉默而刻板的女英雄形象，刘淑的自我书写展示了女性在进入完全不同于此前闺阁空间的战争场域时细腻复杂的感受，这改变了她的自我认同，也触发了她对历史和社会问题更深沉的思索，都在她后期的诗文中得以呈现。

三、性别·历史·书写：《个山集》与明清之际女性文学的新变

刘淑返乡隐居避祸的经历，在有关她的传记中或是完全省去或是一笔带过，但却是刘淑人生后期的重要阶段。她在这一时期完成了《个山集》的初步编订。在她的记忆和想象中，报国无门与性别定位隐然相连，历史书写与现实关怀互为映衬，呼应明清之际女

---

① 刘淑《感怀》《倚闾时章儿尚寄居倪府》《再赠彭嫂》《归来叔兄谐弟侄辈慨叹时事劝余卜居故里亦乐事也因吟》，王泗原《刘铎刘淑父女诗文》，人民教育出版社 1999 年版，第 230、226、279、253 页。

② 王泗原《刘铎刘淑父女诗文》，人民教育出版社 1999 年版，第 203 页。

③ 王泗原《刘铎刘淑父女诗文》，人民教育出版社 1999 年版，第 247~248 页。

性文学的新变。明清女性作家不再仅是文学的学习者和效仿者,她们开始积极与文学传统对话并参与创造新的文学意象、文体样式和文化维度。刘淑诗文中所建构的闺秀隐者的形象在男性文人的隐逸诗传统中融入了明清之际女性的新身份,而其能文女将的自我形象在女性文学中亦独树一帜。从闺房到战场再到山林,从女装到战袍再复归女装,性别认同的游移与其背后的空间、文化符码紧密相连,亦为思考个体的历史定位提供契机。

在《木平归》3 首中,刘淑依托 3 种不同类型男性文人的归隐书写塑造自我的隐士形象。① 其一"抱膝哦成山欲问,几声长啸寄归烟"追随魏晋名士的不羁姿态。其二"重理诗书入画廊"则突出传统文人充满雅趣的审美化的隐居生活。其三云:"寻岩觅径转山家,草意萧萧菊意花,农妇几人相慰问,依然聚首话桑麻。""菊""桑麻"是陶渊明归隐田园诗的典型意象,但以"农妇"替换了陶诗中常常出现的"农人"和"田父",隐含刘淑微妙的性别定位。明清易代之际出现的女隐士群体利用男性文人建构的"隐"的政治话语表达立场,在为隐逸诗增添新的性别维度同时,也拓展了女性的社会角色和文化身份。②

刘淑不仅以"隐士"这一传统意义上男性专属身份自居,并且多次在幻觉或梦境中看见自己身着战袍战靴的男性化形象。《口占寄右坡叔》8 首其二:"敲冰且自临渊照,照影犹疑著战靴。"③诗词中女子临水自照,常引发顾影自怜的情绪,但刘淑以"敲冰"武力得以"照影",触发的是对"著战靴"从戎征战的记忆。刘淑对于男性形象的认同与她报国理想密不可分。《偶成》8 首其二描述梦境中男装的她仍在为"勤王"事业而战马争驰,"征鞍乱洒将军血"。④ 然而,理想破灭后的刘淑只能在失望沮丧中恢复女性装扮。《图照自题》中她以"不复昔年铁甲擐,依然螺黛月眉弯"⑤这一鲜明对比明确表达了对男装英武形象的怀念与对女性自我形象的不满。性别认同的游移是性别的关联符码所导致的:男性战士的身份与报国建功相联系构成刘淑的理想自我,而重拾女装则是退出战场承认过往努力的徒劳和失败。《清平乐·菡萏》便是经历了明清易代的刘淑对个人干预历史的效力与意义的思索:"几年沥血,犹在花梢滴,流光初润标天笔,聊记野史豪杰。碧笺稿阅千章,拈来无那成行,散作一池霞雾,空余水月生香。"⑥"标天笔"以血为墨记录下野史豪杰,通过"千章""成行"的历史书写给予战争灾难以秩序和意义,但终究都幻化为"一池霞雾"。结句意味深长,"空"接前句之"散",豪杰干预历史的努力不过徒然,但"水月生香"这一佛教意象又暗示书写行为超越世俗存在的影响力。

正是基于对书写超越世俗的价值评判意义的确认,刘淑将手中彤管视为"聊记野史

① 王泗原《刘铎刘淑父女诗文》,人民教育出版社 1999 年版,第 271 页。
② 仕隐之选择历来只属于男性,女性既无仕的资格,隐便无从谈起,故而前代隐士世界是由男性主导的,其中偶然出现的女性身影不过是以"妻"的身份从夫而隐。明清鼎革之际,女性也开始通过隐者自命来表达政治立场,寄寓强烈的自我意识并获得了广泛的社会认同。同时,她们的隐逸书写以女性视角丰富了曾经专属于男性的隐逸文学。见楼含松、吴琳《"闺隐":明清之际知识女性的身份选择与价值认同》,《浙江社会科学》2016 年第 2 期,第 120～124 页;Haihong Yang, *Women's Poetry and Poetics in Late Imperial China: A Dialogic Engagement*, Lanham: Rowman & Littlefield, 2017: 29-54.
③ 王泗原《刘铎刘淑父女诗文》,人民教育出版社 1999 年版,第 251 页。
④ 王泗原《刘铎刘淑父女诗文》,人民教育出版社 1999 年版,第 271 页。
⑤ 王泗原《刘铎刘淑父女诗文》,人民教育出版社 1999 年版,第 276 页。
⑥ 王泗原《刘铎刘淑父女诗文》,人民教育出版社 1999 年版,第 354 页。

豪杰"的"标天笔"，试图记录下她耳闻目睹却被正史所忽视的美德懿行，尤其关注女性在易代战乱中对明王朝的忠诚与奉献：刘淑悼念两位城破殉节的守备夫人，颂扬她们"闺里英雄亦丈夫""楷模闺阁有仪型"。她褒扬助饷的徽女和兴兵的秦氏，认为她们的功绩可与画像绘于凌烟阁中的大唐功臣相提并论。她为青楼女子杨了玉写诗，指出杨了玉的死烈与"偷生客"的苟活形成鲜明对比，并进一步质疑历史书写的选择标准：难道这些"皓月丹心奕世辉"的女子仅仅由于其争议性的身份就应该被"班史素管"所忽视吗？① 书写不仅给予被书写对象以历史的公正，更赋予书写者的人生以"不朽"的超越意义。刘淑《病危》记其病榻弥留之际回顾平生志业，唯有在书写中找到了安慰："残骨寄将水火涯，唾壶为枕梦为家。三生呕尽杜鹃血，才种人天不谢花。"②刘淑并不关心即将消亡的久病"残骨"。世传王敦每酒后忧愤激昂，辄咏曹操《龟虽寿》，以如意击打唾壶，壶口尽缺。③"唾壶"典暗示刘淑至死难忘复明志向。"呕尽杜鹃血"既与国亡身死魂化为鹃的望帝相关联，又引发对唐代诗人李贺呕心作诗意象的联想。刘淑在这一绝笔诗中最终总结了自己生命的价值：她以三生不渝的忠魂与呕心沥血的书写在天人之际留下了不朽的意义。

四、余论：传统与现代之间

民国时期，刘淑《个山集》浮出地表，它的保存、流传与出版均得益于当地强大的士绅宗族势力，具体而微地体现了明清女性文学与家庭宗族之关联。经由晚清民国文人的话术操纵，刘淑及其《个山集》成为阐释解读"妇女问题"的案例，亦是彼时政治文化摇摆于传统和现代之间的绝佳注脚。

《个山集》在民国三年（1914）的刊刻梓行要归功于刘淑丈夫所属的安福王氏之后裔王仁照。王仁照早年曾加入维新派江标的湖南学使幕，回乡后主持吉安府师范学堂，引进西学进行教育改革。整理出版先祖刘淑的诗集，强调女性在文学创作与历史中的贡献，是王仁照力图在江西境内推广女子教育的重要举措之一，体现晚清民国文人在新时局中对家族文化资源的娴熟调度。王仁照作《校刻〈个山集〉缘起》记录访求、校勘以及出版刘淑手稿的过程。由于刘、王两族世代姻好，他得以从安福三社刘氏及其分支湘乡刘氏处搜集到 3 部《个山集》抄稿。刘、王两族是安福两大士绅宗族，世代联姻，掌控当地政治、经济和文化资源，是与清廷地方政府相互合作制约从而达到权力平衡的宗族势力。④正是这一强大地方宗族力量对保存"语涉违碍"的《个山集》起到了关键作用：四库馆开，他们并未应征献稿；权臣访求，他们拒绝交出原稿，只是有选择性地"录数十首"以复命。王仁照在《校刻〈个山集〉缘起》中提及其校订《个山集》毕，即将付梓却因资金周转问题而

① 刘淑《吊刘牧雨司马夫人》《吊刘牧雨李夫人》《徽女助饷秦氏兴兵》《为杨了玉死烈歌》，王泗原《刘铎刘淑父女诗文》，人民教育出版社 1999 年版，第 264～265、265～266、318～319、345 页。
② 王泗原《刘铎刘淑父女诗文》，人民教育出版社 1999 年版，第 291 页。
③（南朝）刘义庆著，徐震堮笺《世说新语校笺》，中华书局 1984 年版，第 326 页。
④ 从明初起，刘淑家乡安福县所在之吉安府就以进士及第人数之多闻名江西。吉安府士绅积极广泛参与公益事业，如开发水利、建设桥梁和渡口、实施约义、建立书院、进行讲学等，并以此巩固彼此之间的认同感，形成强大的地区势力。参见〔韩〕吴金成著，崔荣根译，薛戈校译《矛与盾的共存：明清时期江西社会研究》，江苏人民出版社 2018 年版，第 149～187 页。

"中缀",得"邑中好学士""阐发幽潜揄扬风雅之盛心,乐于襄赞"。① 考王仁照所附捐助人名单及捐资数目,其中安福刘、王族中亲友占捐资数目之大宗。该名单还列有"天足会(禁女子缠足团体)",透露王仁照与以妇女解放为宗旨的新政治团体的密切联系,以及刘淑在晚清民国"妇女问题"热议中的角色②。早在 1904 年,极具影响力的妇女杂志《女子世界》刊登柳亚子的《女雄谈屑》,记录包括刘淑在内的明末清初女子死烈及抗清事迹。刘淑事迹大致本于明清传记书写,但以"恢复中原,驱除异族"的晚清民族主义口号取代了刘淑忠君报国的初衷,并比之以西方女杰贞德,突出民族国家的概念。③ 晚清民国,西方女性生平大量被翻译引入中国,丰富了中国女性传记资料库④,并引发对女性在家庭、社会和国家中角色地位的讨论⑤。

　　处于古今中西交点的"妇女问题"之复杂性在 1934 年王伯秋《重印〈个山遗集〉序》中有所体现。王伯秋留学日本时即追随孙中山加入同盟会。民国时期他签名响应胡适《我们的政治主张》,并辞去国立东南大学政治经济科主任一职,全力投身政治改革。晚清以降,激进的文化与政治改革派对传统女学持全盘否定的态度,追求勇武、独立、关心并参与公共事务的"新女性"理想。⑥ 王伯秋正是以这一理想为模型重塑刘淑形象的现代性。《重印〈个山遗集〉序》分"在昔吾国女子流芳史册者"为"才多囿于翰墨"的闺秀和"德不出于中阃"的烈女,但刘淑却能超越旧式女子才德观的局限,"身历戎马,慷慨悲歌,毅然以复仇雪耻澄清天下为己任",实为"千古仅见之奇女子"。王伯秋希冀刘淑的事迹和诗文的流传可以"藉巾帼以励须眉,而一振闺阁远大纯正之志气"。⑦ 强调勇武的男性化气质既是延续 20 世纪初对闺阁文学的"狭隘阴柔"损害民族文化生气的批判,⑧也是应对 30年代日本加速亚洲扩张这一新时局的文化策略。⑨ 但与此同时,王伯秋以"忠孝节烈"总结刘淑的道德精神,认为只有通过提倡这种"民族固有之特性"方可拯救国家于衰乱之际,体现了处于中国"现代性转型"时期的晚清民国文人对传统话语的改造和再利用:王伯秋显然意识到儒家传统道德信念对于激励民众投身国家军事战备的效用。

　　明清文人为女性作传渐成风气,女性传记不仅数量增多且品类丰富,但这并不一定标示着男性撰者对女性传主生命历程的关注。在更多情况下,女性传记聚焦于女性形象

---

① 王泗原《刘铎刘淑父女诗文》,人民教育出版社 1999 年版,第 384～385 页。

② 关于维新派人士与不缠足运动的关系及该运动开启妇女解放之功,参见夏晓虹《晚清文人妇女观》,北京大学出版社 2016 年版,第 3～15 页。关于反缠足团体的活动、目标以及各种宣传方式,参见〔美〕高彦颐著,苗延威译《缠足:"金莲崇拜"盛极而衰的演变》,江苏人民出版社 2009 年版,第 49～53 页。

③ 柳亚子《女雄谈屑》,《女子世界》1904 年第 10 期,第 10～11 页。

④ 夏晓虹《晚清女性典范的多元景观——从中外女杰到女报传记栏》,《中国现代文学研究丛刊》2006 年第 3期,第 17～41 页。

⑤ 〔美〕季家珍著,杨可译《历史宝筏:过去、西方与中国妇女问题》,江苏人民出版社 2011 年版,第 71～83 页。

⑥ 梁启超及其追随者将妇女塑造为强国的重要支撑,并认为旧式教育对女性应对社会挑战毫无用处,完全无视明清闺秀及其所受的教育对维持整个家族在士人集团中的关键作用,这一态度与中国经由帝国到民族国家的转变密切相关。见〔美〕曼素恩著,罗晓翔译《张门才女》,北京大学出版社 2015 年版,第 174～177 页。

⑦ 王伯秋《个山遗集》,梅花书屋藏本 1934 年版,第 1～2 页。

⑧ Hu Ying, *Naming the First New Women*, Nan Nü, Vol. 3, No. 2 (2001):196-231.

⑨ Louise Edwards, *Women Warriors and Wartime Spies of China*, Cambridge:Cambridge University Press,2016:66-90.

的可塑造和可利用性:特定人生片段被放大或改写,重植于全新的语境中以回应男性书写者的社会政治认同及诉求。从明末至民国,刘淑传记在与不同时期历史叙事的一一对应中完成其形象典范意义的建构:刘淑的忠贞不屈之于明遗民的抗清斗争,刘淑的集传统女德于一体之于清政府重建儒家社会道德体系的政策,刘淑的诗文之于晚清女子教育的倡议,刘淑的为国从戎之于民国的"新女性"理想与30年代的军备需求。

　　刘淑的自我书写并不会大幅改变她的传记形象,但是却能跳脱出个人与王朝命运交叉的瞬间,给予个体人生历程更完整的呈现和更丰盈的解读。正是这种完整和丰盈将这一被无数次移植的形象放置回原始语境之中,赋予她对抗脸谱类型化叙事的主体力量:她精通儒学经典,深谙如何以权威话语合理化个人追求;她熟知持家之术,善于培养亲友间的感情,建立起一个包括宗族血亲与士绅闺友的巨大人脉网络;她见证并参与了易代历史,军事干预失败后的隐居生活让她思索反省性别与社会身份的关联,以及个体生命的历史定位。刘淑的书写正是在其人生轨迹的展开中记录自己的所见、所思、所感,从而形成了以女性个体视角诠释历史的另类"诗史"。

桐城三祖与文人私传

刘　畅*

　　摘　要:桐城三祖作为不居史职的文人,其传记文创作比较有特色和价值。他们对于文人私传的观点修正了顾炎武提出的"不当作史之职,不为人立传"的论点,强调文人私传的"补史"作用。这一观点既有利于改变明末私传的应酬之风,又体现了桐城三祖的尊史意识和维护正史列传权威性的主张。从明清时代背景出发,以文人私传论点流变情况为基础考察桐城三祖的"补史"观点,可以一窥正史列传和文人私传之间私人话语对官方权力的妥协和官方权威对私人话语的让渡关系,以及中、西传记文的创作差异,从而深化认识我国古代的传记文学。

　　关键词:桐城三祖;文人私传;补史;官方权力;私人话语

　　桐城派是清代延续时间最长,影响最大的古文流派。桐城三祖作为桐城派的奠基人,在古文理论、各体创作等方面为桐城派的发展打下了基石。传记文作为桐城三祖比较有特点和艺术价值的文体,历来对其关注多集中于人物塑造、艺术手法和继承革新等方面。但有一个基础问题处于被忽视的状态,就是桐城三祖对于不居史职的文人创作传记文即文人私传的态度问题。那么文人私传是如何产生演变的? 文人私传又有何存在的价值? 桐城三祖身为不居史职的文人创作了大量的传记文,他们如何看待文人私传?本文拟从桐城三祖对文人私传的态度问题切入,以时代氛围为背景,以私传的流源情况为线索进行考察,可为认识官方权力与私人话语的关系提供一种新的角度,也可认识到中、西传记创作观念的不同,从而加深对我国古代传记文理论的理解。

一、文人私传论点的流变情况

　　所谓文人私传是一个相对于正史传记的概念。文人私传是指不居史职、不做史官的文人以私人身份创作的符合正史列传体例的单行传记文。

　　纪传体正史以西汉《史记》的诞生为标志,东汉则有《汉书》,所以文人私传和正史列传的区分也自汉末开始。汉末魏晋时期出现了大量别传,《隋书·经籍志》中的杂传类是最早收录别传的。《三国志》《世说新语》《北堂书钞》《艺文类聚》《太平御览》等中都收录有大量的别传,如收录于《三国志》中《赵云别传》,收录于《世说新语》中的《嵇康别传》等。这一时期文人文集中也有此类传记文的创作,如陶渊明集中的《孟嘉传》和自传性质的《五柳先生传》等。据逯耀东在《魏晋别传的时代性格》中的统计,这一时期的别传数目达211种之多[①]。

　　*　刘畅,文学博士,青岛大学文学与新闻传播学院讲师,主要从事元明清文学研究。
　　①　逯耀东《魏晋别传的时代性格》,《魏晋史学是思想与社会基础》,中华书局2006年版,第71~97页。

至唐代,"私传"这一称呼被正式提出,刘知几在《史通·烦省》中首提"私传"之称:"降及东京,作者弥众。至如名邦大都,地富才良,高门甲族,代多髦俊。邑老乡贤,竞为别录;家牒宗谱,各成私传。"①自刘知几后私传之名被沿用下来。明初的宋濂,清代的沈德潜、毛奇龄、章学诚、王芑孙等都在文章中在与史传相对意义上使用了"私传"之名。唐代开始出现与正史传记相对的私传这一概念,恐怕是缘于唐代的修史环境。唐代官方史学极为发达,纪传体史书定于一尊。唐太宗李世民设馆修史,国史制度确立。唐初编修的纪传体正史就有《晋书》《隋书》《周书》《梁书》《陈书》《北齐书》《南史》《北史》8 部史书,占了我国二十四史的 1/3。如此发达的正史编修的影响下,不仅私传正式定名,而且由于朝廷对修史的干预,文人私传数量较少且有游戏化倾向。顾炎武指出:"《毛颖》《李赤》《蝜蝂》则戏耳而谓之传,盖比于稗官之属耳。"②唐代韩愈的《毛颖传》、柳宗元的《李赤传》《蝜蝂传》等都是借"传"之名以阐发作者的观点。而符合史传体例和写法的《段太尉逸事状》却不以"传"名,是因为作者柳宗元不居史职,"若段太尉则不曰传,曰'逸事状'。子厚之不敢传段太尉,以不当史任也。"③宋元仍沿袭唐代的传统,文人少作此类传记文,即便以"传"命名之篇也多为游戏之作。就拿宋代的苏轼来说,以"传"命名的有 11 篇,其中有 6 篇为游戏之作。

明代这种风气得到转变。明代商品经济发展,文化出现下移,市民、乡绅阶层壮大,这些人没有入史资格,但是他们本人尤其是子孙,希望能将自己或者先人的生平事迹记录下来以传后代,这就出现了大量请作的传文。当时文人以私人身份为请作者或其家属创作传记文成一时风气。明代吴讷指出:"厥后世之学士大夫,或值忠孝才德之事迹,虽微而卓然可为法戒者,因为立传以垂于世。"④。李开先在《何大复传》中也说明了请作成风的原因为"关中王渼陂、李崆峒、康对山、吕泾野、马溪田,河南何大复同以文章命世,为人作传状碑志,可因而耀今信后"。⑤ 但是正因为是请作的应酬之文,这一时期的上乘之作并不多,尤其是明末多流于应酬客套。冯时可《雨航杂录》曾记载了当时人对这类应酬请作传文的评价:"前见徐叔明云:'王元美为人作传志,极力称誉,如胶庠试最,乃至微细事,而津津数语,此非但汉以前无是,即唐宋人亦无此陋识。'"⑥针对这一现象清初人们开始了对文人是否能创作私传的讨论。钱谦益本人虽有私传作品,但他明确表示"平生不为人作传"⑦,因为为应酬请作而作的私传非史法,这样的私传会影响这一文体的专门性和权威性,"余尝以谓今人之立传非史法也,故谢去不为传"。⑧ 顾炎武则表示作"传"属于

① (唐)刘知几著,(清)浦起龙通释,王煦华整理《史通通释》卷 9,上海古籍出版社 2009 年版,第 246 页。

② (清)顾炎武著,(清)黄汝成集释,栾保群、吕宗力校点《日知录集释》卷 19,上海古籍出版社 2006 年版,第 1106 页。

③ (清)顾炎武著,(清)黄汝成集释,栾保群、吕宗力校点《日知录集释》卷 19,上海古籍出版社 2006 年版,第 1106 页。

④ (明)吴讷、(明)徐师曾著,郭绍虞主编《中国古典文学理论批评专著选辑:文章辨体序说·文体明辨序说》,人民文学出版社 1959 年版,第 49 页。

⑤ (明)李开先《李中麓闲居集》卷 11,李开先著,卜健笺校《李开先全集》,上海古籍出版社 2014 年版,第 607 页。

⑥ (明)冯时可《雨航杂录》卷上,景印《文渊阁四库全书》,第 867 册,台湾商务印书馆 1986 年版,第 336 页。

⑦ (清)钱谦益《牧斋初学集》,上海古籍出版社 2009 年版,第 1548 页。

⑧ (清)钱谦益《牧斋初学集》,上海古籍出版社 2009 年版,第 1537～1538 页。

史家之职,文人不应该作"传"文:"列传之名始于太史公,盖史体也。不当作史之职,无为人立传者。……韩文公集中传三篇:《太学生何蕃》《圬者王承福》《毛颖》。柳子厚集中传6篇:《宋清》《郭橐驼》《童区寄》《梓人》《李赤》《蝂蝂》。《何蕃》仅采其一事而谓之传,王承福之辈皆微者而谓之传,《毛颖》《李赤》《蝂蝂》则戏耳而谓之传,盖比于稗官之属耳。若段太尉则不曰传,曰'逸事状'。子厚之不敢传段太尉,以不当史任也。自宋以后,乃有为人立传者,侵史官之职矣。"①这是对"传"这一文体的权威性的重申。钱谦益和顾炎武对晚明文人"传"文泛滥且质量不高的风气进行了反拨,体现了他们的尊史意识。

二、桐城三祖对文人私传的看法

在明末文人私传流于敷衍客套、应酬僵化,明清有识之士对文人私传批判否定的背景下,方苞、刘大櫆、姚鼐也表达了自己的观点。

方苞对顾炎武的"不当作史之职,无为人立传"进行了一定的修正,认为:"家传非古也,必厄穷隐约,国史所不列,文章之士乃私录而传之。"②方苞的这个观点看似是对顾炎武观点的补充,其实将文人作传抬高到了补充正史传记的高度,是对文人所作传记价值和作用的肯定。顾炎武认为的不"侵史官之职"的传记文如《毛颖传》《蝂蝂传》《郭橐驼传》等其实是"稗官之属",近似于小说家之言,和正史列传完全是两回事;而方苞认为国史不列的文人私录的传文则是基本要符合史传创作体例的。自唐创立国史制度后历代对入史人物的身份、条件等要求都比较严苛,即便是社会上层的达官权贵也非人人都可入史,所以方苞所说的"厄穷隐约,国史所不列"之人其实范围非常广,绝不是字面上看似的社会下层人。方苞的这一观点也得到了一部分人的拥护,如王芑孙在《故知县朱君继妻蔡孺人家传》中说道:"余惟私传之作,将以补史臣之阙。盖谓奇节伟行,有宜书而不见书者则传之。"③王芑孙将方苞没有直言的文人作传以补史的观点明确阐发出来。

方苞还认为文人作传的"补史"作用不仅在于补充记载正史记录不到的人、事,还在于纠正正史的一些偏颇之处。方苞在《书杨维斗先生传后》中指出在《明史》已有记载的情况下,方苞仍作传文是因为"逐秉谦吕、钱之义,与泾阳之显明臧否,至今为淫辞所蔽晦,故表而出之"④,因为《明史》存在记载不清的地方。方苞甚至还认为即便正史记载过的人物,也可以另作单篇传记文来补充发表评论和感慨。在《书卢象晋传后》中,方苞明确表示"正史既具",但对于卢象晋"请效死边外,而当轴者始欲致罚"⑤的遭遇有所"窃叹"而为此传文。

刘大櫆注意到传这种文体对传主身份的特殊要求。刘大櫆的原话在现存的刘大櫆集中已找不到了,但姚鼐在《古文辞类纂·序目》中引用了刘大櫆的这一观点:

刘先生云:"古之为达官名人传者,史官职之。文士作传,凡为圬者、种树之流而已,

---

① (清)顾炎武著,(清)黄汝成集释,栾保群、吕宗力校点《日知录集释》卷19,上海古籍出版社2006年版,第1106页。

② (清)方苞著,刘季高校点《方苞集》,上海古籍出版社1983年版,第138页。

③ (清)王芑孙《惕甫未定稿》,《清代诗文集汇编》,第442册,上海古籍出版社2010年版,第397页。

④ (清)方苞著,刘季高校点《方苞集》,上海古籍出版社1983年版,第122页。

⑤ (清)方苞著,刘季高校点《方苞集》,上海古籍出版社1983年版,第119页。

其人既稍显，即不当为之传；为之行传，上史氏而已。"①

刘大櫆注意到为"稍显"之人即"达官名人"所作的史传和为"圬者、种树之流"而作的私传的区别，也注意到传与行状等文体的差别。虽然刘大櫆赞同顾炎武的文人私传只为"圬者、种树之流"而作，身份"稍显"就只能为其作以行状等的观点，但在实际创作中如果他发现史传存在缺失，仍会作传来补史之阙，如他的《郑之文传》，为一位"功著海上"的武将所作，他在文末指出："余谓传者，史官之职也，余不可以侵其官。而用牧以国史所书，为里巷之人所不见，终以请，聊为述之如此。"②虽然不想侵史职，但是为了补史仍作此传，说明刘大櫆已在实践中继承方苞的观点，还是突破了顾炎武"不当作史之职，无为人立传"的观念。

姚鼐则指出了方苞、刘大櫆和顾炎武对文人作传看法存在差异的原因，并延续方、刘的补史观点。姚鼐在《古文辞类纂》中首先赞同自己引用的刘大櫆的观点：

> 余谓先生（按：指刘大櫆）之言是也。虽然，古之国史立传，不甚拘品位，所纪事犹详。又实录书人臣卒，必撮序其生平贤否。今实录不纪臣下之事，史馆凡仕非赐谥及死事者，不得为传。乾隆四十年，定一品官乃赐谥。然则史之传者，亦无几矣。余录古传状之文，并纪兹义，使后之文士得择之。③

姚鼐认同刘大櫆的看法并由刘大櫆的话引入，而后以"虽然"转折，比较了古今入史人物遴选标准的差异。"古之国史立传"范围广，不拘于人的身份地位。而现在标准严格，只有"赐谥及死事者"才有资格入史。史传入选的标准变了，那么文人作传也应相应做出调整，从原来的游戏之作或者为底层"微者"作传而扩大范围，涵盖更多被史传排除在外的没有资格入史的人物，这样才能真正发挥这类传记文的补史作用。姚鼐的观点继承方苞并立足于当时国史列传的实际遴选情况。姚鼐也明确表示文人作传有重要的补史价值，不可废除，"唐时凡入史馆者，必令作名臣传一，所以觇史才。今史馆大臣传，率抄录上谕吏牍，谓以避党仇誉毁之嫌，而名臣行绩，遂于传中不可得见。然私传安可废乎？"④同样在古今作史情况的对比中，姚鼐明确指出当今的政治形势和社会弊病会影响国史的记载，这就更加需要文人作传来发挥补史的作用，以弥补正史传记的不足甚至纠正正史传记的谬误。同时姚鼐还对当时史职人员的史学素养和正史传记的质量表达了怀疑和担心，"世推良史，何尝以其职哉？自是之后，居史职者，往往属诸上车不落之才，而具史才者，不得居其职，是亦多矣。"⑤有史才的人当不了史官，而勉强能登上仕途不落选的才学不精之人反而可以居史职，这种现象从魏晋南北朝时期便已出现，在这种情况下，怎么会不需要文人作传来"补史"呢？

在理论上桐城三祖方、刘、姚之间一脉相承又有所发展，但在实际创作中，三人存在一些差别。方苞以"传"命名的文章有 17 篇，除《明史无任丘李少师传》中的传主有一定

① （清）姚鼐《古文辞类纂·序目》，崇文书局 2017 年版，第 2 页。
② （清）刘大櫆著，吴孟复标点《刘大櫆集》，上海古籍出版社 1990 年版，第 165 页。
③ （清）姚鼐《古文辞类纂·序目》，崇文书局 2017 年版，第 2 页。
④ （清）姚鼐著，刘季高标校《惜抱轩诗文集》，上海古籍出版社 1992 年版，第 312 页。
⑤ （清）姚鼐著，刘季高标校《惜抱轩诗文集》，上海古籍出版社 1992 年版，第 254 页。

的社会地位外,其他篇均为社会中下层人物,即便是《明史无任丘李少师传》虽以"传"名,但主要以阐发论点为主,在《方苞集》中也归于"杂文"类。而对地位显赫之人,方苞则多以逸事记之,如《左忠毅公逸事》《高阳孙文正公逸事》等。刘大櫆文集中以"传"名的有 34 篇,有社会下层人物如《乞人张氏传》,也有知县、通判等虽为官员但地位并不显赫、没有入史资格的人,如《偃师知县庐君传》《松江府通判许君传》等。姚鼐编纂的《古文辞类纂》"传状类"中,唐宋八大家以下收录有归有光的"传"5 篇,方苞的"传"2 篇,刘大櫆的"传"3 篇,均为社会下层人物。在姚鼐的文集中有 22 篇"传",其中的《礼恭亲王家传》和《方恪敏公家传》,一篇为亲王所作,一篇传主方恪敏公官至总督加太子太保,都是当时处于社会上层,身份地位显赫之人。姚鼐为他们作传是对顾炎武强调的"微者"原则的打破,相比方、刘为社会中下层人作传又更进一步扩大了文人作传的收录范围,进一步发挥了其补史作用。

　　方苞、刘大櫆、姚鼐从对文人作传的看法到实践都在一步步摆脱唐人近于小说家的"游戏"之传,同时因为他们将文人作传视为补史之用,也一定程度纠正了晚明应酬请作之传的敷衍客套之风。三祖中,方苞首先表示要扩大文人作传的收录范围,以起到补史的作用。刘大櫆的言论只有姚鼐记载下来的,基本延续了顾炎武"不当作史之职,无为立传"的观点。但是,刘大櫆在创作中在践行方苞的观点,甚至相比方苞,将文人作传的收录范围又扩大了一些,扩大到社会上的普通官员。到姚鼐,他对于文人作传问题表达得最为明确。姚鼐解释了要扩大文人作传的收录范围的原因是因为古今史传的收录范围有变化,而且当时史官作传存在弊病,指出了在这样的情况下文人作传具有不可替代的补史作用,并且将社会上层人物拉入文人作传的书写范围中。总之,桐城三祖都重视不居史职之文人创作的传记文的补史作用。

三、余论

　　桐城三祖对顾炎武的观点进行修正,提出以私传补史的论点是与当时统治者的观点相契合的。乾隆年间刊行的《御选唐宋文醇》,康熙和乾隆二位皇帝均作有御评,此书是统治者文艺导向的体现。其中卷 2《圬者王承福传》后有评语云:"史有二:记事,记言。《左传》记事也,《国语》记言也。韩集私传二,《何蕃传》记事也,《王承福传》记言也。其言有足警鄙夫之事君,明天之不假易,而民生之不可以偷,则不可以无传也。然而国史之所不得载,则义得私立传也。"①从书中可见清朝统治者肯定文人私传的补史作用。方苞、刘大櫆、姚鼐的私传补史观,是对统治者观点的拥护,虽为私传争取到了一定的地位,但其实是对正史权威的一种变相尊崇。只有在正史列传所忽略或者不得记载的地方才有文人私传的生存空间,正如《御选唐宋文醇》中云:"国史之所不得载,则义得私立传也。"关于文人私传的争论其实是私人话语对官方权力的妥协和官方权威对私人话语的让渡。

　　自正史列传出现以来,文人私传就与其有着对立统一的关系。文人私传从一种自发的创作到被广泛关注,最后成为争论的焦点。这主要是因为我国的古文作为一种文体自

---

　　① 　清高宗御选,允禄等编《御选唐宋文醇》卷 2,景印《文渊阁四库全书》,第 1447 册,台湾商务印书馆 1986 年版,第 152 页。

来便与政治有着密切的关系。它与小说、诗歌、戏剧等文体不同，从起源上便是一种实用文体。如诏、册、书、表等都是与政令颁布、建言建议相关的文体。就拿我国第一部纪传体通史《史记》来说，其创作目的，司马迁在《报任安书》中表示是要"究天人之际，通古今之变，成一家之言"，是为了通过记叙以往的历史事件"稽其成败兴坏之纪"。之后的史传书写更是离不开统治者的干预。刘知几在《史通》中就记载了自己参与修国史时，每逢与监修贵人观点相左"凿枘相违，龃龉难入"，都只能"依违苟从"①，屈从于统治意志的代表。因为古文这种文体与政治的密切关系，特别是正史列传的编修受到统治者的控制，所以文人私传只能在夹缝中求得发展空间，文人私传的创作也成为一种对正史传记权威性的试探，与政治有关，是私人对官方话语权的征求。这也导致了我国传记文与西方传记文学的差异。西方传记文很早就与史学分开，发展成为独立的文体，而在我国文人私传不仅长期受到官方史学的影响，还有来自政治的压力。汪荣祖曾说："西人史传若即若离、和而不合。传可以辅史，而不必即史。传卒能脱颖而出，自辟蹊径，蔚为巨观矣。包斯威尔传乃师约翰逊之生平，巨细靡遗，栩栩如生，煌煌长篇，俨然传记之冠冕也。反观吾华，《史》《汉》而后，绝少创新，殊乏长篇巨制，类不过千百字为一传。……虽以纪传为正体，独乏包斯威尔传人之大作，抑传为史体所囿欤？""明人有'传乃史职，身非史官，岂可为人作传'之说，包斯威尔固非史官也，宜乎明人之无包斯威尔也。"②我国的传记文遵循一定的行文规范，篇幅较短小，难以像西方传记文一样"自辟蹊径，蔚为巨观矣"。文人私传或以游戏笔法写成，或补充记载无法入史的小人物，这也容易给人留下我国"没有崇拜伟大人物的风气"③的误解。所以正确认识并理解我国的传记文，文人私传观点的演变以及影响是一个不可忽略的问题。

① （唐）刘知几著，（清）浦起龙通释，王煦华整理《史通通释》卷10，上海古籍出版社2009年版，第270页。
② 〔美〕汪荣祖《史传通说》，中华书局1989年版，第97～98页。
③ 胡适《南通张季直先生传记序》，《胡适全集》（第3册），安徽教育出版社2003年版，第780页。

杜堮《十研斋杂识》对杜甫文赋之评点

孙　微*

摘　要：清道光间杜堮在《十研斋杂识》中对杜甫文赋进行了集中评点，这在杜甫文赋评点史上是较为稀见的文献材料。由于秉持诗文等同的通脱观念，杜堮对杜甫文赋之评点能突破世俗之论，对杜甫文赋的思想及艺术价值给予了前所未有的高度评价，这在整个杜诗学史上都是不多见的，对于推尊杜甫文赋的地位做出了重要贡献，因而成为杜甫文赋评点史上极为重要的一环。不过杜堮对杜甫文赋的解评中也存在一些不易察觉的错误，表明其对杜甫的家世生平尚缺乏全面深入的了解。

关键词：杜堮；《十研斋杂识》；杜甫文赋；评点

杜堮(1764—1859)，字次厓，号石樵，山东滨州人。嘉庆六年(1801)进士，改庶吉士。次年授编修。嘉庆二十年(1815)提学顺天。嘉庆二十四年(1819)升礼部侍郎。道光元年(1821)放浙江学政。道光十六年(1836)病免。道光二十九年(1849)加太子太保。咸丰二年(1852)，晋礼部尚书衔。咸丰八年(1858)卒赠太傅，谥文端。著有《遂初草庐诗集》《遂初草庐札记》《石画龛论述》等。

杜堮对杜甫诗文的评价主要见于《石画龛论述》之《十研斋杂识》及《恩余录续补》，收录于《四库未收书辑刊》9辑14册，其中《十研斋杂识》对杜甫文赋进行了集中评点，这在杜甫文赋研究史上是少见的文献材料，值得学界的关注和重视。鉴于杜堮《十研斋杂识》的评杜材料较为稀见，兹将这些评语先行纂录整理，然后再对其评语特色及其倾向加以分析。

一、杜堮《十研斋杂识》之杜甫文赋评语辑录

总评曰：唐试士用赋，而少陵无之，岂其才大、不屑屑于此耶？抑其时尚未著为功令耶？本集所载献进赋数首，可谓天下奇才。若在开元之初天子求贤、群臣举士，必合收录，其所表见，必不止于此，惜乎子不遇时，古今同慨，岂非其命与？今录其文，欲与知文者共欣赏云之，亦以论其世云。

评《雕赋》《进雕赋表》曰：按《年谱》，少陵进此赋在天宝九载。少陵自负异才，又目击时事，热肠局外，而耻于干谒，故欲自逢于君，期得进用，以效其万一。结处意指宰相非人，一可见矣。明皇极意声色，宴游无度，政在私门，谗谀并进，布衣抒忠，不见省录，固其宜也。其赋奇逸沉警，旷古无俦，自比扬雄，其实《羽猎》《长杨》讽一而劝百，所谓曲终奏雅，视少陵之劲气直词，相去远矣。(《元命苞》：瑶光星散为鹰。)历言鹰之有用，而末以不

＊　孙微，山东大学儒学高等研究院教授，博士生导师，主要从事唐宋文学研究。本文为山东大学人文社科研究项目"杜甫文赋研究"(IFWF2003)的阶段性成果。

见其用结之。少陵称太白自负"笔落惊风雨,诗成泣鬼神",实自道,信不虚也。燕许对此,生气尽矣。

评《朝献太清宫赋》曰:明皇追祖老子,号玄元皇帝。天宝二载,加号太圣祖。太清宫,盖祀老子也。九载,处士崔昌上言,国家宜承汉统,以土代火,周、隋皆闰位,不宜以其子孙为二王。上乃命求殷周汉后为三恪,废元魏后,周、隋后。

评《朝享太庙赋》曰:骈俪繁富,自极疏宕,雄奇之致、惊人之句,随笔横出,洵足高视百代,压倒时流,太白犹避三舍,何有余子!

评《有事于南郊赋》曰:雄才鸿文,无范者矣。《三大礼赋》进于天宝十载者,明皇奇之,即欲与官,而为杨国忠所抑,第令集贤院考试文章,送吏部铨叙。少陵自云"独耻事干谒",自李林甫为相,以立仗马一鸣即斥,劫制群臣,在庭无不箝口矣。少陵宁投延恩匦,自达于天子,必不为曳裾扫门之事,其立身本末可知。且其表《进雕赋》尚自言穷困,称述先臣,冀天子哀怜之意,既不见省,今表并此意无之,其自守之节,尤可知也。

评《封西岳赋并序》曰:赋亦雄奇峻削如太华,卓立参昴,不可攀陟,视《三大礼》又变一格,才大者自不可方物也。按,延恩匦,则天时以铜为匦,置门左右,献文字、求官爵者投之。少陵此赋,献于天宝十三载之冬。时杨国忠守司空,而《表》内有"岳授元弼"语,详观其意,下接"斯又不可寝已",盖登封大事,必咨之宰相。少陵既劝封岳,则恐当事沮格,故于《表》中著此语,若曰宰相亦不当寝其议云尔。耳食者流,不求其端,不讯其末,辄用为口实,甚矣! 其不足与知人,不可与古道也。

前人所未经道,后人所不敢为,此真奇文矣。然共欣赏则难,以知之者少也。知之者代不数人,然未尝竟无知者,若余年八十余,犹手钞而潜玩者,则未知前乎我之尚有何人耳。

真古真奥,旁魄而宏衍,瑰玮而奇崛,及细寻其脉络,未尝不珠联而绳贯也。自是之后,昌黎氏作,学者宗之,遂有八家之规矩绳墨,谈古文者,不复识此门径矣。海滨逸叟再书。

道光甲辰、乙巳间,为孙辈写巾箱律赋,由唐而前溯梁、后至宋,盖皆为律体,辨其源流。续以本朝前辈之作,著其定式,总以班氏"赋者,古诗之流"为标准。仍欲为钞汉及六朝之作,令悉其体裁气韵,庶几发其古泽,而尚未暇也。因思少陵献赋,本是家传,虽不可漫附华胄,而既同出伊祁,亦岂能自外于末裔也。遂以荒耄之年,手录进献五赋,亦欲我后人子力于文章,以见其传之有自云尔。余于乾隆五十五年献赋于泰山行在,因得会试礼部,入翰林,官至少宰,督学京畿两浙,实受三朝恩遇,视昔人则际会过之远矣,岂不以其时哉! 因论少陵之世,尤不胜感慨云。

评《祭故相国清河房公文》曰:少陵以诗名,文附本集后,仅两卷,大抵皆从血性流出,不以字句为工,而字句之工,卒亦无能及者。余则读少陵之诗,亦如其文,文亦如其诗也。沉郁顿挫,豪宕感激,八字尽之矣。然千余年来,竟无两也,逸叟又识。

评《东西两川说》曰:意在诸羌分属党各属,而统以汉将,其末归于散兼,并择委任,指画情势,如烛照数计,此岂文士词人胸中所有耶? 公之安边大略,可见于此矣。

评《为华州郭使君进灭残寇形势图状》曰:此献策灭贼,欲诸军掎角互进,盖劝及时进讨,留贼一日,则官军之胜负不可知,大势之得失不可必也。奈何诸将拥兵坐守,令贼焰愈张,遂有九节度溃师之事。少陵为华州进状,盖实虑及此,惜时之不见用也。录此二首,又以见其经济之大,实有裨于时,而终身不遇,卒迁徙流寓于楚蜀湘汉以死,为可悲也。公既沦落,惟以诗名著,世颇能言其诗,而不知其文,故特钞存手笥,备不时欣赏云。大抵少陵忠孝之性,郁勃于中,忧时伤乱,触处便发,诗也、赋也、文也,未尝有别。世人之论,正所谓管窥天、蠡测海,岂有当哉! 诸家注解评释,有只堪付之一笑者,不暇与之详辩,浪费笔札也。

评《唐故德仪赠淑妃皇甫氏神道碑》曰:明皇只为不能正家,宫闱之中,更衰迭盛,自开元之时而已然矣。至一日而杀三子,古所未有,祸惨至此,曾不觉悟,卒令女谒日盛,谗夫日昌,大乱忽来,仓皇出走,后宫尽陷于贼,尚忍言哉! 少陵虽未(不敢)指斥,而开手数行,直陈古义,明皇之失,已在隐跃之间。诚如所云,则正家以正国正天下,何至于此? 又可以知少陵学问之纯,自许稷契,良不诬也。余观注杜诸家,从未推论及此,亦可知知人论世之难矣。篇中叙淑妃之德及鄂王之死,隐约深厚,文体宜尔,而其忠爱蕴结,即可想见。因此知不论世不可以知人,不知人亦必不能诵其诗、读其书也。孟子之言,正当反覆观之,其义乃见明耳。正不解世人略观大致便下断语,如何鹘突乃尔也!

评《唐兴县馆记》曰:清深古异备尽,形容曲折,绝无经营结构之痕,要自深厚磅礴中流出,海涵地负中无所不有,那得不独绝千古耶! 少陵既以诗鸣世,多论其诗,而不复言其文,故余钞而评之,以庶几于论世知人之义。余之论辩古人,惟于诸葛公最详,次则少陵,非敢漫托知己,能发幽潜也,亦欲后人好学深思,心知其意,如太史公,乃不负为读书之人耳。不然,虽万卷何益焉?

评《追酬故高蜀州人日见寄诗序》和《观公孙大娘弟子舞剑器行序》两序云:按,诗之有序,始于《诗传》小序,自汉以来,作者多有之。或叙其事,或述其意,皆只寥寥数语。至少陵拓其境界,笔墨神奇,如龙伸蠖屈,曲折生动,独雄千古。录此两条,以见其概云。并钞原歌行,亦恰合"浏漓顿挫""豪宕感激"八字。[①]

二、杜堮《十研斋杂识》之杜甫文赋评语解析

(一)杜堮推尊杜甫文赋之原因分析

杜堮为何要抄录杜甫文赋并加以解评呢? 其评《封西岳赋并序》云:"道光甲辰、乙巳间,为孙辈写巾箱律赋……遂以荒耄之年,手录进献五赋,亦欲我后人子力于文章,以见其传之有自云尔。"[②]可知杜堮这些评语的撰写时间为道光二十四年至道光二十五年(1844—1845)。道光二十四年,杜堮已是 81 岁的老翁,其抄录杜甫文赋的主要目的当是为了教育孙辈后人。

清代大部分文人都沿袭着宋以来杜甫"无韵之文不工"的观念,对杜甫文赋持较为轻视的态度,而杜堮却独能摆脱这种世俗的偏见,在《十研斋杂识》中对杜甫文赋极为推尊。如评《封西岳赋并序》曰:

① (清)杜堮《石画龛论述·十研斋杂识》,《四库未收书辑刊》9 辑 14 册,北京出版社 1997 年版,第 161～184 页。

② (清)杜堮《石画龛论述·十研斋杂识》,《四库未收书辑刊》9 辑 14 册,北京出版社 1997 年版,第 175 页。

前人所未经道,后人所不敢为,此真奇文矣。然共欣赏则难,以知之者少也。知之者代不数人,然未尝竟无知者,若余年八十余,犹手钞而潜玩者,则未知前乎我之尚有何人耳。①

又评《为华州郭使君进灭残寇形势图状》曰:

公既沦落,惟以诗名著,世颇能言其诗,而不知其文,故特钞存手笥,备不时欣赏云。大抵少陵忠孝之性,郁勃于中,忧时伤乱,触处便发,诗也、赋也、文也,未尝有别。世人之论,正所谓管窥天、蠡测海,岂有当哉! 诸家注解评释,有只堪付之一笑者,不暇与之详辩,浪费笔札也。②

他还在《唐兴县馆记》的评语中说:"少陵既以诗鸣世,多论其诗,而不复言其文,故余钞而评之,以庶几于论世知人之义。"③可见杜墱注意到历代杜甫接受中只知其诗、不知其文的偏颇,他认为杜甫"忠孝之性,郁勃于中,忧时伤乱,触处便发,诗也、赋也、文也,未尝有别",因此专门抄录杜甫文赋,除了以备欣赏之外,还是为了更加彻底地贯彻知人论世原则,从而深入了解杜甫的文学成就。应该说杜墱这种认识是超越时代的,正是由于他对文赋的重视,初步改变了杜甫文赋一直被忽略的状况,当然也丰富了杜甫文赋接受与阐释史的内容。

另外,杜墱推崇杜甫文赋,和其自身曾献赋帝王的亲身经历也有关系。其于《封西岳赋并序》评语中云:

余于乾隆五十五年献赋于泰山行在,因得会试礼部,入翰林,官至少宰,督学京畿两浙,实受三朝恩遇,视昔人则际会过之远矣,岂不以其时哉! 因论少陵之世,尤不胜感慨云。④

杜墱乾隆五十五年(1790)献赋行在为乾隆帝所赏,得以因缘际会,飞黄腾达,先后受到三朝荣宠,故而较之于他人而言,他对献赋有更加深刻的亲身体会。因此,他才会特别关注杜甫献赋之事,并对其献赋不遇的坎坷经历产生深切的同情与感慨,这应是其抄评杜甫文赋的自身动因之一。

占如默还指出:杜墱对杜文的褒扬态度可能是受到了张潉的影响,其对杜文之评语与张潉之解评非常接近,甚至有极为相似之处。⑤ 将二人评语进行比较后可以发现,杜墱的杜文评语确实与张潉之解评存在着渊源关系。如张潉评《朝享太庙赋》曰:"骈丽繁富中有朴茂之致,胜宋人多矣。"⑥杜墱评曰:"骈俪繁富,自极疏宕,雄奇之致、惊人之句,随笔横出,洵足高视百代,压倒时流,太白犹避三舍,何有余子!"⑦又如张潉评《为华州郭使

① (清)杜墱《石画龛论述·十研斋杂识》,《四库未收书辑刊》9 辑 14 册,北京出版社 1997 年版,第 176 页。
② (清)杜墱《石画龛论述·十研斋杂识》,《四库未收书辑刊》9 辑 14 册,北京出版社 1997 年版,第 179 页。
③ (清)杜墱《石画龛论述·十研斋杂识》,《四库未收书辑刊》9 辑 14 册,北京出版社 1997 年版,第 184 页。
④ (清)杜墱《石画龛论述·十研斋杂识》,《四库未收书辑刊》9 辑 14 册,北京出版社 1997 年版,第 176 页。
⑤ 占如默《明清"非杜"批评研究》,西南大学博士学位论文 2020 年版,第 248～249 页。
⑥ (清)张潉著,聂巧平点校《读书堂杜工部诗文集注解》,齐鲁书社 2014 年版,第 1411 页。
⑦ (清)杜墱《石画龛论述·十研斋杂识》,《四库未收书辑刊》9 辑 14 册,北京出版社 1997 年版,第 171 页。

君进灭残寇形势图状》曰:"遣帅分兵,犄角互进,算无遗策,谁谓公不长于经济。"[①]而杜堮评曰:"此献策灭贼,欲诸军犄角互进……以见其经济之大,实有裨于时。"[②]经比较后可以发现,杜堮之评确实对张溍注解有袭用痕迹,这说明杜堮的文赋评解参考了张溍《读书堂杜文注解》。然二者相比,差异也相当明显。杜堮之解评不仅更为丰富,且自成体系。因此并不能将杜堮尊崇杜文之因简单地归之于张溍身上。

(二)"以文读诗":杜堮的诗文同一观

杜堮具有诗文同一观念,如其《恩余录续补》评《奉贺阳城郡王太夫人恩命加邓国太夫人》诗云:

> 诗文同一关纽,其判不相入者,人各有能有不能,则性习异也。自知不能,则专攻所长,不必兼用所短可也。若不习其事,又欲兼能其名,吾知其此门未入而彼壁亦隔矣。若工部之诗,只将全集作一部《史记》观,包罗万象,函盖二仪,何所不有?诗即文也,而较文尤奇,以其长于讽谕,工于言词,忽而清庙明堂,则镗金戛石之音,忽而孽子孤臣,则哀管凄弦之奏。一行之内,忧乐顿殊,两言之中,温凉便易,聆音按节,移志动心,非文之所能及也。夫六经皆文,特所主各异,吾谓诗乐能兼书礼,书礼不能兼诗,则其用固有神焉者矣。然语其流则异,讨其源则同,谓判不相入者,世之钝根人也。大知大慧则曰:吾将变古人之文以为诗,又将化古人之诗以为文。少陵《三大礼》并《封西岳》及《献雕》等五赋,已录于《梦余因话录》,余杂文数首,一并附钞,莫非千古大文,自汉氏以来未有之奇作。盖诗亦文,文亦诗也。[③]

可见杜堮认为"诗文同一关纽""盖诗亦文,文亦诗也"。如前所引,他也曾说过"诗也、赋也、文也,未尝有别",又评《祭故相国清河房公文》曰:

> 少陵以诗名,文附本集后,仅两卷,大抵皆从血性流出,不以字句为工,而字句之工,卒亦无能及者。余则读少陵之诗,亦如其文,文亦如其诗也。沉郁顿挫,豪宕感激,八字尽之矣。然千余年来,竟无两也,逸叟又识。[④]

可见在杜堮心目中,杜诗与杜文的地位是等同的,他认为"少陵之诗,亦如其文,文亦如其诗"。从内容来看,杜文中表现出的"忠孝之性"与杜诗一样"皆从血性流出";而从艺术特征及成就来看,杜文亦和杜诗一样,均具有"沉郁顿挫,豪宕感激"的风格特征,并且"不以字句为工,而字句之工,卒亦无能及者""千余年来,竟无两也"。正是基于这样的认识,杜堮不仅在《十研斋杂识》中抄录评点了杜甫大部分文赋,还在《恩余录续补》中抄评了杜甫的各种诗体,尤其对排律特加青眼,并倡导"以文读诗"之法对这些排律进行解析,其详可参占如默《析论杜堮抄评杜甫排律》一文。[⑤]

---

① (清)张溍著,聂巧平点校《读书堂杜工部诗文集注解》,齐鲁书社 2014 年,第 1443 页。
② (清)杜堮《石画龛论述·十研斋杂识》,《四库未收书辑刊》9 辑 14 册,北京出版社 1997 年版,第 179 页。
③ (清)杜堮《石画龛论述·恩余录续补》,《四库未收书辑刊》9 辑 14 册,北京出版社 1997 年版,第 401～402 页。
④ (清)杜堮《石画龛论述·十研斋杂识》,《四库未收书辑刊》9 辑 14 册,北京出版社 1997 年版,第 177 页。
⑤ 占如默《析论杜堮抄评杜甫排律》,《杜甫研究学刊》2019 年第 2 期,第 16～28 页。

(三)杜塈论杜甫文赋的思想艺术及其地位

　　杜塈对杜甫文赋极为推尊,这在整个杜甫文赋评注史上是极为少见的。具体而言,杜塈对杜甫文赋的推尊,首先表现为对其艺术成就的推崇和赞颂。如评《雕赋》曰:"其赋奇逸沉警,旷古无俦,自比扬雄,其实《羽猎》《长杨》讽一而劝百,所谓曲终奏雅,视少陵之劲气直词,相去远矣……少陵称太白自负'笔落惊风雨,诗成泣鬼神',实自道,信不虚也。燕许对此,生气尽矣。"①评《朝享太庙赋》曰:"骈俪繁富,自极疏宕,雄奇之致、惊人之句,随笔横出,洵足高视百代,压倒时流,太白犹避三舍,何有余子!"②评《唐兴县馆记》曰:"清深古异备尽,形容曲折,绝无经营结构之痕,要自深厚磅礴中流出,海涵地负中无所不有,那得不独绝千古耶!"③评《封西岳赋并序》曰:"赋亦雄奇峻削如太华,卓立参昂,不可攀陟,视《三大礼》又变一格,才大者自不可方物也。"又曰:"真古真奥,旁魄而宏衍,瑰玮而奇崛,及细寻其脉络,未尝不珠联而绳贯也。自是之后,昌黎氏作,学者宗之,遂有八家之规矩绳墨,谈古文者,不复识此门径矣。"④可见在杜塈眼中,杜甫文赋不仅远超汉代扬雄之《羽猎》《长杨》,亦超过了李白乃至韩愈等唐宋八大家,这在整个赋学史上都是前所未有的评价。

　　杜塈认为,杜甫之所以在文赋方面能够取得非凡成就是由其人格、胸怀、道德、学问决定的,故其在评点中对杜甫忠爱精神、仁厚性格及过人才干极为服膺。如评《东西两川说》曰:"指画情势,如烛照数计,此岂文士词人胸中所有耶? 公之安边大略,可见于此矣。"⑤评《为华州郭使君进灭残寇形势图状》曰:"此献策灭贼,欲诸军掎角互进,盖劝及时进讨,留贼一日,则官军之胜负不可知,大势之得失不可必也。奈何诸将拥兵坐守,令贼焰愈张,遂有九节度溃师之事。少陵为华州进状,盖实虑及此,惜时之不见用也。录此二首,又以见其经济之大,实有裨于时,而终身不遇,卒迁徙流寓于楚蜀湘汉以死,为可悲也。"⑥又如评《唐故德仪赠淑妃皇甫氏神道碑》曰:

　　明皇只为不能正家,宫闱之中,更衰迭盛,自开元之时而已然矣。至一日而杀三子,古所未有,祸惨至此,曾不觉悟,卒令女谒日盛,谗夫日昌,大乱忽来,仓皇出走,后宫尽陷于贼,尚忍言哉! 少陵虽未(不敢)指斥,而开手数行,直陈古义,明皇之失,已在隐跃之间。诚如所云,则正家以正国正天下,何至于此? 又可以知少陵学问之纯,自许稷契,良不诬也。余观注杜诸家,从未推论及此,亦可知知人论世之难矣。篇中叙淑妃之德及鄂王之死,隐约深厚,文体宜尔,而其忠爱蕴结,即可想见。因此知不论世不可以知人,不知人亦必不能诵其诗、读其书也。孟子之言,正当反覆观之,其义乃见明耳。正不解世人略观大致便下断语,如何鹘突乃尔也!⑦

---

　　① (清)杜塈《石画龛论述·十研斋杂识》,《四库未收书辑刊》9辑14册,北京出版社1997年版,第168页。
　　② (清)杜塈《石画龛论述·十研斋杂识》,《四库未收书辑刊》9辑14册,北京出版社1997年版,第171页。
　　③ (清)杜塈《石画龛论述·十研斋杂识》,《四库未收书辑刊》9辑14册,北京出版社1997年版,第184页。
　　④ (清)杜塈《石画龛论述·十研斋杂识》,《四库未收书辑刊》9辑14册,北京出版社1997年版,第175~176页。
　　⑤ (清)杜塈《石画龛论述·十研斋杂识》,《四库未收书辑刊》9辑14册,北京出版社1997年版,第178页。
　　⑥ (清)杜塈《石画龛论述·十研斋杂识》,《四库未收书辑刊》9辑14册,北京出版社1997年版,第179页。
　　⑦ (清)杜塈《石画龛论述·十研斋杂识》,《四库未收书辑刊》9辑14册,北京出版社1997年版,第181页。

按，杜甫《唐故德仪赠淑妃皇甫氏神道碑》作于天宝九载(750)，皇甫淑妃此时早已失宠多年。因母亲失宠，其子鄂王李瑶与太子李瑛、光王李琚对玄宗均有怨望之词，开元二十五年被驸马都尉杨洄诬陷谋反。玄宗大怒，竟一日杀三子。事见《旧唐书·废太子瑛传》《资治通鉴·唐玄宗开元二十五年》。朱鹤龄注曰：

《旧唐书》：鄂王瑶母皇甫德仪、光王琚母刘才人，皆玄宗在临淄邸以容色见顾，出子朗秀而母加爱焉。及惠妃承恩，鄂王之母亦渐疏薄。太子瑛、鄂、光王等谓：母氏失职，尝有怨望。开元二十五年，鄂王、光王得罪，废。《通鉴》：杨洄奏：太子瑛与瑶、琚潜构异谋，宣制废为庶人，寻赐死城东驿。瑶、琚好学，有才识，死不以罪，人皆惜之。①

皇甫淑妃之子鄂王李瑶被玄宗赐死，杜甫在《唐故德仪赠淑妃皇甫氏神道碑》中却说"有故在疚而卒"，显然是为君者讳，不敢直接指斥玄宗之刻薄寡恩。"在疚"，语本《诗经·周颂·闵予小子》："遭家不造，嬛嬛在疚。"毛传曰："闵，病。造，为。疚，病也。"郑玄笺曰："闵，悼伤之言也。造，犹成也。可悼伤乎，我小子耳，遭武王崩，家道未成，嬛嬛然孤特，在忧病之中。"②杜塈指出，明皇不能正国正天下，正是从不能正家开始的。杜甫《唐故德仪赠淑妃皇甫氏神道碑》开篇说：

后妃之制古矣，而轩辕氏、帝喾氏次妃之迹，最有可称，存乎旧史，然则其义隐，其文略。《周礼》王者内职大备，而阴教宣。诗人《关雎》，风化之始，乐得淑女。盖所以教本古训，发皇妇道。居具燕寝之仪，动有环珮之节，进贤才以辅佐君子，不淫色以取媚闺房。虽形管之地，功过必纪；而金屋之宠，流宕一揆。稽女史之华实，嗣嫔则之清高，亦时有其人，伟夫精选。③

杜塈指出，在这段话中"少陵虽未(不敢)指斥，而开手数行，直陈古义，明皇之失，已在隐跃之间"，确实道出了杜文之潜台词，为前人所未道。他还进一步指出，"篇中叙淑妃之德及鄂王之死，隐约深厚，文体宜尔，而其忠爱蕴结，即可想见。因此知不论世不可以知人，不知人亦必不能诵其诗、读其书也。"杜塈从这篇碑文的隐约笔法中敏锐地窥出杜甫的忠爱精神，也是历代注家所未及见者。

(四)杜塈解评中的一些错误说法

需要指出的是，杜塈的解评中还有些不易察觉的错误，表明其对杜甫的家世生平尚缺乏全面深入的了解。如其评《封西岳赋并序》曰："因思少陵献赋，本是家传，虽不可漫附华胄，而既同出伊祁，亦岂能自外于末裔也。"其"不可漫附华胄"之论实属大误，杜甫在《祭外祖祖母文》中曾述及自己的家世："纪国则夫人之门，舒国则府君之外父。"④可知杜甫外祖母的父亲是义阳王李琮，乃太宗第十子纪王李慎之次子；其外祖父的母亲是豫章王李亶之女，李亶之父是舒王李元名，即唐高祖李渊第十八子。也就是说，杜甫的外祖母和外祖父两个家族都是李唐皇室的直系血亲，又怎能说他"漫附华胄"呢？显然杜塈并不

---

① (清)朱鹤龄著，韩成武等点校《杜工部诗集辑注》，河北大学出版社 2009 年版，第 923 页。
② (清)王先谦撰，吴格点校《诗三家义集疏》卷 26，中华书局 1987 年版，第 1037 页。
③ (清)仇兆鳌《杜诗详注》卷 25，中华书局 1979 年版，第 2222 页。
④ (清)仇兆鳌《杜诗详注》卷 25，中华书局 1979 年版，第 2218 页。

了解杜甫的家世出身情况，其《十研斋杂识》中亦未抄录《祭外祖祖母文》。又如其评《有事于南郊赋》曰："《三大礼赋》进于天宝十载者，明皇奇之，即欲与官，而为杨国忠所抑，第令集贤院考试文章，送吏部铨叙。"①实际上杜甫献《三大礼赋》为玄宗所赏，命宰相试文章，斯时的宰相为李林甫，并非杨国忠，则"为杨国忠所抑"之说恐怕是出于想当然，并未暇深考。顺便需要指出的是，当代学界一度以为杜甫献赋后未立即得官是由于李林甫作梗也是误解。因属题外之话，这里暂且不论。此外，杜墭对杜甫文赋总评曰："唐试士用赋，而少陵无之，岂其才大、不屑屑于此耶？抑其时尚未著为功令耶？"实际上杜甫并不是因为才大志高而不屑于参加科举考试，恰恰相反，杜甫参加过开元二十四年的进士考试，但却落榜了，即《壮游》诗所云"忤下考功第，独辞京尹堂"。詹杭伦、沈时蓉已经指出，开元二十四年的进士考试的试赋之题为《越人献驯象赋》②，可见杜甫肯定也做过一篇《越人献驯象赋》无疑。《文苑英华》卷 131 收有阙名《越人献驯象赋》，列于杜甫《天狗赋》之后，《全唐文》便将此篇《越人献驯象赋》归之于杜甫名下。目前学界对这篇《越人献驯象赋》是否为杜甫所作仍存在较大争议。然而不管怎样，杜墭所云少陵无试赋之说，实尚未及见此。当然囿于时代认识之局限，杜墭出现上述失误也在所难免，对此我们亦毋庸苛求。

　　总之，由于秉持诗文等同的通脱观念，杜墭《十研斋杂识》对杜甫文赋之评点能突破世俗之论，对杜甫文赋在思想艺术价值给予了较高评价，这在整个杜诗学史上都是不多见的。杜墭的评点对于揭示杜甫文赋中隐含的意旨，推尊杜甫文赋的地位做出了重要贡献，因而成为杜甫文赋评点史上极为重要的一环，无疑具有承上启下意义。有鉴于杜墭的《十研斋杂识》极为稀见，学界少有关注者，故特为表出，以期引起治杜甫文赋接受史者之注意。

---

① （清）杜墭《石画龛论述·十研斋杂识》，《四库未收书辑刊》9 辑 14 册，北京出版社 1997 年版，第 173 页。

② 詹杭伦、沈时蓉《〈越人献驯象赋〉与杜甫关系献疑》，《杜甫研究学刊》2007 年第 4 期，第 38 页。

《老残游记》创新意识探略

李金坤*

　　摘　　要：晚清士林之翘楚刘鹗承传中华民族勇于创新的精神,在其四大谴责小说之一的《老残游记》中,以高度自觉的创新意识与难能可贵的创新精神,在首揭"清官"之恶的主题展示与叙事模式、心理摹写及状物拟人等艺术表现方面都给人以"陌生化"的全新审美感受,其成就与贡献都是空前的。就此展开全面而深入的研究,这对于继承优良传统、提升自身价值、促进社会发展,都将具有重要的启迪作用与现实意义。

　　关键词：刘鹗《老残游记》;创新精神;"清官"之恶;叙事技巧

　　中华民族自古以来就具有上下求索、开拓创新的优良传统。第一部诗歌总集《诗经》中的《大雅·文王》云:"周虽旧邦,其命维新";屈原《离骚》云:"路曼曼其修远兮,吾将上下而求索";《礼记·大学》引《盘铭》云:"苟日新,日日新,又日新";刘勰《文心雕龙·通变》云:"文律运周,日新其业";刘禹锡《酬乐天扬州初逢席上见赠》云:"沉舟侧畔千帆过,病树前头万木春";郑板桥题韩镐联云:"删繁就简三秋树,领异标新二月花";等等。这种勇为天下先的创新精神,在中华文化的遗传基因中始终是一脉相承、光耀千秋的。

　　在晚清士林之翘楚刘鹗身上,创新精神尤为明显而突出。无论是实业救国之举措,还是文化承传之实践,都体现出其拓荒争先的强烈意识。在晚清四大谴责小说之一的《老残游记》中,我们便可深刻感受到作者高度自觉的创新意识与难能可贵的创新精神。对其进行全面而深入地研究,对于继承优良传统、提升自身价值、促进社会发展都将具有重要的启迪作用与现实意义。

　　刘鹗以实业强国富民的强烈愿望一再受挫之后,痛定思痛,开始反思社会,反省自己,针砭时弊,寻找治国之良方。于是满腔的怨愤与哀思,化作为含悲衔泪的爱国文字,一部惊世骇俗的《老残游记》便如"婴儿堕地,其泣也呱呱"(《〈老残游记〉自叙》)地诞生了[①]。正如刘鹗《老残游记·自叙》所表白的创作缘由与心境那样:"吾人生今之时,有身世之感情,有家国之感情,有社会之感情,有种教之感情,其感情愈深者,其哭泣愈痛:此鸿都百炼生所以有《老残游记》之作也。"他还引证了历史上自屈原以来那些具有深厚家国情感者末路悲泪的创作实例,所谓"《离骚》为屈大夫之哭泣,《庄子》为蒙叟之哭泣,《史记》为太史公之哭泣,《草堂诗集》为杜工部之哭泣;李后主以词哭,八大山人以画哭;王实甫寄哭泣于《西厢》,曹雪芹寄哭泣于《红楼梦》"。而刘鹗自己则是有感于国家"棋局已

---

　*　李金坤,博士,江苏大学文学院教授,主要从事中国古代文学、文化及美学研究。

　①　刘鹗《老残游记》,浙江古籍出版社 1997 年版,第 1~2 页。本文所引《老残游记》之文,皆出此著,不另出注。

残,吾人将老,欲不哭泣也得乎? 吾知海内千芳,人间万艳,必有与吾同哭同悲者焉"。因此,我们完全有理由说:"《老残游记》为刘鹗之哭泣",刘鹗那一腔家国之深情全都"寄哭泣于《老残游记》"矣。从这个意义上说,刘鹗的《老残游记》,委实是一部洋溢家园情愫的杰出小说。

一、主题表现之创新:首揭"清官"剥画皮

《老残游记》无论在思想意义抑或在艺术造诣方面,都有其令人击节叹赏的出类拔萃之处。美国著名华裔学者、中国古典文学研究专家夏志清先生曾就此做过很精当的评价。他说:

刘鹗身处的时代中,小说家瞩目所见,尽是大批从翻译而来的西方小说;时论所趋,又驱使他们心怀家国。方此之时,刘鹗握管而书,所享获得成功,似乎大于他当代杰出而多产的李宝嘉和吴沃尧;他脱掉传统的小说家那件说故事的外衣,又把沿袭下来的说故事的所有元素,下隶于个人的识见之内,而为其所用,如果在行文上用的不是第三人称,他会是中国第一本用第一人称写的抒情小说。同时,作者与当代的讽刺小说和谴责小说的作者迥不相侔,他探究国家的现在与未来,所以,它可被称为中国的第一本政治小说。"①

这种饱含忧患意识、探究国家命运的深刻意蕴与变古典小说的演说故事为叙事与抒情相结合的新异手法,正构成了《老残游记》政治小说与抒情小说两翼并举的精彩华章,从而闪射出超凡脱俗的奇异的魅力。

《老残游记》揭示思想主题方面的过人之处,就在于首揭"清官"之恶,这是刘鹗对中国封建主义的官僚政治及其文化心态进行深刻反思与全面透视的结果。作者于《老残游记》第16回自评曰:"赃官可恨,人人知之;清官尤可恨,人多不知,盖赃官自知有病,不敢公然为非,清官则自以为我不要钱,何所不可,刚愎自用,小则杀人,大则误国。吾人亲目所睹,不知凡几矣。……历来小说皆揭赃官之恶,有揭清官之恶者,自《老残游记》始。"小说成功塑造了两个清官玉贤、刚弼的形象。他们的所谓"清官""能吏"等种种名誉,都是以残酷虐政换来的。玉贤任曹州知府,享有"路不拾遗"的美誉,俨然是个不食人间烟火的大清官形象,而在其背后则是滥杀无辜,草菅人命。他任曹州知府"未到一年,站笼站死两千多人","所办的人,大约十分中九成半是良民。"于朝栋一家四口死于强盗栽赃,小杂货店王掌柜之子则是因直言而罹祸,等等,正是"冤埋城阙暗,血染顶珠红"。另一位"清官"刚弼,则刚愎自用,滥施酷刑。他信奉"棰楚之下,何求不得"的酷吏信条,于是在他任意挥舞的屠刀与皮鞭之下,不知丧失了多少无辜者的性命。如刚弼刑讯魏家父女时,如猫戏鼠,画出一副嗜血成性者的肆虐狂嘴脸。像玉贤与刚弼这类所谓"清官",他们之所以如此刚愎自用,愚顽专横,是非颠倒,为所欲为,是因为他们灵魂深处是无限膨胀的野心和权欲。恰如作者所深刻揭露的那样:"有才的急于做官,又急于要做大官,所以伤天害理。"(《〈老残游记〉自评》)对于这类"清官"的危害性,作者更是一针见血地指出:

---

① 〔美〕夏志清《〈老残游记〉新论》,刘德隆等编《刘鹗及老残游记资料》,四川人民出版社1985年版,第485页。

"官愈大,害愈甚:守一府则一府伤,抚一省则一省残,宰天下则天下死。"(《老残游记》第6回)洞幽烛微,针砭入骨,体现了作者观察社会、透视官僚的胜人一筹的深度与力度。以上是作者对戴以"清官"面具而作恶多端之"酷吏"代表玉贤、刚弼的强烈批判,这是全书的重点。此外,作者还分别描写不学无术的"庸吏"庄宫保、史钧甫等人,以及一些"循吏"和干员如白子寿、申东造、黄人瑞等,收到了与"酷吏"及"庸吏"进行反衬比较的"更进一层"的加倍效果。

二、艺术手法之创新:别出心裁"陌生化"

《老残游记》具有很深的艺术造诣,通读全书,犹如游览于琳琅满目、新意迭出的艺术画廊,给人以耳目一新的艺术美感。

首先是在叙事模式方面,由传统的说书人叙事转为由作家本身直接叙事,且在叙事中洋溢着作者浓郁的主观感情色彩,从而使得作者对社会、政治、人生、理想等可以因事而异、灵活自如地抒发情感,作者的创作个性和主体意识便因此而可以淋漓尽致地充分体现出来,开启了我国抒情小说的先河。

其次是心理分析手法的成功运用。《老残游记二集》中写斗姥宫姑子逸云讲述她与任三爷热恋的长篇自白,便淋漓尽致地把一个青春少女的潜意识中最为隐秘的情欲、物欲的强烈渴求充分揭示了出来。她恋上了任三爷,但却担心将来任三爷发迹了,"他家三奶奶自然去做娘娘,我还不是斗姥宫的穷姑子吗"? 想跟任三爷断交,这样却又要把任三爷给她的"这些衣物都得交出去"。"又想(与任三爷)逃走,我没什么不行,何是任三爷人家有老太太,有太太,有哥哥,有兄弟,人家怎能同我逃走呢?"逸云通过与小气抠门儿、"醋心极大"的"老西儿"、好吃羊肉的"一身的羊膻气"的回子马五爷等人相比,还是觉得"任三爷人才极好,可也并不是没有钱,只是拿不出来,不能怨他。这心可就又迷回任三爷了。既迷回了任三爷,想想还是刚才的计策不错,管他马呢牛呢,将就几天让他把钱花够了,我还是跟任三爷快乐去。看银子同任三爷面上,就受几天罪也不要紧的。这又喜欢起来了睡不着,下坑剔明了灯,没有事做拿把镜子自己照照,觉得眼如春水,面似桃花,同任三爷配过对儿,真正谁也委曲不了谁。"直把个青春少女逸云的种种心思和盘托出,颇具有现代心理分析的意味。

老残作为小说中的主人公,作者描写其心理活动之处,多有精彩之笔。第12回中写老残面对朗月映照雪山之情景的一段冥思苦想,就极其细腻逼真而感人。其云:

老残对着雪月交辉的景致,想起谢灵运的诗。"明月照积雪,北风劲且哀"两句,若非经历北方苦寒景象,那里知道"北风劲且哀"的个"哀"字下的好呢? 这时月光照的满地灼亮,抬起头来,天上的星,一个也看不见;只有北边北斗七星,开阳摇光,像几个淡白点子样,还看得清楚。那北斗正斜倚在紫微垣的西边上面,杓在上,魁在下。心里想道:"岁月如流,眼见斗杓又将东指了,人又要添一岁了。一年一年的这样瞎混下去,如何是个了局呢?"又想到《诗经》上说的"维北有斗,不可以挹酒浆","现在国家正当多事之秋,那王公大臣只是恐怕耽处分,多一事不如少一事,弄的百事俱废,将来又是怎样个了局? 国是如此,丈夫何以家为?"想到此地,不觉滴下泪来,也就无心观玩景致,慢慢回店去了。一面走着,觉得脸上有样物件附着似的,用手一摸,原来两边挂着两条滴滑的冰。起初不懂甚么缘故，继而想起，自己也就笑了。原来就是方才流的泪，天寒，立刻就冻住了。地下必定还有几多冰珠子呢！闷闷的回到店里，也就睡了。

在这段描写中，作者的思想意识像流水一样不断地向前涌动着。他身处雪月交辉、天地澄澈的银色世界里，首先想到了谢灵运"明月照积雪，北风劲且哀"的诗句。此刻作者的所见之景、所生之情完全与古人产生了共鸣，尤其是对"北风劲且哀"之"哀"的体会极为深刻，自然由"北风"之"哀"勾起了他对国事多难、自身命蹇的悲"哀"之情来。接着由北斗星想到了"岁月如流"、功业无成的现实困境，前程渺茫，"如何是个了局"。往下又想到了《诗经》中"维北有斗，不可以挹酒浆"的名句，与眼前所见之天象与所处之国家危难之形势又颇为吻合，那些"王公大臣只是恐怕耽处分"，明哲保身，不愿也不敢为拯救中华民族而勇担责任，这些人就如天上的北斗星那样，徒有其形，"不可以挹酒浆"。因此，"想到此地，不觉滴下泪来"，这"泪"流下后在极寒冷的天气下便立刻结成"两条滴滑的冰"，由于当时流泪之多，以至于"地下必定还有几多冰珠子呢"！这点点滴滴的冰泪，分明是作者忧国忧民之爱国热泪所凝结，读之令人动容。从作者想起谢灵运诗，又想到《诗经》名句，再想到风雨飘摇的祖国颓势，作者的思想感情层层深入，引人入胜，给读者以新的阅读视野与审美效果。正如夏志清先生所指出的那样："这段散章，直抒胸臆，使眼前所见物色与脑中浮现诗句，浑然呼应，最后归于仰观天象的愀然感叹。自然，这里所述的经验，已司空见惯，任何忧时感世的中国骚人墨客，明月当头之际，都会有此心怀。纵使中国诗词中诗有咏述（杜甫即是显著的一例），但中国小说向来对主角的主观心境不肯着力描写，刘鹗摸索以意识流技巧表现这种情景，不但这里如此，好几处亦如此，且同样精彩，这确是戛戛独造的。"①刘鹗如此成功的心理描写，委实是中国古典小说描写技巧的新创造、新拓展，具有里程碑式的方法论学术史之重要意义。

再次，杰出的状人拟物的描写艺术，体现了中国传统小说由叙事型向描写型转变的鲜明特征。作者十分擅长运用诗与散文的笔法，摹写人物，模拟事象，行云如水，自然畅达，形神兼备，意境优美。而在自然景物之白描手法的运用上，则更达到了炉火纯青的艺术境界。第2回"历山山下古帝遗踪，明湖湖边美人绝调"，堪称是作者状物写人的代表作，中学语文课本及其他有关文学名篇选本无一不选此篇。先看对大明湖及周边景物的描写：

到了铁公祠前，朝南一望，只见对面千佛山上，梵宇僧楼，与那苍松翠柏，高下相间，红的火红，白的雪白，青的靛青，绿的碧绿，更有那一株半株的丹枫夹在里面，仿佛宋人赵千里的一幅大画，做了一架数十里长的屏风。正在叹赏不绝，忽听一声渔唱。低头看去，谁知那明湖业已澄净的同镜子一般。那千佛山的倒影映在湖里，显得明明白白。那楼台树木格外光彩，觉得比上头的一个千佛山还要好看，还要清楚。这湖的南岸，上去便是街市，却有一层芦苇，密密遮住。现在正是着花的时候，一片白花映着带水气的斜阳，好似一条粉红绒毯，做了上下两个山的垫子，实在奇绝。……过了水仙祠，仍旧上了船，荡到了历下亭的后面。两边荷叶荷花将船夹住，那荷叶初枯，擦的船嗤嗤价响；那水鸟被人惊

① 〔美〕夏志清《〈老残游记〉新论》，刘德隆等编《刘鹗及老残游记资料》，四川人民出版社1985年版，第485页。

起,格格价飞;那已老的莲蓬,不断的崩到船窗里面来。老残随手摘了几个莲蓬,一面吃着,一面船已到了鹊华桥畔了。

　　品读了上面这些描写文字,恰如观赏了一幅清秀雅美的山水风景画,令人叹赏不绝,回味无穷。作者于《老残游记》第 2 回自评说:"黄山谷诗云:'济南潇洒似江南'。据此看来,济南风景犹在江南之上。""作者云:'明湖景致似一幅赵千里画。作者倒写得出,吾恐赵千里还画不出。"的确,就上述描写之丰富内蕴与神韵情调而言,即便是名画家赵千里也真难画得出。这恰好证明了作者描摹事物本领的高妙神奇。第 2 回后半部分主要写湖边美人王小玉唱书的情形,这是作者竭尽全力精心描写的魅力四射的绝美篇章。作者一边写演唱声音的富于变化,一边写听众的愉悦反应,把个表演现场描摹得精彩绝伦,气象万千。作者的超常本领,就在于他能将"通感"的艺术表现手法发挥到极致,以生花妙笔,把抽象的听觉音乐神奇地转化为具象的视觉音乐,让读者在小说连连使用的精妙比喻中感受王小玉唱书的迷人魅力。作者以"象一线钢丝抛入天际"比喻"越唱越高""忽然拔了一个尖儿"的高尖音;以"攀登泰山""愈翻愈险、愈险愈奇"来比喻在高音处回环转折又"节节高起"的逐层高音;又用"一条飞蛇在黄山三十六峰半中腰里盘旋穿插,顷刻之间周匝数遍"的神速变化来比喻"陡然一发"的"千回百折"的演唱风格;以"象放那东洋烟火,一个弹子上天,随化作千百道五色火光,纵横散乱"比喻由低音而突然爆发出高音的音变情景;又以"花坞春晓、好鸟乱鸣"来比喻歌唱与演奏和谐的境界;还有以"五脏六腑里象熨斗熨过,无一处不伏贴;三万六千个毛孔,象吃了人参果,无一个毛孔不畅快""满园子的人都屏气凝神,不敢少动""耳朵忙不过来,不晓得听那一声的为是""这时台下叫好之声轰然雷动"等听众对不同演唱情景的各种反应,来突出王小玉极为诱人的演唱魅力。如此正面与侧面相结合的描写手法,更易收到音乐描写的审美效果。描写音乐,在白居易、李贺、欧阳修、苏轼等人的诗歌中都有出色的表现,刘鹗自然会受到他们的影响。但刘鹗能在小说中大量采用新的喻体来描写音乐本体,而且又是那样的自然贴切、形象生动,这无疑是他"青出于蓝而胜于蓝"的天才独创了。至于第 12 回中写黄河冰块挤压的情形与月下雪山的情形,等等,都是极具描写天才的经典之作。刘鹗《老残游记》杰出的描写艺术成就,在中国古典小说中可谓是别具风采、独占鳌头的。胡适对此曾高度评价说:"《老残游记》在中国文学史上的最大贡献却不在于作者的思想,而在于作者描写风景人物的能力。古来作小说的人在描写人物的方面还有很肯用气力的,但描写风景的能力在旧小说里简直没有,《水浒传》写宋江在浔阳楼题诗一段要算很能写人物的了;然而写江上风景却只有'江景非常,观之不足'八个字。《儒林外史》写西湖只说'真乃五步一楼,十步一阁;一处是金粉楼台,一处是竹篱茅舍;一处是桃柳争妍,一处是桑麻遍野'。《西游记》与《红楼梦》描写风景也都只是用几句滥调的四字句,全无深刻的描写……《老残游记》最擅长的是描写的技术,无论写人写景,作者都不肯用套语滥调,总想熔铸新词,作实地的描写。在这一点上,这部书可算是前无古人了。"①通过与《水浒传》《儒林外史》《西游记》《红楼梦》等名著的比较,来突出刘鹗在《老残游记》中大胆而成功地进行风景

---

　　① 〔美〕夏志清《〈老残游记〉新论》,刘德隆等编《刘鹗及老残游记资料》,四川人民出版社 1985 年版,第 383～384 页。

人物描写杰出的艺术成就,胡适如此高明而切实的学术评判眼光,真让人击节叹赏、佩服之至。

三、创新精神之本源:阅深学厚爱国诚

那么,《老残游记》的描写技巧何以如此出类拔萃呢? 胡适先生曾解释说:"这种白描的工夫真不容易学。只有精细的观察能供给这种描写的底子;只有朴素新鲜的活文字能供给这种描写的工具。"①胡适强调作者的生活阅历与文学修养这两点对文学创作的重要性,这是对的。但还有最重要的一条,那就是在刘鹗的心灵深处铭刻着"忧国忧民"4个大字,由此而生发出对江山草木与平民百姓的挚爱之情,故而其笔下的风景与人物总是描写得如此活脱、深情、逼真而传神。作者不屑矫揉造作、无病呻吟,不是"为文而造情",而是"为情而造文",一任真挚情感的抒发,所以,其笔下之风景与人物的描写总具有动人的艺术魅力。凡爱国主义诗人如屈原、杜甫、陆游、辛弃疾等人,无一不是如此。与历史上许多爱国主义诗人一样,刘鹗笔下风景与人物描写艺术的突出成就,正源自他那满腔"忧国忧民"爱国情怀的滋养,这是关键之所在。

《老残游记》非同凡响的思想与艺术成就的取得,除了作者的生活阅历与文学修养的基本条件外,作者深厚的爱国主义情感及其勇于创新的改革思想,也是极为重要的因素之一。他的那种实业救国的洋务哲学新思想在《老残游记》小说创作中是甚为明显的。正如夏志清先生所指出的那样:"论者特别赏慕刘鹗对官吏的严酷批评,以及苦干章节中对景物和曲乐的精摹细绘,以见作者的开明政见和文学才华。可是,强调作者的留心贪官酷吏,反而容易令人忽略了他对整个中国命运的更大关怀,单纯褒扬作者的描写能力,则他在中国小说传统中形式与技巧两方面所做的革新,我们便可能觉察不到,而这革新远较描写能力来得卓绝。"②正是由于刘鹗一腔真挚的爱国热情与锐意进取的小说改革精神,才因此而成就了《老残游记》这部独具风采、魅力四射的伟大小说。列宁说得好:"判断历史的功绩,不是根据历史活动家没有提供现代所要求的东西,而是根据他们比他们的前辈提供了新的东西"。③《老残游记》在思想与艺术方面的成功革新,正是超越前代小说家的难能可贵的"新的东西"。这正是刘鹗对中国文学的杰出贡献之所在。

萧子显《南齐书·文学传论》说得好:"若无新变,不能代雄。"④正因为刘鹗在《老残游记》的思想与艺术等方面成功进行了新的创造,给人们带来了前所未有的"陌生化"的全新审美感受,所以它一经问世,便深受人们的青睐而得以广泛流传。该小说中的"游大明湖""王小玉说书"和"黄河敲冰"等章节,都被作为文学描写的经典之作而选入各类语文课本。就《老残游记》的版本而言,从1903年《绣像小说》连载《老残游记》开始,直到1981年的近80年时间内,便有33家出版单位出版了《老残游记》的46种版本(不包括台湾的版本)。1981年以来,国内出版《老残游记》更是如雨后春笋、不胜枚举。《老残游记》同样受到外国友人的喜欢,外译本亦在不断增加,例如有日本冈崎俊夫的日文译本,英国谢迪

① 〔美〕夏志清《〈老残游记〉新论》,刘德隆等编《刘鹗及老残游记资料》,四川人民出版社1985年版,第388页。
② 〔美〕夏志清《〈老残游记〉新论》,刘德隆等编《刘鹗及老残游记资料》,四川人民出版社1985年版,第476页。
③ 〔俄〕列宁《评经济浪漫主义》,《列宁全集》(第2卷),人民出版社1965年版,第150页。
④ 郭绍虞《中国历代文论选》(第1册),上海古籍出版社1979年版,第265页。

克的英文译本,还有林语堂和杨宪益两种英译本,前者为 *The Nun of Tai Shan*,即《泰山修女》;杨译本名 *Mr Dere Lict*,即《失意的人》(仅译第 12 回)。此外,俄文、捷文译本也在国外出版。

《老残游记》勇于创新,精神可嘉,魅力永在;刘鹗筚路蓝缕,导夫先路,感召恒远。随着时代的发展与人们审美观念的不断提高,刘鹗及其《老残游记》必将以其特有的文学魅力而备受人们的青睐。

综合研究

从"以世举贤"到"因能授官"

——论周代尚贤政治之嬗变

胡 霖*

摘 要:周代尚贤政治的发展植根于社会结构的变动,表现出选贤范围不断扩大的趋势。西周时期,随着宗法制度的确立,尚贤政治呈现出"以世举贤"的特点。"亲亲"与"贤贤"的相辅为用,有助于在维系宗法统治的同时,缓解因统治阶层的固化所带来的腐朽,实现政治秩序的良性运转。春秋时期,诸侯争霸刺激了尚贤之风的兴起,举贤尚功的政策使得异姓人才和同姓疏宗有机会跻身统治上层,甚至催生出一大批新的世家大族。迨至春秋晚期,卿族势力极度膨胀,对君主权力的集中构成了巨大威胁。世卿的擅权,暴露了宗法世袭制下的用人弊端,这迫使统治阶层不得不做出相应的制度改革,以巩固自身的统治。待到战国时代,各国相继掀起变法浪潮,普遍提出了选贤任能的口号,要求从法律上废除"任人唯亲"的世官制,代之以"因能授官"的选官制度。从变法的实际成效来看,血缘出身不再是选官入仕的先决条件,才能和功劳成为拔擢人才的重要标准。透过对周代尚贤政治的总体考察,有助于从选官制度的角度认识周代社会结构及社会流动的深刻变化。

关键词:尚贤;世卿;以世举贤;因能授官;社会流动

一、问题的提出

西周是否存在"世卿制度",学界历来有不同意见。争论的起点,源自《公羊传》"讥世卿"的主张。依《公羊传》及何休注,西周以"贤贤"选卿,并不奉行"父死子继"的世袭制度,"世卿"属于春秋时代违礼的乱制。对此,清儒基于文献实证的方法,提出过反驳意见。朱鹤龄《春秋讥世卿辨》曾详细列举史籍中频见的"世卿"现象,力图证明"世卿制度"的存在。[①] 赵翼《廿二史札记》也认为:"自古皆封建诸侯,各君其国,卿大夫亦世其官,成例相沿,视为固然。"[②]俞正燮《乡兴贤能论》亦明言:"太古自春秋,君所任者,与共开国之人及其子孙也。……大夫以上皆世族,不在选举也。"[③]迨及 20 世纪初,王国维发表《殷周制度论》一文,详细阐述了周代宗法制的基本精神。王国维认为,周人以"尊尊、亲亲、贤贤"三原则治理天下,其中"尊尊、亲亲"原则用于维系宗族(宗统),"贤贤"原则用于选拔官僚(君统),"惟在天子、诸侯则宗统与君统合,故不必以宗名;大夫、士以下皆以贤才进,

---

* 胡霖,清华大学人文学院博士研究生,主要从事先秦文学与文化研究。

① (清)朱鹤龄《愚庵小集》(下),上海古籍出版社 1979 年版,第 582~584 页。
② (清)赵翼著,王树民校证《廿二史札记校证》卷 2,中华书局 2013 年版,第 37 页。
③ (清)俞正燮《癸巳类稿》卷 3,《俞正燮全集》(壹),黄山书社 2005 年版,第 101 页。

不必身是嫡子。故宗法乃成一独立之统系"①。

王氏之后,顾颉刚发表《禅让传说起于墨家考》一文,通过梳理传世文献和西周金文中所见世官材料,明确提出"西周以来至于春秋,无疑地是行的世官制度(世官不一定是世职)"。他否认西周"以贤贤之义治官"的说法,批评王氏"幼年读的儒书太熟了,无形中就把春秋以后的儒、墨们的理想制度确认作殷、周的真制度了",主张尚贤主义起源于墨家。② 其后,童书业、杨宽等均宗其说,主张周代实行世卿世禄制。③ 赵光贤在辨析周代社会制度时也说:"什么叫世卿? 它就是天子或诸侯下的大贵族,世袭地享有卿的政治地位,执掌政权。本来封建政治是封建贵族的专政,当然他们的卿士地位是会世袭下去的,这是没有什么奇怪的。可是《公羊传》却提出《春秋》'讥世卿'的说法,说:'世卿,非礼也。'他不懂得世卿正是周礼的根本。"④西周春秋存在"世卿制度"基本得到了主流学界的认可。不过,关于这一问题的争论远未结束。1982 年,余天炽发表《重提"世卿世禄制"》一文,再次否认西周实行过"世卿世禄制",而王国维所概括的周人"以贤贤之义治官"仍是其立论的基础。⑤ 对此,主张西周奉行"世卿世禄制"的学者再次罗列史实进行商榷,提出西周在用人方面同时存在世卿世禄制和选贤任能制。⑥

回顾这场论争,正如凌鹏所言,否认西周存在"世卿制度"的学者,倾向于从根本的"制度精神"这一层面来理解历史;而持西周存在"世卿制度"观点的学者,往往更重视文献史料所呈现出来的"史实层面"。⑦ 前人对于"世卿制度"的讨论大多纠结于非此即彼的有无判断,缺少过程性的理解,且鲜有学者兼顾"史实层面"的清理和"制度精神"的总结。考虑到"世卿"通常与"尚贤"正反相对,笔者认为,解决问题的关键在于澄清周代尚贤政治的面貌及其变化情况。西周社会究竟是否尚贤? 如果尚贤,又是如何选贤的? 周代尚贤政治发生过何种结构性变化,又具有怎样的阶段性特征? 推动其转变的内在动力是什么? 以往的研究对于上述问题虽有局部探讨,但总体上缺乏长时段的眼光和整体性的分析框架。回答这些问题并以此为基础厘清周代尚贤政治的演变情况,是本文写作的目的。

二、以世举贤:西周尚贤政治的主要特点

西周初年,国家草创,亟须用人。为稳固政权,振兴周业,姬周统治者十分重视延揽人才。早在伐商之初,周文王便广罗人才,以做灭殷准备。史书记载他"礼下贤者,日中

---

① 王国维《观堂集林》(上),河北教育出版社 2001 年版,第 293 页。
② 顾颉刚《顾颉刚古史论文集》卷 1,中华书局 2011 年版,第 423～498 页。
③ 童书业《春秋左传研究》,上海人民出版社 1980 年版,第 147 页;杨宽《战国史》,上海人民出版社 1980 年版,第 196 页。
④ 赵光贤《周代社会辨析》,人民出版社 1980 年版,第 121 页。
⑤ 余天炽《重提"世卿世禄制"》,《华南师院学报》1982 年第 3 期,第 108～115、122 页。
⑥ 楚刃《西周没有"世卿世禄"制度吗? ——与余天炽同志商榷》,《晋阳学刊》1985 年第 5 期,第 86～87、30 页。
⑦ 凌鹏《中国传统"制度"概念中的"制度精神"与"史实现象"——以西周"世卿制度"为例》,《社会发展研究》2016 年第 3 期,第 91 页。

不暇食以待士，士以此多归之"①，又求得姜太公辅佐，"举而为天子师"②，为灭商兴周奠定了基业。《诗·大雅·文王》云"思皇多士，生此王国。王国克生，维周之桢。济济多士，文王以宁"③，即谓文王得以成就功业，离不开"济济多士"的辅助。周武王克商后，"封功臣谋士……各以次受封"④。武王去世后，周公代为摄政。相传他求贤心切，"一沐三捉发，一饭三吐哺，起以待士，犹恐失天下之贤人"⑤。《尚书·立政》记有周公选用官员的具体准则，其中"克俊有德""成德之彦""其惟吉士""克用常人"⑥云云，足见他对拔擢贤才高度重视。为了弥补本族文化相对落后的状况，文武周公还大量启用异姓贵族担任史官。⑦诸如此类，皆反映出周初盛行的"尚贤"观念。应该说，周初的尚贤政治具有不拘一格的特征，这是由特殊的政治形势和政治需求决定的。

　　成康之世，西周政权进入稳固阶段。大规模的封建诸侯告一段落，以嫡长子继承制为核心的宗法制逐步定型。《左传·昭公二十八年》载："昔武王克商，光有天下，其兄弟之国者十有五人，姬姓之国者四十人，皆举亲也。"⑧周初的分封以血缘亲属关系为根据，目的是为了"封建亲戚，以蕃屏周"⑨。而这层血缘亲属关系，本质上就是宗法的"亲亲"关系。在宗法制下，周天子一般由嫡长子世袭，既是政治上的共主，又是全国最大的大宗。其余诸子，被分封为诸侯，称为"别子"。受封的别子，成为新的宗族的始祖。他们的封地和爵位，也由该宗族的嫡长子继承，称为"宗子"。这些宗子对周天子虽为小宗，但在其国则是大宗。诸侯以下卿、大夫、士等各级贵族也都遵循这种层层相属的宗法关系。总之，宗法制的实质是通过血缘关系的亲疏来确定财产、权位的继承权，目的是利用族权拱卫君权，维系周王对天下的统治。由于西周实行严格的封建宗法制，自天子到士，"君统"建立在"宗统"的基础之上，这使得当时国家行政组织系统中的选官制度表现出明显的世族化特点，这便是后人所说的"世官制"。

　　诚然，宗法关系赋予了西周选官制度以"亲亲"的底色。不过，"国家权力体系的形成毕竟要超迈于血缘氏族之上，产生凌驾于宗族权力的政治力"⑩。这一理念反映到周人的任官制度上，即表现为国君在亲贵中选拔官员时，既要注意"亲亲"，又要体现"贤贤"，遵循的是"亲亲"与"贤贤"相辅为用的选官机制，此即后来荀子总结的"以世举贤"⑪，也可称作"族内选贤"。这种"亲亲"与"贤贤"并举的提法，在许多文献中都有迹可循。比如，《国语·周语中》记载周大夫富辰以"尊贵、明贤、庸勋、长老、爱亲、礼新、亲旧"⑫7 种德政教导周襄王，要求他既亲近故旧、友爱亲族，又彰扬贤人、任用功臣。类似的话，又见于《左

①　（汉）司马迁《史记》卷 4，中华书局 2014 年版，第 151 页。
②　荆门市博物馆《郭店楚墓竹简》，文物出版社 1998 年版，第 145 页。
③　（清）阮元校刻《十三经注疏·毛诗正义》卷 16，中华书局 2009 年版，第 1085 页。
④　（汉）司马迁《史记》卷 4，中华书局 2014 年版，第 163 页。
⑤　（汉）司马迁《史记》卷 33，中华书局 2014 年版，第 1836 页。
⑥　（清）阮元校刻《十三经注疏·尚书正义》卷 17，中华书局 2009 年版，第 493～495 页。
⑦　胡新生《异姓史官与周代文化》，《历史研究》1994 年第 3 期，第 43～58 页。
⑧　（清）阮元校刻《十三经注疏·春秋左传正义》卷 52，中华书局 2009 年版，第 4601 页。
⑨　（清）阮元校刻《十三经注疏·春秋左传正义》卷 15，中华书局 2009 年版，第 3944 页。
⑩　钱永生《论墨子思想结构的生成》，首都师范大学博士学位论文 2002 年，第 13 页。
⑪　（清）王先谦《荀子集解》卷 17，中华书局 1988 年版，第 534 页。
⑫　徐元诰《国语集解·周语中》，中华书局 2002 年版，第 48 页。

传·僖公二十四年》"庸勋、亲亲、昵近、尊贤,德之大者也"①,同样是"亲亲"和"尊贤"并重。《国语·晋语四》借负羁之口,表述更加简明:"臣闻之:爱亲、明贤,政之干也。"②《礼记·中庸》在诠释周礼精神时,也强调:"亲亲之杀,尊贤之等,礼之所生也。"③事实上,结合《中庸》"亲亲则诸父、昆弟不怨"④综合思考,我们不难理解周人同时奉行"亲亲"与"贤贤"两条选官原则的深刻用意:"亲亲"为的是保持宗族内部的和睦团结,依靠宗法血缘关系,形成强固的统治集团;"贤贤"则有助于在宗族之间形成权力的制约与平衡,为统治阶层注入新鲜血液,确保政治秩序的良性运转。换言之,唯有实现"亲亲"与"贤贤"的统一,方能在不破坏封建宗法制度的前提下,既保持和维系累世修德之族,又避免世族强宗势力坐大,实现周王朝的长治久安。

明确西周选官"亲亲"与"贤贤"并重的特点,有助于我们重新认识"世官制"的内涵。所谓"世官制",实际上有两层含义。

一种是指以父子相传的模式继承上一代的职位,固定做某一种官。常见的如巫、史、乐、祝、医、卜、日、历、百工等专职人员,他们需要掌握专门的知识与技能,通常以家族传承的方式世掌其职,这类人被称为"畴人"或"畴官"。《大戴礼记·千乘》载:"日、历、巫、祝,执伎以守官。"⑤《礼记·王制》也说:"凡执技以事上者:祝史、射御、医卜及百工。凡执技以事上者:不贰事,不移官。"⑥《左传·成公九年》记乐官钟仪曰:"先父之职官也,敢有二事。"⑦《定公四年》记祝佗言:"臣展四体,以率旧职。"⑧此亦证乐、祝之官往往世袭连任。《襄公十年》记暇禽曰:"昔平王东迁,吾七姓从王,牲用备具,王赖之,而赐之骍旄之盟,曰:'世世无失职。'"杜预注:"主为王备牺牲,共祭祀。王恃其用,故与之盟,使世守其职。"⑨这是祭祀之官世袭的例证。除此之外,据陕西扶风出土窖藏青铜器铭文所载,虢季氏世代为"师",微氏一族七代为"史"。⑩ 以上皆可谓世居其官、官守其学的典型代表。

另一种指在世族子弟中选拔官员,他们并非通过父死子继的方式继承父祖的职位,而是需要凭借自身的才德获得周王的遴选和册命,入仕的职位也并不固定。例如,周、召二公的后裔虽然世袭公爵,但是未必世代担任王朝要职。⑪《诗·大雅·文王》云:"凡周之士,不显亦世。"郑笺曰:"其臣有光明之德者,亦得世世在位,重其功也。"孔疏进一步阐述道:"封为国君固当世矣,其卿大夫有大功乃得世也。"⑫由此可知,先儒多以为卿大夫可以世袭父祖的采邑,但非有贤才不得世位。事实上,这与金文资料所反映的情况是一致

① (清)阮元校刻《十三经注疏·春秋左传正义》卷15,中华书局2009年版,第3945页。

② 徐元诰《国语集解·晋语四》,中华书局2002年版,第328页。

③ (清)阮元校刻《十三经注疏·礼记正义》卷52,中华书局2009年版,第3535页。

④ (清)阮元校刻《十三经注疏·礼记正义》卷52,中华书局2009年版,第3536页。

⑤ 黄怀信主撰,孔德立、周海生参撰《大戴礼记汇校集注》卷9,三秦出版社2005年版,第957页。

⑥ (清)阮元校刻《十三经注疏·礼记正义》卷13,中华书局2009年版,第2908页。

⑦ (清)阮元校刻《十三经注疏·春秋左传正义》卷26,中华书局2009年版,第4137页。

⑧ (清)阮元校刻《十三经注疏·春秋左传正义》卷54,中华书局2009年版,第4634页。

⑨ (清)阮元校刻《十三经注疏·春秋左传正义》卷31,中华书局2009年版,第4230页。

⑩ 杨宽《西周史》,上海人民出版社2003年版,第364~372页。

⑪ 西周各王世的执政卿情况,参见何景成《西周王朝政府的行政组织与运行机构》,光明日报出版社2013年版,第143页;王治国《金文所见西周王朝官制研究》,北京大学博士学位论文2013年,第99页。

⑫ (清)阮元校刻《十三经注疏·毛诗正义》卷16,中华书局2009年版,第1084页。

的。根据晚近学者对西周金文官制的研究，我们知道，西周官员的升迁同样有赖于个人政绩，而且世官传承不必墨守嫡长之义。①"一个人的家庭背景仅意味着一个'资格'或仅是一个'更好的机会'，而若要沿着官僚阶梯向上发展在很大程度上可能取决于他本人。"②无论是传世文献还是出土资料，都可证明"以世举贤"或"族内选贤"才是西周封建时代选官的基本精神。

当然，除"以世举贤"的世官制外，西周社会也不排斥从士庶阶层拔擢人才。《诗·小雅·甫田》"攸介攸止，烝我髦士"，毛传："烝，进。髦，俊也。治田得谷，俊士以进。"③此与《周礼·地官·遂大夫》"三年大比，则帅其吏而兴甿"④可堪对读，反映的是俊髦之民发于畎亩，晋升为士的历史事实。又《逸周书·作雒》云："农居鄙，得以庶士。士居国家，得以诸公、大夫。"⑤亦说明农夫能治理一鄙，可晋升为庶士。庶士能治理国家，可晋升为诸公、大夫。不过，正如顾炎武所言："三代之时，民之秀者乃收之乡序，升之司徒而谓之士，固千百之中不得一焉。"⑥可以想见，在世官制占主导地位的西周时代，通过乡举里选而被授予重要官职的晋升机会毕竟有限。周人奉行的"贤贤"原则，还远达不到"不拘一格降人才"的程度。受"学在官府"的条件限制，当时绝大多数的贤才只能出自受过良好教育的上层贵族。

值得注意的是，到了厉幽之世，朝纲混乱，小人在位，王权与世族的矛盾空前激化，进贤之路遭遇堵塞。西周后期，在王朝系统中，一度出现了权臣把持朝政的局面。⑦厉王即位后，为强化王权，厉行专制，不得不启用原先受到压制的中小贵族担任近臣⑧，结果不仅造成佞幸当道、言路堵塞，更激化了王朝内部的矛盾。《国语·周语上》载厉王不顾芮良夫的劝谏，任用与民争利的荣夷公为卿士；《郑语》载幽王任用善谀好利的虢石父为卿，都致使朝政腐败，国人怨声载道。《诗·小雅·裳裳者华》序云："《裳裳者华》，刺幽王也。古之仕者世禄，小人在位，则谗谄并进，弃贤者之类，绝功臣之世焉。"⑨《小雅·十月之交》借诗人之口，也发出"四国无政，不用其良"⑩的哀叹。随着尚贤政治的败坏，西周政权轰然倒塌。如何重建尚贤秩序，于是成为摆在时代面前的一道难题。

由上分析可知，周王朝除在西周初年和西周末年两段特殊时期采取过"非常规"的用人机制外，其余多数时间基本遵行"以世举贤"或"族内选贤"的尚贤政治，即在以血缘宗法关系为基础的世官制下，同时存在"论贤"的事实。正所谓"流水不腐，户枢不蠹"，"亲

---

① 参见李峰《西周的政体：中国早期的官僚制度和国家》，生活·读书·新知三联书店 2010 年版，第 214～220 页；何景成《西周王朝政府的行政组织与运行机构》，光明日报出版社 2013 年版，第 234～237 页；杜正胜《古代社会与国家》，台湾允晨文化出版公司 1992 年版，第 431～435 页。

② 李峰《西周的政体：中国早期的官僚制度和国家》，生活·读书·新知三联书店 2010 年版，第 213 页。

③ （清）阮元校刻《十三经注疏·毛诗正义》卷 14，中华书局 2009 年版，第 1016 页。

④ 郑玄注："兴甿，举民贤者、能者，如六乡之为也。"（清）阮元校刻《十三经注疏·周礼注疏》卷 15，中华书局 2009 年版，第 1602 页。

⑤ 黄怀信、张懋镕、田旭东《逸周书汇校集注》（修订本），上海古籍出版社 2007 年版，第 531 页。

⑥ （清）顾炎武著，黄汝成集释《日知录集释》卷 7，上海古籍出版社 2006 年版，第 439～440 页。

⑦ 张亚初、刘雨《西周金文官制研究》，中华书局 1986 年版，第 109 页。

⑧ 韩巍《西周金文世族研究》，北京大学博士学位论文 2007 年，第 285～291 页。

⑨ （清）阮元校刻《十三经注疏·毛诗正义》卷 14，中华书局 2009 年版，第 1029 页。

⑩ （清）阮元校刻《十三经注疏·毛诗正义》卷 12，中华书局 2009 年版，第 957 页。

亲"与"贤贤"的相辅为用,有助于在维系宗法统治的同时,缓解因统治阶层的固化所带来的腐朽,实现政治秩序的良性运转。相反,这种平衡一旦被打破,就会激化王权与世族及世族与世族之间因权力、资源分配不均引发的矛盾,造成社会政治的剧烈变动。

三、春秋争霸与尚贤之风的兴起

春秋时期,伴随着"礼乐征伐自诸侯出",宗法制度开始瓦解,"亲亲"精神日渐淡漠。尽管如此,《左传·昭公十一年》载:"亲不在外,羁不在内。"①《襄公三十一年》:"守其官职,保族宜家。"②重用有血缘、姻亲关系的贵族仍是当时任官的常态。不过一些有作为的诸侯,为了富国强兵,争当霸主,也开始从下层士人中选拔人才,改革政治,掀起了一股尚贤之风。

首开尚贤之风的当属齐桓公。齐国历来就有重视人才的传统,早在建立之初,姜太公就把"举贤上功"定为了齐国的治国方针。③ 齐桓公即位后,注意发扬齐国一贯的用人精神。经鲍叔牙推荐,他大胆起用"鄙人"④管仲为相,在齐国推行改革。管仲拜相后,"与鲍叔、隰朋、高傒修齐国政,连五家之兵,设轻重鱼盐之利,以赡贫穷,禄贤能,齐人皆说"⑤。此外,他还大力改革选官制度,打破等级界限,在全国范围内选拔人才,建立了乡里推荐、官长筛选、桓公亲自把关的"三选"法⑥;甚至不计国别,把选贤的范围扩展到了其他国家:"为游士八十人,奉之以车马、衣裘,多其资币,使周游于四方,以号召天下之贤士。"⑦据《孟子·告子下》记载,齐桓公在葵丘会盟上曾以盟主的身份与诸侯约定:"尊贤育才,以彰有德","士无世官,官事无摄"。⑧ 总之,桓公时代的尊贤、任贤,不仅为本国新兴贵族和下层士民进入仕途开辟了道路,更为广大诸侯做出了积极的示范。作为诸侯霸政的开创者,桓公广纳贤才所取得的成功,为诸侯争霸开辟了新的用人思路,尚贤之风蔚然兴起。

继齐而称霸的晋国也格外重视举用贤才。春秋初年,晋国在经历"曲沃代翼"之后,完成了国家的统一。晋献公即位后,为了消除桓叔、庄伯遗族对他的威胁,保住国君的地位,遂用士蒍之谋,实行了灭公族、"尽杀群公子"⑨的政策。时隔不久,晋国又发生了骊姬之乱,献公因宠幸骊姬而逼杀太子申生,下令尽逐群公子,立骊姬幼子奚齐为太子。从此,晋国不再畜养群公子,除太子以外的公子都出居国外,"国无公族焉"⑩。晋国"无亲"的政治传统阻塞了公族参与政治的途径。晋文公即位后,除了大力"赏从亡者及功臣,大

---

① (清)阮元校刻《十三经注疏·春秋左传正义》卷45,中华书局2009年版,第4476页。
② (清)阮元校刻《十三经注疏·春秋左传正义》卷40,中华书局2009年版,第4378页。
③ 参见《六韬·举贤》《吕氏春秋·长见》《淮南子·齐俗》《汉书·地理志下》等。
④ 《战国策·秦五》:"管仲,其鄙人之贾人也。"(汉)刘向集录《战国策》卷7,上海古籍出版社1985年版,第296页。
⑤ (汉)司马迁《史记》卷32,中华书局2014年版,第1800页。
⑥ 《国语·齐语》韦昭注:"三选,谓乡长所进,官长所选,公所訾相。"徐元诰《国语集解·齐语》,中华书局2002年版,第227页。
⑦ 徐元诰《国语集解·齐语》,中华书局2002年版,第229~230页。
⑧ (清)焦循《孟子正义》卷25,中华书局1987年版,第843页。
⑨ (清)阮元校刻《十三经注疏·春秋左传正义》卷10,中华书局2009年版,第3863页。
⑩ 徐元诰《国语集解·晋语二》,中华书局2002年版,第281页。

者封邑,小者尊爵"①,为谋求霸业,他也开始积极任用异姓人才和同姓疏宗。据《国语·晋语四》记载,晋文公以晋之旧姓 11 族掌朝廷近官,同姓之良者掌宫廷内官,异姓之能者掌县鄙远官,同时确立了"明贤良""赏功劳""举善援能"的用人机制。② 这一举措,极大地激发了不同阶层为国效命的积极性。当时晋国君臣上下一心,举贤、让贤蔚然成风。③ 晋文公之后,晋悼公接续了晋国的任贤传统。《国语·晋语七》记载,悼公即位后,"定百事,立百官,育门子,选贤良,兴旧族"④,在选拔贤良、提拔功臣的同时,尤其注重量才录用。悼公任贤使能,群臣受此风气影响,也主动让贤、荐贤。《国语·晋语七》记载韩穆公让贤不肯接替父位,晋大夫张老让贤魏绛,晋大夫司马侯举荐叔向,祁奚举贤外不避仇、内不避亲等事例,就是这方面的典型。晋国的治政有方,曾引来楚令尹子囊的慨叹,他认为"晋君类能而使之,举不失选,官不易方,其卿让于善,其大夫不失守,其士竞于教,其庶人力于农穑,商工皂隶,不知迁业"⑤,楚国不足以与其抗衡。可以说,晋悼公继晋文公之后打破了晋楚共霸的局面,实现了晋国的复霸,这也与晋国尊贤尚功的任人制度有密切关系。

秦国自秦穆公始也重视引进人才。秦穆公在《秦誓》中公开宣扬尊贤使能的用人主张,招揽百里奚、由余、蹇叔、丕豹、公孙支、孟明视、西乞术、白乙丙等众贤臣,辅佐他称霸西戎。后来李斯《谏逐客书》说:"昔缪公求士,西取由余于戎,东得百里奚于宛,迎蹇叔于宋,来邳豹、公孙支于晋。此五子者,不产于秦,而穆公用之,并国二十,遂霸西戎。"⑥可见秦穆公的称霸,正是从招贤纳士开始的。楚庄王在平定若敖氏之乱后,也开始注意搜罗人才。楚庄王重用"思期之鄙人"⑦孙叔敖,就是明显的例子。《韩非子·喻老》说楚庄王"所废者十,所起者九,诛大臣五,举处士六,而邦大治"⑧,善用人才也是楚庄王称霸的先决条件。

从某种意义上讲,春秋争霸是尚贤之风兴起的历史条件,而尚贤又往往成为诸侯争霸的重要筹码。任官制度的革新,使得异姓人才和同姓疏宗有机会跻身统治上层,从客观上推动了一批新兴贵族的产生,甚至催生出新的世家大族。当然,由于历史传统和现实国情的不同,春秋列国的尚贤政治发展并不平衡。比较而言,齐、晋的政治风气比较开明,尚贤之风最为盛行;鲁、郑、宋、卫四国基本因循旧制,用人政策趋于保守;楚国尽管实行过短暂的尚贤政策,不过长期奉行"内姓选于亲,外姓选于旧"⑨的用人原则,重要的官职基本被公室贵族所垄断。不少人才因得不到重用而外流他国,以致史有"楚材晋用"之说。春秋诸国尚贤、用贤的不平衡性,极大地刺激了人才的跨国流动。

需要指出的是,尽管各国尊贤尚功的任官制度对传统的宗法贵族造成了巨大冲击,

---

① (汉)司马迁《史记》卷 39,中华书局 2014 年版,第 2006 页。
② 徐元诰《国语集解·晋语四》,中华书局 2002 年版,第 349～350 页。
③ 如《左传·僖公二十七年》《国语·晋语四》"赵衰三让"的史实。
④ 徐元诰《国语集解·晋语七》,中华书局 2002 年版,第 229～230 页。
⑤ (清)阮元校刻《十三经注疏·春秋左传正义》卷 30,中华书局 2009 年版,第 4216 页。
⑥ (汉)司马迁《史记》卷 87,中华书局 2014 年版,第 3086 页。
⑦ (清)王先谦《荀子集解》卷 3,中华书局 1988 年版,第 86 页。
⑧ (清)王先慎《韩非子集解》卷 7,中华书局 1998 年版,第 180 页。
⑨ (清)阮元校刻《十三经注疏·春秋左传正义》卷 23,中华书局 2009 年版,第 4079 页。

但是整个社会的宗法分封性质其实尚未改变。恰如赵鼎新所言,在春秋前期,虽然官僚化与封建化两大趋势并存,不过封建化的趋势仍占主导地位。①《国语·鲁语》(上)载:"胜敌而归,必立新家。"②诸侯国君为了奖励在争霸战争中立有军功的事功贵族,依然采取"胙之土而命之氏"③的办法对其进行土地分封。长此以往,这就为日后卿族坐大、公室衰微埋下了隐患。公元前546年弭兵之会,晋楚结束了长达百余年的争霸战争。弭兵成功之后,中原诸侯纷纷将焦点转向国内。伴随着卿族势力的壮大,大夫专权代替诸侯争霸逐渐成为中原各国政治上的主要矛盾。鲁国三桓世执鲁政,郑国七穆垄断政权,晋国六卿轮流执政,卿权世袭成为惯例,世卿擅权的局面开始出现。④ 我们知道,世卿制度原本是世袭宗法制和等级制度庇护下的产物,此时却因公室权力的失落和宗法观念的淡漠,成为君权的巨大威胁,这其实暴露了宗法体制的内在矛盾。在此情况下,"异姓之卿"较之"贵戚之卿"对公室的离心力无疑更强。各大宗族围绕着权力和财富展开激烈争夺,导致许多世族成员因斗争失败而沦为平民。《左传·昭公三年》载:"栾、郤、胥、原、狐、续、庆、伯,降在皂隶。……郤之宗十一族,唯羊舌氏在而已。"⑤《昭公三十二年》:"社稷无常奉,君臣无常位。……三后之姓,于今为庶。"⑥上述文献就反映了这场高岸为谷、深谷为陵的社会剧变。与此同时,随着宗法关系的废弛,原本隶属于卿大夫世族组织的宗法性士阶层,失去原有的宗族依靠,不得不自谋出路。社会阶层的流动,同时带来了知识文化的下移。春秋晚期私学的兴起,尤其是"有教无类"⑦的提出,也为下层庶民的上升敞开了门户。在社会分化重组过程中,这3类群体最终汇流成为一种"脱离宗法、以仕为职"的新士阶层,数量与日俱增,成分日趋复杂,在春秋战国之际逐渐成为一股不可小觑的政治力量。

四、战国变法与"因能授官"的确立

进入战国,随着争霸、兼并战争愈演愈烈,各诸侯国的生存竞争日趋严峻。无论是为了平定内乱,加强君权,避免世卿擅权的历史再度重演;还是为了富国强兵,称霸争雄,重新实现天下一统的宏图大业,诸侯国君普遍认识到招贤纳士、延揽人才的重要性和紧迫性。《管子·霸言》称:"夫争天下者,必先争人。"⑧《战国策·秦一》也说:"夫贤人在而天下服,一人用而天下从。"⑨"得士则昌,失士则亡"的观念已成为当时的社会共识。

在此背景下,各国纷纷变法革新,普遍提出了选贤任能的口号,甚至从法律制度上强行废弃"任人唯亲"的世官制,代之以"因能授官"的选官制度。战国初年,魏文侯在诸侯中率先推行变法。据《说苑·政理》记载,李克以"魏文侯相"的身份主持变法时,坚决反

①　赵鼎新《霸权迭兴的神话:东周时期战争和政治发展》,《学术月刊》2006年第2期,第134页。
②　徐元诰《国语集解·鲁语上》,中华书局2002年版,第171页。
③　(清)阮元校刻《十三经注疏·春秋左传正义》卷4,中华书局2009年版,第3764页。
④　晁福林《论周代卿权》,《中国社会科学》1993年第6期,第212页。
⑤　(清)阮元校刻《十三经注疏·春秋左传正义》卷42,中华书局2009年版,第4411页。
⑥　(清)阮元校刻《十三经注疏·春秋左传正义》卷53,中华书局2009年版,第4622页。
⑦　程树德《论语集释》卷32,中华书局1990年版,第1450页。
⑧　黎翔凤《管子校注》卷9,中华书局2004年版,第465页。
⑨　(汉)刘向集录《战国策》卷3,上海古籍出版社1985年版,第88页。

对"其父有功而禄，其子无功而食之"的世卿世禄制，主张"夺淫民之禄，以来四方之士"，建议按照"食有劳而禄有功"的原则来选拔官吏。① 其中"夺淫民之禄"，从根本上剥夺了旧贵族世代享有的政治经济特权；"食有劳而禄有功"，使得一大批士阶层出身的人，凭借才能和功劳被授予官职，得以在政治舞台上崭露头角。历史事实表明，魏文侯在位时礼贤下士，"师卜子夏，友田子方，礼段干木"②，先后任用魏成子、翟璜、李克为相，乐羊、吴起为将，西门豹、北门可为县令，屈侯鲋为太子傅，使魏国成为战国初期第一强国。恰如钱穆《魏文侯礼贤考》所云："魏文以大夫僭国，礼贤下士，以收人望，邀誉于诸侯，游士依此发迹，实开战国养士之风。"③

继魏国改革之后，吴起在楚悼王的支持下开始在楚国变法。他认为楚国的积弊在于"大臣太重，封君太众"，于是提出了"使封君之子孙，三世而收爵禄，绝灭百吏之禄秩，损不急之枝官，以奉选练之士"④，"大夫不兼官，执民柄者不在一族"⑤的改革方案。吴起变法革除了世袭封君的特权，采用削减冗余机构、裁汰无用之官的方法，把节省下来的财富用来抚养战士，奖励军功，以达到富国强兵的目的。楚悼王执政期间，之所以能"南收杨越，北并陈、蔡，破横散从，使驰说之士无所开其口，禁朋党以励百姓，定楚国之政，兵震天下，威服诸侯"⑥，不可谓不受益于这套以功劳大小为标准的军功爵制的确立。

战国中期，申不害在韩国也进行了政治改革。申不害原为"故郑之贱臣"⑦，后被韩昭侯委任为相。据《韩非子·外储说左上》记载："韩昭侯谓申子曰：'法度甚易不行也。'申子曰：'法者，见功而与赏，因能而受官。今君设法度而听左右之请，此所以难行也。'昭侯曰：'吾自今以来知行法矣，寡人奚听矣。'"⑧可见，申不害在变法中也大力提倡"见功而与赏，因能而受官""循功劳、视次第"⑨的任官制度。

几乎同时，齐威王起用邹忌为相，实行变法改革。他继承了齐国"举贤上功"的用人传统，不以门第取人，视贤能之士为"国宝"，予以破格重用。邹忌"以鼓琴见威王"⑩，被任为相国；孙膑乃"刑余之人"⑪，被任为军师；淳于髡原为"齐之赘婿"⑫，也为齐威王重用。据《说苑·臣术》记载，邹忌还曾向齐威王举荐田居子、田解子、黔涿子、田种首子、北郭刁勃子等良人，均被委以重任，收到了"齐国大治"的效果。齐威王死后，齐宣王继续推进威王的改革事业，重用贤能之士，齐国的国势达到了鼎盛时期。史载，"宣王喜文学游说之士，自如邹衍、淳于髡、田骈、接舆、慎到、环渊之徒七十六人，皆赐列第，为上大夫，不治而

① （汉）刘向撰，向宗鲁校证《说苑校证》卷7，中华书局1987年版，第165~166页。
② 许维遹《吕氏春秋集释》卷21，中华书局2009年版，第586页。
③ 钱穆《先秦诸子系年》，商务印书馆2001年版，第149页。
④ （清）王先慎《韩非子集解》卷4，中华书局1998年版，第96~97页。
⑤ （汉）刘向撰，向宗鲁校证《说苑校证》卷3，第57页。
⑥ （汉）司马迁《史记》卷79，中华书局2014年版，第2938页。
⑦ （汉）司马迁《史记》卷63，中华书局2014年版，第2611页。
⑧ （清）王先慎《韩非子集解》卷12，中华书局1998年版，第285页。
⑨ （汉）刘向集录《战国策》卷26，上海古籍出版社1985年版，第929页。
⑩ （汉）司马迁《史记》卷46，中华书局2014年版，第2290页。
⑪ （汉）司马迁《史记》卷65，中华书局2014年版，第2633页。
⑫ （汉）司马迁《史记》卷126，中华书局2014年版，第3885页。

议论。是以齐稷下学士复盛,且数百千人"①,"于是齐王嘉之,自如淳于髡以下,皆命曰列大夫,为开第康庄之衢,高门大屋,尊宠之。览天下诸侯宾客,言齐能致天下贤士也"②,齐宣王对稷下学宫的重视,吸引了孟轲、邹衍、淳于髡、慎到、环渊、尹文、宋钘、彭蒙、田骈等一大批名重一时的学者。他们不仅参与齐国的政治活动,为齐国提供议政咨询,培养和输送人才,也通过著书立说,争鸣辩驳的方式,将战国学术的百家争鸣推向了高潮。

战国中后期,燕昭王任用乐毅也进行改革,主张"察能而授官","不以禄私其亲,功多者授之;不以官随其爱,能当者处之"③,建立"无功不当封"的选官制度。相传燕昭王筑黄金台揽才,成为后人传诵的佳话。④《战国策·燕一》载:"于是昭王为隈筑宫而师之。乐毅自魏往,邹衍自齐往,剧辛自赵往,士争凑燕。"⑤《史记·孟子荀卿列传》载:"(邹衍)如燕,昭王拥篲先驱,请列弟子之座而受业,筑碣石宫,身亲往师之。"⑥又《水经·易水注》记:"昭王礼宾,广延方士,至于郭隗、乐毅之徒,邹衍、剧辛之俦,宦游历说之民,自远而届者多矣。"⑦据钱穆考证,邹衍、剧辛仕燕当在燕昭王之后。⑧ 不过燕昭王广纳贤才,却是不可否认的事实。

六国变法,除楚国因吴起惨死而中途夭折之外,其余各国大都延续了下来。各国变法的重点都在因能授官,目的是将所有的等级、爵位、官职去世袭化,变成以非世袭的官僚制度来维持君位的世袭。从变法取得的成效来看,血缘出身不再是选官入仕的先决条件,才能和功劳成为拔擢人才的重要标准。《战国策·赵四》载有左师触龙与赵太后的一段对话:"左师公曰:'今三世以前,至于赵之为赵,赵主之子孙侯者,其继有在者乎?'曰:'无有。'曰:'微独赵,诸侯有在者乎?'曰:'老妇不闻也。'"⑨这足以证明战国变法使世卿世禄制遭到了严重破坏。尽管战国时代也有贵戚专权的情况,但是卿大夫家族累世专权的现象已绝少发生。正如唐人李百药《封建论》所言"爵非世及,用贤之路斯广"⑩,新的晋升规则,带来了前所未有的社会流动。据许倬云对班固《古今人表》中各类人等的统计,出身寒庶阶层之士人跃居高位者,由春秋时代的 26% 演变至战国时代的 55%。⑪ 这说明统治阶层的人员构成已发生明显变化。

最具决定性的变法发生在秦国,这场变法也最为彻底。早在变法前夕,力图恢复穆公霸业的秦孝公便向天下颁布《求贤令》,公开招贤纳士,许诺"宾客群臣有能出奇计强秦者,吾且尊官,与之分土"⑫。商鞅应《求贤令》之召入秦,以"霸道"进说秦孝公,最终说服

---

① (汉)司马迁《史记》卷 46,中华书局 2014 年版,第 2396 页。

② (汉)司马迁《史记》卷 74,中华书局 2014 年版,第 2852 页。

③ (汉)刘向集录《战国策》卷 30,上海古籍出版社 1985 年版,第 1104 页。

④ 《文选》李善注引《上谷郡图经》:"黄金台,易水东南十八里,燕昭王置千金于台上,以延天下之士。"(梁)萧统编、(唐)李善注《文选》卷 28,中华书局 1977 年版,第 405 页。

⑤ (汉)刘向集录《战国策》卷 29,上海古籍出版社 1985 年版,第 1066 页。

⑥ (汉)司马迁《史记》卷 74,中华书局 2014 年版,第 2849 页。

⑦ (北魏)郦道元著,陈桥驿校证《水经注校证》,中华书局 2007 年版,第 281 页。

⑧ 钱穆《先秦诸子系年》,商务印书馆 2001 年版,第 507~509 页。

⑨ (汉)刘向集录《战国策》卷 21,上海古籍出版社 1985 年版,第 770 页。

⑩ (唐)吴兢撰,谢保成集校《贞观政要集校》卷 3,中华书局 2009 年版,第 177 页。

⑪ 许倬云《中国古代社会史论——春秋战国时代的社会流动》,广西师范大学出版社 2006 年版,第 45 页。

⑫ (汉)司马迁《史记》卷 5,中华书局 2014 年版,第 256 页。

孝公变法图强。在变法过程中,商鞅吸取山东六国特别是魏文侯改革、吴起变法的经验教训,结合秦国当时的国情,提出了奖励耕战、以军功授爵的强国之术。法令要求"有军功者,各以率受上爵","有功者显荣,无功者虽富无所芬华"①,确立了"劳大者其禄厚,功多者其爵尊,能治众者其官大"②的政治权益分配原则。针对旧贵族的政治特权,变法规定"宗室非有军功,论不得为属籍"③,也即是说凡是没有立过军功的宗室贵族,一律不能列入公族的籍簿,享受宗族的特权。在商鞅看来,"胜法之务,莫急于去奸"④,而"不作不食,不战而荣,无爵而尊,无禄而富,无官而长,此之谓奸民"⑤。他认识到"法之不行,自于贵戚"⑥。为推行新法,他坚决打击和镇压触犯新法的旧贵族,以至"法令至行,公平无私,罚不讳强大,赏不私亲近,法及太子,黥劓其傅"⑦。经过变法,"秦原来的世官制被打破了,代之而实行的是量功授官的新仕进制度"⑧。尽管商鞅后来惨遭"车裂"的厄运,但是变法的成果却通过成文法的形式得到了捍卫。正如韩非子所言"及孝公、商君死,惠王即位,秦法未败也"⑨,此后秦国历代国君仍然奉行商鞅制定的法治路线。

秦自商鞅变法以后,国力日强,统治者兼并六国的雄心直接刺激了客卿制的确立,自秦惠文王以来,秦国掀起了以客入仕的高潮。《史记·李斯列传》载,李斯辞别荀子时曾说:"今秦王欲吞天下,称帝而治,此布衣驰骛之时而游说者之秋也。"⑩这恰反映出当时游士对秦国政治的一般看法。据清代学者洪亮吉统计,秦自孝公到始皇,任用外来人才担任要职者,多达50余人。⑪其中,在秦惠文王、秦悼武王、秦昭襄王、秦孝文王、秦庄襄王、秦王嬴政六位国君统治期间,担任丞相一职的共22人,其中有18人来自异国,均为出身低贱的布衣之士。⑫秦国在国家政权中确立了布衣将相格局,最终促成秦始皇完成统一大业,深刻影响了数千年帝制时代的选官制度。

综上所述,战国时期,新一轮的尚贤政治把血缘关系从政治领域中驱逐出去,宗法关系不再成为根本性的政治权益分配原则。随着官僚制度的确立,新型君臣关系也随之出现,类似雇佣性质的契约关系逐渐取代封建秩序下的亲缘关系而成为主流。从意识形态的变迁来看,"礼与法之分野,正是中国古代社会从重视'亲亲'演变为提倡'尚贤'两大阶段之大分水岭"⑬。当然,战国时代是一个"逐于智谋""争于气力"⑭的时代,在功利思潮的裹挟下,尚贤政治也带有浓厚的功利主义倾向,重视功劳和才干,轻视道德与品行。战国

① (汉)司马迁《史记》卷68,中华书局2014年版,第2710页。
② (汉)刘向集录《战国策》卷5,上海古籍出版社1985年版,第181页。
③ (汉)司马迁《史记》卷68,中华书局2014年版,第2710页。
④ 蒋礼鸿《商君书锥指》卷2,中华书局1986年版,第58页。
⑤ 蒋礼鸿《商君书锥指》卷4,中华书局1986年版,第112页。
⑥ (汉)司马迁《史记》卷5,中华书局2014年版,第259页。
⑦ (汉)刘向集录《战国策》卷3,上海古籍出版社1985年版,第75页。
⑧ 黄留珠《秦汉仕进制度》,西北大学出版社1985年版,第10页。
⑨ (清)王先慎《韩非子集解》卷17,中华书局1998年版,第398页。
⑩ (汉)司马迁《史记》卷27,中华书局2014年版,第3083页。
⑪ (清)洪亮吉《更生斋文甲集》卷2,《洪亮吉集》(第3册),中华书局2001年版,第989～990页。
⑫ 黄留珠《秦汉仕进制度》,西北大学出版社1985年版,第43页。
⑬ 黄俊杰《春秋战国时代尚贤政治的理论与实际》,台湾问学出版社1977年版,第28页。
⑭ (清)王先慎《韩非子集解》卷19,中华书局1998年版,第445页。

士人的流品相当复杂，不仅有文士、武士，也有谋士、辩士、游宦之士，乃至鸡鸣狗盗之士，他们都有可能凭借聪明和机遇被授予官职。荀子曾将"士"分为"仰禄之士"和"正身之士"[①]，他大力抨击那些不讲道义、原则，只求功名利禄的谋利、竞智之人："今之所谓士仕者，汙漫者也，贼乱者也，恣睢者也，贪利者也，触抵者也，无礼义而唯权势之嗜者也。"[②]史载苏秦攻击儒家的孝、信、廉是"自覆之术，非进取之道也"[③]，可谓当时众多功利进取之士的典型代表。秦昭襄王时，荀子入秦，在对秦政由衷赞叹之余，同时感叹秦国"无儒"[④]；贾谊《过秦论》总结秦亡的原因，也说："仁义不施，而攻守之势异也"[⑤]。可以说，秦国功利主义的用人观念在使秦政猛于进取的同时，也为秦王朝的长治久安埋下了隐患。

五、结语

历史上对西周"世卿制度"的争论，源于对周代尚贤政治的认识不清。本文通过对基本史实的梳理分析，揭示了周代尚贤政治从"以世举贤"到"因能授官"的演变过程。具体而言，西周时期，随着宗法制度的确立，周朝的选官制度具有明显的世官化特点。不过，为确保政治秩序的良性运转，避免世族强宗势力坐大，国君在亲贵中选拔官员时，同时也存在"论贤"的事实。"以世举贤"一语出自《荀子·君子》，很好地概括了这一时期"亲亲"与"贤贤"相辅为用的选官特点。春秋时期，诸侯争霸刺激了尚贤之风的兴起。任官制度的革新，使得异姓人才和同姓疏宗有机会跻身统治上层，推动了社会阶层的向上流动。与此同时，各诸侯国尚贤、用贤的不平衡性，也推动了人才的跨国流动。弭兵大会以后，卿大夫逐步代替诸侯国君而成为中原各国政治舞台上的焦点。伴随着卿族势力的壮大，卿权世袭成为惯例，世卿擅权的局面开始出现。原本起拱卫君权作用的世族阶层，此时对君主权力的集中百害而无一利。这迫使统治阶层不得不遏制卿权的发展，以巩固自身的统治。待到战国时代，各国纷纷变法改革，普遍提出了选贤任能的口号，要求从法律上废除"任人唯亲"的世官制，代之以"因能授官"的选官制度。七国变法当中，秦国的变法最为彻底，也最具决定性。变法的成效是把血缘关系从政治领域中驱逐出去，血缘出身不再是选官入仕的先决条件，才能和功劳成为拔擢人才的重要标准，这深刻影响了数千年帝制中国的选官原则。当然，战国时代的尚贤政治带有浓厚的功利主义倾向，重视功劳和才干，轻视道德与品行，同时也为后代选举制度的建设留下了许多亟待解决的问题。

---

① （清）王先谦《荀子集解》卷20，中华书局1998年版，第651页。
② （清）王先谦《荀子集解》卷3，中华书局1998年版，第118页。
③ （汉）刘向集录《战国策》卷29，上海古籍出版社1985年版，第1047页。
④ （清）王先谦《荀子集解》卷11，中华书局1998年版，第359页。
⑤ （汉）司马迁《史记》卷6，中华书局2014年版，第355页。

《春秋》《左传》在俄罗斯的翻译和研究

高玉海*

摘　要:先秦时期的历史文献《春秋》和《左传》早在 18 世纪就被译介到西方国家,相对而言,《春秋》和《左传》传入俄罗斯的时间略晚于欧美地区。《春秋》最早的俄文译本是 1876 年莫纳斯德列夫的译本,这个译本后来被多次修订再版,成为《春秋》最为经典的俄文译本。因《左传》篇幅宏大和复杂的历史文化因素,俄罗斯历代汉学家对其多有摘译和选译,至今未见其全译本。

关键词:《春秋》;《左传》;俄罗斯;翻译

先秦时期的历史文献《春秋》和《左传》早在 18 世纪就被译介到西方国家,相对而言,《春秋》和《左传》传入俄罗斯的时间略晚于欧美地区。《春秋》最早的俄文译本是 1876 年莫纳斯德列夫的译本,这个译本后来被多次修订再版,成为《春秋》最为经典的俄文译本。因《左传》篇幅宏大和复杂的历史文化因素,俄罗斯历代汉学家对其多有摘译和选译,至今未见其全译本。

一、《春秋》在俄罗斯的翻译和研究

早在 1876 年,俄罗斯汉学家莫纳斯德列夫(1851—1881)即在圣彼得堡翻译出版了 3 部关于《春秋》的论著:一是《春秋》的俄文译本(图 1),[①]书前有译者的简短前言,译本将《春秋》分为 64 章,逐条翻译了从鲁隐公元年(前 722 年)至鲁哀公十六年(前 479 年)的内容;二是俄文本《春秋注解》,[②]对《春秋》进行了详细的注释;三是以单行本出版的《评孔子的编年史书〈春秋〉及其古代注释者》[③](实即译者的长文)。莫纳斯德列夫是著名汉学家瓦西里耶夫(1818—1900)的弟子之一,他是第一位将《春秋》译成俄文的人。1875 年他通过了关于《春秋》的论文答辩,获得学位,毕业后到中学教授历史和地理,后来卷入了一个政治事件,被流放到克拉斯诺亚尔斯克,在那里担任中学教师,度过了余生。

1963 年,俄罗斯汉学家波兹涅耶娃等编著的《古代东方史文选》中收录了一些中国古代典籍如《诗经》《书经》《国语》《春秋》《左传》《老子》《孟子》《庄子》《列子》《战国策》等的

---

　　* 　高玉海,文学博士,浙江师范大学教授,博士生导师,主要从事中国古代文学、中国文学在海外研究。本文为 2020 年度国家社科基金重点项目"中国古典诗文在俄罗斯的翻译与研究"(20AZD123)的阶段性成果。

　　① 　Монастырев Н. И. Конфуциева летопись Чунь-цю. Пер. с китайского. Спб. 1876. -105 с.

　　② 　Монастырев Н. И. Примечания к Чунь-цю, составленные Монастыревым. Спб. 1876. -254 с.

　　③ 　Монастырев Н. И. Заметки о Конфуциевой летописи Чунь-цю и ее древних комментаторах. Спб. 1876. -52 с.

片段的译文。其中,对于《春秋》,书中只选译了鲁襄公二十三年的一部分内容。①

　　经过俄罗斯汉学家杰奥比克和科拉别基扬茨的整理,1999 年,由莫纳斯德列夫翻译并注释的旧译本《春秋》,作为"中国儒学经典俄译丛书"之一种,在俄罗斯科学院东方文学出版社再版(图 2)。② 全书 351 页,前面保留了译者莫纳斯德列夫撰写的简短前言;正文部分仍用 1876 年初版旧纸型印刷(101 页);正文之后保留了译者莫纳斯德列夫的注释(85 页),也保留了初版时所附的八国年表。新版增加了杰奥比克和科拉别基扬茨的 4 篇文章作为附录。

图 1　1876 年《春秋》俄译初版本　　　　图 2　1999 年《春秋》俄译再版本

　　2018 年,由俄罗斯莫斯科的马斯卡出版社和中国的四川人民出版社联合出版了"儒家五经之一"《春秋》(中俄对照本,图 3)③。这个译本也是莫纳斯德列夫的旧译本的再版,责任编辑是卢基扬诺夫。不同的是,这个译本不仅有俄文译文,还保留了中文原文,而且将注解插入正文之中,更加方便中俄学者阅读。该书由中俄出版机构联合出版,正文前介绍四川大学与俄罗斯科学院远东研究所合作机构——中俄文化研究中心,之后是译者莫纳斯德列夫撰写的"译者的话"以及"出版前言"。正文之后附有春秋时期"鲁国年表""周朝年表""齐国年表""宋国年表""卫国年表""陈国年表""郑国年表"和"秦国年表"。

　　俄罗斯汉学界较早对《春秋》进行研究的著作是瓦西里耶夫在 1880 年问世的《中国文学史纲要》。在这部世界最早的中国文学史著作中,瓦西里耶夫将《诗经》《春秋》和《论语》3 部儒家经典同归为"中国儒学发展的第一个阶段"中孔子的功绩来论述,他认为孔子

　　①　Из Книги песен(Шицзин);Из ханьских народных песею.Позднева.Л.Д —Хрестоматия по истории Древнего Востока.В.В.Струве. Д.Г.Редера. М.,1963.с.458.

　　②　Конфуциева летопись Чуньцю. Вёсны и осени.Перевод и примечания. Монастырева Н.И.М.1999.-350 с.

　　③　Конфуциева летопись Чуньцю. Вёсны и осени. Перевод и примечания. Монастырева. Издательско-полиграфический центр. МАСКА. М. 2018.-442 с.

之前就可能有相当成熟的各诸侯国的历史文献,对
《孟子》书中所说的"孔子著《春秋》"表示怀疑。① 俄
罗斯研究《春秋》的文章,主要有杰奥比克 1973 年发
表的《〈春秋〉文献资料具体历史的的系统经验》②(载
《中国社会与国家》第 4 辑)、1974 年发表的《〈春秋〉
里的霸权和霸主》③(载《中国社会与国家》第 5 辑)、
1975 年发表的《公元前 8 世纪至公元前 5 世纪初的
齐国——根据〈春秋〉文献史料》④(载《中国社会与国
家》第 6 辑)、1978 年发表的《〈春秋〉里的霸权和霸
主》⑤(与 1974 年同名文章,载 1978 年出版的《中国
国家与社会》论文集),科拉别基扬茨 1977 年发表的
《〈春秋〉——世界上古代中国的文献史料》⑥(载 1977
年出版的《中国:国家与社会》),卡罗卡洛夫 1979 年
发表的《〈易经〉中的"六三"卦在〈春秋〉中的作用》⑦
(载《卡法洛夫对俄罗斯东方学的贡献——纪念卡法
洛夫 200 周年诞辰》文集)等,杰奥比克 1999 年发表

图 3   2018 年《春秋》中俄对照本

的《古代东方历史文献〈春秋〉的定量分析》⑧(载 1999 年《春秋》俄文本附录)、《公元前八
世纪至公元前五世纪的社会、政治历史——基于〈春秋〉的数据的统计分析》⑨(载 1999 年
《春秋》俄文本附录),科拉别基扬茨 1999 年发表的《〈春秋〉与古代中国的历史的叙述方
式》⑩(载 1999 年《春秋》俄文本附录)、《〈春秋〉在中国古代的编年系统》⑪(载 1999 年《春

①　Васильев В.П.Очерк истории китайской литературы..СПб.1880.-168 с.

②　Деопик Д. В. Опыт систематизации конкретно-исторического материала, содержащегося в «Чуньцю». —
Четвертая научная конференция «Общество и государство в Китае. Тезисы и доклады. Вып. 1. М., 1973.

③　Деопик Д. В. Гегемония и гегемоны по данным «Чуньцю».—Пятая научная конференция «Общество и
государство в Китае. Тезисы и доклады. Вып. 1. М., 1974.

④　Деопик Д.В.Государство Ци в VIII-начале V в.до н.э.(по данным «Чуньцю».)—Шестая научная конференция
«Общество и государство в Китае. Тезисы и доклады. Вып. 1. М., 1975.

⑤　Деопик Д.В.Гегемония и гегемоны по данным «Чуньцю».—« Государство и общество в Китае». М., 1978.

⑥　Карапетьянц А.М. «Чуньцю» в свете древнейших китайских источников. — Китай: государство и общество.
М., 1977.

⑦　Колоколов В.С.Триграммы и гексаграммы канонической книги И цзин и их применение в книге Чунь цю.—П.
И.Кафаров и его вклад в отечественное востоковедение (к 200-летию со дня рождения).Т.1.М.1979.

⑧　Деопик Д.В. Опыт количественного анализа древней восточной летописи «Чуньцю». — Конфуциева летопись
Чуньцю. Весны и Осени, пер. Монастырев Н.И. М., 1999.с.195-234.

⑨　Деопик Д.В. Некоторые тенденции социальной и политической истории Восточной Азии в VIII-V вв. до н. э.
(на основе систематизации данных «Чуньцю»). — Конфуциева летопись Чуньцю. Весны и Осени, пер. Монастырев Н.
И. М., 1999.с.235-263.

⑩　Карапетьянц А. М. «Чуньцю» и древнекитайский «историографический» ритуал. — Конфуциева летопись
Чуньцю. Весны и Осени, пер. Монастырев Н.И. М., 1999.с.264-333.

⑪　Карапетьянц А.М. «Чуньцю» в древнекитайской системе канонов. — Конфуциева летопись Чуньцю. Весны и
Осени, пер. Монастырев Н.И. М., 1999.с.334-350.

秋》俄文本附录)等,吉巴斯 2001 年发表的《〈春秋〉在春秋时期的仪式意义》[①](载《第七次全俄东亚哲学与现代文明学术研讨会论文集》)。

此外,1989 年汉学家李谢维奇发表了《〈春秋〉——中国哲学思想的经典》,附《吕氏春秋》和《晏子春秋》片段译文[②](载《远东问题》1989 年第 5 期)。

二、《左传》在俄罗斯的翻译和研究

俄罗斯对《左传》的翻译和研究晚于《春秋》,至今未见有俄文《左传》全译本问世。较早的《左传》片段译文见于 1963 年波兹涅耶娃等翻译的《东方古代史文选》。该书摘译有先秦时期的《诗经》《书经》《国语》《春秋》《左传》《老子》《孟子》《庄子》《列子》《战国策》等的内容。其中,对于《左传》,书中仅选译了文公六年开头的一段文字。[③]（见该书第 458 页,赵宣子误译作“范宣子”)

1967 年由舍斯塔科夫主编的《东方国家音乐美学》在莫斯科音乐出版社出版,该书翻译了大量中国古代与音乐有关的文献,如先秦时期的《列子》《礼记》《墨子》《吕氏春秋》《左传》等中有关中国古代音乐的片段。这其中就有《左传》襄公二十九年“季札观乐”的一段内容。[④]

1973 年由杨兴顺主编的《中国古代哲学文选》(第 2 卷)由莫斯科思想出版社出版。该书收录了《左传》中桓公六年“季梁论祭祀鬼神”、僖公十五年“韩简论象数”、宣公十二年“楚庄王治军”、昭公元年“秦医医和”、昭公十八年“子产论天道”、昭公二十五年“子产论礼仪”等 6 个片段的俄文译文,译者是西尼岑。[⑤]

1988 年,俄罗斯研究汉语的专家雅洪托夫的《〈左传〉选译(片段)》(载《远东问题》1988 年第 6 期),内容包括桓公十八年,庄公八年,僖公三十年、三十二年、三十三年,宣公二年,昭公十五年等《左传》片段译文。[⑥]

1994 年,俄罗斯汉学家李谢维奇等编译的《竹书:古代中国文学作品选》,收录《易经》《诗经》《论语》《礼记》《孟子》《左传》《道德经》《庄子》《列子》《墨子》《商君书》《国语》《吴子》《韩非子》《吕氏春秋》《晏子春秋》等的选译作品。其中,《左传》部分,译者仍是雅洪托夫,选译的内容包括桓公十六年、十八年,庄公八年,僖公三十年、三十二年、三十三年,宣公二年,昭公十五年等的片段,文中附有译者自拟的小标题。[⑦]

2011 年,乌里扬诺夫翻译、注释的俄译本《春秋左传》作为“中国儒家经典翻译丛书”

① Гибас П. Летопись 《 Чуньцю 》 и ритуальное значение времени в период Чуньцю.— Ⅶ Всероссийская конференция Философии Восточно-азиатского региона и современная цивилизация (Москва, 28-29 мая 2001). М. 2001.

② Лисквич И. Весны и осени—памятник китайской философской мысли.— Прмоблеы Дальнего Востока. 1989. № 5. с. 148-166.

③ Из Книги песен(Шицзин), Из ханьских народных песеню. Позднева. Л. Д—Хрестоматия по истории Древнего Востока. В. В. Струве. Д. Г. Редера. М., 1963. с. 425-509.

④ В. П. Шестаков. Музыкальная эстетика стран Востока. М. 1967. с. 218-219.

⑤ Древнекитайская философия. Собрание текстов. в двух томах. Том 2. М. Мысль. 1973.-384 с.

⑥ Яхонтова С. Е. Летопись 《Цзо чжуань》(фрагменты).— Прмоблеы Дальнего Востока. 1988. № 6. с. 205-212.

⑦ Яхонтов С. Е. Цзо чжуань (из книги).—Бамбуковые страницы. Антология древнекитайской литературы. Лисевича И. С. Москва. 1994.-415 с.

之一种，在俄罗斯莫斯科国立大学亚非学院资助下，由东方文学出版社出版（图 4）。① 但该书并不是《左传》的全译本。翻译的内容自鲁隐公元年（前 722 年）至鲁僖公三十三年（前 627 年），即为《左传》的前 5 章。该书前面除了有杰奥比克撰写的前言之外，还有乌里扬诺夫撰写的文章《〈左传〉和古代中国的经书〈春秋〉》②等。正文采用先列经文，次列传文，最后注解的排版方式，翻译了鲁隐公十一年、鲁桓公十八年、鲁庄公三十二年、鲁闵公二年、鲁僖公三十三年共 96 年的春秋历史。译文篇幅刚好相当于杨伯峻《春秋左传注》（修订本，中华书局，1990 年版）的第 1 册。正文之后附有"参考文献""人名索引"和"地名索引"等。看来，《左传》的全文俄译本仍有待来日。

图 4　2011 年《春秋左传》选译本

俄罗斯对《左传》的研究晚于对《春秋》的研究，但这方面的论文有很多，主要有 1959 年鲁宾发表的《作为春秋时期社会史料之源的〈左传〉》③（副博士学位论文），1959 年《关于〈左传〉的历史分期及其真实性》④（载《中国古代的个人与政权》论文集），《公元前七世纪至公元前五世纪古代中国的奴隶制度——根据〈左传〉的资料》⑤（同上书），1962 年《中国文学史上是否出现过艺术演说阶段？》⑥（同上书）等。

俄罗斯另一位研究《左传》的汉学家济宁在 1984 年发表了《从〈易经〉到〈左传〉的概念变化》（载《中国社会与国家》第 15 辑）⑦，1985 年发表了《对〈春秋〉和〈左传〉基于传统学科的文字和篇章统计分析》（载《远东和中亚》）⑧，1988 年发表了《春秋时期"卜"和"筮"的想象仪式》⑨（载《中国传统伦理及仪式》），2010 年发表了《新的计算机网络分析〈春秋〉和

① М. Ю. Ульянова. Чунь цю Цзо чжуань［Текст］: комментарий Цзо к "Чунь цю". М. 2011. -336 с.

② Ульянов М. Ю. Комментирующий комплекс Цзо чжуань (Комментарий Цзо) и древнекитайский канонический памятник Чунь цю (Весны и осени). — М. Ю. Ульянова. Чунь цю Цзо чжуань［Текст］: комментарий Цзо к "Чунь цю". М. 2011. с. 12-57.

③ Рубин В. А. Цзо-чжуань как источник по социальной истории периода Чунь-цю. — Диссертация на соискание ученой степени кандидата исторических наук. М. 1959.

④ Рубин В. А. О датировке и аутентичности Цзочжуань. — Личность и власть в Древнем Китае. Собрание трудов. М., 1999 (первая публикация в 1959 г.).

⑤ Рубин В. А. Рабовладение в древнем Китае в VII-V вв. до н. э. (по《Цзо-чжуань》. — Личность и власть в Древнем Китае. Собрание трудов. М., 1999 (первая публикация-1959).

⑥ Рубин В. А. Был ли в истории китайской литературы《этап ораторского искусства ?》— Личность и власть в Древнем Китае. Собрание трудов. М., 1999 (первая публикация в 1962 г.).

⑦ Зинин С. В. Отражение И цзина в Цзо чжуани и концепция перемен. — Пятнадцатая научная конференция Общество и государство в Китае. Тезисы и доклады. Ч. 1. М. 1984. с. 51-61.

⑧ Зинин С. В. Статистико-текстологический анализ《Чунь-цю》и《Цзо-чжуани》и протонаучные традиции. — Дальний Восток и Центральная Азия. М., 1985.

⑨ Зинин С. В. Мантические ритуалы бу и ши в эпоху Чунь цю (Ⅷ-Ⅴ вв. до н. э.). — Этика и ритуал в традиционном Китае. М. 1988.

〈左传〉词法的一致性》(载《中国社会与国家》第 40 辑)^①。伊万诺夫 2006 年发表《〈左传〉和〈诗经〉——从引文到来源》^②(载《东方书面文献》2006 年"春夏卷")。此外,俄罗斯汉学家李谢维奇在 1988 年发表了《中国历史编年的起源——为雅洪托夫选译〈左传〉前言》^③(载《远东问题》1988 年第 6 期)。

上述 2011 年出版的俄译本《春秋左传》的译者乌里扬诺夫写了一系列关于《左传》的文章,除了译本附录的长篇前言外,他在 2011 年还发表了《关于〈春秋〉的文章学研究》^④(载《中国社会与国家》第 41 辑)、《作为历史文献的〈春秋左氏传〉》^⑤(载《"罗蒙诺索夫阅读"科学会议论文集》)、《作为春秋时期的历史资料来源的〈春秋左氏传〉——对历史进程的记载方式问题》^⑥(载《"罗蒙诺索夫阅读"科学会议论文集》)等 3 篇文章。

介绍两部关于中国哲学的工具书:一部是 1994 年出版的《中国哲学百科全书》,书中有《春秋》和《左传》词条。^⑦ 这两个词条由俄罗斯的中国史学者尤尔克维奇撰写,分别简要介绍了《春秋》和《左传》的性质、特点及在俄罗斯的研究情况。另一部是俄罗斯科学院 2006 年出版的《中国精神文化大典·哲学卷》,其中的《春秋》和《左传》词条^⑧仍由俄罗斯的中国史学者尤尔克维奇撰写,只是 1994 年《中国哲学百科全书》中词条内容的照搬。

---

①　Зинин С. В. Новый интерактивный сетевой конкорданс Чуньцю и Цзочжани. —Сороковая научная конференция Общество и государство в Китае. Москва. 2010 с. 317-322.

②　Иванов А. Е. Цзо Чжуань и Ши цзин —от цитаты к первоисточнику. —Письменные памятники Востока. 1(4), весна-лето 2006.

③　Лисевич Л. С. 《У истоков китайского летописания》. Предисловие к: Летопись 《Цзочжуань》 (фрагменты), пер. С. Е. Яхонтова — Проблемы дальнего Востока, 1988, № 6.

④　Ульянов М. Ю. Текстологические аспекты изучения Чуньцю Цзочжуань—к проблеме выделения и характеристики структугно-жанровых групп. —Сорок первая научная конференция Общество и государство в Китае. Москва. 2011.

⑤　Ульянов М. Ю. Чуньцю Цзочжуань《Весны и осени с Комментарием Цзо》как исторический источник. —Научная конференция 《Ломоносовские чтения》. Ноябрь 2011. Встоковедение. Тезисы докладов. М. 2011.

⑥　Ульянов М. Ю. Чуньцю Цзочжуань《Весны и осени с Комментарием Цзо》как источник по истории периода Чуньцю (771-453 гг. до н. э.). — к проблеме выделения 《исторических процессов》. —Научная конференция 《Ломоносовские чтения》. Ноябрь 2011. Встоковедение. Тезисы докладов. М. 2011.

⑦　Китайская философия. Энциклопедический словарь. Главный ректор М. Л. Титаренко. Москва. Мысль. 1994. Чунь цю. с 475., Цзо чжуань. с 420.

⑧　Титаренко М. Л., Кобзев А. И., Лукьянов А. Е. Духовная культура Китая. Энциклопедия в пяти томах. Философия. М. 2006. Чунь цю. с 603., Цзо чжуань. с 542.

《史记·秦本纪》"丰大特"释义的民俗文化考辨

张黎明*

　　摘　要:《史记·秦本纪》中有一处记载"伐南山大梓,丰大特","三家注"解释"丰大特"为"丰水大牛"。这一注解实际上已偏离了史实本身,反映的是魏晋南北朝到唐时的民间祭祀和民间俗信。从史实来看,"丰大特"意为"逢大特",是伐树遇牛的祥瑞事件,怒特祠因此而建,这一事件的背后有羌族文化的影响。怒特祠又演化出大梓牛神故事。唐代还有"画青牛障"的风俗,其实质是一种青牛辟邪术,导源于"丰大特",是历史事件在民间俗信中的遗留。

　　关键词:《史记·秦本纪》;三家注;丰大特;怒特祠;青牛障

　　《史记·秦本纪》在叙秦文公史迹时有这样一处记载:"(秦文公)二十七年,伐南山大梓,丰大特。"裴骃的《集解》和张守节《正义》对其注解如下:

　　《集解》:徐广曰:"今武都故道有怒特祠,图大牛,上生树本。有牛从木中出,后见丰水之中。"

　　《正义》:《括地志》云:"大梓树在岐州陈仓县南十里仓山上。"《录异传》云:"秦文公时,雍南山有大梓树,文公伐之,辄有大风雨,树生合不断。时有一人病,夜往山中,闻有鬼语树神曰:'秦若使人被发,以朱丝绕树伐汝,汝得不因耶?'树神无言。明日,病人语闻,公如其言伐树,断,中有一青牛出,走入丰水中。其后牛出丰水中,使骑击之,不胜。有骑堕地复上,发解,牛畏之,入不出,故置髦头。汉、魏、晋因之。武都郡立怒特祠,是大梓牛神也。"按:今俗画青牛障是①。

　　这是信息量非常丰富的两段注解,颇有些神怪色彩,也有不少令人费解的地方。在笔者看来,至少有3个问题值得探究,一是依"三家注"的说法,"丰大特"的意思为"丰水大牛",《正义》中的神怪式解释能否成立? 二是怒特祠的设立只是因为"大梓牛神"? 三是张守节按语所说的"青牛障"为何物? 从《史记》成书到张守节正义,时间跨度达八九百年,"丰大特"、怒特祠是如何发展为"画青牛障"的风俗的? 本文拟考察这一演变过程,通过对相关问题的探究,力图还原史实和民俗的原貌,并追寻其中的关联因素。

一、"丰大特"释义辨析

　　依据"三家注","丰"为"丰水","大特"为"大公牛",张守节所引《录异传》中则具体为

---

　　*　张黎明,博士,天津大学中文系副教授,从事文献整理、古代宗教与文化研究。本文为国家社科基金项目"魏晋南北朝志怪小说引书考辨"(17BZW085)的阶段性成果之一。

① （汉)汉司马迁撰,(宋)裴骃集解,(唐)司马贞索隐,(唐)张守节正义《史记》,中华书局2011年版,第157～158页。

"大青牛"。这是从古至今接受度最广的一种说法,如柳宗元《祭纛文》:"惟昔沣有大特,化为巨梓。"纪昀《阅微草堂笔记·槐西杂志》中也引用此说来证明朋友所见"褐色兽乃树精"①。现今所见的各类《史记》翻译本,也基本采用"三家注"的说法,如近些年出版的《白话本史记》译曰:"树断处生出一条大青牛走入丰水中。"②表面看来,用"丰水大公牛"解释"丰大特"非常通顺。但如果不结合"三家注",只从《史记》文本对照来看,无论从语法,还是语义来说,这种解释都不太好理解。

"特"为"公牛"的意思没有太多疑义,《说文解字·牛部》:"特,朴特,牛父也。从牛,寺声。"③《玉篇·牛部》:"特,牡牛也。"④但把"丰"解释为"丰(沣)水"则不易理解,仅从地理方位上来说,也难以讲通。丰水源自今天的西安长安区西南,流至咸阳入渭水。"丰大特"事发生在秦文公时,当时秦人的活动范围才刚推至"汧、渭之会",未及丰水。被砍伐的梓树是在"南山",即雍南山⑤。雍在今宝鸡凤翔境内,到丰水不下 300 余里,而且雍地本身就是河道纵横,被称为"水上秦都"。大公牛要逃入水中,何必要奔袭 300 多里地?

正因为"三家注"的注解易引人心生疑窦,而且所引《录异传》的记载带有明显的民间传说色彩,故而学界对"丰大特"提出了不少新解读,大体有如下几种。

日人泷川资言《史记会注考证》认为:"大梓、丰、大特,盖戎名。"断句应该是"伐南山大梓、丰、大特",即秦文公讨伐了大梓、丰、大特 3 个戎族部落。鲁实先《史记会注考证驳议》已对此说进行了驳斥,认为无法从典籍中获得任何佐证⑥。

高亨《古铜器杂说·说丰》:"《秦本纪》:'伐南山大梓,丰大特。'丰借为逢。"⑦

陈平《关陇文化与嬴秦文明》:"盖古'丰'、'豐'(即禮,为礼之古写)形义皆相近而易讹,某颇疑《秦本纪》之'丰大特'系'豐大特'(即'礼大特')之讹。'豐(禮、礼)大特'者,礼敬大特而奉之为神也。"⑧袁海宝《〈史记·秦本纪〉中"丰大特"新解》一文认同"丰"作"礼",但礼敬的对象不是大特,而是大梓,是在伐木之前,用特牛进行的祭祀礼仪⑨。

赵逵夫认为《秦本纪》中"丰大特"的"丰"应为动词。"丰大特"意思为扩大特祠,后世误解而作地名⑩。这种理解有些牵强,怒特祠的建立是在"丰大特"之后,扩大特祠之说无根据。

阳清认为"丰"同"封",翻译为"图绘"的意思,并认为秦王砍伐大梓树的集体行为是一场较为正规性的巫术驱邪活动⑪。这依旧是在"三家注"基础上进行的解说,从《史记》原文来看,难以从情理上解释。

---

① (清)纪昀著,沈清山注《阅微草堂笔记》,崇文书局 2018 年版,第 314～315 页。
② (汉)汉司马迁著,张大可译《白话本史记》,商务印书馆 2016 年版,第 45 页。
③ (汉)许慎著,王贵元校笺《说文解字校笺》,学林出版社 2002 年版,第 48 页。
④ 胡吉宣《玉篇校释》,上海古籍出版社 1989 年版,第 4493 页。
⑤ 张守节《正义》引《括地志》云大梓树在陈仓山,无依据,或许是受"陈宝"事的影响。
⑥ 鲁实先《史记会注考证驳议》,岳麓书社 1986 年版,第 74～76 页。
⑦ 高亨《古铜器杂说·说丰》,见《文史述林》,中华书局 1980 年版,第 539～540 页。
⑧ 陈平《关陇文化与嬴秦文明》,江苏教育出版社 2005 年版,第 269 页。
⑨ 袁海宝《〈史记·秦本纪〉中"丰大特"新解》,《洛阳师范学院学报》2020 年第 3 期,第 50～54 页。
⑩ 赵逵夫《陇东、陕西的牛文化、乞巧风俗与"牛女"传说》,《宝鸡文理学院学报》(社会科学版)2010 年第 5 期,第 95～102 页。
⑪ 阳清《秦"大梓牛神"传说及其巫文化气质》,《黑龙江民族丛刊》2007 年第 3 期,第 157～162 页。

有学者把"丰大特"直接解释为"神牛名"①，或丰地的特牛像、寺②。这些看法实际上也是延续了"三家注"的说法，并避重就轻，模糊化处理。

将"丰"理解为动词的说法被广泛接受。比较来说，以第 2 种、第 3 种说法中的"逢"和"礼"的释义更为合情合理，"丰"可与"逢""豐"（禮、礼）相通都可找到语料上的佐证，如《礼记·玉藻》："缝齐，倍要。"郑注："缝，或为逢，或为丰。"③《史记·天官书》："岁星所在，五谷逢昌。"④同样的句子在《淮南子·天文训》中"逢"作"丰"："岁星之所居，五谷丰昌。"⑤丰（豐）与礼（禮）字相通，早在元人周伯琦《六书证讹》中就有说明："（豐）即古禮字，……后人以其疑于豐字，礼重于祭，故加示以别之。"⑥那么，哪一种释义更为贴近《史记》的本义呢？结合《史记》这段叙事的上下文来看，高亨的将"丰"解释为"逢"最为令人信服：秦人南山伐树，遇到雄壮的公牛，几经围堵，还是让其逃入水中。

将"丰"解释为"逢"，还需要解决的疑问是伐树遇牛这样的事为什么能被记载入史书中。首先，古人相信万物有灵，超出常态的植物或动物常引人关注，在后来史书《五行志》有连篇累牍的类似记载，被认为征兆着祥瑞或灾异。这次事件中，"大特""怒特"的称谓已显示出所遇公牛的不同凡响。怒是肥壮、气势盛的意思，我们今天还常用"鲜衣怒马"一词。所以在我们今人看来伐树遇牛不值一提，但对古人来说，却是值得记载的异事。其次，从《秦本纪》上下文语境推测，"伐南山大梓，丰大特"应该是因被看作祥瑞事件而载入史册。《秦本纪》中，对秦文公的纪事共有 10 件，前后按时间顺序排列，如"汧渭之会""有史以纪事""伐戎"等关系秦国发展之大事。"伐南山大梓，丰大特"是文公 10 件大事之一，也应具有重要意义。我们认为此事应与"十九年，得陈宝"属于同一性质。"陈宝"昭示着秦人发迹，人们因此而设立陈宝祠；秦人砍伐大梓树，遇到雄壮超群的大公牛，这被时人看作一种祥瑞，后来人们也设置了怒特祠。

由此可见，"丰大特"意为"遇到雄壮的公牛"，不仅在语料上有佐证，也符合《史记·秦本纪》的语境，这件事是作为祥瑞被载入史册的。

二、怒特祠的设立与羌人文化背景

裴骃《集解》和张守节《正义》都提到了怒特祠。除此外，《列异传》《玄中记》《搜神记》中也都载有此事，与张守节《正义》所引故事大同，但细节有些差异：

《列异传》："武都故道县有怒特祠，云神本南山大梓也，昔秦文公二十七年伐之，……树断，化为牛，入水。故秦为立祠。"⑦

《搜神记》："武都故道有怒特祠，土生梓树焉。秦文公二十七年，使人伐之。"⑧

① 蒋梓骅《鬼神学词典》，陕西人民出版社 1992 年版，第 20 页。
② 李海霞《汉语动物命名考释》，巴蜀书社 2002 年版，第 122 页。
③ 《十三经注疏·礼仪正义》，北京大学出版社 1999 年版，第 688 页。
④ （汉）司马迁撰，（宋）裴骃集解，（唐）司马贞索隐，（唐）张守节正义《史记》，中华书局 2011 年版，第 1248 页。
⑤ 张双棣撰《淮南子校释》，北京大学出版社 2013 年版，第 410 页。
⑥ （元）周伯琦《六书证讹》，明嘉靖元年重刻本，第 3 册上声本，第 15 页。
⑦ 鲁迅《鲁迅辑录古籍丛刊·古小说钩沉》，人民文学出版社 1999 年版，第 123 页。
⑧ （晋）干宝撰，李剑国辑校《新辑搜神记》，中华书局 2007 年版，第 267～268 页。

《玄中记》:"秦文公造长安宫,面四百里,南至终南山。山有梓树,大数百围,荫宫中。公恶而伐之,连日不刻。"①

将裴骃《集解》、张守节《正义》和这 3 处记载结合起来看,能够肯定的有 3 点:一是怒特祠的设立导源于秦文公二十七年的伐树事件;二是怒特祠设立于武都故道;三是各家记载有些细节上的不同,如梓树所在有"南山""终南山""怒特祠"等,这大约因为《史记》中"伐南山大梓,丰大特"渐渐演化为"大梓牛神"的传说,口耳相传而导致。

上文我们已经谈到,"丰大特"即"逢大特",《史记》是将其作为一件祥瑞加以记载的,但一件祥瑞能否被立祠则还需要其他激发因素,如陈宝有"得雄者王,得雌者霸"的说法,那么,大梓牛神对于秦人来说还有什么特殊意义吗? 大梓牛神本质上是一种牛崇拜,但从现有的文献看,秦人对牛的崇拜并不突出。之所以能为大梓牛神立祠,可能与羌人文化有关,即设立怒特祠应该有统治羌戎的需求,这一点从怒特祠的位置可以窥见端倪。怒特祠位于武都郡故道县,即今天陕西宝鸡西南大散关的东南,并不是在伐大梓树所在的南山(雍南山)。武都郡是古羌人的聚居区,《华阳国志》:"武都郡……土地险阻,有麻田,氐傁,多羌戎之民。"②秦人早期五六百年的历史都是在与羌族的共存与征伐中度过的③,伐大梓树发生在秦文公二十七年,此前秦文公刚大败羌戎,将秦地盘推至岐,《秦本纪》:"十六年,文公以兵伐戎,戎败走。于是文公遂收周余民有之,地至岐,岐以东献之周。"④武都郡应在此时成为秦人的统治区域。武都羌是羌人的重要分支,《后汉书·西羌传》曰:"至爰剑曾孙忍时,秦献公初立,欲复穆公之迹……忍季父卬畏秦之威,将其种人附落而南,出赐支河曲西数千里,与众羌绝远,不复交通。其后子孙分别各自为种,任随所之。或为牦牛种,越巂羌是也;或为白马种,广汉羌是也;或为参狼种,武都羌是也。"⑤这段记载还可以看出羌人种族繁多,多以动物为图腾,所谓"牦牛种""白马种""参狼种"等。这段材料记的是秦献公后,距离秦文公时又过去了 300 余年,此时武都羌人是"参狼种",而秦文公时的武都羌极有可能就是以牦牛,或者野牛为图腾的⑥,"《集解》引徐广语云在距秦人西迁后故都甘肃天水礼县西垂近侧的陇东南武都故道即建有怒特祠,这正是秦人及其所依赖之西戎某部族原来就崇拜大特、怒特的反映"⑦。

怒特祠的羌人文化背景还可以从"髦头骑"找到一些旁证。按张守节《正义》引《录异传》中的说法,砍伐大梓树还致使了"髦头骑"的出现,士兵散发才最终吓退了大梓牛神。这里固然有古人对头发的巫式认识,同时也应该是对羌人发饰的模拟。汉人的风俗是束发带冠,而披发是许多少数民族的头发样式,羌族更是以披发为特色,《后汉书·西羌传》解释了这一风俗的源起:"(爰剑)既出,又与劓女遇于野,遂成夫妇。女耻其状,被发

① 鲁迅《鲁迅辑录古籍丛刊·古小说钩沉》,人民文学出版社 1999 年版,第 457 页。
② (晋)常璩撰,刘琳校注《华阳国志校注》,巴蜀书社 1984 年版,第 155 页。
③ 顾颉刚《从古籍中探索我国的西部民族——羌族》,《社会科学战线》1980 年第 1 期,第 117~152 页。
④ (汉)司马迁撰,(宋)裴骃集解,(唐)司马贞索隐,(唐)张守节正义《史记》,中华书局 2011 年版,第 156 页。
⑤ (清)王先谦撰《后汉书集解》,中华书局 1984 年版,第 1006 页。
⑥ 李零先生认为可能是羚羊,是秦岭特产的野生动物,是古书中的牨牛。见《陈宝怒特解:陨铁与羚牛》,《读书》2011 年第 11 期,第 51~57 页。
⑦ 陈平《关陇文化与嬴秦文明》,江苏教育出版社 2005 年版,第 268~269 页。

覆面,羌人因以为俗,遂俱亡入三河间。"①

从以上分析看,怒特祠的设立除了与"丰大特"的祥瑞事件相关外,也符合秦人加强统治,扩大疆域的需求,所以怒特祠并没有建在"伐南山大梓,丰大特"发生的"南山"之地,而是在武都郡故道。初始来看它是秦早期的国家祭祀之一②,不过从所征引的典籍来看,虽说秦以后怒特祠依旧广被记载,但多在小说、杂记类中,未曾再入国家祭典。《水经注》也提到过怒特祠:"故道县有怒特祠。"③看得出设立怒特祠已成为地方性的民间祭祀。这大约是秦人统治结束后,怒特祠的必要性就没那么突出了,走向地方性的民间祭祀是必然之途。

三、从丰大特到青牛障的演变

张守节《正义》引用《录异传》载秦文公伐树的传说,树神(精)化为青牛走入水中,这反映了"木精为青牛"的民俗观念,在汉魏六朝时期比较常见④。除此外,张守节还加了句按语"今俗画青牛障是",即唐时有画青牛障的风俗,张守节认为这与大梓牛神的传说有关系。学界对青牛障的关注不多。我们认为这应该是一种画有青牛的画作,而且极有可能是一种实用性的民间画作,其作用是用来辟邪。"障"的意思大约就是阻碍妖邪侵害的屏障⑤。裴骃《集解》引用徐广的说法,提到怒特祠内"图大牛,上生树本",青牛障的样式应该是导源于此的。现存有萧梁刘孝威的《辟厌青牛画赞》,虽然画作不存,但从题目推测,这应该就是青牛障类的画作。现存赞语中开篇就是用的怒特祠的典故"泰山怒特,吴渚神牛"⑥,又极力渲染青牛的不凡,如"气嘘风喷,精回电流""狡力难京,肆怒横行"等等⑦。

唐代画家薛稷据载善画青牛。《唐朝名画录》曰:"今秘书省有画鹤,时号一绝。……又蜀郡亦有鹤并佛像、菩萨、青牛之像,并居神品。"⑧在这里,青牛与仙鹤、佛像、菩萨并列,这些画作应该并不只是出于审美需要,而是有信仰因素。20世纪90年代,陕西富平县发现了一座唐墓,保存有多幅壁画,其中有一幅牵牛图,有学者将其命名为《昆仑奴青牛图》,并认为即是张守节所言"青牛障"⑨,其说良有以也。

青牛障实质上是一种青牛辟邪术,在中古时期,青牛能辟邪应该是一种习见观念,有多条文献都能说明这一点:

《葛氏方》:以牛若马,临魇人上二百息,青牛尤佳。⑩

---

① (清)王先谦撰《后汉书集解》,中华书局1984年版,第1006页。
② 田天《春秋战国秦国祭祀考》,《中国典籍与文化》2013年第1期,第35~47页。
③ (北魏)郦道元著,陈桥驿校证《水经注校证》,中华书局2007年版,第431页。
④ 张黎明"木精为青牛"考释》,《北京科技大学学报》(社会科学版),2016年第2期,第80~85页。
⑤ 有学者认为青牛障是以青牛为主题的屏风画,这应该是由"障"字而引发的推测。自然,青牛障可以以屏风画的形式呈现,但应该不局限于屏风。
⑥ 这里"泰"字极有可能是"秦",因形近而讹误。
⑦ (清)严可均编《全梁文》,商务印书馆1999年版,第685页。
⑧ (唐)朱景玄撰,温肇桐注《唐朝名画录》,四川美术出版社1985年版,第11页。
⑨ 徐涛《唐墓所见〈昆仑奴青牛图〉考释》,《艺术史研究》(第10辑),中山大学出版社2008年,第373~396页。
⑩ 〔日〕丹波康赖撰,高文柱校注《医心方》,华夏出版社2011年版,第286页。

《千金方·卒死》:慎灯火,勿令人手动,牵牛临其上,即觉。①

《太平广记》卷 317 引《杂语》:宗岱为青州刺史,禁淫祀,著《无鬼论》……书生辄为申之。次及无鬼论,便苦难岱,岱理欲屈。书生乃振衣而起曰:"君绝我辈血食二十余年。君有青牛、髯奴,未得相困耳。今奴已叛,牛已死,今日得相制矣。"言绝,遂失书生,明日而岱亡。②

《续搜神记》卷 9《王戎》:安丰侯王戎,尝赴人家殡殓……然当赠君一言,凡人家殡殓葬送,苟非至亲,不可急往。良不获已,可乘青牛,令髯奴御之,及乘白马,则可禳之。"③

《冤魂志》载:便见鬼从外来,径入范帐。至夜,范始眠,忽然大魇,连呼不醒,家人牵青牛临范上,并加桃人、左索,向明小苏。④

不管是能治人梦魇的医方,还是驱鬼的故事都说明青牛的威力,尤其是后 3 条故事更是形象生动。青牛与髯奴或青牛与桃人、左索组合在一起,可谓强强联手。桃木的辟邪意义由来已久,而髯奴能辟邪应该是因为须发的巫术作用⑤。在"丰大特"的传说故事中,大梓牛神被散发的士兵吓退,也体现这方面的巫术意义。

上文已讨论到"丰大特"的本义是记载伐树遇到特牛的祥瑞事件,怒特祠因秦人对羌族统治的需要而立。那么,丰大特或怒特祠是如何转化为画青牛障的民俗的呢? 是不是还有其他的关联因素? 有学者认为有 4 种神话传说与青牛辟邪术的形成有关联,分别是蚩尤神话、青牛与水神的神话、青牛与树精的神话以及老子和封君达的神话⑥。观点有一定道理,毕竟任何一种民俗信仰都不是孤立的,中国古代一直有青牛崇拜的现象,在中古时期尤为明显。但细究起来,这 4 种传说又都不能直接解释青牛辟邪说法的成因,倒是有关"丰大特"的另一种传说或许更能说明问题。《汉书·扬雄传》载有扬雄的《河东赋》"秦神下詟,跖魂负沴",颜师古注引用了苏林的说法:"秦文公时庭中有怪化为牛,走到南山梓树中,伐梓树,后化入丰水,文公恶之,故作其象以厌焉。今之茸头是也,故曰秦神。"⑦苏林的这个说法与其他大梓牛神的传说有些许不同,庭中有怪化身为牛逃入梓树林中,而不是梓树精化身为牛;秦文公让人图画牛像是用来"压胜",即恐吓、驱除邪祟,这颇有些以毒攻毒的意思。无独有偶,《后汉书·舆服志(下)》有这样一段记载:

皇后谒庙服……步摇以黄金为山题,贯白珠为桂枝相缪,一爵九华,熊、虎、赤黑、天鹿、辟邪、南山丰大特六兽,诗所谓"副笄六珈"者。诸爵兽皆翡翠为毛羽,金题,白珠珰绕,以翡翠为华云。⑧

在这段记载中,"南山丰大特"已经成为一个固定称谓,是皇后步摇之上镶嵌的"六兽"之一,与"赤黑、天鹿、辟邪"等并列,其意义也非常显豁,装饰作用只是一方面,主要的

① (唐)孙思邈撰,刘清国等校注《千金方》,中国中医药出版社 1998 年版,第 409 页。

② (宋)李昉等编《太平广记》,中华书局 2003 年版,第 2508 页。

③ (南朝宋)陶潜撰,李剑国辑校《新辑搜神后记》,中华书局 2007 年版,第 574 页。

④ 李剑国《唐前志怪小说辑释》,上海古籍出版社 2011 年版,第 714~715 页。

⑤ 高国藩《中国巫术史》,上海三联书店 1999 年版,第 103~105 页。

⑥ 胡新胜《中国古代巫术》,山东人民出版社 1998 年版,第 144~150 页。

⑦ (汉)班固撰,(唐)颜师古注《汉书》,中华书局 1962 年版,第 3536~3537 页。

⑧ (清)王先谦撰《后汉书集解》,中华书局 1984 年版,第 1358 页。

还是驱除邪祟之用。由此可见，至晚在汉末，"丰大特"已经成为特定的辟邪灵物。进而到魏晋南北朝时，青牛辟邪的记载较多，更出现了"青牛髯奴"的固定组合，画青牛用于辟邪的"青牛障"因此成为一种民俗风尚。

四、结论

《史记·秦本纪》中"伐南山大梓，丰大特"虽然只是非常简短的一句话，却是秦文公大事记之一，其重要性不言而喻。"三家注"给了"丰水大牛"的解释，并引《录异传》中的树神变牛逃跑的传说故事为佐证。由此，"砍伐南山大梓树，树神变成牛入丰水中"成为主流阐释，其影响力一直持续到今天。其实，《史记·秦本纪》所叙是一件伐树遇牛的祥瑞事件，而"三家注"所叙则是这一祥瑞事件的后续发展，如怒特祠的设立，大梓牛神的传说以及唐朝还有的"青牛障"习俗。

从历史层面来说，"伐南山大梓，丰大特"记录的是秦文公二十七年发生的一次祥瑞事件，与秦文公十九年的"陈宝"事件性质一样，"丰"意为"逢"，整句可翻译为"砍伐南山大梓树时，遇到了一头威武雄壮的大公牛"。这一祥瑞事件也促使了怒特祠的设立，怒特祠同时也是秦人加强羌戎统治的需要，所以修建在羌人聚居的武都郡，具有羌人文化背景。

"三家注"的注解反映出一件史实在民俗流变中的轨迹。有关怒特祠的大梓牛神故事广泛传播，这是对秦文公伐树事件的传说化，史实真相渐渐消弭。到唐代，还存在"画青牛障"的习俗，其本质上是一种青牛辟邪术，这一巫术思维的根源也是对"丰大特"的民间演绎。要之，从《史记》中的"丰大特"到"三家注"中的青牛障，这是从历史事件到民间俗信形成和演化的生动记载。

从《汉武故事》看七夕节的形成过程

赵爱华 *

摘　要：《汉武故事》是关于西汉武帝的早期小说之一,其中最具特色的是将汉武帝生日及其与西王母会面日期都定在了七月七日。这既是汉代颇为盛行的七月七日为良辰吉日之风俗理念的体现,又直接影响到魏晋时期牛郎织女七月七日相会的七夕节观念的形成。

关键词：《汉武故事》;七月七日;魏晋;七夕节

在中国历史上,汉武帝是一个既有作为又富于传奇色彩的皇帝。一方面,他励精图治,在位时期国力强盛,三次打败匈奴,沟通西域,宣扬了汉朝国威;另一方面,他又极其任性肆欲,为求神仙而重用一大批方士巫人,后妃众多,逸闻轶事颇富传奇性。在汉代道教神仙之学盛行的氛围中,汉武帝的行为特点既是汉朝时代文化的产物,又增强了道教与帝王世界的神秘色彩。因此,汉武传说成为汉魏六朝文人津津乐道的话题,如《汉武故事》《洞冥记》《十洲记》《汉武内传》等都是专门敷衍武帝之事的,尤其是他为求仙而与西王母会面一事流播甚广。

汉武帝与西王母会面的情节最早出现在《汉武故事》中。《汉武故事》是西汉末年问世的关于汉武帝逸事的杂传小说之一,它内容驳杂,涉及汉武帝信仙求仙、大兴土木、贪恋女色等事迹。其中汉武帝与西王母会见的描写影响深远,尤其是对二人相会的时间设定就反映了汉代颇为盛行的七月七日为良日的文化观念,而这一社会理念又影响到了魏晋之后七月七日为七夕节的风俗的形成。

一、汉武系列中武帝与西王母会面的时间特点

西王母是先秦时期就已出现的文学形象,汉武帝是西汉时期影响力最大的帝王。二人会面是先唐小说中颇为流行的话题。除了《汉武故事》外,《汉武内传》《博物志》等对此亦有详细描述。这些作品对二人会面的描写基本相似,都先写使者传话,之后汉武帝预备接待之物,七月七日这天王母降临,向武帝陈述修仙之道,满足汉武帝与之会面的愿望。题材的相似可能有文学传承的缘故,但具体细节尤其是会面时间的多次重复就应该与这个日期的特殊性有关了。

从作品产生的时代看,《汉武故事》《汉武内传》《博物志》这 3 部小说的成书年代并不相同。《汉武故事》的作者旧有汉班固、晋葛洪、南齐王俭等说,但都不可靠,"真正作者已难以确定,但其产生时代却是有案可查的。传世本《汉孝武故事》(张宗祥校明钞本《说郛》卷 52)明谓:'长陵徐氏号仪君,善传朔术,至今上元延中已百三十七岁矣,视之如童

---

*　赵爱华,文学博士,华北水利水电大学人文艺术教育中心副教授,主要从事中国古代小说研究。

女.'按元延乃汉成帝年号,既称'今上',则为成帝时人作,不得出自班固及王俭手。宋人刘斆、清人俞樾等均已指出这一点".① 因此,《汉武故事》应该成书于西汉成帝时期。《汉武内传》的作者难以考知,产生时代亦众说纷纭,如明胡应麟认为"详其文体,是六朝人作,盖齐、梁间好事者为之也"②;当代李剑国先生细究渊源,认为"时在东汉末年至曹魏间"③。《博物志》乃西晋张华所作,其中关于帝母会面的记述与《汉武故事》基本一致。因此从《汉武故事》至《博物志》可以得知,汉武帝与西王母会面故事主要流行在两汉魏晋之间,反映的是汉晋时期的风俗理念。

在这些作品中,作者都把二人会面的时间定在七月七日,但在描述的时候都没有用后人常用的"七夕"一词,由此可知当时还没有出现七夕节的说法。虽然七夕节还没有产生,但文人都写七月七日帝母会面,说明这一天在汉代是一个重要的日子。自《汉武故事》之后,七月七日人仙相会的理念日益盛行。除了广为人知的牛郎织女七夕相会外,其他如东晋葛洪《神仙传》中神仙王远七月七日降蔡经家;唐代苏鹗的《杜阳杂编》中女尼真如在七月七日"于精舍户外盥濯之间,忽有五色云气,自东而来。云中引手,不见其形。徐以囊授真如"④;《神仙感遇传》中借郭子仪之口道出"七月七日,必是织女降临,愿赐长寿富贵"⑤;《广异记》中李湜谒华岳庙时与仙女相遇,分别时仙女告诉湜曰"每年七月七日至十二日,岳神当上计于天。至时相迎,无宜辞让"⑥等等。

由《汉武故事》首倡,且之后日益流行的人仙七月七日相会的观念是汉唐文化的重要现象之一,这一理念的产生与先秦文学表现及汉代的节日风俗有密切关系。

二、《汉武故事》中武帝与西王母会面的文化渊源

受汉代道教的影响,《汉武故事》描写了汉武帝与神通广大的仙人——西王母会见的场面。就人王与西王母相会的题材来看,最早的记载应该是《穆天子传》中的周穆王与西王母。

《穆天子传》是现存最早的杂传小说,大约出现在春秋末战国初。它依据历史上周穆王征讨四方、开疆拓土的传闻,采用干支纪时法逐日记录周穆王周游天下的经历,涉及山川道里、部族会面、饮宴奏乐、赏赐贡献、钓鱼狩猎、祭祀卜筮等诸多事迹。从内容的驳杂程度上看,《汉武故事》与之相类,其中周穆王与西王母会面的描写更是《汉武故事》的直接祖述。虽然《穆天子传》成书之后作为陪葬品被埋在战国时期的魏王墓中,直到西晋才重现世人面前。但周穆王与西王母会面的传说作为富有传奇性的故事一直都有流传,如《史记·赵世家》载:"赵氏之先,与秦共祖……恶来弟曰季胜,其后为赵。季胜生孟增。孟增幸于周成王,是为宅皋狼。皋狼生衡父,衡父生造父。造父幸于周缪王。造父取骥

---

① 李剑国《唐前志怪小说史》,人民文学出版社 2019 年版,第 220 页。
② (明)胡应麟《少室山房笔丛》卷 32《四部正讹下》,中华书局 1958 年版,第 417 页。
③ 李剑国《唐前志怪小说史》,人民文学出版社 2019 年版,第 240 页。
④ (宋)李昉等编《太平广记》卷 404《肃宗朝八宝》,中华书局 2006 年版,第 3254 页。
⑤ (宋)李昉等编《太平广记》卷 19《郭子仪》,中华书局 2006 年版,第 132 页。
⑥ (唐)戴孚撰,方诗铭辑校《广异记》,中华书局 1992 年版,第 52 页。

之乘匹，与桃林盗骊、骅骝、绿耳，献之缪王。缪王使造父御，西巡狩，见西王母，乐之忘归。"①《史记》的记载说明在汉代周穆王与西王母会面之事已流传甚广。

《穆天子传》详细记述了周穆王与西王母的会面，"吉日甲子，天子宾于西王母。乃执白圭玄璧以见西王母。好献锦组百纯、□组三百纯，西王母再拜受之。□乙丑，天子觞西王母于瑶池之上"②。《穆天子传》中的西王母是西王母形象的早期源头之一，但与后世盛传的仙人身份不同。根据此书是周穆王巡视天下的记录可知其中的西王母只是一个部族首领，如文中记述周穆王游历后返回国都祭祀宗庙，计算国家疆域范围，"乃里西土之数……自群玉之山以西，至于西王母之邦，三千里"③。《四库全书总目提要》亦明白地指出"此书所纪，虽多夸言寡实，然所谓'西王母'者，不过西方一国君"④。之所以称为西王母，主要是因为她的部族在西方，由于"嘉命不迁，我惟帝女"而成为一个女首领。"王母"就是女性之王的意思，这是周代称呼贵族女性的基本方法，即女子姓名的前面加表示排行的字，后面加"母"或"女"表性别，如青铜器铸公簠中的"孟妊车母"；也可单称"某母"或"某女"，如帛女鬲中所记的"帛女"等等。

虽然与《汉武故事》中西王母是女仙的身份不同，但《穆天子传》毕竟开启了人间君主与女性首领会面的题材。《穆天子传》大量记述了周穆王与地方诸侯会见的事迹，如"乙酉，天子北升于□。天子北征于犬戎。犬戎□胡觞天子于当水之阳，天子乃乐，□赐七萃之士战"，"甲子，天子北征，舍于珠泽"，"辛巳，天子东征。癸未，至于苏谷，骨飦氏之所衣被，乃遂南征东还"，"丙寅，天子东征，南还。己巳，至于文山，西膜之所谓□，觞天子于文山"等等。从会面时间上看，周穆王接见其他诸侯是根据所到日期进行的，而在与西王母会面时，周穆王特意选择了个好日子——吉日甲子，显示出他对西王母的重视。

周穆王在吉日会见西王母的理念对《汉武故事》影响尤深。《汉武故事》在汉武系列中首先开启了七月七日帝母会面的记载，"王母遣使谓帝曰：'七月七日我当暂来。'帝至日，扫宫内，然九华灯。七月七日，上于承华殿斋，日正中，忽见有青鸟从西方来集殿前"⑤。武帝系列中的"七月七日"与《穆天子传》中的"吉日甲子"应是异曲同工的效果，也就是说在汉代七月七日就是"吉日"。

《汉武故事》充分显示了七月七日在汉代的特殊地位。因为它除了将帝母会面定在七月七日外，还在故事的一开始将汉武帝的生日设在了这一天，"汉景皇帝王皇后内太子宫，得幸，有娠，梦日入其怀。帝又梦高祖谓己曰：'王夫人生子，可名为彘。'及生男，因名彘。是为武帝。帝以乙酉年七月七日旦生于猗兰殿。年四岁，立为胶东王"⑥。关于汉武帝的生辰时日，比小说《汉武故事》为早的《史记》及稍晚于它的《汉书》都没有明确记载。《史记·孝武本纪》曰："孝武皇帝者，孝景中子也。母曰王太后。孝景四年，以皇子为胶东王。孝景七年，栗太子废为临江王，以胶东王为太子。孝景十六年崩，太子即位，为孝

① （汉）司马迁《史记》卷43《赵世家》，中华书局1982年版，第1779页。
② 上海古籍出版社编《汉魏六朝笔记小说大观》，上海古籍出版社1999年版，第14页。
③ 上海古籍出版社编《汉魏六朝笔记小说大观》，上海古籍出版社1999年版，第18页。
④ （清）永瑢、纪昀《四库全书总目提要》，海南出版社1999年版，第728页。
⑤ 上海古籍出版社编《汉魏六朝笔记小说大观》，上海古籍出版社1999年版，第173页。
⑥ 上海古籍出版社编《汉魏六朝笔记小说大观》，上海古籍出版社1999年版，第166页。

武皇帝。孝武皇帝初即位，尤敬鬼神之祀。"①《汉书·武帝纪》曰："孝武皇帝,景帝中子也,母曰王美人。年四岁立为胶东王。七岁为皇太子,母为皇后。"②因此汉武帝生于七月七日的时间是《汉武故事》自构的。

中国古人非常重视生日,时常将看似偶然的生日与人物命运相联系,"生日自身还是命运的期待和生命的自省的时间契机。生日的文化内涵的多义性,为叙事文学对它的描写提供了丰富多彩的可能"③,"作为生日的独特的时间刻度,不仅给叙事提供某种命运感,提供话题和诗料,而且它还常常展示了一个以生日主人为中心的人生世界。"④从这个意义上看,《汉武故事》是古小说中第一个重视主人公生日日期的作品,既体现了当时人们将生日与生存命运相结合的心理,又通过对武帝生日的确定折射了七月七日在当时的重要地位。

三、《汉武故事》中的日期设定与汉代的七月七日风俗

《汉武故事》是汉武帝系列流传过程中的重要一环。尤其是对汉武帝生日的设定既是汉代七月七日文化风俗的展现,又体现了当时人们对七月七日的日期崇拜。

汉代七月七日的风俗习惯在《西京杂记》中已有清晰记述,"汉彩女常以七月七日穿七孔针于开襟楼,俱以习之"⑤,"戚夫人侍儿贾佩兰,后出为扶风人段儒妻,说在宫内时……至七月七日,临百子池,作于阗乐。乐毕,以五色缕相羁,谓为'相连爱(绶)'"⑥。《西京杂记》的这两则记载都表明汉代宫廷对七月七日的重视。

《西京杂记》为"汉刘歆撰,晋葛洪集"⑦。刘歆与其父刘向都是西汉著名的经学家、目录学家。作为楚元王刘交后裔,他们熟悉宫中生活和历代文物典籍。因此,《西京杂记》中这两条关于七月七日宫内风俗的描述,应该比较真实地反映西汉初年七月七日这个日子的特殊价值。

七月七日之所以在汉代被人重视,可能与农业生产有关。西晋人周处在《风土记》中载:"七月初七日,重此日,其夜洒扫中庭。然则中庭乞愿,其旧俗乎?"⑧"魏时人或问董勋云:'七月七日为良日,饮食不同于古,何也?'勋云:'七月黍熟,七日为阳数,故以糜为珍。今北人唯设汤饼,无复有糜矣。'"⑨这说明汉魏时期七月七日是人们心中的良辰吉日,要隆重度过。之所以以此日为良,是因为七月正是黍子成熟之时,七日代表阳数,两者在社会人生中都很重要。

正是由于七月七日是汉代的良日,因此人们特别重视这一天。到西汉中期,一些道教人士已经把它鼓吹为人仙会面的日子了。刘向、刘歆父子不仅是文化大家,亦是著名

①　(汉)司马迁《史记》卷12《孝武本纪》,中华书局1982年版,第451页。
②　(汉)班固《汉书》卷6《武帝纪》,中华书局2006年版,第155页。
③　杨义《杨义文存·中国叙事学》,人民出版社1997年版,第171页。
④　杨义《杨义文存·中国叙事学》,人民出版社1997年版,第173页。
⑤　(汉)刘歆撰、(晋)葛洪集,向新阳、刘克任校注《西京杂记校注》卷1,上海古籍出版社1991年版,第26页。
⑥　(汉)刘歆撰、(晋)葛洪集,向新阳、刘克任校注《西京杂记校注》卷3,上海古籍出版社1991年版,第138页。
⑦　(汉)刘歆撰、(晋)葛洪集,向新阳、刘克任校注《西京杂记校注·前言》,上海古籍出版社1991年版,第3页。
⑧　(宋)李昉等编《太平御览》卷31《时序部》,中华书局1960年版,第149页。
⑨　(宋)李昉等编《太平御览》卷31《时序部》,中华书局1960年版,第149页。

的神仙学家。为了证明神仙的存在，刘向专门写有《列仙传》，其中记载了周灵王太子得道升仙，并向世人证明自己成仙的事实，"王子乔者，周灵王太子晋也。好吹笙，作凤凰鸣。游伊洛之间，道士浮丘公接以上嵩高山三十余年。后求之于山上，见柏良曰：'告我家，七月七日待我于缑氏山巅。'至时，果乘白鹤驻山头。望之不得到，举手谢时人，数日而去。亦立祠于缑氏山下，及嵩高首焉"[①]。

　　以此推断，《汉武故事》之所以将武帝生日和帝母会面设在七月七日是因为此日不仅是自汉高祖刘邦以来宫中的重要纪念日，而且也是当时流传已久的吉日，还是传说中神仙现身凡间的日子。这一设定既有悠久的历史传统，又迎合时代风俗，而且也与周穆王与西王母在吉日相见的传说相似。

四、汉魏六朝七月七日崇拜与七夕节的定型

　　除了汉宫风俗和人仙会面的神奇传说外，七月七日在两汉至魏的确是个非常重要的日子，有着丰富的社会活动。宋卜子《杨园苑疏》曰："太液池西有武帝曝衣阁，常至七月七日，宫女出，后登楼襟衣。"[②]东汉崔寔的《四民月令》载："七月七日作麴合蓝丸及蜀漆丸，暴经书及衣裳，习俗然也。"[③]《世说》曰："郝隆七月七日见邻人皆曝晒衣物，隆乃仰，出腹卧，云：'晒书。'"[④]《竹林七贤论》亦载："阮咸字仲容，籍兄子也。诸阮前世儒学，善屋室，内足于财。唯籍一巷，尚道业，好酒而贫。旧俗七月七日法当曝衣，诸阮庭中烂然，莫非绨锦。咸时总角，乃竖长竿，标大布犊鼻裈于庭中，曰：'未能免俗，聊复尔尔。'"[⑤]这些记载都表明七月七日晒书、晒衣是汉魏时期广为流行的风俗行为，但这些风俗活动却与后世盛传的牛郎织女七夕相会没有任何关系。

　　后世人常将七月七日牛郎织女相会说成是七夕节的由来。但如果从文学渊源上看，七夕节之所以在七月七日其实是《汉武故事》中所设定的汉武帝生日及其与西王母的会面日的流传及影响所致。就牛郎织女故事的流播来看，源起甚早，但魏晋以前与七月七日毫无关系。如《诗经·小雅·大东》虽然是臣民怨恨周王室的歌曲，但其中"维天有汉，鉴亦有光。跂彼织女，终日七襄。虽则七襄，不成报章。睆彼牵牛，不以服箱"[⑥]之语蕴含了织女、牛郎星宿人性化的影子。《史记·天官书》中"织女，天女孙也"[⑦]的表述反映出西汉时期与织女相关的神话已经产生。从东汉班固《西都赋》"临乎昆明之池，左牵牛而右织女，似云汉之无涯"[⑧]和张衡《西京赋》"乃有昆明灵沼，黑水玄址……牵牛立其左，织女处其右。日月于是乎出入，象扶桑与濛汜"[⑨]的描述可知汉武帝时期所凿的昆明池畔已有了牛郎织女的雕像，表明关于牛郎织女的故事可能在两汉已广为流传。东汉文人五言诗

---

①　（汉）刘向撰《列仙传》卷上《王子乔》，上海古籍出版社 1995 年版，第 9 页。
②　（宋）李昉等编《太平御览》卷 31《时序部》，中华书局 1960 年版，第 149 页。
③　（宋）李昉等编《太平御览》卷 31《时序部》，中华书局 1960 年版，第 150 页。
④　（宋）李昉等编《太平御览》卷 31《时序部》，中华书局 1960 年版，第 150 页。
⑤　（宋）李昉等编《太平御览》卷 31《时序部》，中华书局 1960 年版，第 150 页。
⑥　程俊英《诗经注析》，中华书局 1999 年版，第 634 页。
⑦　（汉）司马迁《史记》卷 27《天官书》，中华书局 1982 年版，第 1311 页。
⑧　（梁）萧统编，（唐）李善注《文选》卷 1《赋甲》，上海古籍出版社 1986 年版，第 21 页。
⑨　（梁）萧统编，（唐）李善注《文选》卷 2《赋甲》，上海古籍出版社 1986 年版，第 65 页。

"迢迢牵牛星,皎皎河汉女。纤纤擢素手,札札弄机杼。终日不成章,泣涕零如雨。河汉清且浅,相去复几许!盈盈一水间,脉脉不得语"的叙述充分传达了织女与牛郎多情却不能诉说的痛苦。曹丕《燕歌行》也有"牛郎织女遥相望"之说。众多的典籍证明,在汉代牛郎织女虽然由早期的星宿名演变成了多情恋人,但并没有他们在七月七日相会的因素。

牛郎织女七月七日相会的传闻最早可能产生于魏晋之际。唐代李善注释《文选》中曹植《洛神赋》"叹匏瓜之无匹矣,咏牵牛之独处"之句时,引用了曹植《九咏注》"牵牛为夫,织女为妇。织女、牵牛之星,各处河鼓之旁,七月七日,乃得一会"①之语,似乎表明曹植时有牛郎织女七月七日相会之说。但李善所标的曹植《九咏注》是否为曹植所写难有定论,曹植有《九咏》一诗,其中"乘回风兮浮汉渚,目牵牛兮眺织女。交有际兮会有期,嗟痛吾兮来不时"②之句与牛郎织女故事相关,但并没有七月七日的任何线索。而《九咏注》应该不是曹植所作,很可能是唐前文人对曹植《九咏》所作的注释,而李善简略为"曹植《九咏注》"。西晋时有了牛郎织女七月七日相会的记载,如傅玄(217—278)在《拟天问》中有"七月七日,牵牛织女,时会天河"③的描述,稍晚于傅玄的周处在《风土记》中对此有更详细的记录:"七月初七日,其夜洒扫于庭,露施几筵,设酒脯时果,散香粉于筵上,以祈河鼓(《尔雅》曰河鼓谓之牵牛)、织女。言此二星辰当会,守夜者咸怀私愿,咸云,见天汉中有弈弈白气,有光耀五色,以此为征应。见者便拜,而愿乞富乞寿,无子乞子,惟得乞一,不得兼求,三年乃得言之,颇有受其祚者。"④这说明魏晋之际七月七日牛郎织女相会以及人们在当夜祈福的观念习俗已经产生。但这种理念并没有形成共识,因为与周处同时代的张华在《博物志》中亦记述了与牛郎织女相关的事情,但与七月七日毫无关系。

《博物志》在牛郎织女传说中融入了人类渴望上天的幻想。当沿海之人乘着八月槎到达天庭后,"遥望宫中多织妇,见一丈夫牵牛渚次饮之。牵牛人乃惊问曰:'何由至此?'此人具说来意,并问此是何处,答曰:'君还至蜀郡访严君平则知之。'竟不上岸,因还如期。后至蜀,问君平,曰:'某年月日有客星犯牵牛宿。'"⑤这个故事将之前的星宿文化与牛郎织女为仙传闻融合在一起,但却没有爱情和七七会面的因素。至南朝萧梁吴均的《续齐谐记》时,牛郎织女七月七日相会的传闻已普遍流传了,"桂阳成武丁,有仙道,常在人间,忽谓其弟曰:'七月七日,织女当渡河,诸仙悉还宫。吾向已被召,不得停,与尔别矣。'弟问曰:'织女何事渡河? 去当何还?'答曰:'织女暂诣牵牛,吾复三年当还。'明日失武丁,至今云织女嫁牵牛"⑥。

从《博物志》到《续齐谐记》的相关故事可以推断,自西晋到南朝,牛郎织女七月七日

① (梁)萧统编,(唐)李善注《文选》卷19《赋癸》,上海古籍出版社1986年版,第899页。
② (三国魏)曹植著,赵幼文校注《曹植集校注》卷4《九咏》,中华书局2016年版,第773页。
③ 赵光勇、王建域《傅玄集辑注》卷3《骚》,陕西师范大学出版社2014年版,第451页。
④ (宋)李昉等编《太平御览》卷31《时序部》,中华书局1960年版,第149页。
⑤ (晋)张华撰,范宁校证《博物志校证》卷10,中华书局2014年版,第111页。
⑥ 上海古籍出版社编《汉魏六朝笔记小说大观》,上海古籍出版社1999年版,第1008页。

相会的传说影响日深，并且由此形成了七夕①一词和七夕节这个节日。这一演变过程在此时的诗歌和杂记中亦多有反映。如西晋的潘尼所写的《七月七日侍皇太子宴玄圃园诗》以"商风初授，辰火微流。朱明送夏，少昊迎秋。嘉木茂园，芳草被畴"②之句表达了对七月七日天气清爽、景色秀美的喜爱，但并没有用"七夕"之语。而至南朝刘宋及之后诸如谢灵运、谢惠连、刘铄等人的《七夕咏牛女诗》、谢庄《七夕夜咏牛女应制诗》、梁简文帝《七夕穿针诗》和庾肩吾《七夕诗》等以七夕和牛郎织女之事为题目的诗如雨后春笋般涌现，说明东晋之后"七夕"一词日渐流行。至南朝萧梁宗懔的《荆楚岁时记》则将汉代宫女穿针结缕之行与七月七日牛郎织女相会之说完全融合，指出"七月七日，为牵牛织女聚会之夜。是夕，人家妇女结彩缕，穿七孔针。或以金银输石为针，陈瓜果于庭中以乞巧，有喜子网于瓜上，则以为符应"③。自此之后，七夕风俗历代传承，人仙相会之说、乞巧祈愿之事不绝如缕。

　　牛郎织女七夕之夜相会的传说也印证了汉武系列故事中汉武帝与西王母会面时间在流传过程中的细微变化及其与七夕节形成轨迹的关系。《汉武故事》中，西王母是在七月七日"日正中"时降临武帝宫中的；而在《汉武帝内传》中，西王母则在七月七日"二唱（即二更）之后"又"半食顷"后驾临帝宫的；到张华的《博物志》时则点出"七月七日夜漏七刻，王母乘紫云车而至于殿西"。帝母会面时段从正午到夜间的变化，既增强了人仙会面的神秘性，又启发了后世将牛郎织女相会定在夜半的思维。《汉武故事》中人仙白天相会与《列仙传》中的相关情节相符，它们符合道教在汉代的尊崇地位以及神仙尊贵的社会理念。而约成书于"东汉末年至曹魏间"的《汉武内传》与西晋张华的《博物志》将会面时段从中午改为夜晚的转变折射了东汉末年以来道教官方地位的丧失以及魏晋时期神仙日渐神秘性的特点。这既证明了《汉武故事》是早于《汉武内传》的作品，又反映了自魏晋之后仙人夜降人间的观念日渐流行，并最终与牛郎织女传说相融合，使牛郎织女在七月七日夜间相会成为定说。

　　综上可知，牛郎织女故事虽早于杂传小说《汉武故事》及其他汉武系列中汉武帝与西王母会面之事，但从文化渊源上看，《汉武故事》中七月七日为吉日及当日为人仙会面的时间设定是七夕节牛郎织女相会传说形成的关键环节。

---

① 虽然在清代严可均辑录的《全后汉文》中搜集应劭《风俗通义》的佚文时收录了《岁华纪丽》记载的"织女七夕当渡河，使鹊为桥"（见严可均《全后汉文》，务印书馆 1999 年版，第 374 页）之句，但这并不能证明东汉后期已有"七夕"之说。因为，一方面历代流传的《风俗通义》并没有此句，另一方面《岁华纪丽》的转录不一定可靠，其作者韩鄂是晚唐人，距应劭时代已过七八百年。而且，明清时期流传的《岁华纪丽》一书是明代中晚期胡震亨刊刻的，有人指出此刻本有胡氏伪造的成分。

② （唐）徐坚《初学记》卷 4，中华书局 1962 年版，第 77 页。

③ 上海古籍出版社编《汉魏六朝笔记小说大观》，上海古籍出版社 1999 年版，第 1058 页。

建安公宴诗与汉画像宴饮图互证研究

李　婧*

摘　要：建安公宴诗与汉画像宴饮图一文一图，属于两种艺术样式，表达的媒介不同，各具独特的审美价值。但是，两者在表达的内容上有很多相似相通之处，它们都摹写自然物色，展现天人之合；刻画宫室车舆，显示富贵气象；铺陈酒食歌舞，呈现享乐和同；描绘宾主酬酢，反映礼法秩序。文字资料和图像资料不约而同地反映了同一历史时空下的社会文化，使得辉煌的汉代历史更精彩全面地展现在世人眼前。

关键词：建安公宴诗；汉画像；互证

公宴诗是建安诗歌的重要题材，充分展现了建安风骨的美学风貌，吸引了不少研究者的关注。汉画像是中国艺术瑰宝，用图像全面再现了汉代社会生活的方方面面，更是引起学界广泛的重视。汉画像中的宴饮图与建安公宴诗表现内容相通，表达形式相映成趣，然而，却鲜有学者将两者联系起来。事实上，两者一文一图，虽然表达的媒介不同，属于两种艺术样式，但正因如此，才更能互相补充，对照印证。图文并读，有利于我们更深入地研究汉代宴饮活动的特点，及其背后的美学底蕴和文化内涵，这也是文字资料和图像资料互证研究的一次有益尝试。

一、建安公宴诗的基本特征

在《文心雕龙·时序》篇中，刘勰用"傲雅觞豆之前，雍容衽席之上，洒笔以成酣歌，和墨以藉谈笑"①描绘了建安时期邺下文人们游宴赋诗的盛大景象。从史料记载来看，文人集团的领袖曹氏父子热爱宴集，频繁的游宴活动使得这一时期产生了大量的公宴诗。曹丕在《与吴质书》里回忆了与邺下文人们宴饮赋诗的难忘景象："昔日游处，行则连舆，止则接席，何曾须臾相失。每至觞酌流行，丝竹并奏，酒酣耳热，仰而赋诗。"②文人们在一起游乐宴饮，酒酣赋诗，切磋文学，已然成为一种有组织的文学创作活动。"公宴诗"的主要内容是"怜风月，狎池苑，述恩荣，叙酣宴"③，描绘池苑景物，叙述宴饮活动，感念君主恩荣，内容虽然不免程式化，但诗中涌动着诗人慷慨悲凉的思想感情，洋溢着强烈的生命力，体现了鲜明爽朗、刚健有力的建安风骨。下面来看几首建安公宴诗：

---

* 李婧，中国海洋大学文学与新闻传播学院副教授，主要从事汉魏六朝文学研究。
① （梁）刘勰著，范文澜注《文心雕龙注》，人民文学出版社 1958 年版，第 673 页。
② （梁）萧统编，（唐）李善注《文选》，上海古籍出版社 1986 年版，第 1897 页。
③ （梁）刘勰著，范文澜注《文心雕龙注》，人民文学出版社 1958 年版，第 66 页。

公宴诗
王粲

昊天降丰泽,百卉挺藏蕤。凉风撤蒸暑,清云却炎晖。高会君子堂,并坐荫华榱。嘉肴充圆方,旨酒盈金罍。管弦发徽音,曲度清且悲。合坐同所乐,但诉杯行迟。常闻诗人语,不醉且无归。今日不极欢,含情欲待谁?见眷良不翅,守分岂能违?古人有遗言,君子福所绥。愿我贤主人,与天享巍巍。克符周公业,奕世不可追。①

此诗是王粲归顺曹氏后受到了礼遇,侍曹操宴而作。前 4 句描写了节气和周遭的景物。中间的 12 句集中笔墨渲染了本次宴会的盛况:华屋生辉,高朋满座,美酒佳肴,乐声悠扬,宾主酬酢,尽醉方休。最后 8 句表达了对主人的由衷感谢以及真诚的祝愿。

公宴诗
刘桢

永日行游戏,欢乐犹未央。遗思在玄夜,相与复翱翔。辇车飞素盖,从者盈路傍。月出照园中,珍木郁苍苍。清川过石渠,流波为鱼防。芙蓉散其华,菡萏溢金塘。灵鸟宿水裔,仁兽游飞梁。华馆寄流波,豁达来风凉。生平未始闻,歌之安能详?投翰长叹息,绮丽不可忘。②

刘桢这首公宴诗最大的亮点在于用繁笔细绘了宴会场所恬静优美、精致典雅的园林景色,构成了一幅色彩鲜明而生动的夜游图,充满了一种欢快和谐的气氛。

箜篌引
曹植

置酒高殿上,亲交从我游。中厨办丰膳,烹羊宰肥牛。秦筝何慷慨,齐瑟和且柔。阳阿奏奇舞,京洛出名讴。乐饮过三爵,缓带倾庶羞。主称千金寿,宾奉万年酬。久要不可忘,薄终义所尤。谦谦君子德,磬折欲何求。惊风飘白日,光景驰西流。盛时不再来,百年忽我遒。生存华屋处,零落归山丘。先民谁不死,知命复何忧。③

曹植的名篇《箜篌引》着力描绘了宴会上丰盛的美酒佳肴,呈现了宴会中宾主酬酢的具体过程,极力铺排了游乐宴饮的盛大场面,结尾急转直下,乐极悲来,流露了建安动乱时代慷慨悲凉的时代情绪。

公宴诗
阮瑀

阳春和气动,贤主以崇仁。布惠绥人物,降爱常所亲。上堂相娱乐,中外奉时珍。五味风雨集,杯酌若浮云。④

---

① (梁)萧统编,(唐)李善注《文选》,上海古籍出版社 1986 年版,第 944 页。
② (梁)萧统编,(唐)李善注《文选》,上海古籍出版社 1986 年版,第 945 页。
③ (魏)曹植著,赵幼文校注《曹植集校注》,人民文学出版社 1984 年版,第 459 页。
④ 逯钦立《先秦汉魏晋南北朝诗》,中华书局 1983 年版,第 380 页。

公宴诗

应场

巍巍主人德,佳会被四方。开馆延群士,置酒于斯堂。辨论释郁结,援笔兴文章。穆穆众君子,好合同欢康。促坐褒重帷,传满腾羽觞。①

这两首诗都突出地表达了对宴会主人即曹氏父子的颂美,感念他们乐于接纳文士。建安七子早年多饱尝颠沛流离之苦,在归顺曹氏后,能于邺城这样相对安宁的环境中尽情享受宴饮的快乐,心中压抑已久的激情和对美好事物的热爱便喷涌而出。可以说,诗中所表达的对曹氏父子的颂美是真挚而诚恳的。

二、汉画像宴饮图的特征

伟大的汉民族不仅有用文字记载的宏伟历史,而且还有用图像存留的社会画卷。著名的史学家翦伯赞先生说:"除了古人的遗物外,再也没有一种史料比绘画雕刻更能反映历史上的社会之具体的形象。"②汉画像作为中国艺术宝库中的珍贵遗产,就再现了两汉时期形形色色的现实社会生活,为今人研究汉代社会各个方面提供了丰富的实物资料,弥补了文献资料记载的不足。其中,就有不少表现宴饮活动的汉画像,鲜明生动地展现了汉代宴饮活动的情境,具有独特的美学风貌和丰富的文化内涵。下面来看几幅具有代表性的汉画像宴饮图。

图 1 是一幅名为《庭院·宴享》的画像石作品(收录于《中国画像石全集·四》·三二)③。

图 1 《庭院·宴享》画像

从命名来看,这幅拓片是以建筑和人物活动为主体的。拓片中,我们可以清晰完整地看见一座庭院建筑的全景。画面右边部分是庭院的大门,两旁耸立着双阙,大门的两侧有两个手持兵器的侍卫把守,大门的顶上还有 3 只仙鹤或其他鸟类的动物,两侧的阙楼上也分别有两只鸟兽类的动物。剩下 3/4 的画面是庭院的主体:自右向左,建筑栉比,并且有一定的对称性。庭院中是参与此次宴会的人物,包括谒见者、宴客者、庖厨者以及侍从,大概有 30 余人。图中人物形态各异,栩栩如生,有主人在迎宾,客人在回拜,甚至还有专门的人在喂马。可想而知,这是一场较盛大的宴会,画像描绘的正是这次宴会的

① 逯钦立《先秦汉魏晋南北朝诗》,中华书局 1983 年版,第 383 页。

② 翦伯赞《秦汉史》,北京大学出版社 1999 年版,等 6 页。

③ 中国画像石全集编辑委员会编《中国画像石全集》第 4 卷,山东美术出版社、河南美术出版社 2000 年版,第 25 页。

全景图。图上的人物的衣冠、行为以及他们之间的互动，体现出一种井然有序、彬彬有礼的氛围。

　　图 2 所示的是一块名为《宴饮》的汉画像砖（收录于《中国画像石全集·四》·一九）[1]。

图 2　《宴饮》画像

　　这块汉画像砖，剔磨平整，物象凸起，纹路清晰，形象生动。图画中，两侧是对称的两棵树，中间是一座类似亭子的建筑，檐下挂有帷幔，亭中摆放了一张小案几，旁边是用圆形器皿盛着的汤食，小案几上放有似盛酒杯子的器皿。案几旁对坐二人，似乎正在饮酒谈天。亭外站着两人，好像在演奏乐曲，左边一人在吹奏，而右边的人手里则是抱着某种弹奏的乐器。周围树木扶疏，二人把酒畅谈，身后乐者相伴，总体上给人一种轻松自在的感受。

　　图 3 所示画像名为《迎宾·宴饮》（收录于《中国画像石全集·四》·四七）[2]。

图 3　《迎宾·宴饮》画像

　　虽然这块画像上部分有缺失，但其主体内容还是清晰可见的。图中一共分为两层，下层是参加宴会的宾客们乘着马车而来，主人家在大门外迎接，众人在门前相互行礼问候。上层是人们坐在挂着帷幔的亭中享受主人的盛情宴请。主人坐在众宾前方，后面有侍者，面前的桌子上放置着食物与美酒。宾客们坐在亭中，有的似在聆听主人的讲话，有的似在把酒相互畅谈，气氛十分轻松和谐。

---

　　① 中国画像石全集编辑委员会编《中国画像石全集》第 4 卷，山东美术出版社、河南美术出版社 2000 年版，第16 页。

　　② 中国画像石全集编辑委员会编《中国画像石全集》第 4 卷，山东美术出版社、河南美术出版社 2000 年版，第33 页。

图 4 为《沂水韩家曲木门楣画像》（《山东石刻分类全集》·七·二八九）①。

图 4　《沂水韩家曲木门楣画像》

这是一幅东汉晚期的画像,线条流畅,内容丰富。上层外圈内是一双头虹形的龙张着嘴巴在喷水;龙头下面,各有一人在顶盆接水。上层的内圈有一个人在给一对雌雄双凤喂食,左边的雌凤旁边有一些小雏鸟。下层部分则是乐舞百戏的画面:中间是宾主相对宴饮,其中一人身体前倾,双手举着杯子,好似在敬酒;身旁有手持器物的侍者;左右两侧是弹琴、舞蹈以及吹奏的乐舞场面,舞蹈者姿态各异,演奏乐器也多种多样。整幅画像给人一派热闹和谐的感觉。

三、建安公宴诗与汉画像宴饮图体现的共同时代气象

建安公宴诗与汉画像宴饮图一文一图,属于两种艺术样式,表达的媒介不同,各具独特的审美价值。建安公宴诗用文字传达主观精神,体现了建安士人独特的个体生命感悟,以及动乱时代慷慨悲凉的时代情绪,堪称是一代士人心灵的真实写照。汉画像用图像描摹客观社会,真实而细致地描绘了群体性的宴饮活动,是汉代社会生活的全景再现。但是,更值得注意的是,两者在表达的内容上有很多相似相通之处,图文可以相互印证,共同展现了汉代宴饮活动的文化底蕴和时代气象。

（一）摹写自然物色,展现天人之合

宴饮场所的外在环境是诗人和艺术家首先注意到并加以描绘的。在建安公宴诗和汉画像宴饮图中,都有对自然物色的摹写。如上举刘桢的公宴诗叙写的是一场夜以继日的游宴活动,其主体内容就是摹写月夜的自然景色:"月出照园中,珍木郁苍苍。清川过石渠,流波为鱼防。芙蓉散其华,菡萏溢金塘。灵鸟宿水裔,仁兽游飞梁。华馆寄流波,豁达来风凉。"通过对明月、凉风、珍木、清川、荷花、灵鸟、仁兽等的描写,构成了一幅色彩鲜明而生动的夜游图。这样清新空明,生机盎然的景象,自然激起了主人宾客宴游的雅兴,主观的情绪与客观的景物自然地交融,体现了天与人的相合。

---

① 《山东石刻分类全集》编辑委员会编著《山东石刻分类全集》第 7 卷《汉代画像石》,青岛出版社、山东文化音像出版社 2013 年版,第 289 页。

　　汉画像宴饮图中也刻画了树木、鸟兽一类的自然物色，不单是装饰性的花纹，更是宴饮场所自然环境的真实描绘。如图2所画，二人在亭中对饮，亭外两侧各绘有一棵高大茂盛的树木，主干粗壮，枝叶扶疏，摇曳生姿，高耸入云，其上有数只燕雀，围绕亭顶的凤凰自由飞翔。亭中人的酣畅对饮，与亭外树木翔鸟的自由生机，相映成趣，主客交融，构成了一幅生机盎然的和谐图景。

　　建安公宴诗和汉画像宴饮图对自然物色的摹写都体现了"肇于自然"而又"造乎自然"的美学风貌，表达了对于自然之景的喜爱与向往，带有一种盎然的生意，体现了天人之合。

（二）刻画宫室车舆，显示富贵气象

　　举办宴会的场所一般是在宫室之中，客人要乘坐车马赴宴，有时主客会在酒宴前后乘车到户外游玩。因而，建安公宴诗和汉画像都涉及对宫室建筑、车舆的描绘，都极力烘托这些事物的富丽豪华，展现出一种富贵气象。如建安公宴诗描绘建筑物的句子有"高会君子堂，并坐荫华榱"（王粲《公宴诗》）、"华馆寄流波"（刘桢《公宴诗》）、"置酒高殿上"（曹植《箜篌引》），诗人们刻意用"华""高"等形容词来突出游宴建筑的高大庄重、雕画华美。描绘车舆的有"辇车飞素盖，从者盈路傍"（刘桢《公宴诗》），展现了像曹丕和曹植那样的贵公子宴游时，所乘车马装备的精良华美，随行人员的众多。这样盛大的排场，尽显主人高贵的身份地位。

　　汉画像由于绘画所独具的描摹再现功能，对宫室车舆的刻画做到了真实再现，细致入微，如上举汉画像图1、图2、图3对建筑物的刻画就精细毕至，我们可以在建筑物的屋顶上看见小方块形状的瓦砾，能清晰地看出瓦砾的大小以及间距；在屋顶上都有龙、凤、仙鹤或者是飞鸟等形象作装饰；在建筑物檐下还挂有帷幔一类的装饰物，布置得雅致高贵；在建筑物的支撑梁柱上，还可以看见刻画得很精美的纹饰。对车舆的刻画也是如此精细，如图3的画像石下层右侧刻了两辆马车，仔细观察，连马匹的辔头缰绳，车舆的顶篷遮盖都精绘得一清二楚，令人拍案叫绝。

　　同是描绘宫室车舆，诗歌用凝练的词语来概括，更得其神，启发人的想象；而汉画像用精细的画笔来再现，尽得其形，诉诸直观。两者正可以互相补充和印证，其表现的内涵是一致的，都在着力描绘宫室的高大富丽，车舆的精良豪华，尽展贵族阶级在居所以及出行工具上的气派，显示出一种富贵气象。

（三）铺陈酒食歌舞，呈现享乐和同

　　人们宴会的活动内容通常是丰富多样的，除了美酒佳肴以供吃喝之外，由于汉代乐舞风气盛行，席间还往往要以乐侑食，有歌舞百戏相伴、鼓瑟吹笙相随、表演游戏相和，这在建安公宴诗和汉画像宴饮图中都有表现。如王粲《公宴诗》言："嘉肴充圆方，旨酒盈金罍。管弦发徽音，曲度清且悲。合坐同所乐，但诉杯行迟。"曹植《箜篌引》云："置酒高殿上，亲交从我游。中厨办丰膳，烹羊宰肥牛。秦筝何慷慨，齐瑟和且柔。阳阿奏奇舞，京洛出名讴。"曹植《名都篇》云："归来宴平乐，美酒斗十千。脍鲤臇胎虾，炮鳖炙熊蹯。"阮瑀《公宴诗》云："上堂相娱乐，中外奉时珍。五味风雨集，杯酌若浮云。"从中我们可以看到邺下文人们置酒高殿，痛饮狂歌的热闹场景。

　　而汉画像对人物饮酒场面的刻画,主要是从人物的姿态,以及酒具、食具等细小物件上来表现的。图2、图4画像中的对饮姿态,给人以豪爽、畅快之感,人们似乎在发自内心地感慨:"酒是个好东西啊!"这真切地反映了当时人们喜爱、享受宴饮的风气。而根据案几上摆放的不同形状的器皿可以看出,所装的食物应该是各式各样,丰富诱人的。美酒佳肴在旁,岂能没有歌舞相伴? 汉画像中的宴饮图总是与乐舞百戏紧紧相连。在图2中,亭外一人吹奏,一人抚琴来为亭中人的酒宴助兴。而在图4中,下层的左右是有人在抚琴,旁边有表演长袖舞的、在倒立的、有踩在盘子上跳舞的,还有在吹排箫的,生动刻画出了一幅乐舞百戏图。

　　建安公宴诗和汉画像宴饮图中对美酒佳肴、歌舞百戏的描绘,是汉代贵族阶级歌舞升平的再现,表达了人们追求享乐的人生态度。而通过在宴会中尽情追求物质与感官上的享受,也能获得对个体生命价值的体悟,这在建安文人的公宴诗中得到最好的体现。另外,酒食歌舞还能起到调节气氛,融合宾主的作用。酒文化在中国历史悠久,汉代饮酒之风极盛,浓郁的酒文化也成了汉文化的重要组成部分。以酒为媒,可以提高人们的兴致,拉近宾主的关系,让人们在更加轻松的氛围下,借着酒性,尽情地享受宴饮的快乐。同样,音乐歌舞也具有调节和活跃气氛的功用,所谓"乐文同,则上下和矣"①。在美酒乐舞的调节下,宴会的氛围其乐融融。王粲《公宴诗》六"合坐同所乐,但诉杯行迟";应玚《公宴诗》说"穆穆众君子,好合同欢康"。汉画像中表现得就更为直观了,几幅宴饮图都给人一种宾主尽欢、快乐和谐的感觉,特别是图4,在乐舞百戏的助兴下,宾主俯仰自得,气氛轻松热烈。

(四)描绘宾主酬酢,反映礼法秩序

　　虽然公宴诗及汉画像展现了宾主共享酒宴歌舞的一派和谐气氛,但并不等于宴会上可以纵情享乐,忽视礼法,不论尊卑。相反,从两者的描绘来看,汉代的宴饮秩序井然,宾主之间揖让酬酢,反映了汉代礼法秩序的文明。从汉画像可见,汉代的宴会,宾主之间的礼节非常繁复。作为主人,要有迎宾礼,在图3《迎宾、宴饮》的下层画像中,主人家在门口揖手行礼,欢迎宾客们的到来。《礼记·乡饮酒义》中规定:"主人拜迎宾于庠门之外,入,三揖而后至阶,三让而后升,所以致尊让也。"②作为客人,要对主人作揖和叩拜以示答谢。相比揖礼,拜礼更加正规和隆重,因为揖礼是站着施行的,而拜礼是跪坐在地上,俯身把双手布于席上行礼。在图1《庭院·宴享》中,最左边的三人呈揖礼姿态;而画像的上方有四人在行拜礼:最右边的一人应该是主人,剩下3位宾客跪坐在地,身体前倾,面向最右边的主人行礼。

　　在宴饮的过程中,宾主饮酒更加要注重礼仪。主人要向客人敬酒,谓之"酬",客人需回敬主人,谓之"酢",客人之间也可互相敬酒,称作"旅酬"。有时还需要依次向人敬酒,谓之"行酒",遍饮一轮则谓之"一行"。曹植《箜篌引》中"乐饮过三爵,缓带倾庶羞。主称千金寿,宾奉万年酬。久要不可忘,薄终义所尤。谦谦君子德,磬折欲何求"一段,颇为具体地描绘了宴会中主宾之间把酒互动的酬酢场面。在汉画像图2、图3、图4中,都有展现

---

①　朱正义,林开甲译注《古代文史名著选译丛书·礼记选译》(修订版),凤凰出版社2011版,第116页。

②　杨天宇《礼记译注》,上海古籍出版社2004年版,第822页。

宾客间酬酢之礼的画面。

《礼记·乐记》云:"乐者为同,礼者为异。同则相亲,异则相敬","礼义立,则贵贱等矣;乐文同,则上下和矣。"[①]与乐的和同作用相对,等级分明的礼制是为了区别贵贱尊卑,维护封建统治秩序。在王粲、刘桢、阮瑀、应玚等人的公宴诗中,最为突出地显示了这一点,虽然曹氏父子礼贤下士,他们主持的宴会给人以轻松和谐之感,但是作为下属是不能忽略贵贱尊卑的,因而几人都在诗中不遗余力地赞颂曹氏父子,称"愿我贤主人,与天享巍巍""阳春和气动,贤主以崇仁""巍巍主人德,佳会被四方"。这正是宴饮时要严守上下等级的体现。

另外,"礼"的背后也彰显了"德","礼"是无所不包的文化体系,"德"乃无所不在的精神气质[②]。"德"几乎渗透于社会文化的一切方面,覆盖了所有类型的社会活动。由此看来,"德"也是宴饮娱乐活动背后的精神价值和原则,也就是通常说的"酒德"。饮酒者要有德行,根据自己的度量来饮酒,不过度,适可而止。所以,不管是画像还是诗歌中所呈现出来的关于宾主酬酢的场面,都没有荒湛于酒的迹象,反而是给人一种有礼有序的社会气象。

通过上面的对比,我们看到无论是公宴诗所描绘的文字历史,还是汉画像所呈现出来的图画世界,都共同展现了汉代公宴的盛大场面,体现了上层社会的富贵气象。这是汉代经济发展的结果。而人们在宴会中追求享乐的精神和遵守礼法秩序的风气是汉代礼制完善、礼乐文明的体现。文字资料和图像资料不约而同地反映了同一历史时空下的社会文化,使辉煌的汉代历史得以更精彩全面地展现在世人眼前。

---

① 朱正义,林开甲译注《古代文史名著选译丛书·礼记选译》(修订版),凤凰出版社2011版,第116页。

② 郑开《德礼之间——前诸子时期的思想史》,生活·读书·新知三联书店2009年版,第91页。

论三朝高僧传中的疗疾书写

李 震*

摘　要：三朝高僧传即《高僧传》《续高僧传》及《宋高僧传》，其书写在一定程度上反映了佛教在中国的发展情况。纵观三朝高僧传的疗疾书写，可以发现古代汉地佛教在保留神异疗疾的同时，愈渐重视药物疗疾的功效并且逐渐与中国传统医学相融合。另外，从中还可窥得古代中国佛教医术的面向，其具备对治疾病类型的全面性与疗疾手段的多样性等特点。而无论是三朝高僧传中僧人的疾病认知还是疗疾手段，都可在佛经中追溯其源，尤其对其中的佛教性疗疾手段而言，追溯其佛经来源能更好地理解三朝高僧传的成书目的。

关键词：《高僧传》；《续高僧传》；《宋高僧传》；疗疾书写

僧传为记载高僧大德言行、思想及其贡献的传记。自慧皎《高僧传》起，其分科与写作形式成为历代僧传的典范，为后世所效仿，形成一系列道俗同享的经典文本。佛教思想包罗万象，涉足领域极为丰富。其中，对于疾病的成因与对治，佛教也有自身独到的认知，这一点从僧传的书写中可见一斑。目前学界对于佛教中疾病与医疗的研究颇为成熟，相关的研究包括佛教疾病观、佛教医籍、佛教僧医、佛教与中医药、中印佛教医学的交流等，可谓多矣。但三朝高僧传的文本书写尚有进一步探讨的空间。基于此，本文旨在通过对《高僧传》《续高僧传》《宋高僧传》的纵向梳理，探讨三朝高僧传中疗疾书写的嬗变及现实反映，古代汉传佛教对治的疾病类型以及僧传疗疾书写的佛经来源。不妥之处，敬请方家指正。

一、三朝高僧传中疗疾书写的嬗变

苦谛是佛教的基本教义，佛教认为人生来皆苦，而疾病便是人生的八大痛苦之一。佛教自传入中国后，便以悲悯著世，自度度人、自利利他。古代高僧大德面对疾病带给世人的痛苦时，都以慈悲怜悯为怀，抱有深切的慈悲救助理念。[①] 有如释僧远，"尝一时行青园，闻里中得时气病者，悯而造之。见骈尸侣病者数人，人莫敢近，远深加痛愍，留止不忍去"[②]；释法恭，"所获信施常分给贫病，未尝私蓄"[③]；释童真，"兼以偏悲贫病，撤衣拯救躬事扶视"[④]；等等。面对疾病心生悲悯、慈悲济世，这是古代高僧所共通的观念，纵观僧传

---

　*　李震，青岛大学历史学院硕士研究生，主要从事中国佛教史研究。

　①　程恭让《释迦牟尼及原始佛教理解疾疫的智慧》，《法音》2020 年第 3 期。
　②　(梁)慧皎撰，汤用彤校注《高僧传》，中华书局 1992 年版，第 318 页。
　③　(梁)慧皎撰，汤用彤校注《高僧传》，中华书局 1992 年版，第 466 页。
　④　(梁)慧皎撰，汤用彤校注《高僧传》，中华书局 1992 年版，第 412 页。

的记载也一以贯之。相对来说,不同僧人在面对疾病时的疗疾观点与手段却是不尽相同的,其中包括诵经治疗、念佛治疗、礼忏治疗、持咒治疗以及祈愿治疗等偏佛教性、神异性的疗疾方法,又有静养治疗、药物治疗、设立病坊等偏世俗性、现实性的疗疾方法。下文就《高僧传》《续高僧传》《宋高僧传》中的疗疾记事分别叙述。

　　《高僧传》中的疗疾记叙偏多神异色彩,所凸显的佛教性浓厚。如其中持咒治疗者有鸠摩罗什、昙无谶、求那跋摩、佛图澄、竺法旷、耆域、杯度、杜僧哀以及释普明等。持咒治疗的方式为对患病者施念咒语,咒毕遂病除,抑或是以咒水清洗,疗效甚奇。如阇婆国王"遇流矢伤脚",求那跋摩"为咒水洗之,信宿平复……王后为跋摩立精舍,躬自引材伤王脚指,跋摩又为咒治,有顷平复"[1];"有齐谐妻胡母氏病,众治不愈。后请僧设斋,斋坐有僧聪道人,劝迎杯度。度既至,一咒病者即愈"[2]等。求那跋摩与杯度是用咒水与咒语为病者疗疾的僧人典型。除却持咒治疗之外,礼忏治疗与念佛、诵经治疗的方法则更具佛教特色。礼忏治疗者有诸如竺法旷、安慧则、释慧进、释昙颖以及佛陀耶舍传记中的无名僧人等。礼忏治疗的方式主要是通过忏悔、礼拜等形式以望借助诸佛、菩萨的神力治愈病伤,如竺法旷的师父竺昙印病重,竺法旷"乃七日七夜祈诚礼忏,至第七日忽见五色光明照印房户,印如觉有人以手按之,所苦遂愈"[3];释昙颖"尝患癣疮积治不除。房内恒供养一观世音像,晨夕礼拜求差此疾"[4]。念佛、诵经治疗者有竺法义、杯度弟子等,其治疗的主要内容是诵经及念诸佛、观世音等。如竺法义念观世音为自己治病,"至咸安二年,忽感心气疾病,常存念观音,乃梦见一人破腹洗肠,觉便病愈"[5]。检阅《高僧传》,可以发现其中甚为缺乏药物疗疾的记载,仅有单道开以外敷药治疗石韬眼疾的记事一则:"开能救眼疾,时秦公石韬就开治目,着药小痛,韬甚惮之,而终得其效。"[6]除此之外就是释道訚为师采药经历的书写,"初出家为道懿弟子,懿病尝遣訚等四人至河南霍山采钟乳。"[7]钟乳属中药,这是僧人用本土医药疗疾的例证之一。

　　在《续高僧传》的记载中,药物、礼忏疗疾的书写居多。药物疗疾方面,在释僧旻、释昙衍、释吉藏、释智藏、释僧稠、释智满、释慧进等传记中均有所见。这一时期,统治者对高僧重视也体现在以医药相赐之上。僧旻在移居开善寺的途中患病,停留庄严寺,"良医上药,备于寺内"[8];释智藏晚年患病,"敕为建斋手制愿文,并继以医药"[9];齐文宣帝看望释僧稠"送诸药饵,观僧疾苦"[10]。另外,释智满慈悲济世,"又偏重供僧,勤加基业,慈接贫苦,备诸药疗,茕茕遑遑,意存利物矣"[11];释慧进"末龄风疾顿增,相乖仪节,虽衣服颓陊,

①　(梁)慧皎撰,汤用彤校注《高僧传》,中华书局1992年版,第106页。
②　(梁)慧皎撰,汤用彤校注《高僧传》,中华书局1992年版,第383页。
③　(梁)慧皎撰,汤用彤校注《高僧传》,中华书局1992年版,第205页。
④　(梁)慧皎撰,汤用彤校注《高僧传》,中华书局1992年版,第511页。
⑤　(梁)慧皎撰,汤用彤校注《高僧传》,中华书局1992年版,第172页。
⑥　(梁)慧皎撰,汤用彤校注《高僧传》,中华书局1992年版,第361页。
⑦　(梁)慧皎撰,汤用彤校注《高僧传》,中华书局1992年版,第462页。
⑧　(唐)道宣撰,郭绍林校注《续高僧传》,中华书局2014年版,第158页。
⑨　(唐)道宣撰,郭绍林校注《续高僧传》,中华书局2014年版,第173页。
⑩　(唐)道宣撰,郭绍林校注《续高僧传》,中华书局2014年版,第577页。
⑪　(唐)道宣撰,郭绍林校注《续高僧传》,中华书局2014年版,第713页。

而药食无瑕"①。除此之外,更具世俗性及合理性的疗疾场所在僧传中初显,那连提黎耶舍在天保七年(568)河南汲郡西山寺设立病坊,"收养疠疾,男女别坊,四事供承,务令周给"②。"四事"是指衣被、饮食、卧具、医药,这些都是必不可少的生活保障。有关佛教早期的病坊设置实则可追溯至萧齐,《南齐书》卷 21《文惠太子传》载:"太子与竟陵王子良俱好释氏,立六疾馆以养穷民。"③而明僧云栖袾宏在《缁门崇行录》中载唐智岩也曾在石头城(今南京)疠人坊为病人说法并治疗疠疾。④ 可见,设立病坊、供给医药成为佛教济世拔苦的一种有效的慈善形式。同样,《续高僧传》中的礼忏疗疾者不在少数,有释僧旻、释明彻、释法瓒、释玄鉴、释僧副、释智顗以及释法喜等,其与忏法在南朝齐、梁的盛行不无关联。而持咒及念佛、诵经疗疾的记载则为数不多,尤其是持咒疗疾的手段,较之梁传大为减少。

《宋高僧传》中记载有释惟宽"应病授药"⑤;释玄觉因得知玄奘法师将要圆寂,"劝诸法侣竞求医药"⑥;释自新"尝入宣城山采药"遇老僧⑦等。除此之外,随着佛教深入中国社会,与本土道教相关联的事例也渐显于僧传。释僧缄入青城大面山采药遇迷雾,遇一翁,随后见孙思邈⑧。青城山为道教发祥地之一,张道陵曾羽化于此,奠定了其道教仙山的地位。孙思邈是著名的道士、药学家,常游历名山,遇释僧缄时已在大慈寺一月有余。释圆观亦入青城、峨眉等山求药⑨。道教与中医有着千丝万缕的关联,僧传中佛教僧人入道教仙山求药的事例既说明了佛教对药物医疗的愈渐重视,又突出了佛教与道教及本土医术逐渐相关联的史实。此外,《宋高僧传》有一个鲜明的特点,即持咒疗疾的书写较《续高僧传》大为增加,这反映了唐代密教在中国的兴起与发展,唐代以来密教咒术在疗疾方面的流行。如金刚智靠咒术让公主起死回生:"初,帝之第二十五公主甚钟其爱,久疾不救,移卧于咸宜外馆,闭目不语,已经旬朔。有敕令智授之戒法,此乃料其必终,故有是命。智诣彼,择取宫中七岁二女子,以绯缯缠其面目,卧于地,使牛仙童写敕一纸焚于他所,智以密语咒之。二女冥然诵得,不遗一字。智入三摩地,以不思议力令二女持敕诣琰摩王。食顷间,王令公主亡保母刘氏护送公主魂随二女至,于是公主起坐,开目言语如常。"⑩释全清"櫽耘戒地芬然杜若,于密藏禁咒法也能劾鬼神。时有市侩王家之妇患邪气,言语狂倒或啼或笑,如是数岁。召清治之,乃缚草人长尺余,衣以五彩置之于坛。咒禁之良久,妇言乞命。遂志之曰:'顷岁春日于禹祠前相附耳,如师不见杀即放之远去。'清乃取一瓶以鞭驱刍灵入其中,而呦呦有声,缄器口以六乙泥朱书符印之瘗于桑林之下,戒家人无动

---

① (唐)道宣撰,郭绍林校注《续高僧传》,中华书局 2014 年版,第 873 页。
② (唐)道宣撰,郭绍林校注《续高僧传》,中华书局 2014 年版,第 35 页。
③ (梁)萧子显《南齐书》卷 21《文惠太子传》,中华书局 1974 年版,第 401 页。
④ (明)云栖袾宏《缁门崇行录》卷 1,《卍续藏》第 87 册,第 361 页 a 栏。
⑤ (宋)赞宁撰,范祥雍校注《宋高僧传》,上海古籍出版社 2017 年版,第 209 页。
⑥ (宋)赞宁撰,范祥雍校注《宋高僧传》,上海古籍出版社 2017 年版,第 22 页。
⑦ (宋)赞宁撰,范祥雍校注《宋高僧传》,上海古籍出版社 2017 年版,第 690 页。
⑧ (宋)赞宁撰,范祥雍校注《宋高僧传》,上海古籍出版社 2017 年版,第 520 页。
⑨ (宋)赞宁撰,范祥雍校注《宋高僧传》,上海古籍出版社 2017 年版,第 473 页。
⑩ (宋)赞宁撰,范祥雍校注《宋高僧传》,上海古籍出版社 2017 年版,第 5 页。

之，妇人病差"[1]。咒禁术因为密教的传入而在唐代再次受到重视，唐太医署首设"咒禁科"，宋元各效仿之。

三朝高僧传的疗疾书写特征在一定程度上反映了佛教在中国的不同朝代的发展情况，如南朝忏法的盛行以及唐密教在中国的兴起与发展等。纵观三朝高僧传的疗疾书写可以发现，古德的疗疾态度皆为一致，即以慈悲济世为怀，但随着魏晋以来历史进程的推移，僧传在疗疾手段的书写层面上发生了变化：在重视疗疾记叙中佛教色彩、神异个性的同时，逐渐增加了药物疗疾的书写，突出了药物医疗的功效。这在现实层面反映了古代中国疾病认知与疗疾水平的不断提升，佛教医术对药物医疗的愈加倚重，医药学也毫无疑问成为践行大乘菩萨之道、济度众生、弘传佛法的重要辅助[2]，这是其一。魏晋以降，佛教逐渐与道教方术、本土医药发生联系，佛教本土化的趋势愈加明显。三朝高僧传中的书写变化说明了佛教医术在中国的发展，佛教中的"医方明"[3]逐渐与中国传统医学融为一体，"他们在中国文化环境中成长，受中国医学思想所影响，在观念上虽主张佛教理论，但在治疗上则不一定完全依照印度医疗之法"[4]，这就意味着随着佛教本土化的深入，其在医学层面也逐渐世俗化、本土化，这是其二。

二、僧传中所见疾病类型

付爽在《晋唐汉佛教医学研究述评》中提及目前佛教医学研究在医僧能够对治哪些疾病方面有待进一步探讨。[5] 僧传中记载的都是不同高僧所擅长的疗疾领域，零散杂乱，尚未有明确的分工分科，重在突出治疗的结果，而非过程。若将这些疗疾书写整理爬梳，则也可以窥见当时汉地佛教僧人所能对治的疾病类型。值得注意的是，三朝高僧传中所载只是佛教中一些疾病对治的典型，并非古代汉地僧人所涉足的所有病症，故下文中所整理的疾病类型必然少于古代中国汉传佛教僧人所对治的全部疾病类型。虽如此，僧传中疾病类型的记载仍能从一定程度上反映佛教医术的面向。

僧传中的很多疗疾书写，并未交代具体的某种病症，而是用"疾""病""疾病""病疾"等词汇来概括，所以此类表述姑且束之高阁。从《高僧传》《续高僧传》《宋高僧传》来看，所涉及的病症包括手脚痉挛、疫病、脚伤、气疾、疹疾、眼疾、伤寒、疠疾、风疾、心热病、癣疮、脓肿、聋哑、腹胀、蛊病及邪气等，而疗疾方法包括但并不限于前文中所提及的持咒治疗、礼忏治疗、诵经治疗、念佛治疗、静养治疗及药物治疗（详见表1），这也突出了古代汉传佛教疗疾手段的多样性。虽然僧传中的描述尚未有分科的概念，但是从中可以推测出其涉及的范围大致包括外科、心内科、皮肤科、神经科及传染性疾病等。从而可见，古代汉传佛教医术的面向不可谓不全面。

① （宋）赞宁撰，范祥雍校注《宋高僧传》，上海古籍出版社 2017 年版，第 680 页。
② 杨曾文《佛教和医药学的考察与思考》，《世界宗教研究》2018 年第 4 期。
③ "医方明"是古代印度"五明"之一，"五明"即指"声明、因明、医方明、工巧明、内明"而"医方明"是专指治病救人的医学知识。
④ 范家伟《晋隋佛教疾疫观》，《佛学研究》1997 年第 1 期。
⑤ 付爽《晋唐汉佛教医学研究述评》，《河南中医》2017 年第 1 期。

表 1　历代僧传所载病症一览表

病症	疗疾僧人	疗疾手段	出处
手脚痉挛	耆域	神咒	《高僧传》卷 9
	未知僧人	忏悔	《高僧传》卷 2
疫病	昙无谶	神咒	《高僧传》卷 2
	竺法旷	神咒、忏法	《高僧传》卷 5
	诃罗竭	神咒	《高僧传》卷 10
	安慧则	祈愿	《高僧传》卷 10
	释玄鉴	忏悔	《续高僧传》卷 15
	释慧约	感梦	《续高僧传》卷 6
脚伤	求那跋摩	神咒	《高僧传》卷 3
气疾	竺法义	诵经、念观音	《高僧传》卷 4
	释慧韶	蜀地寺神守护	《续高僧传》卷 6
疹疾	释玄畅	清净修养	《高僧传》卷 5
	释法济	神咒	《续高僧传》卷 26
眼疾	单道开	药物	《高僧传》卷 9
	释义楚	忏悔	《宋高僧传》卷 7
伤寒	杯度弟子	口念观音	《高僧传》卷 10
疠疾	那连提黎耶舍	隔离病坊	《续高僧传》卷 2
风疾	释僧旻	忏悔	《续高僧传》卷 5
	释慧进	药物	《续高僧传》卷 23
心热病	释昙迁	诵经、礼忏	《续高僧传》卷 18
癣疮	释昙颖	祈愿	《高僧传》卷 13
脓肿	释法顺	以帛擦拭	《续高僧传》卷 26
	释元晓	诵经、医药	《宋高僧传》卷 4
	释惠符	神咒	《宋高僧传》卷 19
聋哑	释法顺	谈话	《续高僧传》卷 26
腹胀	释道悦	诵经	《续高僧传》卷 27
蛊病	释会宗	诵经	《宋高僧传》卷 25
邪气	释全清	神咒	《宋高僧传》卷 30

　　从这些疾病类型可以发现：其一，对治疫病的僧人数量最多，由此说明佛教自古就对危害极大的传染性疾病高度重视。《起世因本经》："诸比丘！世间凡有三种中劫。何等为三？一者所谓刀杖中劫、二者所谓饥馑中劫、三者所谓疾疫中劫。"①佛教向来认为，疫病是与战争、饥荒并列的"三劫"之一。至宋代，杭州大疫，苏东坡出资设病坊请僧人主

①　（隋）达摩笈多译《起世因本经》卷 9，《大正藏》第 1 册，第 408 页 b 栏。

持,为病人医治护理,可见中国古代佛教僧人对于疫病的防范与救治所做出的贡献不可磨灭。其二,治疗癞疮、脓肿等皮肤疾病者也占多数,有释昙颖、释法顺、释元晓、释惠符等人。唐义净撰《南海寄归内法传》4 卷,卷 3"先体病源"中言:"八医者,一论所有诸疮、二论针刺首疾、三论身患、四论鬼瘴、五论恶揭陀药、六论童子病、七论长年方、八论足身力。"[1]其中,治疮就为 8 种医术之首。凡此种种说明古代中国对脓疮类皮肤疾病的医疗需求是较大的。其三,僧人能够对疑难症状进行治疗,如释义楚能治双目失明,释法顺能治疗聋哑疾病等,这在科学技术飞速发展的今天都有一定的难度。与之类似的,还有上文中提到《宋高僧传》中金刚智对治闭目不语的病例等。由于僧传中未明确指出所患何病,故笔者未对其进行分类。僧传中所记载的此类六根受阻的疾病可能是某种鬼神病、业障病,而这些病症的疗愈正印证了龙树菩萨在《大智度论》中所言的"(佛)法如良药"之说[2]。其四,《续高僧传》载有释慧韶者于扬都患气疾,后至蜀地,病自然而愈,有见识的人以为这是寺神所守护,"(释慧韶)昔在扬都,尝苦气疾,缀虑恒动,及至蜀讲,众病皆除,识者以为寺神之所护矣"[3]。何谓气疾?一言以蔽之就是指呼吸系统疾病。释慧韶所在龙渊寺位于四川成都,古成都地区拥有绝佳的自然环境,二江抱城,众山环绕,气候宜人。在这样净而不尘生活环境下,对于改善呼吸、保健身心都有着十分积极的作用,想必释慧韶气疾的疗愈也应与此有所关联。

前文提及,随着佛教的本土化加深,佛教医术逐渐与中国传统医学相融合,但从表 1 的疗疾手段看来,在有具体症状的疗疾记叙中,却是以偏佛教性的疗疾手段居多,这样的书写应该与僧传的成书目的——护法传教有关。佛教通常认为疾病有身病和心病之分。僧传中所有已见病症的记载,全部所属佛教中"身病",即生理疾病的范围,尚未见有"心病",即心理疾病的疗疾记载,这并不是佛教对心理疾病的忽视。僧传中的病症多为外伤、疹疾、脓疮等有损皮肉的疾病以及疫病等传染性强的疾病,这样的病症的治愈肉眼可见、立竿见影,对民众来说则更加具有说服力及吸引力。诸多僧人在弘法的过程中尚能结合诊治疾病,即实现了践行慈悲济世的大乘菩萨道,又能遵循中国传统的仁义道德,更加促进了佛教在中国的植根与深入。

三、僧传疗疾书写的佛经来源

本部分将三朝僧传中疗疾书写的佛经来源稍做探析。佛经中的疗疾叙述对僧传的相关书写有着直接的影响,佛教对于疾病起因的认知也是存在一个过程的。在早期佛经中,佛陀曾将疫病的起因解释为吸食人类精血的夜叉、魔王所致,如《杂阿含经》中所记:"一时,佛住释氏石主释氏聚落。时,石主释氏聚落多人疫死……时,魔波旬作是念:'今沙门瞿昙住于释氏石主释氏聚落,勤为四众说法。我今当往,为作留难。'"[4]彼时,佛典中的疾病起因也有其他记载,如《长阿含经》:"众生转恶,世间乃有此不善,生秽恶不净,此

① (唐)义净《南海寄归内法传》卷 3,《大正藏》第 54 册,第 223 页 b~c 栏。
② (姚秦)鸠摩罗什译《大智度论》卷 22,《大正藏》第 25 册,第 224 页 a 栏。
③ (唐)道宣撰,郭绍林校注《续高僧传》,中华书局 2014 年版,第 191 页。
④ (刘宋)求那跋陀罗译《杂阿含经》卷 39,《大正藏》第 2 册,第 288 页 b 栏。

是生、老、病、死之原。"①这是说，人类所行不善而导致疾病兴起，而治疗疾病的方法则要皈依三宝，践行十善。以上两则事例的佛教性较为浓厚，是从属"鬼神病"与"业障病"的范畴。而在《佛说佛医经》中，记载了佛陀详细分析人生病的 10 种因缘，"一者久坐不饭，二者食无贷，三者忧愁，四者疲极，五者淫泆，六者嗔恚，七者忍大便，八者忍小便，九者制上风，十者制下风，从是十因缘生病"②。诚然，这种解释更加方便世俗理解，其所致皆为"生理病"③。另外，从《佛医经》的记载中，还可以窥得佛教对印度古老哲学"四大"学说的吸收。"四大"为"地、水、火、风"4 种因素，佛教认为"四大不调"或"四大失衡"会导致不同疾病的发生。在《高僧传》中有鸠摩罗什"少觉四大不愈，乃口出三番神咒令外国弟子诵之以自救"④，此"四大不愈"即代指患病。

　　前文提及佛教将疾病分为身病与心病。在记录佛陀本初教义的经典中，已经关注到人心之于身体的影响，如差摩比丘病中证悟，"差摩比丘不起诸漏，心得解脱，法喜利故，身病悉除"⑤，但彼时尚未形成对身心疾病的严格分类。至大乘经典中，身病、心病方才有明确之分，《大般涅槃经》云："云何为病？病谓四大毒蛇互不调适，亦有二种：一者身病，二者心病。身病有五：一者因水，二者因风，三者因热，四者杂病，五者客病。客病有四：一者非分强作，二者忘误堕落，三者刀杖瓦石，四者鬼魅所著。心病亦有四种：一者踊跃，二者恐怖，三者忧愁，四者愚痴。"⑥本经又将身心疾病分为 3 种："何等为三？一者业报，二者不得远离恶对，三者时节代谢。"⑦第 1 种为前世恶业所致的果报，第 2 种是因贫穷、饥饿所导致的疾病，第 3 种为时节转换交替对身体所造成的疾病。可见，至此佛教对疾病成因的认识将因果业报等佛教性的因素与其他世俗性的因素整合一起了。以上佛教对于疾病的认知过程，也是僧人认识疾病、对治疾病的基础。疾病身心有别之后，佛教相应的疗疾手段也愈渐明晰。

　　从三朝高僧传的疗疾书写来看，不同僧人的疗疾手段也大致分为佛教性疗疾手段与世俗性疗疾手段两类。二者都可溯源佛典，而前者尤甚。虽然三朝高僧传的疗疾书写有所嬗变，愈渐重视药物疗疾的功效并逐步与传统医学相向，但追溯僧传中佛教性疗疾手段的佛经来源，将会更好地理解其弘法传教的书写目的和成书价值，故下文主要论述之。

　　在诵经疗疾方面，《高僧传》与《续高僧传》中诵经疗疾者多有习《法华经》的经历，释慧进"遂尔离俗止京师高座寺，蔬食素衣誓诵《法华》。用心劳苦，执卷辄病。乃发愿，愿造《法华》百部以悔先障……得以成经，满足百部，经成之后病亦小差，诵《法华》一部得过，情愿既满，厉操愈坚"⑧；释灌顶为得病的村人于法龙"转《法华经》。焚斾檀香，病者虽

　　① （姚秦）佛陀耶舍共竺佛念译《长阿含经》卷 6，《大正藏》第 1 册，第 38 页 b 栏。
　　② （吴）竺律炎共支越译《佛说佛医经》卷 1，《大正藏》第 17 册，第 737 页 b 栏。
　　③ 《贤首五教仪科注》的卷 37 把疾病分为"四大五脏病相""鬼神所作病相"以及"业报所感病相"，其分别对应"生理病""鬼神病"与"业障病"。
　　④ （梁）慧皎撰，汤用彤校注《高僧传》，中华书局 1992 年版，第 54 页。
　　⑤ （刘宋）求那跋陀罗译《杂阿含经》卷 5，《大正藏》第 2 册，第 30 页 c 栏。
　　⑥ （北凉）昙无谶译《大般涅槃经》卷 12，《大正藏》第 12 册，第 435 页 a 栏。
　　⑦ （北凉）昙无谶译《大般涅槃经》卷 12，《大正藏》第 12 册，第 435 页 a 栏。
　　⑧ （梁）慧皎撰，汤用彤校注《高僧传》，中华书局 1992 年版，第 468 页。

远,乃闻檀香入鼻,应时痊复"①。除却观音信仰外,这与魏晋南北朝时期药王信仰在汉地的兴起不无关联。② 在《法华经》的译本中,西晋竺法护所译的《正法华经》中含有《药王如来品》及《药王菩萨品》,鸠摩罗什所译《妙法莲华经》中有《药王菩萨本事品》,"此经则为阎浮提人,病之良药。若人有病,得闻是经,病即消灭,不老不死"③。若众生患病,即念此经,病不但得以消除,还能起到不老不死的功效。这样的佛经记叙促成了药王信仰在魏晋南北朝时期的兴起。但南北朝以降,药王信仰并没有发展起来,想必这也是为什么在《宋高僧传》的疗疾书写中少有与《法华经》相关的缘由,取而代之的是《金刚经》。释会宗"忽经中蛊病,乃骨立,因苦发心,志诵《金刚经》以待尽尔……月余因此遂愈"④。释法藏"偶病笃暴终。至一精庐,七宝庄严,非世所有。门外有僧,梵貌且奇特……僧曰:'汝但缮写金刚般若经。恒业受持,岂不罪销! 亦可延乎寿命。'言讫而苏。自躬抄度其经,午夜口诵。藏终时年一百一十岁云"⑤。如此等等。因《金刚经》在唐代的影响进一步扩大⑥,故在唐代以降的疗疾事迹中也多有相应的记载。

虽然药王信仰没有发展下去,但它成为药师信仰的雏形。世人对药师佛"大医王"的形象表现为更加尊崇,《药师经》中也记叙大量佛教性疗疾手段,如载有佛告曼殊室利菩萨"或食、或药、或无虫水,咒一百八遍",以消灭病人病苦的事迹等⑦。太虚大师总结药师佛的善巧方便有三:闻名忆念益、持咒治病益、供养受持益⑧。其中第 2 则就是持咒来治病拔苦。在持咒疗疾方面,三朝高僧传中所用此法的僧人并不在少数,而他们所参考的相关佛典则更为广博,如《妙法莲华经·陀罗尼品》中"说是陀罗尼,于诸众生,多所饶益"⑨,"陀罗尼"译为"总持",就是指咒禁;又如东晋竺昙无兰就曾译《佛说咒齿经》《佛说咒目经》《佛说咒小儿经》等经典,这些经典中都使用神咒来对治相应的疾病。在密教经典中则更无须多言,持咒是密教的主要修行方式。

礼忏疗疾者以释智顗为例,其为萧妃治病,"率侣建斋七日,行金光明忏,至第六夕,忽降异鸟,飞入斋坛,宛转而死,须臾飞去,又闻豕吟之声,众并同瞩。顗曰:'此相现者,妃当愈矣。鸟死复苏,表盍棺还起;豕幽鸣,显示斋福相乘。'至于翌日,患果遂瘳"⑩。此中提到智顗"行金光明忏",这是由于《金光明经》中《除病品》载有长子流水为无量百千诸众生治病的故事。智顗十分喜欢《金光明经》,并口述《金光明经玄义》,称其为"经王"。此外智顗还制定了《法华忏》《观音忏》等忏法,将忏悔、坐禅及持咒等方法整合一齐,但其

① (唐)道宣撰,郭绍林校注《续高僧传》,中华书局 2014 年版,第 719 页。

② 笔者认为在魏晋南北朝之时诵《法华经》以疗疾主要是与药王信仰有关。《观世音菩萨普门品》中:"闻是观世音菩萨,一心称名,观世音菩萨实时观其音声,皆得解脱。"可见《法华经》中观音信仰的表现一般是为口念观音的受持方式,相反在《药王菩萨本事品》中记载的是"得闻是经"的描述,是为听闻整本《法华经》。药王信仰正是直接与疾病的疗疾相对接而兴起的。

③ (姚秦)鸠摩罗什译《妙法莲华经》卷 7,《大正藏》第 9 册,第 54 页 c 栏。

④ (宋)赞宁撰,范祥雍校注《宋高僧传》,上海古籍出版社 2017 年版,第 580 页。

⑤ (宋)赞宁撰,范祥雍校注《宋高僧传》,上海古籍出版社 2017 年版,第 631 页。

⑥ 张开媛《〈金刚经〉鸠摩罗什译本在唐代的流传和接受》,北京外国语大学博士学位论文,2015 年。

⑦ (唐)义净译《药师琉璃光七佛本愿功德经》卷 2,《大正藏》第 14 册,第 414 页 c 栏。

⑧ 太虚法师《药师经讲记》卷 1,《印顺法师佛学著作集》第 4 册,第 86 页 a 栏。

⑨ (姚秦)鸠摩罗什译《妙法莲华经》卷 7,《大正藏》第 9 册,第 58 页 c 栏。

⑩ (唐)道宣撰,郭绍林校注《续高僧传》,中华书局 2014 年版,第 632 页。

中的第一要义还是要归于忏悔。① 智颉曾道出礼忏治病的本质："若业病，当内用观力，外须忏悔。"②这说明礼忏疗疾是用来救治"业障病"的。忏悔分为"事忏"和"理忏"。③ 神悟在成人之际罹患恶疾，就从溪光律师获授理忏、事忏两种忏法，得以康复。④ 综上，这些佛教性疗疾手段的书写贯穿了三朝高僧传的始终，其皆为作者有目的的保留，它们充分展示了佛教的个性与特色，在展示佛教利济众生的宗教性格的同时还能更好地起到弘法布道的作用。

佛典中的疗疾记事可谓庞多，究其原因，一方面是佛教对古代印度传统医学"五明"之一"医方明"的吸收与融摄，另一方面与满足古代人民克服疾病的愿景与需求有关。诸多带有疗疾话题佛典的译出与慈悲僧众在本土的疗疾事迹，使得佛教医学成为中国医疗史中不可或缺的一部分。从佛经中大量的疗疾叙述来看，佛教对于疾病的对治是十分重视的，无论是行医诸僧还是僧传的作者，其疾病认知大都源于佛经，所以无论是僧人的疗疾行为还是三朝高僧传中基于诸僧行医事迹的疗疾书写，其实都可以溯源佛经。

四、余论

《高僧传》《续高僧传》及《宋高僧传》的疗疾书写不仅是佛经叙事的拓展与现实实践，还在一定程度上反映了汉传佛教与佛教医术在中国古代的发展情况，是了解佛教医术在中国医疗史中所做贡献的重要史料。当然，三朝高僧传的成书目的并不在此，疗疾书写只是为了更好地完善僧人形象，进一步弘法传教。有关佛教医术的更多资料存于佛医典籍当中，目前学界也对此多有研究。在僧传中见有较少的僧人与医籍的相关记载，例如安世高"从受《禅秘要治病经》"⑤，昙鸾"出《调气论》"⑥等。更多的记载存于其他典籍之中，如在《隋书·经籍志》中就有释道洪撰《寒食散对疗》1 卷，释志斌撰《解寒食散方》2 卷、《支法存申苏方》5 卷、《摩诃出胡国方》10 卷、《单复要验方》2 卷等，⑦这些佛医文献是我国医学宝库中重要的组成部分⑧。从《隋书》中就不难发现，汉地佛教对于医药的运用早于魏晋南北朝时期就已经开始并贯彻至今，只是由于《高僧传》的性质与目的而少有记载，这也是从僧传中看佛教医术发展的一个局限性。事实上，我国行医僧人远不止三朝高僧传中所载的诸位大德，其数量远超于此。他们不仅行医济世拯救时人，还编写医经教化后人。正是这些有着救苦利生精神的高僧，并行道俗兼容的医疗实践，才使佛教医术在中国医疗史上留下浓墨重彩，为绚丽的中国传统文化更添光彩。

---

① 李四龙《论智颉治病法及其医疗文化系统》，《世界宗教文化》2020 年第 5 期。

② （隋）释智颉《摩诃止观》卷 8，《大正藏》第 46 册，第 108 页 a 栏。

③ 事忏指依靠有关事相进行的忏悔，如作法忏、取相忏；理忏指通过对道理的了解进行忏悔，如无生忏。理事二忏，缺一不可。

④ （宋）赞宁撰，范祥雍校注《宋高僧传》，上海古籍出版社 2017 年版，第 381 页。

⑤ （梁）慧皎撰，汤用彤校注《高僧传》，中华书局 1992 年版，第 80 页。

⑥ （唐）道宣撰，郭绍林校注《续高僧传》，中华书局 2014 年版，第 189 页。

⑦ 参见《隋书》卷 34《经籍志》，其中可考佛教僧人所著医方者就有释道洪、释志斌、支法存、释昙鸾、于法开、释僧匡、行矩等。

⑧ 苏换着《佛教对中医药的影响》，《中国佛学》2020 年第 1 期。

诗·画·禅:南宋禅僧题画文学的多元阐释

李旭婷 *

摘　要:在宋代禅僧文人化的背景下,题画这种传统的文人雅趣也吸引了大量宋代尤其是南宋禅僧的参与。他们的题画文学作品在文体上以赞体为主,在题材上以题人物画,尤其是宗教人物画为主流,在语言上偈颂语言和诗性语言共同发展,形成了以僧侣身份特点为主,又不时溢出身份局限,向文人靠拢的呈现方式。诗、画、禅3种元素在南宋禅僧题画文学中融通互渗。一方面,绘画的形象性让禅诗有象可依,避免了空洞说教,绘画广泛的题材一定程度上缓解了僧诗的"蔬笋气"和"酸馅气"。另一方面,禅对逻辑的解构也使得题画作品的画外之思离画面意象的距离更远,意味更加空灵悠长。禅僧题画文学形成了一种始于画、经于诗、终于禅,言有尽而意无穷的独特美学风貌。

关键词:南宋;禅僧;题画文学;诗;画;禅

题画作为一种文人雅趣,发展到宋代,尤其是南宋时,吸引了大量僧人的参与。禅僧题画成为值得关注的现象,其题画文学无论是体裁、题材,还是风格,皆有非常明显的特点,呈现出诗、画、禅三位一体的美学效果,影响之远甚至及于日本。那么,为何南宋禅僧对传统属于文人雅趣的题画行为会有那么大的兴趣? 其题画文学之于一般文人而言又有何不同? 诗、画、禅的融通互渗会产生什么样的美学效果? 这将是本文所要探讨的问题。

一、南宋禅僧大量参与题画文学创作的原因

南宋僧侣的题画热情远远高于前代僧侣。对历代僧侣所创作的题画文学作品数量进行统计可以发现,唐前共有题画文 6 篇,无题画诗;唐代则有题画文 10 篇,题画诗 12 首。北宋时这个数量有了较大提升,其中题画文 87 篇,题画诗 13 首[①]。而到了南宋,则出现了题画文 872 篇,题画诗 150 首,参与僧侣共 53 人,较之前代增长非常迅速。南宋僧侣题画文学数量的大幅增长,主要得益于以下几个原因。

首先,是禅宗的发展。禅宗常被视为中国化的佛教。佛教在汉代传入中国,魏晋时期达摩祖师东来,开创了中国禅宗,以其"不立文字,教外别传;直指人心,见性成佛"的特点,逐渐成为中国佛教宗派中影响最大的一支,"特别是唐武宗会昌灭佛以后,佛教各宗渐浸式微,唯有禅宗因其简易朴素的传教方式得以幸免,并大有取代各宗、独步天下之势。这时的寺院,不仅律宗、净土宗的寺院要改为禅院,而且华严宗、天台宗也相继改为

＊　李旭婷,南京大学文学博士,重庆师范大学文学院副教授,主要从事唐宋文学、文学与图像研究。本文为 2018 年度国家社会科学基金项目"南宋题画文学整理与研究"(18CZW012)的阶段性成果。

①　统计南北宋篇目时,将《全宋诗》所录的赞体一律放到了文中。具体原因在后文有所交代。

禅院。不论法师、论师、律师，都纷纷称为禅师，可谓天下都归之于禅"①。此后，禅宗"一花开五叶"（《坛经·付嘱品》），发展出沩仰宗、临济宗、曹洞宗、云门宗和法眼宗。至南宋时，又出现了以大慧宗杲为代表的"看话禅"和以宏智正觉为代表的"默照禅"并立的情形，禅风大盛。此期，无论是禅院的建设还是僧人的数量，皆大有可观。宋宁宗曾据史弥远的建议设立"五山十刹"，确定了江南诸禅寺的等级，甚至对于日本禅宗都有极大影响。同时，南宋僧人数量颇多，据记载，"有僧二十万"②，其中大部分应为禅宗僧侣。这些都为禅僧题画文学的发展提供了重要的基础。

其次，是禅僧与文士和画家的交流。僧侣与文士交流历来都是一个值得关注的现象。在文人的影响下，大量的僧侣参与诗歌创作，甚至出现了"诗僧"这样一个群体，魏晋如支遁、慧远，唐代如王梵志、寒山、拾得，北宋如"九僧"、参寥、惠洪，而南宋则出现了北涧居简、释文珦等一批以诗闻名的僧人。同时，大慧宗杲等著名高僧亦多与文人，如吕本中、汪藻等有所交际。历代不乏关于诗禅相通的论述，如韩驹《赠赵伯鱼》所言"学诗当如初学禅，未悟且遍参诸方。一朝悟罢正法眼，信手拈出皆成章"③。周裕锴先生曾指出，诗和禅具有相通的内在机制，具体表现为价值取向的非功利性、语言思维的非分析性、语言表达的非逻辑性以及肯定和表现主观心性④。这种相通机制使得僧人的文学创作无所窒碍。同时，南宋僧人和画家之间亦有密切的交流，如妙峰、智愚等便与著名画家梁楷交往密切，而很多僧人，如玉涧若芬、牧溪等甚至亲自参与绘画，并推动了南宋禅逸画风的发展。僧人与文士和画家的交流，进一步强化了他们与文学和绘画的关联，为他们题画文学的创作提供了良好的文化背景。

再次，禅僧大量题画与"文字禅"的发展有关。禅宗在创立初期，奉行的理念是"不立文字"。然而，"禅宗发展到北宋中叶，进入了一个全新的时代，即所谓'文字禅'时代。佛经律论的疏解、语录灯录的编纂、颂古拈古的制作、诗词文赋的吟诵，一时空前繁荣。号称'不立文字'的禅宗，一变而为'不离文字'的禅宗，玄言妙语、绮言丽句都成了禅的体现"⑤。在这种观念下，文字不仅不是阻碍，反而成为传达理念的重要媒介，有了这种契机，僧人的题画文学才有大量创作的可能。这也使得此期僧侣题画文学的数量远远超于前代，使其得以以独特的面貌立于题画文学之林。

二、南宋禅僧题画文学的特点

在佛禅思维的影响下，僧侣的题画文学创作必然呈现出与世俗题画不同的特点，无论是使用的文体，还是写作题材，抑或语言表达皆有特别的表现，形成了独特的题画生态。

（一）赞体的绝对优势

在南宋禅僧题画所使用的文体中，赞体具有绝对的数量优势。然而，对于赞体的归

①　周裕锴《中国禅宗与诗歌》，复旦大学出版社 2019 年版，第 17 页。
②　（宋）李心传《建炎以来系年要录》卷 177，中华书局 1988 年版，第 2930 页。
③　北京大学古文献研究所《全宋诗》卷 1439，北京大学出版社 1998 年版，第 16588 页。
④　周裕锴《中国禅宗与诗歌》，复旦大学出版社 2017 年版，第 334～353 页。
⑤　周裕锴《文字禅与宋代诗学》，复旦大学出版社 2017 年版，前言第 1 页。

属问题,学界存在争议。就南宋禅僧题画文学而言,《全宋文》共收录其题画类赞体作品122篇,而《全宋诗》亦录有题画赞体作品680篇。有趣的是,首先,就形式和内容而言,除少量序赞外,二书所录的大部分赞体作品无太大差别,在形式上四言、五言、六言、七言和杂言皆有,内容上则都以题咏画像为主,兼以其他题材。其次,释大观的《大慧宏智二禅师揖让图赞》一篇更是在《全宋文》和《全宋诗》中重出。这个现象充分说明了两书的编者对于赞体归属的意见差异。《全宋文》在凡例中,交代了该书编选的范围包括赞体作品,然而却漏收了大量《全宋诗》中出现的赞体作品,应是文献搜集的缺漏①,而《全宋诗》凡例中未说明对赞体的态度,应是将其归之于诗体。那么,为何对于赞体的归属会存在这样的争议? 考察这个问题,首先便需对赞体进行溯源。

关于赞的起源,学界一般有两种观点,一种认为赞起源于颂,如《文心雕龙·颂赞》所言:"发源虽远,而致用盖寡,大抵所归,其颂家之细条乎?"②另一种则认为赞起源于图赞,如李充《翰林论》所言:"容象图而赞立,宜使辞简而义正,孔融之赞杨公,亦其义也。"③同时萧统《文选序》中亦提到"图像则赞兴"④。历代对于赞体的归属问题,大多将其置于文而非诗中。自《文心雕龙》起,赞便是与诗不同的独立文体。而《文选》中,无论是画赞、史述赞还是史论赞,皆未与诗歌合并。古人编纂诗集时,亦不将赞包括在内,无论是如《先秦汉魏晋南北朝诗》《全唐诗》一般的总集,还是如《杜诗详注》一般的别集皆如此处理。《全宋文》对赞的收录即对这种观念的延续。那么,为何《全宋诗》会收录大量赞体作品呢? 这与赞体的发展和对赞体的认识有关。赞体在起源阶段,主要以道德教化为目的,抒情性并不强,所谓"赞者,明也,助也"⑤。然而,魏晋以后,赞体逐渐开始向诗歌靠拢,句式上溢出四言,出现了五言甚至七言;而风格上亦跳出单纯的教化,艺术性和文学性逐渐加强。这种趋势使其和诗歌之间的距离越来越近。于是逐渐有学者开始思考,赞体是否应该属于诗歌。如周锡䭵在《论"画赞"即题画诗——兼谈〈先秦汉魏晋南北朝诗〉与〈全唐诗〉的增补》一文中,便从赞的起源的第一种观点进行回溯,提出"'颂、赞'乃诗之一体,故'画赞'完全应属于题画诗"⑥。《全宋诗》的编者应是持有类似的观点的,因此将赞亦一并收入。诚然,赞体在发展过程中确实与诗越来越近,但在对古代文学作品进行编纂时,还是应该遵循古人的文体观念。因此,笔者仍然认可将这些赞体作品放到《全宋文》而非《全宋诗》中的做法。

画赞是赞体作品中的重要构成,徐师曾曾在《文体明辨序说》中对赞体进行了分类:"一曰杂赞,意专褒美,若诸集所载人物、文章、书画诸赞是也。二曰哀赞,哀人之没而述德以

---

① 核查《全宋文》与《全宋诗》同时收录作家的赞体来源可以发现,二书所采用的来源往往不是同一本书,以释昙华为例,《全宋文》中录有其《禅人写师顶相求赞》一篇,采自《嘉泰普灯录》卷29,而《全宋诗》所录其《卞禅人画布袋和尚求赞》《乌巨山逵长老命立首座持师顶相请赞》等,则采自《应庵和尚语录》卷10《偈颂》,这也是《全宋文》收录的赞体作品在《全宋文》中基本没有重复出现的原因。

② 周振甫《文心雕龙今译》,中华书局1986年版,第89页。

③ (清)严可均《全晋文》,商务印书馆1999年版,第560页。

④ (南朝梁)萧统编、(唐)李善注《文选》,上海古籍出版社1986年版,第2页。

⑤ 周振甫《文心雕龙今译》,中华书局1986年版,第88页。

⑥ 周锡䭵《论"画赞"即题画诗——兼谈〈先秦汉魏晋南北朝诗〉与〈全唐诗〉的增补》,《文学遗产》2000年第3期。

赞之者是也。三曰史赞,词兼褒贬,若《史记索引》、东汉、晋书诸赞是也。"①画赞盛行于两汉至魏晋,唐代以后虽然继续存在,但就题画所使用的文体而言,已不及五七言诗。其主要用于题咏人物画像,而作者则以僧侣为主,这使得僧侣成为维系画赞存在与发展的重要群体。以南宋画赞的使用者为例,僧侣共创作画赞812篇(其中宏智正觉一人便创作了523篇),而僧侣之外的其他所有作者加起来则只有540篇。同时,对僧侣题画文体进行分析可以发现,他们使用赞体以外的文体,诗歌如古近体诗,文如颂、跋等创作的作品加起来共210首,数量也远远不及赞体。可见,赞体与僧侣的关系较之其他群体确实更为密切。

僧侣题画时对赞体的偏爱,主要有两个原因。首先,赞体在发展过程中本身便受到了佛教因素的影响。赞这种文体与佛教之"呗"近似。《法苑珠林》云:"寻西方之有呗,犹东国之有赞。赞者从文以结章,呗者短偈以流颂。比其事义,名异实同。是故经言以微妙音声歌赞于佛德,斯之谓也。"②高华平认为,"中国古代赞体文体形式和功能上的演变,主要是受到佛经文体影响的结果。佛教赞呗在内容上专赞佛菩萨功德、在形式上韵散兼行的特点,随着佛经的传播影响到汉地,使中土文人在写作赞体作品时纷纷仿效,故而造成了古代赞体的新变"③。因此,僧侣广泛使用赞体,便蕴涵着对身份的体认意识。其次,佛教僧侣在各种仪式活动,如祖师忌辰、葬礼中,常常需要悬挂祖师画像,尤其是禅宗兴盛后,"弟子常以师尊之顶相作为嗣法证明,随着顶相制作之兴起,祖师像赞亦成为当时禅林的重要文体之一"④。这两个原因导致僧侣对于赞体的使用较之其他身份的题画作家而言更为频繁,从而使画赞这种文体在题画诗兴盛之后,在题画所使用的文体中依旧占有重要的地位。

(二)以题人物画为主,其他题材并行发展

由于赞体主要用于题咏人物,因此,南宋僧侣题画文学中赞体的高使用率便可以折射出其题材上的特点,即以题人物画为主。对南宋僧侣题画文学的题材进行统计,可得出表1。

表1　南宋僧侣题画文学的题材

题材	人物		山水	花鸟		树石	兽类	故实	其他	合计
	宗教人物	世俗人物		梅	其他花鸟					
数量/篇	818	45	37	17	33	8	21	10	33	1022

从表格来看,人物画在僧侣题画题材中所占比例极高,远远超出其他绘画题材。就中国绘画发展史而言,人物画的鼎盛期是在宋前。宋代时,山水画和花鸟画已逐渐超越人物画,成为绘画的大宗。然而,在南宋题画文学中,山水和花鸟的优势并没有体现出来,最重要的原因便是禅僧群体对人物画题咏的高度偏爱,极大地提升了人物画题咏作

---

① (明)徐师曾著,罗根泽校点《文体明辨序说》,人民文学出版社1962年版,第143页。
② (唐)释道世《法苑珠林》,上海古籍出版社1991年版,第285页。
③ 高华平《赞体的演变及其所受佛经影响探讨》,《文史哲》2008年第4期。
④ 冯国栋《涉佛文体与佛教仪式——以像赞与疏文为例》,《浙江学刊》2014年第3期。

品的数量。

在南宋禅僧所题咏的人物中,绝大部分是宗教人物,以祖师和信士为主,如宏智正觉,一人便写有402篇《禅人并化主写真求赞》、84篇《禅人写真求赞》,另有《智宣直岁写师像求赞》《璋监寺写师像求赞》《小师智临禅客写真求赞》等有具体对象的画赞,数量极其可观。宏智正觉为曹洞宗传人,以倡导"默照禅"闻名,即"默默忘言,昭昭现前"(《宏智禅师广录》卷8《默照铭》)。"本来,正觉的禅是一种'无言禅',是静默观照或观照静默。然而,虽然他的心可以自由进入'空劫前'状态,而他作为一个人却始终无法进入前社会状态,因此也无法摆脱人类社会的交际工具语言,何况他一心想把自己的坐禅经验传授给他人,更无法保持真正的缄默"[①]。这种对经验传授的迫切需求和对语言的依赖促使其创作了大量的作品,而题咏宗教人物对传达理念而言是最为方便的方式。一般来说,僧人题咏的画像多非自己所画,而是他人绘制后请为题赞的,那么,这种请求和题写便构成了一种交际模式,也就是说,在题写的过程中往往暗含着理念传播的可能。因此,像赞这种交际模式成为僧人传达理念的常用方式,如宏智正觉的《薄了固保义写予真请赞》:

灵灵而真,默默而神。眉毛低盖眼,鼻孔直欺唇。

千华上何须问佛,百草头自然有春。一微尘里也来说法,三千界内不碍分身。[②]

画中人虽是自己,然而画为他人所绘,这便构成了一个交际圈。这篇对自己写真的题咏明确地传达出其禅宗理念,即静默观照,无思无虑,不用刻意向外求取,佛法无所不在。除宏智正觉外,大量的僧人也通过同样的方式在题咏画像这种交际活动中表达思想,而僧人的交际圈中最多的也是同类身份的人,因此,祖师和信士的画像成为他们题咏最多的内容。题写对象体现出他们作为方外人士的身份特点。

然而,值得关注的是,在所题人物画中,包含有45篇题世俗人物画,其中又以文人为主,如释善珍《题六画·渊明》《题六画·灵运》《题六画·太白》《题六画·东坡》《题六画·少陵骑驴》《题六画·浪仙骑驴》,释居简《少陵画像》《东坡画像赞》,释绍昙《杜甫骑驴游春图》《李白醉骑驴图》,释祖秀《东坡像赞》等,透露出禅僧们对文人的认同。以释祖秀《东坡像赞》为例:

汉之司马、杨、王,唐之太白、子昂。是五君子者,皆生乎蜀郡,未若夫子而有耿光。夫子之诗,抗衡者其唯子美;夫子之文,并轸者其唯子长。赋亦贤于屈、贾,字乃健于钟、王。此夫子之绝技,盖至道之秕糠。夫子之道,是为后稷、伊尹,可以致其君于尧、汤。时议将加之于铁钺,而夫子尤讽于典章。海表之迁,如还故乡。信蜀郡之五杰者,莫得窥夫子之垣墙。[③]

这篇赞对苏轼之诗、文、赋、道,乃至心态皆给予了高度评价,表现出对苏轼的极度认同和倾慕。如果说对"海表之迁,如还故乡"的赞誉是由于其契合了禅宗"心即是佛"的理念,那么,对诗文的评价反映的便是僧人向文学的主动靠近,即僧侣文人化。

---

① 周裕锴《禅宗语言》,复旦大学出版社2019年版,第199页。

② 北京大学古文献研究所《全宋诗》卷1781,北京大学出版社1998年版,第19790页。

③ 曾枣庄、刘琳《全宋文》卷3144,上海辞书出版社、安徽教育出版社2006年版,第146册,第90页。

僧侣文人化魏晋便已有之，唐宋后进一步加剧。这种现象表现在题材上，即僧人作品对山水自然的偏爱。对山水自然的运用意味着僧人表达禅理时模式的改变，即不是直接说教，而是借助山水自然，以象征隐喻的方式娓娓道来，这很大程度上是文人化的表达方式。这种题材选择投射到题画文学中，即对山水、花鸟画的偏爱。在南宋的文化环境中，更典型的表现是对梅画的偏爱。从表格可以看出，南宋僧侣题咏除梅画之外的花鸟画作品共 33 篇，而梅画题咏则多达 17 篇，占所有花鸟类的 1/3。梅花原产于南方，故在南渡后文人对其题咏日盛。僧人对梅画的偏爱一方面由于梅之疏枝清气与禅之心境更加吻合，另一方面也源于文人传统的影响。如释绍昙《为张良臣知府题梅图》：

> 一篷春雪泛西湖，不觉和身入画图。千古暗香疏影在，谁云骨冷不容呼。①

"身入画图"的表述是文人题画诗常用的思维。此处形容梅花所用之"暗香疏影"明显来源于林逋的咏梅名句"疏影横斜水清浅，暗香浮动月黄昏"（《山园小梅》），而"骨冷不容呼"或是对苏轼"先生可是绝俗人，神清骨冷无由俗"（《书林逋诗后》）的回应。这种用典折射出僧人对文学传统的熟悉。

在特殊的家国背景下，南宋僧人甚至常常会溢出狭隘的山水花鸟畛域，出现对于世俗世变的观照。如释德止《浯溪图》：

> 夷涂勿抛控，抛控马多失。挹水勿极量，极量器多溢。
> 安史起天宝，转战竟奔北。辞臣献颂诗，要垂万世则。
> 一字堪白首，大书仍深刻。谁作浯溪图，千里在咫尺。
> 飞湍如有声，旁汇浸层碧。巉绝半岩间，仿佛见鸟迹。
> 不觉加手磨，真恐苔藓没。国姓前后异，天运古今一。
> 向来文武才，坐筹或操笔。种种皆可称，俯仰重叹息。
> 愿君宝此图，置之丹粉壁。昔人如可作，想像壮胸臆。②

《浯溪图》为描绘元结浯溪隐居生活的山水画，从"飞湍如有声，旁汇浸层碧。巉绝半岩间，仿佛见鸟迹"可探知此画以山水为主体，虽是飞湍巉岩，亦不失静谧清绝。然而，此诗并未直接写山水，而是以议论入题，以安史之乱为切入点，探讨国家之失与夷涂抛控的关系。在短暂描述画面后，再次转回议论，从"国姓前后异，天运古今一"中，可以看出，身处南北宋易代之际的释德止真正想探讨的是北宋颠覆的原因。这种对于家国政治的关注和愤恨越出了僧人本身的平和淡泊，呈现出文士化和世俗化的色彩。这类关注在南宋禅僧题画作品中不少，又如释智愚《浙江潮图》"怒势自惊殊莫拟，静心人见骨毛寒。平生一对风波眼，今日晴窗不忍看"，释德光《女真进千手千眼观音像颂》"一手动时千手动，一眼观时千眼观。自是太平无一事，何须弄出几多般"。这些作品的落脚点都出现了世俗的转向。

从以上题材分析可以看出，僧侣题画题材以佛教祖师画像为主，体现出其固有的身份特点。然而，他们不仅仅停留于此，而创造了很多有关山水自然绘画的题写，在南宋特

---

① 北京大学古文献研究所《全宋诗》卷 3431，北京大学出版社 1998 年版，第 40823 页。
② 北京大学古文献研究所《全宋诗》卷 1904，北京大学出版社 1998 年版，第 21268 页。

殊的政局中,甚至表现出了世俗关怀,使其题画溢出了固有的身份局限,向文人化和世俗化发展。

(三)偈颂语言和诗性语言的双向开拓

在宋代以俗为雅观念的影响下,南宋文人的题画作品亦可见俗文化的渗透,但这种俗化并非文人题画的主流风格。然而,在禅僧的题画文学作品中,"俗"却成为其极其明显的语言特征,表现出偈颂语言的传统本色。

偈颂翻译自佛经"伽陀",内容以表现佛理为主,虽多以诗的形式存在,但不拘格律长短,语言通俗活泼。虽然唐代以后偈颂逐渐诗化,但在南宋的题画文学,尤其是像赞中还是保留了大量较为本色的偈颂语言特征,即通俗性,戏谑性,常有俗语、歇后语出现,如释昙华《卞禅人画布袋和尚求赞》:

> 人谓是弥勒,且喜没交涉。拖个破布袋,到处纳败阙。
> 只有一味长,子细为君说。是什么,干屎橛。①

布袋和尚为佛教绘画中最偏爱的题材之一,常背一布袋,将所乞之物装入。"干屎橛"是禅宗常用语,本为至秽之物,却常被禅师用于表达不堕理路。这种表达源于《景德传灯录》:"时有僧问:'如何是无位真人?'师下禅床把住云:'道、道。'僧拟议,师托开云:'无位真人是什么干屎橛?'"②这种表达方式在禅僧的写作中时常出现。这在某种程度上与庄子"道在屎溺"(《庄子·知北游》)有些相似,都是用至秽之物传达道理,但又有所不同,与禅宗"呵佛骂祖"之风相关。"呵佛骂祖"盛行于中晚唐,典型的表现是德山宣鉴这段说法:

> 我先祖见处即不然,这里无祖无佛,达磨是老臊胡,释迦老子是干屎橛,文殊普贤是担屎汉。等觉妙觉是破执凡夫,菩提涅槃是系驴橛,十二分教是鬼神簿、拭疮疣纸。四果三贤、初心十地是守古冢鬼,自救不了。③

这段话将佛教诸祖痛骂一遍,反映出的是对经教的消解以及消解后的重构。虽然"从宋代开始,禅宗越来越失去了它早期那种开阔自由的野性精神,越来越沾染上士大夫特有的温文尔雅的习气"④,然而在南宋的题画文学中,这种"呵佛骂祖"的风气依旧有所保留,又如释慧空《草堂老师真赞》:

> 随随昔昔,是这个贼。簸土扬尘,驰南走北。
> 一棒打杀,狗也不吃。后来不肖儿孙,个个一模脱出。⑤

像赞将禅师称为"贼""狗",并进一步骂及儿孙,其中多口语俗语,如"随随昔昔""一棒打杀""一模脱出"等,保留了最为本色的偈颂语言。这种通俗性一方面与禅宗对经典的消解努力有关,另一方面也与其在传播过程中向下层民众渗透的需求有关。虽然在宋

代以后士大夫成为禅宗的主流受众，然而，这种俗化的语言风格在僧人的作品，尤其是像赞这类与祖师密切相关的文体中依旧非常盛行。

与此同时，僧人在偈颂语言之外，却常常表现出向文人靠拢的另一种诗性语言风格。如释智愚《老融牛图》：

> 纯去自忘牧，青蓑柳影中。不餐栏外草，知是几春风。①

老融即南宋画僧智融，以画牛闻名。无论是僧人还是文士都有不少题咏其牛画的作品。从前面的题材分析中可以发现，南宋僧人对于兽类的题咏不少，其原因很重要的一点便是他们对牛的偏爱。在 21 篇题兽类绘画的作品中，有 14 篇都是题牛画的。在僧人的话语系统中，"'牧牛'已成为调养心性、修炼净心的著名隐喻"②。这篇作品中的牛"不餐栏外草"，正喻明心见性、直指本心；而放牧之人"忘牧"，则是无思无念、唯心任运的表现。诗歌明说牧牛，实则言禅，如水中著盐，不着痕迹。而"青蓑""柳影""春风"的意象叠加更呈现出一种清空淡远的美学效果。这种蕴含禅意的诗化语言在南宋僧侣的题画作品中随处可见，如"幽响不知何处喜，一声鸲鹆圣先知"（释居简《春柳睡鸲鹆图》），"瘦筇便欲幽寻去，隔岸小舟呼不应"（释绍昙《元晖山水图》），"清空片云，古潭万象。飘然何来，湛然何往"（释心月《小师正恭写松源掩室并师山行图请赞》）。禅意借助诗性语言获得了更加艺术且有效的传达。

有趣的是，偈颂语言和诗性语言往往能够在一个作家身上有机统一起来，如以诗性语言写作《老融牛图》的释智愚同样写过不少像"冤有头，债有主"（《丹霞见灵照女图赞》），"问着便掌，胆大心粗"（《黄檗礼佛掌宣宗图赞》）这类俗语。这说明在僧人看来，这两套话语系统本就是两种功用不同的存在。偈颂语言反映的是佛家当行本色，而诗性语言则更偏审美，体现出更多与文人的融合。值得注意的是，这两种语言风格甚至会在同一首作品中共存，如释慧远《禅人写师真请赞》：

> 普证作此像，是相故非真。虚空无背面，露柱倒生根。傍提正按低叉手，独掇单提高打躬。佛魔削迹，凡圣泯踪。雨过云山空漠漠，日高花影乱重重。③

前半部分几乎都是偈颂语言风格，而最后两句"雨过云山空漠漠，日高花影乱重重"则转向了诗性语言，类似于诗歌的以景结情，言近意远。结尾这种转折看起来很突兀，但这种突兀恰恰与禅宗之刻意打破理路近似。因此，偈颂语言和诗性语言在僧侣写作中虽然并行发展，各有其言说维度和审美风格，但不时会出现结合与互渗，体现出禅僧在僧人与文人之间的身份穿梭。

从对南宋僧侣题画文学特点的分析可以发现，他们一方面保持着自己身份独特的言说方式，另一方面又明显表现出文人化的趋势，无论是文体、题材还是语言皆有所体现。除了这些常见的文学特征外，僧侣题画文学还有一点非常值得关注，那便是诗、画、禅这 3 种元素的碰撞所产生的独特的美学风格。

---

① 北京大学古文献研究所《全宋诗》卷 3018，北京大学出版社 1998 年版，第 35959 页。
② 周裕锴《禅宗语言》，复旦大学出版社 2019 年版，第 245 页。
③ 北京大学古文献研究所《全宋诗》卷 1945，北京大学出版社 1998 年版，第 21750 页。

三、诗画禅的互渗融通与禅僧题画风格的建构

禅宗发展到宋代已成为中国文化中非常重要的一个特点。就诗歌而言,无论是创作方式还是论诗模式皆受到禅的影响;而绘画至南宋,则出现了减笔画、禅逸画风,对中国绘画乃至日本绘画都影响深远。那么,当诗、画、禅这 3 种因素合而为一后,会碰撞出什么样的效果,尤其对题画文学的创作会有何影响呢?

首先值得关注的是绘画元素的进入对于僧诗的影响。早期禅宗的说教虽也以诗的形式存在,但常常是质木无文的说教,如南岳怀让的"心地含诸种,遇泽悉皆萌。三昧华无相,何坏复何成"①。这种表达方式与东晋时期很多玄言诗非常相似,缺少具体的意象,只是纯粹的说教,显得枯燥乏味。这种情况在中唐以后,尤其到两宋时有了较大突破。僧人意识到了借助具体意象来传递禅意比单纯地说教更有意义,如齐己"月华澄有象,诗思在无形"(《夜坐》),借"月"之象言"禅"于无形,较之早期味同嚼蜡的写作风格而言,无论是艺术性还是吸引力都有了很大提高。因此,唐宋后大量的僧诗中常可见与其生活息息相关的意象运用。僧人活动的空间大多为山林、寺院,而山水风云便自然而然地成为僧人使用最频繁的意象。这种意象使用的狭隘也成为僧诗一个为人诟病的特点,典型例子即欧阳修《六一诗话》所载之"当时有进士许洞者,善为词章,俊逸之士也。因会诸诗僧分题,书一纸,约曰:'不得犯此一字。'其字乃'山''水''风''云''竹''石''花''草''雪''霜''星''月''禽''鸟'之类,于是诸僧皆搁笔"②。绘画的加入,则在一定程度上缓和了这个问题。一方面,作为一种视觉艺术,形象性是绘画天然的优势,这使得以绘画为题咏对象的作品往往天然具有可附着的意象,从而让禅诗有象可依,避免了空洞说教。另一方面,绘画题材的多样性在一定程度上使得僧侣的文学创作突破了九僧"山、水、风、云"的局限,不仅出现了猿猴、牛、葡萄、荔枝等更丰富的意象,甚至出现了牧野之战、许由弃瓢、玄宗斗鸡等古今观照,其题材维度在绘画的带动下获得了更大的拓展,一定程度上缓解了僧诗的"蔬笋气"和"酸馅气"。

其次,"禅"这一独特元素是僧人题画较之文人题画而言最特别之处,因此,禅对于题画文学风格的形塑便成为值得关注的问题。一篇优秀的题画作品,往往是从画面出发,却又不局限在画面,在有"画中态"的同时能够"诗传画外意"(晁补之《和苏翰林题李甲画雁二首》其一),跳出绘画形象的局限,延伸出空间和情感的立体性,与画面意象构成似黏非黏的状态。而禅宗为了打破对语言和逻辑的执念,常常使用非逻辑的语言表达,从而形成一种游离于固有意象逻辑的延展。如释慧空《戏题渊知客水墨图》:

一身随处得轻安,老人苍崖叠嶂间。真个溪山看似梦,却将水墨写溪山。③

从作品描述可知,所题对象为山水画。文人题咏山水时通常的立意方式是将山水当作其归宿,如苏轼"还君此画三叹息,山中故人应有招我归来篇"(《书王定国所藏烟江叠嶂图》),山水被作为一个想象中的实体存在。释慧空则从个体的漂泊感入手来观照山

---

① (宋)普济著,苏渊雷点校《五灯会元》卷 3,中华书局 1984 年版,第 127 页。

② (宋)欧阳修,(宋)释惠洪《六一诗话·冷斋夜话》,凤凰出版社 2009 年版,第 5 页。

③ 北京大学古文献研究所《全宋诗》卷 1849,北京大学出版社 1998 年版,第 20639 页。

水,甚至将山水的实体性亦抽离出来:人生漂泊,而山水亦非真实,水墨写就的溪山到底是真实的还是只是个梦,这种虚幻性又如何能寄托漂泊的人生? 这种由意象出发,而又将意象解构了的方式与禅宗中的"反语"言说非常类似。禅宗要求思维不可执着一端,因此常使用"反语"这种修辞方式。如:

> 问:"古镜未磨时如何?"师曰:"照破天地。"曰:"磨后如何?"师曰:"黑似漆。"①

这种反语形成的对固有思维逻辑的解构在达到"反常合道"效果的同时,也使得文学作品充满逻辑的跳跃性,让题画作品的画外之思离画面意象的距离更远,意味更加空灵悠长。

再次,士人画与禅的碰撞在南宋时发展出较为成熟的禅画,其恣意潇洒、清空疏放的风格对题画文学的风貌亦有影响。绘画发展至南宋,出现了一种以简笔作画、以墨戏自娱的禅逸画风。其创作群体主要由画僧组成,如智融、牧溪、玉涧若芬等,其绘画题材不仅包括祖师佛像,也蔓延至山水、花鸟、草虫、龙虎等诸多画科。禅画所呈现出的泼墨、简笔等特点不仅是北宋苏轼之后士人画的理念延伸,更是禅宗禅悦观念的影响。从僧人题画的对象来看,大多题咏的也是僧人的画作,因此,这种风格必然会渗透到题画文学中。统计南宋僧侣的题画作品可以发现,其中墨画的数量非常多,明确可以确定所题对象为墨画的便有 29 篇,而其他很多画作虽未说明风格,也有极大的可能是以禅逸画风绘就。水墨以其黑白的色彩特点契合了禅宗直指本心的观念,正如释居简所言"万红千紫失根源"(《墨梅》)。同样的观念释居简在《书镜潭照藏主水墨草虫》中也有所表达:

> 镜潭照草虫水墨出奇,便觉兰陵画手,风斯在下。当如伯乐相马,取其神骏,遗其牝牡玄黄。②

"牝牡玄黄"都属于本心之外的渲染,而"神骏"才是真正属于本心的所在。天竺僧人镜潭照藏主所画之水墨草虫,正以其剥离诸色,化繁为简的方式达到了对本心的回归。这种观念也让僧人的大部分题画文学作品呈现出较少描摹、形式简短、风格清淡的特质。

禅意本是没有形象、无可把捉的,而绘画则正以形象见长,这使得禅与画之间形成优势互补,画提供禅以形象依托,而禅则赋予画言外之意。与单纯的僧诗或者题画诗相比,禅僧题画文学形成了一种始于画、经于诗、终于禅,言有尽而意无穷的美学效果。

四、余论

考察南宋禅僧的题画文学创作,可以发现他们在向文人靠拢的同时也保持着其独特的身份意识。从文体特点来看,较之魏晋发轫阶段而言,虽发展出序、跋、古近体诗等不同的文体运用,然而赞体依旧是其使用最频繁的文体。从题材特点来看,虽然出现山水、花鸟甚至世俗政局的观照,但人物画,尤其是宗教画像题咏仍占主流。从语言特点来看,虽然诗性语言成为其写作的明显表现,然而偈颂语言依旧是不可忽视的存在。这种以僧侣身份特点为主,又不时溢出身份局限,向文人靠拢的表现方式,正是其题画文学独特的

---

① (宋)释道元著,妙音·文雄点校《景德传灯录》卷 24,成都古籍书店 2000 年版,第 495 页。
② 曾枣庄、刘琳《全宋文》卷 6802,上海辞书出版社、安徽教育出版社 2006 年版,第 298 册,第 287 页。

表现,使其题画文学形成了诗、画、禅三位一体的独特美学风貌。

南宋禅僧题画文学的意义,并不仅仅止于其美学风貌的独特性,其影响之于中国乃至日本题画文学的发展,皆大有可观。

首先,南宋开始出现较多画上题诗的例子,题画文学由语图分体走向语图合体。在这个合体的进程中,南宋僧人有着重要的推进作用。现今可见的南宋绘画中,便存有释道冲题牧溪《罗汉图》、大川普济题梁楷《布袋和尚图》,以及玉涧若芬自题《庐山图》《洞庭秋月图》等诸多诗画一体的作品。从语图合体的进程来看,南宋诗僧们集中的画上题咏的现象甚至早于一般文人,可以说其开启了文人题画的风气,对中国绘画诗、书、画一体的风格形成有重要的意义。①

其次,南宋时期,随着东南沿海经济的开发,南宋和日本的贸易往来日渐频繁,日本大批留学僧来到中国,向中国的禅僧求教。在他们归国时,常会携带大量的禅宗典籍和书画。南宋后期,兰溪道隆、无学祖元等禅僧的东渡,更加剧了文化的输出。日本著名禅学思想家铃木大拙曾提道:"禅宗促进了宋朝的中国哲学及某些绘画流派的发展。在镰仓时代初期,这类绘画由频繁往来于中日两国的禅僧们传入日本。南宋的绘画就是这样在大海彼岸的国土赢得了众多热忱的赞美者。这些绘画现已成为日本的国宝,相反在中国本土却鲜有发现。"②东传的禅僧绘画对日本水墨画的发展产生了极其重要的影响。而在这些画僧中,又以牧溪最受推崇,乃至于很多日本画家的绘画风格被称为"牧溪样"。牧溪的作品为典型的禅逸画风,现今其画上至少可见释道冲、简翁居敬、净慈悟逸等僧人的题画文字。当这种图文结合的作品形式传到日本后,对日本绘画的画上题字会产生一定的影响。从这个意义上讲,南宋禅僧的题画文学创作影响已走出本土,延伸至了大洋彼岸。

———————————

①　参见李旭婷《题诗上画的历程及特点——以南宋为中心》,《文化艺术研究》2017 年第 2 期。
②　〔日〕铃木大拙著《禅与日本文化》,钱爱琴、张志芳译,译林出版社 2017 年版,第 27 页。

论明代人物画伎乐形象对文学作品的再现

陈雯卿　莫崇毅*

摘　要:明代人物画对于前代或同时代文学作品是有所再现的,具体到伎乐形象上,可以区分为形象再现、人格再现、情节再现和氛围再现 4 个层次。形象再现中主要是个体和群体的区别;人格再现中表达了画家对于女性的同情与寄托;情节再现并不一定会选择源文本中的情节高潮,而偏向于有利于展现人物的情节;氛围再现则主要服务于受画人对于典雅生活的追求与展现。

关键词:明代;仕女画;伎乐;文学;图像再现

在中国,雅乐传统源远流长。西周确定礼乐制度,其中的雅文化内涵一直延续下来。汉代以后,如众多汉画像所示,演乐之人不乏女性,伎乐渐渐成为古代士夫阶层生活中的常见点缀。同时,在中国古代的文学经典中,有许多表现伎乐形象的作品,这在一定程度上反映出古人的审美偏好,以及伎乐形象所包含的丰富文化意义。

明代画坛,无论是宫廷、富商所喜爱的浙派画风,还是吴门新兴的文人画风,都致力于用画面来承载诗文内容,重视文本与图像间的互动。在这样的文化环境下,明代人物画中的伎乐形象,很大程度上取材于文学经典,是画家基于文本进行的想象与再现。画家对于文学经典的借鉴,不是简单的元素模仿,而是以自我价值表达为出发点,拣选文学经典中适于主题表达的要素,进行借鉴、融合与改造。

本文讨论的伎乐形象,是明代人物画中展现出奏乐能力的女子形象,在图像上表现为持有乐器或者未持有乐器但为画中乐器所有者的女性。总体看来,明代人物画中伎乐形象对于文学经典中伎乐形象的再现方式,可以归纳为形象、人格、情节和氛围 4 种类型。

一、形象的再现

形象的再现,即对文学经典中伎乐外貌和演奏场景的图像再现,是一种简单层次的再现方式。画家借鉴的范本,有前代、也有明代的文学经典。

中国古代的伎乐合奏,作为一种文化消费对象,充当着被欣赏、被观看的角色。在这一身份的影响下,文学经典中对伎乐的描写,往往重在描绘女子外形之美与演奏场面之盛上,画家的图像再现也着力于这两方面。

一方面是伎乐外貌的再现。早在战国时期,中国浪漫主义文学的源头《楚辞》中,就有不少对奏乐美人的姿容赞美。如《楚辞·大招》中有"魂乎归来! 安以舒只。嫭目宜

＊　陈雯卿,南京大学艺术学院硕士研究生,主要从事中国古代美术史研究;莫崇毅,南京大学艺术学院副研究员,主要从事中国古代艺术史论研究。

笑，娥眉曼只。容则秀雅，稚朱颜只。魂乎归来！静以安只。姱修滂浩，丽以佳只。曾颊倚耳，曲眉规只。滂心绰态，姣丽施只。小腰秀颈，若鲜卑只。"[1]诗中描绘的乐女身形纤细，容貌妍丽。后来，这种外貌模式延续在了明代的文学作品中。

在明代梁辰鱼所作的戏曲剧本《浣纱记》中，有一段对西施姿容的描写："脸欺桃。腰怯柳。愁病两眉锁。不是伤春。因甚闭门卧。怕看窗外游蜂。檐前飞絮。想时候清明初过。"[2]这出剧目着重刻画了西施这一人物形象，在明代流传甚广，颇受大众喜爱。其瘦弱不堪，甚至有些病态美的外形，一定程度上反映出时人的审美倾向。

明代著名画家、吴门四家之一的仇英，擅画人物，尤工仕女。在其仕女画代表作《汉宫春晓图》中，有一段奏乐场景（图1）。众伎乐集聚在一殿前平台上，有女子在调筝，有女子拨奏琵琶和阮，还有女子正在搬运古琴、箫和笙，似在为集体吹奏做准备。画中十几位女子，多是细眉小嘴、面瘦腰细、脖颈修长、素手纤纤，可见上述文学经典中伎乐形象的影子。这样的女子形象普遍存在于仇英的仕女画作中，她们身形苗条，风姿绰约，既娟秀艳丽，又洒脱雅逸，艳而不俗的风格受到后人追捧，被称为"仇派"仕女。

图1　明代仇英《汉宫春晓图》卷中的奏乐场景
绢本设色 30.6 厘米×574.1 厘米　现藏台北"故宫博物院"

在文人主导的明代画坛中，仇英作为一名职业画家，与沈周、文徵明、唐寅三位文人画家同列"吴门四家"之位，可见其绘画技艺之高。同时，仇英虽以工笔重彩的画风为主，却也深受文人文化影响，在画作中渗透雅文化的意趣。他用色在饱和度上有所控制，也不大肆铺张，因而不显媚俗；他借鉴历史故实、诗文小说、神话寓言等文学经典，作为画作的主题，这也符合文人画家重视图文互动的要求。更重要的是，"仇派"仕女在外形、色彩和主题上体现的高雅意味，虽未达到文徵明所追求的古雅境界，但仍根本于文学经典中的雅文化意境。体现在女子形象上，便是清淡、娴雅、洁净、聪慧——这是明代文人对女子，譬如上述伎乐形象的审美想象。

---

① （战国）屈原等著，（宋）朱熹撰，蒋立甫校点《楚辞集注》卷 7，上海古籍出版社 2001 年版，第 143～144 页。
② （明）梁辰鱼《浣纱记》，中华书局 1959 年版，第 21～22 页。

　　另一方面是合奏场景的再现。在中国古代早期，伎乐主要以大型器乐合奏的形式，作为宫廷宴饮元素而存在。《楚辞》中也有对合奏场面之壮观的描写，如《楚辞·招魂》"衽若交竿，抚案下些。竽瑟狂会，搷鸣鼓些。宫庭震惊，发《激楚》些。吴歈蔡讴，奏大吕些。"①诗中可见，合奏场景中的乐器类型丰富，声势壮丽，震撼人心。

　　这样的大场面伎乐合奏，发展到明代，其规模有一定缩小，但更加灵活、精巧了。因为伎乐渐渐从宫廷走向民间，成为世俗生活中的重要娱乐形式。在明末散文家张岱所著的《陶庵梦忆》中，有一篇关于教习伎乐的文章，"朱云崃教女戏，非教戏也。未教戏先教琴，先教琵琶，先教提琴、弦子、萧、管，鼓吹歌舞，借戏为之，其实不专为戏也。"②讲的是演奏乐器在朱云崃看来是女戏基本功的教育理念，由此也可一窥伎乐在明人世俗生活中，作为一种日常性娱乐要素的意义。

　　伎乐形式和地位的变化，鲜明地表现在明代的戏曲小说中。如明代长篇世情小说《金瓶梅》的第65回，宋御史在西门庆家宴请黄太尉，"当筵搬演的《裴晋公还带记》又有四员伶官、筝、箥、琵琶、箜篌，上来清弹小唱。"③这便是民间宴请时，安排小型的伎乐合奏以渲染氛围的例子。这一场景的描写，与明代画家尤求《汉宫春晓图》中的演乐场面（图2）非常类似。画卷中的伎乐形象，出现在开头的第一段，表现的是仕女持箜篌、阮、箫、古琴、鼓等乐器的合奏画面。这段场景转译自汉代伶玄《赵飞燕外传》的一段文字，"飞燕妹弟事阳阿主家为舍直，常窃效歌舞，积思精切，听至终日，不得食。"④也就是说，这群奏乐女子是阳阿郡主家的乐人，其身份与《金瓶梅》所说的伶官类似，都为从事演乐工作的专职人员。

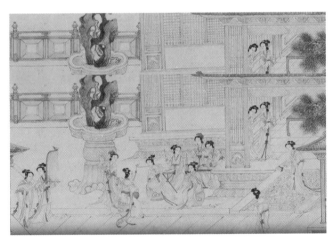

图2　明代尤求《汉宫春晓图》卷中的伎乐合奏场景
纸本墨笔 24.5 厘米×801.3 厘米　现藏上海博物馆

---

① （战国）屈原等著，（宋）朱熹撰，蒋立甫校点《楚辞集注》卷7，上海古籍出版社2001年版，第137页。

② （明）张岱著，夏咸淳、程维荣校注《陶庵梦忆　西湖梦寻》卷2《朱云崃女戏》，上海古籍出版社2009年版，第26页。

③ （明）兰陵笑笑生著，秦修容整理《金瓶梅：会评会校本》第65回《愿同穴一时丧礼盛　守孤灵半夜口脂香》，中华书局1998年版，中册，第903页。

④ （汉）伶玄著《赵飞燕外传》，中华书局1991年版，第2页。

尤求这幅画虽然有转译的源文本,但文中并未详细描绘奏乐场景,因而可以推测,画家运用了自己的想象力对其进行再现。尤求其人,虽为职业画家,却喜用文人画风装点自己的作品。他以白描画法描绘庸俗内容的做法,曾受到一定的诟病,但由此也可以得见画家对文人意趣的追求。那么,文学作品对于伎乐合奏场景的描绘,便很可能成为他在绘画时的参考蓝本。美丽女子各执乐器,三五成群的"清弹小唱",大概也是当时常见于私人家宴的一种特定伎乐场景。

在家宴中安排这样的小型伎乐合奏,符合文人群体的生活理想——雅致的音乐与美丽的女子相伴,是中国古代文人群体的一种标志性娱乐方式。明末清初的遗民画家陈洪绶,就喜欢把文士与伎乐画在幽静的私密场景中(图3),这是他对明代文人生活的回忆性想象。

除了家庭宴饮之外,这种"清弹小唱"还有一种可能出现的场景——青楼妓馆。为了契合推崇文人文化的社会潮流,明代的青楼往往被布置成雅致的情意空间。青楼中的乐伎,也会向文学经典中寻

图3　明代陈洪绶《焦荫丝竹图》轴
绢本设色 154.5 厘米×94 厘米
现藏绍兴博物馆

找范本,比如将自己塑造成文学作品中记载的才女、名妓形象,来博得以文人为代表的主要消费群体的喜爱。可见,这两类场所中的伎乐,都带有对文学经典的模仿痕迹,是明人附庸风雅的一种表现。

二、人格的再现

人格的再现,即对文学经典中的主角在人格、精神、气质方面的图像再现。在文学经典中,主要人物代表的人格品质,常常是作者表达的主题所在,在作品中具有核心的地位。那么,倘若有画家"取古人佳句,借其触动,易于落想,然后层层画去"[①],以主要人物的人格为画作的重点再现对象,也是顺理成章的事了。

在明代人物画的伎乐形象中,有两类乐女常常被作为人格再现的对象,那就是怀抱琵琶和弹奏古琴的女子。琵琶和古琴,都是中华民族的古乐器。其特殊的声调给人以特定的感觉,又因历代相关文学作品的流传,使这两件乐器具有了固定的文化意义。弹奏琵琶和古琴的女子形象,也渐渐形成了独立的文化标签,代表着特定的人格形象。

一种人格形象,是无端遭弃的琵琶女。琵琶是宫廷、教坊中的主要乐器,使用的场景也十分广泛。从市井民众到文人骚客再到皇室贵族,对他们的音乐生活来说,琵琶都是必不可少的存在。有关琵琶的经典文学作品,人们首先容易想到白居易的长篇叙事诗

---

① 俞剑华编著《中国古代画论类编》,人民美术出版社 2004 年版,下册,第 981 页。

《琵琶行》。这首诗作以优美动人的语言,描绘了琵琶女高超的演奏技巧,表现了诗人对其身世产生的同情和自伤之情。琵琶女被遗弃的悲剧故事,与诗人受人排挤、遭遇贬谪的境况,具有情感上的共鸣性。诗人的感伤之叹"同是天涯沦落人,相逢何必曾相识"①,也成为流传千古的名句。

受中国古代儒家文化和封建制度的影响,历代不乏满腹才华却报国无门的失意之人,《琵琶行》中无端遭弃、沦落天涯的情感共鸣,也在诗作的千年流传中,逐渐成为一种中国人,特别是士人群体特有的文化心理。因此,"琵琶行"逐渐成为一个表达特定情感的画题;琵琶女则作为被冷落、被压抑、被贬谪、被遗弃、被边缘化的代表②,成为绘画作品中有特殊意义的人物形象。

如浙派画家郭诩的《琵琶行图》轴(图 4),紧扣诗歌主题,重点呈现了两位人物形象——遭遗弃的琵琶女和被贬谪的江州司马。琵琶女低眉垂目,神情惆怅;江州司马探头倾听,像是在聆听优美的琵琶曲,又像是在聆听琵琶女的倾诉。画作没有背景,上方洋洋洒洒抄录着《琵琶行》全诗,表达的主题非常明晰。哀伤的情绪氛围,从人物的低垂的眉眼可见一斑;两人相向的姿态,又透露出"天涯沦落人"的情感关系。在这幅画中,琵琶女和江州司马形成了图像和人格上的互文性:一女一男,一人因青春逝去遭弃,一人因锋芒毕露遭贬,二人都身负才华却无用武之地。琵琶女的人生悲剧是表面、直观的,但画家呈现她的形象并不是为了这个悲剧故事,而是为了展现她代表的抽象人格。这个目的,无论在画中还是在白居易的诗中,都通过江州司马的形象塑造进一步言说出来。

图 4　明代郭诩《琵琶行图》轴

纸本墨笔 152 厘米×46.3 厘米　现藏北京故宫博物院

---

① (唐)白居易撰,顾学颉校点《白居易集》卷 12,中华书局 1999 年版,第 243 页。

② 参阅:刘望《〈琵琶行〉画题研究》,上海大学 2010 年硕士学位论文。

而在另一位浙派代表画家吴伟的《琵琶美人图》轴(图5)中,对琵琶女人格形象的再现,比郭诩的《琵琶行图》更加抽象化。画面上,一位怀抱琵琶的女子侧身站立,同样低眉垂目,身形姿态与郭诩《琵琶行图》中的琵琶女几乎一模一样。但在吴伟这幅画中,对于琵琶女发饰、衣装和神态的描绘都更为细致,可见在两幅画中,琵琶女形象的重要性有所分别。同时,吴伟画中的琵琶女怀抱的是一个收在囊中的琵琶,并没有弹奏的姿态,画面中也没有倾听者的存在。

巫鸿认为,吴伟在画中呈现的是青楼歌姬的一个"泛型"图像,画中女子既可以是白居易诗中的琵琶女,也可以是任何青楼乐妓。① 画上众人的题跋也并未对女子有特定的称谓,仅以"婵娟""美人"代之。但从题跋涉及的典故和意象如"长门怨""送客船"等,还是可以得见,画作明显受到白居易《琵琶行》诗文及琵琶女形象程式的影响。吴伟想要表现的人格形象和情感内涵,大概也与郭诩的《琵琶行图》相差无几。但这幅画对于琵琶女形象的抽象性达到了更高的程度,画家略去了图解诗意的过程,仅取诗中的角色进行情感的表达和暗示,具有更强的独立性。

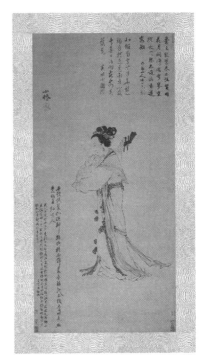

图 5 明代吴伟《琵琶美人图》轴
纸本墨笔 124.5 厘米×61.2 厘米
现藏美国印第安纳波利斯艺术馆

另一种人格形象则是品质高洁的古琴女。在中国的古乐器中,古琴有其独特的地位,它是文人用于陶冶情操的圣洁之器。关于古琴最经典的文学故事是"高山流水觅知音"。据《吕氏春秋》记载:

伯牙鼓琴,钟子期听之,方鼓琴而志在泰山,钟子期曰:'善哉乎鼓琴!巍巍乎若泰山'。少时而志在流水。钟子期曰:'善哉鼓琴,洋洋乎若流水'。子期死,伯牙摔琴绝弦,终身不复鼓琴,以为世无足复为鼓琴者。②

这个故事包含两重文化含义:以古琴曲为觅知音的媒介,说明这件乐器的演奏和欣赏都有一定的区隔性;伯牙、子期借此寻到了人生的知己,使得古琴这件乐器更具有了神圣、高雅的意义。古琴因此成为文人话语中有身份标识性的意象,独处时弹奏古琴以遣怀,表现自己高雅的品位;交友时以琴声诉衷肠,表达对寻觅知音的期待。弹奏古琴的女子形象,也带有上述的内涵。同时,"琴棋书画"常被列为古代女子修养文艺的四大活动,而古琴居于四艺之首,这个乐器便越来越多地与女子形象联系在一起。

吴伟有一幅《武陵春图》卷(图6),描绘了同时代诗妓武陵春的形象。武陵春手持卷轴,身后的桌上摆放古琴、笔架、砚台等物品,桌边还有一盆梅花。这些物品都作为标签性的存在,暗示她的品质,其中摆放的古琴便代表她的文艺才华和高雅性情。

① 参阅:巫鸿著《中国绘画中的"女性空间"》,生活・读书・新知三联书店 2019 年版,第 352 页。
② (战国)吕不韦著,张双棣等译注《吕氏春秋》卷 14《孝行览第二》,中华书局 2007 年版,第 113 页。

图 6　明代吴伟《武陵春图》卷（局部）

纸本墨笔 27.5 厘米×93.9 厘米　现藏北京故宫博物院

　　画作末尾有"洞泾居士"撰写的题跋，表达此画的追念之思，"武陵已矣，不复作矣。傅子之字殆有起於思乎，太息，太息。洞泾居士顿首。"从历史资料推测，吴伟并未见过武陵春其人，只是钦佩她的性格品行而遥作此画。如此，《武陵春图》或多或少借鉴了文学经典中的才女形象，如中国古代四大才女之一的卓文君，就以善弹古琴为名。她的良配，汉赋四大家之一的司马相如，曾作《凤求凰》一赋，以古琴弹唱博取她的欢心。"将琴代语兮，聊写衷肠。"[①]在古代的文人骚客看来，弹奏古琴以遣怀、交友，甚而寻觅红颜知己，是十分高雅之事。

　　此外，古琴女的形象还包含一些带有封建烙印的文化含义——女子弹奏古琴，往往是满腹心事，想借琴声同心上人诉说。晚唐诗人陆龟蒙的《美人》一诗中有"美人抱瑶瑟，哀怨弹别鹤"[②]的句子，表现的就是心事重重的弹琴女子形象。在郭诩的《人物仕女图》卷中，其中一幅场景中的伎乐形象，就是弹奏古琴的女子（图7）。画家在一旁题诗如下：

　　流水高山在此心，敢将幽思托瑶琴。君恩近日宽如海，错买《长门》费百金。

图 7　明代郭诩《人物仕女图》卷（局部）

纸本墨笔 22.6 厘米×161.5 厘米　现藏上海博物馆

---

　　①　（宋）郭茂倩编《乐府诗集》卷 60《琴曲歌辞四》，中华书局 1998 年版，第 881 页。

　　②　（清）彭定求等编《全唐诗》卷 619，中华书局 1960 年版，第 7128 页。

诗中"流水高山"来自伯牙子期的故事;"敢将幽思托瑶琴"一句,或化用自南宋岳飞在《小重山》中的一句"欲将心事付瑶琴"[1];后两句典出陈皇后重金购《长门赋》以重博汉武帝欢心的故事[2],表现的也是弃妇形象。由题诗可知,此画描绘的古琴女,其遭遇与前述琵琶女的命运非常类似,两者的人格形象也有异曲同工之处。从画面上看,这是一个心事重重的女子,有一定的雅文化素养。结合题诗和画作考察,可知女子或曾有被弃的经历,此刻的淡然可能是她调整心态的努力,也可能是心如死灰的伪装。

但与琵琶女的区别在于,古琴女的高雅性情被格外地强调。在这幅《人物仕女图》中,画家赋予了女子优雅的姿态和娴静的神情,与她的冷落境遇形成鲜明对比,更为画作添上一抹悲剧的色彩。无论从人物的表现还是题诗的内涵都可得见,画家颇为此女不平,而这不平的发生实源于"天涯沦落"的共情。通过对古琴女子人格形象的描绘,画家将自己孤傲高洁、愤世嫉俗的性格也表达出来,这便是人格再现的深层动机。

三、情节的再现

情节的再现,即对文学经典中情节发展的图像再现,是一种比较直接的图文转译方式。文字媒介的特点是,它对情节的描述可以非常细致,以充分调动读者的想象力,使他们在脑海中构想出具体的画面。利用图像媒介对其进行转译,是画家先进行构想,再将自己想象的场景直观地描画出来,呈现给观者。

画家构想的过程,虽然基本忠于文本,但跨媒介的性质决定了其中必定包含再创造的成果,带有画家个体性格和观念的烙印。从情节转译的比较中,也能看到两种媒介形式的创作者在构思时所进行的不同考量,进一步探究源文本经典对于再现图像的影响。

第1种情节再现的方式,以场景的转译为主要目的。画家致力于将文字意象尽可能忠实地图像化,创造出"文中场景走入眼前"的神奇效果。

如仇英的人物画杰作《人物故事图》册,其描绘就重在场景情节的再现。全册内容取材于历史故事、寓言传说、文人轶事和诗文寓意,共 10 开,画及伎乐形象的有《吹箫引凤》《贵妃晓妆》《浔阳琵琶》《明妃出塞》四开。仇英是职业画家,画作多为其以士人为主体的赞助人群体而作。或许是因为这样,他的画作少有个人情感的流露,呈现出比较一致的愉快氛围。这种特点也体现在仇英的情节再现作品中,使得他的图像再现对文本情节的忠实度较高。同时,以图像的形式转译文学经典,也是仇英对文士群体的兴趣、品味靠近的表现。

如《浔阳琵琶》一开(图 8),虽然也属于前述的"琵琶行"画题,但不同于吴伟、郭诩的作品,仇英这幅画的重点不在于展现琵琶女特殊的人物形象,以表达"天涯沦落"的文人经历共鸣,他更多着眼于《琵琶行》诗文在情节和环境上的描绘。"浔阳江头夜送客,枫叶荻花秋瑟瑟"[3],在这幅《浔阳琵琶》中,枫叶、荻花被原原本本地描绘出来,秋季这一时间点得到强调;江水、远山、码头、客船是构成画面的主要意象,它们是中国古代文人画中送

---

①　唐圭璋编《全宋词》,中华书局 1965 年版,第 2 册,第 1246 页。

②　参阅(梁)萧统编,(唐)李善注《文选》卷 16《长门赋序》,浙江古籍出版社 1999 年版,第 275 页。

③　(唐)白居易撰,顾学颉校点《白居易集》卷 12,中华书局 1999 年版,第 242 页。

别题材的固定程式,画家借此暗示了送客的情节。客船内,几位士人围坐饮食,一位怀抱琵琶的女子背对画面,正在进行演奏。可见仇英拣选的是《琵琶行》中琵琶女演奏的情节,这是整首诗中气氛典雅、情感相对平和的一段,因为在这里尚未提及琵琶女的悲惨身世和江州司马的伤痛共鸣。

图8　明代仇英《人物故事图》册之《浔阳琵琶》
绢本设色 41.2 厘米×33.7 厘米　现藏北京故宫博物院

在这幅画中,仇英营造出淡雅舒适的氛围,其实很符合诗文意象所构成的环境。然而,环境氛围与情感主题是有所差异的,在雅致的客船中,发生的却是令人悲伤的相识故事。这里便可以看出画家与诗人在创作目的上的不同之处,由此导致了,同一主题、不同媒介的作品,可以展现出完全不同的情绪主题。当然,情感主题的对比是基于画作与诗文的整体而进行,客观来说,画家对诗文的转译还是非常准确的,只不过依据的文本是源文本的部分情节。虽然与诗人表达的核心主题有所差异,但也是基于文本片段的合理转译,是画家基于自己的理解和目的对文本进行的个性化摘取。这里也体现出画家在图像的情节再现中,对文本再创作的掌控权。

第2种情节再现的方式,以表达价值为目的。画家摘取合适的文本情节,再现为图像,以表达自己的某种价值观,或者对文本的态度。这一观念可能与源文本的内涵有所不同,这是画家个性化转译的表现。

明代著名画家、吴门四家之一的唐寅有一幅《陶谷赠词图》(图9),取材于北宋初年大臣陶谷在出使南唐时发生的一则桃色丑闻。陶谷在人前形容凛然,人后却轻易被美丽歌妓引诱,最后在外交宴席上,被南唐君主戳破道貌岸然的面目。唐寅此画应该转译自陶谷给歌妓秦蒻兰的赠词《春光好》:

好因缘,恶因缘,奈何天,只得邮亭一夜眠? 别神仙。琵琶拨尽相思调,知音少。待得鸾胶续断弦,是何年?①

---

① (宋)文莹撰,郑世刚、杨立扬点校《玉壶清话》卷 4,中华书局 1984 年版,第 41～42 页。

画面描绘了石木掩映下的典雅庭院中，秦蒻兰手持琵琶吟唱小调，陶谷在书桌上凝神细听。两人相向而坐，目视对方，充满和谐、静谧的气息，图像贴切地再现了"琵琶拨尽相思调，知音少"的美好氛围。对于这则丑闻，唐寅进行了艺术化的再现，他没有把陶谷描绘成猥琐的形象，也没有将场景营造成低俗的氛围。他选择呈现的是秦蒻兰与陶谷私下相处的情节，其实是充满情意与风雅的。

这不是"陶谷赠词"这则轶事的高潮，但却符合画家想要诉说的情感和价值。画上的唐寅题诗"一宿姻缘逆旅中，短词聊以识泥鸿。当时我作陶承旨，何必尊前面发红。"这表明，陶谷在外交场合下坠入情网的事件，在唐寅看来其实无伤大雅；但事件主人公表里不一的道德伪装，却让画家觉得其缺乏真情，这由此构成了他画就这幅《陶谷赠词图》的动机。唐寅画中体现出来的观点，与历史上对于陶谷赠词的讨论稍有不同，但却更能表现出画家既不羁又坦荡的性格。

图 9　明代唐寅《陶谷赠词图》
绢本设色 168.8 厘米×108.1 厘米
现藏台北"故宫博物院"

四、氛围的再现

氛围的再现，即对文学经典中塑造出来的环境、情感氛围的图像再现。这种再现方式的重点不在于文学经典中的人物形象，也不是文字叙述中的具体情节，而是画面整体气氛的营造。

在文学经典中，一些特定的音乐意象对作品的整体氛围有着决定性影响，比如"箫"的凄婉意味、"琴瑟和鸣"的安宁感觉。

首先是情感氛围的暗示。箫所发出的特殊声调，好似呜咽之声，让听者不由得悲从中来。《忆秦娥》（箫声咽）就讲述了一个女子在箫声中思念爱人的痛苦心情："箫声咽。秦娥梦断秦楼月。秦楼月。年年柳色。灞陵伤别。乐游原上清秋节。咸阳古道音尘绝。音尘绝。西风残照，汉家陵阙。"[①]

在此词中，箫声的存在为整个叙述场景铺设了凄婉、哀怨的底色，女子登楼远望、思念良人的形象，也完美融入了这个凄美的画面中。自此，寂寞女子与箫声这两个意象便结合在一起，后世文学经典也常有描绘，如五代词人李珣在《望远行·春日迟迟思寂寥》中有句"休晕绣，罢吹箫，貌逐残花暗凋。"[②]写的便是寂寞女子吹箫的形象。

明代人物画中常常出现"吹箫仕女"的形象，最经典的作品便是唐寅和薛素素的两幅

---

①　曾昭岷等编撰《全唐五代词》，中华书局 1999 年版，第 16 页。

②　（后蜀）赵崇祚编，杨景龙校注《花间集校注》，中华书局 2014 年版，第 4 册，第 1493 页。

同名画作《吹箫仕女图》。在这两幅画中,箫便起着情感氛围的暗示作用,影响着画作的情感底色和主题表达。

先看唐寅的《吹箫仕女图》(图 10)。这幅画没有背景,仅描绘一名纤瘦女子,满目惆怅地吹奏长箫。箫声近似人的呜咽,这件乐器因此常用来表达人的愁绪。吹奏的乐女低眉垂目,使整幅画作表现出明显的忧伤氛围。这幅画作于画家谢世前 3 年,正是他年老病弱之时。画中忧愁的仕女,亦有着画家本人的影子。唐寅擅画仕女,常以笔下的仕女形象自喻。在他的另一幅仕女画《秋风纨扇图》中,有其自题诗句如下:"秋来纨扇合收藏,何事佳人重感伤。请把世情详细看,大都谁不逐炎凉。"世情可畏,才华尚未施展,青春就要老去,展现的正是画家自己的境况。

图 10　明代唐寅《吹箫仕女图》轴
绢本设色 164.8 厘米×89.5 厘米
现藏南京博物院

唐寅这一生过得并不顺利,满腹才华和壮志,却受到舞弊案牵连,什途尽毁。晚年家庭破裂,他的行为日益放浪。当生命即将走向尽头时,那种人生理想再无达成之日的悲痛,大概也时时灼烧着唐寅的心。因此,《吹箫仕女图》也是唐寅自我形象的写照,仕女挺立的姿态和飞舞的飘带代表画家放浪不羁的性格,惆怅的氛围则暗示他内心的哀怨。借用箫本身具有的文化意义,塑造这样一种特定的伎乐形象,唐寅将自己的情绪和观点表达了出来,体现出深刻的艺术美感。

明代才女薛素素的《吹箫仕女图》(图 11)描绘了一位清丽女子,在格调雅致的庭院中,独坐吹箫遣怀的场景。画上题字"玉箫堪弄处,人在凤凰楼。薛氏素君戏笔。"这幅画向来被认为是薛素素的自画像,画中女子吹箫只为自娱而不为娱人,所处场景分布兰、石、竹,象征主角人物高雅的品格。再考察画作的氛围,相比唐寅的作品,薛素素这幅画的情感基调会稍微抬高一些,因为背景环境的衬托,而更多表现出安宁、娴静的感觉。

图 11　明代薛素素
《吹箫仕女图》轴
绢本墨笔 164.2 厘米×89.7 厘米
现藏南京博物院

但箫所带有的哀婉情绪依然对整体氛围有着强大的影响力,乍一看这画面是清幽平和的,但细细品味却又能观出些许忧愁。画中女子低眉吹箫,身体稍有蜷缩之态。画下此图时,薛素素嫁给富家子弟沈德符没有多久。她曾是风尘女子,虽然颇有才名,但从良嫁人后多

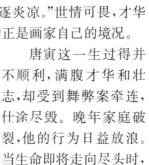

少还是会对过去的身份耿耿于怀。在此自画像中，薛素素塑造出一个品质高洁、独立自主的女性形象，是对自我理想状态的期待，也是对过往身份的遮掩。箫源于文学经典的哀婉氛围，依然隐隐存在于画面中，这或许是画家不自觉的氛围再现。

其次是环境氛围的渲染。如仇英《人物故事图》册中的《吹箫引凤》一幅（图12），以秦穆公和弄玉的神话故事为题材，故事最早的文字记载见于西汉文学家刘向的《列仙传》："萧史者，秦穆公时人也，善吹箫，能致孔雀、白鹤于庭。秦穆公有女字弄玉，好之，公遂以女妻焉。日教弄玉吹箫作凤鸣。居数年，吹似凤声，凤凰来止其屋。公为作凤台，夫妇止其上，不下数年。一旦，皆乘凤凰飞去。故秦人为作凤女祠于雍宫中，时有箫声而已。"①

图 12　明代仇英《人物故事图》册之《吹箫引凤》
绢本设色 41.2 厘米×33.7 厘米　现藏北京故宫博物院

在这幅画中，仇英再现的是文本情节的高潮部分。他描绘了在云遮雾绕的高台上，弄玉吹箫，穆公赏乐，凤凰被吸引而来的画面。图文转译的关键在于雅致、神妙的氛围，这来自箫在文本中被赋予的神奇性。在源文本《列仙传》中，音乐之美被升华到了一种超越的境界——箫声动人，可以吸引神鸟凤凰，载人飞往仙界。这一特点延续到了图像中，由神奇箫声而来的神妙气息笼罩着画面，渲染着画作的环境氛围。画中的伎乐形象弄玉，衣着艳丽不俗，神情高贵松弛，表现出超凡脱俗的神女气质；故事发生的高台，位于云气缥缈的山林之间，建筑精致妍丽，仿若仙界的宫殿。基于箫声的性质，画家对文学经典中场景进行了切合地想象，那看不见摸不着的高妙氛围，直观地表现在画卷上，真正做到了两种媒介之间的交流。

仇英的另一幅画作《弹筝箜篌图》（图13）中，"琴瑟和鸣"的意象起着环境氛围的渲染作用。画面描绘了深山环绕的茅草亭中，一位文士和女子分别手持古琴和箜篌，正对坐演奏，边上有位童子持花而来。这幅画用色清丽雅致，云遮雾绕的山林占据了大部分篇幅，使得全画表现出远离尘世的幽静氛围。

---

① （汉）刘向《列仙传》卷上《萧史》，上海古籍出版社 1990 年版，第 11 页。

图 13　明代仇英《弹筬篌图》
现藏美国波士顿美术博物馆

一男一女各执乐器的形象出现，画面便自然呈现出和谐、安宁的氛围，这是"琴瑟和鸣"这种文学程式的影响力。这一程式来自《诗经》。《诗经·郑风·女曰鸡鸣》中有"琴瑟在御，莫不静好"①，《诗经·小雅·常棣》中有"妻子好合，如鼓瑟琴"②，都是通过描绘男女合奏琴瑟的生活场景，来展现夫妻之间和睦笃好的情感关系。后来，文学程式被用于图像再现，成为一种绘画程式。乐器并不一定是琴与瑟，但场景一定是才子佳人的合奏。在仇英此图中，男女所执的乐器是古琴与筬篌，再加上山林、茅亭的背景铺垫和元素点缀，"曲奏云和，伴林中高士，瑟琴静好"③的氛围，便跃然纸上了。

五、结语

形象和人格的再现，重点在于文本中的人物。形象的再现中，可以看到个体与群体的区别。个体伎乐的外貌再现，是画家以典雅文化为基准而产生的审美想象；群体伎乐的合奏再现，则是文本中类似场面的图像转译，体现出文人群体的生活理想。人格的再现，既表达画家对女性的同情，也承载着画家个人的情感寄托。琵琶女无端遭弃的人格形象，源自士人群体的失意历史；对古琴女高洁品格的描绘，可以反衬人物命运的悲剧性。

情节和氛围的再现，重点则在于文本中的故事。在情节再现中，画家不一定选择文本高潮，而会根据展现人物的需求，对源文本情节进行创造性地摘取。若以转译场景为目的，则重视情节的画面感；若以表达价值为目的，则偏向利于阐释观点的情境。氛围的

---

① 程俊英《诗经译注》，上海古籍出版社 1985 年版，第 149 页。
② 程俊英《诗经译注》，上海古籍出版社 1985 年版，第 294 页。
③ 明末文学家梁清标为仇英《弹筬篌图》的题词，参见南京大学中国语言文学系全清词编纂研究室编《全清词·顺康卷》，中华书局 2002 年版，第 4 册，第 2270 页。

再现,主要为受画人追求、展现典雅生活的目的而服务。源文本中伎乐形象的情感意义,承担情感氛围的暗示作用;以伎乐为主角的文学程式,能够极大地渲染画作的环境氛围,奠定整体基调。

4种再现方式各有特点,根据文本类型与画家观念的不同而各具优势。它们不局限于具体元素的模仿,而更加重视情绪、观念等抽象概念的再现。总体而言,它们都是画家通过图像表达自我的方式,也体现出在明代人物画中的伎乐形象创作中,文学经典所具有的复杂而强大的影响力。

河西宝卷的源流与价值

尚丽新　张晓霞*

摘　要：河西宝卷与北方宝卷同源。它在发展流变过程中，由外在的形式稳定性和内在的内容创新性构成了强大的生命力，这种生命力使其在 20 世纪 80 年代复兴之后至今仍能保持着相当的规模。河西宝卷融入了河西民众的生活之中，有着极高的社会价值和学术价值。对河西宝卷的保护和开发，要建立在对其源流变迁和价值意义的客观全面之认识的基础之上。

关键词：河西宝卷；宝卷；念卷；变文

"宝卷是一种十分古老的、在宗教（主要是佛教和明清各民间教派）和民间信仰活动中，按照一定的仪轨演唱的说唱文本。"[1]在中国文化史上，宝卷已经延续发展了近 800 年，经历了佛教宝卷、教派宝卷和民间宝卷 3 个时期。经过如此漫长的文化积淀，它成为民间娱乐、审美、教化、信仰和生活的凝聚和折射。从 21 世纪初开始，随着非物质文化遗产的持续升温，南、北方民间宝卷的保护、研究和开发都进入空前繁荣的时期。河北、山东、山西、陕西、甘肃、青海都是可以考见的北方宝卷的流传之地，其中甘肃宝卷以其存留文本多、活态表演丰富堪称北方宝卷中的翘楚。

甘肃宝卷从地域文化上可分河西宝卷和洮岷宝卷两大类。[2]洮岷地区的岷县、漳县一带宝卷有近 300 种，以宗教宝卷为多，也有一些故事宝卷。洮岷宝卷与青海东部河湟地区的宝卷是与当地民间宗教活动结合在一起的，而当地又是多民族聚居地，故而体现出宗教性和民族性相结合的特点。大约是因为地处僻远，受外界干预较少，在抄卷、念卷上都保留了一些非常古老的特征。较之洮岷宝卷，河西宝卷以民间宝卷为主，世俗性更强，分布范围更广，影响更大。

从目前所能搜集到的宝卷文献，并结合现存的活态表演来看，河西宝卷分布于东起永登、西到敦煌的河西走廊之上。武威市、张掖市、酒泉市、嘉峪关市是重要分布区，具体来说"武威地区的宝卷主要分布在偏远地区及山区一带：凉州区的中路乡、张义乡、上泉乡，古浪县的古丰乡、大靖镇、土门镇、干城乡、黄羊川乡，天祝县的朵什乡、西大滩乡"；"张掖宝卷主要分布在：甘州区的碱滩镇、三闸镇、安阳乡、花寨乡、大满镇、小满乡、龙渠

---

　　*　尚丽新，文学博士，山西大学文学院教授；张晓霞，山西大学文学院硕士研究生。本文为国家社科基金重大项目"民间宝卷文献集成及研究"（19ZDA286）的阶段性成果。

　　① 车锡伦《中国宝卷研究》，广西师范大学出版社 2009 年版，第 1 页。

　　② 甘肃非遗保护专家徐枫先生认为"甘肃宝卷的流布主要分 4 个区域：河西地区，即酒泉、嘉峪关、张掖、武威，以佛、道、俗故事为主；中部地区，即兰州、定西、白银，以俗故事为主；陇东地区，即庆阳、平凉、天水，以道教故事为主，辅以俗讲；南部地区，即临夏、陇南，以俗讲为主，辅以道教本生及经讲"。（常祥霖《河西宝卷：久远的朗读者》，《中国艺术报》2018 年 8 月 1 日，第 6 版）但就目前所发现的宝卷文本来看，甘肃宝卷集中于河西走廊和洮岷地区。徐枫先生在对宝卷的界定上可能与目前学术界通行的宝卷概念有一定的出入。

乡，山丹县的霍城镇、老军乡、陈户乡、李桥乡，民乐县、临泽县、高台县等地"；"酒泉宝卷主要分布在：肃州区的红山乡、丰乐乡、银达乡、怀茂乡、西峰乡等地，瓜州县的踏实乡、布隆吉乡等地"。[①] 今存的河西宝卷有 150 多种 300 多个版本[②]，近年还不断有新发现。这些宝卷多为 20 世纪 50 年代之后的抄本，这说明历史上河西的念卷活动一直比较兴盛，卷本使用率高，淘汰较快。甘肃河西走廊的念卷活动复兴于 20 世纪 80 年代，念诵的基本都是民间宝卷，是一种集信仰、教化、娱乐为一体的民间娱乐方式。河西的念卷在电视等新的娱乐方式兴起之后受到冲击，渐趋式微，但在当地政府、文化人、学者的重视和保护之下，仍有很大的生存空间，近年来越来越活跃。

可见，从地域分布、文本存留、活态表演来看，河西宝卷的重要性都是不言而喻的。因此很有必要对其源流进行梳理，并深入探讨其价值。

一、河西宝卷与北方宝卷同源

对于河西宝卷的源出，当地的研究者大多认为敦煌变文是河西宝卷的母体。早在 20 世纪八九十年代，这一论点就几成定论。谢生保从文体、音乐、讲唱仪式、宗教思想 4 个方面对比了变文和宝卷，印证郑振铎先生"宝卷是变文的嫡系子孙"的结论。[③] 段平认为"'宝卷'是'变文'的嫡系后代"。[④] 方步和强调河西宝卷"是敦煌俗文学的分支，是还活着的敦煌俗文学"。[⑤] 此后，当地的宝卷研究者大多沿袭这一说法。

车锡伦先生在研究宝卷的渊源时否定了郑振铎先生"宝卷是变文的嫡系子孙"的结论，[⑥] 又在对"明清民间教派和教派宝卷（经卷）在甘肃专区的流传"的研究中，证明了"河西地区的民间念卷和宝卷与内地（特别是北方念卷和宝卷）同源同流的关系"。[⑦] 明万历时无为教的《销释真空宝卷》经甘肃东部传入宁夏，康熙三十七年（1698）张掖刊刻了《敕封平天仙姑宝卷》，这两种教派宝卷证明从明万历到清康熙年间，教派宝卷随着民间教派传入甘肃并有所发展。民间教派在河西宝卷的起源和传播中扮演了非常重要的角色，"清代河西地区的民间教派没有受到清政府的镇压。现代河西地区仍有一些民间教团活动，如酒泉地区的清茶会、白腊会、皇极会、雨花会、大乘会等，它们都主持或组织念卷活动"。[⑧]

除了民间教派对河西宝卷的影响之外，河西宝卷与北方宝卷的同源关系还可以通过

① 吴玉堂《河西宝卷的调查研究》，硕士学位论文，西北师范大学音乐学院，2010 年，第 31 页。

② 关于河西宝卷数量的统计，各家不同。《酒泉宝卷》一书统计兰州大学、张掖师专、酒泉市文化馆等单位和个人所搜集的宝卷总数为 133 种 256 个版本（酒泉市文化馆《酒泉宝卷》，酒泉市文化馆 2001 年），车锡伦《中国宝卷研究》列举了河西地区流传的抄本民间卷目录 155 种（车锡伦《中国宝卷研究》，广西师范大学出版社 2009 年版），王文仁《河西宝卷总目调查》一书统计河西宝卷有 150 种 361 个版本（王文仁《河西宝卷总目调查》，《丝绸之路》2010 年 12 期）。这些统计虽然在版本上差别较大，但种数上出入不太大。但也有非常夸张的数据声称甘肃共有宝卷 868 种 4968 部（常祥霖《河西宝卷：久远的朗读者》，《中国艺术报》2018 年 8 月 1 日，第 6 版），恐怕证据不足。

③ 谢生保《河西宝卷与敦煌变文的比较》，《敦煌研究》1987 年第 4 期，第 83 页。

④ 段平《河西宝卷的调查研究》，兰州大学出版社 1992 年版，第 51 页。

⑤ 方步和《河西宝卷真本校注研究》，兰州大学出版社 1992 年版，第 1 页。

⑥ 车锡伦《中国宝卷研究》，广西师范大学出版社 2009 年版，第 50～57 页。

⑦ 车锡伦《中国宝卷研究》，广西师范大学出版社 2009 年版，第 268～275 页。

⑧ 车锡伦《中国宝卷研究》，广西师范大学出版社 2009 年版，第 275 页。

河西宝卷与其他北方宝卷存在大量共有卷目来证明。车锡伦先生经过比较"山西流传民间宝卷目"与"甘肃河西地区流传抄本民间宝卷目"，认为河西宝卷同北方的民间念卷和宝卷属于同一个系统。[①] 车锡伦先生的这一结论是建立在严谨的资料分析的基础之上的。本文仍以车目为依据，补以近几年新出的几种河西宝卷集，将河西宝卷与北方其他地区民间宝卷的共有卷目 48 种排列如下：

《包公宝卷》（又名《花灯宝卷》）《白马宝卷》《白蛇传宝卷》《白玉楼宝卷》《沉香宝卷》《丁郎寻父宝卷》《对指宝卷》《窦娥宝卷》《何仙姑宝卷》《二度梅宝卷》《方四姐宝卷》《放饭宝卷》（即《牧羊宝卷》）《郭巨埋儿宝卷》《汗衫宝卷》《回郎宝卷》《黄氏女宝卷》《黄马宝卷》（与山西《月结宝卷》相似）《红灯计宝卷》《红罗宝卷》《洪江宝卷》《金凤宝卷》（又名《鸳鸯宝卷》）《葵花宝卷》《老鼠宝卷》《兰关宝卷》《梁祝宝卷》《狸猫换太子宝卷》《烙碗计宝卷》《刘全进瓜宝卷》《李三娘宝卷》《李都玉参药山经》《卖油郎独占花魁宝卷》《卖苗郎宝卷》（又名《女中孝宝卷》）《蜜蜂宝卷》《目连报恩宝卷》《目连救母幽冥宝传》《双喜宝卷》《手巾宝卷》《土地宝卷》《天仙配宝卷》（又名《董永宝卷》）《五女兴唐宝卷》《吴彦能摆灯宝卷》《洗衣记宝卷》《湘子度林英宝卷》《绣龙袍宝卷》《闫小娃拉金笆》《鹦哥宝卷》《张挺秀逃生救父宝卷》《赵五娘卖发宝卷》

以上大量共有卷目的存在，说明河西宝卷绝不是在河西一地孤立存在的。河西宝卷与北方其他地区民间宝卷不仅卷目、故事内容相同或相似，而且部分还存在着文辞上的高度相似。笔者亲自比勘过几种山西宝卷和河西宝卷，例如山西《红灯宝卷》和山丹《红灯记宝卷》不仅在内容、情节设置、人物安排上都相同，而且大部分的唱词也是极为相近的。再如张掖、山丹、凉州的《白马宝卷》（《熊子贵休妻宝卷》）与山西介休《白马宝卷》在文辞上亦高度相似。这些例子都清楚地表明了二者之间无疑具有一种源流关系。

不可否认，佛教俗讲是宝卷的渊源，在此意义上变文可视为宝卷的远源，但若将之视为宝卷的直接源头则未免牵强。早期佛教宝卷是按照一定的仪轨在道场法会上演唱的，是在僧侣为世俗信众做的各种法会道场活动中产生的。从逻辑上来说，不排除河西宝卷发展史上存在一个佛教宝卷时期，后来又受到教派宝卷的影响。可惜关于宋元的佛教宝卷的传世资料太少，无法找到确实可靠的证据。

二、河西宝卷的流变

大致来说，河西宝卷与北方其他地区的宝卷一样，是随着民间教派的传教活动发展起来的。从教派宝卷转变为民间宝卷后，河西宝卷迅速成为当地民众中极为流行的集信仰、教化、娱乐为一体的说唱文本。时至今日，其仍然保持着这种特点。念卷既可在庙会、传统节日、固定场所进行，亦可在田间地头、家庭院落举行。从庙会、传统节日、固定场所这些因素来看，还是有相当的仪式的、信仰的成分；而在田间地头、家庭院落则相对轻松自由，娱乐性的成分要大得多。宝卷和宣卷既不是单纯的民间文学，也不是单纯的民间说唱，而是集信仰、教化、娱乐为一体的下层民间文化的结晶，这是南北宝卷的共性。

---

① 车锡伦《中国宝卷研究》，广西师范大学出版社 2009 年版，第 275 页。

河西宝卷在特定的区域环境中发展演变,在其发展过程中形成了与其他地域的宝卷不同的特点,我们选取其形式和内容上的典型特点来进行分析。

(一)河西宝卷形式的稳定

河西宝卷的形式,可分为表演形式和文本形式。

先看表演形式。河西宝卷的表演由念卷先生承担,念卷先生是当地较有文化、热爱宝卷的人,不是专门的艺人。表演方式为一人念卷、众人和佛。一般没有乐器伴奏,只有极少数的情况下有伴奏,"有些优秀的民间艺人常使用三弦为念卷伴奏"。[①] 念卷主要是念诵,只不过在念诵的过程中要插唱小曲。插唱的小曲并没有固定的曲调,这在很大程度上是由于念卷先生不是专业艺人,多自学自唱,即兴表演的成分很大。从表演形式来看,河西念卷整体上是一种艺术水平较低的说唱曲艺。这与北方民间宝卷的整体表演方式和表演水平是一致的。从北方民间宝卷的整体情况来看,没有大量的专业艺人从事宝卷的表演,也没有商业化的演出,所以很难发展成为艺术性较高的成熟的曲艺。但民间音乐的水平是不能用通常的标准来衡量的,且有明显的地域差异。例如张掖地区有丰富的民间音乐资源,张掖宝卷表演的艺术水平明显不低。其形式极为灵活,七字句、十字句唱段都用曲牌来演唱。张掖宝卷乐曲化的程度较高,这也是张掖念卷的一个特点。近年来,地方政府和地方文化人在河西宝卷传承和弘扬上用力颇勤,导致河西部分地区的宝卷表演走向舞台化。

再看河西宝卷的文本形式。今存的河西宝卷绝大多数都是 20 世纪 80 年代左右的抄本,一般由开卷偈、正文、结卷偈三大部分组成。开卷偈极为简单,一般都是"××宝卷初展开"的套式;正文由白文散说、五言或七言二句过渡性诗赞、七言或十言韵文唱段、七言或五言四句过渡性诗赞 4 部分组成;结卷偈没有固定的模式,一般是自编的。这种文本形式相当稳定,但它将教派宝卷时期繁杂琐屑的程式简化后就不再向前发展。这与南方宝卷、北方其他地区宝卷的形式是不一样的。它保留了民间宝卷较为原初的形态,最为典型的就是韵文唱段前后的过渡性诗赞一直在河西宝卷中稳定地存在。而在南方宝卷中早在嘉庆年间已经出现去掉韵文唱段前后的过渡性诗赞、仅存白文散说和韵文唱段的《孟姜女卷》。这种仅有白文散说和韵文唱段的模式在清代晚期的山西介休宝卷中已成为主流。从观众欣赏和接受的角度来看,韵文唱段前后的过渡性诗赞并无必须存在的理由,将之删去反而节奏更为明快,故事情节的发展更为流畅。所以,一旦宝卷走上娱乐化的进程,韵文唱段前后的过渡性诗赞就会被逐步删汰。但在河西宝卷中这一规律并不适用。

另外,不管是从表演形式、还是文本形式来看,河西宝卷受其他民间文艺形式的影响较小,这与南方民间宝卷和山西民间宝卷明显受到其他民间文艺形式的影响不同。南方民间宝卷深受弹词的影响;山西民间宝卷在道光之后又明显地受到鼓词、道情、小说、说书、地方戏、各类唱本、善书等其他民间文艺形式的影响。而河西宝卷中像《杨金花夺印宝卷》《五女兴唐宝卷》这类明显源自鼓词的宝卷,也很难找到鼓词形式对宝卷影响的痕迹。

---

① 申娟《酒泉宝卷的调查研究》,兰州大学音乐学院硕士学位论文,2011 年,第 11 页。

可以说,河西宝卷表演形式和文本形式都相当稳定,它是北方宝卷中形式最稳定的。这并不是因为河西闭塞,也不是因为河西宝卷没有走上商业化、娱乐化道路,而是因为宝卷在河西的各种民间文艺形式之中处于主导地位,受其他民间文艺形式的冲击不大。

(二)河西宝卷内容的变革

上文已经证明河西宝卷与北方其他地区民间宝卷的共有卷目有 48 种(约为今存河西卷目的 1/3),二者存在同源同流关系。这 48 种宝卷虽不能作为河西的地方特色,但使用了河西的方言俗语,加入了河西的风俗地理,可以说是"河西化"了的。剩下的 2/3 来源比较复杂。其中有一些从卷名上看明显是南方宝卷。车锡伦先生认为段平先生所列 108 种宝卷中有 30 余种是兰州大学收购的晚清和民国间出版的木刻本和石印本宝卷,而这 30 多种中大多是南方宝卷。[①] 但王学斌声称他搜集到的宝卷全部都是手抄本。[②] 也许两家之间的误解在于,南方宝卷在兰州大学收购宝卷之前就已传入河西,成为河西民间宝卷的一部分。清末民初,江、浙、沪的印本宝卷风行全国,不可能不传入河西,河西的编卷人、念卷人将印本小说改编后用来宣卷也是情理之中的事。

除了南方宝卷,河西民间宝卷中是否有改编自其他民间文艺形式的呢?可以肯定应该是有的。在河西宝卷中有方步和先生统计的由山丹刘劝善编的 10 部宝卷:《韩文氏告状》《呼延庆打擂宝卷》《聚宝盆宝卷》《乾隆私访白却寺宝卷》《薛仁贵征东宝卷》《杨满堂征西宝卷》《宝莲灯宝卷》《路俭害母宝卷》《三打祝家庄宝卷》《武松祭灵宝卷》。[③] 这 10 部宝卷诞生在 20 世纪 60 到 90 年代,方步和先生都标明是"刘劝善编",可见这 10 部宝卷是新编的,是由刘劝善从其他的民间文艺形式中改编过来的。河西流行编新卷之风,段平《河西宝卷选》指出有 4 种宝卷是河西人自编的:"《一心宝卷》写一独生子尽孝的故事;《仙姑宝卷》写一民间女子成仙的过程;《草滩宝卷》写当地农民起义的壮举;《救劫宝卷》写民国十八年逃难的惨状。"[④]20 世纪 80 年代,河西人特别热衷于编创新卷。段平先生在张掖、民乐调查时发现"张掖、民乐两地把写新卷叫作'评卷',他们主要指评价善恶、是非和美丑,这是很得当的。""张掖二十里堡十号村有个评卷人叫张文轩,他一生热爱宝卷,除收集整理外,还写了《说岳宝卷》等多种;民乐永固乡有个人评出许多新卷,除用旧的通俗小说作题材外,还用《新儿女英雄传》《李有才板话》等改编成新卷。"[⑤]近年我们了解到还有《沪城奇案》[⑥]《刘胡兰宝卷》[⑦]两部新编宝卷。

这都说明河西人的改编能力是很强的,河西宝卷绝不是在一个封闭的环境里一成不变地固守着传统的卷目。河西民间宝卷在其娱乐化的过程中是开放的,它有很强的吸纳新故事的能力,这说明民众确有需求。同时它又由于占有绝对优势的地位,不会在形式

① 车锡伦《中国宝卷研究》,广西师范大学出版社 2009 年版,第 260 页。

② 王学斌《河西宝卷集粹》上册,中国人民大学出版社 2010 年版,第 14 页。

③ 车锡伦《中国宝卷总目》,北京燕山出版社 2000 年版。

④ 段平《河西宝卷选》,新文丰出版股份有限公司 1992 年版,第 287 页。

⑤ 段平《河西宝卷的昨天与今天——甘肃张掖、民乐念卷活动的调查报告》,《民间文学论坛》1986 年第 3 期,第 29 页。

⑥ 张旭《山丹宝卷》上册,甘肃文化出版社 2007 年版。

⑦ 郗芳《河西宝卷音乐历史形态与现状》,硕士学位论文,西北师范大学音乐学院,2009 年,第 20 页。

上被其他民间文艺形式同化,而反过来影响着其他民间文艺形式。例如,贤孝就以宝卷为底本。"武威贤孝艺人也拿宝卷当说唱底本。""贤孝艺人王月老人就藏有一本手抄《方四姐宝卷》,说是以它为底本,熟记内容之后,再用贤孝形式表现出来,宝卷就成为贤孝底本。"①

　　总之,从留存的文本来看,河西宝卷经过从教派宝卷到民间宝卷的嬗变之后一直保持着民间宝卷的稳定形态,其表演形式和文本形式一直定格在这一发展阶段。之所以会形成这种形式上的稳定性是因为宝卷契合了当地民众的信仰、教化、娱乐的需求,发展成为当地最具影响力的民间文艺,加之地理环境的相对封闭性,受外界的影响不大。与形式的稳定相反,河西宝卷在内容上却有强大的吸纳能力,不仅将从北方其他地区传入的宝卷进行本土化,而且也吸纳南方宝卷,同时也改编其他民间文艺中的故事。河西宝卷的这种内在的创新性保证了它能不断满足民众的娱乐需求。正是这种外在的形式的稳定性和内在的内容上的创新性构成了河西宝卷的强大的生命力,使它能在 20 世纪 80 年代复活重生,并在日趋式微的当下仍然保持着相当的规模。

三、河西宝卷的价值

　　河西宝卷是南北宝卷中非常独特又极其重要的一个组成部分。在很长一段历史时期内,它融入河西民众的生活之中,满足民众的信仰、教化、娱乐需求,塑造着河西民众的性格。今存的丰富的宝卷文献和传承至今的宣卷艺术,对于民间文学、民俗学、音乐学、社会学、宗教学、文化人类学等各学科来说都是极具学术价值的宝贵资料。河西宝卷的历史价值和现实意义是值得深入挖掘的。下文着重从社会价值和学术价值两个方面进行阐述。

(一)河西宝卷的社会价值

　　车锡伦先生指出宝卷具有信仰、教化、娱乐的功能,这已经成为宝卷研究学界的一个定论。② 河西宝卷当然不例外,但河西宝卷的教化功能格外突出,这与北方其他地区的宝卷和吴方言区的宝卷有着明显的不同。以下着重谈谈河西宝卷的教化功能。

　　从文本上来看,河西宝卷与所有宝卷一样都具有不同程度的劝善功能,其结尾的结卷偈也几乎都是自编的劝善偈文。而吴方言区的故事宝卷在结尾处一般会使用修行模式:卷中某一重要的人物(多为女性)发起修行,然后带动全家修行,最后全家修行成功、同登极乐。在现实生活中,河西宝卷的教化功能不是停留在口头上,而是被贯彻到生活实践中的。"河西人还把宝卷当作教育人的特种手段。谁家子女不孝父母,谁家媳妇不敬公婆,庄上比较权威的人(一般是长者),即可通知在他或她家念卷。他或她就要按念卷场的惯例,把炕上炕下打扫干净,擦亮炕桌,摆上好吃的,专候念卷开始。念卷时,他或她得细心耐心地听着;必要时,还可叫他或她跪着听。念卷先生有什么问话,他或她眼泪和着鼻涕,只能战兢兢地回答说:'是。'或'知道了。'不准强辩,也不敢强辩。"③方步和先

---

① 郇芳《河西宝卷音乐历史形态与现状》,硕士学位论文,西北师范大学音乐学院,2009 年,第 21 页。
② 车锡伦《中国宝卷研究》,广西师范大学出版社 2009 年版,第 16 页。
③ 方步和《河西宝卷真本校注研究》,兰州大学出版社 1992 年版,第 317 页。

生指出"熔铸在河西宝卷中的民族优秀品质,比如强烈的爱国热忱,劝人为善、助人为乐的精神,对父母尽孝、对兄弟和睦、对邻里友好的品行,勤劳生产、爱惜粮食的美德等"①,可见河西宝卷在民间优秀品质的塑造和美德的培养上是功不可没的。由此也就不难理解河西宝卷学界为什么尤为强调宝卷的"民间精神",诸如翟建红《对河西宝卷中民间精神的认识》②和《河西宝卷的解读与民间精神的认识——以宣扬孝道为中心的宝卷文本的研究》③、靳梓培《浅析紫荆宝卷中的民间精神》④等等。

20世纪80年代,南北宝卷开始复兴,时至今日,已经持续了将近40年。这40年中各地宝卷的变迁也相当明显。大约从20世纪90年代开始,各地故事类宝卷的宣演开始消歇,配合信仰和仪式的各类祈福禳灾类宝卷极为流行。吴方言区宝卷与民间信仰紧密结合,宣卷以满足民众信仰为主,清中叶到民国时期极为兴盛的故事宝卷绝大部分已不再被宣演。河西宝卷虽不像吴方言区那么明显,但娱乐故事卷的宣演也从20世纪90年代出现衰微,但在政府非遗工作的保护之下,在重要的场合和舞台上被大量宣演的仍然是那些教化、娱乐色彩浓厚的故事宝卷。⑤ 河西宝卷这种特重教化、劝善意味极其浓厚的特点是值得深思的。将行善作为修行的一种方式,由此把教化和信仰结合起来,这是儒教、佛教、道教和各种民间教派由来已久的惯用作法。分析善恶、辨别祸福、普劝大众也是各种教派宝卷的主要内容,清代民国时期在没有教派归属的民间宝卷中也产生了一批专事说教的劝世文宝卷。与教派宝卷和民间劝世文宝卷不同,河西宝卷的劝善教化功能是在讲唱故事的娱乐中进行的,达到了寓教于乐的目的。正是因为它这种方式能承载当地民众的生存情感与价值观念,所以能在较长的历史时期里一直传承下来。而且,以念卷为中心形成了一个河西民间社会各阶层都参与的教化系统,这个系统的运作及其在民间社会中所起的作用是值得深入探究的。河西的宝卷和念卷在河西走廊这一特定的区域文化环境中发生着衍化和变迁,它的衍化和变迁实际上折射着民间社会的衍化和变迁。这是近代河西社会史研究不可忽视的一个内容。

(二)河西宝卷的学术价值

对于宝卷研究学界来说,河西的宝卷文献和念卷活动都是极有价值的原始资料。以下分为文献价值和其他价值进行阐述。

1. 河西宝卷的文献价值

宝卷文献是宝卷研究的最基本的材料,河西宝卷文本留存数量较多,宝卷文献的搜集、整理和研究也很活跃。

甘肃是出版宝卷整理本最多的地方,且目前出版的都是河西宝卷文献。笔者所知见的从20世纪80年代至今出版的河西宝卷集有以下22种:段平《河西宝卷选》⑥,甘肃省

---

① 方步和《河西宝卷真本校注研究》,兰州大学出版社1992年版,第5页。
② 翟建红《对河西宝卷中民间精神的认识》,《河西学院学报》2008年第4期。
③ 翟建红《河西宝卷的解读与民间精神的认识——以宣扬孝道为中心的宝卷文本的研究》,《齐齐哈尔师范高等专科学校学报》2008年第5期。
④ 靳梓培《浅析紫荆宝卷中的民间精神》,《重庆科技学院学报》2012年第11期。
⑤ 段小宁《表演视域下的河西宝卷研究》,兰州大学文学院硕士学位论文,2018年,第31页。
⑥ 段平《河西宝卷选》,兰州大学出版社1988年版。

嘉峪关市群众艺术馆编印《中国民间曲艺文学集成·甘肃卷·嘉峪关市资料本》①，甘肃省张掖地区文化处编印《中国曲艺志·中国曲艺音乐集成·甘肃卷·张掖分卷》②，郭义《酒泉宝卷》上编③，方步和《河西宝卷真本校注研究》，段平《河西宝卷选》，段平《河西宝卷续选》④，酒泉市文化馆《酒泉宝卷》中编、下编⑤，何登焕《永昌宝卷》上、下册⑥，西凉文学编辑部《凉州宝卷·民歌》⑦，程耀禄、韩起祥《临泽宝卷》⑧，张旭《山丹宝卷》，徐永成《金张掖民间宝卷》⑨，王奎、赵旭峰《凉州宝卷》⑩，宋进林、唐国增《甘州宝卷》⑪，甘肃省民乐县政协《民乐文史资料·民乐宝卷(精选)》⑫，王学斌《河西宝卷集粹》，何国宁《酒泉宝卷》⑬，高德祥《敦煌民歌·宝卷·曲子戏》⑭，王吉孝《宝卷》⑮，张天佑、任积泉《丝路稀见刻本宝卷集成》⑯，张天佑、任积泉《丝路稀见抄本宝卷集成》⑰。

　　当然，这 22 种河西宝卷集并不能将重要的河西宝卷文献全部囊括。新的、有价值的文本的发现还是有可能的，且对已搜集到的文本的编目整理工作不应忽视。以上这 22 种河西宝卷集，除张天佑、任积泉所编两种为影印之外，其他均为点校排印本。一些排印本宝卷中存在比较严重的问题，诸如准确的抄写时代、俗字等很多重要的版本信息不能客观呈现，人为删改导致整理过度等。总之，河西宝卷文献的搜集、整理和研究还有很大的空间。

　　2. 河西宝卷的其他学术价值

　　宝卷是民间文化的凝聚，它的变迁发生在更宽广、更深层的民间社会文化背景之下，宝卷的这一特殊性决定了宝卷的研究必然、必须是跨学科的。民间文学、民俗学、音乐学、社会学、宗教学、民族学和文化人类学的学者都已涉足宝卷研究领域。

　　河西宝卷也不可能是单纯的民间文学，尽管直到 21 世纪初，河西宝卷都被视为民间文学。2006 年酒泉宝卷被国务院收入第一批国家级非物质文化遗产名录，2007 年河西宝卷被列入第二批国家级非物质文化遗产名录，这两次都是列在民间文学之下，重视的

　　① 嘉峪关市群众艺术馆《中国民间曲艺文学集成·甘肃卷·嘉峪关市资料本》，甘肃省嘉峪关市群众艺术馆 1988 年版。
　　② 甘肃省张掖地区文化处《中国曲艺志·中国曲艺音乐集成·甘肃卷·张掖分卷》，甘肃省张掖地区文化处 1990 年版。
　　③ 郭义《酒泉宝卷》(上编)，甘肃人民出版社 1991 年版。
　　④ 段平《河西宝卷续选》，新文丰出版公司 1994 年版。
　　⑤ 酒泉市文化馆《酒泉宝卷》(中编、下编)，酒泉市文化馆 2001 年版。
　　⑥ 何登焕《永昌宝卷》，永昌文化局 2003 年版。
　　⑦ 《凉州宝卷·民歌》，载于西凉文学编辑部、武威市作家协会《西凉文学增刊》，2003 年出版，出版机构不详。
　　⑧ 程耀禄、韩起祥《临泽宝卷》，张掖市临泽县华光印刷包装有限责任公司 2006 年版。
　　⑨ 徐永成《金张掖民间宝卷》，甘肃文化出版社 2007 年版。
　　⑩ 王奎、赵旭峰《凉州宝卷》(一)，甘肃武威天梯山石窟管理处 2007 年版。
　　⑪ 宋进林、唐国增《甘州宝卷》，中国书画出版社 2009 年版。
　　⑫ 甘肃省民乐县政协《民乐文史资料·民乐宝卷精选(第 8 辑)》，甘肃省民乐县政协 2009 年版。
　　⑬ 何国宁《酒泉宝卷》，甘肃文化出版社 2011 年版。
　　⑭ 高德祥《敦煌民歌·宝卷·曲子戏》，中国图书出版社 2011 年版。
　　⑮ 王吉孝《宝卷》，准印证号：甘出准 063 字总 780 号(2013)015 号。
　　⑯ 张天佑、任积泉《丝路稀见刻本宝卷集成》，天津古籍出版社 2019 年版。
　　⑰ 张天佑、任积泉《丝路稀见抄本宝卷集成》，天津古籍出版社 2019 年版。

是文本和口传的故事。在这种视角下河西宝卷研究很容易停留在对宝卷文本的思想内容、艺术特色的表层研究上。其实河西宝卷的价值绝不可能局限于文本。河西宝卷的表演(包括对表演的过程、仪式性、受众、近年来的舞台表演等的全方位考察),河西宝卷的传承,河西走廊各地区念卷的地域差异,被卷入宣卷系统的各阶层所扮演的角色等等,都具有重要的研究价值。例如河西宝卷的曲牌曲调展示了丰富的音乐文化资源,同时也彰显着民间音乐的特性。再如河西宝卷的传承人的家族传承史很可能就是一部微缩的当地宝卷发展史,他们对自身角色的认可和定位、他们与时俱进的努力都是推动宝卷发展的巨大动力。

随着宝卷研究领域的拓展和宝卷研究的深入,河西宝卷的学术价值会得到更为深入的挖掘和更为全面的展现。由此会产生一批相关的客观而严谨的学术成果,它们将为河西地方文化的保护和发展提供参考。

四、结语

河西宝卷受各界关注较早,关于河西宝卷的研究成果也是宝卷研究领域中最多的。早在 20 世纪 80 年代,以段平和方步和两位先生为代表的当地学者已经有意识地开始了河西宝卷的收集和研究工作。1992 年,兰州大学出版社出版了方步和的《河西宝卷真本校注研究》,同时也出版了段平的《河西宝卷的调查研究》。段平的《河西宝卷选》也在这一年由台北新文丰出版社出版。两年后新文丰出版社又出版了段平的《河西宝卷选续》。此后,随着"非遗"工作的不断深入,更多的当地学者和文化人投入其中,甘肃学者是河西宝卷研究的主力军。近年来河西宝卷更是得到政府相关部门的重视,受到社会各界的关注。各级政府不断对河西宝卷投入更多的关注和保护措施。例如酒泉政府的方针是"广泛普查、深入挖掘、全面搜集","汇总整理、科学研究、编辑出版","发现和培养宣卷人员"。[①] 同时,政府、学者、当地文化人三者相结合,在城乡发起宝卷抄写和念唱活动,举办高端学术研讨会,此类举措也有一定的社会影响。

宝卷本身是俗文化,而宝卷研究是知识阶层的学者对草根文化的研究。这一研究肯定不是单向的知识阶层对下层社会和文化的解读,而应该是双向互动。也就是说,研究要将宝卷这种民间文化还给大众。河西宝卷如果真的还能扎根群众、还能继续承载民众的生存情感与价值观念,那它就还有理由在嬗变中存续,并很可能会发展成一种适合当今河西民众的新的地方曲艺。

对河西宝卷的保护和开发,不管是政府、学者、文化人出于弘扬河西文化的热情,还是河西民众出于信仰、教化、娱乐生活的实际需求,都需要建立在对河西宝卷的源流变迁和价值意义的客观全面的认识的基础之上;都需要在对河西宝卷的评判上保持客观严谨的态度,在具体的研究、保护、开发工作中实事求是。

---

① 申娟《酒泉宝卷的调查研究》,硕士学位论文,兰州大学音乐学院,2011 年,第 37 页。

学术史研究

《易·损》"三人行"王弼玄学释义

刘飞飞*

摘 要：王弼将《周易》损卦中的"三人"指定为并行的六三、六四、六五3个阴爻，以六三爻作为由损而益的转捩点。他弃用卦变之法，以"损"为道，遵循由言得象、由象得意的解释进路，强调一卦的时义，将六三爻置于所处的一卦时势中进行解释，达成客观时势与个人行为决断之间的统一。王弼意识到，"多"容易引发相争，唯有脱离众阴而独行才能避祸，进而实现阴阳相交，化生万物。王弼以"自然无为""得意忘象，得象忘言""贵寡贱众""明时而变"4条原则解释损卦，将卦爻辞视作对进退两难之人的指点，此可折射出其"玄学易"的应用性格。

关键词：王弼；损卦；解释；玄学；应用

魏晋玄学常常被视作一种致力于研讨抽象问题、辨析概念范畴的务虚思潮，玄学家则被认为是躲避世事、但求自保的消极群体。作为早期玄学的开创者，王弼在其短暂的一生中注释过《老子》《周易》《论语》3部经典，对有无、本末、体用、自然等哲学问题进行过深入探讨。王弼讨论的虽然是形而上的问题，但他的思想却关怀现实。搜讨王弼的著述可以发现，王弼的文字中常常暗含了对处于进退两难之际、希求哲学真理者的指点。这使得王弼对经典的解释表现出较强的应用色彩。本文将选择《周易》损卦王弼释义，在将其与其他易学家的解释进行比较的过程中进行一定程度的发隐，其中包括：阐述王弼的解释进路，揭示其独特的解释学处境，呈现王弼易学的现实关怀。

王弼对损卦的解释融贯了他对《老子》文本中"损之又损"的理解。而这一特点又集中反映在他对损卦六三爻爻辞"三人行"的解释中。不过，王弼对损卦的解释已湮于众论，其独特的解释意趣未被重视，甚至被质疑为"仅仅停留在以损卦观察损卦的水平上说解损卦"[①]。有鉴于此，笔者参阅了若干种历史上对损卦的解释。笔者发现，在这些解释中，以卦变释《损》者居多，后来又出现了结构化和情境化的阐释，但其侧重点已不在该卦的义理。相比而言，王弼的解释近乎另类，须对之进行疏证。为此，笔者将首先把王弼的释义与历代诸家的解释进行参比，厘定各自解释背后的解释学处境。

一、以损为道，独行而得其友：王弼对损卦六三爻的解释

《易·损》六三爻爻辞云："三人行，则损一人；一人行，则得其友。"王弼注曰：

损之为道，损下益上，其道上行。三人，谓自六三以上三阴也。三阴并行，以承于上，

---

* 刘飞飞，山东大学儒学高等研究院博士研究生，主要从事魏晋玄学、中国古代政治观念史研究。本文为教育部哲学社会科学研究重大委托项目"儒家思想的当代诠释"（20JZDW010）的阶段性成果。

① 邓球柏《精诚致一 友谊永恒——〈周易〉损卦六三爻辞试解》，《哲学研究》2002年第11期。

则上失其友，内无其主，名之曰益，其实乃损。故天地相应，乃得化醇；男女匹配，乃得化生。阴阳不对，生可得乎？故六三独行，乃得其友，二阴俱行，则必疑矣。[①]

损卦（䷨）是一个艮上兑下的结构。王弼的解释仍然以卦爻辞、卦象为线索，遵循着由言得象、由象而达意的进路，以六三、六四、六五爻指称"三人"。不过，他首先阐明损卦的整体含义，以损为道，将损看作解释各爻的总基调和原则。其所谓"三阴并行，以承于上，则上失其友"可以有两种理解：第一，三阴（六三、六四、六五）一并承载着上九，上九独立于三个阴爻，其层次、地位与三阴不对等，因而三阴俱无相配之友；第二，三阴一并承上，但由于阴多阳少，所以三阴共争一阳，最终导致三阴均不得独享上九，失去了上面的朋友。

无论何种理解，都表明并行的三阴之中缺乏一主，虽然阴爻众多，但实则是一种"损"，即不利的局面。应当指出，释文中"其实乃损"之"损"与"损之为道"之"损"含义不同。"其实乃损"之"损"是结果，强调一种不利的局面；"损之为道"之"损"是一种手段或者行为的原则。为了进一步说明三阴并行导致的不利局面，王弼接下来采取他惯用的"以传解经"之法，以《系辞下》"天地绸缪，万物化醇；男女构精，万物化生"的理念说明阴阳二对是天地万物得以生生不息的保证，三阴并行会破坏阴阳相得、生生无穷的发生，出现损的局面，所以六三不应与六四、六五结伴而行。"以损为道"落实于六三即是损掉六四、六五这些"表面的朋友"而一人独行。如此看来，前述第2种理解更合王弼思路。

二、超越互体与卦变的"以经附传"

在易学史的脉络中考察王弼的上述解释，我们会发现王弼的解释很难被归类。

对于损卦六三爻爻辞，清人李道平纂辑了汉代具有代表性的易学家虞翻与荀爽的解释并加以疏解，相关文字征引如下：

三人行则损一人。

虞翻曰：《泰》乾三爻为"三人"，震为"行"，故"三人行"。《损》初之上，故"则损一人"。疏：乾阳生为人，卦自《泰》来，故"《泰》乾三爻为三人"。震足为"行"，《泰》三爻辞曰"以其汇征吉"，故"三人行"。《损》乾初九以之坤上，故"损一人"。

一人行，则得其友。

虞翻曰："一人"谓《泰》初，之上"损刚益柔"，故"一人行"。兑为"友"，初之上，据坤应兑，故"则得其友"，言致一也。疏："一人"谓《泰》初一爻，之上损初之刚，益上之柔，故"一人行"。三体兑，《兑象》曰"君子以朋友讲习"，故"为友"。初据坤上，下应兑三，故"得其友"。《系下》曰"天地绸缪，万物化醇，男女构精，万物化生"，"天地"谓《泰》乾坤，"男女"谓《损》艮兑，天地交则化醇，男女合则化生，故"言致一也"。

《象》曰："一人行，三则疑也。"

虞翻曰：坎为"疑"，上益三成坎，故"三则疑"。荀爽曰：一阳在上则教令行，三阳在下

---

① （魏）王弼著，楼宇烈校释《王弼集校释·周易注》，中华书局1980年版，第422～423页。按，引文"二阴俱行"之"二"，罗振玉校改为"三"，楼宇烈先生据孔颖达疏作"二"，并认为"二""三"皆可通，其说可从，本文引作"二"。楼氏校勘记见于《王弼集校释》第426页。

则民众疑也。疏：虞注：坎心为疑。二巳之五，上来益三成坎，故"三则疑也"。荀注："三阳"之"阳"当作阴。一阳在上，下应震行，故"教令行"。三以阴爻在下，上互坤众，故"民众疑也"。[①]

如李道平所言，虞翻对损卦的解释是以泰卦为原型的，即"卦自《泰》来"。泰卦（䷊）的结构是坤上乾下。从卦象可见，损卦（䷨）与泰卦（䷊）的不同之处在于，第三爻变阳为阴、第六爻变阴为阳。虞翻虽也引《系辞下》解卦，但与王弼对传文的运用存在根本的不同。虞氏是在以卦解卦之后取传文来补证经文的观点，其落脚处仍是卦象本身，传文处于附庸地位；而王弼引传释经本质上是一种"以经附传"。"附"即"附会"，中古时期"附会"一语并非今日所指生拉硬扯、牵强扭曲之举，而是其时著文写作、解读文本的一项基本要求。南朝刘勰《文心雕龙·附会》有云："何谓附会？谓总文理，统首位，定与夺，合涯际，弥纶一篇，使杂而不越者也。"这要求读书作文者"务总纲领，驱万途于同归，贞百虑于一致。使众理虽繁，而无倒置之乖，群言虽多，而无棼丝之乱；扶阳而出条，顺阴而藏迹，首尾周密，表里一体"[②]。王弼以经附传是指打破经传之间的主从界限，使经义与传文相贯通弥合。汤用彤先生说："改窜《周易》以经附传，实颇出于王弼之手。"[③]王弼相比于世之所谓引传证经、经传连合的费直和郑玄，其特点在于取消了传文单方面的解释性色彩，形成经传之间的互证。相反，虞翻的解释不仅严格地依循经义本身，而且就损卦六三爻爻辞中的各个字词寻其来源，以卦象为解释框架。

荀爽的解释基于《象》。其注文已然反映出他的解释框架是爻位。他首先接受了经文的结论，然后通过各爻的上下升降来印证经文的说法，其操作范围仍囿于象数。李道平所引荀爽数语不足以窥见荀氏释损卦的总体特点。今按刘大钧的考察，荀爽注损卦时说："乾之三居上，孚二阴也"，所谓"乾之三居上"，指内卦乾的九三爻与外卦上六爻互相交换，变上六爻为六三爻，由此可推出损卦本之于泰卦[④]。一言以概之，荀爽也以"卦自泰来"解释损卦。

王弼对于虞翻常用的互体之法颇有微词，他说："互体不足，遂及卦变；变又不足，推致五行。一失其原，巧愈弥甚。"[⑤]虞翻解易擅用互体和卦变，但王弼认为这种技术性的复杂操作已经远离大道之源，不得要领。对于荀爽，上文业已指出他同样擅用卦变之法。卦变是指"用卦中上下卦位置的变化，或某一爻的变化，而使卦变为另一卦，从而解释卦、爻之意义。"[⑥]据此可以说，李道平所言虞翻的"卦自《泰》来"即是卦变之法，荀爽同样认为乾坤两卦是基本卦，通过此两卦爻位的互易而产生新卦[⑦]。同时，据李道平对荀注的疏解可见，荀氏的解释也应当通过互体来理解。总之，无论是解释的方法还是着眼的范围，荀、虞二人与王弼均截然不同。

---

① （清）李道平著，潘雨廷点校《周易集解纂疏》，中华书局 1994 年版，第 378 页。
② 分见于（南朝梁）刘勰著，范文澜注《文心雕龙注》，人民文学出版社 1958 年版，第 650、651 页。
③ 汤用彤《王弼之周易论语新义》，今收入《汤用彤学术论文集》，中华书局 1983 年版，第 268 页。
④ 参刘大钧《周易概论》，巴蜀书社 2010 年版，第 38 页。
⑤ （魏）王弼著，楼宇烈校释《王弼集校释·周易略例·明象》，中华书局 1980 年版，第 609 页。
⑥ （魏）王弼著，楼宇烈校释《王弼集校释》，中华书局 1980 年版，第 612 页。
⑦ 参朱伯崑《易学哲学史》（第 1 卷），华夏出版社 1994 年版，第 205 页。

三、"求二"与"求简"：程颐、朱熹与王弼损卦释义的"解释学律令"

卦变的阐释方法在后世影响深远。朱伯崑说："宋明时期的易学家和哲学家，都不否认卦变说。其说法，虽不尽同于虞翻，但其根源则出于荀爽和虞翻。"[①]其中宋人程颐对损卦六三爻的解释也充满了卦变的意味：

> 损者，损有余也；益者，益不足也……三人，谓下三阳，上三阴……三人则损一人，一人则得其友；盖天下无不二者，一与二相对待，生生之本也，三则余而当损矣，此损益之大义也……男女精气交构，则化生万物，唯精醇专一，所以能生也。一阴一阳，岂可三也？故三则当损，言专致乎一也。天地之间，当损益之，明且大者莫过此也。[②]

程颐也将损卦的要旨定为损有余，即损是一种手段。他解释的出发点也是《易传》，《系辞下》"天地绸缊，万物化醇；男女构精，万物化生"同样构成了他的解释框架。这与王弼释文中引证阴阳相交化生万物之理类似。但在解释的方法、归宿上，王、程二人其实存在较大的差异：

第一，程氏将"三人"指定为"下三阳，上三阴"，这说明程颐解释损卦时与虞翻相同，皆从一个"母体""范型"即本卦出发。据程颐文字，可知本卦即是坤上乾下的泰卦，因而程颐的解释也可称之为"卦自泰来"，即程颐使用的仍是卦变之法。

第二，程颐要损的是"下三阳"和"上三阴"中多余的一爻，亦即要损的其实是损卦中的两爻，以此形成上、下卦中各有阴阳二对的格局。这就把损卦拆解成了两个各自独立的部分。可见他阐释的落脚点已经不在卦本身，而是超出卦象的绝对之"二"。"损"只意味着削三为二。程氏认为，由一阴一阳构成的相对之"二"是生生之本，是化生天地万物的基本元素。他致力于阐扬世间的对待性，认为"对待"既是阴阳相对，构成化生万物的基础，也是世界万物的基本样态或形式。他曾说："天地之间皆有对，有阴则有阳，有善则有恶。"[③]既然如此，"三"便显得赘余了，因而必须损"三"以达到"二"。质言之，通过损而达到"二"是其解释损卦的"绝对律令"。王弼虽也强调通过损来达到阴阳的和谐平衡，但其损的范围在六三、六四、六五之中，故他指出此三爻中"内无其主"，即三阴无主易相争。这一情形使王弼不得不表达其对于"一主"的诉求。为此，要损掉六四、六五两爻，以达到损卦整体中六三与上九的相合。王弼认可、强调的是"六三独行"，脱离并列。因而除了追求阴阳相合，王弼之损还具有删繁就简的意味。由此可见，程颐与王弼虽在出发点乃至结论上存在一定的相似性，但在释卦方法上迥然相异，在卦外的归本处也大异其趣：一为求二，一为尚简。

朱熹在《周易本义》中从爻位的角度对损卦六三爻进行过简要的解读："下卦本乾，而损上爻以益坤，三人行而损一人也。一阳上而一阴下，一人行而得其友也。两相与则专，

---

① 朱伯崑《易学哲学史》（第1卷），华夏出版社1994年版，第220页。
② （宋）程颢、程颐著，王孝鱼点校《二程集·周易程氏传》，中华书局1981年版，第910页。
③ （宋）程颢、程颐著，王孝鱼点校《二程集·河南程氏遗书·入关语录》，中华书局1981年版，第161页。

参(引者按：三)则杂而乱,卦有此象,故戒占者当致一也。"①朱熹同样以坤上乾下的泰卦作为损卦的本卦。所谓"三人"即内卦乾的三爻,"损"即是将第三爻变阳为阴,益第六爻而成阳。朱熹这一解读与荀爽的"乾之三居上"如出一辙,仍是卦变之法。

　　不过朱熹本人不这么看。更奇怪的是,朱熹对王弼、程颐易学的评价也与笔者上文的考察结论相反。朱熹曾谓:"伊川不取卦变之说……王辅嗣卦变,又变得不自然。某之说却觉得有自然气象,只是换了一爻。非是圣人合下作卦如此,自是卦成了,自然有此象。"②朱熹不仅否认自己用卦变之法,而且也不承认程颐使用卦变。尤为甚者,朱熹将王弼归为使用卦变之人,并批评王弼的使用较为拙劣。今按朱熹对"卦变"的界定,他说:"卦有两样生:有从两仪四象加倍生来底;有卦中互换,自生一卦底。互换成卦,不过换两爻。这般变卦,伊川破之。"③显然,朱熹所说的第 2 种卦变正是本文使用的卦变之义,因而这里并不存在概念界定上的自说自话。那么,朱熹为何拒绝承认他与程颐使用卦变之法? 这一问题留待下文讨论。笔者在此只提出一点:虽然朱熹将"一人行而得其友"指称为六三配对上九,形成表面上的专精致一,但细究起来,他将泰卦第三爻与第六爻阴阳互易,其实显得多余而没有充足的理由。在泰卦中,阴阳各个相配,可谓最为理想的境况。正因为此,举凡以卦变法释损卦者都认为损卦来自泰卦。但为何独独在第三、第六爻的位置上进行变动呢?"损"并不是目的,而是一种手段。朱熹为变而变的释卦之法,其解释"律令"仍然是通过变化以"求二"。但如果以阴阳配对为目的来变动爻位,那么一切变动的结果皆不如泰卦中阴阳两两相对本然而圆满。朱熹可能要揭橥变易本身的根本地位,但是在处理"变"与"二"的首要性问题上,朱熹陷入了循环论。

四、结构化与高度情境化:清代以来学者解释损卦的两种取向

　　清人焦循释损卦六三爻:

　　三人行则损一人

　　上之三成泰,则三阳相聚为三人,犹需下之三人也。损,犹失也。二不之五,五位空虚,此一人为失矣。

　　一人行则得其友

　　一人行,谓损二之五也。得友,则不失矣。一人行,犹云独行。④

　　焦循的意思系指损卦第三爻与上爻相应且失正,所以变正之后应为泰卦。所谓"三人",即泰卦下体中的三阳。由于要使泰卦下体之三阳相聚并行而不至于被拆散,因而不可将损卦的第二爻与第五爻相配,此即"二不之五"。所以第五爻失去了与其相应的爻,即损(失)第二爻。但如果不必考虑三人共行不可拆散,那么第二爻便可以名正言顺地与第五爻相应了,即"一人行则得其友"。虽然焦循也以泰卦为本卦,但与前列诸家不同,焦

　　① 北京大学《儒藏》编纂中心编《儒藏(精华编)(四)·经部易类·周易本义》,北京大学出版社 2009 年版,第 355 页下栏、356 页上栏。
　　② (宋)黎靖德编,王星贤点校《朱子语类》,中华书局 1986 年版,第 1666 页。
　　③ (宋)黎靖德编,王星贤点校《朱子语类》,中华书局 1986 年版,第 1666 页。
　　④ (清)焦循著,陈居渊校点《雕菰楼易学》,北京大学出版社 2012 年版,第 37 页。

循释"损"为"失",明显带有效果性意味。同时,焦循将着眼点落在了第二爻和第五爻上,以得失位为解读视角,对"损""得"的解读不无创见。但问题在于,焦循释六三爻时却只字不提六三爻本身。上引文字与其说是对六三爻的解释,不如说是对九二爻和六五爻的解释。六三爻在焦循的解释中仅仅是一个本应为阳、凑数为三人的角色,并无独立的意义。相比于王弼的解释,焦氏的解释缺少情境意味,更倾向于结构化。

近现代不少学者则更倾向于考察一爻爻辞背后的史实典故,可谓高度情境化,这是释卦时的另一极端。不过相比于王弼的释义,近现代学者的"情境化"解释已经不包括解释者本人对卦义生成的"参与",而是更多地表现为客观性探究。比如高亨认为,"三人行则损一人,一人行则得其友"出于古代某个故事,"盖某人欲有所为,使三人往甲处,结果失其一人,使一人往乙处,结果遇其友同来,故记之如此"①。黄怀信则指出,《论语》中的"三人行"即出于此,但意义不同②。王弼对《周易》的解释,不乏行为的指点,在对损卦六三爻的解释中,同样具有现实指向,但并不见其历史的考量。相比于近现代学者的学术性考察或历史化的推究,王弼更倾向于对哲理本身的思考,以卦解卦、以史实典故解卦等方法都未在其损卦六三爻释义中体现出来。

通过列举、疏解以上诸家对损卦六三爻的解释可以发现,各家在解释方法上虽不免因袭,但也出现了一些迥异的解释进路;一卦之中六爻的存在使得"三人"的指涉常常言人人殊,解释的焦点不尽相同;爻位、天地之理、客观史实构成了历代解释者的不同视域,其所强调者也各有偏重;解释者的身份、自我定位和取向决定了解释的指向。因而可以说,对损卦六三爻的各家解释并没有一个确定的答案,甚至缺乏最基本的共识。

在上述情形下观照王弼的解释,可见其具有如下特点:第一,首先奠定解释的总基调,以损为道,赋予"损"效果含义与行为含义,通过效果之"损"来凸显行为之"损"的必要性。第二,指出"三阴并行"时"内无其主"的缺憾,表达了对"一主"的诉求,暗含了行为中损掉其余二爻的迫切性,印证了"损之为道"的适用性。第三,与象数易学家不同,王弼不满足于以卦解卦,而是将对卦象的解释延伸至天地万物化生之道的高度。但与旨在阐发理学思想的程颐、朱熹又不同,王弼对天地万物之道的关怀来自卦象本身的"讯息",遵循着由象而达意的进路以证成、融合其既定视域。第四,爻辞中的"三人行"决定了对六三爻的解释可诉诸情境化、拟人化而非结构化的手法,决定了对六三爻的解释不可悬于抽象的符号推演,而是有其现实的指向。但与近代以来的易学学者不同,王弼未追溯"人事"以求其古,而是指明一个处于某卦某爻位的行为准则以示其真。

五、自然无为、得意忘言、贵寡贱众、明时而变——王弼释义的 4 项原则

通过考察、对比历代不同易学家对损卦六三爻的解释,本文业已揭示了王弼释义的 4 个特点。接下来,笔者将阐释这 4 个特点的含义并探寻其根据。

(一)以损为道,自然无为

上文曾提及,王弼将"损"提升到"道"的高度。但在王弼对损卦六三爻的解释中,我

① 高亨《周易古经今注》,中华书局 1984 年版,第 278 页。
② 黄怀信《周易本经汇校新解》,清华大学出版社 2014 年版,第 140 页。

们也只能看到一句"损之为道"而已。那么"损"是如何被确立为"道"的？笔者认为，损卦只能是对"损之为道"的佐证或落实，而不是"损之为道"的缘由与根据。《老子》文本中赋予"损"极高的价值，而王弼对"损"的理解、态度可从其对《老子》的注释中予以把握。《老子》第48章及王弼注有云：

> 为学日益（王弼：务欲进其所能，益其所习），
>
> 为道日损（王弼：务欲反虚无也）。
>
> 损之又损，以至于无为，无为而无不为（王弼：有为则有所失，故无为乃无所不为也）。①

同样，在《老子》的语境中，"益"之于"学"，"损"之于"道"，有两种不同的理解：第一，"益"和"损"分别是"为学"和"为道"两种行为的结果；第二，"益"和"损"分别是"为学"和"为道"的方法。从王弼注释中连用"务欲"二字可知，王弼倾向于后一种理解。在最为根本的意义上，"损"是一种通向"道"的方法，这与他对损卦"损"之含义的强调是一贯的。对于如何由"损"达"道"，王弼也给出了答案——"务欲反虚无也"。"虚无"一词意味着什么？"虚无"与"道"有何关系？据《老子》第38章王弼释文"是以上德之人，唯道是用，不德其德，无执无用，故能有德而无不为"②可以发现，王弼此语恰好可与前引"有为则有所失，故无为乃无所不为也"接榫，构成对"无为而无不为"更为全面、完整的解释。由于"损之又损，以至于无为"，因而王弼所言"反虚无"（按：亦即"返虚无"）不能简单解释为到达现成的、实体化的虚无那里，而是通过不断摒除、弃绝有为而无时无刻不无为，使无为成为一种存在状态；"损之又损"也并非一个平面化的诸事不作为，而是从根基处达到对追求"无为"也无所为的状态，这是彻底、真正的无为。因而"虚无"并非实然状态上的空无一物，而是人自身对万事万物运行变化的顺应无执，这才是达"道"之正途。它否定了人以对立的姿态、对象化的方式对万事万物的汲汲有为。也正因为如此，王弼释《象》"损，损下益上，其道上行"时才说"艮为阳，兑为阴，凡阴顺于阳者也"③。在此过程中，"损"不仅要损掉对世间万事万物的有为，而且要损掉自身对无为本身的执着与追求，故"损"是一种时时反转、否定着自身的修养方法。由此反观王弼对损卦六三爻解释中的"损之为道"一语，"损"并非现成的实体之"道"，但"损"却是达于"道"的不二法门，行"损"的过程本身便是一个求"道"、达"道"的过程，"道"的非实体化特征决定了达"道"只能是一个"损之又损"、永无止境、顺应自然、不可执着的过程。就此而言，行"损"的实践过程本身即是在"道"之中。

（二）得意忘象，得象忘言

细索前引朱熹对王弼、程颐易学的论述可以发现，王弼之所以被朱熹认为未脱离卦变之术，是因为与程颐相比，王弼在释卦的过程中首先从分析爻位入手，依循卦象本身所提供的"讯息"，从对卦象的解释中得出某一道理，进而引《系辞下》"天地纲缊，万物化醇；男女构精，万物化生"来接合经文之意。如上文所述，他并未直接引入某个现成的观点作

---

① （魏）王弼著，楼宇烈校释《王弼集校释·老子注》，中华书局1980年版，第127~128页。
② （魏）王弼著，楼宇烈校释《王弼集校释·老子注》，中华书局1980年版，第93页。
③ （魏）王弼著，楼宇烈校释《王弼集校释·周易注》，中华书局1980年版，第420页。

为解释的框架或预设。无论是确定何为"三人",还是解释"三人"为何相争,都需要基于各爻之间的位置关系。对位置的界定不同,会导致"三人"所指不同、所争不同,解决之道也不同。

王弼在确定"三人"之所指之后,开始着眼于"三人"与上九的关系,进而得出三人相争、应当独行的论断,亦即仍然在损卦的范围内进一步阐释;程颐确定"三人"之后便将此三人从损卦整体中抽离出来,以"天下无不二者"为指归,律令处理"三人"的去留问题,这不免给人这样一种印象:程颐是一个极力摆脱象数的易学家。或许正因为此,程颐幸免于朱熹的批评,被朱熹认为是"不取卦变"的人。但程颐在确定何为"三人"这一起步之时,其实已经承认了损卦自泰卦变化而来,他仍然基于象数,以象数之理为根本预设。但王弼并非泥于象数而不自拔,他阐扬、遵循的进路是"寻言以观象""寻象以观意",这是因为"言生于象""象生于意"并且"意以象尽,象以言著"。言与象分别是观象与得意的最佳手段,"尽意莫若象,尽象莫若言"①,但言绝非象本身,象也绝非意本身,即工具终究不等于目的。如果一味夸大"最佳工具",那么工具与目的之间的界限将会逐渐淡化,在谨遵有迹可循、时时按图索骥的情况下,求圣人之意便只能在象数本身的结构中进行推演了。笔者认为,在神秘主义色彩参与进来之前,这种"观其象而玩其辞"的方法是一种步步推进的程式化认识论,即线性认识论,这一过程可通过表述、记录得以形式化,而神秘主义的出现为其象数解释提供了权威支持,甚至模糊了意义的构成机制。王弼在释卦之初,仍遵循由言观象、由象得意的考察进路。但相比于汉代易学家,王弼在完成对语言、象数的考察后进而使用否定的方法——忘,祛除形式化之物,以一种"过河拆桥"的方式确保象之于言、意之于象的独立地位,避免因混同手段与目的而失其大旨,也避免了形式化带来的意义之凝固、失真。这就是王弼对于"得意忘象,得象忘言"的阐发。王弼所阐发的这一旨趣不仅代表了其解易方法的变革,更是一种对形式化思维的批判、克服、扭转。任继愈先生说:"王弼所说的'意'和'象'和'言'的关系,实际上并不限于对《周易》这部书关于卦象的注解的方法,而是作为一般认识论原则和思想方法提出来的。"②王弼的解卦方法本身就具有深刻的哲学意味,其所注损卦六三爻爻辞是其一例。

(三)贵寡贱众

在王弼易学中,"求主"是一个不断被强调、彰显的原则。王弼本人具有很强的"归一"倾向,即主张无论万事万物多么凌乱繁杂,最终一定要汇归为一。人的认识思考如此,社会政治也如此。在对《周易》的解释中,王弼认为,"一卦五阳而一阴,则一阴为之主矣;五阴而一阳,则一阳为之主矣"③。在对损卦六三爻的解释中,王弼也明言三阴并行时"内无其主"。以上均体现了王弼对"主"的诉求。但与王弼普遍使用并在《周易略例》中强调的"求主"不同,王弼此处"求主"未着眼于整个损卦,而是并行的三阴,这在王弼释卦的文字中显得乖张另类。王弼给出的行为策略只有"六三独行",但这并不能说明六三就

① (魏)王弼著,楼宇烈校释《王弼集校释·周易略例·明象》,中华书局 1980 年版,第 609 页。

② 任继愈《王弼"贵无"的唯心主义本体论》,载《任继愈文集》第 2 册,国家图书馆出版社 2014 年版,第 525 页。相同的论述另可参看许抗生先生等人所著的《魏晋玄学史》,其中说:"王弼所阐述的言、象、意之间的关系,不仅限于《周易》的范围内,而具有普遍的认识论意义。"许抗生等《魏晋玄学史》,陕西师范大学出版社 1989 年版,第 99 页。

③ (魏)王弼著,楼宇烈校释《王弼集校释·周易略例·明象》,中华书局 1980 年版,第 591 页。

是三爻之主，更不意味着它是一卦之主。"求主"的结果在王弼对损卦上九爻辞"得臣无家"的解释中得以明晓："居上乘柔，处损之极，尚夫刚德，为物所归，故曰'得臣'；得臣则天下为一，故'无家'也。"①王弼通过释义进一步巩固、确立了上九的"主"的地位。上九才是一卦之主，它不存在于并行的三阴中，因为三阴并不符合"阴多阳少"或"阳多阴少"的条件。因而，六三脱离六四、六五而独行，是一个求主不得、退而求其次的做法，是一个弃多求少、避众就寡的过程。但是，王弼对六三爻的解释与《周易略例》中普遍性的"求主"之旨在这样一点上是相同的：少比多更值得追求与信赖。王弼之所以偏爱"少"而规避"多"，是因为"众不能治众，治众者，至寡者也"②。"众"容易导致争，损卦三阴并行共争一阳便是例证，所以需要一主出现控制局面、稳定秩序。王弼在此强调的是三阴并行缺少一主的危险局面，在一主尚不可求的情况下，当务之急便是脱离、打破这种并行的局面，使六三独行。因而，纠结三阴中究竟谁是一主便只能搁置了。

（四）明时而变

王弼并未将损卦的六三爻还原为某个史实典故。他的解卦并不着眼于历史，而是着眼于现实。损卦的行动性意涵意味着它可以为人提供一种实践的指点，而这种指点必须建立在对一爻所处的时境加以把握的基础上。三阴并行无主岌岌可危，求主不得只能踽踽独行，从"求主"到"求少"转变，是对现状有所妥协但未完全就范的权宜之策。在此策略中，仍保留着六三与上九阴阳相合的希望，天地万物的生生不息仍具延续的可能，前景并非一片黑暗。所以，王弼的释义中贯穿着一种时间意识，每一爻的前后相变都意味着在时间中呈现为不同的境遇。这种思考、理解的方式显然有别于线性的符号推演，也不同于居高临下的理论说教，在其纵深处是一种理论与现实的交织。王弼曾说："夫卦者，时也；爻者，适时之变者也。夫时有否泰，故用有行藏；卦有大小，故辞有险易。一时之制，可反而用也；一时之吉，可反而凶也。故卦以反对，而爻亦皆变。是故用无常道，事无轨度，动静屈伸，唯变所适。"③王弼的这段话暗含了他释卦时所遵循的一个原则，即在把握整体性卦义的基础上解释每一爻的变化，他认为每一爻的变化都依据卦本身的时义。对每一爻的释义并非仅仅描述爻位、对爻辞做字面上的疏通，而是应当把每一爻置于具体的时境中，由卦之整体出发阐释每一爻，又以每一爻的释义呼应卦之整体的基调。整体之义来自象辞，象辞的存在在一定程度上弱化了释卦时"整体—部分"的解释学循环色彩。

由于不同的卦有着不同的时义，因而无论多么合乎义理的爻辞，都不能单独抽离出来作为普遍、抽象的准则，不能无条件地用来指点当下的行为，而是应当首先对时势有所洞察与把握，实际行为应随时而有所变化。悖逆时势，并不在于悖逆之事如何，而是悖逆行为本身将使得一爻无法为体现某时义的一卦所容纳。王弼对随时而变的强调与其对随顺自然的强调是一贯的。汤用彤先生说："汉末以来，奇才云兴，而政途坎坷，名士少有全者。得行其道，未必善终。老于沟壑，反为福果。故于天道之兴废，士人之出处，尤为

---

① （魏）王弼著，楼宇烈校释《王弼集校释·周易注》，中华书局1980年版，第423页。
② （魏）王弼著，楼宇烈校释《王弼集校释·周易略例·明象》，中华书局1980年版，第591页。
③ （魏）王弼著，楼宇烈校释《王弼集校释·周易略例·明卦适变通爻》，中华书局1980年版，第604页。

魏晋人士之所留意。孔子曰'知天命'。《易》曰：'天地盈虚，与时消息。'依儒家之义，时势之隆污乃归之于大运之否泰。若更加以道家之说，则天命之兴废，乃自然之推移。因是'用之则行，舍之则藏'不但合于儒家之明哲保身，亦实即道家之顺乎自然。"[1]王弼对"内无其主"的洞察与对"六三独行"的指点，说明他保持了把握时势与采取行为策略之间的平衡。对时势的把握，来自《周易》"与时消息"和孔子"知天命"的思想。王弼将"与时消息"释为"不可以为常"[2]，释"天命"为"兴废有期"[3]，可见他对时运的变化无常有清醒的认识与警觉；王弼对行为策略的选择，来自道家"自然"观念的影响，"自然"恰恰是一种顺应时势的态度。总而言之，王弼在对损卦六三爻的解释中，贯穿了他对时势的洞察与个人行为的决断，这其中有儒道思想的交汇，而这也正是魏晋玄学兼综儒道之旨趣的体现。

六、被玄学化的损卦"三人行"

按照大多易学家的思路，损卦只不过是从"天地交，万物通"的泰卦变化而来，其本身的独立性相对较弱。但由于王弼于释易之外还对《老子》文本详加注解，并进一步赋予"损"至高意义，将为"损"之功作为成道本身，将涵摄无为之意的"损"纳入个人习行乃至治国理政等方面，因而他将此用于解释损卦也是顺理成章之事。对《老子》之"损"的推崇构成了王弼解释损卦的"解释学处境"。损卦六三爻是由损而益的转捩点，即只有损掉丰余的众阴而独行，才能保证自身处境的安定，才能达到与上九的阴阳相配。在阐发这一含义的过程中，王弼将老子自然无为的思想、"得意忘象，得象忘言"的文本解释进路、贵寡贱众的求简思维以及明时而变的行动指向结合起来，浓缩了他对《老子》《庄子》《周易》以及现实的理解[4]。

王弼易学历来被称为"义理易"或"玄学易"，但"义理""玄学"并不意味着与现实了无关涉，"义理易"只是相对于"象数易"而言的。如学者指出，"象数易学希望从外在的天文历数的变化中寻找决定吉凶悔吝原因，而义理易学则努力从现实社会中探寻决定吉凶悔吝的客观法则"[5]。义理易学的特色在于理性化的分析、阐释，拒绝方法对目的的僭越，也拒绝神秘力量的参与乃至控制。义理化是玄学的表征之一。在内涵上，玄学力求融贯儒道，其话语中虽罕言具体的时空人事[6]，但鲜明的行动指向显然面向现实，即"个人和国家的命运"[7]而发。在王弼的解释下，"三人行，则损一人；一人行，则得其友"便包含了一种实践的向度。

---

①　汤用彤《王弼之周易论语新义》，载《汤用彤学术论文集》，中华书局 1983 年版，第 278～279 页。

②　（魏）王弼著，楼宇烈校释《王弼集校释·周易注》，中华书局 1980 年版，第 492 页。

③　（魏）王弼著，楼宇烈校释《王弼集校释·论语释疑·为政》，中华书局 1980 年版，第 621 页。

④　王弼虽然未注过《庄子》，但其思想深受《庄子》影响。相关考察可参见蒋丽梅《王弼〈易〉注用〈庄〉论》（《周易研究》2007 年第 4 期，第 44～48 页）及《王弼玄学中的庄学精神》（《中国哲学史》2009 年第 4 期，第 42～49 页）。

⑤　朱汉民《玄学与理学的学术思想理路研究》，中国社会科学出版社 2012 年版，第 227 页。

⑥　关于王弼罕言具体人事这一特点，笔者将另撰文讨论。

⑦　王晓毅《王弼评传》，南京大学出版社 1996 年版，第 277 页。

论清中叶"汉宋之争"背景下汉学学者的思想转变

——以清代学风渊源的三种观点为例

曹志林 *

摘　要：在清代关于当朝汉学学风开山的讨论中，有 3 种较为突出的观点：首先是《四库全书总目》将方以智定为清代汉学学风开山；再者是江藩在《国朝汉学师承记》中将阎若璩放在卷首，而把阎若璩的师辈黄宗羲、顾炎武置于卷末；最后是在清中叶阮元、凌廷堪等人为毛奇龄辩护，并将其推尊为清代学风之开山。这 3 种观点不尽相同，但在时间上前后相续，共同关联了清代中叶"汉宋之争"背景下汉学学者群体的思想转向。

关键词：汉宋之争；清代汉学；乾嘉学派

"汉宋之争"是清代思想史上的重要话题。余英时在《论戴震与章学诚》一书的外篇梳理了自宋至清初由推崇理学到对理学的反动这一思想史脉络，试图论证"汉宋问题"是自朱熹与陆九渊鹅湖之辩就存在的中国思想传统中智识主义与反智识主义之间的张力[1]；而陈少明则在《走向后经学时代》中认为关于"汉宋问题"的讨论实际上是中国思想史上"酿酒与制瓶"的过程。在新瓶装旧酒和旧酒装新瓶的过程中，思想的演进陷入了一种二元对立的轮回，他期盼有一种韦伯式的眼光能摆脱汉宋的轮回。[2] 陈少明对于"汉宋问题"的解释是一种消解式的回答，暗示在关注历史上关于"汉宋问题"的纷繁讨论时，始终要留意问题本身是否已经发生了错位，是否成为如空瓶一样的存在。错位一旦发生，后人对于"汉宋问题"的研究便要明确地面向瓶中之酒，而不再是置酒之瓶。

带着这一种思路，回到历史上的"汉宋问题"，首先需要明确的是，"汉宋问题"是清代学人提出的问题。《国朝汉学师承记》(以下简称《师承记》)以大量篇幅记述了江藩所认为的清代"汉学"正宗之生平及学问，仅在全书末尾附上《国朝宋学渊源记》。连后人评价有"开清代学术之风气"的顾炎武、黄宗羲，江藩亦以"多骑墙之见"为由，放在了卷末。江藩此举引来了轩然大波。自视为理学后人的方东树撰《汉学商兑》，对江藩所言之汉学发起了猛烈攻击。龚自珍亦贻书江藩，认为《师承记》的编撰有"十不安"[3]。而在江藩编撰《师承记》前后，乾隆下令编修的《四库全书》和阮元编撰的《学海堂经解》又分别将方以智和毛奇龄推崇为清代学风之"开山"。可以看出，清代学风的起始问题是考察"汉宋问题"的重要线索。

---

　* 曹志林，上海师范大学哲学与法政学院硕士研究生，主要从事明清哲学研究。

① 余英时《论戴震与章学诚：清代中期学术思想史研究》，三民书局 2016 年版，第 339～374 页。

② 陈少明《走向后经学时代》，中山大学出版社 2020 年版，第 61～64 页。

③ (清)龚自珍《龚自珍全集》，上海人民出版社 1975 年版，第 346～347 页。

一、权力渗透下的学宗问题

清代在对"汉宋"的分界进行厘定时,一直把考据学当作汉学最重要的部分。考据本身并不能完全等同于汉学,但是将考据学问中严谨扎实、追求实证的精神视为汉学的核心精神的倾向却是长期存在的,其中就以《四库全书》为代表。《四库全书总目》在论及清代学风渊源时,将明末实学思潮的代表方以智立为学风开山:

> 明之中叶,以博洽著者称杨慎,而陈耀文起而与争。然慎好伪说以售欺,耀文好蔓引以求胜。次则焦竑,亦喜考证而习与李贽游,动辄牵缀佛学,伤于芜杂。惟以智崛起崇祯中,考据精核,迥出其上。风气既开,国初顾炎武、阎若璩、朱彝尊等沿波而起,始一扫悬揣之空谈。虽其中千虑一失,或所不免。而穷源溯委、词必有征,在明代考证家中,可谓卓然独立矣。①

宋明理学在王阳明发扬"心学"为"王学"后达到顶峰,此后开始走向衰落,对"宋学"的反动亦从王阳明之后渐渐兴起。稍晚于王阳明,学者杨慎率先对"宋学"发难:

> 大抵宋人之学,失于主张太过,而欲尽废古人,说理则曰汉唐诸人如说梦,说字则曰自汉以下无人识,解经尽废毛、郑、服、杜之训,而自谓得圣人之心,为诗文则弗践韩、柳、李、杜之蹊径,而自谓性情之真、义理自然也。至于音韵之间,亦不屑蹈古人之成迹,而自出一喉吻焉。②

> 予尝言:宋世儒者失之专,今世学者失之陋。失之专者,一骋意见,扫灭前贤;失之陋者,惟从宋人,不知有汉唐前说。③

杨慎此时已经因失言而两遭廷杖,远戍边陲。作为政治上的边缘人,他直斥明以来的学风比之宋人更显粗陋。杨慎在对宋学进行批评的同时,也对明代考据学有开创之功,其在《丹铅录》等著作中展现的考据工夫为世人所称道。但是受限于流落偏僻之地等客观原因,以及杨慎自身在考据时一味求新而导致的考证不严,在当时也引起了学者的不满,其中批评最为猛烈的便是陈耀文。陈耀文在《正杨》中总结了其他学者指出的杨慎的错误10余条,自己又增加了订误11条。④ 故《四库全书总目》指出,杨慎虽旁征博引,但不过是"伪说",而陈耀文企图纠正杨慎的错误,自己亦陷入了烦琐的考据,使纠错变成了纯粹的才华比拼。从四库馆臣对杨慎与陈耀文的评议可知,虽然"穷源溯委,词必有征"的考据精神是"汉学"区分于"宋学"的重要特征,但是同时也不能陷入为了考据而考据的窠臼中,更不能把考据当成炫耀才华的方式。

除了杨慎与陈耀文,《四库全书总目》还提到了焦竑与李贽,称二人"相率而为狂禅,贽至于诋孔子,而竑亦至崇扬墨,与孟子为难"⑤。这样的思想倾向,使焦竑的考据之学成为反叛前人的工具。关于宋儒刻意区分儒释的言论,焦竑每每给予反驳,如《明儒学案》

---

① (清)永瑢等《四库全书总目》卷119《通雅》提要,中华书局1965年版,第1028页。
② (明)杨慎《答李仁夫论转注书》,载(清)黄宗羲编《明文海》卷175,中华书局1987年版,第1763页。
③ (明)杨慎《升庵集》,上海古籍出版社1993年版,第447页。
④ 姜广辉《中国经学思想史》,中国社会科学出版社2010年版,第1120～1121页。
⑤ (清)永瑢等《四库全书总目》卷125《焦弱侯问答提要》,中华书局1965年版,第1077页。

载:程颢曾言:"尽其心者,知其性也,佛所谓识心见性也,若存心养性,则无矣。"焦竑则反驳道:"真能知性知天,更说甚存养? 一翳在前,空花乱坠。"①焦竑还援引佛教的概念来解释儒家的经典,如在诠解"中庸"时,焦竑认为:"佛氏所言'本来无一物'即中庸未发之意也。"②焦竑是儒释交融的学术浪潮中的代表人物之一,他在对儒家传统经典进行考据时,大量采取了以释解儒的方法。这样的解经方法,显然不为《四库全书总目》所认可。四库馆臣认为焦竑解经牵缀佛经,太过"芜杂"。这里的"芜杂"可以有两种解释,一种是焦竑解经时经常引用佛教概念,使得解经的工作太过烦琐;另一种解释是,在对待儒释二者的态度上,作为清代官方态度的代表,《四库全书》采取的立场仍然是以儒家为本位,对于焦竑以佛解儒的行为,视为对儒家经典之纯粹性的一种破坏。不过,细审四库馆臣对方以智的彰扬("考据精核,迥出其上"),认为方以智的考据工夫才是清代学风的"正解",则《四库全书总目》对焦竑考据学"芜杂"的批评不应当作一种价值取向的解释,而应当只是第一种解释,即一种技术取向的解释。

　　《四库全书总目》"经部总序"言:"自汉京以后,垂二千年,儒者沿波,学凡六变……要其归宿,则不过汉学、宋学两家,互为胜负。"③因为其为官方修撰的特殊身份,《四库全书》事实上更能凸显其时"汉宋问题"的思想史面向。《四库全书总目》对杨慎、方以智等人的点评,是以考据工夫为本位的。如此张扬考据学,除了归因于明末以来理学自身的反动(如梁启超、钱穆等人的观点)外,恐怕还与当时乾隆皇帝的文治政策有关。乾隆朝曾颁布一系列违禁书目名单,查封了大量违禁书籍,还处死了一批因言论触怒朝廷的罪犯,如轰动一时的"曾静案"。这样一种极具威吓力的权力宣示方式,通过权力的"毛细管"一步步渗透到了朝野上下,自然也不可避免地影响了《四库全书》的编修。王汎森在《权力的毛细管作用:清代的思想、学术与心态》一书中写道:"乾隆在任何文字中都未提到他想提倡汉学或宋学,他想树立的是一种实证的,带有严谨考证意味的学问标准——所以修书过程中,常常对一些书的事实发生疑问,要求回答。而这些治学态度当然会产生影响。它引起的漩涡效应,加上各方的推测、揣摩、合作,形成了一套评论标准,并具体呈现在《四库全书总目提要》中。"④乾隆对于"汉宋之争"并未有过公开的表态,更未明确表示"抑宋尊汉"。他想要的是,在他的治下学界风气一片"正统"的局面。虽然他本无所谓"汉宋",但是在他眼里,学问应当严谨扎实,对于"真伪"等问题应锱铢必较,同时严禁学者标榜文字,妄议朝政,这无疑使得学者们在编撰《四库全书》时更加倾向于将考据工夫精纯的"实学"或"汉学"学者定为学宗。

　　这种倾向,在关于方以智学问的评价上多有体现。方以智其人号称"集千古之智",学问诗文均称于当时。但是在他的诸多著作中,《四库全书总目》却仅提及以考据名物为主、与现代"百科全书"性质相近的《通雅》,称赞方以智时也仅注重其考据工夫,对于其思想文采只字不提。方以智晚年曾遭"粤案",方氏后人又卷入戴名世《南山集》文字狱案,

① (明)黄宗羲《明儒学案》,吴光主编《黄宗羲全集》第15册,浙江古籍出版社1985年版,第906页。
② (明)黄宗羲《明儒学案》,吴光主编《黄宗羲全集》第15册,浙江古籍出版社1985年版,第907页。
③ (清)永瑢等《四库全书总目》"经部总序",中华书局1965年版,第1页。
④ 王汎森《权力的毛细管作用:清代的思想、学术与心态》,联经出版社2014年版,第500页。

方以智诗文集在乾隆时期遭禁,仅有《物理小识》和《通雅》较为流行。① 然而连《通雅》这样的类书,《四库全书》在编修过程中,亦要对其进行抽查。在这种高压的政治态势之下,选择已经被隐去了思想而仅以技术性的考据工夫著称的方以智作为清代学风的开山,无疑是一种"保险"的做法。并且,将百科全书式的作者方以智立作清代学风的开山,恰好呼应了乾隆对于清朝之文治武功均达到鼎盛的时代想象。

《四库全书总目》将方以智定为清代学宗,虽然并不代表当时的学者共识,但是这样一种得到官方"背书"的观点表明,以考据学为主的清代汉学与王朝正统气象是相契合的,清代汉学因得到政权的推波助澜而在学者群体中获得了更加明确的主导地位。

二、在野学者的思想动向

清代学者汪士铎在谈及治学体会时曾言:"好学难,聚书难,身心闲暇难,无汉宋之意见难,求友难。"②早于江藩撰写《师承记》,"汉宋问题"已经存在于清代学术界,而江氏该书更是清代"汉宋之争"的关键一环。

江藩及《师承记》"扬汉抑宋"的学术倾向是显而易见的。它将顾炎武与黄宗羲二人置于卷末,以顾炎武弟子阎若璩作为《师承记》的开篇人物,且在顾炎武与黄宗羲二人传后附上"答客问",颇值玩味:

客有问于予曰:"有明一代,囿于性理,汨于制义,无一人知读古经注疏者。自梨洲起而振其颓波,亭林继之,于是承学之士知习古经义矣。所以阎百诗、胡朏明诸君子,皆推挹南雷、昆山,今子不为之传,岂非数典而忘其祖欤!"

予曰:"……故两家之学,皆深入宋儒之室,但以汉学为不可废耳。多骑墙之见,依违之言,岂真知灼见者哉?"③

在"答客问"中,客人代表的是当时主流的看法,江藩借虚构的客人之口,对自己撰写的《师承记》发起了攻击。从主人对答可见,江藩认为,虽然黄、顾二人对清学的开创有功,然而二人出身宋学,所以学宗"不纯"。江藩以辨析学术源流来作为理由,显然是站不住脚的。首先,汉学与宋学并未有明确的界限,朱子未尝不研习考证工夫,而清儒又未尝不修心性学问。其次,虽然江藩以"汉学不纯"为由排斥黄、顾二人,但是《师承记》中所列学者的汉学亦未必"纯粹"。皮锡瑞便在《经学历史》中论:

案阎氏之功在考古文之伪,而其《疏证》信《蔡传》臆造之事实,邵子意推之年代;其说《诗》,以王柏《诗疑》为然,谓《郑》、《卫》为可删也;乃误沿宋学,显背汉儒者。江刻于黄、顾而宽于阎,是并阎氏之书未之考也。④

皮锡瑞还列举了江藩《师承记》提到的胡渭、陈启源、万斯大等人,认为他们的学问不同程度地继承了宋儒。学术发展是一个绵延的过程,元、明两代宋儒学问是官方推崇的

① 邢益海《方以智著作的家传与整理》,中山大学学报(社会科学版)2018年第2期。
② (清)汪士铎《汪梅村先生集》卷10《答甘健侯书》,《续修四库全书》第1531册,上海古籍出版社2002年版,第691页。
③ (清)江藩、(清)方东树著,徐洪兴编校《汉学师承记:外二种》,中西书局2012年版,第147页。
④ (清)皮锡瑞著,周予同注《经学历史》,商务印书馆1930年版,第316~317页。

学问,清初距明不远,想要找出完全与宋儒完全割裂的学者几无可能。江藩对客人的第一次回答未能让人悦服,于是他与客人又展开了新的问答:

客曰:"……然黄氏辟图书之谬,知《尚书》古文之伪;顾氏审古韵之微,补《左传》杜注之遗……国朝诸儒,究六经奥旨,与两汉同风,二君实启之……"

予曰:"甲申、乙酉之变,二君策名于波浪砺滩之上,窜身于榛莽穷谷之中,不顺天命,强挽人心。……虽前朝之遗老,实周室之顽民,当名编熏胥之条,岂能入儒林之传哉?"

客曰:"固哉,子之说也!我祖宗参化育之功,体生成之德,不但不加以诛戮,抑且招之使来……即钦定《明史》,亦访《宋史》甲戌、乙亥之例,大书而特书矣。是以祁彪佳、熊开元皆有列传。核二君事迹,祁、熊之流也……"

予曰:"噫!吾过矣。"①

江藩在第 2 部分的问答中认为,黄、顾二人不肯归顺清朝,甚至与清朝对抗,故不能将其当作本朝学术师承的开山人物。然而这个理由同样不具备充分的说服力。作为一种统御之术,清代帝王巧妙地利用了如黄、顾一类的遗民问题,主动将遗民的身份合法化——将每一代历史"当朝化",对于清朝而言,则是将明史"前朝化"。②对于拒不归顺的明朝遗老遗少,如黄、顾等人,清代的统治者非但不忌讳,反而主动表彰他们的忠烈精神,而对降清的大臣则加以贬抑。为此,乾隆还下令编修了《钦定胜朝殉节诸臣录》《贰臣传》和《逆臣传》。彰扬已逝的前朝旧臣,提醒今朝有识之士为清朝尽忠,这恰恰是统御之术的精要,所以朝廷又怎会介意江藩这个寻常儒生将黄、顾二人列于《师承记》卷首呢?

后人对江藩置黄、顾二人于卷末的解读,主要分为学术和政治两派。主张江藩是出于学术原因的,如梁启超在《中国近三百年学术史》所言:"梨洲、亭林编入'汉学'附录,于义何取耶?子屏主观的成见太深,其言汉学,大抵右元和惠氏一派。"③他认为江藩对二人的偏见,主要是基于自家的学术理念。更进一步来看,个人的偏好背后自然也有学术潮流的时代因素:

这个时代的学术主潮是:厌倦主观的冥想而倾向于客观的考察。无论何方面之学术,都有这样趋势。可惜客观考察多半仍限于纸片上事物,所以它的效用尚未能尽量发挥。此外还有一个支流是:排斥理论,提倡实践。这个支流屡起屡伏,始终未能很占势力……本讲义所讲的时代,是从它前头的时代反动出来。④

梁启超所说的"主观冥想""理论"以及"前头的时代"指的便是在宋元明三朝流行的"道学"或"理学"思想。

主张江藩是出于政治原因的,如朱维铮的看法:

为什么在清初流亡草泽的顾炎武反被打入另册,而与道学藕断丝连的阎若璩,却被尊为清代汉学的开山呢?其实本传已自透其底。江藩津津乐道的,是阎氏在康熙间怎样

---

① (清)江藩,(清)方东树著;徐洪兴编校《汉学师承记:外二种》,中西书局 2012 年版,第 147~148 页。
② 王汎森《权力的毛细管作用:清代的思想、学术与心态》,联经出版社 2014 年版,第 407 页。
③ 梁启超著,朱维铮校注《梁启超论清学史二种》,复旦大学出版社 1985 年版,第 437~438 页。
④ 梁启超著,朱维铮校注《梁启超论清学史二种》,复旦大学出版社 1985 年版,第 91~92 页。

被达官赏识,尤其怎样被未来的世宗宪皇帝优礼。虽在传末带了一笔,说此人有背师嫌疑,但全传基调是称道阎氏同清初统治者的积极合作精神,则是分明可见的。[①]

朱维铮为江藩和《师承记》做了思想背景解读,认为这是一张正统权力通过各个"毛细管"渗透之后压抑学人、学术的"权力之网"。他在《中国经学的近代行程》中写道:

清沿明制,把理学尊为承祧道统的学说……可是清朝又放任作为理学对立物的汉学发展,乾隆和他的子孙甚至承认汉学研究才是真正的学问。这就使清朝的统治学说史,呈现术与学双水分流的图景。思想领域的分裂,对于满族统治者控制汉族士大夫固然很有利,但对于构筑遏制种种反现状思潮的堤防,则显然很不利。[②]

在朱维铮看来,江藩及其《师承记》所代表的"汉宋之争",不过是统治者通过层层渗透的思想控制刻意制造出来以图分化知识分子注意力的迷雾。《师承记》的学术立场和人物排比,以及它出版之后所引起的争议,亦不过是在这张"权力之网"下早被编排好的节目。

江藩在《师承记》卷末附上"答客问"的举动,看似是在试图回应可能遇到的非议,但是从"答客问"的内容上看,不仅没有给出足够的理由以减少世人的争议,反而主动将矛盾之处挑明,更加张扬自己的学术立场。[③] 这样一种颇为出格的举动,在当时以及后世都引起了广泛的讨论。今天看来,江藩藉由《师承记》的学术裁断以及世人对它的讨论,亦包含着相当明显的功利目的,即将自己也置身于清代汉学的学统,使自己的毕生所学能为后世了解。而在江藩的这种动机背后,隐藏的是与江藩有着相似经历的汉学学者群体。

江藩师承清代汉学名家惠栋的弟子江声、余萧客,自诩承继汉代经学大师郑玄,其汉学治经工夫颇为时人所称道,这从他与阮元、凌廷堪等汉学名家交往甚密即可看出。江藩多次参加科举,却仅以监生终老,且无儿无女,贫困潦倒。基于自己的穷愁生涯,江藩《师承记》对清代学人、学术的考评,往往关联他们的现实遭际,对于与自己生平类似的皓守穷经的学者,亦会流露出共鸣。对于无嗣而终的学者,甚而会特别关注。如在《凌廷堪》卷卷末,对凌廷堪无后早逝的惨境,江藩予以深切哀悼。

清代考据之学虽兴盛一时,但是清代科举仍独尊程朱,而汉学家大多不擅钻营,故不少学者一生功名无着。漆永祥曾专门讨论了乾嘉学者困苦的研究和生存境况。[④] 江藩与这些学者中的许多人都有来往。陈鸿森曾撰文分析了江藩在目睹了他们的寥落生涯之后所产生的心境变化。[⑤] 而自《四库全书》颁布之后,朝廷对于汉学的赞赏态度已经为学者们所知,以江藩为代表的勤于治学但事功寥寥的汉学家们,无法借名位来参与"汉宋之争",只能通过名山事业,主动将自己纳入清代汉学的学统中,把自己和自己欣赏的师友

---

① 朱维铮《导言》,(清)江藩,(清)方东树著;徐洪兴编校《汉学师承记:外二种》,中西书局 2012 年版,第 7 页。

② 朱维铮《中国经学史十讲》,复旦大学出版社 2002 年版,第 60 页。

③ 江藩的"答客问"表明他对于当时流行的看法十分清楚,并且认为这些看法均有合理之处,但是他依旧选择将阎若璩置于卷首,而将黄、顾二人置于卷末。

④ 漆永祥《江藩与〈国朝汉学师承记〉研究》,上海古籍出版社 2006 年版,第 310~318 页。

⑤ 陈鸿森《江藩〈汉学师承记〉纂著史实索隐》,《文史》2019 年第 3 期。

放到一起,凝聚学术风潮。

从江藩和《师承记》中可以看到,在朝廷有意将汉学学风定为"国朝学风"、将汉学的渊源定为清代学风的开山之后,在野学者亦企图通过对清代汉学的开山问题进行讨论,从而把自己纳入到这股潮流中。在野学者距离权力的中心遥远,在表达自己的看法时受权力的影响较小,所以他们的观点往往更加直截了当。同时也可以看出,在获得官方的首肯以后,"汉宋之争"中的汉学学者相较于宋学学者占据了更加主导的位置,以至于前者在撰写清代学术师承的时候,可以更加大胆地表达自己对于汉学的尊崇。

三、"盛世"之下的隐忧

清代中叶,得到官方"背书"和在野学者积极响应的汉学发展已经如日中天,但是盛况之下蕴含着隐忧。朱维铮认为:

> 不错,当江藩着手撰写《汉学师承记》的十九世纪初,清代汉学仿佛仍如日中天。江、戴、惠、钱和纪昀等大师虽先后辞世,但继起的王念孙、段玉裁、王引之、焦循、阮元等,并不比他们的先辈逊色,更其是清学史上解经释传的专门名作,多半完成于嘉庆间。那时很少有人看出正午的烈日恰是趋向日落的先兆。①

朱维铮这一判断的依据,是清代汉学后期学术共同体内部产生的诸多问题,如今文经学与古文经学的分歧,汉学研究日愈趋向保守,等等。陈居渊的说法,也与之类似:

> 不过,汉学研究总的走向,已由惠栋、戴震等早先以反理学为主题的汉学研究而折入古代语言文字学的研究一途。……也正因此,阮元既要维护传统经学,继承乾嘉传统,又要考虑回应来自宋学方面的挑战,更要寻求如何延续汉学生命的学理途径。②

两位学者都认为,清代汉学是在乾嘉时期由盛转衰的,其原因是清代汉学研究内部出现了难以解决的困境。而当时以阮元、凌廷堪、焦循等人为首的汉学学术共同体,想到的解决方法之一,便是重新对清代学风开山的问题进行讨论。阮元在主持编撰《儒林传》时,将顾炎武放在了第一位。虽然他对顾炎武极为推崇,但是在论及清代学风开山的问题时,阮元并非没有另外的看法。他在为《西河全集》作序时就谈道:

> 萧山毛检讨,以鸿博儒臣,著书四百余卷。……有明三百年,以时文相尚,其弊庸陋谫僿,至有不能举经史名目者。国朝经学盛兴,检讨首出于东林、蕺山空文讲学之余,以经学自任,大声疾呼,而一时之实学顿起。③

阮元此处对毛奇龄极为推重,后来在《学海堂经解》中,阮元更是将毛奇龄列为清代实学之始。毛奇龄其人颇具争议,他攻击宋学十分激烈,曾撰《四书改错》,批评朱熹的《四书章句集注》,以为"无一不错"。其个性常为人诟病,清初汉学家全祖望在《萧山毛检讨别传》中数落他"益自尊大无忌惮","狂好怒骂","雅好欧人","造为典故"④。但是到了

---

① 朱维铮《清学史:汉学与反汉学的一页(下)》,《复旦学报(社会科学版)》1993年第6期。
② 陈居渊《汉学更新运动研究:清代学术新论》,凤凰出版社2013年版,第210页。
③ (清)阮元著,邓经元点校《揅经室集(二集)》卷7《毛西河检讨全集后序》,中华书局1993年版,第543页。
④ (清)全祖望原著,黄云眉选注《鲒埼亭文集选注》,商务印书馆2018年版,第284页。

乾嘉时期,不少学者却为性格乖张的毛奇龄辩护,如焦循:

> 毛奇龄好为侮谩之词,全椒山恶之,并诋毁其经学。窃谓学不可诬,疵不必讳,述其学兼著其疵可也,不当因其疵而遂没其学也。①

凌廷堪也有相似的看法:

> 今萧山《改错》独取马氏约身之训,而力辟刘光伯谬说,则所谓错者诚错,所谓改者必不可不改也,其有功于圣经为何如邪!萧山之著述等身,惟此书最为简要可宝也。常谓萧山之书如医家之大黄,实有立起沉疴之效,为斯世不可无者,其他可勿论矣。②

他们都认为毛奇龄其人其学瑕不掩瑜,不应忽略他在启发清代学风上的功劳。这种评价有些出人意料,在儒家的传统观念中,为学与为人往往合一,与阮元同时代的江藩即未将毛奇龄列入《师承记》。③ 阮元等人选择将有性格瑕疵且学术上亦未见得比同辈突出的毛奇龄推举为清代学风的开山,而非因循时人的看法挑定黄宗羲、顾炎武或阎若璩等人。想必在阮元看来,毛奇龄拥有这些学者所不具备的功绩。毛奇龄为学的特出之处,是攻击宋学最为激烈,与宋学界限最深。皮锡瑞在《经学历史》中写道:

> 其不染宋学者,惟毛奇龄;而毛务与朱子立异。朱子疑伪孔古文,而毛以伪孔为可信;朱子信《仪礼》,而毛以《仪礼》为可疑;此则朱是而毛非者。④

相较于顾、黄,在毛奇龄这里,"汉宋之争"不是单纯的学术争论,而是一种立场式的斗争。阮元等人此时选择推崇毛奇龄为清代汉学之开山,意味着他们要在"汉宋之争"的问题上采取更加激进的立场。

乾嘉时期,以桐城派为首的宋学阵营对于汉学的挑战十分有限,但是这并不意味着汉学的外部压力全无。阮元、凌廷堪等人的忧患意识在此时加剧,似颇难理解。必须看到,在"汉宋"的学术世界之外,清代的社会现实中,始终存在着数量庞大的潜在的"宋学"群体——由以宋学为尚的科举制度制造出来的介于平民与学者之间的读书人,他们才是阮元等人心中压力的来源。由于程朱之学在事实上已经成了科举考试的"官方答案",无论后世将清代汉学描绘得多么辉煌,对于当时的大多数读书人而言,汉学都只是一个可选项,而宋学则是必选项。

清代宋学阵营虽然在学术上影响不大,但是在科举功名上却建树颇多,如陈用光、姚莹、邓廷桢、鲍桂星、姚元之等人,都是出自姚鼐门下而金榜题名的。他们大多身居要职,对于桐城学派在普通读书人中的传播,起到了很重要的作用。⑤ 再者,一心钻研科举之学的读书人虽然在治学上可能并无很深的造诣,但是不代表他们不会参与"汉宋之争"的讨论中。张循在《道术将为天下裂》书中提道:"所谓汉宋之争不仅是少数专业'学人'探讨

---

① (清)焦循《雕菰集》卷12《国史儒林文苑传议》,中华书局1985年版,第185页。

② (清)凌廷堪著,王文锦点校《校礼堂文集》卷25《与阮中丞论克己书》,中华书局1998年版,第235页。

③ 阎若璩作《尚书古文疏证》廓清千百年《尚书》之迷雾,影响甚巨,因此时人论清代汉学宗师多推崇阎若璩,毛奇龄却作《古文尚书冤词》排拒之,为时人所讥讽。阮元等人推举毛奇龄,可以说与当时的汉学研究大异其趣。

④ (清)皮锡瑞著,周予同注《经学历史》,商务印书馆1930年版,第317页。

⑤ 漆永祥《乾嘉考据学家与桐城派关系论考》,《文学遗产》2014年第1期。

的高深的学术问题,同时也是大量一般'读书人'广泛参与的热门话题。"①这就意味着"汉宋之争"存在两重面向,一重是学者之间的严肃讨论,一重则是在普通读书人日常流播时的夸夸其谈。这两重面向,有时区隔并行,有时则互相交织。《清史列传》载朱文炜事:"时竞尚汉学,或劝为之,以广名誉。文炜笑曰:'吾于科目且弃而背之矣,又屑觊彼哉?'卒不顾。"②朱文炜是嘉道时期的知名理学家。这段话表明,虽然汉学是流行学风,但学子们并未见得是发自内心的兴趣,其中不少是将汉学当作标榜之用,平时揣摩举业,仍然是以习宋学为主。

可以说,无论清代汉学取得多么辉煌的成就,汉学家始终都处于被"宋学"包围的局面。这种"宋学",很大程度上并不是真刀真枪、直来直往的敌人,而是表面披着宋学外衣,内里却已经被僵化的科举答案所置换的缝合物。它像一股无形的浓雾,同时裹挟着汉学、宋学两派学者,让他们时刻处于一种学术上的紧张状态。

四、结语

清代中叶汉学鼎盛,这是由官方助推和学者广泛参与而共同达至的结果。在这一过程中,关于清代学风渊源的讨论起到了非常重要的作用。一方面,官方编修《四库全书》,将前朝实学思潮的代表人物方以智定为"国朝"学风的开宗,想要通过褒扬汉学来正风俗、定民心,改变明末以来因心学流弊而造成的人心涣散的状况,彰显盛清的文治武功;另一方面,普通学者也对这股潮流积极响应。江藩作为无功无名的在野学者的代表,撰写了《师承记》,将本朝学者阎若璩置于卷首,把阎氏师辈顾炎武、黄宗羲等人置于卷末,可以看作是在官方风气的吹拂下,民间学者的"野蛮生长"。但是,在官方与民间学者两股力量将清代汉学推向高峰时,汉学阵营中的阮元、凌廷堪等人却发现了隐忧。科举学子与宋学的共生关系,无法为汉学风气所转移,于是阮元将清初攻击宋学最为激烈的毛奇龄推举为清代学风开山,以期发挥"医中大黄"的作用。

在"汉宋之争"的大背景下,这3次关于清代学风开山的讨论反映了清代中叶汉学的发展进程和高峰位置。但是,高峰的确立,又预示了即将到来的中衰。学者们或小心翼翼地揣测上意,或大胆参与、果决立言,或心怀隐忧,始终处在"汉宋之争"的兴奋与压力中。等待着他们的,将是乾嘉之后汉学内部的分化和宋学的复萌。

---

① 张循《道术将为天下裂:清中叶"汉宋之争"的一个思想史研究》,广西师范大学出版社 2017 年版,第 50 页。
② 王钟翰点校《清史列传》,中华书局 1987 年版,第 5405 页。

名家学述

关于学术创新及方法的访谈

访谈对象:赵沛霖先生   访谈人:刘怀荣

编者按: 赵沛霖先生学养深厚,在《诗经》《楚辞》、神话、诸子、八代三朝文学与文化等多个领域取得了突出的成绩,积累了丰富的研究经验。赵先生接受本刊的访谈,结合自己的研究实践,从批判性思维、创造性思维与创造性阐释等6个方面,发表了独到的见解。同时,我们还约请3位学者,就赵先生的学术研究成果,从不同侧面进行了总结和述评。本栏目将陆续推出前辈学人的研究心得和学术研究述评,希望能对读者尤其是青年学子有所启发。

一、批判性思维

刘怀荣: 赵先生,对学术创新而言,批判性思维是非常重要的。在与您的交流中,您多次提到批判性思维。可否结合您的研究实践,谈一谈您在学术研究中是如何运用批判性思维的?

赵沛霖: 批判性思维是科学精神的集中体现,而科学精神是从事学术研究的最基本和最重要的要求。所谓批判性思维就是以批判的眼光审视学术问题,具体来说,就是坚持理性思考,进行分析、综合、判断和推理,认识事物的本质和规律。理性是人类认识活动中的最高认识能力和形式,是认识和掌握真理的唯一途径,没有其他任何活动可以取代。所以,坚持批判性思维不能靠神的先天启示,也不盲目相信权威对真理的垄断,而是依靠充分的根据,运用理性进行独立思考,并敢于对权威性的论断提出怀疑和否定。这样的批判性思维是走向创新性思维的必经途径。

我们知道,学术研究的生命力在于创新,而学术创新的思维基础和前提正是批判性思维。所以,离开了批判性思维,学术创新将寸步难行。在此,我想通过郭璞《游仙诗》(共包括10首完整的诗和12则残句)的主题和结构的研究,来说明我是如何运用批判性思维的。

郭璞的《游仙诗》问世1000多年来,有关作品的一个最为重要问题,即主题思想问题始终没有得到解决:关于《游仙诗》的主题,历史上形成的两种相互对立的观点,即"神仙之趣"说和"非神仙之趣"说各有根据。近年来以几部通行的《中国文学史》(如袁行霈主编的《中国文学史》、章培恒、骆玉明主编的《中国文学史》以及徐公持的《魏晋文学史》等)为代表,逐渐形成了一种新的观点,即《游仙诗》是由思想内容互不相干的两部分或几部分组成,而没有完整统一的主题和结构。我在对《游仙诗》进行重新思考时,运用批判性思维和创造性思维得出了全新的结论,完成了《郭璞诗赋研究》一书,认为《游仙诗》10首(残句是诗人写作过程中删掉的诗句,详后)是紧紧围绕主题展开叙写的,共同构成了主题鲜明、结构严谨、首尾完整,并严格遵循生活逻辑和历史真实的优秀组诗。在这一研究过程中,批判性思维的运用主要表现在如下 4 个方面。

第一,对待前人的研究成果,毫无疑问我们应当珍惜和尊重,但这绝不意味着不能对它怀疑和否定。按一般惯例,在专题研究中对前人的研究成果首先要做述评,这当然是十分必要的。但是,对于一个 1000 多年来连主题思想都没有解决的问题来说,仅止于一般的述评是远远不够的。因为如此长的时间,问题始终解决不了,肯定有其深刻的原因。因此,不但要指出前人研究成果的错误和问题,而且要揭示造成错误和问题的原因,并从中总结出具体的历史教训和启示,为此,我在拙著中写有专章《〈游仙诗〉研究历史的教训和启示》(以下简称"启示"),总结了 4 点教训和启示:

一是传统思维定式严重削弱了实事求是的研究精神和对文本以及有关材料的敏感性,并使眼睛具有了"选择性":只能看到那些想看到的材料,而对其他则视而不见,因而不能提出新问题和新见解;

二是对古人的观点和见解缺乏批判精神和理性分析,丧失了问题意识和创新精神;

三是片面重视作品的主题思想,而完全忽略了局部性的具体问题,在很多具体问题没有弄明白的情况下就力图一举破解主题;

四是完全忽略了郭璞的宗教信仰,从来没有人研究过他的宗教信仰,这对他的具有宗教性质思想特征的《游仙诗》研究是非非不利的。

明确了前人失误的原因,在研究中才有可能避免重蹈前人的覆辙,而寻找出新的思路。

第二,古今学者关于《游仙诗》主题的两种相互对立的观点,即"神仙之趣"说和"非神仙之趣"说各有根据。他们认为钟嵘是"非列仙之趣"说的开创者,刘勰是"列仙之趣"说的开创者。众所周知,钟嵘和刘勰是我国文论史上震古烁今的大家。果真像他们所说,那确实是有力的证明,主流派的论断也许就可以成立了。然而,事实并非如此。这种观点是对钟嵘和刘勰有关作品的严重误读。钟嵘在《诗品》卷中"晋弘农太守郭璞诗"中确实说过"非列仙之趣"的话,但那是针对《游仙诗》中诗人因自己的现实困境"坎壈咏怀"的部分而言的。刘勰《文心雕龙》中对郭璞《游仙诗》的论述有两处:一处在《明诗》,一处在《才略》,前者说的是《游仙诗》具有刚健、超拔的艺术风格,是时代的杰作;后者说的是《游仙诗》中有对神仙世界的描写,读来令人飘然凌云。十分明显,这些观点针对的仅仅是部分内容,而不是针对全诗主题的论断。但是,后人却在"非列仙之趣"和"列仙之趣"后面分别加上了一个"说"字,变成了"'非列仙之趣'说"和"'列仙之趣'说"。这样一来,原来只是针对《游仙诗》中部分内容的言说,便成了对全诗主题的概括了。十分明显,将钟嵘和刘勰的有关论述视为《游仙诗》两个主题的开创者,是对他们有关论述的严重歪曲,并直接造成了对《游仙诗》主题的完全错误的理解。

第三,《游仙诗》的主题和结构之所以长期得不到解决,除了其思想内容的复杂性和独特性之外,还有两个十分特殊的障碍横亘在认识《游仙诗》主题和结构的道路上。

障碍之一是除 10 首完整的《游仙诗》外,还有 12 则残句。很多学者之所以肯定 10 首完整诗歌组成的《游仙诗》没有完整统一的主题和结构,重要原因之一是这些残句的存在:既有残句存在,那 10 首诗肯定不可能组成完整的作品,更不可能具有完整统一的主题和结构。然而,这只是按照一般常识的推理,而不是学术研究所要求的严格的科学论证。所以，我没有"随大流"地认同这个说法，而是暂时存疑。后来，我把那些《游仙诗》残句的内容与 10 首完整的诗歌一一认真对比，得出了如下的结论：

全部 12 则残句不但在内容方面都与《游仙诗》定稿相重复，而且句式和修辞也彼此相同；从艺术成就方面看，这些残句与定稿相比无一例外都大为逊色，如在艺术描写和形象塑造、语言运用、层次和逻辑关系方面都是如此。由此可知，那些残句都是作者在写作过程中不断修改删掉的部分，具有完整统一的主题和结构的《游仙诗》本来就由那 10 首诗歌组成。

为了证明《游仙诗》由 10 首完整的诗歌组成而不包括那些残句，不妨做这样一个假设：12 则残句原为《游仙诗》的组成部分，后在流传过程中散佚而沦为残句。也就是说《游仙诗》本来就由 10 首完整的诗歌和那些残句共同组成。果真如此，《游仙诗》不但在艺术上大为逊色，而且语言拙劣，结构臃肿，叠床架屋，彼此重复。恐怕其艺术成就很难当得起"足冠中兴"（刘勰《文心雕龙·才略》）的评价。

障碍之二是《游仙诗》的题目，即"游仙诗"3 个字。众所周知，我国古代诗歌按不同的标准可以分为不同的种类，如按性质和内容可分为抒情诗、叙事诗；按形式可分为五言诗、七言诗以及律诗和绝句等；按诗歌内容和题材可分为咏史诗、边塞诗、山水诗、田园诗和游仙诗等。学习中国古代文学的人都知道，游仙诗是指通过描写神仙世界以寄托主观情志的诗歌，文学史上无数的诗人所写的游仙诗无不如此，毫无例外。而郭璞所写的由 10 首诗组成的《游仙诗》，虽也冠以"游仙诗"之名，但却突破了"游仙诗"的传统写法，赋予了它全新的意义。很多学者不顾这一事实，不从作品的内容实际出发，因此很难得出正确的结论。

第四，更大的挑战在于对主流派观点的质疑和否定。他们的观点不但被正式写入当代著名学者撰写的文学史，而且获得了学术界的普遍肯定和认同。这说明，这一观点已成为"定论"，从来没有人怀疑过，更没有人提出过不同的意见。在这种情况下要否定和推翻这样一个具有"定论"性质的观点和结论，就要运用批判性思维。

二、创造性思维与创造性阐释

刘怀荣：在学术研究中，坚持批判性思维的最终目的是为了学术创新，而学术创新离不开创造性思维。请谈谈您是如何运用创造性思维进行创造性阐释的？

赵沛霖：所谓创造性思维是指研究那些没有现成的正确答案可供遵循，也就是探索和解决前人没有解决的新问题的思维活动。在这个思维过程中，要对有关的各种信息和知识进行鉴别、选择、重新联结和组合而形成具有明显独特性、开创性和新颖性的观点和认识。

运用创造性思维对文学经典做创造性阐释，是文学研究工作者的最基本的任务。

进行创造性思维在自然科学、社会科学和人文科学因为研究的对象不同，其具体方法和步骤也有所不同。下面仅就我的学术研究成果来说明在人文科学中我是如何从批判性思维而走向创造性思维的。

在上一个问题中说明批判性思维时曾以拙著《郭璞诗赋研究》中关于《游仙诗》的研究为例，现在还是以郭璞《游仙诗》的主题和结构问题为例，说明我是如何运用创造性思维得出全新结论的。

刚刚开始接触《游仙诗》时，我只是感到好奇：一篇诞生了 1000 多年的作品，关于其主题思想争论了那样长的时间，最后得出的结论竟然是由互不相干的两部分或几部分组成，而没有完整统一的主题和结构。这种情况在我国古代浩如烟海的文学作品中可谓绝无仅有。

否定了主流派的观点，那么，《游仙诗》到底有没有统一的主题和结构呢，如果有的话，到底是什么呢？

我从结合时代背景、郭璞的生平、信仰和前人的研究成果，重新认真阅读作品开始：从字句训诂、释义开始了解每首诗的主要内容，然后想在此基础上搞清各首诗之间的关系，搞清了这些问题才有可能迈进探索其主题和结构的门槛。然而下了很大功夫，用了很长时间，对第二个问题即各诗之间的关系，始终搞不清楚。我只好停下来，同时想到既然行不通，不妨换个思路：前面不是总结过前人失误的 4 个原因吗？那就根据这些教训和启示，有针对性地改进研究方法和思路。

具体说来，运用创造性思维对《游仙诗》的主题和结构做创造性阐释主要经历了以下几个步骤：

一是改变前人不重视、不研究诗人生平和思想信仰的疏漏，重视这方面的研究。为此我写有 3 篇论文，发表了 2 篇。

二是结合这些研究成果精读作品之后，要确定思维活动的大方向。我们知道，创造性思维是一种散发式思维，不但活跃、开放，而且是立体的、多向的，所以进行创造性思维活动如同翱翔于万里长空，纵横无际。正是因为如此，选择思维活动的大方向就越发显得重要，否则，思维活动漫无边际，信马由缰，最后只会陷入迷茫而走投无路。所谓大方向，是指作品的题材、思想内容和基本性质所属的类别，如政治的、社会的、历史的、宗教神话的、家庭的、人生的、民俗的以及人的内心世界的和多项内容综合的，等等。我根据《游仙诗》的内容和性质，以及历史背景，特别是当时盛行的神仙道教、风俗习尚和诗人生平、思想信仰等，选择从人生和宗教神话方面进行思考。当然，选择大方向不可能一锤定音：选择的大方向是否符合诗义、是否正确还要在接下来的环节中不断检验并调整和修正。如果完全错了，就要重新选择。

三是在此基础上，开始就诗歌内容提出问题。根据《游仙诗》研究的历史教训和启示，我有针对性地对前人所提出的问题和研究程序做了改进。我没有像前人一样在很多问题还没有搞清楚的情况下就直奔主题，也没有像前人一样选择那些被重复提出的老问题，而是首先就诗歌内容某一个方面提出全新的具体问题。当时，我陆陆续续提出很多具有创新性特征的新问题，经过反复筛选，最后确定了以下 7 个最有开拓前景、最有希望达到目的的问题：

（1）揭示序诗（即《游仙诗》中的第一首诗）所肯定的人生价值取向及其与正文的关系。

（2）前人所说的"非列仙之趣"部分和"列仙之趣"部分各包括几首诗，每首诗各写的是什么内容？两部分具有什么关系？

（3）《游仙诗》特别是第 3 首、第 9 首两首诗中的神仙世界是像有些学者所说的来源于艺术想象吗？如果不是，那么神仙世界是如何出现的？

（4）第 2 首所写的山林隐逸与学道修仙有什么关系？

（5）第 5 首、第 7 首诗之间为什么要插入抒写古代帝王出海寻仙的第 6 首诗？

（6）第 8 首所写的修德悟道与学道修仙有什么关系？

（7）为什么第 10 首写诗人修炼成仙，到神仙世界与神仙同游？

当时提出问题的顺序不是这样的，这里为了论述的方便重新排列。

研究成果是否具有创新性，完全取决于所提问题是否具有创新性。

十分明显，这个就全诗提出新的具体问题和接下来解决这些问题的过程，正是进行独立思考，使批判性思维转化为创造性思维的过程。

四是要注意解决问题的顺序，即必须先解决哪些问题，再解决哪些问题。如果顺序错了，很多问题根本无法解决。

首先要解决的是研究《游仙诗》主题和结构的关键性问题。具体说来，这里所谓的关键性问题主要有两个：第 2 和第 3 个问题。

先说第 2 个问题。所谓"非列仙之趣"部分实际是指《游仙诗》的第 4 首、第 5 首、第 7 首这 3 首诗。这 3 首诗写人在宇宙中的不幸主要有两个方面：一是人生的有限性造成的对时间飞逝的无奈和对生命短暂的焦虑；二是尘世束缚造成的痛苦和不自由感。而这两个方面正是我们平时所说的人的生命悲剧。魏晋时期风靡一时的神仙道教所追求的两个方面，即长生不老和自在逍遥，不正是要彻底摆脱生命悲剧吗？

再说第 3 个问题。所谓的"列仙之趣"部分是指第 3 首、第 6 首、第 9 首诗，其中第 3 首、第 9 首诗主要写诗人进行方术修炼，如服食丹药、行气、服炼津液等以及方术修炼引起的宗教存想，而宗教存想能使人"看到"神仙世界。在解决这个问题的过程中，首先要证明诗中所写的"神仙世界"都不是艺术想象。

解决了上述问题，我有所"顿悟"，实际上就是认识出现了飞跃：莫不是《游仙诗》的"非列仙之趣"部分写的就是诗人学道修仙的原因，而以"列仙之趣"部分为主的其他几首诗写的就是学道修仙的历程？经过反复思考，肯定了这一观点。

根据这一观点和神仙道教文献关于学道修仙过程的记载，其他 5 个问题也都比较顺利地得到了解决。

五是 10 首诗的内容和相互之间的关系搞清楚后，对全诗划分段落。在此基础上对《游仙诗》的主题、思想特征和结构问题进行研究，得出了全新的结论：

通过学道修仙历程的"自叙"，说明学道修仙是超越生命悲剧及其所带来的焦虑和痛苦的根本途径，反映了诗人对于生命永恒和自由的向往以及力图摆脱悲剧性命运的超越精神，这种为寻找和确立安身立命之本以安顿灵魂的形而上的追求，既是对于人终极关怀的体现，也是愚昧落后思想观念的反映。

《游仙诗》虽然把向往神仙世界、成为神仙的宗教理想作为全诗表现的中心，但在内容安排上却没有局限于此，而是寻绎这种理想产生的原因，即生命悲剧所带来的焦虑和痛苦以及为了摆脱悲剧性命运所做的反复探索。就是说，诗人没有把反映学道修仙历程的诗歌局限于狭隘的宗教生活范围内，而是放在生命存在和人生理想的高度和视域加以审视，从而赋予作品以鲜明的社会内容和浓重的人间色彩，这极大地开掘了作品的思想空间和深度,提升了作品的意义和价值。

《游仙诗》的主题既有悲剧性、超越性、哲理性和人类普遍性的思想特征,又有丧失自我、匍匐于神灵脚下的愚昧、落后和精神扭曲的思想特征。

关于《游仙诗》的结构:《游仙诗》的 10 首诗紧紧围绕主题展开描述,共同构成了结构严谨、首尾完整、阶段分明、衔接紧密、收放自如、曲折有致,并严格遵循生活逻辑和历史真实的优秀组诗。此外,还分析了艺术成就。

根据以上新认识,有必要对《游仙诗》重新评价。无论从主题的性质、题材的开拓看,还是从思想内涵的深刻性和丰富性看,《游仙诗》在中国诗歌史上都具有开创性意义。

考虑到在关于《游仙诗》主题和结构问题的主流派观点被广泛认同的情况下,像这样彻底否定主流派观点而重新解读《游仙诗》的论著很难被接受,我没有直接写书,而是在近 3 年的时间里在《文学遗产》等 6 家刊物上发表了 11 篇论文,最后在此基础上才写成《郭璞诗赋研究》(中国社会科学出版社 2015 年出版)。

现在来看,这些论文和专著已经得到学术界的初步肯定,但是,是否能够真正站住脚,还需要时间的考验。希望有关专家和学者提出批评,展开争鸣。

刘怀荣:您说对文学经典做创造性阐释是文学研究工作者最基本的任务,前面您对《游仙诗》的主题、思想内容和结构做了富有创造性的阐释。这个问题很重要,请再结合其他问题谈谈创造性思维和创造性阐释。

赵沛霖:上面说明了对文学经典主题和思想内容的阐释,下面我就文学经典在艺术成就方面的创造性阐释再谈一点看法。

毋庸讳言,文学经典在艺术表现方面有很高的成就和巨大贡献,但我们在这方面的认识无论在深度上还是在广度上都很不够。例如,对于屈原在诗歌艺术成就方面,特别是他对比兴艺术方法的发展方面就是如此。

众所周知,屈原是我国诗歌艺术史上具有划时代意义的诗人,他的以比兴方法为主要艺术特色的《离骚》标志着我国诗歌艺术跨入了新的发展阶段。但学术界对这个问题的研究一般多停留在肯定屈原运用比兴的象征手法,与宏伟的结构、强烈的感情和丰富的想象相结合,是屈原作品成功的决定性原因。这种看法不能说不对,但对于这个重要而特殊的问题来说未免过于简单化和表面化了。在我看来,屈原对比兴艺术方法的开创性贡献主要表现在以下 3 个方面:

一是屈原运用比兴方法采用物象的范围十分广大,种类丰富多彩。应当说,做到这一点并不十分困难,难得的是不仅赋予它们以深刻的思想内容和重要意义,而且使这林林总总的物象在诗中达到了和谐统一的美的境界。这充分说明屈原选择物象时不是随便见到什么写什么,也不是想到什么写什么,而是以严格的审美标准加以选择和提炼的。

二是屈原运用的比兴物象与诗歌的艺术形象具有内在的统一性,因而成为诗歌艺术形象不可分割的有机组成部分。屈原不论运用什么样的比兴,都从不游离于诗歌形象之外。他从诗歌整体形象出发,使比兴与诗歌各部分水乳交融地联系在一起。这种联系不仅反映在思想内容上,而且表现在感情基调上,甚至表现在色彩和氛围上。这使作品形象更加鲜明完整,意境更加含蓄,更富于艺术感染力;使屈原在主人公艺术形象塑造方面取得了特殊优势和成就。这是屈原巧妙运用赋比兴对神话、历史和现实生活加以提炼、概括，使诗歌形象典型化的结果。

三是屈原根据比兴的特点，充分发挥其优长，并与赋巧妙结合，虚实相生，取得了出神入化的艺术效果。在《离骚》中，诗人升天入地，上下求索，神思飞驰，往观八荒，在无限广大的空间和时间内大起大落，是与比兴方法给予他的极大自由分不开的：诗可以不拘泥于时空界限和具体的同一性，因而才有可能将神话传说、历史事实和现实生活熔为一炉，使其中复杂多变而时空差距又巨大的诗歌场景彼此高度统一，别开生面地创造出神奇瑰丽而又和谐统一的艺术境界。

屈原在这方面取得的艺术成就，不但在中国诗歌史上绝无仅有，就是放在世界诗歌史上也十分罕见。关于这个问题可参见拙著《兴的源起——历史积淀与诗歌艺术》（天津社会科学院出版社 2019 年修订版）有关章节的论述。

另外，创造性思维和对文学经典的创造性阐释，对文学经典研究史的阐释也是适用的。

2000 年前后的几年，很多学者都拟写 20 世纪的各种学术史。因为在 20 世纪的 100 年间，时代、社会、政治、经济乃至文化、思想和学术都发生了翻天覆地的变化。20 世纪可以说是一个激流勇进的时代。为这样一个时代写学术史具有非同寻常的意义。当时，我想写一部 20 世纪《诗经》研究史。

所谓学术史实际上由两大因素构成：一是该学科过去的学术研究及其所形成的学术传统；二是它所经历的时代的学术大环境，即时代的学术文化思想对于学术研究的影响。离开了后者学术研究就无法发展。从这个意义上说，学术史研究实际就是今天的学术文化思想和昨天的学术研究之间的交谈，就像历史研究是现在与过去之间的交谈一样。与一般的学术研究相比，学术史研究更需要微观与宏观相结合的理论思考以及运用具有时代高度的学术史大尺度对于每一个历史阶段和学者的衡量。

学术史需要研究者主动构建。1949 年以来，流行的学术史构建模式主要就是"列传式"的构建模式（见朱维铮《话说中国思想史》），几十年来所出版的各学科的学术史基本上都是如此。所谓"列传式"的构建模式，简单说来就是以生平和其论著为研究的重点，以时间顺序排列而形成的学术史。如果坚持批判性思维，就会发现这种构建模式适合于学术文化思想发展比较缓慢的古代社会。例如，历代的《诗经》研究，虽有汉学、宋学之分，但从其基本性质来看，都属于儒家思想体系，学术性质并没有发生根本的变化。但用这种模式构建学术文化思想飞速发展的 20 世纪的学术史，其历史局限性就明显暴露出来了（其局限性主要有 4 点，其中之一就是"列传式"的构建模式，是以学者为基点从学术史内部观照学术史，自觉不自觉地将学术史视为一个自足的封闭体系，从整体上忽略或割断学术研究与时代学术文化思潮之间的内在联系）。

20 世纪的诗经研究与时代学术文化思潮之间的联系更加密切，受到的制约和影响更加突出和深刻——我国现代历史上出现的一些重要的学术文化思潮总是很快就被《诗经》学吸纳，并在新的研究成果中反映出来，《诗经》研究因而成为 20 世纪古典文学研究中一个最为开放和活跃的领域。鉴于这种情况，我在写 20 世纪《诗经》研究史时，没有采用广泛流行的"列传式"模式，而是另辟蹊径，运用了一种全新的模式，即从《诗经》研究与现代学术文化思潮内在联系的视角切入，具体考察现代学术文化思潮如何影响和决定《诗经》研究的方向、重点和方法，以及《诗经》研究各发展阶段的特征、成绩、不足和不同发展阶段之间的内在联系；简言之，也就是在时代学术文化思潮的大视野与《诗经》学自身传统结合的框架内，把握传统《诗经》学在现代条件下的嬗变过程。

20世纪初古史辨派在《诗经》研究中体现着大胆怀疑、独立思考的"五四"精神，是"五四"新文化运动在《诗经》学领域的具体表现。在新文化运动背景下，史学家承担了文学家的责任从事《诗经》研究，把现代学术意识和观念引入《诗经》学绝非偶然，而有其历史的必然性。

二三十年代唯物史观引入《诗经》学领域，是《诗经》乃至整个古典文学研究史的最重要的变化之一。传统《诗经》学的重点和强项在于考据和训诂，而唯物史观则致力于作品的解读和阐释，这不但弥补了传统研究的不足，而且从根本上提高了《诗经》研究的深刻性和科学性。

从三四十年代开始，文化人类学的观点和方法使《诗经》研究的视野由中国走向世界，"带读者到《诗经》的时代"，极大地拓宽了《诗经》研究领域。

50年代庸俗社会学在研究领域盛行，《诗经》研究被意识形态化；六七十年代在极"左"思潮干扰下，《诗经》研究独立性完全丧失，其与《诗经》学优秀传统的联系被割断了，而听凭政治需要，胡乱杜撰。80年代以后的"文化热"，形成了《诗经》的文化批评研究，使《诗经》研究真正回归到文学本位。

可以看出，随着历史的前进，学术大环境的变化和新的学术文化思想的出现必然引起对于《诗经》的新一轮阐释。这十分清楚地反映着时代学术文化思潮与《诗经》研究史之间的内在联系。相对于"列传式"构建模式的自足封闭的局限性，这种新的构建模式姑且称之为"开放式"的构建模式。

我的《现代学术文化思潮与诗经研究——二十世纪诗经研究史》就是运用这种新的构建模式写成的《诗经》研究史著作，对学术研究的意义主要有3个方面：

其一，揭示20世纪《诗经》学发展历程和内在学术理路及其与时代学术文化思潮的关系，使学术史问题得到了深刻阐述；

其二，新的学术史构建模式提供了很多新的研究视角，催生形成了一系列新的学术观点；

其三，《诗经》研究史"开放式"的构建模式打破了多年来"列传式"构建模式一统天下的局面，将促进《诗经》学术史研究的深入发展。

事实上，20世纪历代文学学术史研究都程度不同地受到时代学术文化思潮的影响而有其新的特征，只是不如《诗经》学术史研究更为突出罢了。

三、问题意识

刘怀荣：几十年来，您发表了很多论文，几乎每篇论文都以发现问题为起点。请问您是怎样发现这些问题的？请谈一谈您对问题意识的认识和体会。

赵沛霖：所谓问题意识是指对问题的敏感性，以及发现问题的欲望和能力。问题意识强发现问题的能力也就会强，这是一位学者学术研究能力强的重要表现。保持强烈的好奇心有益于强化问题意识。好奇心和问题意识的前提和基础都是批判性思维，要敢于打破思维定式，敢于大胆怀疑和否定，敢于挑战错误和成见。

发现问题是学术研究的起点和导向，有了问题才有可能将它转化为课题，并最终确定研究的对象和具体方向。可见，发现问题是学术创新的基础和前提，其重要性是不言而喻的。正是在这个意义上，有人说问题比答案更重要。如果把学术研究比作猜谜，那么，发现问题就是构想谜面；没有谜面，猜谜也就无从谈起。

下面结合我的一些论著谈一谈我是如何发现问题的。概括起来，我的做法大体可以分为以下几个方面：

第一，重新审视已有研究成果，对其中错误观点和结论提出批评意见，得出新的观点和结论。"重新审视"的必要性基于以下两点：一是原有的观点和结论可能存在问题和错误；二是随着历史发展和时代前进，学者的观念、思想和认识会产生相应的变化，对同一个问题会有新的认识和观点。只有不断重新审视和提出新的观点和结论，学术研究才能不断取得进步。

这方面比较突出的是对作品主题和思想内容的认识和理解。例如，前人对屈原《离骚》的中心主题和屈原精神做了多种不同的阐释，我认为这些阐释并不符合实际，而做了全新的阐释，指出《离骚》的中心主题主要表现在两次重大的抉择：一次是对儒家人生观和道家人生观这两种不同的人生态度的抉择，一次是生死的抉择。正是这两次抉择反映的理性精神和崇高道德精神的完美结合，构成了《离骚》主题和屈原精神和品格的基石。（《两种人生观的抉择——关于《离骚的中心主题和屈原精神》，《北京大学学报》2011年第3期）又如前人对宋玉《神女赋》《高唐赋》的主题和思想内容存在严重误读，原因在于不是从作品的内容出发，而是盲目根据古人的观点，认为两篇赋中的神女是同一个神女。我认为这不符合作品的实际，两篇赋实际上分别塑造了思想性质完全不同的两个神女形象，并在此基础上对作品进行了全新的解读。（《〈高唐赋〉〈神女赋〉的神女形象和主题思想》，《社会科学战线》2005年第6期）此外，前面提到的对郭璞《游仙诗》主题解读，也属于此类。

第二，有些古代作品由于种种原因，前人从来没有进行研究，形成了研究领域的空白，我们重新审视现存文献，有必要"查漏补缺"。例如首见于《吕氏春秋》的"葛天氏八阕乐歌"，千百年来始终无人研究。在中华人民共和国成立后出版的各种论著中，在说明文学艺术起源于劳动和诗歌舞三位一体等问题时，对它无不引用。但对于它的主题和思想内容，以及"八阕"各阕之间的关系都没有做出具体的论证和说明。针对这种情况，我对"八阕乐歌"逐一进行研究和考证，写成《葛天氏八阕乐歌为秦民族史诗考》（《文学遗产增刊》第17辑）。

类似的情况还有郭璞的辞赋《江赋》。此赋不仅是郭璞辞赋的代表作，而且也是魏晋时期重要辞赋之一。有关论著对此赋的研究多集中于名物考证、训诂和艺术分析，而从未涉及其主题和思想内容及其重要意义，前面提到的几部通行的文学史就是如此。针对这种情况，我在研究郭璞时重点研究了这篇作品，指出前人的研究完全脱离了作品的特殊历史背景。我在文章中指出，两晋之交我国历史上第一次南北对立的特定背景，使本来属于自然地理范畴的长江，一跃成为关系东晋王朝前途和命运的生命线。在胡马临江的最危险的时刻,诗人塑造富有阳刚之美的浩瀚、雄奇和壮阔的长江的艺术形象,展示了长江独特的精神气质和强大生命力,对振奋民族精神,增强民族凝聚力,无疑具有重大意义。(《我国历史上第一次南北分裂与郭璞的江赋》,《上海师范大学学报》2014 年第 1 期)

第三,我们在阅读有关文献的过程中,有时会发现一些矛盾的现象。对这些矛盾现象不要轻易放过,其背后往往隐藏着某些问题。有些学术研究中的问题就是通过这种方式提出的。例如,我在写《葛天氏八阕乐歌为秦民族史诗考》时就发现一个问题:"八阕乐歌"虽是原始社会末期的诗歌,但其中有些概念,如"天常""帝功""地德"和"五谷"等,经过考证和研究,都不是原始社会的概念,而是春秋战国时代的产物。通过这个矛盾现象提出了一个问题,即如何认识"八阕乐歌"的时代问题,并最终写成《以时语写古事——关于葛天氏八阕乐歌的时代问题》一文(《松辽学刊》1985 年第 4 期)。

再举一例,据《晋书》本传可知,郭璞因为卷入上层统治集团内部斗争而被叛将王敦杀害。关于郭璞之死的性质,从明代张溥起到当代的有关论著和文学史,都认为郭璞被杀害是"烈士殉义",即践行儒家"杀身成仁"的政治理念而英勇就义,并予以充分肯定。本传对郭璞与王敦的矛盾冲突,以及郭璞在刑场被杀的过程写得具体而详细,而在这个过程中郭璞有很多荒诞而乖谬的言行。我从中总结了 4 个明显违背理性和日常生活经验的矛盾现象,通过这些矛盾提出了一个问题:郭璞之死的性质到底如何? 我认真研究这些矛盾,并参阅大量的有关文献,认为"烈士殉义"说完全不符合实际,而提出了新的看法:支撑郭璞临危不惧、视死如归的精神力量,不是儒家的政治理念和道德精神,而是为了摆脱人间苦难,成为快乐神仙的宗教理想。按神仙道教的有关教规,一个人修炼到一定程度必须通过"尸解"才能成为神仙。我就这一观点写成《驾鹤仙去:郭璞之死解读》(《北京师范大学学报》2012 年第 1 期)。其实,在神仙道教的典籍中早就有郭璞为了实现宗教理想而死的观点。与郭璞同时代的道教思想家葛洪,在《神仙传》中就说过"璞得兵解之道而死,今为水仙伯"(《道藏精华录》下册卷 9 第 38 页)。此处"兵解"即"尸解"之意。此后历代的神仙道教典籍也都有类似的记录。但由于种种原因,1949 年以后的文学研究者对这些宗教典籍多忽略不计。

第四,对有些思想内容比较复杂的作品,不但要弄懂其内容,还应该进一步追问其价值和意义。有的作品具有思想文化价值。关于褒姒的神话传说,就提出了这样的问题。褒姒的神话传说,可以说是西周之前我国神话中故事最曲折多变而又最富于思想内涵的一则。其深刻之处在于,它不只是从一般的意义上揭示天命和命运观念所宣扬的命由天定的思想,以及"女人亡国论"(当时有关论著正是这样认识的),而是从更深刻的层面上开掘,充分揭露了天命和命运观念扼杀人的价值和尊严的残酷本质。在这方面,它比古希腊神话中的命运观念更加残酷。在古希腊神话中,强调命运必然性的同时,还突出人的自由意志,人可以与命运相抗争。我根据这样的理解写成两篇文章:《褒姒的神话传说及其文化思想价值》(《上海师大学报》2008 年第 4 期)、《两种不同的命运观——褒姒神话传说与俄狄浦斯神话传说的比较研究》(《暨南学报》2008 年第 3 期)

另外,有的古代典籍具有文献价值,我在读《山海经》后就提出了这样的问题。认为《山海经》最少具有 3 个方面的文献价值:一是对中国古代的七大类神话有详略不同的记录;二是保留了关于神话世界地理空间的记录;三是保存了大量凝聚着原始文化信息的原始物占。另外，《山海经》对追溯事物起源的神话，如创世神话、部族起源神话等记录较少，而对英雄神话、部族战争神话记录较多，在一定程度上反映了中国传统文化的特点和文化价值取向。（《中国神话的分类与〈山海经〉的文献价值》，《文艺研究》1997 年第 1 期）

第五，在读学术论著时，有时会发现一些错误、片面性和简单化的观点。例如关于中国古代寓言的起源，有一种观点认为寓言继承了古代神话传说，是由神话传说发展来的。这种观点只适合于极个别神话，而不适合于大多数神话，对大多数神话来说完全是错误的。那么，寓言究竟是如何起源的，其具体过程如何？ 要回答这个问题，就要从春秋战国最早出现的寓言如《画蛇添足》《鲁侯养鸟》等说起。《画蛇添足》讽刺了故意卖弄而弄巧成拙的行为，人们觉得它荒唐可笑，是以理性观点和生活经验为标准看待它的结果。如果将历史向前推到原始社会末期，那么画蛇添足则是一种具有神圣意义的行为。原来，画蛇添足使其成龙，开始只添一足，后来添四足，是龙图腾民族中十分普遍的行为。《鲁侯养鸟》等寓言也是如此。这些寓言都是把往昔那些以传统宗教观念为基础的思维方式和行为，放在实践理性已经兴起的春秋战国新时代的背景下予以审视，以理性精神予以批判、否定和嘲讽，使宗教的荒谬和传统的乖违充分暴露在人们面前。可见，寓言的出现是理性战胜宗教、智慧战胜蒙昧、人战胜神的结果，是社会深刻变化、时代前进的产物，而不是对神话的继承。（《试论中国寓言的起源》，《文艺研究》1984 年第 5 期）

第六，有些问题，前人已经有一些论述，但说得极为简单，没有触及重要内容和问题的本质。对这些问题，我们可以在前人研究的基础上"接着说"。例如关于神话历史化问题，"五四"以后不久就被作为一个问题正式提出来。但前人的研究主要是证明这种现象的存在，而没有进行全面系统的考察，没有揭示问题的真相。对这个问题，首先要明确神话在原始人那里被认为是真实的存在，到商和西周时代被作为宗教观念和哲学（神学）而存在。所以，认识神话历史化首先必须掌握商周之际宗教观念和哲学思想的发展变化。从周到商有关上帝的观念发生了巨大的变化：上帝不但是人间道德的根源，而且是人间道德的仲裁者，通过道德仲裁把统治天下的权力赐予人间帝王。随着上帝的伦理道德化，他的下属即其他诸神也被逐渐伦理道德化。诸神的伦理道德化是神话历史化过程中的关键一步。我们知道周人的历史意识非常强，最终通过具有宗教特征的历史意识"改造"，使得诸神纷纷下界人间，至多只能是一半在天上，一半在人间，成为半人半神式的神或人。（《论神话历史化思潮》，《南开学报》1994 年第 2 期）

第七，在文学研究中，在通读作家和诗人的作品，掌握了其思想内容和艺术特征之后，还需要将它与文学史上的同类作品相比较，考察它在思想和艺术上有没有新的发展和创造，然后才能对他的作品及其在文学史上的地位和影响做出评价。

如在研究庾信的山水诗时，发现他的山水诗与之前的山水诗的最大区别，是将世俗情怀与对山水自然的审美观照结合起来，把世俗性的欲求和期待融汇于对山水自然的具体描写中，直接导致了山水诗的世俗化。世俗化的山水诗与早期山水诗具有完全不同的基本精神和价值取向，从而改变了山水诗企慕世外，与自然冥合为一的发展路向，而向世俗生活和现世追求的方向倾斜。由此山水诗才彻底走出了玄学的阴影，回归人间。作为玄学影响山水诗终结的标志，山水诗的世俗化具有深远的意义和影响：从此以后，诗人们更加注重捕捉和挖掘与世俗生活密切相关的山水自然之美。我国山水诗创作第一个高峰唐代的山水诗中常见的田家即事、乡村风光、庭院生活以及闲居访友、羁旅乡思、登临抒怀、舟行夜泊,等等,无不是山水自然景观与日常世俗生活的结合。(《庾信山水诗的世俗化及其意义和影响》,《上海师范大学学报》2010 年第 5 期)。

这个问题涉及另一个问题,要尊重诗人的创作个性及其所决定的作品特征,不要以一个诗人的创作个性和特征要求另一个诗人,如不能以陶渊明的山水田园诗为标准要求庾信的山水诗,有的学者这样做,我认为是不妥的。

又如从道德精神和理想人格的层面看,西周末期各种社会矛盾爆发的前夕,出现了一个新的人群,即以家父和寺人孟子为代表的《诗经》"变雅"(部分)的作者群。他们在道德和人格方面具有共同的社会性特征——忧国忧民,以天下为己任。这使他们以诗歌为手段对以周天子和褒姒为首的最高统治集团展开了猛烈的抨击和批判,由此而走在了时代政治思想的前列,展现了一种前所未有的全新道德和人格:忠贞无畏、正气浩然以及道德精神的自觉和崇高的社会责任感。从某些方面看,可以说他们是中国历史上广受崇敬的仁人志士的先驱。他们的作品不但赋予《诗经》以全新的思想内容,促进了文学领域思想观念的提升,而且推动了我国伦理道德和文化思想的发展。(《试论"变雅"作者群的理想人格》,《人文杂志》2008 年第 1 期)

第八,在审视作品时,掌握了它的某些特点和性质之后,不能到此为止,还有必要提出一个重要问题:它为什么会具有这样的特点和性质? 其根本原因是什么? 这样,不只丰富了文章内容,加深了对作品的理解,而且拓展了文章内容的深度和广度。如在研究《诗经·周颂》中的祭祀诗时,我发现一个问题,即在《周颂》17 首祭祀诗中,祭祀上帝(天)的 1 首,祭祀山河的 3 首,除此之外,其他 13 首都是祭祀祖先的;而在这 13 首诗中祭祀文王和武王的共 9 首,而祭祀其他周王的只有 3 首。这里存在两个问题:一是在各类祭祀对象中为什么祭祀祖先的诗最多? 二是在祭祀祖先的诗中又为何以祭祀文王、武王的诗最多? 这种情况的出现并非偶然,而决定于以下两个原因:一是宗教文化原因。考察我国古代宗教可以知道,在周人的宗教观念中,祖先崇拜占有最重要的地位。二是现实政治原因。周人认为,文王和武王推翻殷商是在践行天命,祭祀他们就是肯定和强化天命观念,神化他们就是证明以周代商符合上帝的意志。(《关于诗经祭祀诗祭祀对象的两个问题》,《学术研究》2002 年第 5 期)

又如众所周知,陶渊明付出了极大的代价,克服了很多困难,终于过上自己所追求的理想生活——退隐田园和躬耕自给。这里也有一个重要问题,陶渊明为什么认为这才是理想的生活方式。原来,陶渊明选择这样的生活方式决定于他的哲学人生论,即人生哲学。人生哲学要回答的最主要问题,就是如何做人? 什么是能够体现生命价值的理想生活方式? 陶渊明在儒家思想之外,从另一个角度寻求人生的意义和生命价值,认为人生意义和生命价值不在于是否取得功名富贵,而在于顺应自然,复归本性,无拘无束,在与自然的融合中达到精神自由和心灵的超越,从而得到形而上的慰藉。(《陶渊明的诗歌创作与人生哲学》,《南昌大学学报》2009 年第 2 期)

四、研究方法

刘怀荣:刚才您谈到,在 20 世纪 80 年代做《诗经》研究时,您运用了文化批评的研究方法，请您具体谈一谈这种研究方法。

赵沛霖：研究方法是每一位研究者必须高度重视的问题。所谓研究方法也就是认识和把握研究对象的方法，主要指研究工作的路径、程序和具体操作的要领。这些路径、程序和要领反映了研究工作的客观规律，因此，正确运用研究方法也就是按照研究工作的规律做，使研究工作在正确的轨道上前行，这当然有助于研究工作的顺利进行。研究方法的这种性质和特征使之具有明显的工具性，因此，有人把研究方法比喻为照路的明灯和过河的桥、船。

与思想认识的发展变化相比，研究方法一旦形成则具有很强的稳定性，其发展是比较缓慢的，但这不意味着研究方法没有发展变化。在这方面，自然科学研究方法的发展与自然科学的发展基本上是同步的，而人文社会科学，特别是文学研究方法的发展则比较复杂。就我国来说，从总体上看，改革开放以来，社会历史发生的翻天覆地的变化，为学术研究和研究方法的发展提供了巨大的动力，是其不断发展的总根源。具体说来，文学研究方法发展变化的根本原因在以下几个方面。

首先是思想文化的发展。20世纪80年代，发生了一场席卷我国学术文化和思想领域的"文化热"。这场"文化热"的重要任务之一就是对于传统文化的深刻反思和重新评估，这很好地促进了观念的变化和认识的发展，从而为学术研究提供了理论和方法论的支持，促进了新的文学研究方法的诞生。其次，是对于"人"的观念的变化。其中最为突出的是正式肯定了"人性"的存在。原来只承认人的阶级性，而根本不承认人性的观念；从20世纪80年代开始，变为肯定人既有自然本能冲动的规定性，又有"社会关系总和"（马克思语）的社会性。对于人的本质认识的这一重要变化，在思想文化领域直接导致了人的主体地位和价值的提升。反映在文学领域，则是走出了"机械反映论"和"庸俗社会学"，而复归了文学本位：逐渐把揭示人的感情世界和心路历程作为基本任务。思维方式也发生了重要变化：从过去线性、单项的思维方式变而为多角度、多侧面的思维方式，并注重运用散发式和创造性的思维方式。

以上几个方面推动了文学研究方法发展变化，并形成了新的研究方法，其中最重要的是文学的文化批评方法。这种研究方法是从文化的心理层面，即价值观念、思维方式、审美趣味、道德情操、宗教信仰和民族性格等方面和有关的观念、制度、风俗、习惯与文学关系的角度对文学展开多角度、多层面的研究。十分明显，这种研究方法涉及多个学科，并借鉴了历史上形成的多种行之有效的研究方法。所以，从总体上看，文学的文化批评方法具有综合性研究方法的特征。新的研究方法极大地拓展了文学研究的空间，丰富和深化了文学研究的内容，为文学研究打开了一个全新的广阔天地。

五、研究视角

刘怀荣：如何理解和选择研究视角？对学术研究来说，研究视角有什么重要性？

赵沛霖：所谓研究视角，即从一定的学科和其他知识系统考察和研究学术问题的角度，一般说来，像其他任何事物一样，学术研究的对象也是多侧面的——事物的多面性正是事物的普遍性特征。这些不同的侧面往往只能在特定的角度才能看到，角度转换了看到的侧面也就不同。苏轼的两句诗"横看成岭侧成峰，左右高低各不同"可以说是对研究视角的最好形象诠释。侧面多,研究的视角当然也就多。在这诸多视角中总有一个看到的问题更全面,更本质。这充分说明选择研究视角对学术研究工作的重要性。此其一;其二,更为重要的是,在一定的情况下,选择视角直接关系学术研究能否创新。试想,你选择的视角与别人相同,那么,看到的问题往往也就大体相同。所以,要想发现新问题,提出新观点,真正做到学术创新,选择新的视角是重要途径之一。当然,这不是说视角相同,写出文章的水平和质量就完全相同。

　　关于研究视角的分类,有的文章将研究视角分为思维视角、理论视角和批判视角等;有的将研究视角分为社会历史视角、文化视角、形式视角、心理视角、人类学视角等。这些分类各有一定的道理,可以供我们参考。这些分类或许兼顾了各个学科,而非仅仅针对文学研究。从文学研究的角度看,这样的分类未免显得过于笼统和简单。从各学科研究的对象来看,文学研究对象可以说是最复杂、内容最广泛的,举凡国家、社会、人生、自然以及复杂的思想感情和深邃的内心世界等,无所不包。题材广泛,内容复杂,研究视角当然也就多。更为重要的是,根据我的研究实践,文学研究所选择的视角往往不是上述那几大类,而是更具体细致的。例如文化视角,在文学研究实践中往往不是笼统的文化大类,而是文化所包括的各项具体内容,如文化的心理层面,可包括价值观念、审美趣味、道德情操、宗教信仰和民族性格等及与之相关的观念、制度、风俗、习惯与文学关系等视角。

　　视角的发现和创新与研究者掌握的知识密切相关,只有掌握的专业知识比较精深,掌握的相邻学科和其他有关学科的知识比较广博,才有可能发现更多、更新的视角。

　　下面还是结合我的研究工作实践,通过具体例证来说明研究视角的重要性及其与学术创新的关系。

　　其一,从文化发生的视角审视学术问题。自古至今学者们已经对我国最重要也是最早出现的诗歌艺术理论概念之一——兴,做了大量的研究。他们研究的视角主要有诗歌艺术方法、诗歌艺术形象的构成、形象思维和修辞手法等。如果还是从这些视角进行研究,很难写出具有创新性的成果。鉴于这种情况,我没有重复前人,而是采用了一种全新的视角,即发生学的视角。新的视角带来了新的发现,我提出了新的问题。我们知道,作为诗歌艺术方法的兴,不是与诗歌生而俱来的,而是诗歌艺术一定发展阶段的产物。那么,兴是如何产生的?它的产生与当时最主要的意识形态有什么关系?兴出现的具体历史过程怎样?兴的出现对我国诗歌艺术方法的发展带来了哪些变化和影响?我对这些从来没有人提出过的新问题的思考,带来了观点的创新,并最终写成《兴的源起——历史积淀与诗歌艺术》一书。与前人从孤立静止的观点审视兴不同,本书从发展的观点考察兴,将兴作为一个具体的历史发展过程,揭示兴起源的特殊本质、具体过程以及它的产生给诗歌艺术发展带来的根本性变化:兴的产生不但为我国诗歌艺术本质特征的形成奠定了基础,而且也为丰富诗歌艺术表现方法创造了条件,使诗歌改变了一味直言(直言其事或直言其情)的表达方式,而逐渐达到含蓄隽永、意味深长的境界,并最终形成了我国诗歌艺术特有的审美特征——诗味。这样,就从历史源头上回答了我国诗歌艺术主要是通过"景语写情语"也就是"借物言情",而不是像西方诗歌那样单纯"抽象抒情"的根本原因。(《兴的源起——历史积淀与诗歌艺术》,李泽厚主编的《美学丛书》之一,中国社会科

学出版社 1987 年版；天津社会科学院出版社 2019 年修订版）

其二，从同一时代具有不同的历史文化背景的视角审视学术问题。如南北朝时期，产生于北方少数民族文化与汉族传统文化相融合历史背景下的北朝爱情诗，与具有"发乎情止乎礼义"传统的南朝爱情诗具有根本不同的思想和艺术风格特征，以此为内容写有两篇论文：《不同民族文化融合背景下的北朝爱情诗》（《中州学刊》2009 年第 3 期）和《新旧两种观念交汇背景下的南朝爱情诗》（《中州学刊》2010 年第 3 期）。

其三，从历史走向和发展趋势的视角审视学术问题。例如，关于我国神话的历史发展趋势除了前面说的神话历史化之外，还有其他不同的发展趋势，如神话的功利化和神秘化。神话的功利化是指将神话用于实际生活，使神话具有功利效用。神话的神秘化是指将神话用于预知事物未来的占卜，通过实用化显示其神秘学。以前者为题写有《关于神话的功利价值取向》（《齐鲁学刊》1997 年第 1 期）；以后者为题写有《物占神话：原始物占与神话的实用化》（《社会科学战线》1996 年第 3 期）。

其四，从是否具有现代性特征的视角审视学术问题。众所周知，《诗经》传注所涉及的训诂，是一个最具稳定性的学术领域。但是，进入 20 世纪以来，这个领域也发生了深刻变化，形成了重要的现代性特征：①体现科学精神；②突出文学特征，20 世纪之前将它作为经学；③具有文化视野，20 世纪之前有关《诗经》的训诂仅仅限于疏解字意；④简明精要的传注风格。（《20 世纪〈诗经〉传注的现代性特征》，《中州学刊》2006 年第 5 期）

其五，从性别视角审视学术问题。在我国数千年的诗文创作中女性作者实属凤毛麟角。在这极为少数的女性作者中南朝时期的女诗人鲍令晖又是一位性别意识极强的作者。她从女性的视角出发审视爱情和婚姻，写出了与男性爱情诗完全不同感受和体验，真实而深刻地传达了封建时代女性的内心呼声。（《贵州社会科学》2011 年第 5 期）

其六，从诗人的主观情怀审视学术问题。古今很多学者试图梳理阮籍的 82 首《咏怀诗》的脉络，但是在很多诗篇写作时间不明，具体针对什么历史事件也无法确知的情况下，古今学者根据诗歌创作所依据的历史背景和有关史实来梳理作品，划分段落，无不流于穿凿附会，主观臆断，难于服人。既然研究史已经证明，这条道路走不通，我们不妨换一个视角，从诗人的主观情怀出发，考察其内心世界的变化，或许能够找到一些路标，为对它进行全面梳理提供可靠的根据。诗人的心灵历程形之于诗，不可能不留下痕迹，区别仅仅在于有的比较隐晦，有的比较显露。从这样的视角出发，就能看到《咏怀诗》中确实存在着一条不经意间形成的思想线索：出世远游思想的萌生和逐渐发展，直到最后成为诗人的理想生活方式和人生归宿。这条思想线索，反映了诗人对于人生道路的探索和对理想生活方式的追求。按这样的理解，可以把 82 首《咏怀诗》分成 3 个阶段，从而打破了《咏怀诗》"反复零乱，兴寄无端，和愉哀怨，杂集于中，令读者莫求归趣"的无法深入研究的停滞状态，为进一步深入研究《咏怀诗》探索了一条出路。（《论阮籍〈咏怀诗〉——出世思想与〈咏怀诗〉发展的三个阶段》，《北京大学学报》2010 年第 3 期，被收入《重读经典》。）

其七，从神话学的视角审视学术问题。神话学也像文学一样，有多个不同的研究视角，我采用较多的是神话思想的视角。所谓神话思想是指对于神话的认识和理解，而神话学则是这种认识和理解不断深化并形成系统而完整的思想观点的结果。可见，所谓神话思想是指在神话学正式形成之前散见于包括文学文献在内的各种文献中的对于神话的零散的认识。这些认识虽然不成系统,但对于神话学来说却具有重要的学术价值。

我们知道,我国的原始神话出现于几千年之前的母系社会的末期,而人们对于神话的认识则经历了漫长的过程,在这个过程中神话的性质在人们心目中发生了深刻而巨大的变化:简单地说就是,由宗教到艺术,由"真实的存在"到想象的产物,由实用到审美。简言之,就是对于神话的错误认识到对神话本质的正确理解。从时间上看,这个过程在我国经历了由西周到当代的漫长历程(在西方是由古代到 19 世纪),而从神话思想的研究视角出发研究的对象正是其间各种著作中的有关内容。

根据这样的理解,我写了《先秦神话思想史论》一书。书中考察了我国神话的出现与历史、宗教(主要是祖先崇拜)的关系,以及在发展过程中出现的神话历史化、神话功利化以及神话的异化,即我国寓言的起源和物占的出现等问题;还重点考察了《诗经》《山海经》等先秦典籍中有关孔子、观射父、墨子、庄子和屈原等文化名人的记载及其神话思想价值,对不同典籍神话思想的特征、独特贡献以及在我国神话思想史上的地位和影响做了系统的探讨。(《先秦神话思想史论》,学苑出版社 2006 年第 2 版)

其八,美学的视角。以大自然为审美对象的山水诗,其产生和发展是建立在对于大自然的审美能力的基础上,汉魏六朝恰恰是我国审美观念发展的转折时期,而这种转折集中表现在体现时代审美观念发展的南朝山水诗中。我们知道,我国真正意义上的山水诗出现于东晋时期,初期的山水诗完全笼罩在玄学的神秘氛围中,直到南朝时期山水诗才彻底走出玄学阴影,真正以对于大自然的审美为本质特征,并很快形成我国山水诗创作的第一次繁荣局面。(《南朝山水诗的美学特征及其贡献》,《文学遗产》2009 年第 5 期)

其九,哲学的视角。庄子的一些哲学观念,如时间观念、生死观念和主客观关系观念与原始神话所体现的哲学观念具有明显的渊源关系和某些一致性,说明庄子从建立自己的哲学体系出发,把蕴含于神话故事中的原始哲学观念加以提炼和概括使之升华和哲学化,成为自己哲学观念的一个组成部分。揭示庄子哲学观念与原始神话的内在联系,不仅为认识庄子哲学思想的本质提供了新的方向和视角,而且对于研究神话和哲学的起源和早期发展也有重要意义。(《庄子哲学观念的神话根源》,《文史哲》1997 年第 5 期)

其十,宗教学的视角:神话与宗教的关系十分密切,影响我国神话产生和发展的宗教观念很多,而影响最大和最为深刻的宗教则是祖先崇拜。我国神话的具体内容和特点以及历史命运无不与祖先崇拜的宗教观念密切相关。这只要与以自然崇拜宗教观念为基础的希腊、北欧神话加以对比,即可一目了然。(《祖先崇拜与中国古代神话》,《天津社会科学》1992 年第 6 期)

其十一,生态学和人与自然关系的视角,研究庄子自然观和生态智慧的现代启示:①庄子完全超越了人类优于自然,先天地拥有统治自然的特权思想,不但视人类与自然地位平等,而且肯定了自然对于人类的"孕育"和"供养"之恩,从而彻底打破了曾经在中西方思想界广泛流行的"人类中心论"。②庄子明确指出人类生存与自然环境之间的矛盾及其严重后果,并指出要彻底解决这一矛盾,人类应当反思自己。③庄子为了解决人类发展与自然环境之间的矛盾,使人类走出生存困境,提出有节制地利用"有用之用"和变"无用之用"为"有用之用"的主张,表现出极大的生存和生态智慧。

《庄子》作为民族文化经典包含着大量的属于未来的思想成分，只要用现代意识加以阐释，就能为我们提供大量的有价值的思想。庄子的自然观和生态智慧就有助于我们构建现代的文明理念，使我们走上保持生物多样化，人与自然和谐共生的发展之路。（《庄子自然观的历史进步性及其现代启示》，《诸子学刊》第 6 辑，上海古籍出版社 2012 年版；又见《庄子自然观》第 4 章，海天出版社 2012 年版）

六、学术视野

刘怀荣：学术视野对学术研究至关重要，请您谈谈二者之间的关系及如何开阔学术视野？

赵沛霖：在学术研究中，研究者运用自己所储存的各种知识和信息，进行思维活动的"空间"范围即学术视野。很明显，这个"空间"是虚拟的。我们知道，宇宙中万事万物的发展变化都只能在一定的空间范围内进行，学术视野就是研究工作中思维活动的"空间"范围。所以，每一位学术研究者都有自己的学术视野，区别仅仅在于这个"空间"是广阔还是狭窄。

任何空间范围的形成都要依靠支撑物的支撑，比如我们建房屋、剧场要靠横梁和立柱支撑，而学术视野的"空间"则是靠你所掌握的知识和信息来支撑。正像建大房子需要更长的大梁和更高的立柱一样，研究者要想自己有更广阔的学术视野，更好地从事学术研究，那就需要掌握更丰富的知识。掌握知识如此重要，而掌握知识是很有讲究的。从我自己读书和从事学术研究的经历来说，我觉得以下几点值得特别注意。

首先，要有能够满足你的专业需要的合理知识结构。各个专业都有自己的主体学科和相邻学科，不管你学的是什么专业，这两大类学科都是必须掌握的。主体学科包括的范围比较明确，相邻学科的种类比较宽泛和复杂，因为"相邻"是相对的，有的距离比较近，有的距离比较远，宽泛一点说也属于相邻学科。这样看来，相邻学科可以分为两大类：一类是十分重要，必须掌握的，例如对于学习中国古代文学专业的人来说，中国历史、中国思想史、中国文论史和中国文化史，等等，虽不是主体学科，但应当像对主体学科一样重视。此外，还有一类学科也可以说是相邻学科，只是与上述相邻学科相比，距离主体学科稍远一些，如民俗学、宗教学、美学、中国美学史、中国宗教史，等等。除以上两类之外，还有些知识可以根据研究内容的需要，临时补课。例如，我在研究郭璞诗赋时集中学习了有关神仙道教的典籍，在研究爱情诗时学习了有关中国婚姻史和古代家庭成员之间关系方面的书籍，等等。

其次，要及时阅读有关的论文。现在学报、学刊林立，发表的论文很多，良莠不齐，学术质量差距很大，内容重复的也很多，要特别注意选择。对于学术质量高、创新性突出、具有学术开拓性和前沿性的文章，不但要汲取其观点和内容，而且要注意其所运用的研究方法以及如何展开论证的。优秀的论文不但内容丰富、深刻，而且论证也很透彻和精彩。

此外，还有一个问题也很重要，应当特别注意。关于文学和史学研究，我国古代的治学传统是精于微观诠释和分析，而疏于宏观考察和研究，这极大地限制了我国古代学术研究的发展。之所以具有这样的严重局限性，根本原因在于几千年来思想理论没有前进和发展以及缺乏形而上的思辨传统,反映在学术研究中就是缺乏理论的指导,缺乏创新力,这是古代学者比较普遍的情况。而当代思想理论,无论是在我国还是西方,都有了比较充分的发展。这方面的书籍很多,但或许是受传统的束缚和影响,至今仍有一些研究文学的学者对学习理论和思辨能力不够重视。理论基础和修养不足,极大地束缚了思维能力和眼界。就我自己的研究而言,我所取得的些许成绩,都离不开思想理论的支撑。

我觉得,对于文学研究的学者来说,以下思想理论特别值得学习和重视:马克思哲学中有关怀疑和批判精神的论述,有关社会存在与社会意识的论述以及关于人的价值原理和人的社会本质等问题的论述,有关文学艺术、美和审美以及人的审美能力发展提高与社会生产实践关系的论述等,都值得关注;西方近代以来影响较大的有关文学艺术理论、美学和文化的著作,我国"五四"以后出现的有定评的文学艺术理论和美学著作,也值得学习。此外,还需要根据个人具体研究领域和论题选择有关理论著作,如我的研究领域很多地方涉及原始文化、原始宗教和神话,我有针对性地阅读了很多有关原始文化、原始宗教和文化人类学的理论著作,受益匪浅。

以上所说的各种著作是从事学术研究必须阅读的,在学习这些著作的同时,如果能挤出时间,最好再阅读一些"无用"的书籍,即哲学方面的论著,如西方近现代哲学史、20世纪西方文化哲学、我国现当代哲学研究著作等。我从 20 世纪 80 年代初开始,每隔一段时间都要阅读这方面书籍,一直坚持到 2014 年年底停止学术研究为止。从这段时间的阅读中,我体会到这些论著与我的研究课题虽没有什么直接联系,但却可以促进思考,开阔心智和视野,增强逻辑思维能力和推导能力,从而提高思辨、认识和分析能力。从长远看,对学术研究大有裨益。英国哲学家罗素说过,不要认为有了实证方法,思辨就不重要了,提出有意义的假设,还是要下一番思辨功夫的。罗素的话主要针对社会科学研究,但也很值得人文科学学者参考。

总而言之,从事学术研究所要掌握的知识,既贵专精广博,又要具备合理的结构,以及系统性和前沿性。这样才能形成一个可供学术思维翱翔的广阔空间。

最后,来说学术视野与学术研究有什么关系。简言之,学术视野与学术研究的关系主要有两点:一是学术视野开阔,学术知识当然就量大面广,其中与研究课题的对接点就会增多,契合度也高。有了比较多的对接点和契合点,思维能力和想象力自然就会被激活。这样不但发现问题和研究视角的概率会更大,而且发现的问题也会更新颖、更独特。在此基础上通过创造性思维,有可能形成全新的论点和结论,从而为学术创新打下重要的基础。二是有了论点和结论,下一步最重要的就是论证,即通过论据来证明你提出的论点和结论的正确性。能否做好论证,关键在于论据是否充分可靠与分析是否深刻透彻,这两点都与学术视野是否开阔密切相关。学术视野越开阔,包含的知识就越多,可供作为论据的材料也就越多。前面说过,学术视野还包括所掌握的理论知识和理论修养。理论水平高,理论知识丰富,分析论证能力当然也就强,能够充分说明论点及结论与论据之间的逻辑关系。这样,论证才能深刻透彻,令人信服。

含英咀华，守正出新

——赵沛霖先生学述

刘立志 *

摘　要：赵沛霖先生自小便有鸿鹄之志，求学期间博览群书，深自约束，入职后痴心不改，恪勤不懈，迎难而上，不畏艰险，终成学术名家，在《诗经》《楚辞》、神话、诸子、六朝文学研究等方面创获颇多。先生治学特色大体有三：扎实的文献史料功夫、深厚的理论素养、融通的综合研究方法。综观先生的治学历程，除了天资和勤奋之外，他对个人发展的设计与学术研究的规划始终有着明确而清晰的把握，他的选择和坚守能够启悟后学。

关键词：诗经；楚辞；创新；融通

　　天津社会科学院的赵沛霖先生是一位纯正的学者。几十年来，他恪勤不懈，孜孜以求，笔耕不辍，取得了丰硕的研究成果，在学界享有崇高的声誉。15 年前在学术会议上首次拜晤先生，时至今日，虽然和先生前前后后仅有几面之缘，但是多年来拜读先生的著作文章，加之电话问询、请教不断，自觉蒙受教诲、提携不菲，时时感念，心下颇有不能已于言者。现不揣谫陋，勉强命笔，陈述心得，管窥蠡测，不敢希冀能够反映先生学术之万一。

一、读书与著书

　　赵沛霖先生 1938 年 10 月出生于天津市，1952 年小学毕业后考入天津市第三中学。第三中学成立于清朝末年，前身是直隶一中，中华人民共和国成立后改为天津市第三中学。这所中学师资力量雄厚，教职员工之中不乏专精深研者，如教语文的裴学海先生，1954 年即有《古书虚字集释》一书付梓行世，蜚声学林；教美术的胡定九先生，不时有书画新作问世出版。后来三中很多学有专长的老师都调到大学和研究机构从事教学和研究工作。年轻的学子艳羡授课老师们渊博的学识、勤奋的治学态度和奋发有为的拼搏精神，激发起壮志雄心。赵沛霖先生从此确立了自己一生的追求，决心以学立身，学术报国，像老师们一样成为社会的栋梁之材。

　　中学阶段，赵先生产生了强烈的求知欲望，他刻苦而勤奋，广泛学习、阅读中外文学与文化经典，包括西方古典音乐、绘画等相关著作，认定的目标是考入综合大学深造。1958 年 9 月，被河北北京师范学院中文系录取。

　　1963 年，先生从河北北京师范学院毕业，分配到河北省教育厅直属的天津河北中学工作。在新的工作岗位上，他继续在学术圆梦的路途上跋涉，时时以中学时期的师长为

---

　　* 刘立志，文学博士，南京师范大学文学院教授，主要从事《诗经》学与中国古典文献学研究，著有《汉代〈诗经〉学史论》《诗经研究》等。

楷模,教书不废读书,教与学相互促进,做好教学工作的同时力图在学术上也能有所作为,1977年即开始个人的学术研究工作,撰写科研论文。在那个特殊的时期,先生可谓是凤毛麟角的先觉先行者之一。

机会永远垂青于有准备的人。"文革"结束后,人才培养多年断层的后果凸显出来,内地的高等教育急需补充力量,一些高校招贤纳士,四处搜罗人才,以图壮大学科、专业力量。1980年,中共中央国务院在报纸上刊登公告,在全国范围内统一招考研究人员。考试的要求很高,除了外语、哲学、政治经济学和科学社会主义之外,还有包括十几门课程的专业课和专业基础课。赵先生参加了这次全国统一考试,报考的专业方向是先秦文学。高强度的备考之后,斩将夺关,顺利考中,年底调入天津社会科学院文学研究所,结束了17年中学教学生涯,开始专心从事自己深爱的学术研究。

此后,赵先生"不用扬鞭自奋蹄",潜心静志,勤勉有加,坚持不懈,学术研究走上了康庄大道。30多年来,取得了累累硕果,出版的高水准专著如下:

(1)《兴的源起——历史积淀与诗歌艺术》,中国社会科学出版社1987年版;台北明镜文化事业有限公司1988年版;天津社会科学院出版社2019年版。

(2)《诗经研究反思》,天津教育出版社1989年版。

(3)《屈赋研究论衡》,天津教育出版社1993年版;台北圣环图书有限公司1994年版。

(4)《先秦神话思想史论》,学苑出版社2002年初版,2006年再版;台北五南图书出版有限公司1998年版。

(5)《现代学术文化思潮与诗经研究——二十世纪诗经研究史》,学苑出版社2006年版。

(6)《八代三朝诗新选》,湖北教育出版社2007年版。

(7)《庄子自然观》,海天出版社2012年版。

(8)《郭璞诗赋研究》,中国社会科学出版社2005年版。

(9)《重读经典:上、中古文学与文化论集》,中国社会科学出版社2017年版。

这仅是赵先生独立撰写完成的学术专著,他参与主编、合作出版的学术著作与普及性读物尚有《美学百科全书》、《诗经国际学术研讨会论文集》、《二十世纪诗经研究集成》、《文化知识词典》、《诗经楚辞鉴赏辞典》、《历代赋鉴赏辞典》、"中国古代妙语丛书"等。

此外,赵先生还公开发表有学术论文160余篇,论文发表的期刊包括《文学遗产》《文艺研究》《文史哲》《北京大学学报》等人文社科期刊,其中有32篇论文被中国人民大学复印报刊资料《中国古代近代文学研究》《无神论宗教》和《中国哲学》全文转载,1篇被《新华文摘》全文转载,7篇被收入《高等学校文科学报文摘》,3篇被《诗经研究丛刊》摘要转载,3部著作的章节和多篇论文分别被《中国文学研究年鉴》《中华诗词年鉴》和《中国哲学年鉴》摘登和评价,还有多篇论文被收入海内外出版的多种论文集。《诗经研究反思》《屈赋研究论衡》等著作及专业论文的一些观点分别被吸收写入袁行霈主编的面向21世纪高等学校教材《中国文学史》(高等教育出版社1999年版)和赵明主编的《先秦大文学史》(吉林大学出版社1993年版)中。

艰难困苦,玉汝于成,赵先生的学术研究引发中外学界同仁的关注,备受赞誉,他的著作先后荣获"中国大百科全书第二版编纂工作重要贡献奖"、天津市哲学社会科学优秀成果奖 8 次(一等奖 2 次、二等奖 4 次、三等奖 2 次)等。受邀兼任山西大学文学院教授、天津师范大学古籍整理研究所教授、《诗经研究丛刊》编委、《天津社会科学》编委、《中国古典文献学丛刊》顾问等。他本人还多次受邀赴国内外院校和科研单位讲学,韩国庆北大学、京畿大学、延世大学、日本宫城学院女子大学等都留下了他的足迹;还曾受邀访问韩国国民大学、东方艺术研究院、圆光大学、东海大学、日本宫城学院女子大学、早稻田大学、秋田大学等,与学界同道沟通交流。

二、温故与知新

综观赵沛霖先生的治学历程,大致可以划分为前后两个阶段。前 20 余年即 1980 年至 2006 年是第一阶段,先生治学关注先秦文学与文化,主要集中在《诗经》《楚辞》、神话和诸子学 4 个方面;第二阶段是 2006 年至 2015 年,先生的研究对象转变为八代三朝文学与文化,重点在郭璞诗赋研究。早期因为工作关系,先生因地制宜,对于天津地方文化和近代史也有所涉猎,发表过几篇论文,但这属于临时客串性质,与他后来的研究重心相比,显得无足轻重。

赵先生的学术品格主要体现在两个方面。

一是敢于扎硬寨,打硬仗,攻坚克难,不惧艰险。无论是先秦文学与文化研究,还是八代三朝文学与文化探研,都是难啃的硬骨头。千百年来,学人前赴后继,爬梳耕耘,世代累积,留下了丰富的研究成果,自成体系。有的领域已经成为传统文化研究的一方重镇,如《诗经》学、《楚辞》学,已成为中国古代文学史教材的基本内容;有些专题的研究屡经辩难论争,论说纷纭,莫衷一是,持论非此即彼,无法调和,相持不下。明白这些情况,不难察知上古、中古学术研究之冷暖。前人积累既多,陈陈相因,首先需要花费极多时间和精力予以吸收消化,无法绕过一个漫长的积累过程。介入不易,出新更难,从而对后起的研究者提出了更高的要求。仅就《诗经》300 篇而言,其文本性质具有综合性,它是文学,是历史,也颇具哲学、语言学的价值,而其影响亦具有多样性,关涉经学、教育、创作、生物、地理等诸多层面,执其一端,难见全体。传世《毛诗》仅有 39124 字,而关于其研究著作,夏传才主编的《诗经要籍集成》(修订版),在《编辑修订说明》中指出:"经组织中外会员在欧美和东亚各国藏书机构做普遍调查,确知中国《诗经》著述现存 825 种均明确藏书处所;亡佚(包括未见)823 种,二者合计 1648 种。"河北师范大学图书馆的寇淑慧女士编有《二十世纪诗经研究文献目录》一书(学苑出版社 2001 年 7 月出版)中收录 1900—2000 年百年间的《诗经》研究之专著和论文,总计 5729 条。20 年前的世纪之交,学人总结百年学科发展历程,编纂成书,皆是篇幅庞大,洋洋大观,而赵先生 40 多年前涉足学术研究,其时尚早,资讯条件落后,还无缘接触与享受这些"福利"与便利。即使是在新世纪转变研究重心,专注于郭璞生平与创作的探研,有些资料可以从互联网上获取,年近七旬的老人也一例踏踏实实,厚积薄发,温故知新,不讨巧,不务虚,拈住"勤"字诀,慢工出细活。郭璞《游仙诗》产生之后,历代研究络绎不绝,时下通行的多部中国文学史对其内容结构与主旨皆有定评,积重难返。赵先生为此预做了充分的准备:2007 年思索拓展研究范围之初,即开始有意识地系统阅读八朝三代时期的主要作家作品,并在每次读完一位作家作品之后写一篇论文；持续到第 4 个年头即 2011 年，才开始撰写、发表有关郭璞的论文；到了 2017 年，相关论文积累了 11 篇，自觉解决了一些问题，学界反映良好，才立足于此，完成了《郭璞诗赋研究》一书。迎难而上、探骊得珠的背后，是难与人言的吃苦耐劳与砥砺前行。

二是创新意识突出。世人习知，创新是学术的生命。学术研究，后出转精，这是理之必然。对老课题、旧材料进行新考察，在资料、角度或观点方面贡献出新知，这样的论文才是学术佳作，才能够切实引领相关研究的进步。赵沛霖先生对此深有体悟，他的研究不甘人后，温故知新，吐故纳新，推陈出新，学术含金量高，在方法论上对于学人无疑具有高度的指导意义。仅举两例为证。

兴为"诗六义"法范畴之一，自西汉毛诗学派揭橥以来，历代学者、作家沿用不断，遂成为中国文学的核心术语。兴的研究相应也成为《诗经》学乃至古代文学理论研究的重要课题，古今论著不可胜数，审美特征、思想寄托、创作技巧诸多层面的含义纠缠不清，学人讼争不休。20 世纪 80 年代初期，赵先生注意到从来没有人从发生学的角度考察兴的起源及其对于中国诗歌根本特征的决定性影响，认定这是一个全新的视角，凭借自身历史、哲学、民族学、人类学等方面的知识积累和理论素养，写就并发表了系列论文，如《象征型兴象与解诗的分歧》(《河北大学学报》1982 年第 3 期)、《鱼类兴象探源》(《争鸣》1983 年第 1 期)、《〈周南·麟之趾〉与宗教性兴象》(《河北师院学报》1983 年第 3 期)、《鸟类兴象的起源与鸟图腾崇拜》(《求是学刊》1983 年第 5 期)等。其中，《兴：宗教观念内容向艺术形式的积淀》一文完成投寄给李泽厚先生主编的《美学》后，很快就得到李泽厚先生的回复，给予了充分肯定。赵先生继续深化思考，推进研究，1987 年完成《兴的源起——历史积淀与诗歌艺术》一书。李泽厚先生慧眼识珠，主动提出将此书列入他主编的"美学丛书"，推荐给中国社会科学出版社出版。

赵先生在书中结合对《诗经》和逸诗中的大量原始兴象的细密论论，从鸟、鱼、树木和虚拟动物 4 个方面题材入手，对其具体起源内容和途径——探幽发微，揭示出鸟类兴象起源与鸟图腾崇拜之间、鱼类兴象起源与生殖崇拜之间、树木兴象起源与社树崇拜之间、虚拟动物兴象起源与祥瑞观念之间的联系，深入探研其文化渊源与观念衍变脉络，论定兴起源的实质是宗教观念内容向艺术形式积淀的结果，揭示了兴起源的宗教本质、具体过程以及它的产生给中国诗歌艺术发展所带来的根本变化，同时论证了中国诗歌艺术的本质特征，并对历史积淀学说做了艺术史的阐发。全书跨越宗教学、神话学、民俗学等诸多学科，视野开阔，思路灵活，奠定了"诗六义"研究的新起点，影响及于文学、美学、文化学领域，迄今仍被学者认定为 20 世纪 80 年代文化人类学研究热潮中的代表性、经典性成果，在古今众多的比兴范畴研究著述中戛戛独立，脱颖而出，广为学者学习参照与征引。

2015 年 6 月，先生编选完成《重读经典：上、中古文学与文化论集》一书。书中收录了 45 篇论文，其中 2/3 的论文是 1998 年荣退之后所撰，涉及的范围极为广泛，大体涵盖了先生治学的基本领域，包括神话传说和寓言研究 6 篇，《诗经》研究 8 篇，《楚辞》研究 5 篇，诸子研究 5 篇，八代三朝文学与文化研究 12 篇，美学研究 3 篇，关于研究方法 5 篇，反映了先生对于传统文化研究的最新思考。这些论文或是提出了具有较高学术价值的新观点,或是打破了长期以来的思维定式,为相关问题的研究探索了新的道路,或是关注前人未曾涉足的新论题,皆能益人神智,启沃后学。《〈高唐赋〉〈神女赋〉的神女形象和主题思想》结合中外原始礼俗现象,明确区分了两个女神形象的差异,指出《高唐赋》隐含有交媾致雨的宗教观念,《神女赋》则是直接表现爱情生活的作品,不能混为一谈,剖析详尽而深入,持之有据,言之成理,令人信服,彻底廓清了讽谏说、寄托说和比喻说的迷雾。《司马迁与帝王天命神话的终结——〈高祖本纪〉和〈赵世家〉的神话学审视》一文探讨《史记》中与反映民族起源和发展的原始神话相并列却素为学人所忽视的反映人事与天命关系的帝王天命神话,敏锐指出《高祖本纪》和《赵世家》中的神话标志着帝王天命神话的终结,并开始向宗教转化,言人所不能言。《郭璞〈游仙诗〉中的神仙世界与宗教存想》一文则揭橥郭璞10首游仙作品中存在的不同于"正格的游仙诗"的质素,郭氏构建的神话世界除了艺术想象和移植的古代神话传说之外,还有来源于道教修炼过程中的宗教存想(见于第3首和第9首),这是方术修炼所诱发的关于"神仙世界"的想象,可见两诗实乃为作家对其所参与的神仙道教的学道修仙活动的自叙写真。此论独具只眼,别开生面,确然不刊。

多年苦心孤诣,沉潜学术,涵泳自得,赵沛霖先生治学形成了个人独有的特色,大体可以用3句话来概括:扎实的文献史料功夫、深厚的理论素养、融通的综合研究方法。

文献史料功夫包括版本、目录、校勘、文字、音韵、训诂等内容。文献史料是学术研究的前提,所谓"巧妇难为无米之炊"。职是之故,蔡元培先生才在《明清史料序》中提出"史学就是史料学"的说法。文献资料的查询、搜集和解读能力是文史研究者必备的基本素质。每位有成就的文史学家同时也必然是孜孜矻矻的史料工作者。没有扎实的史料功夫,没有资料的独立准备,再有天分的学者也很难获得个人的独到发现,在研究上取得突破与创新。

在学术上"半路出家"的赵沛霖先生高度重视原典的阅读,强调细致解读文本,接榫乾嘉朴学的传统,扎牢治学根基。由于时代悬隔,用语迥然,上古、中古文学与文化的研究首先必须要过语言文字关,这就要求学者不能不重视考证工作。阐释作品、把握作家的生平行事,皆须从各种有关书籍中钩稽材料,凭借史料分析、考证,才能"知人论世",会得文心,得出正确结论。赵先生发表有《〈历代文选〉一些注释的商榷》(载《中国语文通讯》1980年第2期)、《〈中国历代诗歌选〉几条注释的商榷》(载《广州师院学报》1982年第2期)、《几则古代诗文注释商榷》(载《博览群书》2019年第1期)等论文,编选注释《八代三朝诗新选》,皆瞩目字词,致力于诗文训释,胜义颇多。

北朝民歌《捉搦歌》:"谁家女子能行步,反著夹禅后裙露。天生男女共一处,愿得两个成翁姬。"诗中"能"字,多解为"能够"之意,表现女子健于行步。选本甚且以为常用易晓而不出注,一般以为全诗记述女子因忙于"行步"赶路,胡乱著衣,衣裙不整,弄得形象滑稽可笑,男子却为她那奇怪独特的装束和天真无邪的憨态所沉迷,产生恋慕之情。赵先生对此持有异议,"能,一种似熊的野兽,其行走似熊","这两句是戏谑之语,是说谁家的女子反穿着衣裳,后边露着衣裙,走起路来像狗熊一样。此诗是对于女子的戏谑之作,这个女子可能就是他的所欢。对于意中人的充满爱意的嘲弄,反映了他们之间的亲密关系和健康、乐观的感情。"作如是解,新颖而可信,"能"字实乃名词作状语,诗中叙写之小儿女戏谑情状跃然纸上。

郭璞《客傲》:"龙德时乘,群才云骇,蔼若邓林之会逸翰,烂若溟海之纳奔涛。"注者谓:"蔼若,犹蔼如,和气可亲貌。"解说迂曲。赵先生指出,此处"蔼若"虽然连用,但不是一个词,应当分别理解:蔼,即蔼蔼(取一字代替两字重叠,与"蔼若邓林之会逸翰,烂若溟海之纳奔涛"上下句对仗有关)。蔼蔼,形容人才盛多,源出于《诗经·大雅·卷阿》:"蔼蔼王多吉士。"《毛传》云:"蔼蔼,犹济济也。"

谢朓《新治北窗和何从事》:"泱泱日照溪,团团云去岭。"注者引《毛诗·小雅·白华》"英英白云"和毛传"英英,白云貌"释"泱泱"。赵先生以为此处"泱"字借为"央","泱泱"即"央央"。《诗经·小雅·六月》:"织文鸟章,白旆央央。"毛传云:"央央,鲜明貌。"谢诗中"泱泱"之意是由"鲜明貌"引申而来,具有明亮、灿烂的意思,是日的修饰语,句意谓:灿烂的阳光照耀着潺潺溪水。

刘彻《秋风辞》:"兰有秀兮菊有芳",秀,一般训释为"花"或"美"之意,未予深求。赵先生注谓:"秀,花,此指花的颜色。芳,花的芳香。秀与芳互文见义。"索隐钩深,于细微处见真功夫,令人叹服。此处可为增补用例一则,谢灵运《入彭蠡湖口作》"春晚绿野秀",《文选》李周翰注云:"秀,色。"

凡此,皆是语例显明,证据充分,文理贯通,可为定论。文字训释是求真之学,见解上的毫厘之差决定着研究的成败,是反映治学功力的最佳探测器,容不得半点疏忽。

20世纪80年代末、90年代初,天津教育出版社组织策划出版了一套"学术研究指南丛书",包括《晚清小说研究概说》《古代文学理论研究概述》《清史研究概说》《明史研究备览》等,作者皆为学界名家,一问世即轰动了学林。赵先生以一人之力承担了其中两部著作的撰写工作:《诗经研究反思》于1989年6月出版,《屈赋研究论衡》于1993年4月出版。

前者将近40万字,全面论述自汉代至20世纪80年代学者对《诗经》各类作品及基本问题的观点和见解,全书分为5部分。第1部分按照内容题材分别论述祭祀诗、宴饮诗、史诗、农事诗、战争诗、怨刺诗、情诗等诸相关问题;第2部分论析《诗经》的分类、诗乐关系、《诗序》作者与评价、比兴的界说和性质、兴的分类和本义及起源等重大公案;第3部分包括专著提要和论文提要;第4部分为《〈诗经〉研究展望——关于深化〈诗经〉研究的几点设想》;第5部分包括《〈诗经〉研究书目》《〈诗经〉研究论文分类目录索引》,追源溯流,理清脉络,探求问题症结,评断争端是非,为有志研《诗》者提供了津梁。

后者30余万字,适应研究对象的特点设立章节,正文包括生平研究、作品研究、综合研究3部分,第4部分为论文提要,第5部分为书目论文索引,体例精审,内容详明,有观点,有资料,有梳理,有总结,洵为屈原及其作品研究之指掌图。

两书不仅拓宽和加深了《诗经》《楚辞》研究,而且集学术性、资料性和工具性于一身。一编在手,可使有志研学者省却诸多翻检之劳,能够及时了解研究动态,掌握研究线索,进而置身学术前沿,追踪前贤,椎轮商榷,继踵而上。此为功德事业,泽溉后学,厥功不小。

先生的学术研究具有深厚的理论素养,这在当下的古代文史研究界也是不多见的。《南朝山水诗的美学特征及其贡献》(《文学遗产》2009年第5期)一文,指出南朝山水诗反映了古代中国人审美观念的新变,意义不可小觑。山水诗与山水画艺术特性不同,南朝诗人创造了多种多样的符合审美规律的视点移动模式和自然景观的安排方法,这些模式和方法可以分为3种情况:一是诗人不是固定于一地,而是就行进中之所见按顺序叙写,也就是按游览的过程安排自然景物,谢灵运的很多山水诗都是按这样的模式写成的;二是诗人不是处于行进当中,而是驻足于一地从一个固定的基点观察自然景物,诗中自然景物的安排和组织与诗人视点的移动相一致;三是自然景物的安排和组织与视点的移动不一致,甚至与视点的移动无关。3种模式中,第1种、第2种比较简单但运用较多,特别是第2种运用更为普遍。根据视点移动的顺序,第2种模式又可以分为由远至近、由近至远、由上至下、由下至上等不同的类别。有一些诗歌,不是按照一种模式,而是将两种以上的模式结合起来综合运用。还有些作品在此基础上有所发展和变化,如先总写全景或景物给人的总体印象,然后再按上述的视点移动模式和方法写各格局。第3种模式又可分为两种情况,一是按事实的进展组织和安排景物,一是以实景为基础根据诗意的原则(即美的原则)组织和安排想象中的景物。南朝山水诗的艺术创造性还体现在利用诸多因素(如远近、明暗、高低、疏密、动静、虚实等)形成空间、自然景物之间的均衡与和谐,巧妙体现大自然的内在律动,注意到自然山水面貌的时间性特征,描绘出山水的"动态"美,还着力把握和表现自然山水的内在意蕴和神韵,达到了形与神的统一。全文从美学角度论析南朝山水诗的写作模式、方法和原则,既有微观的考察,又有宏观的论析,结合绘画理论,站得高,看得远,体会深入,发论中肯,行文灵动,收放自如,正可以察见先生的理论修养。

凭借理论优势,先生在诸子研究方面颇多创获,特别是对庄子的基本哲学观念与神话的关系、庄子生态学思想的现代价值做了全新的探索。如关于庄子的哲学思想学界历来讨论不休,先生《庄子哲学观念的神话根源》(《文史哲》1997年第5期)另辟蹊径,旨在讨论庄子哲学观念的根源,聚焦于探讨庄子的时间观念、生死观念、物我观念与神话思维的密切联系,阐述《庄子》书中所体现的与原始神话的共性。先生指出庄子的时间观念"并非他的创造,而是继承原始神话时间观念,并将它融入自己哲学的结果",原始神话中时间并不是顺序性的,而是混乱反复的,这是由于先民处于一个低生产力、生产水平时期,认识水平自然受到其社会生活实践的束缚。庄子去古未远,自然其认识水平也受时代整体生产水平所限,所以在书中体现出来的时间观念是混乱的,即"不知孰先,不知孰后"的状态。《庄子》本身内容涉及多处神话,而且很多能在上古神话中找到原型,动物形象如鲲鹏,植物形象如大瓠等等。庄子引用神话的目的则是用来阐明自己的哲理,如《逍遥游》中鲲化为鹏,即是庄子"万物皆一"观念的体现。另外,我国上古的神话故事,往往具有强烈的夸张、幻想色彩,而且形象塑造十分奇特,这些特质也被庄子所继承,构成了《庄子》中浪漫色彩的一部分。此文见解精辟,被诸多言及《庄子》与神话相关话题的论文如刘晓梅《〈庄子〉神话的浪漫精神》、乔守春《〈庄子〉文化渊源论析》等频频征引,可见先生"导夫先路"之功。

20世纪八九十年代,运用文化人类学的方法研究中国传统经典的做法甚为通行,一度形成了热潮。先生对此有清醒而理性的认识,曾经专门撰就刊发《文化人类学:从学科到方法》一文(《诗经研究丛刊》第6辑)阐发个人的看法,客观指出学者运用之中出现的疏失和不足，一些学者在进行跨民族、跨文化的比较研究时，忽略文化人类学归纳原理的普遍性，只根据个别特例便作类比推理，不但没有选择更多的例证，而且也很少考虑个别特例是否具有普遍性和代表性，其述论不免沦为"乾嘉学派＋封神榜"的俗套。先生进而梳理中外学界的见解，不掠人美，言及林惠祥在其著述中早就言之谆谆，西方学者弗兰兹·博厄斯、埃文斯·普理查德、露丝·本尼迪克特等也曾跟进瞩目于此，针对随便选取例证进行类比推理的做法提出过尖锐的批评，只是一般的中国学者没有给予足够的重视。此文可以视为《诗经》人类文化学研究的总结性意见，至今仍不失其前沿性，对于学人具有相当突出的指导意义。

先生治学的第 3 个特色是采用融通的综合研究方法。较之上述两个治学特色之罕见论及，对于这条治学原则先生撰有专门文字《关于综合研究的几点体会》(《古典文学知识》2007 年第 2 期)，揭明其要义所在："所谓综合研究，是指以大文化为背景，运用多种学科知识对文学作品进行综合性的考察，以揭示其演变规律、总体特征、内在精神和感情心理乃至艺术审美及其与各种意识形态的复杂联系，力求在与文化的统一中对作品做多层面的解读。"文中着重指出综合研究不但超越了传统的字句解读和 20 世纪 50 年代以后的历史社会学分析，而且通过揭示作品"生态环境"的文化还原，把作品与它所属的时代真正结合起来，极大地提升了研究方法的适应力和穿透力，研究能够解决单一学科研究无法解决的问题，较好地促进研究的深化和研究范围的扩大。

不仅如此，先生还在著作中屡屡言及，再三致意，作为自己治学的真切体验与重要经验，示人以轨则，度人以金针。

在《先秦神话思想史论》的《导言》里，先生特意指出，本书运用了"多学科交叉的综合性研究"方法："本书采取多学科交叉的综合性研究方法，主要是根据这样两种情况：作为原始文化综合体的神话本身即包括了多种文化因素，诸如宗教、历史、哲学、艺术、科学等等，因而有必要从多种不同的学科加以审视；植根于民族文化土壤中的各种意识形态的产生都与神话有着密切的关系，要揭示这种关系，认识各种意识形态的产生过程，必然要涉及意识形态的各个领域。因而，我们不能局限于某一学科，而应当打破不同学科的界限，通而观之，才能全面把握研究对象。"

《诗经研究反思》之《导言》的最后部分有意设立专节，名为"《诗经》文学研究的知识和理论准备"，指出除了掌握一般文学研究所需要的哲学理论、历史知识以及文学艺术理论、美学理论、文学史和批评史之外，还必须掌握以下 4 门知识，做好以下 4 项工作：字词训诂、资料考证、广泛掌握各相关学科知识、充分利用历代研究成果，在第 3 点中特别指出："为了正确地掌握作品的内容和性质，必须具体了解有关的政治、经济背景、各阶级的生活状况以及历史事件的具体过程，这就要求我们尽量广泛充分地掌握有关的历史背景知识。其次，由于'三百篇'的时代，宗教生活比较盛行，原始社会的观念尚有残留，同时各地民俗习惯差异又大，因而掌握有关的神话、宗教、风习、民俗也十分重要，这不仅有助于认识作品及其民俗文化背景，而且也有助于以大文化为背景对作品进行多学科的综合性研究。"

《屈赋研究论衡》在综合研究部分 4 个章节从美学史、诗歌艺术史、政治思想史以及神话思想史的角度分别论述了屈赋的意义和价值，内中多有新说亮点，如剖析屈原美学思想产生的文化宗教背景,认为屈原具有融道德、认识和审美于一体的泛审美思想,最推崇的"美"是"内美";屈原对法家学说有取有舍,对儒家学说则是在有选择地继承的同时又给予适当的改造;屈原曾经深入到原始文化地区对神话做过实地考察,接触过与宗教歌舞、礼仪相结合的原始形态的神话,因此他记录和保存的神话与其他各家确实有所区别,有些可能直接采自保留原始文化传统的民间,没有经过文人的加工润色,显得更加富于奇异浪漫的色彩和"不雅驯"的特征。论述之中,显示出先生美学、宗教、思想史方面的卓越识见,适为综合研究的最佳例证。

一代有一代之学术。晚清民国西方学术规范传入中国,百余年来,传统文化经典研究已经积累了丰硕的成果。时至今日,新时期之初盛行的那种单纯的考据与鉴赏已经很难获得同行青睐,综合研究实乃大势所趋,大文化视野的研究更见功力。赵沛霖先生所言所论乃是读书得间、深思熟虑、高屋建瓴的精辟之见,他大力宣扬、践行综合研究的方法,为当今学人树立了高标。

三、取舍与志业

研读经典,学有所成,除了天资和勤奋之外,还有一个因素往往被人忽视,即个人发展的设计与学术研究的规划。30 多年的学者生涯,赵沛霖先生在发展规划和名利取舍方面交上了一份近乎完美的答案。

先生自中学时期就心存远大抱负,向往做一名知识渊博的学者。为此他读书求知,夜以继日,不知疲倦,积极报名成为学校业余的图书服务员,好之乐之。初中阶段的阅读范围即涵盖中国古典小说名著、部分古代诗词名篇、包括鲁迅、郭沫若在内的"五四"新文学中的重要作家的主要代表作品、关于中国历史和世界历史的普及性读物以及哲学和政治理论读物等。高中时期,他对西方文学、历史和哲学产生浓厚兴趣,课外阅读迅速从中国转向西方:首先读莎士比亚的戏剧和《维纳斯与阿童尼》以及部分十四行诗,然后是法国司汤达、巴尔扎克、福楼拜和莫泊桑的批判现实主义小说,后来又特别览读了自然主义代表作家左拉的小说。其他如德国歌德和席勒的诗歌,俄国普希金、托尔斯泰、契诃夫和高尔基、果戈理、陀思妥耶夫斯基的作品,美国马克·吐温和德莱塞的著作,匈牙利裴多菲以及古代印度史诗和现代印度文学代表泰戈尔的散文诗,都在他寓目之列。文学阅读的同时,还穿插阅读了大量介绍西方历史、哲学、宗教、建筑和绘画的通俗读物。

如此长期而广泛的阅读,汲取人类文化的精华,扩大了先生的视野,使他逐渐注意摆脱习惯和偏见,形成独立思考和理性批判的精神,这为他后来从事学术研究提供了广阔的历史文化背景和某些文化理论的初步知识。

个人身处历史大潮之中,微弱如草芥,风大浪急,往往难以把持,大多只能随波逐流。1958 年 9 月,因为赞美西方建筑,先生受到团支部批评,就厚洋薄中、厚古薄今和白专道路做出检查。当年考入河北北京师范学院中文系深造,先生万分珍惜这来之不易的学习机会,反复考虑之后,改变想法,放弃西方文学和文化,重心改选中国语言文学。他不肯放低自己既定的学习标准和学术理想,为个人确立了整个大学阶段学习的整体目标——毕业时达到一般综合大学优秀毕业生的水平。为此,他严格自律,勤勉不懈,制定规划,身体力行,落实到位,在理解、掌握好学校开设的一般课程知识之外,还按照综合大学的课程设置和教学要求自学，尽可能多地研读各类参考书籍，拓宽视野，扩大知识量，付出了远超常人的艰辛努力，日积月累，最终成为饱学之士，达到了全新的人生高度。

度过 4 年高度自律的大学生活，先生成绩优异，毕业分配时原本有望留校当助教，但由于集中了河北省省直机关子弟的天津河北中学需要语文教师（当时天津市是河北省的省会），只能服从分配，到直属河北省教育厅领导的天津河北中学工作。在 17 年中学教学生涯中，先生仍然没有放弃学者梦，他勤奋依旧，艰难跋涉，努力一点一点接近心目中的理想。

1971 年林彪事件以后，乘着"认真看书学习，弄通马克思主义"的东风，国内出版了包括西方近代哲学、历史学和宗教学在内的很多重要学术著作。赵沛霖先生借此时机比较集中地阅读了一些重要经典，如《歌德纲领批判》《社会主义从空想到科学的发展》《〈政治经济学批判〉导言》《家庭、私有制和国家的起源》《路德维希·费尔巴哈和德国古典哲学的终结》以及马克思的博士论文《德谟克利特的自然哲学与伊壁鸠鲁的自然哲学的差别》、海涅《论德国宗教和哲学的历史》等。此外，还广泛阅读了包括中国古代典籍和西方文学、历史、哲学、宗教在内的大量书籍，使自己的专业基础得到了进一步巩固。

1980 年，先生调入天津社会科学院之时，已年逾不惑了（42 岁）。成为专职学者，能够从事自己挚爱的科研工作，欣喜之余，赵先生深入分析了个人的客观实际，认识到治学须有长远打算，切忌急功近利，自身学养有所不足，必须切实从读书、问学等方面进行提高。读书方面，他主要关注研读 3 类书籍：一是从字句训释入手，全面、系统地重读先秦典籍和《史记》《汉书》；二是阅读与研究课题有关的中外理论著作，如有关原始宗教、原始文化、神话和美学方面的理论著作；三是抽时间阅读一些"无用"的书籍，主要是哲学，特别是西方哲学史、近现代哲学和文化哲学以及有关我国现当代哲学方面的书籍。求知的欲望是无限的，创造的愿望也是无限的，经过此番系统的补课，先生治学迅速突破瓶颈，步入坦途。

社科院系统并不办学招生。先生治学从寂寂无闻到声望日隆，都是纯粹的单干户，没有门生弟子，没有如云的胜友，生活清苦，孤独前行，他却甘之如饴，无怨无悔。

1998 年退休之后，先生又面临着新的选择：学术研究工作是继续进行，还是完全放下颐养天年？经过反复思考，先生痴心不改，甘愿继续枯坐书斋，退而不休，献身学术，苦中作乐。他乐得没有杂事干扰，也没有职称晋升的压力，以全新的姿态全身心投入学术研究之中。

他不想简单地重复自己，为自己确定了更高的起点，提出了更高的要求。他从两个方面进行规划，一是重新审视以前所涉及的研究领域，从新的视角寻找更有学术价值的题目，力争写出具有高水平的学术论著；二是扩大研究视野，开辟新的研究领域和研究范围。多年来，先生的研究主要集中在先秦文学与文化的范围内，从 2007 年开始将研究范围扩大到汉魏六朝。经过几年的努力，先生在两个方面都取得了傲人的成果，前者主要有专著《现代学术文化思潮与诗经研究——二十世纪诗经研究史》以及在《北京大学学报》等刊物上发表的论文。后者主要有在《文学遗产》等刊物上发表的一系列论文。

自然规律，不可抗拒。人的精力、时间终归有限，顾此失彼是自然之理，不可能兼顾多方，面面俱到。名利之间，必须有所取舍。先生对此认知一直极为清醒。成名之后，他身兼多种荣誉头衔和社会职位。1985 年 6 月中旬，他虽未前往出席中国屈原学会成立大会，但被推选为理事。他致信筹委会，辞去理事一职，推荐了合适人选。1987 年开始担任文学所副所长；80 年代末期，当选天津市美学学会副会长、天津市语文学会理事；1993 年，当选为中国诗经学会副会长兼秘书长。为了集中精力和时间，先生从 1994 年 56 岁时起，便开始做人生的"减法"，陆续推掉了很多名利双收的职务：1994 年，辞去天津社会科学院文学研究所副所长之职务；不久再相继辞去天津市美学学会副会长、天津市语文学会理事等职务；2008 年，又正式辞去中国《诗经》学会副会长的职务。知难行易，面对名利的诱惑，多少人迷失了人生的方向。赵先生则是不忘初心，丝毫不动摇，站稳了脚跟，因之也就迎来了之后学术转型的巨大成功，治学更上层楼，堪为我辈读书人的楷模。

21 世纪《诗经》研究的新境界

——以赵沛霖《现代学术文化思潮与诗经研究》为中心

罗海燕*

摘　要：赵沛霖所撰的《现代学术文化思潮与诗经研究——二十世纪诗经研究史》开创了 21 世纪《诗经》研究的新境界：一是其采用"开放式"学术史建构模式，彰显出强烈的学术自觉和理性精神。二是其探讨了《诗经》学的基本理论，确立了相关的学科体系。三是其传承并拓展了《诗经》学的知识谱系。

关键词：《诗经》；学术史；学科建设；知识谱系

《诗经》是尤为重要的中华文化元典之一，两千年来深刻影响着中国以及汉文化圈的人文精神。清代学者章学诚曾云："三代以后，六艺惟《诗》教为至广也。"①自先秦至 21 世纪，历代治《诗经》者不计其数，相关论著汗牛充栋，形成了蔚然大观的《诗经》学。若简而言之，《诗经》学的发展历程以"五四"新文化运动为分界点，可以划属为两大阶段：之前是传统《诗经》学时期，之后是现代《诗经》学时期。在 20 世纪及以前，学者的研究视野聚焦于传统的《诗经》学；进入 21 世纪后，学者对现代《诗经》学的关注逐渐增多。其中，赵沛霖先生对《诗经》学的研究，尤其令人瞩目。他的《现代学术文化思潮与诗经研究——二十世纪诗经研究史》（学苑出版社 2006 年版，下称"赵著"）一书，属于"研究的研究"。不同于以往之将传统与现代割裂与对立起来，本书翔实论述了《诗经》学史上自传统到现代的过渡与转型，并全面展示了现代《诗经》学的百年历程及其成就。尤其是，本书以强烈的学术自觉和科学的理性精神，从学术史的角度，对现代《诗经》学进行了梳理和审视，全面而系统地探讨了《诗经》学的基本命题和理论框架，传承并拓展了《诗经》学的知识谱系，在当代学术界开创了 21 世纪《诗经》研究的新境界。

一、自觉与理性：彰显了《诗经》学的历史意识

20 世纪的《诗经》研究建立在前人研究成果的基础上，但是在很长一段时期内，学者有意或无意地将传统《诗经》学与现代《诗经》学割裂开来，并在一定程度强化了两者之间的矛盾和对立。如在当代学者话语中，过于强调胡适、顾颉刚、郑振铎等人的"《诗经》是文学，不是经"的论断，而忽略乃至否定了清人及之前学者通过《诗经》研习而形成的行之有效的治学方法和具有共同体意义的中华文化的建构和传承价值。也是有鉴于此，赵著首先以强烈的学术自觉和文化理性，对 20 世纪的《诗经》研究进行了学术史层面的梳理，通过回顾和审视，对这百年来的《诗经》研究加以全面的归纳和总结。书前的《二十世纪

---

*　罗海燕，文学博士，天津社会科学院文学研究所副所长、副研究员，主要从事中国学术史研究、中国古代文学等研究。本文为国家社科基金重大项目"元代各民族文学交融背景下元诗的发展与流变"（18ZDA340）的阶段性成果。

①　（清）章学诚《文史通义》卷 1《诗教下》，上海书店 1988 年影印版，第 21 页。

诗经研究集成》中的《编辑说明》也直接表明这一意图："为了检阅这一年《诗经》学的发展历程,保存历史记忆,重现学术精华,理清发展脉络,总结内在规律,为今后《诗经》学的发展打下坚实的基础,特编辑《二十世纪诗经研究集成》。"①

(一)自觉的"学术史建构模式"

在世纪之交,中国学界曾一度出现了学术史回顾和总结热潮。赵著是其中的一种,与其他同类著作相比,其最大的特点在于学术史建构模式的创新以及由之体现出来的强烈的学术自觉。当代学者蒋寅曾论及学术史研究的必要性,称："不规范的学术亟待学术史的研究来淘汰、冲刷,殁尽榛芜,方显正道。"②赵沛霖先生对此极为赞同,他认为这是蒋寅对当时学术界浮躁之风严重,平庸、肤浅之作障碍学术健康发展的不正常状况的针砭。也因此,他的《现代学术文化思潮与诗经研究——二十世纪诗经研究史》初衷之一,就是通过这样的学术史研究来"揭示和总结学术发展规律,用历史的尺度指导现在,展望未来"③。出于这样的学术自觉,他在选择具体的学术史建构模式时十分慎重。

当时学界通常的做法是以学者为基本单元,以学者及其论著的时间顺序排序形成学术史的自然流程,并通过不同时代、不同学者学术观点之间的渊源关系来梳理学术发展的内在理路。但是这种学术史建构模式在当时几乎成了"万能模式",导致局限性非常明显。如其从整体上忽略和割断了学术研究与时代学术文化思潮之间的内在联系,导致无法揭示出学术发展的驱力等。赵著则采取了一种"开放式"的学术史建构模式,即从学术文化思潮视角切入,以时代学术文化思潮对《诗经》研究的影响为主线,在时代学术文化思潮的大视野与《诗经》学自身传统结合的框架内把握传统《诗经》学在现代文化生态中的嬗变过程。而通过这样的学术史模式,赵著很好地达成了两个愿景:一是最大可能呈现了百年来《诗经》研究学术史的真实,二是最大限度归纳和总结了百年来不同阶段学术研究的时代特征和发展趋势。对于后者,赵著认为 20 世纪《诗经》学的时代特征和发展趋势,主要体现在 3 个方面:一是现代性。在他看来,《诗经》学本属经学,后转为科学,因此最具现代性,而且与此同时越来越具有充分的自我意识。二是开放性。在他看来,20世纪《诗经》研究有个极为可贵的品格,就是能自觉把握自身与时代学术与文化思潮之间的关系,尤其是马克思主义思想、中国传统学术、西方学术思想对《诗经》研究的多元化影响。三是世界意识。在他看来,自 20 世纪 90 年代以来的《诗经》研究,逐渐形成了中日韩以及欧美学者共同研究的格局,而随着全球化的发展,《诗经》研究必然会越来越开放。后来的研究,也充分证明了赵著这 3 点的精准性和前瞻性。

(二)理性的"研究的研究"

赵著属于学术史研究,是所谓的关于"研究的研究",而彰显出了科学的理性精神。这种理性精神主要体现在两大方面:一是梳理的全面,二是论断的客观。

就前者而言,全书以 10 章篇幅,分别梳理归纳了世纪初疑古辨伪思潮与《诗经》研究,二三十年代唯物史观与《诗经》研究,六七十年代极"左"思潮干扰下的《诗经》研究,80

---

① 赵沛霖《现代学术文化思潮与诗经研究——二十世纪诗经研究史》,学苑出版社 2006 年版,第 2 页。
② 蒋寅《学术的年轮》,中国文联出版公司 2000 年版,第 66 页。
③ 赵沛霖《现代学术文化思潮与诗经研究·绪论》,学苑出版社 2006 年版,第 29 页。

年代文化意识与《诗经》研究,20 世纪现代学术意识与《诗经》传注训诂,考古发现与《诗经》研究,大众化与《诗经》翻译,开放意识与《诗经》研究的海内外学术交流等。这样的章节安排,既有宏观的整体把握,又有微观的专题考察,不仅可以补充时代学术文化思潮阶段性研究的不足,又有助于专题研究的深化和系统化。

就后者来说,赵著在学术史全面梳理的基础上,能做出客观的论断和评价。他在展开之前,特别立下了两条规矩:一是力戒学术史研究中的当事者迷,力争做到"如果不能站在学术发展的历史过程之上,起码要站在学术发展的历史过程之外;也就是在最低限度上,也一定要与学术发展的历史过程保持相当的距离"。二是避免学术史研究中的运动员兼裁判员的问题。赵沛霖先生本身是《诗经》研究的知名学者,论著可观,但是他说:"鉴评价自己很难做到准确、客观,本书对于作者自己的论著采取了只述不评的原则,即需要时可述其意,可引其文,除非确有必要,一般不做评论。拙作如果没有价值,那就任由其随时间而湮灭;如果还有某些价值,那就留给他人评说吧。"①正是基于这样学术操守,赵著在论述不同阶段的学术思潮及其影响下的《诗经》研究时,能够做到公正客观,令人信服。如对于传统《诗经》学,他指出了其不足,包括其研究方法违背了文学性质和特征、思维模式因袭守旧、具有重师承轻是非的门户观念。但是,其也胪列了传统《诗经》学的积极方面,如在文学研究方面的巨大成绩、严谨求实且言必有据的实证精神、敢于向传统额权威挑战的质疑精神等。

二、理论与体系:推进了《诗经》学的学科建设

关于"《诗经》学"术语,学界目前并没有形成一个统一的概念。一般而言,其指研究《诗经》文本、语言、义理、艺术、基本问题以及诗经学史发展演变的一门学术。自 20 世纪初以来,许多学者围绕《诗经》学的基本理论和框架体系有过直接或相关的论述。较有代表性者,如胡朴安提出:"诗经学者,关于《诗经》一切之学也。"在他看来,"诗经学,一为研究《诗经》时代之思想,一为研究《诗经》者各时代之思想,而并求思想之变迁之际"②。夏传才则论道:"诗经学,简而言之,是研究《诗经》文本、语言、义理、艺术、基本问题以及诗经学史发展演变的一门学术。"③但是,对于《诗经》学基本的命题和理论、框架和体系等,却一直缺乏全面深入的探讨和论述。赵著侧重于考察现代《诗经》学,并始终秉持一个维度,就是兼顾讨论《诗经》学的基本理论和学科体系。

(一)《诗经》学基本理论的探讨

一般而言,学术史类的研究还是属于外围性质的研究,侧重于宏观梳理,述大于评,叙多于论。不过,赵著则是外围评述和内部研讨兼顾。其在梳理学术史时,也体现出自觉的理论意识。这主要表现在两个方面,一是对于学术史研究模式的探讨,二是对于《诗经》研究的思考。

对于开展学术史研究,赵著有着深刻思考,其提出:一是其基本要求为"需要宏观而

①　参见赵沛霖《现代学术文化思潮与诗经研究·绪论》,学苑出版社 2006 年版,第 31 页。
②　参见胡朴安《胡朴安学术论著》,浙江人民出版社 1998 年版,第 112 页。
③　夏传才《二十世纪诗经学》,学苑出版社 2005 年版,第 1 页。

深邃的理论思考"，用通晓学术内在理路的理论思维，对学术发展的予以观照，并运用学术史的大尺度，对每一位学者及其著作做出衡量；二是其关键在于把握住学术传统和时代学术思潮，因为学术传统是学术发展的基础，时代学术思潮是学术发展的灵魂和动力，正是它们的"相互作用"和"对话"，推动着学术史的发展；三是其目标在于梳理出真实的历史与把握住准确的时代趋势。① 四是《诗经》学已经成熟。20 世纪《诗经》研究史的勃兴，说明《诗经》学本身已经成为重要的学术研究的对象，具有了自觉地反思自己和批判自己的能力，而这正是一门现代学术开始走向成熟的标志。

对于《诗经》研究，赵著提出了系列重要评论。其一，其提出发生在 19 世纪末至 20 世纪初《诗经》研究由传统向现代的转型，是《诗经》学术史上最重要、最深刻的变化之一。这次转型不但涉及思想观念的深刻转变，而且涉及研究方术范式和学术语言的深刻转变，可以说是一场从内容到形式的整体性的根本变化。治学术史者一般认为，这次转型肇始于刘师培、王国维、章太炎等人，是他们得时代潮流之先，最早将它带到古老的《诗经》学园地。但是，赵著特别指出，这一辈人还仅仅是处于转型的萌芽阶段，他们的研究成果也仅仅是有一些现代学术的因素而已，根本算不上《诗经》学转型的完成。真正初步完成《诗经》学由传统向现代转型的，是胡适和古史辨派学者。他们的研究论文，无论在思想观念、研究方法上，还是在学术范式和学术语言上，都表现出与传统论著的不同，明显具有现代学术的特征。

其二，相对于其他的同类研究，其进一步提出现代学术意识、大众化意识、开放意识等，对于《诗经》的传注、训诂、白话文翻译、海内外同仁交流有着深层次的影响。其中，特别系统地探讨了一向以稳定性和继承性强而著称的《诗经》传注和训诂，在现代学术意识的主导下，悄悄发生着变化，并逐渐呈现出有别于传统的新面貌。其中的代表者有余冠英《诗经选》、高亨《诗经今注》、程俊英与蒋见元《诗经注析》、王宗石《诗经分类诠释》和褚斌杰《诗经全注》等。赵著基于学术史的发展历程，对上述著作加以估衡，认为这 5 个《诗经》注本可谓各有千秋，但是在注释格上却有一个共同的基本特点："严格避免烦冗，执意追求简明"。这些注本从不罗列各家之说，更不多义并存，首鼠两端，而必断以己意；凡立新说，必有充分根据，从不附会臆断；无自创新义，都力求准确、融通，与全诗相统一；可谓充分吸取传统之精华，但又不囿于传统，而能出新于传统。这些优长再加上行文的执繁驭简，不炫博，不矜奇，力求深入浅出，平正通达，因而"自然形成与现代意识相一致的简明精要的风格"②。

（二）《诗经》学框架体系的确立

随着《诗经》学的现代转型，方法论与研究模式愈加多元化，西方新观念和新方法论不断引入，基础性研究持续增强，建立属于《诗经》学的独立学科成为许多学者的共识。早在 20 世纪 80 年代，赵沛霖先生在《诗经研究反思》一书中，就站在整个学科建设的高度，从面临的危机、发展的趋势、研究的途径、宏观的规划等几个方面，相对系统地做了论述。他几乎最早且全面地提出了《诗经》学的学科建设规划，呼吁学界同仁从 8 个方面共

---

① 参见赵沛霖《现代学术文化思潮与诗经研究·绪论》，学苑出版社 2006 年版，第 32 页。
② 参见赵沛霖《现代学术文化思潮与诗经研究》，学苑出版社 2006 年版，第 344～345 页。

同加以推进：一是转变观念，将《诗经》学作为一项复杂的系统工程来认识，提高科学管理的自觉性，并在宏观指导、统一规划和各方力量协同配合的前提下，各自发挥主观能动性和创造性，去进行独立研究。二是统一组织力量，批判地总结前人研究成果。三是根据《诗经》深入发展的需要和各研究力量的状况，进行科学合理分工，确定和分配研究课题。四是建立《诗经》研究和学术交流中心，聚集学者从事专题研究。五是编辑和出版高水平《诗经》研究学刊。六是疏通国内外学术交流信息网络，使新的研究成果能够及时进入学术交流体系。七是编辑《诗经研究引文索引》。八是以上各项工作，由研究机构、高等院校和出版部门共同组成适当的学术机构以组织实施。[①]

对于这些学科建设规划，赵沛霖教授首先身体力行去推动贯彻之。与此同时，他对整个学界也发出了呼吁。他在《现代学术文化思潮与诗经研究——二十世纪诗经研究史》中更为具体地呈现了《诗经》学的学科框架体系。在他看来，《诗经》学在学科建设方面，主要包括三大方面：一是《诗经》学文献的整理和考订。二是《诗经》文学以及相关的文化思想、宗教、神话和文化人类学研究。三是《诗经》学术史研究。在对这 3 个方面加以充分考察后，他提出："如今，《诗经》学已经步入了新的历史发展阶段，《诗经》学的面貌也发生了根本性的变化：由古代观念陈旧、思想落后、自我封闭、方法单一的传统《诗经》学，发展成为一个具有现代学术意识和科学精神，初步具备学科体系和比较完整理论框架的开放、活跃的现代《诗经》学，并以全新的'身份'重新确立了自尊和自信。"[②]

三、传承与发展：完善了《诗经》学的知识谱系

《诗经》学史，源远流长。自《诗》诞生之日起，《诗经》学也随之而生。之后，先秦《诗经》学、秦汉《诗经》学、晋唐《诗经》学、宋元《诗经》学、明代《诗经》学、清代《诗经》学、现代《诗经》学，依次嬗变；更有古今经学之争、汉学宋学之论、南学北学之别、考据义理之辩、传统革命之派、经学文学之分等，此起彼伏。但是《诗经》学历经两千多年，在学术史上依然长盛不衰，并呈现出新的面貌和格局。在传统与现代之间，更是有继承有发展，有固守有突破，形成了前承后接的庞大而完整的知识谱系。在这个传承谱系中，赵沛霖先生及其著作，既有对前人成果的审视和接续，又有对当前研究的深化和拓展，成为耀眼的亮点。

（一）传统《诗经》学的审视与接续

赵沛霖先生在治《诗》方面，有个重要理念，即首先要"批判地总结前人的研究成果"。他曾提出要按内容分门别类地进行，例如可以分为训诂、校勘、释义、题旨等几个方面加以总结，以纂要或辞书的形式汇总和集中。与此同时，对于历来争论的一些重要的问题进行梳理，弄清各家的观点和分歧，以及争论的来龙去脉。这样既可抓住问题的要害，又可以探明前人在各个问题上所达到的水平。唯有进行这样的回顾和审视，将掌握前人的研究成果和在前人成果基础上的继续探索二者的界限划分清楚，才可以避免重复前人的无效劳动，开始真正属于自己的创新。赵著对于前人的接续，主要体现在理念渊源和体例安排两大方面。前者以胡适为师。后者以梁启超为宗。

---

① 参见赵沛霖《诗经研究反思》，天津教育出版社 1989 年版。

② 赵沛霖《现代学术文化思潮与诗经研究——二十世纪诗经研究史》，学苑出版社 2006 年版，第 486 页。

中国古人治学讲求"辨章学术,考镜源流",形成了一个重要的传统。发展到民国时期,胡适在其《中国哲学史》中,进一步系统地提出,包括中国哲学史在内的学术史类研究,要做到"明变""求因"和"评估"。他说:

把各家的学说,笼统研究一番,依时代的先后看它们传授的渊源,交互的影响,变迁的次序:这便叫作"明变"。然后研究各家学派兴废沿革变迁的缘故:这便叫作"求因"。然后用完全中立的眼光,历史的观念,一一寻求各家学说的效果影响,再用这种种影响效果来批判各家学说的价值:这便叫作"评判"。①

胡适的这段论述,其实也基本上概括了学术史研究内容和目的。赵著服膺、接受并发展了胡适的这一理念,全书也因此旨在:一是揭示《诗经》学术史发展的整体逻辑关系和内在的发展理路,二是探讨各家各派的兴废沿革及其原因,三是评价一定时代和阶段的学派、学者及其著作的成就、特点,给它们在学术发展史上以恰当的定位。

赵著采取的是"开放式"的学术史建构模式。这一模式为梁启超所创,他的《清代学术概论》《中国近三百年学术史》和《中国学术思想变迁史》(又名《中国学术思想变迁之大势》),可以视为这种学术史建构模式的滥觞。其中《清代学术概论》一书以时代学术思潮的发展为主线,论述清代 200 余年的学术发展历程,它从时代学术思潮的视角切入,考察学术思潮在不同学者和不同学术领域演进的轨迹。《中国近三百年学术史》也是以时代学术思潮为各种学术研究发展的动因、背景和整体视野。《中国学术思想变迁史》打破了以朝代划分时期的惯例,而以学术思潮的演变为依据,把学术思潮的演变作为学术研究发展的依据和线索。赵著根据 20 世纪《诗经》研究的实际,吸收了梁氏从时代学术思潮和学术研究关系角度切入以考察学术史的体例,同时又有所创新。

(二)当代《诗经》学的深化与回响

赵著在 21 世纪《诗经》学史上的重要价值至少体现在两个方面:一是推动了当前研究的发展和深化,二是引起了学界的积极回响,"开放式"的学术史建构模式自此成为一种新趋向。

赵沛霖先生精于治《诗》,成果宏富,自 20 世纪 80 年代至今,其先后发表了《二十世纪〈诗经〉学术史研究的两种模式和方法》(《贵州社会科学》2004 年第 4 期)等数十篇有分量的论文。这些论文极大地深化和拓展当代的《诗经》研究。《现代学术文化思潮与诗经研究》更是其中最具典型性的代表,集中体现了其在《诗经》文献整理与考订、文学本位与跨学科研究、学术史观照等方面巨大成就。对此,车行健、林祥征等学者都有过专门论述,并给予了高度的评价。②

"开放式"的学术史建构模式,在赵著问世后,开始成为《诗经》研究领域新的学术增长点。继之而出现的与《诗经》有关的学术史类研究,大多与之有关。如丘奎《近十余年〈诗经〉断代研究述评》(《诗经研究丛刊》2013 年第 2 期)、孙少华《新世纪十年来〈诗经〉

---

① 胡适《中国哲学史》,中华书局 1991 年版,第 29 页。
② 参见车行健《述往思来的学术对话:赵沛霖〈现代学术文化思潮与诗经研究:二十世纪诗经研究史〉读后》(《中国文哲研究通讯》2008 年第 2 期)、林祥征《赵沛霖〈诗经〉研究述评》(《泰山学院学报》2010 年第 2 期)与《评赵沛霖〈现代学术文化思潮与诗经研究〉》(《诗经研究丛刊》2010 年第 21 辑)。

研究概述与展望》[《诗经研究丛刊(第 28 辑)》]、徐中原《30 年来〈诗经〉"弃妇诗"研究综述》(《诗经研究丛刊》2015 年第 3 期)、梁敏娟《近现代〈诗经〉学转型研究》(山东大学 2018 年度硕士学位论文)、吴营洲《〈诗经〉研究七十年管窥》(《书屋》2018 年第 9 期)、韩高年《建国 70 年〈诗经〉研究的成就与启示》(《中国文学研究》2019 年第 4 期)、张小敏《域外〈诗经〉学研究四十年》(《东北师大学报》2020 年第 5 期)、韩高年与靳婷婷《二十世纪〈诗经〉学档案》(武汉大学出版社 2020 年版)等,在研究理念和方法乃至一些观点方面,都可以见出赵著不同程度的影响。

不仅如此,赵著对于其他文化经典的研究也有启悟作用。如张士杰曾提及赵著对于《论语》研究的启发意义。他说:"学术精神与学派恰似源与流的关系。源头为一,分流别成几支,但水质或许相似。分流几脉,流变虽然不同,但发源毕竟一处。某一种学术思潮往往对不同的学者产生影响,不同的学者也往往可能受到多种学术思潮的浸染。以学派论,则有益于发现内部的共性,厘清区分于别派的特性。以源流论,则有益于探清发源,把握流变的轨迹。赵沛霖老师从学术文化思潮为切入点治《诗经》学史的研究便符合这个道理,也取得很好的学术效果,颇富启发意义。"①

此外,学界对赵著的认同和响应,还体现在对它的接受和转引方面。如刘敬圻主编《20 世纪中国古典文学学科通志》就全面接受采纳了赵著关于胡适《诗经》研究的评论,认为"对于胡适《诗经》研究的重大意义和时代局限,赵沛霖的阐发较为深入和全面"。同时,对于他归纳的古史辨派《诗经》研究现代特征的 4 个方面,也全部认同和接受。② 再如王晓平《百年中外文学学术交流史论》曾大段转引赵著第 11 章《开放意识与诗经研究的海内外学术交流》中的论述,认为其对八九十年代海内外交流从学术史的高度予以了认真总结。③

四、结语

有学者评论称:一部《诗经》研究史,就是一部前后相继、代有解人的阐释史。而在当代学术视域下,重新审视《诗经》学,可以将其概括为:《诗经》学是以《诗经》的本体研究为核心,相关基本问题为重要内容,并对诗经学史上的《诗经》研究著作和研究学派予以观照,以探究诗经学的发展演变规律的一门学科。赵沛霖先生及其《现代学术文化思潮与诗经研究——二十世纪诗经研究史》一书的可贵之处,在于其既有与《诗经》本体有关的基本理论问题的深度研究,更涉对《诗经》研究著作和研究学派的全面考察。也因此,称此书开创了当代诗经研究的新境界,毫不为过。赵著的最后部分写道:"在新世纪之初,站在这个由一百年的研究成果所构筑的新起点上,我们有理由期盼古老的《诗经》学在未来的一百年中将走向新的辉煌。"在此,也祈盼今后会涌现更多的像赵著这样自觉与理性并存、理论与实践兼具的著作。唯有如此,《诗经》这一中华文化元典的精神和价值才会与时俱进、历久弥新。

---

① 张士杰《学术思潮与日本近代论语学》,北京语言大学出版社 2015 年版,第 59 页。
② 参见刘敬圻《20 世纪中国古典文学学科通志·第 1 卷》,山东教育出版社 2012 年版。
③ 王晓平《百年中外文学学术交流史论》,山东教育出版社 2020 年版。

神仙世界、宗教存想与现实关怀

——评《郭璞诗赋研究》

雷炳锋*

摘　要:郭璞是两晋之交的诗人,其《游仙诗》对游仙题材进行了创造性地开拓。但是关于郭璞的身份与思想、郭璞《游仙诗》的主旨等问题,历来的研究尚有进一步讨论的余地。赵沛霖先生《郭璞诗赋研究》一书,分析论证了郭璞的《游仙诗》及残句、颂歌与赠答诗、辞赋,对郭璞的文学创作进行了全面而深入的研究。尤其是从考辨郭璞生平入手,分析郭璞的神仙道教信仰,以此为研究郭璞《游仙诗》的基础,跳出传统观念的框架束缚,指明了郭璞《游仙诗》创作的思想内涵与心路历程,剖析了《游仙诗》作为一个整体的内在联系,发前人所未发,所得出的观点令人耳目一新,将相关研究推向了一个新的高度。

关键词:郭璞;游仙诗;神仙世界;《郭璞诗赋研究》

郭璞是两晋之交的学者、文士、诗赋作家,《晋书·郭璞传》载其"好经术,博学有高才"[1],精通"五行、天文、卜筮之术"[2],然因"好卜筮"而致"缙绅多笑之"[3],最终"才高位卑"[4],一生坎坷。不过,郭璞取得了文学方面的伟大成就,辞赋有《江赋》《客傲》等,诗歌方面则以《游仙诗》为代表,被史家誉为"中兴才学之宗"[5]。刘勰称其"足冠中兴"[6],钟嵘谓其为"中兴第一"[7]。

奠定郭璞文学史地位的主要是《游仙诗》。郭璞对游仙题材进行了创造性地开拓,使得游仙成为中国古代诗歌的一种重要题材,所谓"凡游仙之篇,皆所以滓秽尘网,锱铢缨绂,餐霞倒景,饵玉玄都。而璞之制,文多自叙,虽志狭中区,而辞无俗累,见非前识,良有以哉。"[8]自钟嵘对郭璞《游仙诗》做出"辞多慷慨,乖远玄宗""乃是坎壈咏怀,非列仙之趣也"[9]的评价以来,论者多从仕宦失意、以仙比俗等方面来分析《游仙诗》的思想主旨。例如,袁行霈主编的《中国文学史》第 2 卷指出:"(郭璞)《游仙诗》写隐居高蹈,乃是仕宦失意的反映","游仙是其仕途偃蹇、壮志难酬时的精神寄托,是抒发其苦闷情怀的一种特殊

---

　* 雷炳锋,文学博士,陕西渭南师范学院人文与社会发展学院副教授,主要从事先唐文学与文论研究。

① (唐)房玄龄等撰《晋书》,中华书局 1974 年版,第 1899 页。

② (唐)房玄龄等撰《晋书》,中华书局 1974 年版,第 1899 页。

③ (唐)房玄龄等撰《晋书》,中华书局 1974 年版,第 1905 页。

④ (唐)房玄龄等撰《晋书》,中华书局 1974 年版,第 1905 页。

⑤ (唐)房玄龄等撰《晋书》,中华书局 1974 年版,第 1903 页。

⑥ 范文澜《文心雕龙注》,人民文学出版社 1958 年版,第 701 页。

⑦ (梁)钟嵘著,曹旭集注《诗品集注》,上海古籍出版社 1994 年版,第 247 页。

⑧ (梁)萧统编,(唐)李善注《文选》,中华书局 1977 年版,第 306 页。

⑨ (梁)钟嵘著,曹旭集注《诗品集注》,上海古籍出版社 1994 年版,第 247 页。

方式";①朱自清《诗言志辨·比兴·赋比兴通释》也认为郭璞的《游仙诗》是以仙比俗。二者都认为郭璞《游仙诗》整体上继承《诗经》比兴象征传统,诗中的神仙世界其实是对现实社会的应照,借以抒泄内心的抑郁不平之气。另外,郭璞《游仙诗》产生于两晋时期玄言诗兴盛的背景之下,《游仙诗》内蕴的"坎壈咏怀"也成为区别于玄言诗的本质特征。

上述通行的观点与论述有一个前提,即将郭璞的身份定位为"好经术"而深受儒家思想影响的文士。但是,如果将关注点放在郭璞"好卜筮""沈研鸟册,洞晓龟枚"②等方面,则可发现郭璞思想中还存在浓厚的神仙道教思想的色彩。《晋书·郭璞传》史臣曰:"景纯之探策定数,考往知来,迈京管于前图,轶梓灶于遐篆。而宦微于世,礼薄于时,区区然寄《客傲》以申怀,斯亦伎成之累也。"③虽站在鄙薄"卜筮"为贱伎的立场上,同情郭璞受技艺之累,但是也指出了郭璞思想中的神仙道教成分。那么郭璞思想中"达则兼济天下,穷则独善其身"的儒家成分与神仙道教思想之间,彼此关系如何? 神仙道教思想对郭璞《游仙诗》到底有何影响?《游仙诗》各诗是彼此独立的还是作为一个有内在联系的整体组诗而存在的? 郭璞的《游仙诗》与《江赋》《客傲》是否都体现了相同的思想侧面? 如果换一个角度来看,这些问题都有继续深入研究的必要。

赵沛霖先生《郭璞诗赋研究》一书,历时分析论证了郭璞的《游仙诗》及残句、颂歌与赠答诗、辞赋,对郭璞的文学创作进行全面而深入的研究。尤其是从考辨郭璞生平入手,分析郭璞的神仙道教信仰,以此为研究郭璞《游仙诗》的基础,跳出传统观念的框架束缚,指明了郭璞《游仙诗》创作的思想内涵与心路历程,剖析了《游仙诗》作为一个整体的内在联系,发前人所未发,所得出的观点令人耳目一新。是书历时"三年又三个月",是作者静思熟虑的成果,在郭璞及其《游仙诗》的研究领域创获甚多,将相关研究推向了一个新的高度。

一、郭璞的神仙道教信仰及其实践路径

据《晋书·郭璞传》,郭璞在永嘉之乱时欲避地东南,渡江之后,宣城太守殷祐引为参军。后"王导深重之,引参己军事。"④郭璞曾为晋元帝卜筮,"帝甚重之"⑤,任著作佐郎,迁为尚书郎。晋明帝为太子时,郭璞深受重视,"明帝之在东宫,与温峤、庾亮并有布衣之好,璞亦以才学见重,埒于峤、亮,论者美之。"⑥王敦举兵叛乱之际,使郭璞卜筮,郭璞对曰"无成",以致触怒王敦而被杀。但郭璞生前为平叛的温峤、庾亮卜筮,结果为"大吉",温峤、庾亮于是劝朝廷讨伐王敦,最终平定了叛乱。《晋书·郭璞传》所载基本上都是有关郭璞的各种卜筮活动及其应验情况,有类小说家言。唐刘知几即指出《晋书》多采小说之语,章学诚亦曰"《晋书》喜采小说"⑦。因此,如何对待和使用《晋书·郭璞传》中的这些史

① 袁行霈《中国文学史》(第 2 卷),高等教育出版社 2014 年版,第 50 页。
② (唐)房玄龄等撰《晋书》,中华书局 1974 年版,第 1914 页。
③ (唐)房玄龄等撰《晋书》,中华书局 1974 年版,第 1913 页。
④ (唐)房玄龄等撰《晋书》,中华书局 1974 年版,第 1901 页。
⑤ (唐)房玄龄等撰《晋书》,中华书局 1974 年版,第 1901 页。
⑥ (唐)房玄龄等撰《晋书》,中华书局 1974 年版,第 1904 页。
⑦ (清)章学诚著,叶瑛校注《文史通义校注》,中华书局 1985 年版,第 675 页。

料成为郭璞研究的一个基本前提。

　　赵沛霖先生综观郭璞的全部著述,从郭璞有关卜筮的著作出发反推郭璞的生平事迹,得出了占卜生涯是郭璞神仙道教信仰的具体体现的结论。郭璞卜筮的一些细节虽不可信,但其受神仙道教思想的影响则是显而易见的。其曰:"可以说,占卜生涯不仅贯穿了郭璞的一生,而且对他的生活态度、精神品德、人生道路乃至文学创作产生了重要的影响,换言之,有关郭璞的人生和文学创作的一些重要问题在一定程度上都可以从占卜生涯得到说明和解释。"[1]郭璞在《山海经》叙、注和图赞以及《流寓赋》《客傲》《游仙诗》等作品中表现出了对神仙道教思想的认同和对神仙世界的向往。郭璞的一生也是其神仙道教信仰的具体实践,表现为"从青少年时代的'寻仙'开始,到三十岁以后对王子乔'高翔避世,求道真'人生道路的嘉许和赞美,再到晚年对于他心目中'贤者'的神仙生活和存在方式的崇敬和肯定,郭璞对于神仙世界的向往和追求可谓贯穿终生"。[2]

　　郭璞之死对于研究郭璞的思想及其《游仙诗》具有关键意义。赵沛霖先生的研究突破了"烈士殉义""杀生成仁"等传统认识的藩篱,否定了郭璞思想中儒家人生价值取向是主流的习惯性论断,而是沿着葛洪提出的"得兵解之道"的思路继续探索,认为"郭璞长期学道修炼,最后根据具体斗争形势和可能,力图通过政敌王敦之刀实现'兵解',以摆脱人间苦难,到神仙世界永享快乐。"[3]这些见解令人耳目一新,无疑为有关郭璞的研究打开了一扇全新的视窗。

二、神仙世界与郭璞《游仙诗》研究的新视角

　　《游仙诗》是郭璞文学创作中最重要的组成部分。长久以来,学术界关于郭璞《游仙诗》展开了深入的研究,取得了丰硕的成果。总结起来,这些研究大都集中在两个方面,一是辨析《游仙诗》与玄言诗异同,认为《游仙诗》虽产生于玄言诗风行的整体背景下,但与玄言诗有着本质的区别。二是在李善指出的"文多自叙"的基础上,进一步揭示《游仙诗》中所蕴含的郭璞"才高位卑"的不平之气,将《游仙诗》与郭璞仕宦失意的人生联系起来,即钟嵘所说的"乃是坎壈咏怀,非列仙之趣也"。其实,这两个方面可以归结为一点,就是郭璞本来怀着有所作为、入仕济世的希望和理想,但在现实之中却处处碰壁,因而仕途偃塞、落魄失意,发而为诗,体现为"坎壈咏怀"。这既不同于传统《游仙诗》希冀长生的意旨,也与崇尚隐逸、摆脱俗累的玄言诗异趣。

　　上述研究的思路同样构筑在郭璞思想是以入仕济世的儒家思想为主的基础上,因而《游仙诗》表面上体现出"列仙之趣",但实际却是现实的曲折反映,即"非列仙之趣"。这种研究思路是符合逻辑的,也能令人信服,但在研究过程中会遇到一些疑点,比如各诗之间在主题、结构、意趣等方面差异明显,如此一来,《游仙诗》成为一组互不干涉、杂乱无章的组诗。学术研究鼓励、提倡创新,在不能获得有关郭璞《游仙诗》更多新材料的情况下,尝试换一种研究思路或许就能有新发现、新见解。

　　赵沛霖先生研究郭璞《游仙诗》时,"没有走前人的老路,既没有躺在'列仙之趣'说和

①　赵沛霖《郭璞诗赋研究》,中国社会科学出版社 2015 年版,第 11 页。
②　赵沛霖《郭璞诗赋研究》,中国社会科学出版社 2015 年版,第 25 页。
③　赵沛霖《郭璞诗赋研究》,中国社会科学出版社 2015 年版,第 29~30 页。

'非列仙之趣'说等传统观点上,也没有以《游仙诗》没有完整统一的主题和结构这样一种毫无根据的主观臆测作茧自缚,而是打破思维定式和传统观点的束缚,在前人研究成果的基础上,根据《游仙诗》的具体内容和特点,在观点、方法、所提出的问题及其处理顺序等问题上做了新的尝试和探索,并结合郭璞生平和神仙道教信仰对《游仙诗》做了与前人完全不同的解读,对主题思想、结构特征和其他相关问题做了全新的诠释"①。孔子曰"工欲善其事,必先利其器"②,研究思路与方法的创新犹如一把利器,使赵沛霖先生对郭璞《游仙诗》的研究屡有创获,发前人所未发,取得了可喜的成就。略而言之,主要体现在以下几个方面。

第一,理清并重构了《游仙诗》组诗的整体结构。在对第1首"京华游侠窟"进行逐字逐句分析,尤其是对"游侠""朱门""荣""山林隐遁""托蓬莱"等词语的广征博引、深入阐释的基础上,指出了作为序诗的第1首的意义:"诗人从人生理想的高度对人生价值取向做出抉择,否定了积极作为,倾力济世的人生价值取向,而肯定了出世远游,学道修仙的人生价值取向,从而明确了人生方向和人生道路,坚定了通过山林隐遁,学道修仙,使自己成为快乐神仙的决心。这种价值取向追求的是个体在宇宙中的自由和快乐,与通过积极作为,倾力济世以实现人的社会价值的取向完全不同。"③序诗是整个《游仙诗》的思想基点,第2首至第10首具体交代了学道修仙的原因、山林隐逸、方术修炼、修德悟道以及最后修炼成仙的全部,因此《游仙诗》组诗属于诗人学道修仙的"自叙",而非坎壈咏怀的"自叙",这形成了对传统认识的突破与创新。

第二,通过剖析郭璞学道修仙的原因和思想基础,阐明了组诗内在的思想脉络与逻辑理路。赵先生认为《游仙诗》第4首("六龙安可顿")、第5首("逸翮思拂霄")、第7首("晦朔如循环")3首诗,集中抒写生命悲剧给人带来的焦虑和痛苦以及为了超越生命悲剧,使人从悲剧性命运中解脱出来所进行的反复探索,诗人最终选择了高举远游、学道修仙的人生之路。如"六龙安可顿,运流有代谢"(其四)、"潜颖怨清阳,陵苕哀素秋"(其五)、"寒露拂陵苕,女萝辞松柏。荣荣不终朝,蜉蝣岂见夕"(其七)等句,诗人深刻体会到了时间、生命不可逆转流逝的无奈和焦虑,诗人幻想过时间倒流、生命永续,最终都发现这些根本都无法实现。于是,诗人选择了服食以求仙,"圆丘有奇章,钟山出灵液。王孙列八珍,安期炼五石。长揖当途人,去来山林客"(其七)很明显地体现出了诗人告别仕途、走入山林以学道修仙的人生选择。《游仙诗》第2首("青溪千余仞")、第3首("翡翠戏兰苕")、第6首("杂县寓鲁门")、第9首("采药游名山")、第10首("璇台冠昆岭")5首诗,集中描写了神仙世界,是来源于道教修炼过程中的神秘的宗教存想,也是诗人学道修仙的具体实践。第2首("青溪千余仞")、第6首("杂县寓鲁门")、第8首("旸谷吐灵曜")、第10首("璇台冠昆岭")4首诗,分别写了山林隐逸、对人间帝王学道修仙的看法、修德悟道和学道修仙的最终结局:修炼成仙,到神仙世界永享自由快乐。因此,《游仙诗》10首可以看作由序诗和9首正文构成的完整组诗:序诗为思想基点;第2首、第3首主要写山林隐逸、静啸,属学道修仙实际践行的初始阶段;第4首、第5首、第6首、第7首4首

① 赵沛霖《郭璞诗赋研究》,中国社会科学出版社2015年版,第50～51页。
② (宋)朱熹撰《四书章句集注》,中华书局1983年版,第163页。
③ 赵沛霖《郭璞诗赋研究》,中国社会科学出版社2015年版,第73页。

诗,主要写诗人选择学道修仙人生之路的原因和思想基础;第 8 首、第 9 首主要写修德悟道和服食丹药、行气、服炼津液等,属学道修仙实际践行的继续阶段;第 10 首则为长期修道的最后结局,即实现了宗教理想,修炼成仙,永享自由。这样的分析,从学道修仙的思想历程和践行历程两个方面揭示出了 10 首《游仙诗》内在的逻辑关系和结构安排,为从总体上阐述《游仙诗》组诗的主题和思想特征奠定了基础。

第三,从新的视角指出了《游仙诗》是郭璞学道修仙历程的“自叙”,概括了《游仙诗》的主题及其思想特征。赵先生认为,《游仙诗》的主题可以概括为:“通过学道修仙历程的‘自叙’,说明学道修仙的人生之路是超越生命悲剧及其所带来的焦虑和痛苦的根本途径,反映了诗人对于生命永恒和自由的向往以及力图摆脱悲剧性命运的超越精神。这种为寻找和确立安身立命之本以安顿灵魂的形而上的追求,既是对于人的终极关怀的体现,也是愚昧落后思想观念的反映。”①在此主题的统摄之下,可以发现,郭璞的《游仙诗》具有浓重的悲剧性、超越性、哲理性、人类普遍性等思想特征,郭璞不仅仅考虑和关注自己的个体困境、心路历程、修行实践、精神超越等,实际上也替乱世之中群体生命进行思索和探寻,提出了超越人类有限性、追求永恒自由快乐的方法和途径。郭璞给出的答案是学道修仙,如果站在现代人的立场上来看,这是虚幻的、行不通的;如果着眼于郭璞生活的魏晋时期来看,这是郭璞出于宗教信仰、学术思想、时代背景、社会现实、人生价值等方面的思索之后,所能给出的唯一答案。赵先生出于社会责任感也指责道:“十分明显,诗人给出的答案是完全错误的”②。赵先生从神仙信仰的视角来概括《游仙诗》的主题和思想特征,无疑准确把握住了郭璞神仙信仰的思想内核,也与《游仙诗》组诗的内在结构、思想逻辑是相吻合的。

此外,赵沛霖先生还对《游仙诗》的结构特点、关于方术修炼的艺术处理、《游仙诗》残句的性质与价值等问题也做了比较全面和深入的研究。尤其是关于《游仙诗》残句的性质,赵先生认为:“不难断定这些残句都是写作过程中或在最后定稿时被删除的部分,因而根本就不是《游仙诗》定稿的组成部分。这说明组诗《游仙诗》定稿本来就是十首,而不是像有些学者所说的十九首或十四首。”③这种论断对传统观点提出了质疑和挑战,也为郭璞《游仙诗》及其残句研究增添了新的观点,将相关研究推向了深入。

三、现实关怀与郭璞其他诗赋作品研究

赵沛霖先生在研究郭璞《游仙诗》时,以神仙道教信仰作为切入点。不过,赵先生并未将郭璞描述成为一个极端狂热的宗教徒,而是同时关注郭璞思想中家国情怀、现实关怀等成分,并将之作为研究郭璞其他诗赋作品的切入点。这样的安排,既是研究视角全面的体现,也符合郭璞在不同类型文学创作中倾注不同的情感内涵的实际情况。

如《与王使君诗》,赵先生评价为“一首富于时代特征和人生悲歌的颂歌”,指出郭璞在赞颂王导之功绩的同时,也蕴含了家国沧桑巨变的深哀剧痛以及个人坎坷不平之气,具有鲜明的时代特征和历史纵深感。《赠温峤诗》《答贾九州愁诗》《答王门子诗》《赠潘

---

① 赵沛霖《郭璞诗赋研究》,中国社会科学出版社 2015 年版,第 127 页。
② 赵沛霖《郭璞诗赋研究》,中国社会科学出版社 2015 年版,第 134 页。
③ 赵沛霖《郭璞诗赋研究》,中国社会科学出版社 2015 年版,第 159 页。

尼》等诗，都侧重于揭示诗歌的时代背景，将郭璞定位为一介文士，从内容和艺术两方面都做了分析和论析。

赵先生对于郭璞辞赋的研究也是如此，不仅详细论析《江赋》《客傲》两篇完整的作品，也对辞赋残篇一一做了全面的考索。如对《江赋》，他考察了长江的艺术形象及其意义，阐明了长江这一意象蕴含的崇高的道德精神，认为此赋是"历史上第一次南北对立特定背景下的产物"，寄予了作者对东晋君臣的希望，即"取法长江精神处理政事和弘扬崇高的道德精神"①，也就是"君臣上下同心，和衷共济"②，渡江北伐，收复中原。学界有关郭璞的研究，历来所轻忽赠答诗与辞赋等作品，赵先生将这些作品都置于研究的范围之内，从思想内容、情感内涵、艺术特征、不足之处等方面都进行了全面的研究，为郭璞及其诗赋研究做出了重大的贡献。

《郭璞诗赋研究》一书，以剖析郭璞的思想倾向为基础，指出郭璞思想中神仙道教信仰是主要成分，以此作为研究《游仙诗》的切入点，在《游仙诗》的主题、结构等问题上都得出了令人信服而又耳目一新的观点。在研究郭璞其他诗赋作品时，又侧重于以郭璞思想中的儒家成分作为切入点，对作品的内容、艺术都做出了全面而准确的分析和评价。如此全面的综合研究，可谓对郭璞及其诗赋作品进行重新解读和评价，将相关问题的研究推向了一个新的高度。正如赵先生所期望的那样："如果以上观点和见解可以成立的话，那么，本书对于郭璞诗赋作品的全新解读以及关于郭璞开创性贡献的肯定，将使《游仙诗》等作品以'全新'的内容和主题重新出现在中国文学史上，因而有必要重新予以评价。"③

---

① 赵沛霖《郭璞诗赋研究》，中国社会科学出版社 2015 年版，第 219 页。
② 赵沛霖《郭璞诗赋研究》，中国社会科学出版社 2015 年版，第 216 页。
③ 赵沛霖《郭璞诗赋研究》，中国社会科学出版社 2015 年版，第 246 页。

征 稿 启 示

《古典文学研究》是中国海洋大学中国传统文化研究中心主办的学术论文集,由中国海洋大学出版社每年6月、12月各出一辑。原名《中国传统文化研究》,从第五辑开始更名为《古典文学研究》。我们坚持从大文学史观出发,重视古典文学民族特色研究及文学与文化研究新领域开拓。《古典文学研究》设古典文学"专题研究""综合研究""学术史研究""名家学述""前沿论题"等栏目。

一、投稿须知

1. 稿件须为原创首发稿,字数控制在2万字以内,特约稿不超过3万字。请用word文档简体字投稿(投稿信箱:gdwxyj@126.com)。如有图像、表格或无法正常输入的冷僻文字等,请同时附上PDF格式版。请勿一稿多投。

2. 来稿请附作者简介,包括姓名、性别、学位、职称、研究方向、工作单位,及方便联系的通信地址、邮编、手机或微信等。

3. 本书双向匿名审稿,不向作者收取任何费用。确定采用即通知作者。稿件一经采用,敬奉薄酬,并寄样刊2册。

4. 著作权使用声明。本书已许可中国知网以数字化方式复制、汇编、发行和通过网络传播全文。支付的稿酬已包含中国知网著作权使用费,所有署名作者提交文章之行为视为同意上述声明,并需签署《论文著作权转让协议》。如有异议,请在投稿时说明,我们将按作者说明处理。

二、行文格式

1. 论文标题不超过25字,摘要300字以内,关键词5个,均楷体;作者简介与基金项目(括号内标注项目批准号)信息置于首页脚注首行。

2. 论文题目请用"自动标题2"居中,二级标题用"自动标题3",以方便审读和编辑。二级标题以下标题,均左空两格,不居中。

3. 标题与正文用宋体,正文用5号字。另起段引文5号仿宋体,首行左空两格,第2行以下顶格书写。

三、注释格式

1. 注释采用页下注,以①②③等依次排列,每页重新编号。

2. 专著。请注明作者、书名、册数、出版地、出版社、出版时间、页码,如:汤用彤《汉魏两晋南北朝佛教史》,中华书局1983年版,第341页。

3. 古籍。①一般古籍,注明:朝代、作者、书名、卷数、篇名、出版地、出版社、页码,如:(唐)姚思廉《梁书》卷54《诸夷列传》,中华书局1973年版,第794页。②现在尚未出版的古籍,注明:朝代、作者、书名、卷数、篇名、出处、页码。如:(宋)罗泌《路史》卷30《国名记·杂国下》,上海古籍出版社1987年影印文渊阁《四库全书》,第383册,第405页。③若古籍有著者、注释者,需要逐次注明,如:(梁)萧绎著,许逸民笺《金楼子校笺》,中华书局2011年版,第325页。

4. 译著。请注明国别、作者、译著、书名、出版社、页码,如:〔德〕黑格尔著,朱光潜译《美学》,商务印书馆1979年版,第130~135页。

5. 析出文献。注明:朝代、书名,作者书名(卷或册),出版社、出版时间、页码。如:〔清〕孙星衍《史记天官书补证》,张舜徽《二十五史三编》第2分册,岳麓书社,1994年,第621页。

6. 外文原著。请注明作者、书名(斜体,主体词首位字母大写)、出版地点及出版机构、出版时间、页码(英文采用Times New Roman字体)。如:G. E. Mingay, A Social History of the English Countryside. New York and London: Routledge Publish Press, 1990: 92-93.

7. 中外文期刊论文。标注作者、篇名、期刊名、年、期,如:①何龄修《读顾城〈南明史〉》,《中国史研究》1998年第3期。②Heath B. Chamberlain, On the Search for Civil Society in China. Modern China, Vol. 19, No. 2 (April 1993), 199-215.